여인의 초상 1

The Portrait of a Lady

세계문학전집 297

여인의 초상 1

The Portrait of a Lady

헨리 제임스

최경도 옮김

민음사

1

어떤 상황에서는 오후의 다과라고 일컫는 의식에 바쳐진 순간보다 더 즐거운 시간을 인생에서 찾지 못할 때가 있다. 당신이 차를 함께 마시든 마시지 않든 간에(물론 절대로 그러지 않는 사람들도 있겠지만) 그 자체로 즐거운 상황들이 있는 것이다. 이제부터 펼쳐 보이려는 이 소박한 이야기에서 내가 마음에 두고 있는 사람들도 이 순수한 여가에 어울리는 훌륭한 자리를 마련했다. 찬란한 여름 오후의 정점이라고 할 시간에 오래된 영국 시골 저택의 잔디밭에 작은 연회를 위한 도구들이 마련되어 있었다. 오후 햇살은 다소 약해졌지만 그래도 상당 부분 남아 있었고, 그런 햇살이 가장 아름답고 진귀한 순간을 만들고 있었다. 어두워질 때까지는 몇 시간 더 기다려야 했지만 쏟아지는 여름 햇살이 약해지기 시작했고, 공기는 부드러워졌으며, 매끄럽고 짙은 잔디밭 위로 긴 그림자가 드리웠다. 하지만 그림자는 천천히 길어져서, 그것을 보고 있노라면 이 시간에 이런 장면이 주는 즐거움의 원천이라고 할, 여유로운 느낌이 아직 남아 있음을 알 수 있었다. 오후 5시부터 8시까지의 시간이 작은 영속성으로 느껴지는 때가 있다면, 지금과 같은 순간의 휴식은 오로지 쾌락의 영속이라고 할 수 있으리라. 그것과 연관된 사람들은 고요히 자신들의 쾌락을 즐기고 있었으며, 내가 언급한 의식을 정기적으로 신봉하는 성별의 사람들은 아니었다. 더할 나위 없이 완벽한 잔디밭 위 그림자들은 반듯하게 각을 이루고 있었다. 차가 놓인 낮은 탁자와 가까운 고리버들 세공 의자에 깊숙이 앉아 있는 노인과 그 앞을 오가며 한두 마디 던지는 두 젊은 남자의 그림자였다. 노인은 손에 잔을 들고 있었는데, 나머지 잔들과는 모양이 다르고 화려하게 채색된 유별나게 큰 잔이었다. 노인은 매우 신중하게 차를 마신 뒤에 턱 가까이에 오랫동안 잔을 들고서 집 쪽으로 얼굴을 돌리고 있었다. 그와 함께 있는 두 남자는 차를 다 마셨거나 혹은 차 마시는 특권에 무관심한 듯 담배를 피우며 계속 서성거렸다. 그들 중 한 명이 노인 앞을 지나며 이따금 관심을 약간 기울여 노인을 바라보았는데, 노인은 그런 것에 신경 쓰지 않고 붉고 화려한 저택의 정면에 눈길을 두고 있었다. 잔디밭 위로 솟아오른 저택은 그러한 눈길에 보답이 될 만한 건축물이었고, 내가 스케치하려는 독특한 영국식 풍경에서 가장 돋보이는 물체이기도 했다.

그 저택은 런던에서 60킬로미터가량 떨어진 곳, 템스 강과 합류하는 지류가 내려다보이는 낮은 언덕 위에 서 있었다. 세월과 풍파가 건물 외관에 온갖 자국을 입혔지만, 보기 좋고 우아하게 손질된, 붉은 벽돌로 된 긴 박공 구조의 정면은 담쟁이 덩굴과 옹기종기 모인 굴뚝과 숨이 막힐 듯 담쟁이에 둘러싸인 창들을 잔디밭 쪽으로 내보이고 있었다. 이 집은 명성과 역사를 지닌 저택이었다. 차를 마시고 있는 노신사라면 기꺼이 당신에게 그에 대한 이야기를 해 줄 것이다. 이 집이 어떻게 에드워드 6세 치하에서 지어졌으며, 위대한 엘리자베스 여왕에게 하룻밤의 환대를 베풀었는지(여왕의 존엄한 육체가 누우신 위엄 있고 거대하며 섬뜩할 만큼 각진 침대가 있는 방은 여러 침실들 가운데 여전히 최고의 영예를 누리고 있다.), 또 어떻게 크롬웰 전쟁 동안 많은 부분이 손상되고 훼손되었다가 왕정복고기에 수리되고 크게 확장되었는지, 그리고 18세기에 외관이 예전보다 못하게 변형된 후 마침내 어떻게 예리한 미국인 은행가의 세심한 보호 아래 들어오게 되었는지에 대해서 말이다. 처음에 그는 이 집이 너무나 헐값에 나왔기 때문에(그 상황은 너무 복잡해서 다 설명할 수 없지만) 구입하긴 했지만 집이 못났고 구식이고 불편하다고 마음에 들어 하지 않다가, 이십 년이 지난 지금에야 이 집에 대한 진정한 심미적 열정을 느끼게 되었던 것이다. 그러므로 저택 구석구석을 잘 아는 그는 어디에서 보면 집의 모든 부분이 조화롭게 어울리는지, 또 어느 시간대에 따뜻하고 나른한 벽돌 건물 위로 부드럽게 내려앉는 다양한 돌출부의 그림자들을 제대로 볼 수 있는지 누구에게라도 말해 줄 것이다. 이 외에도 그는 내가 말했듯이 이 집을 소유했던 사람들과 한때 이 집에 머물렀던 사람들 대부분을 열거하기도 했는데, 그들 중 몇 명은 대중에게 알려진 저명인사였다. 하지만 그렇게 하면서도 그는 자신에게 맡겨진 저택의 명예가 아직도 변함이 없다는 확신을 은연중 품고 있었다. 우리가 관심을 갖는 잔디밭이 내려다보이는 저택 앞면은 정면 입구가 아니었다. 정면 입구는 다른 구역에 있었다. 여기서 개인의 사생활은 최고로 지켜졌고, 언덕 꼭대기까지 덮인 넓은 잔디 양탄자는 화려한 실내가 확장된 것처럼 보였다. 육중하고 고요한 참나무와 자작나무가 드리운 짙은 그늘은 벨벳 커튼 같았는데, 그곳에는 실내처럼 푹신푹신한 의자와 화려한 채색의 융단, 풀밭 위에 놓인 책과 신문 등이 눈에 띄었다. 강은 약간 떨어진 곳에 있었다. 지면이 잔디밭을 따라 내려가며 경사를 이루다가, 제대로 말한다면, 평평해지는 곳이었다. 그렇긴 해도 강물쪽으로 걸어 내려가는 것은 즐거운 일이었다.

차 탁자에 앉아 있는 노신사는 삼십 년 전 미국에서 건너올 때 자신의 수하물 맨 위에 미국적인 용모도 함께 얹어 왔다. 그는 자신의 용모를 가지고 왔을 뿐만 아니라 최상의 상태로 보존했기 때문에, 필요하다면 완벽한 자부심을 갖고 자기 나라로 도로 가져갈 수도 있었을 것이다. 그럼에도 지금 그는 분명히 다른 곳으로 갈 것 같지는 않았다. 그의 여행은 끝났고, 영원한 휴식이 오기 전 마지막 휴식을 취하고 있었다. 말끔히 면도한 갸름한 얼굴은 이목구비가 균형 잡혔으며, 평온하지만 예리한 표정을 담고 있었다. 분명히 표현 범위가 넓지 않은 얼굴이었고, 자신의 영민함에 만족하는 듯한 태도가 차라리 장점으로 부각될 얼굴이었다. 그 얼굴은 그가 성공한 삶을 살았지만 남들의 시샘을 받을 만큼 성공만 한 것이 아니라, 해롭지 않은 실패도 상당히 경험했음을 말해 주는 듯했다. 그는 분명 남자로서 대단한 경험을 했던 것이다. 하지만 그가 큰 찻잔을 천천히 조심스럽게 탁자에 내려놓았을 때 유머러스하고 반짝거리는 눈과 수척하고 넓은 뺨에 스친 희미한 미소에는 소박하다고 할 정도의 단순함이 담겨 있었다. 그는 잘 솔질한 검은색 옷을 말쑥하게 차려입었고, 무릎에는 숄을 접어 덮었으며, 발에는 자수가 놓인 두터운 슬리퍼를 신고 있었다. 보기 좋은 콜리 개가 그의 의자 옆 잔디에 누워, 여전히 당당한 저택의 모습에 빠져 있는 주인의 얼굴을 부드럽게 지켜보고 있었고, 털을 곤두세우며 뛰어다니던 작은 테리어는 산만하게 다른 신사들을 쳐다보곤 했다.

그 가운데 한 명은 방금 묘사한 노신사의 특출한 표정만큼 영국적인 표정을 가진 굉장히 잘 다듬어진 체구의 서른다섯 살 남자였다. 그는 혈색이 신선한 데다 준수하고 솔직하며 얼굴이 남의 눈에 띌 만큼 잘생겼고, 단단하고 직선적인 생김새에 생기 있는 회색 눈과 밤색 턱수염을 풍성하게 잘 가꾼 모습이었다. 이 인물은 어딘가 유복하고 명석하며 남들과 다른 인상(격조 있는 문명이 다듬어 준 행복한 기질의 태도)이었고, 그를 지켜보는 사람이라면 누구라도 한번쯤 시샘하게 만들 정도였다. 그는 마치 오랜 시간 동안 말을 탄 사람처럼 박차가 달린 장화를 신고 그에게 너무 커 보이는 흰 모자를 썼으며, 한 손(크고 하얀 잘생긴 손)에 흙 묻은 개가죽 장갑 한 짝을 구겨 쥔채 뒷짐을 지고 있었다.

그의 곁에서 잔디밭을 살피고 있는 동료는 무척 다른 유형의 인물이었다. 그는 진지한 호기심을 불러일으키긴 했지만, 자신의 동료처럼 그의 입장에 놓이고 싶다는 소망을 거의 맹목적으로 일깨우지는 못할 터였다. 키가 크고 말랐으며 전체적으로 느슨하고 허약한 느낌을 주는 그는 창백하고 못생겼지만 재기 발랄하고 매력적인 얼굴에, 결코 장식이라고는 할 수 없는 헝클어진 콧수염과 구레나룻을 기르고 있었다. 그는 결코 적절한 조합이라고 할 수 없는 총명하면서도 병약한 모습이었고, 갈색 벨벳 웃옷을 입고 있었다. 그가 호주머니에 손을 넣은 모습은 그런 행동이 버릇이 되었음을 말해 주고 있었다. 그의 걸음걸이는 휘청거리며 방향을 가누지 못할 정도였고, 다리에 힘이 풀려 있었다. 이미 말했듯이 그는 의자에 앉아 있는 노인을 지나칠 때면 노인에게 눈길을 주었다. 그리고 그순간 그들의 얼굴을 연관시켜 보면 그들이 부자지간이라는 사실을 쉽게 알 수 있으리라. 마침내 아버지가 아들의 눈길을 포착하고 온화한 미소로 응답했다.

"내 몸이 훨씬 좋아지고 있어." 노인이 말했다.

"차는 드셨어요?" 아들이 물었다.

"그럼, 기분 좋게 들었지."

"좀 더 드릴까요?"

노신사는 차분히 생각하다 "음, 좀 있다가."라고 미국 억양으로 대답했다.

"추우세요?"

아버지는 자신의 다리를 천천히 문질렀다. "글쎄, 모르겠구

나. 느끼기 전까진 말할 수 없는 법이야."

"아마 누군가가 아버지를 대신해서 느껴 주겠죠." 젊은이가 웃으며 말했다.

"흠, 누군가 항상 그렇게 해 주면 좋을 텐데! 당신이 그렇게 해 주겠소, 워버튼 경?"

"아, 아무렴요." 워버튼 경이라고 불린 신사가 재빨리 대답했다. "놀랄 만큼 편안해 보이신다고 말씀드려야겠군요."

"암, 어느 모로 보나 그렇다고 볼 수 있지." 그러고서 노인은 초록색 숄을 내려다보며 자신의 무릎 위에 미끈하게 펼쳤다. "사실 오래도록 편안하다 보니 너무 익숙해져서 그걸 모르는 게 아닌가 생각하오."

"맞아요, 그게 바로 편안한 권태라는 겁니다." 워버튼 경이 말했다. "우린 불편할 때만 알 수 있을 뿐이죠."

"우리가 다소 까다롭다는 생각이 드는군요." 그의 동료가 말했다.

"그럼요, 우리가 까다롭다는 건 의심할 여지도 없어요." 워버튼 경이 중얼거렸다. 그러고 나서 세 남자는 잠시 침묵에 빠졌다. 두 젊은이가 노신사를 내려다보며 서 있자, 노신사는 차를 더 달라고 부탁했다. "그 숄이 퍽 마음에 안 드시나 봐요." 동료가 노인의 잔을 다시 채우는 동안에 워버튼 경이 말을 이었다.

"아니, 아버지에겐 숄이 있어야 돼요!" 벨벳 외투를 입은 신사가 소리쳤다. "아버지에게 그런 생각을 심어 주면 안 돼요."

"이건 내 아내 거요." 노인이 가볍게 대꾸했다.

"오, 감상적인 이유가 있었네요." 워버튼 경이 이렇게 말하고 나서 사과의 몸짓을 했다.

"아내가 오면 이걸 돌려줘야 한다오." 노인이 계속 말했다.

"안 그러셔도 돼요. 쇠약한 다리를 덮게끔 그냥 가지고 계세요."

"이런, 네가 내 다리를 매도해선 안 되지. 네 다리만큼은 튼튼하니까."

"아버지는 제 다리를 마음대로 매도하시잖아요." 아들이 아버지에게 차를 따르며 대꾸했다.

"글쎄, 우리는 두 마리 절름발이 오리라고나 할까. 큰 차이가 있다고 생각하진 않아."

"저를 오리라고 불러 주시니 정말 고맙네요. 차는 어때요?"

"음, 좀 뜨겁구나."

"그게 좋은 거랍니다."

"그래, 좋은 거라면 많이 있지." 노인이 다정하게 중얼거렸다. "이 애는 무척 훌륭한 간호사라오, 워버튼 경."

"조금 서투르지 않은가요?" 귀족이 물었다.

"아니오, 이 앤 서투르진 않소. 이 아이 자신이 환자라는 걸 염두에 둔다면 말이오. 환자 간호사치고는 정말 훌륭하지. 이 애도 아프기 때문에 나는 환자 간호사라고 부른다오."

"아버지, 제발요!" 못생긴 젊은 남자가 소리쳤다.

"글쎄, 그렇잖아. 네가 그렇지 않다면 좋으련만. 하지만 너야 어쩔 수 없는 일이지."

"노력해 볼게요. 생각뿐이지만." 젊은이가 말했다.

"아파 본 적이 있소, 워버튼 경?" 그의 아버지가 물었다.

워버튼 경은 잠시 숙고하다가 대답했다. "네, 딱 한 번 페르시아 만(灣)에서요."

"이분은 아버지를 조롱하는 거예요. 일종의 농담이죠."

"글쎄, 이제는 농담에도 여러 종류가 있겠지." 아버지가 침착하게 대답했다. "아무튼 당신은 아파 본 적이 없는 듯 보이는구려, 워버튼 경."

"이분은 인생에 질려 버렸어요. 방금 제게 그렇게 말했거든요. 그런 사실이 계속 두려워진다고요." 젊은이가 말했다.

"그게 사실이오?" 노인이 진지하게 물었다.

"그렇다 해도 아드님은 제게 아무런 위안도 주지 못했어요. 대화를 나누기엔 지독한 친구랍니다. 언제나 냉소적이거든요. 아무것도 믿지 않는 것 같아요."

"그건 또 다른 농담이에요." 냉소적이라고 비난받은 젊은이가 말했다.

"그건 이 애의 건강이 무척 나쁘기 때문이오." 그의 아버지가 워버튼 경에게 설명했다. "그게 이 아이의 마음에 영향을 끼치고 사물을 보는 방식을 물들인다오. 이 아이는 한 번도 기회를 갖지 못한 것처럼 느끼는 것 같아요. 하지만 거의 이론적으로 그럴 뿐이오. 그것이 이 아이의 영혼에 영향을 주는 것 같지는 않으니 말이오. 난 이 아이가 명랑하지 않은 모습을 거의 본 적이 없소. 지금도 그렇지만. 이 아이는 종종 나를 즐겁게 해 줘요."

이렇게 묘사된 젊은이가 워버튼 경을 쳐다보며 웃음을 지었다. "열렬한 칭찬인가요, 아니면 경솔하다고 비난하는 건가요? 그렇다면 제 이론을 펼쳐 볼까요, 아버지?"

"장담하건대 뭔가 이상한 이야기를 듣게 되겠지!" 워버튼 경이 외쳤다.

"난 네가 그런 어조를 쓰지 않으면 좋겠다." 노인이 말했다.

"워버튼의 어조는 제 어조보다 훨씬 더 나쁘죠. 지겨운 척하거든요. 저는 전혀 지겹지 않아요. 인생이 너무나 흥미로운걸요."

"아, 너무나 흥미롭다고. 그렇게 말하면 안 돼!"

"전 여기 오면 전혀 지루하지 않습니다." 워버튼 경이 말했다. "다른 데서는 할 수 없는 기막힌 대화를 나누게 되니까요."

"그건 다른 종류의 농담이오?" 노인이 물었다. "당신은 어디에서든 지겹다는 변명은 하지 못할 거요. 당신 나이 때 난 그런 말을 들어 본 적도 없었지."

"성장이 매우 늦으셨나 봅니다."

"아니, 무척 빨리 성장했소. 그게 바로 이유라오. 난 스무 살 때 정말 너무나 많이 성장했지. 필사적으로 일했거든. 뭔가 할 일이 있으면 지루하지 않은 법이오. 하지만 당신네 젊은이들은 모두 너무나 게을러. 온통 쾌락만 생각하고 있으니. 당신네들은 너무 까다롭고, 나태하고, 부유해!"

"오, 어르신." 워버튼 경이 외쳤다. "어르신은 주변 사람이 너무 부유하다고 비난하실 처지가 못 되죠!"

"내가 은행가이기 때문이오?" 노인이 물었다.

"원하신다면 그 때문이라고 해 두죠. 또 재산이 막대하잖아요. 그렇지 않나요?"

"아버지는 그렇게 부유하진 않아요." 다른 젊은이가 온화하게 항변했다. "엄청난 돈을 남들에게 주셨으니까."

"어쨌거나 아버님 돈이잖아요." 워버튼 경이 말했다. "부자라는 증거로 그보다 더 좋은 것이 어디 있겠어요? 자선사업가가 남들이 너무 쾌락을 탐닉한다고 말해선 안 되죠."

"아버지는 쾌락을 너무 탐닉하세요. 다른 사람들의 쾌락을."

노인이 머리를 가로저었다. "내가 동시대 사람들의 즐거움에 뭔가 기여한 척하지는 않겠소."

"아버진 너무 겸손해요!"

"그건 일종의 농담이군요." 워버튼 경이 말했다.

"당신네 젊은이들은 농담을 너무 많이 한단 말이야. 농담거리가 없다면 아무것도 남아 있지 않겠지만."

"다행히 농담거리는 항상 남아 있죠." 못생긴 젊은이가 말했다.

"난 그렇게 믿지 않아. 사태가 보다 심각해진다고 믿지. 당신네 젊은이들도 그걸 알게 될 거야."

"날로 증대하는 심각한 사태라. 그렇다면 농담을 하기엔 절호의 기회로군요."

"쓸쓸한 농담이 되겠지." 노인이 말했다. "난 커다란 변화가 있을 거라고 확신하오. 물론 다 좋은 방향은 아니겠지만."

"정말 동감해요." 워버튼 경이 단언했다. "저도 커다란 변화가 있을 거라고 분명히 확신해요. 그리고 온갖 종류의 기괴한 일들이 일어나겠죠. 그것이 제가 어르신의 충고를 따르기가 무척 어려운 이유랍니다. 일전에 저더러 뭔가 '붙들어야' 된다고 하셨죠. 하지만 금방 하늘 높이 사라질지도 모르는 것을 붙들기란 쉽지 않아요."

"당신은 예쁜 여인을 붙잡아야죠." 그의 친구가 말했다. "이분은 사랑에 빠지려고 안달이에요." 그가 아버지에게 설명하듯 덧붙였다.

"예쁜 여인들도 어디론가 날아가 버릴 텐데!" 워버튼 경이 외쳤다.

"아닐세, 그들은 확고할 거야." 노인이 대답했다. "그들은 내가 방금 언급한 사회적, 정치적 변화에 영향을 받지 않을 테니까."

"그들이 사라지지 않을 거란 말씀인가요? 정말 좋은 일이네요. 그렇다면 가능한 한 빨리 한 여자를 붙잡고 인생의 보호자로서 그녀를 내 목에 묶어 놔야겠어요."

"여자들이 우리를 구원할 거야." 노인이 말했다. "최상의 여자가 그렇게 하겠지. 난 그들 사이의 차이점을 식별할 수 있거든. 좋은 여자의 환심을 사서 결혼해요. 그러면 인생이 훨씬 더 흥미로워질 테니."

옆에서 듣고 있던 이들은 아마도 이 말에 담긴 관대함을 알아챘는지 잠시 침묵했다. 결혼 생활에 대한 그 자신의 실험이 행복하지 않았다는 것은 그의 아들에게나 방문객에게나 비밀이 아니었기 때문이다. 하지만 그가 말했듯이 차이점이 있었으며, 개인적 실수를 고백하는 말로 여겨질 수 있었다. 물론 아들이든 방문객이든 그가 선택한 여자가 분명코 최상에 속하지 않는다고 말하는 것은 적절하지 않은 일이겠지만.

"흥미로운 여인과 결혼하면 제가 흥미로워진다. 그런 말씀인가요?" 워버튼 경이 물었다. "저는 결혼에 대해 전혀 예민하지 않아요. 아드님이 저를 잘못 본 거죠. 하지만 흥미로운 여인이 제게 어떻게 할지는 알 수 없네요."

"흥미로운 여인에 대한 당신 생각을 알고 싶어요." 그의 친구가 말했다.

"이봐요, 생각이란 알 수 없는 거예요. 특히 내 경우처럼 극히 미묘한 생각은. 나 스스로 그걸 알 수만 있다면 엄청난 진보가 될 텐데."

"글쎄, 당신이 좋아하는 누구와 사랑에 빠져도 되지만, 내 조카딸과는 안 돼요." 노인이 말했다.

그의 아들이 웃음을 터뜨렸다. "이분이 그 말씀을 도발적인 언사라고 생각하겠네요! 아버지는 영국인들과 삼십 년을 함께 지내셨으니 그들이 말하는 것은 거의 다 간파하셨겠죠. 하지만 그들이 말하지 않는 것은 결코 배우지 못하셨어요!"

"난 내가 좋은 대로 말하지." 노인이 너무나 평온하게 대답했다.

"전 어르신의 조카딸을 보는 영광을 갖지 못했습니다." 워버튼 경이 말했다. "그녀 이야기를 듣는 건 처음 같네요."

"내 아내의 조카딸이오. 아내가 그 아이를 영국으로 데리고 올 거요."

그러자 젊은 아들이 설명했다. "알다시피 어머니는 미국에서 겨울을 보냈고, 이제 돌아오실 때가 됐어요. 어머니는 조카딸을 찾았고 그녀에게 함께 오도록 권유했다고 편지를 보내오셨죠."

"알겠어요, 정말 친절하시네요." 워버튼 경이 말했다. "그 젊은 숙녀는 흥미로운가요?"

"우린 그녀에 관해 당신보다 더 아는 게 없어요. 어머니가 세세하게 언급하지 않으셨으니까요. 어머니는 주로 전보로 연락을 하시는데, 그 전보라는 게 마치 수수께끼 같아요. 여자들은 전보를 쓰는 법을 모른다고들 하지만, 어머니는 말을 압축하는 기술을 완벽히 습득하셨어요. '미국에 지쳤어. 끔찍하게 더운 날씨. 조카딸과 영국에 돌아감. 첫 번째 증기선 고급석.' 이게 우리가 받은 전보 내용이에요. 마지막으로 온 거죠. 하지만 생각해 보니 처음 조카딸에 대해 언급한 건 이전의 다른 전보였어요. '호텔을 바꾸었음. 아주 고약함. 무례한 직원. 주소는 이곳임. 언니 딸을 데려감. 작년에 죽었음. 유럽으로 감. 두 자매. 무척 독립적임.' 이걸 놓고 아버지와 나는 머리를 짜냈지만, 허용되는 해석이 너무 많았어요."

"한 가지는 매우 분명하지." 노인이 말했다. "그 사람은 호텔 직원을 호되게 꾸짖었을걸."

"그 친구가 어머니를 그곳에서 몰아냈으니 그것조차 장담못 하죠. 우리는 처음에 언니라는 말이 언급돼서 호텔 직원의 언니인 줄 알았어요. 그러나 그다음에 딸이라는 말이 나오자 이모의 딸을 언급하는 거라고 짐작했지요. 그다음은 두 자매가 누구냐 하는 문제였는데, 아마도 죽은 이모의 두 딸 같았어요. 하지만 누가 '무척 독립적'일까요? 게다가 그 말이 어떤 의미로 쓰였을까요? 이것이 아직 풀리지 않은 의문점이죠. 그 표현은 어머니가 입양한 젊은 숙녀에게 더 특별히 적용될까요, 아니면 자매들 모두에게 적용될까요? 또 도덕적 의미로 사용되었을까요, 아니면 재정적 의미일까요? 그 자매들이 유산을 많이 받았다는 뜻일까요, 아니면 아무런 의무도 지고 싶어 하지 않는다는 뜻일까요? 그것도 아니면 단지 그들이 각자 갈 길을 가겠다는 뜻일까요?"

"무슨 의미든 그런 뜻이 될 게 분명해." 터챗 씨가 말했다.

"곧 알게 되겠죠." 워버튼 경이 말했다. "터챗 부인은 언제 도착하시죠?"

"우리도 깜깜무소식이라오. 고급 선실을 찾는 대로 오겠지. 아직 찾고 있는지도 모르고, 아니면 벌써 영국에 상륙했는지도 모른다오."

"그렇다면 아마도 어르신께 전보를 보냈겠죠."

"아내는 우리가 기다릴 때는 전보를 보내는 법이 없어요. 기다리지 않을 때만 보내지." 노인이 말했다. "아내는 내게 불쑥 들이닥치길 좋아한다오. 내가 뭔가 나쁜 짓을 하는 걸 발견할 거라고 생각하는 거지. 여태 그래 본 적은 없지만 여전히 단념하지 않고 있거든."

"그건 어머니 가족들이 공유하는 특징이죠. 어머니가 말씀하신 독립심 말이에요." 아들은 그 문제를 훨씬 호의적으로 인식했다. "그 젊은 숙녀들의 정신이 얼마나 고상한지 모르지만 어머니도 뒤지지 않아요. 어머니는 모든 일을 혼자 하시길 좋아하고, 도와주려는 사람의 힘은 무엇이든 믿지 않아요. 어머니는 나를 풀이 묻지 않은 우표보다 더 쓸모없다고 생각하시죠. 그러니 만일 내가 리버풀에 가서 어머니를 만나려 한다면 결코 용서하지 않을 거예요."

"사촌이 도착하면 적어도 내게 알려 주겠죠?" 워버튼 경이 물었다.

"방금 언급한 조건에서만 가능하지. 당신이 그 애와 사랑에 빠지지 않는다는 조건 말이오!" 터쳇 씨가 대답했다.

"그건 너무 심한데요. 제가 자격이 되지 않는다고 생각하십니까?"

"당신은 너무나 훌륭해요. 단지 난 그 애가 당신과 결혼해선 안 된다고 보오. 그 애는 신랑감을 찾으러 여기 오는 게 아닐 테지만, 너무나 많은 젊은 숙녀들이 마치 고국에는 좋은 신랑감이 없다는 듯이 그렇게 하지 않소. 그리고 그 애는 이미 약혼했는지도 모르지. 미국 처녀들은 항상 그렇거든. 게다가 무엇보다 당신이 훌륭한 남편이 될지 확신이 서지 않소."

"분명히 약혼했을 테죠. 전 미국 처녀들을 굉장히 많이 아는데 항상 그렇더군요. 하지만 맹세컨대 어떤 차이점이 있는지 전 알지 못해요! 그리고 제가 좋은 남편이 될지에 대해서." 터쳇 씨의 방문객이 말을 이었다. "저 역시 확신하지 못한답니다. 한번 시도는 해 봐야겠지만요!"

"좋을 대로 해 봐요. 하지만 내 조카딸한테는 안 돼." 노인은 미소를 지었다. 그의 반대에는 노골적인 유머가 담겨 있었다.

"글쎄요." 워버튼 경도 더욱 노골적인 유머를 띠며 대꾸했다. "어쩌면 그녀는 시도할 가치가 없을지도 모르죠!"

2

이처럼 둘 사이에 유쾌한 대화가 진행되는 동안 랠프 터쳇은 두 손을 호주머니에 넣고서 특유의 구부정한 걸음걸이로 주변을 약간 서성거리고 있었으며, 작고 사나운 테리어 개가 그의 발꿈치를 쫓아오고 있었다. 그의 얼굴은 집 쪽을 향해 있었지만 눈길은 생각에 잠긴 듯 잔디 위에 있었다. 그래서 자신이 눈치채지 못한 얼마 동안 널찍한 출입구에 막 모습을 드러낸 인물에게 관찰의 대상이 되었다. 테리어가 연신 날카롭게 짖어 대며 갑자기 앞으로 뛰어간 행동으로 말미암아 그의 관심이 그녀에게 쏠렸지만, 개 짖는 소리에는 반항이 아닌 환영의 기색이 보다 뚜렷했다. 문제의 인물은 젊은 숙녀로서, 작은 동물의 인사를 즉각 이해하는 듯이 보였다. 개는 극히 민첩하게 다가가 그녀의 발치에 서서 위를 쳐다보며 크게 짖어 댔다. 그러자 그녀는 망설이지 않고 몸을 숙여 손으로 개를 잡고서,

개가 계속 짖어 대는 동안 얼굴을 마주 대고 안아 주었다. 주인이 따라와 보니 번치*의 새 친구는 검은 드레스를 입은 키 큰 여자로서, 첫눈에 예쁘게 생겼다는 것을 알 수 있었다. 그녀는 마치 이 집에 머무를 것처럼 모자를 쓰지 않았고, 그 모습은 저택 주인의 아들에게 당혹감을 안겨 주었다. 부친의 건강이 좋지 않아 당분간 어쩔 수 없이 방문객을 받지 못하는 것을 알고 있었기 때문이다. 그사이 다른 두 신사도 새로 온 사람에게 주목했다.

"흠, 저 낯선 여자는 누구지?" 터쳇 씨가 물었다.

"아마 터쳇 부인의 조카딸일 테죠. 독립심이 강한 젊은 숙녀라는." 워버튼 경이 넌지시 말했다. "개를 다루는 모습으로 보건대 그녀가 틀림없어요."

콜리 역시 두리번거리다가 출입구에 있는 젊은 숙녀 쪽으로 천천히 꼬리를 흔들며 뛰어갔다.

"그렇다면 내 아내는 어디 있지?" 노인이 중얼거렸다.

"저 젊은 숙녀가 어디론가 모셔 놓았나 봅니다. 그것도 독립심의 일부니까요."

여인은 아직도 테리어를 껴안은 채 미소를 지으며 랠프에게 말을 걸었다. "댁의 강아지예요?"

"조금 전까지는 내 개였는데, 당신이 순식간에 그 개를 독차지한 것 같군요."

"우리가 함께 가지면 안 될까요?" 여자가 물었다. "정말 흠

---

* 개의 이름.

잡을 데 없이 귀여워요."

랠프는 잠시 그녀를 쳐다보았다. 그녀는 생각지도 못할 만큼 예뻤다. 이윽고 그가 대답했다. "당신이 다 가져도 돼요."

그 젊은 숙녀는 자신에게나 다른 사람에게 굉장한 자신감을 가지고 있는 것 같았지만, 이런 갑작스러운 호의에 얼굴을 붉혔다. "내가 아마도 당신의 사촌이라는 걸 말해야겠네요." 강아지를 내려놓으며 그녀가 입을 열었다. "그런데 개가 또 있네요!" 콜리가 다가오자 그녀는 재빨리 말을 덧붙였다.

"아마도요." 젊은이가 웃으며 외쳤다. "그 문제는 해결되었다고 봅니다! 그런데 내 어머니와 함께 도착했어요?"

"네, 삼십 분 전에요."

"그럼 어머니는 당신을 놔두고 다시 떠난 건가요?"

"아뇨, 이모님은 곧장 방으로 가셨어요. 저더러 당신을 만나면 7시 십오 분 전에 방으로 오라고 전하라셨어요."

젊은이는 시계를 쳐다보았다. "정말 고맙군요. 시간을 지켜야겠어요." 그러고 나서 사촌을 보았다. "이곳에 온 걸 정말 환영해요. 만나서 기뻐요."

그녀는 선명한 인식이 드러나는 눈매로 모든 것(곁에 있는 사람, 두 마리 개, 나무 아래 있는 두 신사, 주변의 아름다운 정경)을 바라보고 있었다. "여기처럼 사랑스러운 곳은 한 번도 본 적이 없어요. 집을 다 둘러보았는데 너무나 매혹적이에요."

"우리도 모르는 새에 여기 오래 있었다니 유감이군요."

"당신 어머니 말씀이 영국에선 사람들이 떠들썩하지 않게 도착한다고 하더군요. 그래서 난 그게 좋다고 생각했죠. 저기 계신 신사 가운데 한 분이 아버님이세요?"

"그럼요, 더 나이 드신 분이죠. 앉아 계신 분."

여인은 웃음을 터뜨렸다. "다른 분일 리야 없겠죠. 다른 분은 누구세요?"

"우리 집안 친구랍니다. 워버튼 경이죠."

"어머, 귀족이 있을 거라고 기대는 했는데. 소설과 똑같네요!" 그러고 나서 갑자기 "오, 귀여운 강아지!" 하고 외치고는 몸을 숙여 다시 강아지를 안아 들었다.

그녀는 터쳇 씨에게 다가가거나 말을 건네려고 하지 않고 그들이 만났던 곳에 그대로 서 있었다. 그녀가 여리고 우아한 모습으로 문지방 가까이에서 머뭇거리자, 그녀와 대화를 나누던 랠프 터쳇은 그녀가 노인이 다가와 자신에게 경의를 표하기를 바라는 것이 아닐까 하고 생각했다. 미국 처녀들은 경의에 매우 익숙하다고 알려져 있고, 이 여성은 어딘가 정신이 고상한 것 같았다. 사실 랠프는 그녀의 얼굴에서 그것을 알 수 있었다.

그럼에도 그는 과감히 물었다. "이리 와서 아버지와 인사를 나누지 않겠어요? 아버지는 늙고 쇠약하셔서 의자에서 벗어나지 못해요."

"어머나, 정말 미안해요!" 여자가 즉각 앞으로 나서며 외쳤다. "난 이모님으로부터 아버님이 상당히 활동적이실 거라는 인상을 받았는데."

랠프 터쳇은 잠시 침묵했다. "어머니는 일 년 동안 아버지를 보지 못하셨어요."

"그런가요. 아버님은 아름다운 곳에 앉아 계시네요. 자, 가자, 강아지야."

"정말 오래된 곳이죠." 사촌에게 곁눈질을 하며 젊은이가 말했다.

"저분 이름이 뭐죠?" 테리어에게 다시 관심을 돌리며 그녀가 물었다.

"아버지 이름 말인가요?"

"그럼요." 젊은 여인이 즐겁게 말했다. "하지만 내가 물었다고 말하면 안 돼요."

그들은 연로한 터챗 씨가 앉아 있는 곳까지 벌써 와 버렸고, 노인은 자신을 소개하려고 천천히 자리에서 일어났다.

"어머니가 도착하셨어요." 랠프가 말했다. "여기는 아처 양이고요."

노인은 그녀의 어깨에 두 손을 얹고 극히 자애롭게 잠시 그녀를 쳐다본 다음, 위엄 있게 입맞춤을 했다. "여기서 널 만나니 정말 기쁘구나. 그런데 손님을 맞이할 기회를 우리에게 주었어야 되는데."

"어머, 우린 환대를 받았답니다." 여자가 말했다. "복도에 하인들이 열댓 명 있었고, 정문엔 여왕에게 배알하듯 절하는 나이 든 여인도 있었거든요."

"우린 그보다 더 나을 수도 있는데. 미리 통지만 받는다면 말이야!" 노인은 미소를 띤 채 그 자리에 서서 손을 문지르며 그녀를 향해 천천히 머리를 흔들었다. "하지만 아내는 손님 접대를 좋아하지 않아."

"이모님은 곧장 방으로 가셨답니다."

"암, 방문을 잠갔겠지. 언제나 그렇게 하니까. 그렇다면 다음 주에나 볼 수 있으려나." 이렇게 말하고 나서 터쳇 부인의 남편은 천천히 본래 자세를 취했다.

"그 전에." 아처 양이 말했다. "저녁 식사를 하러 내려오실 거예요. 8시에요. 7시 십오 분 전, 잊지 마세요." 그녀가 미소를 띠고 랠프에게 몸을 돌리며 말을 덧붙였다.

"7시 십오 분 전에 무슨 일이 벌어지는 거지?"

"어머니를 만나야 돼요." 랠프가 말했다.

"참 행복한 아들이군!" 노인이 언급했다. "넌 자리에 앉아 차를 마시려무나." 노인이 아내의 조카딸에게 말했다.

"여기 오자마자 방에서 제게 차를 주셨어요." 젊은 여인이 대답했다. "그런데 건강이 좋지 않으시다니 유감이네요." 그녀는 존경하는 집주인에게 시선을 두며 말을 덧붙였다.

"난 노인이란다, 얘야. 쇠약해질 때가 된 거지. 하지만 네가 이곳에 왔으니 난 더욱 좋아질 거야."

그녀는 잔디밭과 짙푸른 나무와 갈대가 우거진 은빛 템스 강과 아름다운 고가(古家)가 있는 주변을 다시 휘둘러보았다. 이러한 탐색에 몰두하면서 주변 사람들을 살필 여지도 두었다. 왜냐하면 두루두루 관찰하는 것이야말로 분명 지성적이고도 열띤 젊은 여인의 입장에서 손쉽게 생각할 수 있는 일이었기 때문이다. 그녀는 자리에 앉아 강아지를 내려놓았다. 무릎에 놓인 하얀 손은 검은 드레스 위에 포개져 있었고, 머리는 꼿꼿했고, 눈에는 광채가 서려 있었으며, 유연한 몸매는 쉽게 이리저리 움직여 그녀가 기민하게 포착한 인상과 어우러지는 듯했다. 그녀가 받은 인상은 많았고, 그것들은 청명하고 고요한 미소에 그대로 반영되었다. "이처럼 아름다운 곳을 일찍이 본 적이 없답니다."

"정말 근사하게 보이지." 터쳇 씨가 말했다. "네가 받은 인상은 나도 알지. 난 지금껏 내내 보아 왔으니까. 하지만 너야말로 정말 아름답구나." 노인은 결코 익살스럽지 않은 점잖음과 그런 말을 할 수 있는 노령의 특권(아마 그런 말에 놀라워할지도 모를 젊은 사람들에게조차)을 느긋하게 의식하며 덧붙였다.

이 젊은 여성이 얼마나 놀랐는지 정확히 헤아려 볼 필요는 없었다. 하지만 그녀는 반박이 아닌 홍조를 띠며 자리에서 벌떡 일어났다. 그녀는 재빨리 웃음을 지으며 대답했다. "그럼요, 물론 전 사랑스럽죠! 그런데 이 집은 얼마나 오래되었죠? 엘리자베스 여왕 시대에 지어졌나요?"

"튜더 왕조 초기 시대죠." 랠프 터쳇이 말했다.

그녀는 몸을 돌려 그의 얼굴을 쳐다보았다. "튜더 왕조 초기라고요? 정말 유쾌한 일이네요! 그런 집들이 여기 말고도 상당히 많을 것 같은데요."

"이 집보다 훨씬 좋은 집들도 많아요."

"애야, 그런 말을 해선 안 돼!" 노인이 항의했다. "이 집보다 좋은 곳은 아무 데도 없어."

"제 집은 무척 훌륭해요. 어떤 점에서는 제 집이 더 낫다고 생각합니다." 여태껏 입을 열지는 않았지만 아처 양을 유심히 보아 오던 워버튼 경이 말했다. 그는 미소를 띠고 몸을 약간 구부렸다. 그의 태도는 여성들에게 돋보였다. 젊은 여자는 순간적으로 그것을 알아챘으며, 이 사람이 워버튼 경임을 잊지 않고 있었다. "정말 당신에게 그 집을 보여 주고 싶네요." 워버튼 경이 덧붙였다.

"그 사람을 믿으면 안 돼." 노인이 외쳤다. "그 집도 보지 마! 낡고 형편없는 병영(兵營) 같으니까. 이 집과는 비교할 수도 없어."

"전 모르겠어요. 판단할 수도 없고요." 워버튼 경에게 미소를 지으며 여자가 말했다.

랠프 터쳇은 이러한 논란에 전혀 흥미가 없었다. 그는 호주머니에 손을 넣고 서서 새로 만난 사촌과 다시 대화해야겠다는 표정을 지었다. "개를 많이 좋아해요?" 그가 느닷없이 물었다. 그는 이 말이 영리한 남자에게는 어색한 화두임을 깨닫는 듯했다.

"정말 좋아하죠."

"그럼 그 테리어를 가져요." 여전히 어색한 채 그가 계속 말했다.

"여기에 있는 동안 기꺼이 데리고 있겠어요."

"오래 머무를 테죠."

"정말 고맙네요. 그런데 잘 모르겠어요. 그건 이모님이 해결하실 문제랍니다."

"내가 어머니와 해결하도록 하죠. 7시 십오 분 전에." 이렇게 말하고 랠프는 거듭 시계를 보았다.

"하여튼 여기 있으니 기뻐요." 여자가 말했다.

"당신은 우리가 모든 일을 마음대로 결정하도록 내버려두진 않겠죠."

"내가 좋아하는 쪽으로 결정된다면 상관하지 않을 거예요."

"그럼 내가 좋아하는 대로 결정할게요." 랠프가 말했다. "우리가 여태 당신을 몰랐다는 건 정말 설명할 길이 없네요."

"난 거기에 있었죠. 당신은 그저 나를 보러 오기만 하면 되었고요."

"거기라니? 어디 말인가요?"

"미국 말이에요. 뉴욕과 올버니* 그리고 그 밖의 다른 도시들."

"난 거기에 가 본 적이 있어요. 모든 곳에 두루 있었지만 당신을 보지는 못했죠. 이해할 수 없군."

그 순간 아처 양은 머뭇거렸다. "그건 내가 어릴 적에 어머니가 돌아가신 후 이모님과 내 아버지 사이에 불화가 있었기 때문이랍니다. 그래서 우리가 당신을 볼 수 없었던 거죠."

"그렇군요. 하지만 난 어머니가 벌이신 온갖 다툼에 대해서는 잘 몰라요. 맹세코!" 젊은이가 외쳤다. "그런데 최근에 아버지를 잃었나요?" 그가 더욱 무겁게 말을 이었다.

"네, 몇 년 전이요. 그 후로 이모님이 무척 친절하게 대해 주셨어요. 나를 보러 오셨고, 함께 유럽으로 가자고 제안도 하셨어요."

"알겠어요." 랠프가 말했다. "어머니가 당신을 입양한 셈이

---

* 뉴욕 주의 주도(州都).

군요."

"입양이라뇨?" 여자가 그를 빤히 바라보았다. 그녀가 말한 사람을 흠칫 놀라게 할 만큼 순간적으로 고통스러운 표정을 짓자 얼굴이 다시 붉게 물들었다. 랠프는 자신이 던진 말의 영향을 제대로 헤아리지 못했던 것이다. 그 순간 줄곧 아처 양을 좀 더 가까이서 보기를 바란 듯한 워버튼 경이 두 사촌을 향해 천천히 걸어왔고, 그녀는 자신의 커다란 눈을 그에게 고정했다. "천만에요, 이모님은 나를 입양하신 게 아니에요. 난 입양 대상이 아니랍니다."

"정말 미안해요." 랠프가 중얼거렸다. "내 말은…… 내 말은……." 그는 자신이 무슨 말을 하려고 했는지 몰라 당황스러웠다.

"이모님이 나를 데리고 오셨다는 뜻이겠죠. 맞아요, 이모님은 사람들을 데려오길 좋아하시니까. 내게 무척 다정하셨어요. 하지만." 그녀는 뭔가 명백히 해 두려는 욕구가 눈에 띌 만큼 열정적인 태도로 말을 덧붙였다. "난 자유를 무척 좋아한답니다."

"터쳇 부인에 관해 얘기하고 있어?" 노인이 의자에서 외쳤다. "이리 오려무나. 그리고 그녀에 대해 말해 봐. 난 언제나 새로운 소식에 감사하니까."

여자는 미소를 지으며 다시 주저했다. "이모님은 무척 자비로운 분이세요." 이렇게 대답한 후 그녀는 노인에게 다가가 자신의 이야기로 노인을 즐겁게 해 주었다.

랠프 터쳇과 함께 서 있던 워버튼 경이 이윽고 입을 열었다.

"좀 전에 당신이 흥미로운 여인에 대한 내 생각을 알고 싶다고 했죠. 바로 저기 있는 여인입니다!"

3

터챗 부인에겐 분명히 무수한 괴벽이 있었지만, 그 가운데 서도 오랜 부재 후 남편이 있는 집으로 돌아올 때의 행위가 그 두드러진 본보기였다. 그녀가 하는 모든 일에는 독특한 방식이 있었다. 그리고 이것은 결코 자유분방하게 행동하지 않는 다고는 못할지언정 정중한 인상을 주는 데 별로 성공을 거두지 못하는 이 인물을 가장 명료하게 설명해 주는 셈이었다. 터챗 부인은 많은 선행을 베풀기는 해도 남들을 기쁘게 만든 적은 없었다. 그러나 스스로 너무나 좋아하는 그녀 나름의 이러한 행동 방식은 본질적으로 공격적인 것은 아니었고, 그저 다른 사람들의 행동 방식과 명백히 구별될 따름이었다. 그녀가 하는 행동은 너무나 날카로워서 예민한 사람들에겐 종종 칼날 같은 효과를 거두었다. 그러한 억센 예리함은 그녀가 미국에서 돌아온 최초 몇 시간 동안 가장 먼저 할 행동이 남편 및 아들과 인사를 나누는 것일 법한 상황에서 보여 준 처신에서 드러났다. 터쳇 부인은 이 경우에도 자신이 충분하다고 여긴 이유들로 말미암아 침투할 수 없는 고립 속으로 물러나서는, 평소 아름다움이나 겉치레에는 별로 관심이 없기 때문에 그다지 중요하게 여기지도 않았던 옷매무새를 완벽하게 바로잡느라 가족을 상면하는 감상적인 의식을 뒤로 미루었던 것이다. 그녀는 생김새가 평범한 나이 든 여자였고, 기품이나 뛰어난 우아함은 없었지만, 자신의 동기를 극도로 존중하는 편이었다. 그녀는 그것에 대한 설명을 요구받을 때면 항상 그런 동기들을 설명할 태세였다. 그 경우 그 동기들은 본래 모습과 완전히 다른 것으로 판명되었다. 그녀는 남편과 실질적으로 떨어져 있었지만, 그런 상황이 전혀 어색하지 않다고 느끼는 듯했다. 그들의 결혼 생활 초기에 두 사람이 동시에 같은 것을 바랄 수 없다는 것이 명백해졌고, 그것은 그녀로 하여금 우발적 사건이라는 통속적인 영역에서 발생하는 의견 차이를 피하게 해 주었다. 그녀는 이것을 하나의 규칙으로 만들기 위해(여기에는 훨씬 많은 교훈적 일면이 있었다.) 자신이 할 수 있는 일을 다 했다. 이를 위해 그녀는 피렌체에 집을 구입하여 정착했고, 남편으로 하여금 그의 은행 영국 지점을 돌보도록 내버려 두었다. 이러한 약정은 그녀를 무척 기쁘게 했고 교묘하리만큼 결정적이었다. 그것은 그녀 남편을 똑같은 불빛 속에, 안개 낀 런던 광장에 팽개쳤고, 그곳에서 이 약정은 이따금 그가 식별하는 가장 명확한 사실이 되었다. 하지만 그는 그처럼 부자연스러운 일들에는 더욱 큰 애매함이 있어야 한다는 사실을 오히려 좋아했을지도 모른다. 의견이 다른데도 동의한다는 것은 그에게 힘든 일이었다. 그는 그 밖에는 거의 무엇이든 동의할 태세였고, 찬성이든 반대든 뭔가가 그처럼 끔찍이도 지속적이어야 할 이유를 알지 못했던 것이다. 터쳇 부인은 후회도 심사숙고도 하지 않았고, 대개 일 년에 한 번쯤 남편과 함께 한 달을 보내려고 돌아왔는데, 그 기간에는 자신이 채택한 방식이 올바르다고 힘을 기울여 분명히 남편을 납득시켰다. 그녀는 영국 생활 양식을 좋아하지 않았고, 거기에는 그녀가 언급한 서너 가지 이유가 있었다. 그 이유들은 해묵은 질서에서 나온 중요하지 않은 부분들과 연관되었지만, 터쳇 부인에게는 영국에 거주하지 말아야 될 충분한 구실이 되었다. 그녀는 브레드 소스*를 혐오했는데, 그녀 말로는 찜질 약처럼 보이고 비누 맛이 난다는 것이었다. 그녀는 하녀들이 맥주 마시는 것을 납득하지 못했고, 영국 세탁부들이 자신이 하는 기술을 터득하지 못했다고 단언했다.(터쳇 부인은 리넨의 외형에 매우 까다로웠다.) 그녀는 정기적으로 모국을 방문했지만, 이번 방문은 이전의 어떤 방문보다 길었다.

그녀가 조카딸을 데려왔다는 데는 별로 의문의 여지가 없었다. 조금 전에 서술한 일이 발생하기 4개월 전쯤 비가 내리던 어느 날 오후, 이 젊은 숙녀는 책 한 권을 들고 호젓이 앉아 있었다. 그녀가 그처럼 몰입했다고 말하는 것은 곧 그녀의 고독이 그녀를 압박하지 않았다고 말하는 것이다. 왜냐하면 지

---

* 빵가루를 넣은 진한 소스.

식에 대한 그녀의 사랑은 비옥하기 짝이 없었고, 그녀의 상상력도 강력했기 때문이다. 하지만 이즈음 그녀는 생활에서 느끼는 참신한 맛이 부족한 처지였고, 예고 없이 나타난 방문객이 그런 상황을 상당히 시정해 주었다. 그 방문객은 미리 알리지도 않고 찾아왔으며, 젊은 여자는 마침내 옆방에서 서성거리는 그녀의 소리를 들었다. 그곳은 올버니에 있는 오래된 주택이었다. 큰 정사각형 모양 연립주택으로, 아래층 방들 가운데 한 곳의 창문에 집을 판다는 안내문이 붙어 있었다. 그 집에는 입구가 두 개 있었고, 그 가운데 하나는 오랫동안 사용되지 않았지만 폐쇄된 적은 없었다. 입구들은 똑같은 형상이었으며, 아치형 틀과 널따란 들창이 붙은 크고 하얀 문이 벽돌로 포장한 바깥 길로 비스듬히 내려가는, 붉은 바위로 된 작은 '현관 계단' 위에 자리 잡고 있었다. 경계 벽이 허물어지고 여러 방들이 서로 합쳐져 집 두 채가 하나의 거주지를 만들었다. 계단 위에는 방 여러 개가 있었고, 세월과 더불어 창백해진 누르스름한 흰빛이 똑같이 칠해져 있었다. 3층에는 양쪽 건물을 연결하는 아치형 통로가 있었는데, 어릴 적 이사벨의 자매들은 그것을 터널이라고 부르곤 했다. 그 통로는 짧고 조명이 잘 비쳤지만 특히 겨울 오후에는 그녀에게 항상 낯설고 외로운 곳이 되었다. 그녀는 어릴 적 여러 다른 시기에 그 집에서 지냈으며, 당시엔 그녀 할머니가 그곳에 살았다. 그런 다음 십 년간 집을 비웠고, 아버지가 죽기 전에 올버니로 다시 돌아오게 된 것이었다. 그녀의 할머니 아처 노부인은 초기에 주로 가족의 범위 내에서 사람들을 극진히 환대했고, 어린 소녀들은 할머니의 지붕 아래에서 이사벨에게 가장 행복한 기억이 될 만큼 몇 주일씩 시간을 보내곤 했다. 이사벨 자신의 집과 달리 그곳 생활 양식은 규모가 크고 훨씬 풍족했기에 사실상 축제와 다름없었다. 게다가 아이들 방의 규율은 유쾌할 만큼 모호했고, 어른들의 대화에 귀 기울일 기회(이것은 이사벨에게 매우 가치 있는 즐거움이었다.)가 거의 무궁무진했다. 그 집에는 끊임없이 사람들이 들락거렸고, 아처 노부인의 자식과 손자손녀 들은 사람들이 도착하고 머무르는 것을 견디는 데서 즐거움을 누리는 것 같았다. 따라서 그 집은 한숨만 크게 내쉬고 한 번도 계산서를 내밀지 못하는 인자한 늙은 여주인이 운영하는 번잡한 시골 여인숙과도 닮은 구석이 있었다. 물론 이사벨은 계산서에 대해 아무것도 몰랐지만, 어린 마음에도 할머니 집이 낭만적이라고 여겼다. 그 집 뒤편에는 공터가 숨어 있었고, 그곳에는 몸이 떨릴 만큼 흥미를 자아내는 그네가 비치되어 있었으며, 그 너머 마구간 아래에는 경사가 지고 눈에 확연히 띄지 않는 복숭아나무들이 있는 긴 정원이 있었다. 이사벨은 다양한 계절에 할머니와 함께 지냈지만, 아무튼 방문할 때마다 집에 복숭아 향기가 감돌았다. 길 건너에는 미국 식민지 시대 초기부터 내려오는 독특한 건물이며 '네덜란드 가옥'으로 알려진 오래된 집이 있었다. 노란 페인트를 칠한 벽돌로 지었고 꼭대기에는 낯선 사람들을 향해 뾰족 내민 박공이 있는 그 집은 쓰러질 듯한 목제 말뚝 울타리에 둘러싸여 바깥 길 쪽으로 비스듬히 서 있었다. 그 집은 어린 남녀 아이들이 다니는 초등학교였는데, 이사벨의 주된 기억으로는 큼직하고 괴상한 빗으로 관자놀이에 머리카락을 고정한, 어떤 중요한 인물의 미망인이었던 고집 센 부인이 그 학교를 운영했다던가 운영하다가 손을 뗐다는 것 같았다. 어린 소녀는 그 학교에서 지식의 기초를 다질 기회를 가졌다. 하지만 그곳에서 단 하루를 보낸 뒤 그곳 규율에 항의하고 집에 그냥 있어도 좋다는 허락을 받았다. 9월이 시작되어 '네덜란드 가옥'의 창문들이 열리면 구구단을 외우는 아이들의 웅얼거리는 목소리가 들리곤 했는데, 그 목소리에는 자유의 기쁨과 고립의 고통이 식별할 수 없을 정도로 섞여 있었다. 그녀의 기초 지식은 실제로 한가로운 할머니 집에서 다져졌고, 집안사람들 대부분이 독서를 하는 사람들이 아니었으므로, 그녀는 종종 책을 꺼내기 위해 의자 위로 올라가며, 앞부분에 삽화가 있는 책들이 가득한 서재를 마음껏 이용하였다. 자신의 취향에 맞는 책을 발견하면(그녀는 책을 선정하는 데 주로 앞부분 삽화의 도움을 받았다.) 누구도 그 까닭을 모르지만 예전부터 '사무실'로 알려진, 서재 건너편의 신비스러운 방으로 책을 들고 갔다. 그것이 누구의 사무실이었고, 어느 시기에 활발히 사용되었는지 그녀는 결코 알지 못했다. 그녀는 그 방이 소리가 울리고 기분 좋은 곰팡내가 감돈다는 것과 낡은 가구들을 넣어 두는 창고라는 오명을 쓰고 있다는 점에 만족했지만, 그 낡은 가구들의 결함이 언제나 뚜렷하지는 않았다.(그래서 그 오명이 부당하다고 여겨졌으며, 그 가구들은 부당한 대우를 받는 희생물이 되었다.) 그리고 그녀는 어린애들이 그러하듯이 그런 가구들과 거의 인간적이면서도 극적인 관계를 확립해 두었다. 그 방에는 특히 그녀가 어린아이다운 무수한 슬품을 남몰래 고백했던 낡은 모직 소파가 있었다. 그 장소가 지닌 신비스러운 우수(憂愁)의 상당 부분은 그곳이 저주받은 문이 되어 버린 그 집의 둘째 문으로 출입이 가능하다는 사실과 그 문이 유난히 가냘픈 소녀가 살그머니 빠져나가기 불가능한 빗장으로 잠겨 있다는 데 기인했다. 그녀는 고요하고 움직이지 않는 그 문이 거리 쪽으로 열려 있다는 것을 알았다. 따라서 들창이 초록빛 종이로 감싸이지 않았더라면, 그녀는 작은 갈색 입구 계단과 닳아빠진 벽돌 포장도로 위에서 바깥을 내다보았을지도 모른다. 하지만 그녀는 밖을 내다볼 생각이 없었다. 왜냐하면 그것이야말로 반대쪽에 이상하고 알 수 없는 장소(기분이 바뀜에 따라 어린아이의 상상력에 환희나 공포의 영역이 되는 장소)가 있을 거라는 그녀의 이론과 배치될지도 몰랐기 때문이다.

조금 전에 언급한 우수에 젖은 이른 봄 오후에 이사벨이 앉아 있던 곳도 이 사무실이었다. 그런 시간이면 그녀는 온 집 안을 마음대로 헤집을 수 있었지만, 그녀가 선택한 방은 가장 음울한 곳이었다. 그녀는 빗장이 잠긴 문을 열어 본 적도 없고, 들창에서 초록빛 종이(다른 사람들 손에서 새것으로 바뀐)를 벗겨 본 적도 없었다. 그녀는 저 너머에 천박한 거리가 있다고 스스로 장담해 본 적이 없었던 것이다. 차가운 비가 추적대며 내렸고, 봄철은 정말 인내심에 호소하는 듯했다.(냉소적이고 성의 없는 호소처럼 보였다.) 그러나 이사벨은 우주의 반역에 가급적 주의를 기울이지 않았고, 책에 시선을 고정하며 마음을 다잡으려고 했다. 그즈음에 그녀는 자신의 마음이 상당히 많이 방랑했다는 생각이 들었다. 그래서 자신의 마음이 규칙적인 행보를 하도록 훈련시키고, 명령에 따라 전진하고 정지하고 후퇴하고 보다 정교한 동작까지도 수행하도록 가르치느라 굉장히 힘을 쏟았다. 그녀는 막 진군 명령을 내렸고, 그녀의 마음은 독일 사상사라는 모래 평원 위를 터벅터벅 걷는 중이었다. 그러던 중 갑자기 그녀는 자신의 지적 행보와 무척 다른 발걸음을 깨닫게 되었다. 그녀는 약간 귀를 기울였고, 사무실과 연결된 서재로 누군가 오고 있음을 깨달았다. 그것은 처음에는 그녀가 기다리는 방문객의 발걸음처럼 여겨지다가, 거의 순식간에 낯선 여자(그녀의 방문객일 리 없는)의 걸음으로 뒤바뀌었다. 그 발걸음에는 사무실 문지방 앞에서 멈추지는 않을 거라는 암시가 담긴, 뭔가 캐묻는 듯한 실험적인 기미가 있었다. 이윽고 실제로 발걸음이 멈추었고, 어느 부인이 그 방의 문간에 다가와 우리의 여주인공을 유심히 응시했다. 그 부인은 평범하고 나이 든 여자로 온몸을 방수 망토로 감싸고 있었으며, 격렬한 구석이 꽤나 많은 표정이었다.

"흠." 그녀가 입을 열었다. "여기가 네가 항상 앉아 있는 곳이냐?" 그녀는 서로 격이 맞지 않는 의자와 탁자를 둘러보았다.

"방문객들이 있을 땐 아니죠." 침입자를 맞이하려고 자리에서 일어나며 이사벨이 대답했다.

방문객이 계속 주변을 두리번거리자 그녀는 서재로 돌아가는 길을 안내했다. "다른 방들도 많은 것 같구나. 상태가 꽤 괜찮군. 하지만 모든 게 너무 낡았어."

"집을 보려고 오셨나요?" 이사벨이 물었다. "하녀가 안내할 거예요."

"하녀는 내버려 두렴. 난 집을 사려는 게 아니니까. 아마도 그녀는 널 찾으려고 밖으로 나갔을 테고 지금은 위층에서 배회하고 있겠지. 그 하녀는 도무지 똑똑하지 않은 것 같아. 그게 문제가 되진 않는다고 네가 그녀에게 말하는 게 낫겠지." 어린 숙녀가 머뭇거리며 거기에 선 채로 의구심을 품자, 예기치 못한 그 비평가가 불쑥 말을 던졌다. "네가 딸들 가운데 하나겠지?"

이사벨은 그녀의 태도가 무척 이상하다고 생각했다. "그건 누구의 딸인지에 달렸겠죠."

"고인이 된 아처 씨 말이야. 그리고 불쌍한 내 여동생의 딸이지."

"어머나." 이사벨이 천천히 말했다. "그렇다면 부인이 바로 미친 리디아 이모님이로군요!"

"네 아버지가 나를 그렇게 부르던? 그래, 내가 리디아 이모란다. 하지만 난 전혀 미치지 않았어. 망령이 들지도 않았고! 딸들 가운데 넌 누구지?"

"셋 가운데 막내이고, 이름은 이사벨이에요."

"알겠어. 다른 딸들은 릴리언과 이디스겠지. 그럼 네가 가장 예쁘니?"

"전 그런 건 아무것도 몰라요."

"난 그렇다고 봐." 그리하여 이모와 조카딸이 친구가 되었다. 이 이모는 몇 년 전 여동생이 죽은 뒤 세 자매를 키우는 방식을 나무라며 제부와 다툰 적이 있었다. 성미가 드센 제부는 그녀에게 자기 일이나 신경 쓰라고 했고, 그녀는 그 말을 곧 이곧대로 받아들였다. 그리하여 몇 년 동안 제부와 아예 연락을 끊었고, 제부가 죽은 뒤에도 방금 이사벨의 행동에서 보았듯이 자신을 그토록 경멸스럽게 보도록 길러진 그의 딸들에게 한마디 소식도 전하지 않았던 것이다. 늘 그렇듯이 터쳇 부인의 행동은 완벽하리만큼 계획적이었다. 그녀는 자신의 투자처를 살펴보기 위해(그녀의 남편은 재정 분야에서 지위가 엄청났는데도 아무런 역할도 하지 못했다.) 미국으로 왔으며, 그 기회를 이용하여 조카딸들의 동정을 탐색하려고 했다. 그녀는 편지로 끌어내야만 하는 조카딸들의 형편에 한 치의 중요성도 부여하지 않았기 때문에 편지를 쓸 필요가 없었다. 그녀는 항상 사람은 본질을 터득해야 한다고 믿었다. 이사벨은 그녀가 자신들에 대해 상당히 많은 것을 알고 있음을, 두 언니의 결혼에 대해서도, 그들의 가난한 아버지가 제대로 유산을 남기지 못했고 그의 수중에 들어온 올버니의 집이 딸들을 위해 팔리게 될 거라는 것도 알고 있음을 깨달았다. 그리고 마지막으로 릴리언의 남편인 에드먼드 러들로가 그 문제를 떠맡게 되었으며, 그러한 점을 염두에 두고 아처 씨가 병석에 있는 동안 이 젊은 부부가 올버니에 와서 당분간 머물며 이사벨과 함께 오래된 집을 차지하고 있다는 것까지도 알고 있었다.

"이 집은 얼마나 받을 것 같아?" 터쳇 부인은 앞쪽 거실에 앉아 별다른 열의 없이 주위를 둘러보며 그녀를 자리로 안내한 이사벨에게 물었다.

"전 아무것도 몰라요." 이사벨이 대답했다.

"그 말을 나한테 두 번씩이나 하는구나." 그녀의 이모가 대꾸했다. "하지만 넌 전혀 아둔해 보이지 않는데."

"전 아둔하지 않아요. 하지만 금전에 관해서는 아무것도 몰라요."

"그럼. 너희들은 그렇게 커 왔으니까. 마치 큰 재산을 상속받기라도 한 듯이 말이야. 실제로 네가 상속받은 게 뭐지?"

"그건 정말 말씀드릴 수가 없네요. 에드먼드와 릴리언에게 물어보세요. 삼십 분이면 돌아올 테니까요."

"피렌체에서는 이런 집을 흉측하다고 하지." 터쳇 부인이 말했다. "하지만 여기선 가격이 꽤 나갈 거야. 너희들 각자에게 상당한 금액이 돌아갈 테고. 하지만 그 외에도 너는 다른 뭔가를 가져야 돼. 그걸 모른다니 정말 신기하군. 이 집의 위치는 가치가 있어. 아마도 사람들이 집을 허물고 가지런히 가게들을 세울지도 모르지. 네가 직접 그렇게 하지는 않을 테지만 말이야. 가게를 세놓으면 큰 덕을 볼 텐데."

이사벨은 이모를 물끄러미 응시했다. 가게를 세놓는다는 발상은 그녀에겐 신선했다. "허물지 말았으면 좋겠어요." 이사벨이 말했다. "전 이 집을 너무나 좋아하거든요."

"네가 좋아하는 이유를 모르겠구나. 네 아버지가 여기서 죽었잖니."

"맞아요. 하지만 전 그것 때문에 이 집을 싫어하진 않아요." 이사벨이 다소 이상하게 대답했다. "전 많은 일들이 일어난 이곳이 좋아요. 비록 슬픈 일이라고 할지라도 말이에요. 무척 많은 사람들이 여기서 죽었어요. 이곳은 삶의 생기로 가득 차 있죠."

"삶의 생기로 가득 차 있다는 게 그런 거니?"

"체험으로 가득 차 있다는 거죠. 사람들의 느낌과 슬픔 말이에요. 단지 슬픔만이 아니에요. 왜냐하면 전 어릴 적 여기에서 무척 행복했거든요."

"많은 일들이 발생한 집을 좋아한다면 피렌체로 가야지. 특히 죽음이라면 더 그래. 난 세 사람이 살해되었던 오래된 대저택에 살고 있거든. 알려진 것만 세 명이고, 그 밖에 얼마나 많은 사람이 더 있는지는 몰라."

"오래된 대저택이라고요?" 이사벨이 되뇌었다.

"그럼, 애야. 여기와는 사정이 매우 다른 곳이지. 여기는 너무나 중산층 사회야."

이사벨은 항상 할머니의 집을 높이 평가했기 때문에 약간 감정의 동요를 느꼈다. 하지만 그 감정으로 말미암아 그녀는 입을 열었다. "정말 피렌체에 가 보고 싶네요."

"글쎄, 네가 정말 착해서 내가 말하는 모든 걸 해 준다면 그곳에 데려가지." 터챗 부인이 대뜸 말했다.

이사벨의 감정은 더욱 동요했다. 그녀는 얼굴을 약간 붉히고는 이모에게 가만히 미소를 지었다. "이모님이 제게 말하는 모든 것을 하라고요? 그건 약속할 수 없어요."

"그렇지. 넌 그럴 사람으로 보이진 않아. 자기 나름의 방식을 좋아할 테지. 하지만 난 너를 나무랄 입장이 못 돼."

"그래도 피렌체에 갈 수 있다면." 이사벨이 순식간에 외쳤다. "거의 무엇이든 약속할게요!"

에드먼드와 릴리언이 늦게 돌아왔기 때문에 터쳇 부인은 조 카딸과 한 시간이나 쉴 새 없이 대화를 나누었다. 조카딸은 그 녀를 이상하고도 흥미로운 인물(본질적으로 거의 처음 만나 본 인물)로 보았다. 터쳇 부인은 이사벨이 늘 생각해 온 대로 괴팍 했는데, 지금까지 이사벨은 남들이 괴팍하다고 하는 사람들 의 얘기를 들을 때면 그런 사람들은 공격적이든가 뭔가 놀라 게 하는 데가 있을 거라고 생각해 왔다. 그 표현은 그녀에게 항 상 뭔가 기괴하고 불길하기조차 한 것을 암시했다. 하지만 그 녀의 이모는 그것을 고상하지만 손쉬운 역설 혹은 희극 같은 문제로 만들어 버렸고, 이사벨이 알고 있는 전부인 평범한 어 조가 여태껏 흥미로웠던 적이 있는지 스스로에게 물어보게 만 들었다. 입술이 작고 얇으며 눈빛이 환하고 이국적인 이 부인 만큼 그녀를 사로잡은 인물은 아무도 없었다. 부인은 독특한 태도로 눈에 띄지 않는 외모를 만회했으며, 낡아빠진 방수 망 토를 걸치고 앉아 유럽 대저택에 대하여 아주 익숙하게 얘기 했다. 터쳇 부인은 변덕스러운 데라곤 하나도 없었지만, 사회 적으로 더 나은 사람들을 인정하지 않았다. 그녀는 그렇게 말 하며 세상의 훌륭한 사람들을 평가하는 가운데, 솔직하고 감 수성이 예민한 사람에게 자신이 강한 인상을 남긴다는 생각을 즐겼다. 처음에 이사벨은 상당히 많은 질문에 대답했고, 터쳇 부인이 그녀의 지성을 높이 평가한 이유는 확실히 그 대답들 때문이었다. 그러나 다음에는 이사벨이 무척 많은 것을 물었 고, 이모의 대답은 어김없이 그녀가 깊이 반추할 양식처럼 여겨졌다. 터챗 부인은 적당한 시간이 되었다는 생각이 들 때까지 다른 조카딸들이 돌아오기를 기다렸지만, 6시가 되어도 러들로 부인이 돌아오지 않자 떠날 준비를 했다.

"네 언니는 엄청난 수다쟁이가 틀림없어. 바깥에서 이토록 오랫동안 있는 데 익숙한 거니?"

"이모님도 언니만큼이나 오래 있었잖아요." 이사벨이 대답했다. "언니는 이모님이 여기 오시기 바로 전에 집을 비웠을 수도 있고요."

터챗 부인은 화를 내지 않고 이사벨을 바라보았다. 부인은 대담한 말대꾸를 즐기며 품위를 지키려는 듯 보였다. "아마 네 언니에겐 나만큼 훌륭한 변명거리는 없을걸. 어쨌든 오늘 저녁 저 끔찍한 호텔로 날 보러 오라고 전해 줘. 원한다면 남편을 데리고 와도 되겠지만, 널 데리고 올 필요는 없어. 넌 나중에 실컷 볼 테니까."

4

러들로 부인은 세 자매 가운데 맏이였고, 통상 가장 분별력 있다고 여겨졌다. 대체로 분류하자면 맏이 릴리언은 현실에 밝았고, 이디스는 미인이었고, 이사벨은 '지적으로' 우위에 있었다. 세 자매 가운데 둘째인 이디스, 즉 키스 부인은 미국 공병대 장교의 아내인데, 우리가 얘기하는 내용이 그녀와는 더 이상 관련 없으므로, 단지 그녀가 정말로 뛰어난 미인이고 여러 군사 주둔지에서 아름다운 자태를 뽐내며 지냈다고 이야기하는 것으로 충분할 것이다. 하지만 그녀는 남편이 계속해서 좌천되는 바람에 주로 서부 촌구석에서 지낼 수밖에 없는 것에 매우 억울해했다. 릴리언은 목소리가 큰 데다 자신의 직업에 열정을 쏟는 뉴욕의 젊은 변호사와 결혼했다. 그 결합은 이디스의 결합보다 나을 바가 조금도 없었지만, 릴리언은 어쨌든 결혼했다는 데 감사하는 젊은 여자로 알려져 있었다.(그녀는 자신의 자매들보다 훨씬 더 평범했다.) 하지만 그녀는 매우 행복했으며, 이제는 응석받이 두 아들의 어머니이자 53번가에 있는 쏙 들어간 쐐기 형태 갈색 석조 건물의 여주인으로 과감히 도피한 자신의 처지에 의기양양해하는 듯 보였다. 그녀는 체격이 작고 단단했으며 자신의 용모를 미심쩍어 했지만, 뛰어나게 아름답지는 않더라도 자신의 존재를 그런대로 인정했다. 더욱이 그녀는 사람들이 말하듯이 결혼 후 형편이 나아졌고, 인생에서 가장 뚜렷하게 인식하고 있는 것은 자기 남편의 언변과 동생 이사벨의 독창성 두 가지였다. "난 절대로 이사벨을 따라가지 못해. 그러려면 내 모든 시간을 바쳐야 했을 거야." 그녀는 이따금 말했다. 그럼에도 그녀는 마치 어미 개 스패니얼이 자유로운 그레이하운드를 지켜보는 것처럼 다소 부러운 듯이 이사벨을 바라보았다. "난 그 애가 별 탈 없이 결혼했으면 좋겠어요. 그게 내가 바라는 거니까요." 그녀는 가끔씩 남편에게 이렇게 말했다.

"글쎄, 난 막내 처제를 결혼시켜야 할 특별한 이유는 없다고 말해야겠소." 에드먼드 러들로는 쉽게 들릴 수 있는 어조로 답변하는 데 익숙했다.

"논쟁거리로 그런 말을 한다는 건 알아요. 당신은 항상 반대 입장을 취하니까. 그런데 그 애가 굉장히 독창적이라는 것을 제외하고 당신이 반대하는 이유를 모르겠군요."

"글쎄, 난 원서를 좋아하지 않아. 번역본이 좋지." 러들로는 여러 번 이렇게 대답했다. "이사벨은 외국어로 씌었어. 그래서 이해하지 못하겠소. 아마 그녀는 아르메니아 사람이나 포르투

갈 사람하고나 결혼해야 될걸."

"그 애가 그렇게 할까 봐 걱정이에요!" 이사벨이 무엇이든 할 수 있다고 보는 릴리언이 외쳤다.

릴리언은 이사벨이 이모인 터챗 부인이 방문했던 일을 이야기할 때 상당히 관심을 기울이며 들었고, 저녁이 되자 이모의 명령에 따르기 위해 채비를 갖추었다. 그때 이사벨이 무슨 말을 했는지에 대해서는 아무런 기록이 남아 있지 않지만, 이사벨의 말을 들은 릴리언은 그들 부부가 함께 방문을 준비하는 동안 남편에게 이렇게 말했다. "난 정말 이모님이 이사벨에게 뭔가 멋진 걸 해 주셨으면 좋겠어요. 이모님은 분명 그 애가 무척 마음에 들었을 텐데."

"무엇을 해 주길 바라는 거요?" 에드먼드 러들로가 물었다. "그분이 이사벨에게 큰 선물이라도 해 주실까?"

"아니에요, 그런 건 절대로 아니에요. 그저 그 애에게 관심을 갖고 공감해 주길 바라는 거예요. 이모님은 분명 그 애를 바로 이해해 줄 만한 분이시죠. 외국에서 오래 사셨거든요. 이사벨에게 그걸 모조리 말씀하셨대요. 당신은 늘 이사벨이 다소 이국적이라고 생각했잖아요."

"그러면 이모님이 이사벨에게 약간의 이국적인 공감을 해 주시길 바라는 거요? 국내에서도 그런 공감을 충분히 얻는다고 생각하지 않소?"

"글쎄요, 그 앤 외국으로 가야 해요." 러들로 부인이 말했다. "외국으로 가야 될 인물이거든요."

"그럼 나이 드신 이모님께서 그녀를 데리고 가기를 바라는 거요?"

"이모님이 데리고 가겠다고 제의하셨대요. 지금 이사벨을 데려가려고 안달이세요. 하지만 외국에 데리고 갔을 때 내가 바라는 건 그 애에게 모든 혜택을 주는 거예요. 그러니 우리가 해야 될 일은." 러들로 부인이 말했다. "바로 그 애에게 기회를 주는 거라고 확신해요."

"무엇에 대한 기회 말이오?"

"성장할 기회죠."

"세상에!" 에드먼드 러들로가 외쳤다. "난 그녀가 더 이상 성장하지 말았으면 좋겠는데!"

"당신이 그저 논쟁 삼아 그렇게 말한다는 걸 몰랐다면 난 무척 기분이 상했을 거예요." 그의 아내가 대답했다. "하지만 당신도 그 애를 좋아하잖아요."

잠시 후 에드먼드는 모자에 솔질을 하면서 이사벨에게 익살을 떨었다. "내가 처제를 좋아하는 걸 알아요?"

"형부가 좋아하든 말든 전 아무 관심 없어요!" 이사벨이 외쳤다. 하지만 그녀의 목소리와 미소는 그녀가 한 말보다 덜 오만했다.

"어머, 저 애 이모님이 다녀가신 다음부터 기고만장해졌어." 릴리언이 말했다.

그러나 이사벨은 언니의 그러한 주장에 상당히 심각하게 제동을 걸었다. "그런 말을 해선 안 돼, 언니. 난 전혀 그렇지 않다니까."

"손해 볼 건 없잖니." 릴리언이 달래듯 말했다.

"하지만 이모님이 방문한 것 때문에 기고만장해질 이유가 없잖아."

　"당신 말이 맞아." 러들로가 외쳤다. "여느 때보다 훨씬 더 기고만장한걸!"

　"내가 기고만장할 땐." 이사벨이 말했다. "좀 더 나은 이유가 있기 때문이에요."

　기고만장했든 아니든, 아무튼 그녀는 뭔가 다른 느낌이 들었고 자신에게 무슨 일이 일어날 것만 같았다. 저녁 무렵 혼자 남게 되자, 그녀는 자신이 늘 하던 일에서 벗어나 손에 아무것도 들지 않은 채 잠시 등불 아래 앉았다. 그런 다음 자리에서 일어나 방 안을 배회하다 희미한 등불 빛이 사그라지는 곳을 찾아 이 방 저 방 옮겨 다녔다. 그녀는 들뜬 기분이었고, 심지어 동요하기도 했으며, 이따금 조금씩 몸을 떨었다. 이미 발생한 사태가 지닌 중요성은 겉모습과 어울리지 않았다. 그녀의 인생에 실제로 변화가 찾아온 것이다. 그것이 무엇을 동반할지 아직은 아는 것이 극히 미미하지만, 이사벨은 어떤 변화에도 가치를 부여할 상황이었다. 그녀는 과거를 뒤에 묻고, 자신의 말처럼 새롭게 시작할 욕망을 느꼈던 것이다. 실제로 이런 욕망 때문에 지금의 상황이 발생한 건 아니었다. 그 욕망은 창문을 두드리는 빗소리만큼 익숙한 것이었고, 그녀는 이미 무척이나 여러 번 새롭게 시작해 보기도 했다. 그녀는 고요한 거실의 어둑한 구석 한 군데에 앉아 눈을 감았지만, 꾸벅꾸벅 조는 망각에 대한 욕구 때문이 아니었다. 오히려 시야가 활짝 열리는 느낌, 너무나 많은 일들이 한꺼번에 보이는 느낌을 제어

하고 싶기 때문이었다. 그녀의 상상력은 습관상 우스꽝스러울 만큼 활발했기에, 문이 열리지 않을 때면 창문 밖으로 마구 뛰쳐나가는 것이었다. 그녀는 실제로 상상력을 제어하는 데 익숙하지 않았다. 자신의 판단력에 맡기면 좋았을 중요한 순간에, 속으로 판단하지 않고 겉으로 보는 재능을 부적절하게 사용해서 피해를 입기도 했다. 변화의 소리가 울렸다는 생각과 더불어 이제 그녀가 묻어 두었던 일들에 대한 일련의 영상들이 서서히 떠올랐다. 그녀 인생에서 뒤로 밀려난 세월이 다시 찾아왔고, 그녀는 째깍거리는 커다란 청동 시계 소리만 울리는 정적 속에서 지난 세월을 오랫동안 되새겨 보았다. 무척 행복한 삶이었고, 그녀는 매우 복이 많은 사람이었다. 이것이 가장 선명하게 떠오른 진실이었다. 그녀는 모든 면에서 최상의 것을 가졌고, 너무나 많은 사람들이 난처한 상황에 빠진 이 세상에서 특별히 불쾌한 일을 겪어 보지 않았다는 것은 큰 혜택이었다. 이사벨은 불쾌한 것에 대해 너무도 아는 것이 없었다. 단지 문학을 통해 그것이 때로는 흥미의, 심지어 교육의 원천이 될 수 있다는 것을 알게 되었을 뿐이다. 이사벨의 아버지는 그녀에게 불쾌한 일이 일어나지 않게 했다. 잘생기고 많은 사랑을 받았던 그는 항상 불쾌한 것을 매우 혐오했다. 그의 딸로 지내 온 것은 커다란 행복이었고, 이사벨은 자신의 혈통에 대하여 자부심까지 가졌다. 아버지가 죽은 후 그녀는 자신의 아버지가 자식들에게 용감한 기질을 물려준 만큼이나 야망에서처럼 실제에서도 추한 것들을 깡그리 무시하지는 못했다고 여기는 듯했다. 그러나 이러한 사실이 아버지에 대한 애정을 더욱 강하게 만들었기 때문에, 아버지가 너무나 너그러웠고 성격이 너무나 좋았으며 비속한 일들에 너무나 무심했다고 가정하는 것이 별로 고통스럽지 않았다. 많은 사람들은 그녀의 아버지가 그런 무심함을 너무나 멀리 밀고 나간 나머지 특히 그가 금전적 신세를 진 사람들 상당수에게까지 그것을 적용했다고 믿었다. 이사벨은 그들의 의견을 명확히 들어 본 적은 없었다. 하지만 독자들은 사람들이 고인이 된 아처 씨에 대해 뛰어나게 좋은 머리와 남들을 사로잡은 매너(사실이지 그들 가운데 한 사람의 말을 빌리면 그는 언제나 뭔가를 사로잡았다.)는 인정하면서도 그가 인생을 매우 잘못 살았다고 단언했다는 것도 알아 두면 좋으리라. 그는 상당한 재산을 탕진했고, 애처로울 만큼 유쾌했으며, 도박에 심취했다고 알려졌다. 매우 가혹한 몇몇 사람들은 그가 자신의 딸들조차 제대로 키우지 못했다고 말하기에 이르렀다. 그의 딸들은 정규 교육도 받지 못하고 거주할 집도 갖지 못했으며, 버릇없이 방치되었다. 그들은 유모와 가정 교사(언제나 무척 형편없는 사람들이었다.)와 함께 지내거나 한 달이 지나면 눈물을 머금고 쫓겨나는, 프랑스 사람들이 운영하는 어설픈 학교에 다녔다. 이사벨은 자신이 많은 기회를 가졌다고 느꼈기 때문에 이런 견해는 그녀의 분노를 자극했을 것이다. 심지어 그녀의 아버지가 뇌샤텔*에서 삼 개월 동안 딸들을 프랑스 하녀(그녀는 같은 호텔에 묵고 있던 러시아 귀족과 줄행랑을 치고 말았다.)에게 맡겨 두었을 때, 그런 변칙적인 상황에서도

---

*프랑스 노르망디에 있는 마을.

(그녀가 열한 살이 되던 해에 일어난 사건이었다.) 그녀는 두려워하지도 부끄러워하지도 않았으며, 오히려 자유분방한 교육에서 생기는 낭만적인 일화쯤으로 여겼다. 그녀의 아버지는 인생을 대범하게 보았는데, 그것은 그가 침착하지 못하고 심지어 가끔씩 일관성 없는 행동을 보인 데서 잘 드러났다. 그는 딸들이 어릴 적부터 가능한 한 세상을 많이 보기를 바랐고, 그러한 목적으로 이사벨이 열네 살이 되기도 전에 딸들을 세 번이나 대서양 너머로 데려갔다. 하지만 그들이 세상을 볼 시간은 매번 겨우 몇 달밖에 되지 않았고, 그러한 과정은 우리 여주인공의 호기심을 자극하기는 했지만 충족해 주진 못했다. 이사벨은 아버지 편이 되어야 했다. 왜냐하면 그녀는 세 자매 가운데 아버지가 언급하지 않은 불유쾌한 일들을 그에게 가장 잘 '보상해 주는' 인물이었기 때문이다. 말년에 나이가 들수록 하고 싶은 대로 하며 사는 것이 점차 어려워지자 그는 이 세상을 기꺼이 떠나려고 막연히 생각했지만, 총명하고 우수하고 남들보다 돋보이는 딸과 이별해야 한다는 고통 때문에 그런 생각이 싹 가셔 버렸다. 나중에 유럽 여행이 중단되긴 했지만, 그는 여전히 자식들에게 많은 것을 베풀었다. 그가 돈 문제로 고통 받긴 했지만 그들이 많은 재산을 소유하고 있다는 분별없는 생각 때문에 그 무엇도 그들에게 불안감을 주지 못했다. 이사벨은 춤을 매우 잘 추긴 했지만 뉴욕 무용단의 뛰어난 일원이 되지는 않았고, 누구나 말하듯 그의 언니 이디스가 훨씬 더 눈길을 끌었다. 이디스는 특출한 외모의 표본이었기에 이사벨은 그러한 이점을 구성하는 요인에 대해서건, 아니면 껑충

껑충 움직이고, 뛰어넘고, 날카로운 소리를 지르는(무엇보다도 정확한 효과를 내며) 자신의 힘의 한계에 대해서건 아무런 환상도 품을 수 없었다. 스무 명 가운데 열아홉 명(이사벨 자신도 포함하여)은 두 자매 가운데 이디스가 훨씬 더 예쁘다고 했지만, 스무 번째 사람은 이러한 판단을 뒤집는 것 외에 다른 사람들이 모두 미적 속물이라고 생각하는 즐거움을 누렸다. 이사벨은 마음속 깊은 곳에 이디스보다 남들을 더 기쁘게 해 주려는 억누를 수 없는 욕망을 가졌다. 그러나 이 젊은 여인의 깊은 내면 세계는 너무나 진기하여 그 내부는 물론 겉으로 드러나는 의사 전달도 무수한 변덕스러운 힘 때문에 중단되었다. 그녀는 언니를 만나러 오는 한 무리 젊은 남자들을 보았지만, 대체로 그들은 이사벨을 두려워했다. 그들은 그녀와 얘기를 나누기 위해선 뭔가 특별한 준비가 요구된다고 믿었던 것이다. 이사벨이 엄청난 독서를 한다는 평판이 서사시에 나오는 여신의 몽롱한 덮개처럼 그녀 주변을 감돌았고, 그것이 어려운 질문을 유도하여 대화를 차분히 이끌어 간다고 여겨졌다. 그런데 이 가련한 여성은 남들이 총명하다고 생각해 주는 것은 좋아했지만, 학구적으로 보이는 것은 혐오했다. 그녀는 남몰래 책을 읽었고, 비록 기억력이 뛰어나긴 했지만 책으로부터 얻은 지식을 현란하게 언급하는 일은 자제했다. 그녀는 지식에 대해 엄청난 욕망을 가졌지만, 실제로는 활자로 된 지면이 아니더라도 새로운 지식의 출처라면 거의 무엇이든 선호했다. 그녀는 인생에 대하여 무한한 호기심을 갖고 있었고, 끊임없이 세상을 응시하며 궁금증을 품었다. 그녀는 인생에 대한 많은 것을 내면에 축적했고, 자기 영혼의 움직임과 세상 동요 사이의 연속성을 느끼는 데서 가장 깊은 즐거움을 맛보았다. 이러한 이유로 말미암아 그녀는 여러 군중 및 광범위하게 펼쳐진 나라를 보는 것과 혁명이나 전쟁에 관한 책을 읽는 것, 역사화를 보는 것(형편없는 그림이라도 주제만 잘 살렸다면 용서하는 파격을 범하려고 이따금 의식적으로 노력했다.)을 좋아했다. 남북전쟁이 일어났을 때 그녀는 아직 어린 소녀였지만 거의 열정적인 흥분 상태에서 그 긴 몇 개월을 보내며 때로는(그녀는 무척 혼란스러웠지만) 거의 무차별적으로 양쪽 군대의 용맹무쌍함에 심적 동요를 느꼈다. 물론 수상쩍은 시골 청년들의 신중한 태도 덕분에 그녀는 사회적으로 추방되는 신세를 모면했다. 그녀에게 접근하던 여러 남성들이 분별력을 잃지 않을 만큼만 열정을 쏟았기 때문에 이사벨은 그녀의 성(性)과 나이에 어울리는 행동 방식을 제대로 익히지 못했던 것이다. 그녀에겐 젊은 여성이 가질 수 있는 모든 것이 있었다. 친절함, 존경심, 사탕 과자, 꽃다발, 자신이 살고 있는 세계에서 소외되지 않았다는 느낌, 무도회에 참석할 수많은 기회, 무수히 많은 새로운 의상, 런던의《스펙테이터》,* 최근 출판물, 고노드**의 음악, 브라우닝***의 시, 조지 엘리엇****의 소설 등이었다.

　기억력이 발동하자 이러한 것들은 이제 무수한 장면과 인물

---

* 1828년에 창간된 영국의 주간지.
** 19세기 후반의 프랑스 작곡가.
*** 빅토리아 시대의 영국 시인 로버트 브라우닝.
**** 빅토리아 시대의 영국 소설가.

들로 바뀌어 버렸다. 잊힌 일들이 상기되었고, 최근에 굉장한 순간이라고 간주했던 많은 일들이 시야에서 사라졌다. 그 결과 여러 장면들이 주마등처럼 펼쳐졌지만, 이러한 회상은 하녀가 한 신사의 이름을 가지고 들어오자 마침내 중단되었다. 신사의 이름은 캐스퍼 굿우드였다. 그는 보스턴 출신의 직선적인 젊은이로 지난 일 년 동안 아처 양을 알아 왔고, 그녀를 이 시대 최고의 미인으로 생각하며, 방금 언급한 규칙에 따라 이 시대를 역사에서 어리석은 시기라고 선언했다. 그는 이따금 그녀에게 편지를 썼는데, 최근 일이 주 전에는 뉴욕에서 편지를 보내왔다. 그녀는 그가 찾아올 거라고 충분히 생각했고, 사실 비가 오는 종일 막연히 기다리고 있었다. 그럼에도 막상 그가 왔다는 것을 알자 그를 맞이할 마음이 전혀 들지 않았다. 그는 그녀가 지금껏 보아 온 사람 가운데 가장 멋진 남자였고, 사실인즉 꽤나 찬란한 젊은이였다. 그는 높고 흔치 않은 존중심을 품고 그녀를 고무했다. 그러나 그녀는 그와 마찬가지로 다른 어떤 남자에게도 마음이 움직인 적이 없었다. 대체로 세상 사람들은 그가 그녀와의 결혼을 원한다고 간주했지만, 그것은 물론 그들 사이에만 알려진 사실이었다. 어쨌든 그가 자신이 며칠을 보냈고 그녀를 보려고 마음먹었던 뉴욕에서, 그녀가 아직 올버니에 있다는 걸 알고 그녀를 보기 위해 일부러 올버니까지 여행했다는 것만은 확실했다. 이사벨은 그를 만나러 가기 전에 얼마 동안 머뭇거렸고, 생각이 다시 복잡해져서 방 안을 배회했다. 하지만 이윽고 그녀는 모습을 드러내 등불 아래에 서 있는 그의 모습을 보았다. 그는 키가 크고 몸은 강인하고 다소 경직되었으며, 몸매가 호리호리하고 피부색이 갈색이었다. 낭만적이지는 않고 다소 애매하게 잘생긴 모습이었다. 하지만 그의 인상은 사람들의 시선을 요구하는 분위기를 풍겼고, 그 분위기는 그가 아닌 다른 사람의 안색에서 나오는 눈매 같은 놀랄 만큼 확고한 푸른 눈매와 더불어 결연한 의지를 요구할 것만 같은 다소 각진 턱에서 발견되는 마력의 정도에 따라 느낌이 달라졌다. 이사벨은 오늘 밤 그가 확고한 결심을 품은 듯한 인상을 풍긴다고 중얼거렸다. 그럼에도 삼십 분이 지나자 확고하고도 희망차게 도착했던 캐스파 굿우드는 패배한 남자가 되었다고 느끼며 자신의 숙소로 돌아갔다. 그가 나약하게 패배를 받아들일 남자가 아니었다는 점은 덧붙여야겠지만.

5

랠프 터쳇은 철학자였다. 하지만 그럼에도 대단한 열망으로 어머니의 방문을 (7시 십오 분 전에) 두드렸다. 철학자들조차도 자신이 선호하는 것이 있는 법인데, 양친 가운데서 그의 아버지가 자식으로서 다정하게 의존하고 싶다는 느낌을 더 많이 불러일으켰다는 사실을 인정해야 할 것이다. 그가 이따금 속으로 말했듯이 아버지가 어머니 같았고, 반면 어머니는 아버지 같았으며, 심지어 당시 속어로 표현하면 '위압적'이었다. 그럼에도 그녀는 하나뿐인 자식을 무척 좋아하여 항상 일 년 가운데 삼 개월은 함께 보내기를 고집했다. 랠프는 그녀의 애정에 완벽할 만큼 부합했다. 하지만 랠프는 그녀의 사고와 철저히 짜이고 하인의 도움을 받는 일상 속에서 그녀의 관심사와 가장 가까운 다른 문제들 그리고 그녀의 의지를 시간에 맞춰 다양하게 수행해 주는 사람들 다음에야 비로소 자신의 차례가 돌아온다는 사실을 잘 알고 있었다. 그는 어머니가 저녁 식사를 하려고 옷을 완전히 차려입은 모습을 보았고, 그녀는 장갑 낀 손으로 아들을 포옹하며 옆에 있는 소파에 앉게 했다. 그녀는 남편은 물론 아들의 건강에 대하여 꼼꼼히 물어보았고, 어느 쪽에 대해서도 만족할 만큼의 설명을 듣지 못하자 영국의 기후에 몸을 노출하지 않은 자신의 현명함을 여느 때보다 더욱 확신하게 되었다고 말했다. 영국에 살았다면 그녀도 건강이 나빠졌을지 몰랐다. 랠프는 어머니의 이런 생각에 미소를 지었지만, 자신이 매년 상당 기간 영국을 떠나 있으니 자신의 건강 악화는 영국 기후 탓이 아니라고 강조할 마음은 없었다.

미국 버몬트 주*의 러틀랜드 태생인 아버지 대니얼 트레이시 터쳇이 어느 은행(십 년가량 지난 후 그가 운영을 맡게 된)의 부(副)지점장으로 영국에 왔을 때 랠프는 매우 어린 소년이었다. 대니얼 터쳇은 처음부터 단순하고 온건하며 융통성 있는 시각으로 보았던 자신이 선택한 나라에서 평생 동안 거주할 곳을 발견했다. 하지만 그가 스스로 말한 것처럼 그는 미국을 벗어날 의도가 없었고, 외아들에게 그런 미묘한 기술을 조금이라도 가르칠 욕망 또한 없었다. 영국에 동화는 되면서도 영국인처럼 되지는 않은 채 영국에서 지낸다는 것은 그에게 해결 가능한 문제였기 때문에, 자신이 죽은 다음 자신의 합법적인 상속자가 하얀 미국제 조명 아래 칙칙하고 낡은 은행에서

---

* 미국 북동부의 주.

계속 일한다는 것도 마찬가지로 단순하게 여겼다. 하지만 그는 교육을 위해 아들을 모국으로 보내 그 조명의 밝기를 더하려고 애썼다. 랠프는 미국 학교에서 여러 학기를 보내고 미국 대학에서 졸업장을 받은 후에 영국으로 돌아왔지만, 아버지에게 지나치게 미국 토박이처럼 보였던지라 삼 년가량 옥스퍼드에 머물렀다. 옥스퍼드 대학이 하버드 대학의 영향력을 압도하여 랠프는 마침내 나무랄 데 없는 영국인이 되었다. 그는 겉으로는 자신을 둘러싼 풍습에 따르는 듯했지만 마음으로는 굉장히 독립을 즐기는 가식적인 면이 있었고, 어떤 것도 그의 마음을 오랫동안 억압하진 못했다. 그는 천성적으로 모험과 풍자를 좋아하는 성격이어서 사물을 감식하는 끝없는 자유를 탐닉했다. 그는 장래가 유망한 젊은이로 출발하여 그의 아버지가 이루 말할 수 없을 만큼 만족스러워할 정도로 옥스퍼드에서 두각을 나타냈다. 그러자 주변 사람들은 그렇게 명석한 친구가 출세하지 않는 건 애석하기 이를 데 없는 일이라고 말했다. 그는 자신의 조국으로 돌아가 새로운 경력을 쌓을 수도 있었다.(비록 이 점은 불확실함에 싸여 있지만.) 게다가 터쳇 씨가 기꺼이 아들과 헤어진다 하더라도(그럴 가능성은 없지만) 그가 최상의 친구로 간주하는 노인과 영구히 눈물 어린 소모전을 벌인다는 것은 그에게 벅찬 일이었다. 랠프는 자신의 아버지를 좋아할 뿐만 아니라 흠모했고, 가만히 그를 관찰하는 것을 즐겼다. 그가 생각할 때 대니얼 터쳇은 천재였고, 비록 자신은 신비로운 은행 업무에 한 치의 적성도 없었지만 아버지가 주무르는 엄청난 숫자들을 가늠하기 위해 정성을 기울여 열심히 일을 익혔다. 하지만 그가 주로 음미한 것은 이런 것들이 아니었고, 영국의 대기에 단련되어 상앗빛으로 섬세하게 빛나지만 노인이 침투를 허용하지 않는 겉모습이었다. 대니얼 터쳇은 하버드에도 옥스퍼드에도 다닌 적이 없기 때문에, 그가 현대적인 비판의 열쇠를 자식 손에 쥐여 주었다면 그것은 그의 탓이었다. 아버지가 결코 짐작하지 못한 생각으로 머리가 가득 찬 랠프는 아버지의 독창성에 경외심을 품었다. 옳든 그르든 미국인들은 낯선 상황에 느긋하게 적응해 칭송을 받지만, 터쳇 씨는 자기 유연성의 한계를 자신이 거둔 성공의 주요 바탕으로 삼았다. 대체로 처음 겪는 고난의 징표를 그러한 한계가 지닌 신선함 속에 담았으며, 아들이 항상 유쾌하게 언급하는 그의 어조는 훨씬 기름진 뉴잉글랜드 지방에서 나온 것이었다. 노후에 와서 그의 입지는 부유한 만큼이나 원숙하였고, 빈틈없기 이를 데 없는 성격을 겉보기에 남들과 어울리려는 기질과 결합시켰다. 게다가 그가 세심하게 관심을 쏟는 '사회적 위치'는 손을 타지 않은 열매처럼 단단하고 완벽했다. 그것은 아마도 상상력의 결핍과 함께 이른바 역사의식의 결핍인지도 모르지만, 통상 영국 생활이 교양 있는 이방인에게 던진 무수한 인상에 그의 지각은 완전히 차단되어 버렸다. 영국에는 그가 한 번도 인식하지 못한 차이와 형성해 본 적 없는 습관과 탐색하지 못한 애매함 따위가 있었던 것이다. 후자에 관해 그가 탐색을 하는 날이면 아들이 그를 훨씬 좋지 않게 생각할지도 몰랐다.

랠프는 옥스퍼드를 졸업하자마자 여행을 하며 이 년을 보냈고, 그 후 아버지가 경영하는 은행의 높다란 의자에 자리를 잡았다. 그런 위치가 부여하는 책임감과 명예는 의자 높이에 따라 측정되는 것이 아니라 다른 고려 사항들에 달려 있다. 사실 다리가 무척 길었던 랠프는 서 있는 것을, 심지어 일을 하면서도 서성거리는 것을 좋아했다. 그런 운동에, 제한된 시간이나마 몰두해야 했다. 일 년 반 정도를 그 자리에서 보내고 나서 건강이 심각하게 나빠졌음을 알았기 때문이다. 그는 지독한 감기에 걸렸는데, 감기 바이러스가 그의 폐로 파고 들어가 무서운 혼란을 일으켰다. 그는 일을 그만두어야 했다. 엄밀히 말해 몸을 돌보기 위해 사유서를 제출해야 했다. 처음에 그는 그 임무를 소홀히 했다. 그에게는 자신이 돌보는 것이 자기 자신이 아니라 자신과 아무런 공통점도 없는 따분하고 흥미 없는 인물로 여겨졌던 것이다. 그러나 그 인물이 점차로 친숙해졌고, 마침내 랠프는 마지못해 그 인물에게 관용과 겉으로 드러나지 않는 존경심마저 품기에 이르렀다. 불행이 속마음을 알 수 없는 동료가 되자, 우리의 젊은이는 뭔가 문제가 생겼다고 느끼며(그것은 언제나 평범한 재치를 구사하는 그의 명성으로 여겨졌다.) 우아하지 못한 자신의 임무에 적지 않은 관심을 쏟았는데, 그러한 관심은 적절했고 적어도 이 불쌍한 친구의 생명을 유지해 주는 효과를 가져왔다. 그의 폐 가운데 하나가 치유되고 다른 쪽도 호전될 기미를 보이자, 그는 폐병 환자들이 주로 모이는 기후에 자신을 맡긴다면 추운 겨울을 열댓 번쯤이라도 견딜 수 있다고 장담했다. 런던을 몹시 좋아하게 됨에 따라 그는 추방에서 오는 무미건조함을 저주했다. 하지만 저주하면서도 동화되었고, 점차 자신의 민감한 신체 기관이 냉혹한 호의에조차 감사의 마음을 품는다는 것을 알게 되자 자세를 낮추어 그 호의에 따랐다. 그는 말 그대로 외국에서 겨울을 보냈고, 햇빛을 쬐었고, 바람이 불면 집에 머물렀고, 비가 오면 자리에 누웠으며, 밤중에 눈이 오는 바람에 한두 차례 자리에서 일어나지 못하기도 했다.

남모르게 쌓인 무관심이 (나이 든 다정한 유모가 그가 처음으로 학교에 갈 때 가방 속에 살짝 넣어 주었을지 모를 큼직한 케이크처럼) 그에게 도움이 되었고, 희생을 감수할 수 있게 해 주었다. 왜냐하면 그런 힘든 게임을 치르기엔 아무래도 그의 건강이 너무 나빴기 때문이다. 그는 스스로 말하듯 정말 하고 싶은 일이 하나도 없었기 때문에 적어도 용맹을 발휘할 터전은 포기하지 않았던 것이다. 그러나 지금에 와서는 금단의 열매의 향기가 가끔씩 그의 곁을 스쳐 가는 듯했고, 최상의 즐거움이란 행동을 서두르는 것임을 그에게 상기시켰다. 지금의 방식대로 산다는 건 형편없이 번역된 양서를 읽는 것(탁월한 언어학자가 되었을지도 모른다고 느끼는 젊은이에게는 빈약한 오락인)과 같았다. 그는 겨울을 수월하게 보내기도 하고 힘들게 보내기도 했으며, 수월하게 보내는 동안에는 가끔씩 건강이 정말로 회복되었다는 환상의 놀림감이 되기도 했다. 하지만 이러한 환상은 지금 펼쳐지는 이야기가 시작되기 삼 년 전쯤에 사라지고 말았다. 그 무렵 그는 여느 때보다 늦게까지 영국에 남아 있다가 알제*에 도착하기 전

---

* 알제리 북부의 도시.

에 갑자기 악천후를 만났던 것이다. 그는 거의 죽다시피 거기에 도착하여 삶과 죽음 사이를 오가며 몇 주를 자리에 앓아누웠다. 그가 건강을 회복한 것은 기적이나 다름없었지만, 회복후 그가 처음으로 깨달은 것은 그러한 기적은 단 한 번만 일어난다는 사실이었다. 그는 죽음의 시간이 어른거리면 그것을 직시하는 편이 낫지만, 그러한 생각에 빠지는 것만큼이나 틈새 시간을 유쾌하게 보내는 일도 자신에게 열려 있다고 중얼거렸다. 그러한 시간을 상실할지도 모를 상황에서 자신의 재능을 사용하는 것만으로도 절묘한 쾌락이 되었고, 심사숙고하는 즐거움은 그가 한 번도 타진한 적이 없었던 것처럼 보였다. 두각을 나타내야 한다는 생각을 접어야만 함을 받아들이기 어려운 시기는 결코 아니었다. 그래도 그런 생각은 애매한 까닭에 성가셨고, 분출할 듯 고조되는 자기비판과 같은 심정으로 투쟁하기에 즐거운 점도 있었다. 이제 그의 친구들은 그가 더욱 유쾌해졌다고 판단했고, 뭔가 안다는 듯 머리를 끄덕이며 그 이유를 그가 건강을 회복한 덕분으로 돌렸다. 그의 평온함은 그의 폐허에 안치된 가지런한 야생화 무리에 지나지 않았던 것이다.

분명코 무미건조하지 않은 젊은 여인의 등장에 랠프의 흥미가 즉각 발동한 것은 자신이 관찰하는 사물들을 이처럼 감미롭게 음미하는 그의 속성 때문인지도 몰랐다. 마음이 그런대로 내킨다면 그것이야말로 충분히 며칠간 잇달아 몰두할 만한 일이라는 생각이 불현듯 들었다. 요약하자면, 누군가를 사랑한다고 상상하는 것(사랑을 받는다는 생각과 구별되는)은 세상에 대한 관심이 축소된 그의 내면에 뭔가가 차지할 자리가 아직도 남아 있다는 것을 의미한다는 점을 덧붙여야 하리라. 단지 그는 무절제하게 표현하는 것을 스스로 삼갔다. 그는 열정으로 자신의 사촌을 북돋아서는 안 되었으며, 시도는 할지언정 그녀 또한 누군가에게 그렇게 하도록 그를 부추길 수 없었다.

"그럼 이제 저 젊은 여자에 대해 말해 줘요." 그가 어머니에게 말했다. "저 여자를 어떻게 할 셈이세요?"

터쳇 부인은 즉각 반응했다. "그 애가 이곳 가든코트에 서너 주 머무르도록 네 아버지한테 요청할 거야."

"그런 격식 따위는 전혀 차릴 필요가 없잖아요." 랠프가 말했다. "아버지는 응당 그렇게 하실 테니까요."

"그건 모르겠어. 그 앤 내 조카딸이지 네 아버지의 조카딸은 아니잖니."

"세상에, 어머니. 정말 놀라운 소유 감각이군요! 그건 아버지가 그녀에게 그러라고 허락할 더욱 합당한 이유가 돼요. 하지만 그 후에는, 그러니까 삼 개월 후에는(가련한 여자에게 할 일 없이 서너 주만 있어 달라고 말하는 건 부당하니까요.) 그 여자를 어떻게 할 셈이죠?"

"파리에 데려갈 거야. 그 애에게 옷을 사 입혀야지."

"그러네요. 물론 그렇게 해야죠. 하지만 그뿐인가요?"

"피렌체에서 나와 함께 가을을 보내게 할 거야."

"세세한 것에서 벗어나질 못하네요, 어머니." 랠프가 말했다. "저는 어머니가 대체 그 여자를 어떻게 할 작정인지 알고 싶은 거예요."

"그거야 내 의무지!" 터쳇 부인이 대뜸 말했다. "넌 그 애를 무척 동정하는구나." 그녀가 덧붙였다.

"아니, 동정하진 않아요. 그녀는 제게 연민을 불러일으키지 않으니까요. 오히려 그녀를 부러워하죠. 하지만 장담하시기 전에 어머니의 의무가 뭔지 좀 알려 주세요."

"그 애에게 유럽의 네 나라를 보여 주는 거지. 그 애에게 네 나라 가운데 두 나라를 선택하게 할 거야. 그리고 그 애가 프랑스어를 완벽하게 습득할 기회를 줄 거란다. 이미 프랑스어를 잘 알긴 하지만."

랠프는 눈살을 약간 찌푸렸다. "다소 밋밋하게 들리네요. 두 나라를 선택할 기회를 준다는 것도 말이에요."

"그게 밋밋하다면." 그의 어머니가 웃음을 띠며 말했다. "넌 이사벨이 혼자 물을 뿌리도록 내버려 두면 돼! 그 애는 어느 날이든 여름비 같은 존재니까."

"그녀에게 재능이 있다는 말인가요?"

"재능이 있는지는 몰라도 영리한 아이지. 의지가 강하고 고상해. 그 애는 따분하다는 게 뭔지도 몰라."

"전 그걸 상상할 수 있어요." 이렇게 대답하고 나서 랠프가 불쑥 덧붙였다. "그런데 두 사람이 어떻게 함께 지내게 되었죠?"

"그 말은 내가 따분한 사람이라는 뜻이냐? 그 애가 나를 그렇게 보진 않았을걸. 어떤 여자아이들은 그렇게 보겠지만, 이사벨은 그러기엔 너무 영리해. 난 그 아이를 무척 즐겁게 해 줬다고 생각한다. 내가 그 애를 이해하니까 함께 지내게 된 거지.

난 그 애가 어떤 아이인지 알아. 그 애는 너무나 솔직하고, 나도 그렇거든. 우린 서로 무엇을 기대할지 잘 알아."

"아, 어머니." 랠프가 소리쳤다. "사람들은 어머니한테 무엇을 기대할지 항상 알고 있어요! 오늘 딱 한 번을 제외하고 저는 어머니에게 놀란 적이 없어요. 오늘 어머니는 존재한다고 생각해 본 적이 없는 어여쁜 사촌을 제게 데려왔으니까요."

"넌 그 애가 몹시 예쁘다고 생각하니?"

"물론 아주 예뻐요. 하지만 고집하진 않을게요. 제게 깊은 인상을 준 것은 대단한 사람 같다는 느낌을 주는 그녀의 전반적인 태도죠. 저 보기 드문 아가씨는 누구이고 어떤 사람인가요? 어디서 발견했고 어떻게 알게 되었죠?"

"난 그 애를 올버니에 있는 오래된 집에서 발견했지. 비 오는 날 음산한 방에 앉아 육중한 책을 읽으며 따분해 죽을 것 같은 모습을 하고 있더군. 그 앤 자신이 따분한지도 몰랐지만, 내가 의심의 여지를 한 치도 남겨 두지 않자 나의 지적에 몹시 감사하는 듯했어. 넌 내가 그 애를 일깨우지 말고 그냥 내버려 두어야 했다고 말하겠지. 그 말도 상당히 일리가 있지만, 난 양심적으로 행동했어. 난 그 애가 뭔가 보다 나은 일을 할 아이라고 생각해. 그 애를 바깥으로 데려가 세상에 눈뜨게 한다면 친절을 베푸는 일이 될 거라는 생각이 들었지. 그 애는 자신이 세상을 상당히 많이 안다고 생각하더군. 대부분의 미국 여자들처럼 말이야. 하지만 대부분의 젊은 미국 여자들처럼 그 애도 우스꽝스러운 잘못을 범하고 있어. 네가 궁금해하니까 하는 말인데, 난 그 애가 나를 신뢰할 거라고 생각해. 난 호감 사는 걸 좋아하지. 더욱이 내 나이 여자에겐 여러 면에서 매력적인 조카딸을 갖는 것보다 더 편리한 게 없지. 알다시피 난 여러 해 동안 내 여동생의 딸들을 전혀 보지 못했어. 그 애들의 아버지를 전적으로 불신했으니까. 하지만 그 사람이 천국으로 간 뒤에 아이들에게 뭔가 해 주려고 항상 마음먹고 있었단다. 난 어디에 가면 아이들을 볼 수 있을지 알아냈고, 어떤 준비 과정도 없이 찾아가 나를 소개했어. 다른 두 아이도 있었지만, 둘 다 결혼했더구나. 둘 중 맏이만 보았는데, 그 애 남편이 무척 무례했어. 릴리언 러들로라는 맏이는 내가 이사벨에 관심 갖는 것을 반기더군. 그게 바로 자기 여동생이 바라는 일이라고 했어. 누군가 그 애에게 관심을 가져야 한다고 말이야. 여동생에 관해 말하기를, 비상한 재능을 갖추었고 격려와 후원을 필요로 하는 젊은 사람을 두고 네가 말하듯 하더라. 이사벨에겐 비상한 재능이 있을 거야. 하지만 난 아직 그 애의 장기가 뭔지도 몰라. 러들로 부인은 내가 그 애를 유럽으로 데려가는 일에 특히나 민감했어. 그곳 사람들은 모두 유럽을 이주할 곳이나 구원의 땅으로 여기고 자신들의 남아도는 인구의 도피처로 간주하거든. 이사벨 자신이 여기에 오는 걸 무척 기쁘게 여기는 눈치였기에 일이 쉽게 마무리되었어. 그 애가 금전적 부담을 지는 데 거부감이 있는 듯했기 때문에 돈 문제로 어려움이 약간 있었지. 하지만 그 애는 수입이 조금 있었고, 자신의 돈으로 여행할 수 있다고 여겼어.”

이러한 분별력 있는 보고에 세심히 귀를 기울인 랠프는 이 말을 듣고도 관심이 줄어들지 않았다. “아, 그녀에게 비상한 재능이 있다면." 그가 말했다. "그녀의 장기가 뭔지 우리가 알아내야겠네요. 혹시 남자들하고 시시덕거리는 것일까요?"

"그렇진 않아. 처음에 넌 그렇게 추측하겠지만 그건 틀렸어. 아무튼 넌 그 애에 관해 쉽게 알아맞히지 못할걸."

"그렇다면 워버튼도 틀렸네요!" 랠프가 환호하듯 외쳤다. "자기가 뭔가 발견했다고 혼자 즐거워하던데."

터쳇 부인이 머리를 가로저었다. "워버튼 경은 그 애를 이해하지 못해. 노력할 필요도 없고."

"그 사람은 무척 지적인걸요." 랠프가 말했다. "하지만 가끔씩 어리둥절해하는 건 맞아요."

"이사벨은 귀족을 어리둥절하게 만드는 걸 좋아할 거야." 터쳇 부인이 말했다.

랠프가 약간 눈살을 찌푸렸다. "그녀는 귀족에 대해 무엇을 알죠?"

"아무것도 모르지. 그래서 더욱 그 사람을 어리둥절하게 만들 거야."

랠프는 이 말을 웃음으로 받아들이고 창밖을 보았다. 그런 다음 "아버지를 만나러 내려가지 않으실래요?" 하고 물었다.

"8시 십오 분 전에 가마." 터쳇 부인이 대답했다.

랠프가 시계를 보았다. "그렇다면 아직 십오 분이나 남았네요. 이사벨에 대해 좀 더 말해 주세요." 터쳇 부인이 그의 요청을 거부하며 그가 직접 알아봐야 한다고 말하자 그는 "글쎄요." 하고 말을 이었다. "사촌은 틀림없이 어머니를 신뢰하겠죠. 하지만 그게 어머니에게 걱정거리가 되지는 않을까요?"

"그렇지는 않을 게다. 하지만 만일 그렇게 된다 해도 난 회피하진 않을 거야. 그래 본 적이 없거든."

"그녀는 무척 자연스럽게 느껴져요."

"자연스러운 사람들은 걱정을 끼치지 않는 법이야."

"맞아요." 랠프가 말했다. "어머니 자신이 그 증거죠. 어머니는 너무나 자연스러워서 어떤 사람도 성가시게 만든 적이 없어요. 그렇게 하는 게 걱정거리가 되죠. 하지만 방금 떠오른 생각인데, 이것은 대답해 주세요. 이사벨은 자기 자신을 언짢게 만드는 능력이 있을까요?"

"나참." 터쳇 부인이 외쳤다. "너무 많은 질문을 하는구나! 그건 너 스스로 알아봐."

하지만 그의 질문은 끝나지 않았다. "어머니는 그녀를 어떻게 할지 내내 제게 말씀하시지 않았어요."

"그 애를 어떻게 한다고? 넌 마치 그 애가 옥양목 천이라도 되는 것처럼 말하는구나. 난 그 애한테 절대 아무것도 하지 않을 거야. 그 앤 자신이 선택한 걸 스스로 할 테니까. 내게 미리 그렇게 말하더구나."

"그렇다면 어머니가 보낸 전보는 그녀의 성격이 독립적이라는 의미로군요."

"내가 전보에서 무슨 말을 했는지 모르겠구나. 특히 내가 미국에서 보낸 전보라면 말이야. 분명하게 쓰려면 비용이 무척 비싸지거든. 자, 네 아버지에게 내려가자."

"아직 8시 십오 분 전이 되지 않았어요."

"네 아버지의 성급함도 감안해야 돼."

랠프는 아버지의 성급함에 대해 무슨 생각을 해야 될지 알았지만 대답을 하지 않고 어머니의 팔짱을 꼈다. 그렇게 하자함께 아래로 내려가면서 계단(가든코트에서 가장 특출한 형상 가운데 하나인, 세월에 그을린 떡갈나무로 된 넓고 나지막하고 난간 폭이 넓은 계단) 중간 지점에 어머니를 잠시 세워 둘 여지가 있었다. "어머니는 그 애를 결혼시킬 계획은 전혀 없어요?" 그가 미소를 지으며 물었다.

"결혼을 시킨다고? 그 애한테 그런 속임수를 부린다면 유감이지! 하지만 그런 것을 떠나 그 애는 자기 마음대로 결혼할 수 있어. 재능이 있으니까."

"남편감을 골랐다는 뜻이에요?"

"남편감에 대해선 몰라. 하지만 보스턴에 젊은 남자가 있다던데!"

랠프는 계속 말을 이었다. 보스턴에 있다는 젊은 남자에 대해 듣고 싶은 마음은 전혀 없었다. "아버지 말씀처럼 그 사람들은 항상 결혼할 준비가 됐겠죠!"

터챗 부인은 아들에게 소문의 출처에 대한 호기심을 직접 충족해야 한다고 말했지만, 이윽고 그가 그 일에 대해 알고 싶어 하지 않는다는 것이 명백해졌다. 젊은 친척과 함께 응접실에 남게 되자, 그는 그녀와 무척 많은 이야기를 나누었다. 15킬로미터가량 떨어진 자신의 집에서 말을 타고 온 워버튼 경은 저녁 식사 전에 다시 말을 타고 출발했다. 식사가 끝나고 한 시간 후 격식의 굴레를 상당히 물리친 듯한 터챗 씨 부부는 피곤하다는 그럴듯한 구실을 내세워 각자 방으로 들어갔다. 랠프는 사촌 여동생과 함께 한 시간을 보냈다. 한나절 동안 여행을 했지만 그녀는 조금도 지치지 않은 듯 보였다. 그녀는 실제로는 자신이 피로하다는 것을 알았고, 이튿날이면 그 대가를 치러야 한다는 것도 알았다. 하지만 이 무렵 그녀는 피로감을 극한으로 몰아 간 뒤 시치미 떼기가 어려워졌을 때만 그 사실을 인정하는 것이 습관이었다. 현재로서는 세련된 위선이 가능했기에 그녀는 관심을 기울였고, 스스로 말한 것처럼 기분이 고조되어 있었다. 그녀는 랠프에게 그림을 보여 달라고 했다. 집 안에 있는 상당히 많은 그림들은 대부분 그가 선택한 것이었다. 그중에서도 최고의 그림들은 보기 좋게 균형 잡힌 떡갈나무로 만들어진 화랑에 진열되었다. 화랑 양쪽에는 각각 앉을 수 있는 장소가 있었고, 저녁이면 항상 불이 켜졌다. 그 불빛이 그림들을 제대로 보여 주기에 충분하지는 못했기에 화랑 방문이 이튿날로 연기될 수도 있었다. 랠프는 용기를 내어 그렇게 제안했지만, 이사벨은 실망한 듯이(여전히 미소를 머금긴 했지만) 대답했다. "오빠만 좋다면 조금 더 보고 싶은데." 그녀는 진지했고, 그런 태도를 스스로 알고 있었기 때문에 이제 정말 그렇게 보였다. 그녀도 어쩔 수 없었던 것이다. '제안을 받아들이지 않는군.' 랠프는 속으로 말했다. 하지만 그는 싫어하는 기색을 보이지 않았다. 한편으로는 그녀의 재촉에 즐겁고 기분 좋기도 했다. 튀어나온 선반 위에 간격을 두고 놓인 등불빛은 불완전하기는 해도 다감하였다. 그 불빛은 풍요로운 색상의 희미한 정사각형 모양 액자와 육중한 테두리의 낡은 도금 위로 비쳤으며, 반들거리는 화랑 바닥에 광채를 던졌다. 랠프는 촛대를 집어 들고 방 안을 배회하며 자신이 좋아하는 그림들을 손으로 가리켰다. 이사벨은 그림을 하나씩 들여다보며 작게 탄성하고 중얼거리며 그림에 탐닉했다. 랠프는 확실히 그녀가 그림을 보는 능력을 타고났다는 인상을 받았다. 그녀는 직접 촛대를 들고 천천히 이곳저곳으로 가져갔다. 그녀가 촛대를 높이 들었을 때 랠프는 화랑 한가운데 걸음을 멈추고 그림보다 그녀에게 시선을 쏟고 있는 자신의 모습을 발견했다. 사실 대부분의 미술품보다 그녀를 보는 것이 더 가치가 있었기 때문에 그는 그렇게 두리번거리면서도 아무것도 놓치지 않았던 것이다. 그녀는 더할 나위 없이 마른 편이었고, 가늠할 수 있을 만큼 몸이 가벼웠으며, 입증할 수 있을 만큼 키가 컸다. 그녀를 다른 두 아처 양과 구별할 때 사람들은 언제나 그녀를 몸이 가냘픈 쪽이라고 불렀다. 거의 검은색에 가까울 만큼 짙은 그녀 머리카락은 많은 여자들에게 부러움의 대상이었다. 심각한 순간이면 약간 굳을 듯한 그녀의 옅은 회색 눈매는 매혹적인 겸양의 빛을 띠었다. 그들이 화랑 위아래로 천천히 걸을 때 그녀가 입을 열었다. "이제는 처음 시작할 때보다 좀 더 알 것 같아!"

"확실히 넌 지식에 대한 열정이 커." 랠프가 대꾸했다.

"그렇다고 봐. 여자들은 대부분 끔찍할 만큼 무지하거든."

"넌 그런 여자들과 다르게 보이는데."

"어머, 그들 가운데 일부와 비교하면 그렇겠지. 하지만 그들에 관해 얘기하는 방법은!" 아직 자신에 대해 상세히 설명하지 않겠다는 듯 이사벨이 중얼거렸다. 그런 다음 곧 화제를 바꾸어 "말해 줄 수 있어, 유령이 있는지?"라고 물었다.

"유령이라니?"

"성(城)의 유령 말이야. 종종 출현하는 존재지. 미국에선 그런 걸 유령이라고 불러."

"유령을 보면 여기서도 그렇게 불러."

"그렇다면 오빠가 유령을 본단 말이지. 이렇게 낭만적인 고택에서는 그래야 될 테지만."

"여긴 낭만적인 고택은 아니야." 랠프가 말했다. "그런 걸 믿는다면 실망할 거야. 여긴 음울하고 단조로운 곳이니까. 네가 가지고 왔을지 모르는 것을 제외하고 여기엔 어떤 낭만도 없어."

"난 상당히 많은 걸 가지고 왔어. 그런데 제대로 가져온 느낌인걸."

"그것이 해를 입지 않도록 잘 간직해. 여기선 어떤 일도 일어난 적이 없어. 아버지와 나 사이에 말이야."

이사벨은 잠시 그를 바라보았다. "여긴 이모부님과 오빠를 제외하고 아무도 없어?"

"물론 어머니가 계시지."

"아, 이모님은 알지. 이모님은 낭만적이진 않으시잖아. 다른 사람들은 없어?"

"거의 없어."

"유감이네. 난 사람들을 무척 만나고 싶은데."

"오, 마을 사람들을 모두 초대해 널 즐겁게 해 줄게." 랠프가 말했다.

"이제 나를 놀리네." 이사벨이 다소 무겁게 대답했다. "내가 도착했을 때 잔디밭에 있던 신사는 누구야?"

"시골 이웃이야. 그다지 자주 오지는 않아."

"유감이네. 난 그 사람이 좋던데." 이사벨이 말했다.

"좋다고? 넌 그 사람에게 거의 말을 걸지도 않았잖아." 랠프가 항의했다.

"신경 쓰지 마. 그래도 난 그 사람이 좋아. 이모부님도 정말 좋고."

"그럴 수밖에 없지. 아버지는 찾아보기 힘들 만큼 좋은 분이 거든."

"편찮으시다니 유감이야." 이사벨이 말했다.

"내가 아버지 간호하는 걸 도와줘. 넌 훌륭한 간호사가 되어야 해."

"내게 그런 면이 있다고 생각하진 않아. 그렇지 않다고 사람들이 말하는 걸 들었거든. 사람들은 내가 지나치게 많은 이론을 지녔대. 그런데 오빠는 내게 유령에 대해 말하지 않았어." 그녀가 덧붙였다.

하지만 랠프는 그 언급에 전혀 관심을 기울이지 않았다. "넌 아버지를 좋아하고 워버튼 경도 좋아하는구나. 그렇다면 어머니도 좋아한다고 해야 될까."

"난 이모님을 정말 좋아해. 왜냐하면…… 왜냐하면…….." 이사벨은 터챗 부인에 대한 애정에 이유를 대려고 하는 자신을 발견했다.

"아, 우린 절대 이유를 알 수 없어!" 랠프가 웃으며 말했다.

“난 항상 이유를 알아.” 이사벨이 대답했다. “내가 이모님을 좋아하는 이유는 이모님이 누군가가 자기를 좋아할 거라고 생각하시지 않기 때문이야. 이모님은 남들이 자기를 좋아하든 좋아하지 않든 아랑곳하지 않으시거든.”

“그래서 네가 어머니를 흠모하는구나? 고집 때문에. 난 어머니를 많이 닮았는데.” 랠프가 말했다.

“그런 것 같진 않아. 오빠는 사람들이 좋아해 주길 바라고, 사람들이 그렇게 하도록 애쓰잖아.”

“이런, 사람 속을 꿰뚫고 있네!” 랠프가 전혀 익살스럽지 않은 당황한 태도로 소리쳤다.

“하지만 그래도 난 오빠가 좋아.” 이사벨이 말을 이었다. “오빠가 문제를 풀어 가는 방법을 보니 내게 유령을 보여 줄 것 같은걸.”

랠프가 슬픈 듯이 머리를 흔들었다. “네게 보여 줄 수도 있지만 넌 절대로 보지 못할 거야. 특권이란 모든 사람에게 주어지지 않아. 부러워할 만한 일도 아니야. 유령은 너처럼 젊고 행복하고 순진한 사람에게는 절대로 보이지 않아. 넌 먼저 큰 고통을 겪고 뭔가 쓰라린 지식을 얻어야만 해. 그렇게 해야 눈이 뜨일 테니까. 난 그걸 오래전에 보았지만.”

“난 방금 오빠에게 내가 지식을 무척이나 좋아한다고 말했어.”

“그래. 행복한 지식, 기분 좋은 지식을 말하겠지. 그런데 넌 고통을 겪지는 않았어. 그러도록 되어 있지 않았거든. 난 네가 절대로 유령을 보지 않았으면 좋겠어!”

그녀는 입술에 미소를 머금었지만 눈에는 무거운 빛을 띠며 그에게 유심히 귀를 기울였다. 우아하긴 했지만 그에게는 그런 그녀가 다소 주제넘어 보였다. 사실 그것이 그녀 매력의 일부이기도 했지만. 그러자 그는 그녀가 무슨 말을 할지 궁금해졌다. "알다시피 난 두렵지 않아."라는 그녀의 말 역시 지나칠 만큼 주제넘어 보였다.

"넌 고통이 두렵지 않아?"

"물론 두려워. 하지만 유령을 두려워하진 않아. 게다가 사람들이 너무 쉽게 고통을 겪는다고 생각해." 그녀가 덧붙였다.

"난 네가 그렇다고 보지 않는데." 랠프는 호주머니에 손을 넣고 그녀를 쳐다보며 말했다.

"그게 잘못이라고 생각하진 않아." 그녀가 대답했다. "고통을 겪는 것이 절대적으로 필요한 건 아니야. 우린 그렇게 되어 있지 않아."

"넌 확실히 아니지."

"나 자신을 말하는 게 아니야." 그녀는 이렇게 말하고 조금 배회했다.

"그래, 그건 잘못이 아니야." 랠프가 말했다. "강하다는 건 장점이니까."

"오빠가 고통을 겪지 않는다면 사람들이 강하다고 하겠지." 이사벨이 말했다.

그들은 화랑에서 작은 거실로 되돌아왔다. 그리고 그것을 빠져나와 계단 아래 복도에서 걸음을 멈추었다. 랠프는 조각품 따위를 넣어 두는 벽감에서 꺼내 온 침실용 초를 이사벨에게 건넸다. "사람들이 뭐라고 말하든 신경 쓸 것 없어. 네가 고통을 겪는다면 사람들이 멍청이라고 할 거야. 정말 중요한 건 가급적 행복해지는 거니까."

이사벨은 랠프를 잠깐 바라보았다. 그리고 초를 건네받은 다음 떡갈나무 계단으로 발을 옮겼다. "글쎄." 그녀가 말했다. "그게 바로 내가 유럽에 온 이유지. 가급적 행복해지려고 말이야. 잘 자."

"잘 자! 너의 성공을 빌게. 나도 네 성공에 기여한다면 정말 좋을 텐데!"

이사벨이 몸을 돌리자 랠프는 천천히 계단을 올라가는 그녀의 모습을 지켜보았다. 그런 다음 버릇처럼 호주머니에 손을 넣고 텅 빈 거실로 돌아갔다.

6

이사벨 아처는 많은 이론을 지닌 젊은 여성이었고 상상력이 놀랄 만큼 풍부했다. 다행히도 그녀는 자신과 운명을 함께할 사람들 대부분보다 정신이 섬세했고, 주위 일들을 폭넓게 인식했으며, 생소한 지식을 좋아했다. 그녀는 또래 사람들 사이에서 생각이 매우 깊은 젊은 여성으로 통하는 것이 사실이었다. 매우 뛰어난 사람들도 그들 스스로 의식하지 못했던 지성의 범주에 대한 찬사를 억제하지 못한 채, 이사벨이 박학다식하며 번역본이긴 하지만 고전 작가들의 작품을 읽을 정도의 인물이라고 말했다. 그녀의 고모 베어리언 부인은 이사벨이 책을 쓰고 있다는 소문을 퍼뜨린 적이 있었으며, 자신이 책에 대해 존경심을 가졌기에 이사벨이 작가로서 명성을 날릴거라고 단언했다. 베어리언 부인은 문학을 무척 좋아했고, 그것은 결핍감에서 오는 존경심이었다. 그녀의 넓은 집은 구색

을 갖춘 모자이크 탁자와 장식 있는 천장이 돋보였지만 서재
는 구비되어 있지 않았고, 인쇄된 책이라곤 그녀 딸들 가운데
한 명이 쓰는 방 선반에 꽂혀 있는 소설 대여섯 권 뿐이었다.
실제로 베어리언 부인이 문학과 접하는 길은《뉴욕 인터뷰어》
에 한정되어 있었다. 그녀가 제대로 말했듯이《인터뷰어》를
읽고 나면 교양에 대한 모든 믿음을 상실하게 된다. 그 탓에
그녀는 딸들이《인터뷰어》를 가까이하지 못하도록 막는 경향
이 있었다. 그녀는 딸들을 제대로 키우려고 마음먹었지만, 딸
들은 전혀 독서를 하지 않았다. 이사벨이 책을 쓰고 있다는 그
녀의 생각은 망상에 불과했다. 이사벨은 실제로 책을 쓰려고
한 일이 없었고, 작가의 월계관을 쓰려는 욕망을 가져 본 적
도 없었기 때문이다. 그녀는 글재주가 없었고, 천재성에 대해
서도 거의 생각해 본 적이 없었다. 다만 세상 사람들이 그녀가
뛰어나다는 듯 취급하자 그 사람들이 옳다고는 막연히 생각
만 했을 뿐이다. 그녀가 뛰어나든 그렇지 않든 세상 사람들이
그렇게 생각한다면 칭찬하는 것은 당연한 일이었다. 그녀는
이따금 자신의 머리가 다른 사람들보다 민첩하게 움직인다고
여겼고, 그것이 우월감과 쉽게 혼동될 수 있는 초조함을 낳았
기 때문이다. 이사벨은 아마도 자존심이라는 죄악에 빠질 우
려가 많다고 서슴없이 말할 수 있다. 그녀는 자신의 성품을 발
휘할 수 있는 터전을 종종 느긋한 마음으로 둘러보곤 했다. 그
녀는 증거가 불충분한데도 자신이 옳다고 당연시하는 습성
이 있었고, 자화자찬하는 경우도 많았다. 그러나 그녀의 잘못
이나 착각이 적지 않았기 때문에 그녀의 삶을 기록하는 작가

라면 주제의 신빙성을 유지하기 위해 상세한 기록을 주저하게 될 것이 틀림없다. 그녀의 머릿속은 희미한 생각들로 뒤엉켜 있었고, 그러한 생각은 무게 있게 말하는 사람들의 판단에 따라 수정된 적이 한 번도 없었다. 의견에 차이가 있을 때도 그녀는 자신의 주장을 고집했기 때문에 우스꽝스러운 혼란에 수없이 빠져들기도 했다. 그녀는 이따금 자신이 이상야릇한 실수를 저질렀다는 것을 깨닫고 일주일 정도 매우 겸손하게 처신했다. 그런 후에는 이전보다 더 의기양양한 태도를 보였지만 쓸데없는 일이었다. 왜냐하면 그녀는 자신의 콧대를 세우고 싶은 억누를 수 없는 욕망을 가졌기 때문이다. 바로 이러한 이유로 말미암아 그녀는 인생이 살아갈 만한 가치가 있다는 이론을 세웠다. 그 이론에 따르면 누구나 최고의 인간이 되어야 하고, 섬세한 내면의 질서를 자각해야 하고(그녀가 자신의 섬세한 내면의 질서를 모를 리 없다.) 광명과 타고난 지혜와 행복한 충동과 고상하게 몸에 밴 영감의 영역으로 이동해야 했다. 자아에 대한 의구심은 가장 좋은 친구를 의심하는 것과 마찬가지로 불필요한 일이었다. 사람은 스스로 가장 좋은 친구가 될 수 있으며, 그런 식으로 자신에게 뛰어난 친구가 되도록 노력해야 했다. 이사벨은 고상하기 짝이 없는 상상력을 갖추어 스스로에게 많은 도움이 되었지만, 그것이 그녀를 상당히 기만하기도 했다. 그녀는 인생의 절반 동안 아름다움과 용기와 담대함에 대해 생각하고, 세상을 밝고 자유롭게 확장하고, 세상이 행동의 제약이 없는 장소라는 생각을 확고하게 품었으며, 두려워한다든가 부끄러워하는 것은 혐오할 만한 일이라고 여겼다. 그녀는 무엇이든 옳지 않은 일은 절대로 하지 않겠다는 무한한 희망을 품었다. 그녀는 단순히 감정상의 실수를 저지른 경우에도 그것을 깨달으면 심한 분노에 빠진 나머지(이러한 발견은 언제나 자신을 포획하여 질식시킬지도 모르는 덫에서 빠져나온 것처럼 그녀를 몸서리치게 만들었다.) 누군가가 우발적으로 자신에게 다가올지라도 상대방이 느낄 만큼 상처를 입힐 수 있다는 생각에 이따금 숨이 멎을 지경이 되었다. 그런 일은 자신에게 발생할 수 있는 최악의 일로 간주되었다. 전체적으로 생각해 본다면 그녀는 옳지 않은 일들에 관해 한 치의 애매함도 없었다. 그녀는 잘못된 일들을 보는 것을 좋아하지 않았고, 유심히 관찰할 경우 그것을 식별할 수 있었다. 비열한 것, 질투하는 것, 그릇되거나 잔인한 것은 모두 잘못된 일이었다. 그녀는 세상에서 악이라는 것을 그다지 많이 보지는 않았지만 거짓말을 한다든가 서로 상처 입히고 헐뜯는 여자들을 본 적은 있었다. 그런 일을 보게 되면 고상한 기운이 발동하여, 그것을 경멸하지 않기가 쉽지 않았다. 물론 고상한 기운이 갖는 위험은 일관성이 없다는 데 있으며, 그것은 성(城)이 함락한 다음에도 깃발을 내리지 않는 것이나 다름없었다. 그런 행위는 깃발의 명예를 더럽힐 정도로 기만적이었다. 그러나 이사벨은 젊은 여성들이 받는 공격이 어떤 것인지 전혀 몰랐기 때문에 이런 모순이 자신의 행동에는 결코 없을 거라고 스스로 우쭐댔다. 그녀 삶은 다른 사람에게 주는 유쾌하기 그지없는 인상과 언제나 조화를 이루어야 했고, 겉으로 보이는 모습과 실제 모습에 구분이 없었다. 가끔씩 그녀는 언젠가 자신이 어려운 입장에 놓이면 어떨까 생각해 보기도 했다. 그렇게 되면 상황이 요구하는 대로 용감하게 대응하는 기쁨을 누려야 될 것이다. 전체적으로 볼 때 그녀는 지식이 부족하며, 이상은 매우 높고, 자신감은 순수하고도 독단적이었다. 또한 그녀의 기질은 엄하면서도 관대하며, 성격에는 호기심과 괴팍스러움, 활력과 무관심이 섞여 있고, 가급적 실제보다 남들에게 훨씬 더 잘 보이고 싶은 욕구도 있었다. 뿐만 아니라, 자신이 직접 보고 시도하여 지식을 얻으려는 확고한 태도와 함께 미묘하고 종잡을 수 없는 불꽃같은 영혼, 상황에 따라 움직이는 격렬하고 인간적인 모습도 있었다. 그러므로 만일 그녀가 독자 마음속에 더 다정하면서도 느긋하게 관망하려는 충동을 일깨우지 않는다면 쉽게 냉혹한 비판의 희생자가 될 수도 있을 것이다.

이사벨 아처의 이론 가운데 하나는 자신이 무척 다행스럽게도 독립적이며, 그런 점을 적극 활용해야 한다는 것이었다. 그녀는 그것을 고독의 상태로 여기지 않았고, 독신의 상태로는 더욱 여기지 않았다. 그녀는 자신의 상황을 그렇게 묘사하는 것은 설득력이 없다고 보았으며, 게다가 언니 릴리언이 함께 살자고 끊임없이 졸라 댔다. 이사벨은 아버지가 죽기 직전에 친구 한 명을 사귀었는데, 그 친구는 이사벨이 언제나 모범으로 여길 만큼 유용한 활동의 좋은 본보기가 되어 주었다. 그녀의 친구 헨리에타 스택폴에겐 남들로부터 칭송받는 능력이 있었다. 그녀는 언론계에 종사했고, 워싱턴, 뉴포트,* 화이트 마운틴**과 그 밖의 여러 지역에서 그녀가 《인터뷰어》에 써 보낸 통신문이 널리 인용되고 있었다. 이사벨은 이 통신문들이 "수명이 짧다."라고 자신 있게 말했지만, 친구의 용기와 활력과 쾌활함을 높이 평가했다. 양친도 재산도 없는 헨리에타는 몸이 허약하고 미망인 신세가 된 언니의 아이들 가운데 세 명을 입양했고, 문필로 얻은 수입으로 아이들의 학비를 댔다. 헨리에타는 진보의 선두에 서 있었고 대부분의 문제에 명쾌한 견해를 보였다. 그녀가 오랫동안 품은 소원은 유럽에 가서 급진적 관점에서 《인터뷰어》에 통신문을 연재하는 것이었다. 이 계획은 그녀가 자신의 의견은 물론 유럽 제도 대부분이 얼마나 많은 반대에 봉착하는지를 완벽하게 알고 있었기 때문에 그다지 어려운 일이 아니었다. 이사벨이 유럽으로 간다는 이야기를 듣자 헨리에타는 자연스럽게 두 사람이 함께 여행하면 즐거울 거라고 생각하며 곧 출발하려고 했다. 그러나 그녀는 계획을 연기할 수밖에 없었다. 그녀는 이사벨을 대단한 인물로 여기고 자신이 쓴 통신문에 이사벨에 대해 남몰래 언급한 적이 있었지만 그 사실을 이사벨에게 알리지는 않았다. 이사벨은 자신의 이름이 거론되는 것을 좋아하지 않았고, 《인터뷰어》의 정기 구독자도 아니었기 때문이다. 이사벨에게 헨리에타는 여성이 자신에게 만족하고 행복할 수 있다는 증거가 되었다. 헨리에타의 재능은 명확했다. 하지만 그녀가 말했듯이 누군가에게 신문 기자의 자질이나 대중이 무엇을 원하는지 추측하

---

* 미국 북동부 로드아일랜드 주의 도시.
** 미국 북동부 뉴햄프셔 주의 산림 지역.

는 재능이 없다 하더라도, 천직에 대한 재능이나 어떤 유익한 능력이 없다고 결론 내려 자신을 하찮고 경박한 존재로 여기고 포기해서는 안 되었다. 이사벨은 경박한 사람이 되지 않으려고 용감히 마음먹었다. 정당한 인내심을 가지고 기다린다면 뭔가 좋은 일이 생길 수도 있는 것이다. 물론 그녀는 젊은 처녀로서 당연히 결혼 문제에 관해 이런저런 견해를 품기도 했다. 그런데 그 가운데 으뜸가는 것은 결혼에 대해 지나치게 생각하는 것이 속된 일이라는 확신이었기 때문에 그 생각에 너무 깊이 빠지지 않도록 간절히 기도했다. 그녀의 생각은 여자란 유달리 약하지 않다면 혼자서 살아갈 수 있어야 하며, 별로 세련되지 못한 남자와 함께 살지 않더라도 온전히 행복해질 수 있다는 것이었다. 그녀의 시도는 충분히 실현되었다. 그녀의 내부에 있는 순수하고 당당한 어떤 것(그녀에게 구혼의 손길을 뻗쳤다가 거절당한 분석적인 취향의 남자가 말한 차갑고 메마른 어떤 것)이 지금까지 그녀로 하여금 남편감들에 대하여 조금이라도 억측해 보게 했던 공허함을 없애 준 것이다. 그녀가 만난 남자 가운데 터무니없이 큰 정성을 쏟아야 될 만한 인물은 거의 없었다. 게다가 그중 한 사람이 자신이야말로 그녀의 희망을 자극하고 그녀 인내심의 보답이 될 거라고 소개했던 일을 생각하자 그녀는 혼자서 웃고 말았다. 그녀 마음속 깊은 곳, 가장 깊은 곳에는 만일 어떤 서광이 비친다면 자신을 송두리째 맡길 수 있다는 믿음이 잠복해 있었다. 그러나 이런 예상은 대체로 너무나 엄청난 것이라 별 매력을 느끼지 못했다. 이사벨의 생각은 이러한 것들 주변을 맴돌았지만 오랫동안 머무른

적은 별로 없었고, 얼마간 시간이 지나면 놀라서 사라지고 말
았다. 이사벨은 이따금 자신이 스스로에 대하여 너무나 많은
생각을 한다고 여겼기 때문에, 그녀에게 지독한 이기주의자라
고 하면 언제든 얼굴을 붉히게 만들 수도 있었다. 그녀는 항상
자신의 발전을 계획하고, 완성을 갈구하며, 성장을 관찰했다.
자부심 넘치는 그녀의 본성에는 정원과 같은 특성이 있었다.
그것은 향기와 바람에 속삭이는 나뭇가지와 그늘진 정자와 길
게 뻗은 경치를 연상시켜 그녀로 하여금 자기 성찰이란 결국
바깥에서의 활동이며, 사람의 영혼 깊은 곳을 찾는다는 것은
장미꽃을 한 아름 안고 돌아올 때처럼 편안하다고 느끼게 했
다. 하지만 그녀는 이따금 세상에는 자신이 가진 훌륭한 영혼
의 정원과는 다른 정원이 존재하며, 정원 같은 느낌이 전혀 들
지 않는 장소들(추악함과 고통이 무성히 심어진 거무튀튀하고 해
롭기만 한 지대)도 너무나 많다는 사실을 상기했다. 자신이 최
근, 표류하듯 떠돌아다니는 호기심을 보상받고자 하는 물결을
따라 이처럼 아름답고 오래된 영국에 도달했고, 훨씬 더 멀리
까지 가게 될지도 모르지만, 가끔씩 스스로를 억제하며 자신
보다 행복하지 못한 수많은 사람들을 생각하노라면 자신의 섬
세하고 풍부한 의식이 한순간 무례하게 보였다. 자신을 위해
즐거운 일을 계획하면서도 세상의 불행에 대하여 뭔가를 해야
된단 말인가? 솔직히 말해 이런 문제가 그녀를 오랫동안 사로
잡은 적은 없었다. 그녀는 너무나 젊고, 너무나 인생을 갈망했
으며, 고통에 대하여 너무나 몰랐던 것이다. 결국 그녀는 모든
사람이 영리하다고 생각하는 젊은 여성은 먼저 인생에 대한

전반적인 인상을 가져야 된다는 자신의 이론으로 항상 되돌아왔다. 그러한 인상은 실수를 방지하는 데 필요했으며, 실수를 범할 걱정이 없어진 뒤에도 다른 사람들의 불행한 상황에 특별한 관심을 쏟게 해 줄 수 있었다.

영국은 이사벨에게 계시와도 같았고, 그녀는 마치 무언극을 보는 어린아이처럼 즐거운 기분이 되었다. 어릴 적 유럽 여행에서 그녀가 본 것은 오직 대륙뿐이며, 그마저 탁아소의 창문을 통해 보았다. 그녀 아버지의 성지(聖地)는 런던이 아니라 파리였지만, 그곳에서 그가 보인 많은 호기심에 아이들은 자연스럽게 관심을 보이지 않았다. 더욱이 그때의 인상은 점차 희미하고 아득해져 버렸고, 지금 그녀 눈에 들어온 모든 것은 구세계다운 온갖 야릇한 매력을 발산하고 있었다. 이모부의 저택은 그림처럼 아름다웠고, 그녀는 기분 좋은 고상함을 하나도 놓치지 않았다. 게다가 가든코트의 풍요로운 아름다움은 새로운 세계를 보여 주기만 할 뿐 아니라, 어떤 욕구를 충족해 주었다. 넓고 낮은 방에는 갈색 천장과 어둠침침한 구석, 나팔꽃 모양의 깊숙한 문과 신기한 여닫이창이 있었다. 잘 닦인 어두운 창틀 위에는 고요한 햇살이 감돌았고, 항상 실내를 들여다볼 것 같은 바깥의 무성한 신록과 더불어 '개인 소유지'의 한가운데에 질서가 잡힌 사생활이 존재한다는 느낌이 들었다. 이곳에서는 소리도 교묘하게 변화를 일으켜 발소리조차 대지에 흡수되었으며, 두텁고 차분한 대기 속에서 서로 접촉해도 전혀 마찰하는 소리가 나지 않았고, 이야기를 해도 전혀 날카롭게 들리지 않았다. 이런 것들은 취향이 감정에 상당한 영향을 미치는 이사벨에게 딱 들어맞았다. 그녀는 이모부와 급속히 친해져, 그가 잔디밭에 의자를 내어놓을 때면 자주 옆에 가서 앉았다. 그는 손깍지를 낀 채 평온하고 소박한 가정의 수호신, 봉사의 신처럼 몇 시간이고 바깥에 앉아 있었다. 그 모습은 일을 끝내고 보수를 받은 노인이 앞으로 일거리 없이 지속될 긴 나날들을 견디려고 애쓰는 듯이 보였다. 이사벨은 자기가 생각하던 이상으로 이모부를 즐겁게 해 주었고(그녀가 타인에게 주는 영향은 자신이 상상하던 것과 어긋난 적이 많았지만) 그는 조카딸에게 많은 말을 하게 만들어 스스로 기쁨을 누리기도 했다. 그는 그녀가 대화를 하게 하여 관계를 이었으며, 이 점은 미국의 젊은 여성들에게서 현저히 눈에 띄는 '특징'이었다. 왜냐하면 미국에서는 다른 나라에서보다 사람들의 관심이 젊은 여성의 이야기에 더 직접적으로 쏠렸기 때문이다. 이사벨은 미국 여성 대부분들처럼 자신을 스스럼없이 표현했고, 사람들이 그녀 말에 주목해 주었기 때문에 감정과 견해를 표현하는 것이 자연스러웠다. 물론 그녀의 많은 견해는 의심할 나위 없이 가치가 빈약했고, 감정 또한 말을 하고 나면 그대로 사라져 버렸다. 그러나 그러한 견해와 감정은 적어도 그녀에게 뭔가 느끼고 생각하게 하는 습관을 남겼다. 게다가 그녀가 정말로 감동했을 때 그녀의 말은 곧바로 생기를 띠어, 많은 사람들이 그것을 뛰어난 징후로 간주했다. 터챗 씨는 이사벨을 보고 있노라면 10대 무렵의 아내 모습이 떠오른다고 생각하곤 했다. 그가 아내를 사랑하게 된 것은 그녀가 생기발랄하고 자연스러우며 이해력과 표현이 빨랐기(조카딸과 너무나 닮은 특징들) 때문이다. 하지만 그는 두 사람이 닮았다는 것을 이사벨에게 말하지는 않았다. 왜냐하면 터쳇 부인에게 이사벨을 닮은 점이 있기는 했지만, 이사벨은 터쳇 부인을 전혀 닮지 않았기 때문이다. 터쳇 노인은 이사벨에게 많은 친절을 베풀었다. 그가 말한 것처럼 집 안에 젊은 사람이 있은 일이 꽤 오래되었기 때문이다. 활달하고 민첩하며 목소리가 맑은 이사벨은 물 흐르는 소리처럼 그에게 좋은 느낌을 주었다. 그래서 그는 이사벨을 위해 뭔가 해 주고 싶은 마음이 생겼고, 그녀가 자기에게 그것을 요청해 주기를 바랐다. 그러나 그녀가 한 것은 질문들뿐이었다. 실제로 그녀는 많은 질문을 했다. 그녀의 압박이 때로는 감당하기 벅찼지만 터쳇 씨는 얼마든지 대답해 주었다. 그녀는 영국과 영국 헌법, 영국인의 성격, 정치 형태, 왕실 예법과 풍습, 귀족 사회의 특성, 이웃 사람들의 생활 방식과 사고 등에 관하여 엄청난 질문을 해 댔다. 그리고 이런 주제들에 대하여 좀 더 알고 싶었던 나머지 이런 것들이 책에 묘사된 그대로인지 물어보았다. 노인은 다리 위로 숄을 매끄럽게 펼치며 맑고 깐깐한 미소를 지은 채 그녀를 흘끗 바라보았다.

"책이라니?" 하고 그가 물었다. "글쎄다, 난 책에 대해 아는 게 많지 않으니 랠프에게 물어봐. 난 항상 필요한 지식을 직접 확인해서 자연스럽게 익혔지. 심지어 질문조차 많이 하지 않고 그저 조용히 알아차리기만 했어. 물론 난 젊은 여성들이 가질 수 있는 것보다 훨씬 나은 기회들을 가졌어. 난 무엇을 자꾸 알고 싶어 하는 기질이거든. 네가 나를 관찰하면 그렇게 생각하지 않을지도 모르지만. 네가 아무리 나를 잘 관찰한다 하더라도 내 편에서 너를 더 잘 볼 수밖에 없어. 난 영국 사람들을 삼십오 년 이상이나 관찰해 왔기 때문에 상당한 지식을 얻었다고 말할 수 있지. 대체로 본다면 영국은 무척 좋은 나라지. 미국에서 생각했던 것보다 훨씬 나을지도 모른단다. 개선하면 좋겠다고 생각되는 점도 몇 가지 있기는 해. 그러나 대체로 개선의 필요성은 아직 느껴지지 않는 것 같구나. 대체로 한 가지 필요성만 느끼면 사람들은 보통 어떻게든 실천하고 말거든. 하지만 이 사람들은 그때까지 기다리는 걸 별로 불편하게 여기지 않는 것 같아. 영국 사람들과 어울려 지내는 건 처음 이곳에 왔을 때 생각했던 것보다 훨씬 편했어. 내 사업이 상당히 성공을 거두었기 때문이겠지. 너도 성공한다면 당연히 마음이 더 편할 거야."

"성공하면 제 마음이 편할 거라고 생각하세요?" 이사벨이 물었다.

"꼭 그럴 거라고 생각한다. 넌 틀림없이 성공할 거야. 이곳에서는 젊은 미국 여성들이 꽤 인기 있거든. 영국인들은 미국 여성에게 큰 친절을 베풀지. 하지만 너무 마음을 놓아선 안 돼."

"그 사람들의 호의가 저를 만족시킬지 알 수 없네요." 이사벨이 공정한 어조로 말했다. "여긴 아주 좋은 곳이지만 제가 영국인들을 좋아하게 될지는 모르겠어요."

"영국인들은 아주 좋은 사람들이지. 특히 네가 호감을 갖게 된다면 말이야."

"틀림없이 좋은 사람들이겠죠." 이사벨이 대답했다. "그렇지만 그들이 사교에도 능숙할까요? 제 것을 뺏거나 저를 해치지는 않겠지만 저를 기분 좋게 대해 줄까요? 사람들이 그렇게 대해 주면 좋겠네요. 주저하지 않고 이런 말을 하는 건 사람들이 잘 대해 주면 항상 고맙기 때문이죠. 영국 사람들이 젊은 여자에게 매우 친절하다고 생각하지는 않아요. 소설을 보면 그렇거든요."

"난 소설에 대해서는 잘 모른다." 터쳇 씨가 말했다. "소설에는 많은 장점이 있지만 그리 정확하진 않지. 소설 쓰는 부인이 이곳에 묵은 적이 있어. 랠프가 초대한 친구였지. 뭐든 다 할 수 있는 아주 적극적인 여자였어. 그러나 눈에 보이도록 신뢰할 만한 사람은 아니었단다. 공상이 지나쳤던 거야. 난 그래서라고 생각해. 나중에 그 부인이 소설을 발표했는데, 그 속에 나처럼 보잘것없는 존재를 묘사한 것 같아. 말하자면 서투른 모방이라고 할까. 나는 읽어 보지 않았지만 랠프가 중요한 부분에 표식을 해 내게 건네주었지. 내가 한 얘기를 그대로 묘사했다고 하더군. 미국인의 특징, 코맹맹이 소리, 양키적인 사고, 성조기 같은 것들 말이야. 그런데 조금도 정확하지 않았어. 그 부인은 내 얘기를 귀담아듣지 않았거든. 내 얘기를 소설에 쓰는 것을 반대하지는 않지만, 내 말을 잘 듣지 않았다고 생각하니 싫어지더구나. 물론 나는 미국인처럼 말하지. 호텐토트족*처럼 말할 수는 없으니까. 내가 얘기하는 투가 어떻든 여기 사람들은 내 말을 충분히 알아들어. 하지만 나는 그 부인의 소설에 나오는 늙은 남자처럼 얘기하지는 않아. 그 남자는 미국인

---

* 남아프리카의 미개 민족.

이 아니야. 미국에선 그런 사람은 절대로 받아들이지 않지. 나는 소설이 반드시 정확하지는 않다는 걸 네게 말하려는 거야. 물론 나한테는 딸이 없고, 아내는 피렌체에 살기 때문에 젊은 여성에게 관심을 가질 기회가 그다지 없었지. 하층 계급의 젊은 여성들이 무척 부당한 대우를 받는 듯 보일 때가 가끔 있어. 그러나 상류 계급은 훨씬 낫고, 중류 계급 상황도 그런대로 괜찮다고 생각한다."

"어머나." 이사벨이 소리쳤다. "도대체 계급이 몇 개예요? 쉰 개 정도예요?"

"글쎄, 헤아려 본 적은 없어. 계급 같은 것에 큰 관심을 둔 적이 없거든. 미국인이 여기서 누리는 혜택이지. 넌 어느 계급에도 속하지 않아."

"그랬으면 좋겠네요." 이사벨이 말했다. "영국 계급에 속한다고 한번 생각해 보세요!"

"그래도 어떤 사람들은 꽤나 편안할 테지. 특히 위쪽으로 갈수록. 아무튼 내겐 두 계급만 있어. 내가 믿을 수 있는 사람들과 그렇지 못한 사람들. 이 둘 중에서 이사벨 너는 전자에 속하지."

"정말 감사해요." 이사벨은 재빨리 대답했다. 칭찬을 받을 때 그녀는 가끔 무뚝뚝해졌기 때문에 될 수 있는 대로 그 상황을 서둘러 끝내 버렸던 것이다. 하지만 이런 점 때문에 그녀는 종종 오해를 받았다. 그녀는 칭찬에 무심한 것처럼 보였지만, 사실은 너무나 기쁜 마음을 겉으로 표현하고 싶지 않을 뿐이었다. 그런 기분을 겉으로 표현한다는 것은 조심성 없는 일이었다. "영국인들은 매우 인습적이라고 확신해요." 그녀가 덧붙였다.

"그들은 모든 것을 확고하게 정해 놓지." 터쳇 씨도 인정했다. "모든 일이 이미 결정돼 있어. 끝까지 내버려 두는 법이 없단다."

"모든 것이 미리 결정돼 있다는 건 마음에 들지 않네요." 그녀가 말했다. "저는 예측할 수 없는 일이 더 좋은걸요."

터쳇 씨는 조카딸의 선택이 분명하다는 데 흡족해하는 듯했다. "네가 크게 성공할 거라는 것도 미리 결정되었잖니." 그가 대꾸했다. "그런 결정이라면 마음에 들겠지."

"성공이라 해도 우둔할 정도로 인습적이라면 바라지 않겠어요. 전 조금도 인습적이지 않거든요. 그 정반대예요. 이런 점 때문에 영국 사람들은 저를 마음에 들어 하지 않을 거예요."

"그건 절대로 아니야. 넌 잘못 생각하고 있어." 노인이 말했다. "영국인들이 무엇을 좋아하는지 너는 알 수 없지. 그들은 모순투성이야. 그들의 주요 관심사가 바로 그거지."

"그렇다면." 이사벨이 입을 열었다. 그녀는 이모부 앞에 서서 검은 드레스의 벨트를 두 손으로 쥐고 잔디밭을 자세히 훑어보고 있었다. "그건 저에게 꼭 맞아요!"

7

이 두 사람은 마치 이사벨이 영국 사람들에게 호소하는 위치에 있기라도 하듯 영국 국민들의 태도에 대해 여러 번 흥미롭게 이야기했다. 그러나 실제로 이사벨 아처는 그녀의 사촌 랠프가 말했듯이 불운하게도 영국에서 가장 생기 없는 집에 발을 들여놓았고, 영국 사람들은 당분간 그녀에게 매우 무관심했다. 통풍을 앓는 이모부는 방문객을 거의 받지 않았으며, 터쳇 부인 역시 남편의 이웃 사람들과 교분을 터놓지 않았으므로 그들이 놀러 올 거라고 기대도 하지 않았다. 그러나 그녀의 색다른 취미는 명함을 받는 일이었다. 그녀는 흔히 말하는 사교적 교류에는 별 흥미가 없었지만, 자신의 현관 탁자를 직사각형 명함 조각들로 하얗게 장식하는 것보다 더 큰 즐거움을 알지 못했다. 그녀는 자신이 매우 경우 바른 여자이며, 세상에 공짜로 얻을 수 있는 것은 아무것도 없다는 최고의 진리를 터득했다고 자부했다. 그녀는 가든코트의 안주인으로서 사교상의 역할을 한 적이 전혀 없었기 때문에, 이웃에서 그녀의 움직임 하나하나에 대해 시시콜콜 얘기한다는 것은 생각할 수도 없었다. 그러나 자기의 동정이 세간의 주목을 거의 끌지 않는 것을 부당하다고 생각하지는 않았으며, 그녀가 이 동네에서 중요한 인물이 되지 못한 것(실제로는 매우 근거 없는 일이었다.)은 확실하지는 않지만 남편의 두 번째 조국인 영국에 대한 그녀의 신랄한 언급과는 별로 상관이 없었다. 이사벨은 곧 기묘하게도 자신이 영국 헌법을 비판하는 이모와 반대 입장에 처한 것을 깨달았다. 터쳇 부인에겐 그 유서 깊은 문서에 까탈을 부리는 습성이 있었고, 이사벨은 항상 그것을 저지하고 싶은 충동을 느꼈다. 이모의 행동이 질기고 낡은 양피지에 새겨진 법전에 손상을 가한다고 생각했기 때문이 아니라, 이모의 예리함을 보다 좋은 일에 사용할 수 있을 것 같았기 때문이다. 이사벨은 매우 비판적이었고, 그것은 그녀 또래 여성이나 같은 나라 사람들에게 흔히 있는 일이었다. 하지만 그녀는 상당히 감상적이기도 했으므로, 터쳇 부인의 인정 없는 기질에 도덕적 샘을 분출시키곤 했다.

"그런데 이모님의 관점은 뭐예요?" 그녀가 물었다. "이 나라에서 여러 가지를 비판할 때는 어떤 관점을 가지고 있어야 해요. 이모님이 미국적 관점을 가졌다고 할 순 없어요. 미국 것은 무엇이든 끔찍하다고 생각하시니까요. 저는 뭔가 비판할 때 제 관점이 있어요. 철저히 미국적이죠!"

"이 순진한 아이야." 터쳇 부인이 말했다. "세상에는 얼마든지 많은 관점이 있어. 그것을 수용할 양식 있는 사람들의 수만큼 말이야. 네가 그 정도는 그다지 많은 게 아니라고 할지 모르지만! 그리고 미국적 관점이라니? 그건 말도 안 돼. 내 관점은 놀랍도록 좁은걸. 정말 다행히도 내 관점은 지극히 개인적이야!"

이 말을 듣고 이사벨은 이모의 대답이 이모가 인정한 것 이상으로 명답이라고 생각했다. 이모 나름의 판단 방식을 그런대로 설명해 준 답변이었지만, 만약 이사벨이 그렇게 말했다면 좋은 말로 들리지는 않았을 것이다. 터쳇 부인보다 나이도 어리고 경험도 부족한 여성의 입에서 이런 말이 나왔다면 버릇없고 심지어 오만하다는 느낌마저 주었을 것이다. 그럼에도 그녀는 랠프와 이야기할 때는 위험을 무릅쓰고 서슴없이 말했다. 그와의 대화는 그녀에게 마음대로 얘기할 수 있는 큼직한 면허증이나 다름없었다. 그런데 랠프는 말 그대로 그녀를 놀려 댔기 때문에 순식간에 모든 것을 농담으로 돌린다는 평판을 얻었다. 그는 이런 평판을 듣는 특권을 그냥 넘길 인물이 아니었다. 이사벨은 그가 눈뜨고 볼 수 없을 정도로 진실성이 부족하고, 모든 일을 비웃고, 자신의 얘기만 꺼낸다고 비난했다. 그는 아버지를 제외하고는 좀처럼 남을 존경하지 않았고, 그 밖에는 자신과 자신의 허약한 폐, 무익한 삶, 별난 어머니, 친구들(특히 워버튼 경), 두 번째 조국과 미국, 새로 만난 매력적인 사촌 등에 관해 냉담하게 재치를 휘둘러 댔다. 한번은 그가 이사벨에게 말했다. "내 곁방엔 요란한 음악이 흘러. 계속 나오도록 했는데, 두 가지 면에서 아주 도움이 돼. 첫째, 세상의 시끄러운 소리가 내 방으로 들어오지 않게 하고, 둘째, 바깥 사람들이 실내에서 댄스파티가 벌어지고 있다고 생각하게 하거든." 랠프의 음악 소리가 나오는 곳에 이르면 정말로 늘 춤곡이 들렸다. 활기 넘치는 왈츠곡이 공기를 타고 들려오는 것 같았다. 이사벨은 끊임없이 들려오는 그 바이올린 소리에 이따금 짜증이 났고, 사촌이 말했던 곁방을 지나 안방으로 들어가고 싶었다. 안방은 생기가 없는 곳이라고 랠프가 장담했지만 그녀에게는 별문제가 되지 않았다. 그녀는 기쁜 마음으로 방을 청소하고 정돈하고 싶었다. 사촌이 그녀를 방에 들이지 않고 밖에 머물게 하는 것은 어중간한 대접이라고 생각했다. 이사벨은 이런 태도를 취하는 사촌을 골탕 먹이기 위해 젊은이다운 날카로운 기지를 발휘하여 가벼운 형벌을 여러 번 가했다. 그녀의 기지가 자기방어 수단으로 사용된 적이 많았던 것은 사실이다. 왜냐하면 랠프는 그녀를 '컬럼비아'*라고 부르며 놀리거나 애국심이 너무나 뜨거워 새카맣게 그을릴 지경이라고 비난했기 때문이다. 그는 이사벨의 캐리커처를 그리기도 했는데, 그 캐리커처 속에서 그녀는 성조기를 접어 만든 최신 유행 옷을 입은 무척이나 예쁜 처녀로 묘사되어 있었다. 이 시기의 성장 과정에서 그녀가 가장 걱정한 것은 사람들에게 편협하게 보이는 것이었고, 둘째 걱정거리는 자신이 정말로 편협해지면 어쩌나 하는 것이었다. 하지만 그럼에도 그녀는 거리낌 없이 사촌에게 공감하여 매력적인 조국을 그리워하는 체

---

* 미국을 상징하는 우화적인 여성 인물.

했다. 랠프가 그녀를 미국인답다고 여긴다면 그가 흡족해할 만큼 미국인답게 행동할 것이며, 만약 그가 자신을 비웃겠다면 얼마든지 그렇게 하도록 해 주고 싶었다. 그녀는 이모와 달리 영국을 옹호했지만, 랠프가 그녀의 감정을 북돋우기 위해 일부러 영국을 찬양할 때면 여러 가지 면에서 그와 의견을 달리하기도 했다. 사실 이 작고 농익은 나라는 그녀에게는 10월의 배 맛처럼 달콤했다. 사촌의 악의 없는 농담에 같은 식으로 응수할 수 있었던 것도 그녀가 매사에 만족했기 때문이다. 그녀의 쾌활한 기분이 위축될 때는 자기가 괴롭힘을 당해서가 아니라 갑자기 랠프가 불쌍하게 여겨졌기 때문이다. 그녀는 그의 이야기가 위장이며 본심을 표현하는 것이 아니라고 생각했다.

한번은 그녀가 말했다. "어떤 사정이 있는지는 모르지만 오빠는 정말 협잡꾼 같아."

"마음대로 생각해." 랠프는 이렇게 대답했지만 이토록 노골적인 말을 듣는 데 익숙하지 않았다.

"오빠가 무엇에 관심 있는지 잘 모르겠어. 관심을 가질 만한 일이 없는 것 같아. 영국을 칭찬할 때도 영국이야 어떻게 되든 관심 없고, 미국을 비난하는 척할 때도 마찬가지거든."

"사촌인 너 외에는 아무것도 관심 없어." 랠프가 말했다.

"그런 말이라도 믿을 수만 있다면 정말 좋겠어."

"아, 나도 그러길 바라!" 랠프가 큰 소리로 말했다.

이사벨은 이 말을 믿을 수도 있었고, 그것은 사실에서 크게 벗어나지 않았을 것이다. 실제로 그는 이사벨에 관해 많이 생각했고, 그의 마음속에는 항상 그녀가 있었다. 자신의 생각이 꽤나 무거운 부담이 되었을 때 갑작스럽게 출현한 그녀는 약속한 것은 전혀 없지만 관대한 운명의 선물이나 다름없었다. 그것은 그의 생각에 생기와 자극을 주고 날개를 부여하여 창공으로 날아갈 듯하게 해 주었다. 유감스럽게도 랠프는 몇 주일간 우울한 기분에 젖어 있었고, 습관적으로 침울한 그의 앞날은 한층 더 짙은 구름 아래 놓여 있었다. 게다가 아버지의 통풍이 지금까지는 다리에 한정되었지만 더 심각한 부위로 올라오기 시작해 그의 근심이 점차 커졌다. 봄에 노인이 심하게 앓아눕자 의사들은 한 번 더 병에 걸리면 손쓰기가 쉽지 않다고 랠프에게 살짝 말해 줬다. 지금은 아버지가 고통에서 벗어난 듯하지만, 랠프는 이것이 환자가 마음을 놓고 있을 때를 기다리는 병마의 작전일 거라는 의심을 떨칠 수가 없었다. 병마의 작전이 승리할 경우 조금이라도 저항할 희망은 거의 없을 테니까. 랠프는 항상 아버지가 자기보다 더 오래 살 것이며, 자기가 먼저 저승사자의 부름을 받을 거라고 여겼다. 부자지간이 너무나 가까웠기 때문에 무미한 여생을 혼자 살아야 한다는 생각이 이 젊은이는 달갑지 않았던 것이다. 그가 좋지 않은 일에서도 최선을 이끌어내는 아버지의 도움에 언제나 암묵적으로 의존해 왔기 때문이었다. 삶의 큰 동기인 아버지를 잃는다는 생각에 랠프는 몹시 의욕을 잃었다. 그들이 동시에 죽을 수 있다면 정말 좋겠지만, 아버지와 함께 지낸다는 자극이 없다면 그는 자기 차례를 마냥 기다릴 인내심을 갖지 못할 형편이었다. 자신이 어머니에게 없어서는 안 될 존재라고 느낄 만한 동기는 없었다. 무슨 일이 있더라도 절대로 낙담하지 않는 것이 어머니의 규칙이었던 것이다. 물론 그는 둘 중에서 나이 든 아버지보다는 젊은 아들이 사별에서 오는 아픔을 느껴야 한다고 생각하는 것이 아버지에게 표시할 최소한의 예절이라고 생각했다. 하지만 그는 늙은 아버지가 먼저 세상을 마감할 거라는 스스로의 예상을 영리한 오류로 간주하면서 될 수 있는 대로 자신이 먼저 죽음으로써 그 예상이 잘못되었다는 것을 기뻐해야 한다는 것을 상기했다. 그러나 랠프는 궤변적인 아들을 반박하는 승리(아버지가 먼저 죽는 것)와 모든 것이 감퇴하지만 자신이 향유하던 존재의 상태를 좀 더 오래 붙잡고 있는 승리(아버지가 오래 사는 것) 중 후자가 아버지에게 허용되기를 바라는 것이 전혀 죄가 되지 않을 거라고 생각했다.

이것은 풀기 어려운 문제였지만, 이사벨이 나타남으로써 그는 이 문제를 두고 머리 싸매는 일은 그만두었다. 그녀의 출현은 너그러운 아버지를 떠나보낸 다음 참기 어려운 권태에 빠져 있어도 어떤 보상이 있지 않을까 하는 기대감마저 갖게 했기 때문이다. 그는 자신이 올버니에서 온 이 활발하고 젊은 여인에게 '사랑'을 품고 있는 건 아닐까 하고 생각했지만, 여러 가지로 미루어 보아 그렇지 않다고 판단했다. 일주일가량 그녀와 접촉하고 난 다음 이것에 대한 자신의 생각을 분명히 했고, 날이 갈수록 확신이 조금씩 깊어졌다. 워버튼 경은 이사벨을 제대로 판단했다. 그의 말대로 이사벨은 참으로 흥미로운 인물이었던 것이다. 랠프는 워버튼 경이 어떻게 곧장 그것을 알았는지 궁금하기 짝이 없었지만, 항상 크게 감탄하곤 했던 그 친구의 뛰어난 능력을 보여 주는 또 다른 증거일 뿐이라고 생각했다. 이사벨이 자신을 즐겁게 해 주는 존재에 불과할지라도 그녀는 차원 높은 즐거움이 될 거라고 생각했다. 그는 혼자 중얼거렸다. "저런 사람에게 진짜로 열정적인 힘이 작용하는 것을 본다는 건 인간성에서 최고의 경지야. 최상의 예술품보다 더 훌륭해. 그리스 조각품보다 낫고, 위대한 티치아노*의 그림보다 낫고, 고딕 성당보다 더 훌륭하지. 조금도 기대하지 않았는데 이런 후한 대접을 받는다는 건 참으로 유쾌한 일이야. 그녀가 오기 일주일 전쯤 나는 정말로 힘들고 의기소침에 권태감까지 겹친 상태였어. 그때는 그 어떤 즐거운 일도 일어나지 않을 것 같았지. 그러다 갑자기 기둥 옆 벽 위에 걸린 티치아노의 그림을 보게 되었어. 벽난로 위에는 그리스 조각품이 붙어 있었고. 아름다운 건물의 열쇠가 내 손에 쥐어졌으니 안으로 들어가 찬미해도 좋다고 하더군. 불쌍한 친구, 슬프게도 자네는 감사하게 생각해 본 적이 없겠지. 이제 쓸데없는 불평은 그만두고 잠자코 있는 게 좋아." 이러한 상념이 밴 감흥은 정당할지라도, 랠프가 정말로 손에 열쇠를 받았는지는 확실하지 않다. 그의 사촌은 매우 뛰어난 여성으로, 그가 말한 것처럼 엄청난 지식을 흡수하려고 했다. 하지만 그녀가 지식을 필요로 할지라도, 그녀에 대한 그의 태도는 명상적이고 비판적이긴 해도 단호하지는 않았다. 그는 바깥에서 건물을 바라보고 탄성을 질렀고, 창문을 통해 안을 들여다보며 실내도 대

---

*르네상스 시대의 이탈리아 화가.

단하다는 인상을 받았다. 그러나 힐끗 보기만 했을 뿐, 아직 처마 밑에 선 일도 없다는 느낌이 들었다. 문은 잠겨 있었고, 호주머니에 열쇠가 몇 개 있지만 어느 것도 맞지 않을 거라고 확신했다. 그녀는 영리하고 너그러웠으며, 고상하고 자유로운 성격이었다. 하지만 그녀는 자신을 어떻게 할 셈인가? 이런 질문은 잘못되었다. 여성 대부분이 이런 질문을 할 기회가 없기 때문이다. 여성들은 대부분 자신을 위해 아무것도 하지 않는다. 그들은 우아한 모습으로, 다소간 수동적인 자세로, 남자가 들어와 어떤 운명을 제시해 주길 기다리기 마련이다. 이사벨의 독창성은 누군가에게 자신이 나름의 의도를 가졌다는 인상을 주는 데 있었다. 랠프는 중얼거렸다. "그녀가 자신이 의도한 것을 실행할 때마다 내가 가서 볼 수만 있다면!"

물론 이 집의 명예를 관리하는 일은 랠프에게 달려 있었다. 터쳇 씨는 의자에 매여 있고, 터쳇 부인은 엄숙한 방문객 같은 입장을 취했기 때문이다. 그러므로 당연히 랠프가 맡게 된 행동 속에는 의무와 기질이 조화롭게 섞여 있었다. 그는 걷는 것을 그다지 좋아하지 않았지만, 사촌과 함께 바깥을 이리저리 걸었다. 기후가 좋지 않을 거라던 이사벨의 다소 우울한 예측과는 달리 날씨가 줄기차게 좋았기 때문에 산책은 즐거운 시간이 되었다. 긴 햇살이 그녀의 열망을 충족해 준 오후에 그들은 강에서 뱃놀이를 즐겼다. 이사벨은 그 강을 '귀여운 작은 강'이라고 불렀지만, 건너편 기슭은 여전히 앞에 보이는 경치의 일부처럼 보였다. 그들은 또한 2인용 사륜마차를 타고 근처를 돌아다니기도 했는데, 낮고 큼직하며 바퀴가 큰 그 사륜마차는 터쳇 씨가 예전에 애용했던 것으로 지금은 그가 사용하지 않았다. 이사벨은 마차 타는 일을 즐겼으며 고삐 잡는 법을 '안다는' 듯 이모부의 훌륭한 말을 몰고 구불구불한 길과 자신이 꼭 볼 수 있을 거라고 생각했던 시골 풍경들로 가득 찬 샛길을 하염없이 지나갔다. 그 풍경들 중에는 이엉으로 잇고 목재를 붙인 시골집들과 격자창을 달고 바닥에 모래를 뿌린 선술집 그리고 옛날 공유지에 속했던 부분들도 있었다. 그들은 텅 빈 공원을 힐끗 쳐다보기도 하면서 한여름이면 무성해지는 산울타리 사이로 마차를 몰았다. 두 사람이 집에 돌아오면 언제나 홍차 잔이 잔디밭 위에 놓여 있었고, 터쳇 부인은 남편에게 극진히 차를 대접하는 수고를 아끼지 않았다. 그러나 이 부부는 대체로 말없이 앉아 노인은 머리를 뒤로 젖힌 채 눈을 감고 있었고, 부인은 여자들이 바늘의 움직임을 매우 오묘하게 주시할 때의 모습으로 바느질에 몰두하고 있었다.

그러던 어느 날, 방문객 하나가 나타났다. 젊은 두 사람이 한 시간쯤 강에서 시간을 보내다 유유히 집으로 돌아오자 워버튼 경이 나무 아래 앉아 대화에 열중하는 모습이 눈에 띄었다. 먼발치에서도 터쳇 부인과 잡담하고 있는 그를 알아볼 수 있었다. 그는 자신의 집에서 여행 가방을 꾸려 마차를 타고 건너왔으며, 터쳇 씨와 랠프가 여러 번 묵어 가라고 권유했기 때문에 그날은 저녁 식사를 하고 하룻밤 쉬어 가고 싶다고 말했다. 이사벨은 이 집에 도착하던 날 삼십 분 정도 그를 만났던 까닭에 짧은 시간에 그에게 호감을 갖게 되었다. 실제로 그가 그녀의 섬세한 감각에 다소 예리한 인상을 남겨 그녀는 여러 번 그를 생각한 적이 있었다. 그녀는 다시 그를 만나기를 바랐지만, 다른 사람들도 만나 보려고 마음먹고 있었다. 가든코트는 따분한 곳이 아니었고, 장소 자체가 독립적이었다. 이모부는 점점 더 장엄한 빛을 띠었고 사촌들을 생각하면 기분이 우울했지만, 랠프는 지금까지 그녀가 만난 어떤 사촌과도 달랐다. 그녀가 받은 인상은 여전히 무척 신선했고 순식간에 새로워져서 앞으로의 생활이 공허할 거라는 예감은 아직도 거의 없었다. 이사벨은 인간성에 흥미를 품고 있었으며, 그녀가 외국에 오면서 품은 가장 큰 소망이 많은 사람들을 만나는 것이었다는 사실을 상기할 필요가 있다. 랠프는 몇 번이나 그랬듯이 그녀에게 "네가 이곳에서 견딜 수 있을까. 이웃이나 우리 친구들도 만나 봐야 하는데. 넌 그렇게 생각 안 할지 몰라도 우리에겐 실제로 친구들이 약간 있거든."이라고 말했다. 그가 '상당히 많은 사람들'을 초대해서 그녀에게 영국 사회를 알려 주고 싶다고 말하자 그녀는 꼭 그렇게 해 주길 기대했고, 스스로 몸을 던져 소동을 피워 보겠다고 미리 약속했다. 그러나 지금으로선 그의 제안이 별로 지켜지지 않았다. 그가 자신의 제안을 실행에 옮기기를 늦춘 것은 그녀를 접대하는 수고가 외부 도움을 요청할 정도로 대단한 것이 아니었기 때문이라는 사실을 독자들에게 몰래 알려 줘도 괜찮을 것이다. 이사벨은 '본보기'에 대해 그와 자주 이야기를 나누었고, 이 말은 그녀의 어휘에서 중요한 역할을 차지하고 있었다. 그녀 이야기로 미루어 그는 저명한 사례들로 치장된 영국 사회가 보고 싶다는 그녀의 속마음을 읽을 수 있었다.

"자, 저기 본보기가 있네." 강가로부터 걸어 올라가면서 워버튼 경을 발견했을 때 랠프가 이사벨에게 말했다.

"무슨 본보기인데?"

"영국 신사의 본보기지."

"영국 신사는 모두 저분을 닮았다는 거야?"

"아니, 모두 그렇다는 건 아니고."

"그러면 호의적인 본보기라는 뜻이군." 이사벨이 말했다. "저분을 멋진 분이라고 보기 때문이겠지."

"맞아, 아주 멋지고 운도 좋은 친구지."

운이 좋다는 워버튼 경이 이사벨과 악수를 하고는 그녀가 썩 좋아 보인다고 인사를 했다. "그런데 굳이 이런 말을 할 필요는 없겠지요." 그가 말했다. "당신은 보트의 노를 젓고 있었으니까요."

"조금 저었어요." 이사벨이 대답했다. "그런데 그걸 어떻게 아셨죠?"

"아, 난 이 친구가 노를 젓지 않았다는 걸 알아요. 아주 게으른 친구죠." 귀족이 웃음을 지으며 랠프를 가리켰다.

"게으름을 피울 충분한 평계가 있는걸요." 이사벨이 목소리를 약간 낮추며 대답했다.

"아, 무슨 일에든 평계가 있는 사람이죠!" 워버튼 경이 여전히 울려 퍼지는 즐거운 목소리로 외쳤다.

"내가 노를 젓지 않은 건 내 사촌이 노를 꽤나 잘 다루기 때문이에요." 랠프가 말했다. "무엇을 해도 잘하죠. 손이 닿기만 해도 모든 게 돋보여요!"

"아처 양, 그렇다면 누구나 당신 손이 닿기를 바랄 텐데요." 워버튼 경이 대뜸 말했다.

"정당한 기분으로 손이 닿는다면 체면이 손상되는 일은 결코 없겠죠." 이사벨이 말했다. 이사벨은 자신이 다재다능하다는 말을 듣고 기분이 좋아진다면 자신에게 뛰어난 점이 몇 가지 있다는 뜻이기 때문에 그러한 자기만족은 마음이 약하다는 표시가 아니라고 느긋하게 생각했다. 스스로에게 호감을 가지려는 그녀의 욕구에는 적어도 언제나 입증을 필요로 하는 겸손이 스며 있었다.

워버튼 경은 그날 밤을 가든코트에서 보냈을 뿐 아니라, 다음 날까지 머물러 달라는 권유를 받았다. 그리고 둘째 날이 저물어 가자 그다음 날로 출발을 연기하기로 작정했다. 이 기간 동안 그는 이사벨에게 많은 이야기를 했으며, 그녀는 그가 자신에게 품고 있는 존중심을 매우 기품 있게 받아들였다. 그녀는 그에게 지극한 호감을 가졌다. 그가 준 첫인상의 영향이 컸던 탓도 있지만, 저녁 늦게까지 그와 함께 지내면서 비록 전율하는 느낌은 없었지만 로맨스의 주인공 같은 그를 제대로 보았다는 느낌이 들었던 것이다. 그녀가 정말 다행이라는 느낌으로 휴식을 취하게 되자, 지극한 행복이 가능하다는 생각이 갑자기 몰려왔다. "저런 매력적인 사람들을 둘씩이나 알게 된 건 정말 멋진 일이야." 그녀는 말했다. 여기서 '저런 사람들'이란 그녀의 사촌과 그의 친구를 두고 한 말이었다. 그녀의 쾌활한 기분을 시험할 법한 사건 하나가 일어났다는 것을 덧붙여 언급해야만 할 것이다. 터챗 씨는 9시 30분에 잠자리에 들었지만 터쳇 부인은 다른 사람들과 함께 응접실에 남아 있었다. 그녀는 두리번거리면서 한 시간이 채 되기 전까지 앉아 있다가 자리에서 일어서며 이사벨에게 취침 인사를 할 시간이 다 되었다고 말했다. 이사벨은 아직 잠자리에 들고 싶지 않았다. 그녀에게 그런 모임은 축제와도 같았고, 축제는 그렇게 일찍 끝나는 법이 아니었다. 그래서 깊이 생각하지 않고 단순하게 대답했다.

"이모님, 저도 가야 돼요? 삼십 분 후에 자러 갈 건데."

"널 기다릴 순 없어." 터쳇 부인이 대답했다.

"그러면 기다리실 필요 없어요! 랠프 오빠가 저에게 촛불을 붙여 주겠죠." 이사벨이 흥겹게 말했다.

"제가 촛불을 켜지요. 당신에게 촛불을 붙여 주겠어요, 아처양!" 워버튼 경이 큰 소리로 말했다. "단 자정이 되기 전까지는 안 돼요."

터쳇 부인은 반짝이는 작은 눈으로 잠시 그를 유심히 바라보다가 조카딸 쪽으로 냉정히 눈을 돌렸다. "여자 혼자서 남자들과 함께 있어서는 안 되는 거란다. 얘야, 너는 축복받은 올버니에 있는 게 아니야."

그러자 이사벨은 얼굴을 붉히며 자리에서 일어나 "여기가 올버니라면 좋겠어요." 라고 말했다.

"괜찮아요, 어머니!" 랠프가 불쑥 말했다.

"그렇습니다, 부인!" 워버튼 경도 중얼거리듯 말했다.

터쳇 부인이 장엄하게 대꾸했다. "당신 나라의 관습을 만든 건 내가 아니에요. 그러니 영국 사회의 풍습대로 해야죠."

"사촌 오빠와 함께 있는 것도 안 돼요?" 이사벨이 물었다.

"워버튼 경은 네 사촌이 아니잖아."

"전 자러 가야겠네요!" 워버튼 경이 넌지시 말했다. "그러면 해결될 테니까요."

그러자 터쳇 부인은 약간 낙담하는 표정을 지으며 다시 자리에 앉았다. "필요하다면 자정까지 함께 있어 주겠어요."

그사이 랠프는 이사벨에게 촛대를 건네주었다. 그는 이사벨을 지켜보면서 그녀가 화내고 있다는 생각이 들었다. 그녀가 정말로 화를 낸다면 흥미로운 사건이 될 테지만, 그녀가 불길처럼 타오르기를 기대했다면 실망했을 것이다. 이사벨은 소박하게 웃으며 고개를 숙여 취침 인사를 하고 이모와 함께 나갔기 때문이다. 랠프는 어머니가 옳다고 생각하면서도 어머니에게 화가 났다. 계단 위로 올라간 두 여자는 터쳇 부인의 방 앞에서 헤어졌다. 계단을 올라갈 때 이사벨은 아무 말도 하지 않았다.

"내가 네 일에 참견해서 화났을 테지." 터쳇 부인이 말했다.

이사벨은 생각에 잠겼다. "그렇진 않았어요. 하지만 놀라서 무척이나 어리둥절한 기분인걸요. 제가 응접실에 있었던 게 잘못인가요?"

"그렇고말고. 여기선 점잖은 집에서는 젊은 여자가 밤늦게까지 남자들과 함께 앉아 있는 법이 없어."

"그 자리에서 제게 가르쳐 주신 건 당연해요." 이사벨이 말했다. "이해하기 힘들지만 알게 되어 다행이에요."

"언제든지 가르쳐 주마." 그녀의 이모가 대답했다. "지나치게 나서는 일이 내 눈에 띌 때마다 말이야."

"그렇게 해 주세요. 하지만 이모님의 충고가 항상 정당하다고 생각하는 건 아니에요."

"아무렴, 넌 자기 방식을 너무나 좋아하니까."

"맞아요, 전 제 방식을 무척 좋아해요. 그런데 해서는 안 될 일이 뭔지 항상 알고 싶어요."

"네 마음대로 하려고?" 터쳇 부인이 물었다.

"선택을 하려고요." 이사벨이 대답했다.

8

이사벨의 성향이 낭만적이었기 때문에 워버튼 경은 진기하고 고풍스러운 자신의 집에 언젠가 그녀가 와 주었으면 좋겠다는 희망을 피력했다. 워버튼 경은 조카딸을 데리고 로클리를 방문하겠다는 터쳇 부인의 약속을 받아 냈으며, 랠프도 아버지가 허락하면 기꺼이 그들과 함께 방문하겠다고 암시했다. 워버튼 경은 이사벨에게 자기 누이동생들이 그녀를 만나기 위해 곧 가든코트를 방문할 거라고 말했다. 이사벨은 그의 누이동생들에 대해서 약간은 알고 있었다. 그가 가든코트를 방문하여 자리를 함께했을 때 그의 가족과 관련된 것들을 많이 물어보았기 때문이다. 그녀는 흥미를 느끼고 꽤 많은 질문을 했다. 그가 이야기하기를 좋아했기 때문에 그 기회를 살려 그의 입을 열게 만들었던 것이다. 그의 이야기로는 누이동생이 넷이고 남동생은 둘이며, 부모님은 모두 돌아가셨다고 했다. 그의 남동생과 여동생 들은 매우 착한 사람들로, "특별히 영리하지는 않지만 매우 점잖고 쾌활한" 성격이라는 것이다. 그는 이사벨이 자신의 동생들과 친하게 지내 주면 좋겠다고 했다. 남자 형제들 중 한 명은 로클리에서 무겁고 불규칙하게 뻗어 나간 어느 교구의 목사로 정착해 살며, 생각할 수 있는 모든 화제에서 자신과는 의견이 다르지만 상당히 뛰어난 인물이라고 했다. 그런 다음 그는 동생의 의견에 대해 몇 가지를 말했지만 이미 그녀가 이따금 다른 사람들로부터 들은 이야기이며, 세상 사람들 상당수가 익히 아는 것이었다. 실제로 그 생각의 대부분은 그녀 자신이 생각했던 것들이었다. 마침내 워버튼 경은 그녀가 꽤나 잘못 생각하고 있으며 그런 일이 실제로 있을 리없다고 장담했다. 그것은 틀림없이 그녀 자신의 의견일 뿐이며, 조금만 잘 생각해 보면 알맹이가 없을 것이 분명하다는 등의 말을 했다. 그중 몇 가지는 이미 충분히 생각해 본 것이라고 그녀가 대답하자, 그는 전 세계인 중 미국인만큼 미신에 사로잡힌 국민이 없다는 사실이 가끔 어처구니없으며, 그녀도 예외가 아니라고 말했다. 미국인들은 너나 할 것 없이 지독한 보수주의자에 편협하며, 미국의 보수주의자처럼 철저한 보수주의자도 없다고 했다. 그녀의 이모부와 사촌이 그 증거이며, 그들의 많은 견해만큼 고색창연한 것이 없다고 했다. 그들은 오늘날 영국인들조차 입에 올리기 부끄러워하는 생각들을 하고, 또한 뻔뻔스럽다고 했다. 워버튼 경은 웃으면서, 이 우스꽝스럽고 늙은 영국의 궁핍과 위험에 관해 이 나라에서 태어나 부끄럽게도 상당한 토지를 소유한 자신보다 미국인들이 더 많이

아는 체한다고 말했다. 이 모든 이야기를 듣고 나서 이사벨은
워버튼 경이 가장 새로운 유형의 귀족으로, 개혁론자, 급진파,
구체제를 반대하는 사람이라고 추측했다. 그의 또 다른 동생
은 인도에서 군 복무 중인데, 성격이 약간 거칠고 고집이 세다
고 했다. 그는 빚을 지고 워버튼 경에게 그 빚을 갚게 하는 일
(형으로서 가장 소중한 특권 가운데 하나지만) 외에는 별다른 쓸
모가 없다고 했다. "더 이상 빚을 갚아 줄 생각은 없어요." 그
가 말했다. "동생은 나보다 터무니없이 나은 생활을 하고 있
어요. 들어 보지도 못한 사치를 누리며 스스로 나보다 훨씬 훌
륭한 신사라고 생각하지요. 하지만 나는 시종일관 급진파이
기 때문에 평등을 찬성하고 동생들의 우월감에 동조하지 않습
니다." 그의 여동생 넷 가운데 두 명, 즉 둘째와 넷째는 이미 결
혼했다. 그중 한 명은 행복하게 산다고 알려져 있지만, 다른 한
명은 그저 그런 정도로 살았다. 큰 매부인 헤이콕 경은 성품은
착하지만 불행하게도 철저한 보수파이며, 그의 아내 역시 착
한 영국 아내들이 모두 그렇듯이 남편 이상으로 보수주의자
였다. 노픽*에 사는 소지주와 결혼한 다른 여동생은 엊그제 결
혼한 것 같은데 벌써 다섯 아이의 엄마가 되었다. 워버튼 경은
이런저런 이야기를 이사벨에게 들려주었고, 많은 사실을 알
기 쉽게 얘기하여 영국 생활에서 볼 수 있는 특이한 점을 그녀
가 이해할 수 있도록 애썼다. 이사벨은 그의 솔직함과 그녀 자
신의 경험이나 상상력을 별로 고려하지 않는 듯한 태도가 가

---

*영국 동부 지역.

끔 재미있었다. '내가 야만인이라고 생각하는 모양이지.' 그녀는 속으로 생각했다. '포크며 스푼 따위도 본 적이 없는.' 그리고 그가 진지하게 대답해 주는 것을 듣고 싶어서 곧잘 소박한 질문을 던지곤 했다. 그러다가 그가 덫에 걸리면 "제가 인디언처럼 몸에 칠을 한다든지 깃털을 달고 있는 모습을 보여 드리지 못해 유감이네요."라고 말했다. "당신이 미개 민족에게 무척 친절하다는 걸 알았더라면 민속 의상이라도 가지고 올 걸 그랬나 봐요!" 워버튼 경은 미국을 두루 여행한 적이 있어서 이사벨보다 미국을 더 잘 알았다. 그는 친절하게도 미국은 세상에서 가장 매력적인 나라라고 말했지만, 미국에 대한 그의 회상은 영국에 있는 미국인들이 여러 가지 사실을 그들에게 설명해 줄 필요가 있다는 생각으로 가득 차 있는 듯했다. "미국에서 당신 설명을 들었다면 좋았을 텐데!"라고 그가 말했다 "당신 나라에서 나는 상당히 당황했어요. 실제로 무척 난처한 입장이었는데, 딱하게도 설명을 들으니 점점 더 당황스러워지는 거예요. 그들이 일부러 설명을 잘못하지 않나 하는 생각이 들 정도였습니다. 미국인들은 그런 일에 꽤나 능숙했어요. 그러나 내가 당신에게 설명할 때는 나를 믿어도 된답니다. 내가 얘기하는 건 틀림없어요." 적어도 그가 무척 현명하고 교양이 풍부하며 세상사에 통달한 것은 확실했다. 그는 정말 흥미롭고 박진감 있게 이야기했지만, 이사벨은 그것이 결코 자신을 자랑하기 위해서가 아니라는 사실을 알고 있었다. 더욱이 그는 흔치 않은 기회를 잡아 큰 재산을 모았지만, 가능한 한 그것을 자랑하지는 않았다. 그는 인생에서 최고의 것을 향유하지만, 그것 때문에 균형 감각을 잃지는 않았던 것이다. 그의 기질에는 풍부한 경험(너무 손쉽게 얻은!)에서 나온 영향력과 때로는 거의 소년 같은 겸손함이 뒤섞여 있었다. 감미롭고 유익한 풍미(뭔가 기분 좋은 맛과 같은)와 무게 있고 다정한 어조가 조금도 손상되지 않고 남아 있었다.

"난 오빠가 말한 영국 신사의 전형적인 모습이 무척 좋아." 워버튼 경이 돌아간 뒤 이사벨이 랠프에게 말했다.

"나도 그를 좋아해. 정말 그에게 애정을 갖고 있어." 랠프가 대답했다. "그래서 더욱 연민을 갖는 편이지만."

이사벨은 곁눈으로 랠프를 쳐다보았다. "나는 그것이 그분의 유일한 결점이라고 생각해. 연민 같은 건 조금도 느낄 수 없어. 그분은 모든 것을 소유했고, 모든 것을 알고, 어떤 인물이라도 될 것 같아."

"저 사람은 형편이 좋지 않아!" 랠프가 고집했다.

"설마 건강을 두고 하는 말은 아니겠지?"

"맞아, 그 측면에서 그는 얄밉도록 완벽하지. 내 말은 그 친구가 훌륭한 지위를 누리며, 그것으로 온갖 술책을 부린다는 뜻이야. 자신을 진지하게 여기지 않지."

"자신을 웃음거리로 생각해?"

"더욱 심한 건 그가 자신을 기만하는 자, 학대하는 자로 본다는 거지."

"글쎄, 그럴지도 몰라."

"그럴지도 모르지. 크게 볼 때 그렇게 생각하진 않아도 말이야. 하지만 그런 경우라면 다른 사람이 저지른 뿌리 깊은 악습이 부당하다고 느끼면서 민감하고 자의식적인 학대를 하는 것만큼 비참한 일이 어디 있겠어? 내가 그의 입장이라면 부처처럼 엄숙해질 수 있을 거야. 그가 누리는 지위를 나는 충분히 상상해 볼 수 있어. 엄청난 책임과 기회, 상당한 존경, 굉장한 재산과 권력, 위대한 나라의 정치에 참여하는 타고난 특권 말이야. 하지만 그는 자신의 일과 지위, 권력, 그리고 실로 모든 세상사에 대해 완전히 혼란스러워해. 이 비판적인 시대의 희생자로서 자신을 믿을 수 없고, 무엇을 믿어야 좋을지 모르지. 내가 가르쳐 주려고 하면(내가 그의 입장이라면 무엇을 믿어야 좋을지 확실하게 아니까.) 나를 제멋대로 행동하는 편협한 사람이라고 말해. 진정으로 나를 형편없는 속물로 생각하지. 게다가 내가 지금 이 시대를 모른대. 이 시대에 대한 거라면 분명히 내가 더 잘 아는데 말이야. 그는 자신의 지위가 걸린 귀족 제도를 폐지할 수도 없고, 귀족 제도를 주장할 수도 없어."

"그 정도로 비참하게 보이지는 않던데."

"그렇겠지. 취향이 매력적이고 상당히 괜찮은 남자이긴 하지만 가끔 불안해할 때가 있어. 그런 기회를 누릴 수 있는데도 불안해하는 인물을 두고 딱하지 않다고 말해야 될까? 나는 딱하다는 생각이 드는데."

"난 그런 생각이 들지 않아." 이사벨이 말했다.

"글쎄." 랠프가 말했다. "딱하지 않다니, 당연히 그래야 되는데!"

그날 오후 그녀는 한 시간 정도 잔디밭에서 이모부와 함께 시간을 보냈다. 노인은 평소와 다름없이 어깨에 걸치는 담요를 무릎 위에 덮고 앉아 연한 홍차가 담긴 큰 잔을 두 손에 받쳐 들고 있었다. 이야기를 나누는 사이 그는 방문객에 대해 어떻게 생각하느냐고 그녀에게 물었다.

"매력적인 분이에요." 이사벨이 신속히 대답했다.

"근사한 사람이지." 터쳇 씨가 말했다. "그렇지만 네가 그 사람과 사랑하는 것은 원치 않아."

"그런 일은 하지 않겠어요. 이모부님이 권하지 않으시면 결코 누구와도 사랑하지 않겠어요. 더구나." 이사벨이 덧붙였다. "랠프 오빠로부터 워버튼 경에 관해 다소 어두운 얘길 들었어요."

"그랬어? 그 사람에게 어두운 구석이 있다는 건 몰랐구나. 어쨌든 랠프가 꼭 얘기해야 했을 거라는 걸 기억해 두어라."

"랠프 오빠는 이모부님의 친구가 지나치게 파괴적이라고 생각하더군요. 아니면 충분할 만큼 파괴적이 아니든가요! 전 어느 쪽인지 잘 모르겠어요."

노인은 천천히 머리를 저으며 미소를 짓고는 찻잔을 내려놓았다. "나도 어느 쪽인지 잘 모르겠구나. 그 사람은 상당히 극단적이지만 사실은 그렇지 않을 수도 있어. 그 사람은 많은 것을 없애고 싶어 하는 눈치지만, 지금 상태로 있길 바라더군. 자연스럽긴 하지만 약간은 모순이지."

"어머, 전 그분이 지금 상태로 있어 주면 좋겠어요." 이사벨이 말했다. "만약 그분이 버림 받으면 친구들이 무척 아쉽게 생각하겠죠."

"글쎄." 노인이 말했다. "내 짐작으로는 그가 그대로 머물면서 친구들을 즐겁게 해 줄 것 같구나. 그가 가든코트에 올 수 없다면 나는 틀림없이 무척 쓸쓸할 거야. 그는 이곳에 오면 항상 나를 즐겁게 해 주고, 자신도 즐거워하는 것 같거든. 사회에는 그런 사람들이 상당히 많지. 그들은 지금으로선 시대 흐름을 앞서 가는 사람들이란다. 나는 그들이 무엇을 하려는지, 혁명을 일으키려는 건지 아닌지 알 수가 없어. 아무튼 내가 죽을 때까지 혁명은 연기해 주면 좋으련만. 너도 알듯이 그 사람들은 모든 걸 폐지하려 해. 하지만 나는 여기에 상당히 토지를 많이 소유한 지주란다. 난 그걸 잃고 싶지 않아. 그런 일이 일어날 걸 미리 알았더라면 난 영국에 오지 않았을 거야." 터쳇 씨는 점점 더 쾌활해지며 말했다. "내가 이곳에 온 건 영국이 안전한 나라라고 생각했기 때문이지. 그 사람들이 뭔가 중요한 변혁을 일으키려 하다면 그건 분명 속임수야. 그렇게 되면 실망할 사람도 많을 테고."

"어머나, 저는 혁명이 일어나면 좋겠어요!" 이사벨이 큰 소리로 말했다. "혁명을 보면 재미있을 것 같아요."

"그럴까." 터쳇 씨가 유머러스한 의도로 말했다. "네가 구파 진영인지 신파 진영인지 잊어버렸어. 서로 대립되는 의견을 갖고 있다고 들었는데."

"전 양쪽 다 가지고 있는걸요. 모든 면을 약간씩 가졌다고 생각해요. 혁명이 일어나면, 그것이 본격적으로 시작되고 나면 고상하고 도도한 왕당파가 되려고 해요. 그들은 누군가의 동정을 받을수록 너무나 빈틈없이 행동할 기회를 갖는 거예요. 유별나게 말이에요."

"유별나게 행동한다는 게 어떤 뜻인지 잘 모르겠구나. 하지만 넌 항상 그런 행동을 하는 것 같아."

"참 재미있는 말씀이네요. 이모부님이 말씀하신 대로라면요!" 이사벨이 대꾸했다.

"결국 네가 지금 당장 여기서 단두대를 향해 우아하게 걸어갈 일은 없겠지." 터쳇 씨가 말을 이었다. "만일 엄청난 돌발 사태를 보고 싶다면 이 집에 오래 머물러야 해. 너도 알잖아. 어떤 문제에 부딪혔을 때 사람들이 말한 그대로 맞아떨어지지는 않는다는 걸."

"그 사람들이 누군데요?"

"워버튼 경과 그 친구들이겠지. 상류 계층 급진파 말이야. 물론 내가 그런 느낌이 든다는 것뿐이다. 그들은 변화에 관해 얘기하지만 그 사람들이 변화를 제대로 이해한다고 생각하진 않아. 너와 나, 즉 우리는 민주주의 제도 안에서 사는 게 어떤 건지 알거든. 나는 언제나 민주주의가 살기 좋은 제도라고 생각하지. 하지만 난 처음부터 그 제도에 익숙했어. 그렇다 해도 난 귀족은 아니지. 넌 숙녀지만 나는 귀족이 아니야. 영국에서는 민주주의가 편안하게 다가오지 않아. 민주주의는 일상의 문제야. 그런데 이 사람들 대부분은 그것이 자기들의 제도와 마찬가지로 좋은 것이라고 생각하진 않을 거야. 물론 해 보고 싶다면 그들이 알아서 할 일이지만 지나치게 하지는 않는 게 좋지."

"그 사람들이 진지하지 않다고 생각하세요?"

"글쎄, 진지하려고 하는 것 같아." 터쳇 씨가 인정했다. "그러나 주로 이론뿐인 것 같더구나. 그들의 급진적 의견 같은 건 홍밋거리에 불과하지. 어쨌든 그들에겐 홍밋거리가 있어야 하니까. 차라리 그보다 더 야비한 취미가 어쩌면 더 나을지도 모르겠어. 그들은 상당히 사치스러운 사람들이라 이런 진보적인 생각도 최대의 사치가 돼. 이런 생각 때문에 스스로 도덕적이라고 느끼면서도 자기들의 지위는 유지하지. 자기들의 지위는 소중히 여기는 법이니까. 그러니 그 사람들이 자기들은 그런 일은 하지 않는다고 말해도 넌 설득당해선 안 돼. 그런 관점을 따르다 보면 네가 갑자기 당할 수도 있을 테니까."

이사벨은 이모부가 펼치는 현명하고 뚜렷한 논조를 귀담아들었다. 그녀는 영국 귀족에 대해 아무것도 몰랐지만, 이모부의 이야기가 인간 본성에 대한 자신의 전체적인 인상과 부합한다고 생각했다. 그러나 워버튼 경을 위해 반론을 제기해 보고 싶었다. "워버튼 경이 사기꾼이라고 생각하진 않아요. 다른 사람들이야 어떻든 상관없지만, 워버튼 경이 시험을 겪는 걸 보고 싶네요."

"난 제발 그렇게 되지 않았으면 좋겠구나!" 터쳇 씨가 말했다. "워버튼 경은 매우 붙임성 있고 꽤나 훌륭한 청년이란다. 연수입이 10만 파운드나 되고, 이 작은 섬나라에 그의 토지가 200제곱킬로미터나 있으며, 그 밖에도 많은 것을 소유했지. 집도 대여섯 채나 되고. 식탁에 내 자리가 있듯이 의회엔 그의 자리가 있어. 그리고 문학, 미술, 과학, 매력적인 젊은 여성 등 세련된 취미에도 관심이 많거든. 가장 세련된 건 새로운 견해에 대한 취미지. 이것은 굉장한 위안거리여서, 아마 젊은 여성을 제외하고는 다른 무엇보다 비중이 클 정도란다. 가까이에 있는 그의 고택(뭐라더라, 로클리라고 했던가?)도 참으로 매력적이야. 우리 집같이 편안하지는 않지만. 그러나 그런 건 아무래도 좋아. 다른 것도 많으니까. 그 사람 견해도 내가 아는 한 다른 사람을 해치진 않아. 자신을 해치지 않는다는 것은 틀림없고. 가령 혁명이 일어난다 해도 그 친구는 무사히 풀려날 거야. 사람들은 그를 건드리지 않고 그대로 놔둘 거야. 어쨌든 너무 인기가 있으니까.”

“어머, 그분은 순교자가 되고 싶어도 될 수 없겠군요!” 이사벨이 한숨을 쉬었다. “꽤 한심한 지위네요.”

“네가 그러기를 바라지 않는다면 그는 결코 순교자가 될 수 없어.”

이사벨은 머리를 흔들었다. 자신이 우울한 표정을 하고 그런 동작을 한 것이 좀 우습다는 생각이 들었다. “전 아무도 순교자로 만들지 않을 거예요.”

“너도 그렇게 되지 않았으면 해.”

“그러지 않기를 바라요. 하지만 이모부님은 랠프 오빠가 그러듯이 워버튼 경을 측은하게 여기지는 않으시겠죠?”

터챗 씨는 온화하고 예리한 눈길로 잠시 그녀를 바라보다가 말했다. “아니, 결국에는 그러겠지!”

9

이 귀족의 여동생인 두 몰리뉴 양이 이윽고 이사벨을 만나러 왔다. 이사벨은 이 젊은 숙녀들이 마음에 들었다. 그들에게는 다른 사람들에게서 볼 수 없는 영국 여성의 독특한 기질이 있는 듯했다. 그녀가 랠프에게 이 두 자매가 기질이 독특한 여성들이라고 말하자, 그는 몰리뉴 양들만큼 그런 평가에 부합하지 않는 인물이 없을뿐더러, 영국에는 그들과 흡사한 젊은 여성이 5만 명쯤은 된다고 대답했다. 그러나 정말로 독특한 기질은 없다 해도 이사벨을 찾아온 두 처녀는 지극히 부드럽고 수줍은 행실을 보여 주었다. 더욱이 이사벨의 생각도 그랬지만 그들의 눈은 제라늄 화단을 따라 설치된 균형 잡히고 둥근 '장식용 웅덩이'처럼 우아했다.

"아무튼 이 사람들은 병적인 것 같지는 않아." 하고 이사벨은 중얼거렸다. 그녀는 그것이 그들의 큰 매력이라고 생각했다. 이사벨의 소녀 시절 친구들 가운데 유감스럽게도 그런 비난을 받은 친구가 몇 명 있었고(그런 점이 없다면 아주 훌륭한 아이들이었지만) 이사벨 자신도 그런 점이 자신의 결함이 아닐까 하고 걱정한 적이 가끔 있었기 때문이다. 두 처녀는 새파랗게 젊은 나이는 아니지만 아직도 밝고 생기 있는 얼굴에 어린아이 같은 미소를 띠고 있었다. 이사벨이 반해 버린 그들의 눈은 둥글고 차분하며 만족스러웠다. 그들은 풍만한 몸매에 바다표범 가죽 웃옷을 입고 있었다. 그들은 매우 붙임성이 있었지만 그런 것을 드러내는 일은 수줍어하는 듯했다. 그들은 바다 건너에서 온 젊은 여자에게 약간 두려움을 느꼈으며, 자신들의 호의를 말보다는 표정으로 드러냈다. 그러나 두 처녀는 오빠와 함께 살고 있는 로클리의 점심 초대에 응해 주었으면 하는 소망을 이사벨에게 분명히 전했고, 그렇게 되면 자기들이 이사벨을 자주 보게 될 거라고 했다. 또한 언제쯤 와서 하룻밤 묵을 수 있는지 궁금해했다. 29일에 손님이 오기로 했으니 아마도 그때가 좋겠다는 것이었다.

"그날 특별한 손님이 오시는 건 아니에요." 언니가 말했다. "하지만 우리와 넉넉히 시간을 보내실 수 있을 거예요."

"저는 당신들에게 호감을 느껴요. 있는 모습 그대로 참 매혹적이시네요." 이사벨이 대답했다. 그녀는 자주 사람을 아낌없이 칭찬했다.

이 말에 두 처녀는 얼굴을 붉혔다. 그들이 돌아간 뒤 랠프가 그런 말을 두 처녀에게 직접 하면 그들은 희롱당한 기분이 들 테고, 매혹적이라는 말을 들은 것도 처음일 거라고 장담했다.

"그래도 어쩔 수 없어." 이사벨이 대답했다. "차분하면서도 사려 깊고 만족스러워하는 그들이 사랑스럽다는 생각이 들어. 나도 그렇게 되고 싶은걸."

"맙소사!" 랠프가 힘주어 외쳤다.

"난 그들을 따라할 거야." 이사벨이 말했다. "그들의 집을 정말로 방문하고 싶어."

그녀는 며칠 뒤에 이 소원을 이루었다. 랠프와 이모와 함께 마차를 타고 로클리를 방문한 것이다. 집에 들어서니 몰리뉴 자매는 널찍한 응접실에 앉아 있었는데(나중에 알았지만 그 응접실 외에도 응접실이 몇 개나 더 있었다.) 그곳은 빛바랜 무명천에 감싸여 황량한 느낌을 주었다. 두 자매는 이번에는 검은색 벨벳 옷을 입고 있었다. 이사벨은 가든코트에서 만났을 때보다 자신들의 집에 있는 그들의 모습이 훨씬 더 마음에 들었고, 그들이 건강하다는 사실에 여느 때보다 더욱 깊은 인상을 받았다. 이사벨은 만일 이 두 자매에게 결점이 있다면 자유로운 심성이 부족하다는 점일 거라고 생각한 적이 있었다. 그러나 이번에는 그들의 감정 폭도 넓다는 사실을 알게 되었다. 점심 식사 전에 그녀는 두 자매와 함께 얼마 동안 방 한쪽에 머물렀고, 그사이 워버튼 경은 좀 떨어진 곳에서 터쳇 부인과 이야기를 나누었다.

"당신 오빠가 대단한 급진파라는 게 사실인가요?" 이사벨이 물었다. 사실 그녀는 이미 알고 있었지만, 앞에서 말한 대로 인간성에 깊은 호기심을 품고 있었기 때문에 몰리뉴 자매로부터 뭔가 이야기를 끌어내고 싶었던 것이다.

"그럼요, 오빠는 매우 진보적이랍니다." 동생인 밀드레드가 말했다.

"워버튼 오빠는 매우 합리적이에요." 언니가 말했다.

이사벨은 방 저편에 있는 그를 잠시 바라보았다. 그는 열심히 터쳇 부인의 비위를 맞추고 있었다. 개 한 마리가 난로 앞 랠프에게 스스럼없이 다가왔다. 영국의 8월 기온은 고풍스러운 넓은 방에 난롯불이 필요하게 만들었다. "당신들은 오빠가 진지하다고 생각해요?" 이사벨이 미소를 지으며 물었다.

"어머, 그거야 말할 필요도 없죠!" 밀드레드가 재빨리 말을 받았다. 언니는 이사벨을 물끄러미 응시하고 있었다.

"오빠가 시험을 견딜 수 있다고 보세요?"

"시험이라뇨?"

"예를 들어 이 저택을 처분해야 된다든가 하는 경우요."

"로클리를 포기한다고요?" 언니가 목소리를 높여서 되물었다.

"그럼요, 그리고 다른 저택들도요. 이름이 뭐였죠?"

두 자매는 두려운 듯한 시선을 주고받았다. "그런 말을 하시는 건 비용 문제 때문인가요?" 동생이 물었다.

"아마 한두 채 정도는 세를 놓을 수도 있을 거예요." 언니가 말했다.

"그냥 빌려 줄 순 없나요?" 이사벨이 물었다.

"오빠가 재산을 포기한다는 건 상상할 수도 없어요." 언니가 말했다.

"그러면 오빠가 사기꾼 같잖아요!" 이사벨이 대꾸했다. "그런 것은 잘못된 지위라고 보지 않나요?"

상대방은 확실히 당황했다. "오빠의 지위 말인가요?" 언니가 되물었다.

"저는 정말 훌륭한 지위라고 생각하는걸요." 동생이 말했다. "이 나라에서 최상의 지위랍니다."

이사벨은 잠시 여유를 틈타 말했다. "당신들은 나를 무척 불순하게 여기겠죠. 당신들은 오빠를 존경하고 조금은 두려워하는 것 같네요."

"자기 오빠를 존경하는 건 당연해요." 언니가 단순하게 대답했다.

"그렇다면 오빠는 좋은 분이 틀림없어요. 당신들은 무척 선량한 분들이니까."

"오빠는 정말 다정한 사람이에요. 오빠가 하는 훌륭한 일들이 세상에 결코 알려지진 않겠지만."

"오빠의 재능은 다들 알아요." 밀드레드가 덧붙였다. "모든 사람들이 훌륭한 재능이라고 생각하죠."

"나도 알아요." 이사벨이 말했다. "그러나 만일 내가 그분 입장이라면 끝까지 싸울 거예요. 과거의 유산을 지키기 위해서 말이에요. 단단히 지켜야죠."

"우리는 자유주의자가 되어야 해요." 밀드레드가 부드럽게 말했다. "항상 그랬거든요. 아주 먼 옛날부터."

"어머, 그렇군요." 이사벨이 말했다. "당신들은 그런 점에서 크게 성공한 거예요. 그걸 좋아하는 거죠. 크루얼*을 무척 좋아하듯 말이에요."

오찬을 마친 후 워버튼 경이 자신의 집을 구경시켜 주었을 때 이사벨은 이 저택이 품위 있는 한 폭의 그림처럼 보인 것이 당연하다고 생각했다. 실내는 꽤나 현대화해서 가장 좋은 부분들이 순수성을 상실하고 말았다. 그러나 정원에서 볼 때 고요하고 넓은 해자** 위로 솟아오른 견고한 회색 건물은 극히 부드럽고 심원했으며, 비바람에 씻겨 운치가 더해진 덕분에 이사벨에게는 마치 전설 속에 나오는 성처럼 보였다. 그날은 시원하고 햇살도 약한 편이었고, 벌써 가을 기운을 느낄 수 있었다. 엷은 햇빛이 희미하고 산만하게 벽을 비추어, 마치 오랜 세월 동안 심하게 상처 입은 곳을 조심스럽게 골라 빛으로 씻어 주는 듯했다. 워버튼 경의 동생인 목사가 오찬에 참석했기 때문에 이사벨은 그와 오 분 정도 이야기를 나누었다. 오 분은 교회의 풍부한 관행을 탐색할 수 있는 충분한 시간이었으나 그것이 헛수고라는 것을 알자 그만두었다. 로클리 목사는 몸집이 커서 마치 운동선수 같았고, 표정이 솔직하고 자연스러운 남자였다. 그는 식욕도 왕성했고, 뭔가 말하면 곧잘 웃는 버릇이 있었다. 이사벨이 나중에 랠프로부터 들은 이야기에 따르면 그 남자는 목사가 되기 전에 건장한 레슬링 선수였으며, 아직도 가끔씩(말하자면 가족 모임이 있을 때) 자신의 하인을 마룻바닥에 때려눕힌다는 것이다. 이사벨은 그가 마음에 들었다. 모든 것을 좋아하고 싶은 기분에 젖어 있었기 때문이다. 하지

---

* 자수용 털실.
** 성이나 큰 저택 주위에 만든 못.

만 그를 영적 조력자로 생각하는 건 그녀의 상상력에 큰 부담이 되었다. 점심 식사가 끝나자 일행은 바깥에 나와 산책을 했는데, 워버튼 경은 가장 낯선 손님인 그녀를 눈치껏 인도하여 다른 사람들과 떨어진 곳에서 함께 걸었다.

"당신이 이 저택을 타당하고 진지하게 보았으면 해요." 그가 입을 열었다. "부적절한 잡담에 정신을 팔다 보면 그렇게 할 수 없지요." 그가 한 이야기(그는 흥미진진한 역사를 가진 이 저택에 대해 이사벨에게 많은 이야기를 했다.)는 순전히 옛날 일만은 아니었고, 그는 좀 더 개인적인(그는 물론이고 이사벨에게도) 문제로 가끔씩 화제를 돌렸다. 그러나 잠시 후 마침내 겉으로는 저택에 대한 화제로 돌아왔다. "그렇군요." 그가 말했다. "변변찮은 이 저택이 당신 마음에 들었다니 정말 기쁩니다. 좀 더 보면 좋겠는데. 당신이 당분간 이곳에 머무를 수 있으면 좋겠네요. 누이들이 당신을 무척이나 좋아하거든요. 그것이 당신을 유인하는 길이 된다면."

"유인책이 부족한 건 아니에요." 이사벨이 대답했다. "하지만 이곳을 다시 방문한다는 약속은 드릴 수 없네요. 저는 이모님의 말씀에 따라야 하거든요."

"실례지만 좀 믿기 어렵군요. 난 당신이 좋아하는 일은 무엇이든 할 수 있다고 보았는데."

"제가 그런 인상을 주었다면 유감이네요. 그건 좋은 인상을 준 게 아니에요."

"내게 희망을 준 건 좋지요." 이렇게 말하고 워버튼 경은 잠시 말을 끊었다.

"그 희망이 뭔데요?"

"앞으로 당신을 자주 만나는 거랍니다."

"어머." 이사벨이 소리쳤다. "그런 즐거움을 위해 이모님 밑에서 해방될 순 없어요."

"물론 그렇겠지요. 그런데 당신 이모부님은 나를 좋아하시지 않는 것 같더군요."

"오해예요. 저는 이모부님이 당신을 무척 칭찬하는 것을 들은 적이 있어요."

"나에 관해 말해 준 건 고마워요." 워버튼 경이 말했다 "하지만 그래도 내가 가든코트에 자주 찾아가는 건 이모부님의 마음에 안 드실 거예요."

"이모부님의 기분까지 책임질 순 없네요." 그녀가 말했다. "될 수 있으면 이모부님의 기분을 고려해야 되지만요. 그러나 저로서는 당신을 뵙는다면 정말 기쁠 거예요."

"내가 당신에게서 듣고 싶은 말이 바로 그거였어요. 그런 말을 들으니 황홀할 따름입니다."

"당신은 쉽게 황홀한 기분에 빠지네요."

"아니에요, 나는 쉽게 그러는 남자는 아니랍니다!" 워버튼 경은 잠시 입을 다물었다가 말했다. "아처 양 당신이 나를 매료했어요."

그가 뭐라 표현하기 힘든 목소리로 이 말을 했기 때문에 이사벨은 당황했다. 그녀에게 이 말은 어떤 중대한 사건의 서곡처럼 들렸다. 예전에도 이런 말을 들은 적이 있었기 때문에 그것을 느낄 수 있었다. 그러나 지금으로서는 이 서곡이 다음 곡으로 이어지는 것을 바라지 않았기 때문에 그녀는 가능한 명랑하게, 그리고 남들이 알아차릴 만큼 동요하지 않고 말했다.

"제가 다시 이곳을 방문하지는 못할 것 같네요."

"다시는 안 올 건가요?" 워버튼 경이 물었다.

"'다시는'이라고 말하지는 않겠어요. 그런 말을 하면 매우 감상적인 기분이 들어요."

"그렇다면 다음 주에 내가 찾아가도 될까요?"

"물론이죠. 오시지 못할 특별한 일이라도 있나요?"

"별다른 일은 없을 겁니다. 그러나 상대가 당신이라 아무래도 마음을 놓을 수가 없군요. 당신은 사람들을 너무 빨리 평가해 버린다는 생각이 들어요."

"그런 일로 당신이 손해 볼 건 없잖아요."

"그렇게 말해 주니 고맙습니다만, 내가 잃을 게 없다 해도 엄격한 평가는 정말 좋아하지 않거든요. 터쳇 부인이 당신을 외국으로 데려갈까요?"

"그렇게 되길 희망해요."

"당신은 영국으로는 충분하지 않아요?"

"마키아벨리 식 속 좁은 생각이네요. 대답할 가치조차 없어요. 저는 가능한 여러 나라를 보고 싶은걸요."

"그렇다면 여전히 판단을 계속하겠다는 거로군요."

"물론 즐거움도 계속되었으면 해요."

"맞아요, 그것이 당신의 으뜸가는 즐거움이겠지요. 난 당신이 무엇을 하려는지 알 수 없어요." 워버튼 경이 말했다. "불가사의한 목적이나 엄청난 계획을 품고 있는 것처럼 느껴지거든요."

"제가 어떤 여자인지 생각해 주시니 고맙습니다만 당신 생각에 따를 수는 없어요. 5만 명이나 되는 미국인들이 매년 눈에 띄는 뜻을 품고 실천에 옮기는 목표, 외국 여행을 통해 자신의 지성을 향상하려는 목표에 불가사의한 점이 있나요?"

"당신은 그럴 필요가 없어요." 워버튼 경이 말했다. "당신 지성은 이미 놀라울 정도예요. 우리 모두를 무시하고 경멸할 정도인데."

"당신들을 경멸하다뇨? 저를 놀리시는군요." 이사벨이 정색하며 말했다.

"그렇지만 당신은 우리들이 '유별나다'고 생각해요. 그게 우리를 경멸하는 거죠. 무엇보다도 난 '유별난' 사람이 아니에요. 전혀 그렇지 않다고 항의하고 싶군요."

"그런 항의는 제가 여태껏 들은 말 중 가장 유별난 말 가운데 하나예요." 이사벨이 미소를 지으며 대답했다.

워버튼 경은 잠시 말이 없었다. 이윽고 그가 입을 열었다. "당신은 겉모습만으로 비판하고, 다른 것은 상관없다는 거죠. 오직 자신에게 흥미로우면 된다는 거죠." 조금 전에 들었던 그의 말투가 다시 나타났다. 지금은 똑똑히 감지할 수 있는 비통한 기미가 섞여 있었다. 그 비통함이 너무나 급작스럽고 조리에 맞지 않았기 때문에 이사벨은 자기가 그의 마음을 상하게 한 것이 아닌가 하고 걱정했다. 그녀는 영국인들이 굉장히 별난 국민이라는 말을 자주 들었으며, 어느 독창적인 작가의 글에서 영국인은 근본적으로 극히 낭만적인 민족이라는 구절을 읽기도 했다. 그렇다면 워버튼 경이 갑자기 낭만적이 된 것일까? 두 사람이 만난 것은 이번이 세 번째에 불과한데, 자신의 집에서 그녀에게 소동이라도 피우겠다는 것일까? 이윽고 이사벨은 그가 뛰어난 예의를 갖추고 있다는 것을 깨닫고 안심했다. 이런 마음은 그가 그의 환대에 마음을 활짝 연 아가씨에게 이미 상식을 벗어날 만큼 칭찬을 했다는 사실에도 흔들리지 않았다. 그녀가 그의 예의를 믿은 것은 옳은 일이었다. 잠시 후 그가 약간 웃으면서, 그녀를 불편하게 했던 말투를 없애고 계속 말했기 때문이다. "물론 당신이 사소한 것에 즐거워한다는 뜻은 아닙니다. 당신은 높은 데 관심을 두고 있으니까요. 당신이 관심을 두는 건 아마도 인간성의 결점이나 고뇌, 국가의 특성 따위겠죠!"

"그런 것들이라면 미국에서 평생 동안 즐거움을 찾아야 할 거예요. 그런데 갈 길도 멀고 하니 이모님은 곧 이곳을 떠나려고 하실걸요." 그녀는 다른 사람들 쪽을 뒤돌아보았고, 워버튼 경은 말없이 그녀 옆에서 걸었다. 그러나 다른 사람들과 합류하기 전에 그는 "다음 주에 만나기로 해요."라고 말했다.

그녀는 어느 정도 충격을 받았지만, 마음이 진정됨에 따라 그것이 전적으로 고통스러운 충격인 양 행동할 수는 없다고 생각했다. 그래도 이사벨은 그의 말에 매우 쌀쌀하게 대답했다. "좋으실 대로 하세요." 그녀의 이런 태도는 어떤 효과를 계산한 것은 아니었고, 그녀를 비판하는 사람들이 생각하는 것보다 훨씬 약한 술책이었는지도 모른다. 사실 그녀의 이런 태도는 불안감에서 나온 것이었다.

10

로클리 방문 다음 날 이사벨은 친구 스택폴로부터 편지(봉
투에 리버풀의 소인이 찍히고 아주 날렵한 헨리에타의 필체로 수신
인의 이름이 산뜻하게 적힌)를 받고 기분이 한결 밝아졌다. "나
이곳에 왔어, 사랑하는 내 친구."라고 스택폴은 썼다. "아무튼
드디어 오게 되었어. 뉴욕을 출발하기 전날 밤에 겨우 결정됐
거든. 내가 요구하는 액수에《인터뷰어》가 동의해 주었지. 난
경험이 풍부한 기자처럼 일용품만 가방에 넣은 채 전차를 타
고 여객선 타는 곳까지 갔단다. 너는 지금 어디에 있지? 어디
에서 만날 수 있을까? 아마 성 같은 곳에 머물면서 이미 세련
된 발음을 익히고 있겠지. 어쩌면 어느 귀족과 결혼했는지도
모르고. 그랬으면 좋을 텐데. 상류 계층 사람들과 접촉할 소개
장이 필요한데, 네가 몇몇 사람들을 소개해 주면 좋겠어.《인
터뷰어》는 귀족 계급을 소개하는 기사를 원하거든. 그런 사람

들에 대한 내 첫인상은 전체적으로 낙관적이지 않지만, 이 일에 대해 너와 상의하고 싶어. 내가 표면적인 것으로 만족할 사람은 아니잖아. 그리고 특히 말하고 싶은 건 우리가 만날 장소를 될 수 있는 대로 빨리 정해 주면 좋겠다는 거야. 혹시 네가 런던에 올 수 있을까?(정말 함께 구경하고 싶은데.) 아니면 내가 네가 있는 곳으로 찾아가도 될까? 어디든지 기꺼이 찾아갈게. 무엇이든 나한테 흥미로운 것을, 그리고 될 수 있는 대로 많은 사람들의 내면생활을 관찰하고 싶어."

이사벨은 이 편지를 이모부에게 보여 주지 않는 것이 좋겠다고 판단했지만 그 의도는 전했다. 그러자 이모부는 그녀가 기대한 대로 곧장 스택폴을 기꺼이 가든코트에 초대하고 싶다는 뜻을 자기 이름으로 전해 달라고 했다. 그가 말했다. "글 쓰는 여성이라지만 미국인이니까 언젠가 어느 부인이 그랬던 것처럼 내 내막을 드러내는 짓은 하지 않겠지. 나 같은 인물을 만나 본 적이 있을 테니 말이야."

"그 친구는 이모부님 같은 멋진 분을 만나 본 적이 없어요!" 이사벨이 대꾸했다. 그렇지만 뭔가 쓰지 않고는 못 배기는 헨리에타의 충동에 대해 결코 마음을 놓을 수는 없었다. 거침없이 써 버리는 본능은 헨리에타의 성격 중에서도 가장 안심할 수 없는 것이었다. 터쳇 씨가 그의 집 방문을 환영한다는 편지를 이사벨이 보내자, 민첩한 헨리에타 스택폴은 곧장 방문하겠다는 뜻을 전해 왔다. 런던으로 온 그녀는 가든코트 바로 이웃 역으로 가는 기차에 올라탔고, 역에는 이사벨과 랠프가 마중을 나와 있었다.

"내가 그 여자를 좋아하게 될까, 아니면 미워하게 될까?" 둘이서 함께 플랫폼을 서성대며 랠프가 물었다.

"어느 쪽이든 그 친구는 전혀 상관 없을 거야." 이사벨이 대꾸했다. "남자들이 자기를 어떻게 생각하든 조금도 개의치 않으니까."

"그렇다면 남자로서 난 그 여자를 싫어해야 할 것 같은데. 괴물 같은 여자겠지? 꽤나 못생겼고."

"아니, 무척 예뻐."

"여성 기자라. 스커트를 입은 신문 기자란 말이지? 빨리 만나 보고 싶은걸." 랠프가 인정했다.

"그 친구를 비웃는 건 쉬워도 그녀만큼 용감해지는 건 쉽지 않아."

"나도 그런 생각은 들어. 폭력 범죄를 저지른 사람들을 상대하려면 어쨌든 용감해야 되니까. 그녀가 나를 인터뷰할 거라고 생각해?"

"그런 일은 결코 없을 거야. 오빠가 그 정도로 중요한 인물이라고 생각하진 않을 테니까."

"두고 봐." 랠프가 말했다. "그녀는 우리 집 강아지까지 포함해서 우리 모두를 기사화해 자기 신문사에 보낼 거야."

"내가 못 하게 할 거야." 이사벨이 대답했다.

"그럼 그녀가 그런 일을 할 수도 있다는 거지?"

"물론."

"그런데도 넌 그녀를 절친한 친구로 삼았어?"

"그 정도로 친한 건 아니지만, 결점이 있어도 난 그녀가 좋아."

"글쎄." 랠프가 말했다. "난 장점이 있더라도 그녀가 싫어질 것 같은데."

"아마 사흘만 지나면 그 친구에게 흠뻑 빠져 버릴걸."

"그러고는《인터뷰어》에 내 연애편지를 발표해 버릴까? 그건 어림도 없지!" 랠프가 외쳤다.

곧 기차가 도착했다. 재빠르게 내려온 헨리에타 스택폴은 약간 촌스럽긴 하지만 이사벨의 말대로 꽤 우아한 미인이었다. 중간 키에 통통하고 단정했으며, 둥근 얼굴에 입은 작은 편이고 얼굴색이 은은했다. 엷은 갈색 고수머리를 뒤로 올려 묶었으며, 특이하게 뜬 눈은 놀란 듯한 표정이었다. 그녀의 외모 중에서 가장 두드러진 점은 상대방을 빤히 쳐다보는 눈이었는데, 뻔뻔스럽거나 반항적인 눈길은 아니고 우연히 마주친 모든 대상을 향해 타고난 권리를 양심적으로 행사하려는 눈길 같았다. 그녀는 이런 눈길로 랠프를 바라보았고, 랠프는 헨리에타의 고상하고 편안한 모습에 약간 끌렸다. 랠프는 이런 모습을 보고 그녀를 나무란다는 것은 자신이 생각한 것처럼 쉽지 않을 거라고 느꼈다. 신선한 비둘기색 옷을 입은 그녀는 바스락대며 빛을 내고 있었다. 랠프는 한눈에 그녀가 막 인쇄되어 아직 접지도 않은 신문 첫 판처럼 신선하고 새롭고 이해력이 빠르다는 것을 알았다. 그녀는 머리부터 발끝까지 흠잡을 데 없었고, 맑고 높은 목소리(목소리가 풍부하지만 시끄럽지 않은)로 말했다. 그녀가 일행과 함께 터쳇 씨의 마차에 올라탄 뒤 랠프는 예상했던 것과 달리 그녀가 모두 큼직한 활자로만 된

무시무시한 '표제어' 유형의 인물은 아니라는 인상을 받았다. 하지만 그녀는 이사벨의 질문이나 랠프가 과감히 꺼낸 말에 지극히 명료하게 대답했다. 나중에 가든코트의 서재에서 터쳇 씨를 만났을 때(터쳇 부인은 나타날 필요가 없다고 생각했다.) 그녀는 자신 있게 말하는 능력을 다시 한 번 드러냈다.

"그런데 자신이 미국인이라고 생각하세요, 아니면 영국인 이라고 생각하세요?" 헨리에타가 불쑥 말을 꺼냈다. "그것에 따라 적합한 얘기를 해 드릴 수 있거든요."

"어느 쪽이든 말해 봐요. 우리로서는 고마울 따름이니." 랠프가 대범하게 대답했다.

헨리에타는 랠프를 물끄러미 바라보았다. 랠프가 보기에 그녀 눈은 뭔가 특별하며 크고 반짝거리는 단추(팽팽한 용기의 탄력 있는 고리를 고정해 주는)를 연상시켰다. 눈동자에 주위 물체가 반사되는 것 같았다. 흔히 단추에는 인간적인 표정 같은 것이 있다고 생각되지 않지만, 헨리에타의 눈길에는 매우 겸손한 남자인 그를 어렴풋이 당혹하게 만드는 무엇(자신이 바라는 것보다 신성하지 못할뿐더러 더욱 치욕스럽게 하는)이 있었다. 이런 기분은 그가 하루 이틀 그녀와 함께 시간을 보낸 뒤 눈에 띄게 줄어들었지만, 그렇다고 해서 완전히 없어진 것은 결코 아니었다. "당신이 미국인이라는 걸 내게 억지로 주입하려 한다고 생각하진 않아요." 그녀가 말했다.

"당신을 기쁘게 하기 위해서라면 영국인이 될 수도 있고 터키인이 될 수도 있습니다!" 랠프가 대꾸했다.

"어머, 그렇게 변할 수만 있다면 마음대로 하세요." 헨리에타가 말을 받았다.

"당신은 틀림없이 모든 걸 이해할 테니, 국적이 다른 건 문제가 되지 않을 겁니다." 랠프가 말을 이었다.

헨리에타는 여전히 그를 응시하고 있었다. "외국어 말인가요?"

"언어 같은 건 문제가 되지 않죠. 내가 말하는 건 정신이나 특질 같은 것입니다."

"당신이란 사람을 이해할 수가 없네요." 헨리에타가 말했다. "그렇지만 내가 여기를 떠나기 전에는 알게 될 거라고 생각해요."

"랠프 오빠는 흔히 말하는 세계인이야." 이사벨이 말했다.

"그건 이분이 모든 것을 조금씩 갖고 있지만 뚜렷한 것은 갖고 있지 않다는 말이겠지. 애국심은 자선과도 같아. 자기 집에서 시작되는 법이거든."

"그렇다면 집은 어디서 시작될까요, 스택폴 양?" 랠프가 물었다.

"어디서 시작되는지는 모르지만 어디서 끝나는지는 알아요. 내가 이곳에 닿기 훨씬 전에 끝났는걸요."

"당신은 이곳이 마음에 들지 않소?" 터쳇 씨가 점잖고 순박한 목소리로 물었다.

"글쎄요, 어르신. 어떤 입장을 취하면 좋을지 완전히 결정하지 못했어요. 몸에 경련이 날 지경인걸요. 리버풀에서 런던까지 여행하는 중에 그렇게 느꼈어요."

"객차가 혼잡했나 보군요." 랠프가 말했다.

"그렇긴 한데, 친구들로 북적거렸어요. 여객선에서 친해진 미국인들요. 아칸소*의 리틀록 출신인데 모두 좋은 사람들이었죠. 그래도 뭔지는 알 수 없지만 어떤 압박감 같은 것이 몰려와 경련이 날 지경이었어요. 난 처음부터 이곳 분위기를 따라갈 수 없는 게 아닐까 하는 느낌이 들었어요. 하지만 자기 분위기는 스스로 만들어 가야 한다고 생각해요. 그게 진정한 방법이겠죠. 그래야 안도할 수 있고요. 이 근처는 아주 매력적인 곳 같네요."

"아, 우리도 좋은 사람들입니다!" 랠프가 말했다. "조금만 기다리면 알게 될 거예요."

헨리에타는 기다리면서 모든 사정을 알아보겠다는 의사를 표시하며 가든코트에 상당 기간 체류할 마음을 분명히 했다. 그녀는 오전 중에는 글 쓰는 일에 전념했지만, 그사이에도 이사벨과 많은 시간을 보냈다. 헨리에타는 일단 일과가 시작되면 사실상 고립을 허용하지 않았던 것이다. 이사벨은 곧 헨리에타에게 그들 두 사람이 함께 체류하는 매력을 글로 찬양하려는 것은 그만두라고 부탁했다. 이곳을 방문한 다음 날 아침 헨리에타가 《인터뷰어》에 실릴 기사에 몰두하고 있는 것을 보았기 때문이다. 아주 깔끔하고 읽기 쉬운 필체로(이사벨이 기억하는 학교의 습자 교본과 똑같이) '미국인과 튜더 왕조―가든코트 견문기'라는 제목이 적혀 있었다. 헨리에타가 사려 깊은 마음으로 그 통신문을 읽어 주자 이사벨은 즉각 반발했다.

---

*미국 남부의 주.

"그런 일을 해서는 안 돼. 이 집에 관한 글을 써서는 안 된다고."

헨리에타는 평소와 다름없이 이사벨을 응시하며 말했다. "어째서? 사람들이 원하는 건데. 이 집은 아름답잖아."

"너무나 아름답기 때문에 신문에 낼 수 없다는 거야. 게다가 이모부도 그걸 원하지 않으실 테고."

"그런 말은 믿지 마!" 헨리에타가 소리쳤다. "사람들은 항상 나중에야 기뻐하니까."

"이모부는 기뻐하지 않으실 거야. 내 사촌도 그렇고. 그런 일은 호의를 거스르는 행동이라고 생각할걸."

헨리에타는 전혀 개의치 않고 자신이 소지한 우아한 작은 헝겊에 펜을 정성스럽게 닦고는 쓰던 원고를 치웠다. "물론 네가 반대하면 쓰지 않겠지만, 나로선 멋진 소재를 희생하는 셈이야."

"다른 소재도 많잖아. 네 주위에 얼마든지 있어. 우리 마차를 타고 외출해 볼까? 내가 매혹적인 경치를 보여 줄게."

"경치는 내 관심사가 아니야. 난 항상 인간적인 흥밋거리가 필요해. 이사벨, 내가 언제나 지나치게 인간적이라는 걸 잘 알잖아." 헨리에타가 대답했다. "난 네 사촌, 소외된 미국인을 신문에 끌어낼 작정이야. 요즘엔 그런 미국인을 알고 싶어 하는 사람들이 많아. 네 사촌은 좋은 본보기가 될 거야. 그를 혹독하게 다뤄야 할 텐데."

"랠프 오빠는 그것만으로도 몹시 힘들어할 거야!" 이사벨이 큰 소리로 말했다. "혹독하게 다루는 게 문제가 아니라, 널리 알려지는 게 힘든 거지."

"그렇다면 기사를 조금 줄여야겠네. 그리고 네 이모부 이야기도 쓰고 싶어. 그분은 무척이나 고상하고 언제까지나 조국에 충성을 다할 분으로 보여. 위엄 있는 노인이셔. 내가 경의를 표하는 게 왜 그분 마음에 안 드실까."

이사벨은 너무 놀라 친구 쪽을 바라보았다. 자신이 그토록 높이 평가하는 친구가 이렇게까지 무너지는 것이 이상하다는 생각이 들었다. 이사벨이 말했다. "헨리에타. 넌 개인의 사생활이라는 걸 전혀 몰라."

그러자 헨리에타는 얼굴을 몹시 붉혔고, 영롱한 눈에 잠시 눈물이 가득 고였다. 이사벨은 친구의 태도가 예전보다 더 엉뚱하다고 생각했다. 헨리에타가 위엄 있게 말했다. "넌 나를 단단히 잘못 보고 있어. 난 나 자신에 대한 얘기는 한마디도 쓴 적이 없어!"

"그건 잘 알아. 하지만 다른 사람의 사생활에도 조심해야 된다고 생각해."

"그것 참 좋은 말이네!" 헨리에타는 이렇게 외치며 다시 펜을 들었다. "적어 둬야겠어. 다른 글을 쓸 때 사용하게." 그녀는 참으로 성격이 좋은 여성이었다. 그래서 삼십 분이 지나자 기삿거리가 없어도 걱정 없는 기자처럼 보일 정도로 유쾌한 기분이 되었다. "난 사교계 기사를 쓴다고 약속하고 왔거든." 그녀가 이사벨에게 말했다. "그런데 아이디어를 얻지 못하면 어떻게 그 기사를 쓰겠니? 내가 이 집에 관해 기사를 쓸 수 없다면 다른 곳을 알려 줄래?" 이사벨은 생각해 보겠다고 약속했다. 그리고 다음 날 헨리에타와 이야기를 하다가 우연히 워 버튼 경의 저택을 방문했던 일을 언급했다. "그렇지. 바로 그 런 곳을 안내해 줘야지. 내게 무척 적합한 곳일 것 같아!" 헨리 에타가 외쳤다. "나는 귀족의 풍모를 봐야 하거든."

"널 그 집에 데리고 갈 수는 없어." 이사벨이 말했다. "그러 나 워버튼 경이 이곳에 오기로 돼 있으니 그 사람을 만나서 관 찰할 기회는 있을 거야. 하지만 네가 그 사람의 이야기를 기사 에 쓸 생각이라면 난 그 사람에게 분명히 경고할 거야."

"제발 그러지 마." 헨리에타가 간청했다. "그 사람이 나를 자연스럽게 대해 주면 좋겠어."

"영국 사람은 침묵하고 있을 때만큼 자연스러울 때가 없 지." 이사벨이 말했다.

사흘이 지난 뒤에도 랠프가 이사벨의 예상대로 그의 집을 찾은 방문객인 헨리에타에게 여전히 마음을 빼앗긴 상태였 는지는 분명하지 않다. 그래도 그는 그녀와 함께 공원을 산책 하기도 하고 나무 그늘에 앉기도 하면서 꽤 많은 시간을 보냈 다. 그리고 템스 강에서 뱃놀이하기 좋은 오후가 되면 지금까 지 랠프가 혼자서 탔던 보트에 함께 자리를 차지하고 앉았다. 랠프는 헨리에타가 와 있음으로써 사촌 여동생과 자기의 의기 투합이 자연스럽게 흔들리는 것은 아닐까 하고 걱정했지만 아 무튼 그런 염려는 더 이상의 파장 없이 끝나고 말았다. 《인터 뷰어》 기자가 그를 무척 즐겁게 해 주었고, 그는 그런 즐거움 이 그의 남은 날들을 장식하는 꽃이 되어야 한다고 예전부터 생각하고 있었기 때문이다. 한편 헨리에타는 그녀가 남자들의 견해에 무관심하다고 했던 이사벨의 말이 전적으로 옳지는 않다는 것을 보여 주었다. 랠프는 헨리에타에게 뭔가 불편함을 주는 상대였고, 그녀는 이것을 해결하지 못하는 것이 부도덕한 일이라고 느끼는 듯했기 때문이다.

도착하던 날 저녁에 헨리에타는 이사벨에게 물었다. "저 사람은 직업이 뭐야? 종일 호주머니에 손을 넣고 쏘다니기만 하니?"

이사벨이 웃으면서 대답했다. "아무 일도 하지 않아. 할 일 없이 놀고 지내는 신사야."

"어머, 그건 부끄러운 일인데. 나 같은 여자도 열차 차장처럼 열심히 일하는데 말이야." 헨리에타가 대답했다. "저 사람 이야기를 들추고 싶어."

"랠프 오빠는 건강이 무척 좋지 않아. 도저히 일할 수 있는 몸이 아니야." 이사벨이 강조했다.

"쳇! 그런 말은 믿지 마. 난 몸이 아플 때도 일해." 헨리에타가 외쳤다. 나중에 함께 뱃놀이를 하려고 배에 올라타면서 그녀는 랠프에게 자기가 싫어서 물에 빠뜨리고 싶으냐고 물어보았다.

"아, 아니에요." 랠프가 대답했다. "난 싫은 사람은 천천히 괴롭히는 경향이 있습니다. 게다가 당신은 흥미롭기 짝이 없는 여성이고요!"

"그래요, 당신은 지금 나를 괴롭히고 있어요. 하지만 나도 당신 편견에 충격을 가하고 있어요. 그게 내게는 위안거리죠."

"내 편견이라니요? 편견 같은 건 내게 당치도 않아요. 당신

지성은 빈곤한 데가 있는 것 같네요."

"그건 당신에게 더욱 부끄러운 일이죠. 나한테는 달콤한 구석이라도 있지만. 물론 나는 당신이 이사벨과 시시덕거리는 걸(당신이 그걸 어떻게 부르든지) 망칠 수도 있답니다. 하지만 난 당신 입을 열게 하는 책무를 맡았으니 그런 건 상관하지 않겠어요. 당신이 얼마나 빈약한 사람인지는 이사벨도 잘 알 테니까."

"제발 내가 입을 열게 해 줘요!" 랠프가 외쳤다. "그런 귀찮은 일을 해 줄 사람은 거의 없거든요."

헨리에타는 이런 대화를 나눈 뒤 쉽게 물러서는 듯했지만, 기회가 있을 때마다 자연스럽게 질문을 퍼부어 댔다. 다음 날은 날씨가 흐렸고, 오후가 되자 랠프는 실내에서 시간을 보내기 위해 그녀에게 그림을 보여 주겠다고 제의했다. 헨리에타는 그와 함께 화랑의 긴 통로를 걸었다. 그는 주요 그림들을 가리키며 화가의 이름과 제목을 가르쳐 주었으나, 헨리에타는 묵묵히 그림만 바라볼 뿐 무엇 하나 의견을 표시하지 않았다. 그녀가 가든코트의 방문객들이 으레 내뱉는 약간 진부한 환호성을 전혀 내지 않자 랠프는 만족했다. 사실 이 젊은 여성은 엄격히 말해 진부한 말은 좀처럼 입 밖에 내지 않았다. 그녀의 어조에는 진지하고 독창적인 데가 있었고, 이따금 부자연스럽게 천천히 말할 때면 교양 높은 사람이 외국어로 이야기하는 듯한 인상을 주었다. 랠프는 나중에야 그녀가 미국 잡지사에서 미술 평론가로 일한 적이 있다는 것을 알았다. 그런데도 그녀는 별로 의미가 없는 칭찬을 늘어놓는 법이 결코 없었다. 컨스터블*이 그린 아름다운 그림 한 폭을 랠프가 가리키자 갑자기 그녀는 고개를 돌려 마치 그림을 보기라도 하듯 그를 쳐다보았다.

"당신은 항상 이렇게 지내나요?" 그녀가 물었다.

"이렇게 기분 좋게 지낸 적은 좀처럼 없지요."

"흠, 내가 무슨 의미로 물어본 건지 알겠죠. '일정한 직업도 없이'라는 뜻인데."

"그렇군요." 랠프가 말을 받았다. "세상에 나 같은 게으름뱅이는 없을 거예요."

헨리에타는 컨스터블의 그림을 다시 응시했고, 랠프는 가까이 걸린 랑크레**의 작은 그림을 보라고 말을 건넸다. 한 신사가 몸에 꽉 끼는 분홍색 윗옷과 반바지에 주름 깃이 달린 겉옷을 입고 정원 잔디밭에서 님프 상에 기대어 앉아 있는 두 여인에게 기타를 연주해 주는 그림이었다. "저 그림이 내가 생각하는 이상적인 직업이죠."

헨리에타는 다시 그를 돌아보았다. 그림에 눈길을 쏟고 있었지만 그녀가 그림 제목을 놓쳤음을 그는 알았다. 그녀는 훨씬 더 진지한 것을 생각하고 있었던 것이다. "그런 이상을 가지고도 양심에 가책을 느끼지 못하는군요."

"이봐요, 내게 양심 같은 건 없답니다!"

"글쎄요, 양심이 있는 게 좋을 텐데. 다음 기회에 미국으로

---

* 19세기 영국 풍경화가.
** 18세기 프랑스 화가.

갈 때 필요할 거예요."

"미국에 다시 갈 일은 결코 없을 거예요."

"자신을 드러내기가 부끄러운가요?"

랠프는 잔잔한 미소를 지으며 생각에 잠겼다. "양심이 없으면 부끄럽다는 기분도 들지 않는 법입니다."

"어머, 상당히 자신이 있군요." 헨리에타가 말했다. "고국을 포기하는 게 옳다고 생각하세요?"

"아, 포기할 수야 없죠. 그건 자신의 할머니를 포기할 수 없는 것과 같아요. 둘 다 스스로 선택하기 전에 이미 결정된 일, 결코 피할 수 없는 운명이거든요."

"노력을 해 보았지만 마음대로 안 된다는 뜻이군요. 여기서 당신 평판은 어때요?"

"내 평판은 좋아요."

"당신이 주위 사람들에게 굽실거리기 때문이겠죠."

"그런가. 원래의 내 매력 때문이라고 해 두죠!" 랠프가 탄식하듯 말했다.

"당신이 타고난 매력에 대해 난 잘 몰라요. 뭔가 매력이 있다면 아주 자연스럽지 못한 것일 거예요. 완전히 몸에 익힌 것, 아니면 적어도 영국에 살면서 몸에 익히려고 무던히 애쓴 것이겠죠. 당신이 성공했다는 뜻은 아니에요. 어쨌든 내가 좋아하는 매력은 아닌걸요. 아무튼 쓸모 있는 사람이 돼 줘요. 매력에 관한 이야기는 차후 문제니까."

"자, 그렇다면 내가 무엇을 하면 좋을지 말해 봐요."

"먼저 고국으로 돌아가세요."

"알겠어요. 그러고 나서는?"

"뭔가 꽉 붙잡아요."

"뭘 붙잡는 게 좋을까요?"

"무엇이든 당신이 좋아하는 것이면 돼요. 붙잡을 수만 있다면. 새로운 아이디어든, 큰일이든."

"뭔가 붙잡는다는 건 어려운 일인가요?"

"아니요, 마음만 집중하면 돼요."

"흠, 마음이라." 랠프가 말했다. "내 마음먹기 나름이라면요!"

"용기가 없어요?"

"며칠 전만 해도 있었는데 최근에 없어졌어요."

"당신은 진지하지 못하네요." 헨리에타가 말했다. "그게 바로 당신의 문제예요." 이런 일이 있었지만 하루 이틀 뒤 그녀는 다시 그의 관심을 자기에게 돌렸다. 그러나 이번에는 지난번과 달리 그녀의 불가사의한 고집 탓이었다. "터쳇 씨, 난 당신의 문제들을 알아요." 그녀가 말했다. "자신이 너무 잘나서 결혼 같은 걸 하는 건 어리석은 일이라고 생각하겠죠."

랠프가 대답했다. "스택폴 양, 당신을 만나기 전까지는 그렇게 생각했습니다. 그런데 갑자기 생각이 변했어요."

"쯧쯧!" 헨리에타가 혀를 찾다.

"게다가 내가 그럴 형편이 되지 않는다는 생각이 들어요."

"결혼하면 나아질걸요. 그건 당신 의무잖아요."

"그런가요." 랠프가 말했다. "인간에게는 꽤 많은 의무가 있죠! 그런데 결혼도 의무인가요?"

"물론이죠. 지금까지 그걸 몰랐어요? 결혼하는 건 모든 사람의 의무랍니다."

랠프는 잠시 생각에 잠겼다. 그는 실망했던 것이다. 그가 헨리에타를 좋아하게 된 데는 이유가 있었다. 그녀는 매력적인 여자는 아니라 할지라도 적어도 매우 선량한 인물로 보였다. 그녀는 탁월하지는 않았지만 이사벨이 말한 것처럼 용감했기에 반짝거리는 옷을 입은 사자 조련사처럼 동물 우리에 들어가 채찍을 휘두를 수도 있을 정도였다. 그는 그녀가 저속한 술책을 부린다고 생각하지는 않았지만, 그녀가 방금 입에 올린 말은 거짓이라는 생각이 들었다. 결혼 적령기 여성이 구애도 받지 않은 젊은 남자에게 결혼을 권하는 경우, 가장 명백한 설명은 남을 배려하는 데서 나온 행동은 아니라는 것이다.

"아, 지금으로선 그 점에 대해 할 말이 많아요." 랠프가 대꾸했다.

"그럴 수 있죠. 그래도 결혼은 가장 중요한 의무잖아요. 아내로 삼을 만한 여자가 없다는 듯이 혼자 빈둥거리며 사는 건 아주 독선적으로 보여요. 이 세상 어느 누구보다도 당신이 낫다고 생각하세요? 미국에선 누구나 결혼을 한답니다."

"결혼이 내 의무라면 마찬가지로 당신 의무이기도 하겠군요?"

헨리에타는 눈꺼풀을 깜빡거리지도 않고 가만히 태양을 쳐다보았다. "내 논리의 결함을 찾으려는 거예요? 물론 나 역시 남들처럼 결혼할 권리가 있어요."

"그렇다면 당신이 미혼이라는 걸 알아도 난 노여워하지 않겠습니다. 오히려 기쁜데요."

"또 부질없는 말을 하네요. 당신은 진지함과는 거리가 먼 것 같아요."

"내가 독신으로 빈둥거리는 걸 그만두겠다고 선언하는 날 내가 그런 남자가 아니라는 것을 믿어 줄 겁니까?"

헨리에타는 남자의 응답을 교묘하게 부추기는 듯한 표정으로 잠시 그를 바라보았다. 그러나 그런 표정이 갑자기 경악과 분노의 모습으로 변해 그를 깜짝 놀라게 했다. "안 돼요, 그때에도." 그녀는 무뚝뚝하게 대답한 뒤 가 버렸다.

그날 저녁 랠프는 이사벨에게 말했다. "네 친구에게 열정을 품지는 않겠어. 오늘 오전에 그 일에 대해 잠시 얘기를 나누긴 했지만."

"오빠가 뭔가 그녀의 마음에 들지 않는 말을 했겠지."

랠프는 이사벨을 빤히 쳐다보았다. "그녀가 나에 대한 불만을 얘기했어?"

"유럽인들은 여자를 무시하는 경향이 있다고 했어."

"내가 유럽인이라고?"

"그중에서도 가장 지독한 편이래. 미국 사람이라면 결코 입에 올리지 않을 이야기를 오빠가 했다는 거야. 하지만 그녀가 다시 그걸 언급하진 않았어."

랠프는 갑자기 큰 소리로 껄껄 웃었다. "지나치게 복잡한 사람이군. 내가 자기에게 구애했다고 생각하고 있을까?"

"아니. 미국 사람이라면 그럴 수도 있지만. 하지만 그 친구는 자신이 말한 의도를 오빠가 좀 오해했다고 생각해. 짓궂은 해석까지 했다면서."

"그녀가 내게 청혼한 것 같은 생각이 들어서 내가 받아들였지. 그게 짓궂은 일이었을까?"

이사벨은 미소를 지었다. "내게는 짓궂은 말이네. 난 오빠가 결혼하는 걸 바라지 않아."

"이것 참, 너희 두 사람 틈에서 내가 대체 어떻게 하면 좋겠어?" 랠프가 물었다. "헨리에타의 말에 의하면 결혼은 나의 절대적 의무고, 내가 의무를 다하도록 하는 게 그녀 의무라던데!"

"그 친구는 의무감이 강해." 이사벨이 심각하게 대답했다. "정말 그래. 그녀가 하는 말은 모두 그런 동기에서 나와. 그게 그녀의 장점인걸. 그녀는 오빠가 많은 것을 비밀로 해 두는 게 적절하지 않은 일이라고 생각해. 그걸 말하려고 한 거지. 그녀가 오빠 마음을 끌기 위해 애쓴다고 생각했다면 큰 착각이야."

"이상한 방법이긴 하지만 그녀가 내 마음을 끌기 위해 애쓴다고 생각했어. 속물근성을 보여서 미안하군."

"오빠는 자만심이 대단해. 그녀는 자기 일 같은 건 염두에 두지 않기 때문에 오빠가 그렇게 생각하는 건 꿈에도 몰랐을 거야."

"그런 여자들과 얘기할 때는 무척 신중해야겠군." 랠프가 겸손하게 말했다. "하지만 그녀는 아주 별나. 너무 자기중심적이고 다른 사람들은 안중에도 없단 말이지. 노크도 없이 문을 밀치고 들어오다니."

"맞아." 이사벨도 인정했다. "문 두드리는 쇠고리가 있다는 걸 잘 몰라. 그런 것을 가짜 장식물이라고 생각하는지는 잘 모르겠어. 어쨌든 방문은 열어 둬야 하는 거라고 생각하지. 그래도 난 그 친구가 좋아."

"난 아무래도 그녀가 무례하다는 생각이 들어." 랠프가 말했다. 헨리에타에게서 이중 배신을 당한 기분이었으므로 마음이 다소 불편한 것은 당연했다.

"맞아." 이사벨이 웃으면서 말했다. "내가 그 친구를 좋아하는 건 그녀가 다소 저속하기 때문인지도 모르지."

"그런 논리라면 그녀가 우쭐해할 텐데!"

"그 친구에게 말할 때는 그런 식으로 표현하진 않아. 아마도 '서민적인' 데가 있다고 말하겠지."

"넌 서민에 대해서 무엇을 아는데? 그리고 그녀인들 뭘 알겠어?"

"그녀는 많은 걸 알아. 나까지도 그녀가 대륙과 국가와 민족에 대해 훌륭한 민주적 관점을 갖고 있다고 느낄 정도니까. 그녀가 이 모든 것을 함축한다는 말은 아니야. 그런 걸 요구하는 건 지나친 일이지. 아무튼 그녀는 서민적인 데가 있고 그런 분위기를 생생하게 풍기거든."

"그렇다면 넌 애국심 때문에 그녀를 좋아하는 거네. 나는 바로 그것 때문에 반감을 갖는데."

"어머." 이사벨이 즐거운 듯 한숨을 쉬며 말했다. "난 무척 많은 것을 좋아해! 어떤 일에 깊이 감명을 받을 경우 그걸 받아들이는 편이고. 으스대고 싶진 않지만 난 다소 변덕스러운 기질인가 봐. 헨리에타와 전혀 다른 사람들도 좋아하거든. 예를 들면 워버튼 경의 누이동생들 같은. 그 자매들을 바라보노라면 어떤 이상을 보여 주는 것 같아. 그런데 헨리에타가 모습을 드러내면 난 꼼짝도 못 해. 그녀 자신 때문이라기보다는 배후에 둘러싸인 것들 때문이지."

"말하자면 그녀의 이면을 말하는 거구나."

"그녀가 한 말은 사실이야." 이사벨이 대답했다. "오빠는 결코 진지해지는 법이 없어. 나는 강 저편으로 대평원을 가로질러 멀리까지 뻗은 미국 대륙이 좋아. 꽃이 피고 희열에 넘치며 짙푸른 태평양까지 쭉 뻗은 곳이지! 그곳에서는 강렬하고 감미롭고 산뜻한 향기가 피어오르는 기분이 들어. 직설법을 사용한다면 헨리에타가 걸친 옷에서도 그런 향기가 배어나고."

이야기를 끝내자 이사벨은 힘주어 말한 순간적인 열의 때문에 뺨이 약간 붉게 변했다. 이런 모습에는 그녀다운 데가 있었기 때문에 랠프는 이사벨이 이야기를 마친 뒤에도 잠시 미소를 보내며 서 있었다. "나는 태평양이 그토록 푸른지 어떤지 모르지만 넌 상상력이 풍부하구나. 하지만 헨리에타에게서는 미래의 향기가 나. 사람을 압도할 만큼!"

11

이후로 랠프는 헨리에타가 개인적인 생각을 강하게 표출하고 있다는 생각이 들 때에도 그녀 말을 오해하지 않겠다고 마음속으로 다짐했다. 그녀 시각으로 본다면 사람은 단순한 동종의 유기체이며, 게다가 그의 입장에서는 남성을 대표하는 너무나 괴팍한 한 사람으로서 엄격한 상호주의로 그녀를 대할 권리가 없다는 생각이 들었던 것이다. 그는 이 다짐을 요령껏 잘 지켰고, 헨리에타는 그와 다시 만났을 때 자신의 생각을 마음대로 발동하는 데 장벽이 없어졌다는 느낌을 받았기 때문에 위축되지 않고 자기 속마음을 뭐든지 털어놓게 되었다. 따라서 이미 관찰한 것처럼 그녀는 가든코트에서 이사벨에게 고마운 존재가 되었다. 그녀 자신도 자유롭게 글을 쓰게 된 것을 감사히 여겼으므로, 이사벨을 자매 같은 기분으로 바라볼 정도였다. 또한 터쳇 씨에게는 관대한 위엄이 있었고 그녀는 그의 고상한 성격을 부담 없이 대할 수 있다는 것을 고맙게 여겼으므로, 가든코트는 그녀에게 정말 마음 편한 곳이었는지도 모른다. 터쳇 부인에 대해서는 억제할 수 없는 불신의 벽이 있었지만, 그녀는 애초부터 어쩔 수 없이 이 부인을 여주인으로 '인정'하려고 했다. 그러나 이윽고 헨리에타는 사실 이런 의무감은 중요하지 않고, 그녀가 어떤 행동을 하든 터쳇 부인이 별 관심을 기울이지 않는다는 것을 눈치챘다. 터쳇 부인은 헨리에타가 모험적이면서도 따분한 여자이며 무척 전율을 느끼게 하는 인물이라고 이사벨에게 털어놓았다. 그리고 이사벨이 그런 친구를 선택한 것에 약간 놀라움을 표시하기도 했다. 그러나 터쳇 부인은 이사벨의 친구들은 어디까지나 이사벨의 소관이며, 자신이 그들 전부를 좋아하게 되든가 아니면 자기가 좋아하는 사람만 골라서 사귀어 달라고 주문할 생각은 결코 없다는 말을 급히 덧붙였다.

"만약 내가 좋아하는 사람들만 골라서 만난다면 너의 교제 범위는 아주 좁아질 거야." 터쳇 부인은 솔직하게 시인했다. "그리고 내게는 남자든 여자든 너에게 추천할 만한 사람이 없어. 사람을 추천하는 일은 중요하지. 나는 스택폴 양이 마음에 들지 않아. 모든 면에서 나를 유쾌하지 않게 하니까. 그 애는 말소리가 너무 크고, 누가 자기를 쳐다보는 걸 좋아하는 것처럼 사람을 쳐다보는 버릇이 있어. 난 그 애가 지금까지 하숙집에서만 지내 왔다고 장담할 수 있어. 그런데 난 그런 곳의 행태와 자유분방함을 혐오하거든. 네가 좋지 않다고 생각할 나 자신의 행태를 내가 좋아하느냐고 묻는다면, 난 그런 것을 무척

좋아한다고 말하겠어. 그 애는 내가 하숙집 문화를 혐오한다
는 걸 알기 때문에 나를 싫어하는 게 틀림없어. 자기는 이 세상
에서 하숙집 문화가 최고라고 생각하기 때문이지. 가든코트가
하숙집이라면 훨씬 더 그 애 마음에 들었을 거야. 이 집은 손님
이 너무 많아 마치 하숙집 같은 느낌이야! 그래서 내가 그 애
와 친해지기 힘든 거란다. 내가 시도해 봤자 소용없는 노릇이
지."

　터쳇 부인이 헨리에타가 자기를 싫어한다고 짐작한 건 틀
리지 않았지만 그 이유를 정확히 말한 것은 아니었다. 헨리에
타가 도착하고 하루 이틀 사이 터쳇 부인이 미국 호텔에 대해
부당한 비방을 했는데, 그것이 헨리에타의 반감을 불러일으켰
다. 직업상 모든 형태의 서구 세계 숙박 업소에 대해 잘 아는
헨리에타는 미국 호텔이 세계에서 최고라고 주장했다. 그러자
부인은 그녀의 주장을 격렬하게 논박하며 미국 호텔이 세계에
서 최악이라고 강조했다. 랠프는 충돌을 막아 보려고 요령 있
게 애교를 부리면서, 사실 미국 호텔은 최고도 최악도 아닌 중
간 정도라는 의견을 제시했다. 그러나 헨리에타는 그들의 논
쟁에 끼어든 랠프의 의견을 경멸하듯 반박했다. 중간 정도라
니! 미국 호텔은 세계에서 최고 아니면 최악이지 중간 정도일
수는 없다고 말이다.

　"우리는 분명 다른 관점으로 판단하고 있어요." 터쳇 부인
이 말했다. "나는 개인으로 대접받고 싶은데 당신은 '단체'로
서 대접받고 싶은 모양이군요."

　"무슨 말씀을 하시는지 잘 모르겠네요." 헨리에타가 대꾸했

다. "전 미국 여성으로 대접받고 싶은걸요."

"미국 여성은 참 불쌍하죠!" 터챗 부인이 웃으며 소리쳤다. "마치 노예를 섬기는 노예 같으니까."

"자유인의 친구죠." 헨리에타가 반박했다.

"자기들 노예의 친구일 뿐이지. 아일랜드 하녀나 흑인 하인의 친구라서 함께 일하는 거야."

"지금 미국 가정에서 일하는 하인들을 '노예'라고 하신 거예요?" 스택폴이 물었다. "그들을 노예로 여기신다면 미국을 싫어하시는 것도 무리가 아니네요."

"좋은 하인을 두지 못했다는 건 비참한 일이지." 터챗 부인이 조용히 말했다. "난 미국 하인들은 마음에 안 들지만 피렌체에 완벽한 하인 다섯 명을 두어요."

"하인을 다섯이나 데리고 뭘 하시려고요." 헨리에타는 이런 질문을 하지 않을 수 없었다. "저는 하인 처지의 사람을 다섯씩이나 거느리고 싶은 생각은 없답니다."

"나는 그 다섯 명이 다른 일에 종사하는 것보다 그 일을 하는 게 좋아요." 터챗 부인이 상당히 의미 있는 말을 했다.

"여보, 내가 당신 집사 노릇을 하는 편이 더 나을까?" 터챗 씨가 한마디 거들었다.

"그렇게 생각하진 않아요. 당신에겐 집사에 적합한 자질이 없어요."

"자유인의 친구라. 마음에 듭니다, 스택폴 양." 랠프가 말했다. "멋진 표현이에요."

"내가 자유인이라고 한 건 당신을 염두에 두고 한 말은 아니었어요!"

이 말은 자신이 던진 찬사에 대하여 랠프가 받은 유일한 보상이었다. 헨리에타는 당황했다. 계급에 대한 터쳇 부인의 논평을 듣자 그녀는 자신이 이해하지 못하는 옛 봉건 제도가 되살아나는 것은 아닌가 하는 미심쩍은 생각이 들었다. 이런 생각으로 마음이 무거워졌을지도 모르는 그녀는 며칠 동안 걱정을 한 뒤 어느 날 이사벨에게 자신의 마음을 털어놓았다. "너는 점점 신념을 잃어 가는 것 같아."

"신념을 잃어 가다니. 너에 대해서, 헨리에타?"

"아니, 그렇다면 괴로운 일이지. 그건 아니야."

"그렇다면 조국에 대해서?"

"그렇게 되면 큰일이지. 내가 리버풀에서 편지할 때 특별히 할 얘기가 있다고 했잖아. 그런데 넌 그 일에 관해 아무것도 묻지 않는구나. 이미 알아차린 거니?"

"무엇을 알아차려야 하는 건데? 내가 알아차린 건 아무것도 없어." 이사벨이 대답했다. "지금 들으니 편지에 그런 말이 있었던 건 생각나지만, 솔직히 말해 잊고 있었어. 무슨 얘기였지?"

헨리에타는 실망한 눈치였고, 이사벨을 보는 눈길에 그 기분이 드러났다. "그런 식으로 말하면 안 되지. 넌 중요한 다른 일을 생각하는 것 같아. 너는 변했어. 다른 일을 생각하니까."

"무슨 뜻인지 말해 봐. 생각이라도 해 보게."

"정말로 생각해 볼 거야? 그 점을 분명히 해 두고 싶어."

"내 생각을 마음먹은 대로 통제할 순 없지만 애써 볼게." 이사벨이 대답했다. 그러나 헨리에타가 오랫동안 말없이 지켜보기만 했기 때문에 이사벨은 더 기다리지 못하고 마침내 입을 열었다. "혹시 결혼하겠다는 거야?"

"그건 유럽을 둘러본 뒤의 일이야!" 헨리에타가 말했다. 그녀가 말을 이었다. "왜 웃는데? 내가 하고 싶은 말은 굿우드 씨가 나와 함께 배를 타고 왔다는 거야."

"어머나!" 이사벨이 외쳤다.

"바로 그거야. 난 그 사람과 많은 얘길 나누었어. 그 사람은 널 뒤따라왔거든."

"그 사람이 너에게 그렇게 말했어?"

"아니, 아무 말도 하지 않았지만 알 수 있었어." 헨리에타가 재주껏 둘러댔다. "그는 너에 관한 얘기는 거의 하지 않았지만 내가 충분히 말해 줬지."

이사벨은 잠자코 있었다. 굿우드의 이름을 듣자 그녀의 얼굴이 약간 창백해졌다. 마침내 그녀가 한마디 했다. "그런 짓을 하다니 너무해."

"난 즐거웠는걸. 그 사람은 내 얘기를 경청해 줬어. 그런 상대라면 오랜 시간 얘기할 수 있지. 그 사람은 아주 조용했고 열심히, 한마디도 놓치지 않고 들었어."

"네가 나에 대해 무슨 말을 했는데?" 이사벨이 물었다.

"넌 내가 아는 사람 중에 가장 훌륭하다는 말 정도였어."

"그건 정말 곤란해. 그 사람은 이미 나를 너무 좋게 보기 때문에 그런 말에 용기를 얻어선 안 돼."

"그는 자기 용기를 조금이라도 북돋워 주기를 잔뜩 기다리고 있었어. 그의 얼굴이 지금도 눈에 선해. 내가 얘기할 때 진지하게 듣던 표정도 그렇고. 못생긴 사람이 그렇게 멋있어 보인 적이 없지."

"무척 단순한 남자야." 이사벨이 말했다. "얼굴도 그렇게 나쁘진 않고."

"격렬한 열정만큼 단순한 것도 없지."

"격렬한 열정은 아니야. 확실해."

"확실한 것처럼 말하지 마."

이사벨은 냉소를 보냈다. "그건 굿우드 씨에게 직접 말하는 게 좋겠어."

"머지않아 그 사람은 네 얘길 들어 줄 거야." 헨리에타가 말했다. 이사벨은 친구가 큰 믿음을 갖고 한 이 말에 아무런 대답도 하지 않았다. 헨리에타가 계속 말했다. "그는 너의 변한 모습을 보게 될 거야. 너는 새로운 환경에 영향을 받았으니까."

"그렇겠지. 난 모든 것에 영향을 받으니까."

"굿우드 씨만 제외하고 모든 것에서 영향을 받지!" 헨리에타가 약간 거슬리는 들뜬 목소리로 외쳤다.

이사벨은 미소로 응답할 수는 없었지만 곧이어 말했다. "그 사람이 나한테 얘길 해 달라고 부탁했니?"

"많은 말을 하지는 않았지만 그의 눈빛이 그렇게 요구하고 있었어. 나와 작별할 때 악수하는 손도 그랬고."

"그렇게 해 줘서 고마워." 이사벨은 이렇게 말하고 고개를 돌려 버렸다.

"그래, 넌 참 많이 변했어. 이곳에 와서 새로운 생각을 하게 되었나 봐." 헨리에타가 말을 이었다.

"그렇게 되면 좋겠어." 이사벨이 말을 받았다. "우린 가능하면 새로운 생각을 많이 해야 돼."

"그렇지. 하지만 옛날 생각이 옳은 거라면 새로운 생각이 그 옛날 생각을 방해해선 안 돼."

이사벨은 다시 몸을 돌렸다. "내가 굿우드 씨에 관해 어떤 생각을 하고 있다는 뜻이라면!" 하지만 그녀는 달래기 어려운 헨리에타의 반짝이는 눈매를 보고 말을 끊어 버렸다.

"그것 봐. 넌 확실히 그 사람을 부추겼어."

이사벨은 그 비난이 틀렸다고 말할 태세였지만 곧 이렇게 대답했다 "그래, 내가 그 사람을 부추겼어." 그런 다음 굿우드 씨가 무엇을 하려는지 아느냐고 헨리에타에게 물었다. 이사벨은 호기심 때문에 이런 질문을 던졌다. 굿우드에 대한 문제로 논쟁하기 싫었고, 헨리에타가 조심성이 부족하다는 것을 알았기 때문이다.

"내가 그 사람에게 물어봤는데, 아무 일도 할 생각이 없다고 했어." 헨리에타가 대답했다. "하지만 난 그 말을 믿지 않아. 그는 아무 일도 하지 않을 사람이 아니니까. 기운차고 대담하게 행동할 사람이지. 무슨 일이 있어도 뭔가 할 거야. 어떤 일을 하든 옳은 일을 할 거고."

"틀림없이 그럴 거야." 헨리에타는 눈치가 부족했지만 그래도 이런 말은 이사벨을 감동시켰다.

"어머, 넌 그 사람을 좋아하는구나!" 헨리에타의 목소리가 울려 퍼졌다.

"어떤 일을 하든 옳은 일을 할 사람이야." 이사벨이 다시 말했다. "그 사람이 결코 잘못이 없는 그런 성격의 남자라면 우리가 어떤 생각을 하든 그에게 무슨 상관이 있을까?"

"그에겐 상관이 없을지 모르지만 너에겐 상관있잖아."

"나와 상관있는 건…… 우리가 지금 얘기하고 있는 문제가 아니지." 이사벨이 냉소를 지었다.

이번에는 헨리에타가 심각한 얼굴을 했다. "그러면 나도 아무 상관 하지 않을게. 너는 확실히 변했어. 불과 수주일 전의 너와 무척 달라. 굿우드 씨도 그걸 알게 될 테고. 머지않아 이곳에 올 거야."

"그렇다면 그 사람이 나를 싫어했으면 좋겠어."

"내가 그 사람이 그럴 수 있다고 믿는 만큼 너도 희망을 가져 봐."

이 말에 이사벨은 아무런 대꾸도 하지 않았다. 캐스파 굿우드가 가든코트에 나타날 거라고 헨리에타가 무심코 한 말에 놀라서 정신이 없었던 것이다. 하지만 이사벨은 그런 일은 일어나기 어렵다고 생각했고, 믿기 어렵다는 생각을 친구에게 전했다. 그래도 이틀 내내 그 남자의 이름이 하인을 통해 전달될지도 모른다는 각오를 하고 있었기 때문에 가슴이 답답해지고 공기마저 무거운 느낌이 들어 기후가 변한 게 아닌가 하는 생각이 들 정도였다. 그런데 기후는 사교적인 면에서 본다면 이사벨이 가든코트에 머무는 동안 매우 좋은 상태였기 때문에, 변화가 생긴다면 나빠지는 쪽일 터였다. 이튿날 긴장감이 사실상 사라지자 그녀는 강아지를 데리고 정원으로 걸어가 멍하고 들뜬 기분으로 잠시 배회하다가, 저택이 보이는 위치에 있는 잎이 무성한 너도밤나무 아래 벤치에 앉았다. 검정 리본이 달린 흰옷을 입고 흔들리는 나무 그늘에 앉은 그녀 모습은 우아해서 그 장소에 잘 어울렸다. 그녀는 강아지를 데리고 잠시 얘기하며 즐겼다. 이 강아지를 공유하자고 한 사촌과의 약속은 가능한 한 공평하게(공평하다고는 하지만 번치 자신의 약간 변덕스러운 호의가 허용하는 한도 내에서) 지켜졌다. 그러나 이번에는 번치의 재능에 한계가 있음을 알게 되었다. 지금껏 그녀는 그 강아지의 재능이 상당하다는 데 감명을 받았는데 말이다. 마침내 그녀는 책을 갖고 있는 편이 좋겠다는 생각이 들었다. 예전에는 마음이 무거울 때 책을 잘 선택해 읽으면 마음을 의식의 자리에서 순수한 이성의 자리로 옮길 수 있었는데, 최근에는 문학이 그 빛을 잃어 간다는 느낌을 떨칠 수 없었다. 이런 마음은 이모부의 서재에 신사의 필수 소장품처럼 여겨지는 작가들의 책이 전집으로 꽂혀 있다는 사실을 상기한 다음에도 마찬가지였다. 그녀는 꼼짝도 하지 않고 빈손으로 앉아 산뜻한 초록색 잔디밭을 응시하고 있었다. 이윽고 하인이 찾아와 편지 한 통을 건네주자 그녀의 상념은 깨졌다. 편지에는 런던 우체국 소인이 찍혀 있고 그녀가 아는 필체로 주소가 적혀 있었다. 그 필체가 그녀 눈에 선했고, 그의 목소리 또는 얼굴의 생생함으로 말미암아 그녀는 이미 그에게 사로잡힌 기분이었다. 편지는 짧았고, 내용은 다음과 같았다.

친애하는 아처 양

　내가 영국에 온 것을 아는지 모르겠네요. 모른다고 해도 별로 놀랄 일은 아니라고 생각합니다. 삼 개월 전 올버니에서 당신으로부터 이제 만나지 않겠다고 통고받았을 때 내가 승복하지 않았던 일을 당신은 기억하겠지요. 사실 그때 당신도 내 항의를 받아들였고 내게 그럴 권리가 있다는 것을 인정했어요. 그때는 당신이 내 설득에 응해 줄 거라는 희망을 품고 찾아갔던 겁니다. 그런 희망을 품을 이유도 충분했고요. 그러나 당신은 내 희망에 보답해 주지 않았어요. 당신이 변했기 때문이지만 그 이유를 말해 주지는 않았습니다. 당신은 자신의 행동이 합당치 않음을 시인했고, 그것은 당신이 할 수 있는 유일한 양보였을 겁니다. 하지만 너무 인색했습니다. 당신의 본심이 아니었으니까요. 그래요, 당신은 일부러 변덕을 부려 그런 행동을 할 사람은 결코 아니니 나를 또 만나 주리라 믿어요. 나는 당신에게 언짢은 사람이 아니라고 내가 말했지요. 나는 그것을 믿습니다. 내가 그런 사람일 이유가 없으니까요. 나는 온종일 당신만 생각하고 다른 사람은 생각하지 않아요. 그리고 당신이 이곳에 와 있기 때문에 나도 이곳에 왔습니다. 당신이 떠난 후 도무지 미국에 있을 수가 없었답니다. 당신이 없는 미국이 싫어졌어요. 지금 영국이 마음에 드는 것도 당신이 여기 있다는 바로 그 이유 때문입니다. 전에도 영국에 온 적이 있지만 그다지 즐겁지는 않았어요. 삼십 분 정도만 만날 수 있을까요? 지금은 그것만이 내 유일한 소원입니다.

캐스파 굿우드

이사벨은 이 편지를 너무나 집중해서 읽었기 때문에 부드러운 잔디 위로 다가오는 발자국 소리를 듣지 못했다. 그런데 무의식적으로 편지를 접으면서 눈을 들자 워버튼 경이 그녀 앞에 서 있는 것이었다.

12

그녀는 편지를 호주머니에 집어넣은 뒤, 당황한 모습은 조
금도 보이지 않고 자신의 침착한 모습에 약간 놀라면서 방문
객을 향해 환영의 미소를 지었다.

"이곳에 계신다고 해서, 그리고 응접실에 아무도 없고 만나
고 싶은 사람은 바로 당신이기 때문에 바로 여기로 왔습니다."
워버튼 경이 말했다.

이사벨이 자리에서 일어섰다. 지금은 그와 나란히 앉고 싶
은 생각이 없었기 때문이다. "마침 안으로 들어가려던 참이었
어요."

"들어가지 마세요. 이곳이 훨씬 여유로워요. 난 로클리에서
말을 타고 왔어요. 멋진 날씨입니다." 그의 미소가 유난히 친
밀감과 유쾌한 기분을 전해 주었다. 그래서인지 그의 몸 전체
에서 좋은 느낌과 유쾌한 빛이 발산되는 것 같았다. 이것이야

말로 이사벨이 그를 처음 만났을 때 느꼈던 매력이었다. 그 매력이 청명한 6월의 날씨처럼 그의 몸을 감싸고 있었다.

"그러시다면 잠시 산책이나 할까요." 이사벨이 말했다. 하지만 그녀는 워버튼 경이 어떤 의도를 품고 자신을 찾아왔다는 느낌에서 벗어날 수 없었다. 그녀는 한편으로는 그 의도에서 벗어나려고 하면서도 다른 한편으로는 그 의도가 무엇일까 하는 호기심을 억누를 수 없었다. 그것은 지난번의 어떤 기억을 떠오르게 했고, 당시 그 일은 그녀에게 어떤 놀라움을 안겨 주었다. 그 놀라움에는 여러 요소가 있었는데, 모두 언짢은 것만은 아니었다. 사실 그녀는 며칠에 걸쳐 그 요소들을 곰곰이 분석했고, 워버튼 경의 구애를 받아 괴로운 한편 기쁘기도 했다. 어떤 독자들은 이사벨이 경솔한 동시에 지나치게 까다롭다고 느낄지도 모르지만, 무척이나 까다롭다는 비난이 맞는다면 경솔하다는 불명예는 피할 수도 있다. 이사벨은 워버튼 경이 대(大)영주라고 불리는 것을 들은 바 있지만, 그런 인물이 자신의 매력에 사로잡혔다고 믿고 싶지는 않았다. 그런 사람으로부터 청혼을 받을 경우, 사실 해답이 나오기보다는 의문을 불러일으키는 점이 더 많기 때문이다. 그녀는 워버튼 경이 '유명 인사'라는 인상을 강하게 받았고, 유명 인사가 지닌 이미지를 깊이 검토해 보았다. 그녀가 자만심이 강하다는 증거에 몇 가지를 더 추가하는 위험을 무릅쓰고라도 이 말은 전달되어야 할 것이다. 즉 그녀는 유명 인사로부터 사랑받을 가능성을 종종 거의 모욕이라고 할 만큼 불편한 공격으로 느꼈다. 그녀는 지금껏 유명 인사라는 것을 몰랐다. 그런 까닭에 그녀

삶에 유명 인사는 존재하지 않았고, 아마 모국에도 그런 사람이 없었을 것이다. 그녀는 훌륭한 인물을 생각할 때 인간성과 재치, 즉 바람직하다고 생각되는 신사의 정신이나 말씨에 기초를 두어 왔다. 그녀 자신도 인간성이 뛰어났고, 그것을 의식하지 않을 수 없었다. 또한 지금까지 그녀가 마음속에 간직해 온 완성된 의식이라는 것은 주로 도덕적인 측면과 관련 있었다. 여기서 문제가 되는 것은 그런 것이 그녀의 숭고한 영혼을 달래 주었는지 아닌지에 관한 것이었다. 그리고 이제 워버튼 경이 그녀 앞에 크고 분명하게 모습을 드러냈다. 그런데 그의 특성이나 권력 같은 것은 이런 단순한 잣대로는 측정할 수 없었고, 다른 종류의 감식력이 요구되었다. 사물을 빠르고 자유롭게 판단하는 습성이 있는 그녀로서는 인내심의 결핍을 느끼게 하는 부분이었다. 말하자면 그는 어느 누구도 감히 요구한 적이 없는 어떤 것을 그녀에게 요구한 것 같았다. 그녀가 느낀 것은 지역적, 정치적, 사회적으로 큰 실력자인 그가 남의 시샘을 받을 정도로 생활하고 활동하는 자신의 세계에 그녀를 끌어들이려는 의도를 품고 있다는 것이었다. 오만한 것은 아니지만 어떤 직감이 그녀를 설득하여 버티게 하고, 그녀에게도 자신만의 세계가 있고 나름의 행로가 있다는 것을 속삭여 주었다. 그 직감은 그 밖에도 다른 것들(서로 모순되는 동시에 서로를 확증해 주는 것들)을 그녀에게 가르쳐 주었다. 여자도 그처럼 어마어마한 사람에게 자신을 맡기지 않고 감히 더 나쁜 일을 할 수도 있는 것 아닌가. 그의 세계를 그의 관점에서 바라보는 것 역시 굉장히 흥미로운 일이 될 터였다. 그러나 그녀에게도 순간순간 생활의 복잡다단한 일들이 얼마든지 있었고, 대체적으로 정신적 부담이 되는 답답하고 하찮은 일들도 있었다. 게다가 최근에는 미국에서 한 남자가 그녀를 찾아왔다. 그에게는 어떤 세계도 없었지만, 그는 그녀가 그녀 마음에 새겨진 그의 인상이 대수롭지 않다고 설득해 봐도 소용없는 성격이었다. 호주머니에 가지고 있는 편지는 그녀가 그에게서 받은 인상이 가볍지 않다는 것을 충분히 일깨워 주었다. 그러나 그녀는 워버튼 경이 구혼하기 전에 그를 받아들일 것인가 말 것인가 하는 문제로 갈등을 겪었으며, 대체로 그보다 더 나은 결혼 상대가 생길 수 있다고 생각했다. 그렇다고 해서 올버니 출신의 이 순진한 젊은 여성을 비웃지 말라고 거듭 강조하고 싶다. 이사벨은 상당히 믿음이 깊은 여성이었다. 그녀의 지혜에 많은 어리석음이 있긴 하지만, 그녀를 심하게 나무라는 사람들은 나중에 그녀가 자비에 직접 호소하는 어리석은 행동의 대가를 치른 뒤에 비로소 지혜를 얻는다는 사실을 발견하고 만족감을 누릴 것이다.

워버튼 경은 기꺼이 걷거나 앉거나 하여 이사벨이 제안하는 것은 무엇이라도 할 태세였다. 그는 상대방의 의사를 존중하고 따르겠다는 평소의 태도로 그녀에게 확신을 심어 주었다. 그럼에도 그는 자신의 감정을 추스를 수가 없었다. 잠시 아무 말 없이 그녀와 나란히 걸으면서 그녀 얼굴을 훔쳐볼 때 그의 눈길이나 의미 없는 웃음에는 뭔가 당황한 빛이 엿보였다. 그렇다. 확실히 영국인은 세계에서 가장 낭만적인 국민이며 (앞에서도 이미 언급했으니 다시 이 주제로 돌아가도 좋을 것이다.)

워버튼 경이 바로 그 예라고 할 수 있었다. 그는 모든 친구들을 놀라게 하고 많은 사람들을 언짢게 할 것 같은 발걸음을 내디딜 생각이었다. 그러한 행동을 권고할 만한 것은 겉으로 볼 때는 아무것도 없었다. 그와 나란히 잔디 위를 걷고 있는 젊은 여성은 그가 잘 아는, 바다 건너 기이한 나라에서 온 인물이었다. 그는 그녀와 동족이라는 점 외에는 그녀 가문이나 교우관계 등이 지극히 막연하다는 생각이 들었다. 이런 점에서 그들은 개성이란 것은 분명하지만 동시에 대수롭지 않다는 것을 증명하고 있었다. 이사벨 아처에겐 이 세상 남자들을 매혹하는 재산이나 미모가 없을뿐더러, 그가 그녀와 함께 보낸 시간도 하루 정도밖에 되지 않았다. 사실 그는 가라앉힐 기회가 충분히 있었는데도 그러지 못한 변덕스러운 충동과 판단 빠른 세상 사람들이 곧잘 하는 비판 같은 것을 모조리 계산에 넣고 있었다. 이런 것을 충분히 검토한 끝에 더는 생각하지 않기로 했다. 가슴에 단 장미꽃 봉오리만큼이나 이런 일을 마음을 두지 않았던 것이다. 이런 식으로 곤란한 일을 저질러 지인들을 당황하게 만들어도 신뢰를 잃지 않을 수 있다는 것은 살아오는 동안 애쓰지 않고도 친구들을 언짢게 만들지 않을 수 있었던 남자의 행운이었다.

"오시는 동안 즐거웠겠네요." 워버튼 경이 주저하는 모습을 보며 이사벨이 말했다.

"이곳을 찾아오는 게 목적이라면 즐거운 일이겠죠."

"가든코트가 그렇게 마음에 드세요?" 이사벨이 물었다. 그가 그녀에게 호소하려는 것이 무엇인지 점점 더 분명해졌으므로, 그가 주저한다면 그녀 쪽에서 굳이 재촉하고 싶지 않았다. 그래도 그녀는 그가 말을 꺼낼 경우 냉정을 잃지 않겠다고 다짐했다. 갑자기 지금의 상황이 몇 주 전에 일어났다면 매우 낭만적이었을 거라는 생각이 들었다. 오래된 영국 시골 저택 정원에서 '지체 높은'(그녀 생각에) 귀족이 젊은 처녀에게 구애하는 광경. 그리고 주의해서 보면 처녀의 모습이 그녀와 무척 닮았고. 하지만 그녀가 현재 이 상황의 주인공이라 해도 바깥에서 이 장면을 거의 똑같이 바라볼 수 있었다.

"가든코트 같은 곳은 별로 좋아하지 않아요." 워버튼 경이 말했다. "내가 좋아하는 건 당신뿐이지요."

"만난 지 얼마 되지도 않았는데 그런 말을 하실 자격이 있나요. 진지한 분이라는 느낌이 들지 않네요."

이사벨이 한 이 말도 전혀 진지하지 않았다. 왜냐하면 사실 그녀는 그의 진지함을 조금도 의심하지 않았기 때문이다. 이 말은 그가 지금 입에 올린 말을 세상 사람들이 듣는다면 아마 놀랄 거라는 뜻이었고, 그녀 자신도 그것을 잘 알았다. 더욱이 그녀는 워버튼 경이 아무렇게나 생각하는 사람이 아니라고 이미 느끼고 있었을뿐더러, 그녀를 확신시킬 어떤 것이 필요하다면 그가 대답할 때의 어조로 목적을 달성하면 되었다.

"아처 양, 이런 문제에서 자격은 시간으로 따질 게 아니라 감정 자체로 측정해야 합니다. 만일 내가 석 달을 기다린다 해도 마찬가지입니다. 내 기분은 오늘과 조금도 달라지지 않을 테니까요. 물론 당신을 만난 지 얼마 되지는 않았지만 내가 받은 인상은 처음 만났을 때 이후로 똑같았어요. 난 주저하지 않고 당신을 사랑하게 되었지요. 소설에 나오는 것처럼 첫눈에 반했습니다. 이제 알게 되었지만 그건 빈말이 아니었어요. 난 소설이라는 것을 다시 보게 되었어요. 이곳에서 이틀을 보내고 나서 내 마음이 결정되었습니다. 당신이 내 마음을 읽었는지는 알 수 없지만요. 하지만 나는 가능한 한 당신에게 관심을 기울였지요. 마음속으로 신경을 썼고요. 당신이 말하고 행동한 모든 것이 내게 깊은 인상을 남겼답니다. 일전에 당신이 로클리에 왔을 때, 아니, 그보다는 로클리에서 돌아갔을 때 확신했습니다. 그럼에도 이 문제에 대해 깊이 생각해 보고 냉정하게 의문을 품어 보려고 했어요. 얼마간 그것 외에는 아무것도 생각할 수 없었지요. 나는 이런 일에 실수 같은 건 하지 않아요. 매우 분별력 있는 인간이니까요. 난 쉽게 정신을 빼앗기는 일은 없지만 한번 마음이 움직이면 평생 지속되지요. 평생 말입니다, 아처 양." 워버튼 경은 이사벨이 들어본 적 없는 다정하고 온화하고 기분 좋은 목소리로 되풀이했다. 그의 눈은 비천한 정서(흥분, 격정, 광기)를 완전히 제거해 버린 열정으로 빛났으며, 바람 불지 않는 곳에 놓아둔 등불처럼 고요히 타올랐다.

그가 이야기를 하는 사이 두 사람은 무언의 약속이나 한 듯 점점 더 발걸음을 늦추었다. 마침내 워버튼 경이 걸음을 멈추고 이사벨의 손을 잡았다. "어머, 워버튼 씨. 절 너무 모르시네요!" 이사벨은 부드럽게 말하며 조용히 손을 빼내었다.

"그런 말로 나를 조롱하지 마세요. 당신을 잘 이해하지 못하기 때문에 벌써부터 불행하다는 기분이 들거든요. 모두 나에게 불리한 일이긴 하지만 그것이 바로 내가 원하는 거랍니다. 난 가장 좋은 방법을 택하고 있다고 생각해요. 당신이 내 아내가 되어 준다면 난 당신을 알게 될 거예요. 그런 다음 내가 생각하는 당신 좋은 점을 모두 말하면 그것이 무지의 소치라고 말하지는 않으실 테죠."

"당신은 저를 잘 모르시지만 저는 당신을 더 모르는 걸요."

"당신과 다르게 나는 친분을 맺은 뒤에도 좋은 점이 보이지 않는다는 뜻인가요? 물론 그건 있을 수 있는 일이죠. 그러나 이렇게 말하면서도 내가 얼마나 당신에게 만족을 주려고 노력하는지 생각해 주셔야죠. 나를 싫어하는 건 아니죠?"

"워버튼 씨, 전 당신을 무척 좋아해요." 그녀가 대답했다. 그리고 그 순간 그녀는 정말로 상대를 무척 좋아했다.

"그렇게 말씀해 주시니 고맙군요. 나를 낯선 인물로 생각하지 않기 때문이겠죠. 나는 인간관계는 정말 칭찬받을 만큼 잘 처리한다고 생각해요. 그런데 왜 이 일은, 당신에게 청혼하는 일은 능숙하게 해내지 못하는지 모르겠어요. 이 일에 너무나 마음을 쓰고 있으니, 나를 잘 아는 사람에게 물어봐 주세요. 나를 옹호해 줄 친구가 많거든요."

"친구들을 추천하실 필요는 없어요."

"알겠습니다. 고마운 말씀이에요. 틀림없이 나를 믿으시는 것 같군요."

"완전히 믿죠." 이사벨이 말했다. 그녀는 자기가 이런 말을 했다는 사실에 기쁜 나머지 온몸이 달아올랐다.

워버튼 경의 눈빛이 미소로 변했다. 그는 너무나 기쁜 나머지 의기양양한 기분이었다. "아처 양, 만일 당신이 나를 잘못보았다면 난 모든 걸 잃어도 좋아요!"

그녀는 이 말이 자신이 재산가라는 점을 상기시키기 위한 것인지 궁금해졌지만 곧 그럴 리 없다고 확신했다. 자신도 말했듯이 그는 이 사실을 염두에 두었으며, 특히 자신이 청혼하는 여자라면 그것을 기억한다고 생각할 터였다. 이사벨은 자신의 마음이 동요되지 않기를 바랐다. 실제로 그의 말에 귀 기울이며 뭐라고 대답하는 게 가장 좋을까 궁리할 때도 이런 지엽적인 비판에 충분히 몰두할 만큼 마음이 매우 평온했다. 뭐라고 대답해야 하는지 스스로에게 물어봐야 될까? 그녀가 우선 바란 것은 그가 그녀에게 한 말과 너무 다르지 않게, 가급적 온화하게 말하는 것이었다. 그의 말에는 확신이 역력했고, 이유는 전혀 알 수 없었지만 그녀가 그에게 매우 중요한 사람이라는 느낌이 들었다. 마침내 이사벨이 말했다. "당신이 청혼해 주셔서 뭐라고 말할 수 없을 만큼 감사해요. 정말 고마운 말씀이에요."

"아, 그런 말은 하지 마세요!" 워버튼 경이 갑자기 말했다. "그런 말을 하시면 내 입장이 난처해집니다. 이 일은 당신과는 상관없는 거예요. 그러니 내게 감사할 이유가 없지요. 감사하다는 말은 오히려 내가 해야 합니다. 잘 알지도 못하는 남자가 찾아와 이런 터무니없는 말을 하는데도 경청해 주었으니까요! 물론 중요한 문제이기는 하죠. 내가 대답하기보다는 질문하는 편이 낫겠다는 말씀을 드려야겠군요. 그러니까 당신이 내 이야기를 경청해 주었으니, 아니, 어쨌든 들어 주었으니 내가 조금은 희망을 가질 수 있겠군요?"

"너무 희망을 갖지는 마세요."

"아처 양, 무슨 그런 말씀을!" 워버튼 경은 이렇게 중얼거리며 다시 진지한 미소를 지었다. 이런 경고의 말은 기분이 너무 고조된 나머지 흥분해서 나온 말이라고 여기는 듯했다.

"희망 같은 건 조금도 갖지 말아 달라고 부탁드린다면 놀라실 건가요?" 이사벨이 물었다.

"놀라다뇨? 그게 무슨 뜻인지 모르겠군요. 놀랄 리가 없지요. 그것보다 훨씬 더 나쁜 기분이겠지요."

이사벨은 다시 걸음을 옮기며 잠시 침묵했다. "지금까지도 당신을 훌륭한 분으로 생각했지만, 당신을 좀 더 이해하게 되면 그 느낌이 더 강해질 거라고 확신해요. 그러나 당신이 실망하시지 않으리라고는 결코 확신할 수 없네요. 의례적인 겸손이 아니라 정말 진지한 마음으로 하는 말이에요."

"아처 양, 나는 당신 대답에 모든 것을 걸었어요." 그가 대꾸했다.

"말씀하신 대로 중요한 문제죠. 매우 어려운 문제예요."

"물론 당장 답변을 들으려는 건 아닙니다. 필요한 만큼 시간을 갖고 충분히 생각해 주었으면 해요. 기다리는 보람이 있다면 얼마든지 기다릴 겁니다. 다만 내 소중한 행복이 당신 답변에 달렸다는 걸 잊지 마세요."

"누군가를 초조하게 기다리게 하는 건 미안한 일인데요."

"괜찮아요. 오늘 거절당하는 것보다는 육 개월 후에 긍정적인 답변을 듣는 편이 훨씬 더 좋으니까요."

"하지만 아마 육 개월 뒤에도 당신이 기뻐하실 답변은 드릴 수 없을 거라 생각해요."

"어째서죠? 나에게 호감이 크다면서요."

"어머, 그건 의심하시지 않아도 돼요."

"그렇다면 당신이 무엇을 더 필요로 하는지 모르겠네요!"

"제가 무엇을 필요로 하느냐가 아니라 무엇을 드릴 수 있느냐가 걱정이죠. 제가 당신을 기쁘게 해 드릴 수 있다고 생각하진 않아요. 그런 일은 정말 생각할 수조차 없는걸요."

"그런 걱정은 할 필요 없어요. 내가 걱정할 문제니 일부러 신경 쓸 것 없어요."

"그것만이 아니고." 이사벨이 말했다. "전 누구와도 결혼할 생각이 없어요."

"물론 그렇겠죠. 여자들은 대개 그런 식이니까." 워버튼 경이 대꾸했다. 그러나 아무리 자신 있게 한 말이라 해도 그는 이런 말로 불안을 숨기려고 했을 뿐, 자기가 한 말을 조금도 믿지 않았다. "그러나 그런 여자들도 이따금 설득을 당한답니다."

"어머, 그건 그 여자들이 설득당하고 싶기 때문이겠죠!" 이사벨이 가볍게 웃었다.

워버튼 경의 안색이 창백해졌다. 그는 잠시 말없이 그녀를 보다가 입을 열었다. "당신이 주저하는 건 내가 영국인이기 때문인가요? 당신 이모부님은 당신이 반드시 미국에서 결혼해야 한다고 하시던데."

176

이사벨은 다소 흥미롭게 이 말을 들었다. 그녀는 터챗 이모부가 워버튼 경과 자신의 결혼에 대해 상의할 거라고 생각해 본 적이 없었던 것이다. "이모부님이 당신에게 그런 말씀을 하시던가요?"

"그런 말씀을 하신 걸 기억해요. 아마도 미국인 전체를 두고 하신 말씀 같지만."

"이모부님은 영국에 사는 걸 무척 즐겁게 여기세요." 이사벨이 약간 괴팍한 투로 말했다. 이 말은 이모부가 겉으로 볼 때 행복해 보인다는 느낌과 자신이 특정한 소견에 매이는 것은 피하고 싶다는 뜻을 함께 표현했다.

워버튼 경은 이 말에 희망을 얻고 즉각 기운차게 외쳤다. "그렇고말고요, 아처 양. 영국은 참 좋은 나라입니다! 그리고 우리 두 사람이 약간 다듬으면 더욱 좋아질 겁니다."

"다듬을 필요는 없어요, 워버튼 씨. 그대로 두세요. 지금 이 대로가 좋아요."

"그래요. 하지만 영국이 좋다고 하면서 내 청혼을 거절하다니 점점 더 알 수가 없군요."

"제 뜻을 이해시켜 드리지 못해 죄송해요."

"적어도 내가 알아들을 수 있도록 노력해 주셔야죠. 난 머리가 그다지 나쁘진 않거든요. 당신이 걱정하는 건 기후 때문인가요? 그렇다면 다른 곳에서 살 수도 있어요. 기후가 마음에 드는 곳을 골라 봐요. 전 세계 어디든지."

그는 너무나 솔직하게 이 말을 했고, 힘찬 팔로 포옹이라도 하는 것 같았다. 이 말은 그의 깨끗하고 숨 가쁜 입술로 그녀의 얼굴에 바로 뿜어 대는 향기와도 같았다. 자기도 모르는 낯선 정원의 열정적인 대기를 포용하는 느낌이었다. 그 순간 그녀는 매우 강렬한 느낌에 사로잡혔기 때문에 "워버튼 씨, 저로서는 이 멋진 세상에서 당신에게 모든 것을 감사하게 맡기는 것보다 더 좋은 일은 없어요."라고 말하고 싶은 충동을 느껴 새끼손가락이라도 떼어 주고 싶을 지경이었다. 이렇듯 자신에게 찾아온 기회에 감탄한 나머지 넋을 잃을 정도이긴 했지만 마치 커다란 우리 속에 갇힌 사나운 동물처럼 그 기회가 제공하는 캄캄한 그늘 속으로 가까스로 물러날 수 있었다. 그녀에게 제공된 '찬란한' 안정은 그녀가 상상하는 위대한 것과는 거리가 멀었다. 마침내 그녀가 꺼낸 말은 뭔가 매우 다른 것, 즉 자신의 위기와 실제로 맞닥뜨릴 필요성을 표현하는 말이었다. "오늘은 이 일에 대해 아무 말도 하지 말아 달라고 부탁드려도 저를 냉정한 여자로 생각하진 마세요."

"그야 물론이지요!" 워버튼 경이 외쳤다. "절대로 당신을 따분하게 하지는 않겠어요."

"말씀을 듣고 보니 제가 생각해야 될 일이 많네요. 충분히 생각해 보겠다고 약속드리죠."

"내가 바라는 건 물론 그것뿐입니다. 그리고 내 행복이 당신 손에 달렸다는 걸 절대 잊지 마세요."

이사벨은 이 당부의 말을 아주 정중한 태도로 듣고 있다가 곧 입을 열었다. "이 말씀은 드려야 할 것 같은데, 제 생각은 당신의 요구가 불가능하다는 것을 어떻게든 알려 드려 당신을 불행하지 않게 하는 거랍니다."

"그런 생각이시라면 어쩔 수 없겠지요. 아처 양, 만약 당신이 거절하면 죽을 것 같다는 말은 하지 않겠어요. 그런 일로 죽을 정도는 아니니까요. 물론 더 나빠지기는 하겠지요. 살아 있을 이유가 없을 테니."

"살아서 저보다 더 좋은 사람과 결혼하시면 되잖아요."

"제발 그런 말은 하지 마세요." 워버튼 경이 아주 엄숙하게 말했다. "그런 말은 우리 두 사람 모두에게 부당합니다."

"그렇다면 저보다 못한 사람과 결혼하세요."

"당신보다 더 좋은 여자가 있다 하더라도 나는 좋지 않은 여자를 택하겠어요. 내가 하고 싶은 말은 이게 전부입니다." 그는 여전히 진지한 태도로 이야기했다. "사람마다 취향이 다른 건 설명하기 힘들어요."

그의 무거운 표정을 보자 그녀도 똑같이 마음이 무거웠다. 그녀는 이 문제를 더 이상 언급하지 말아 달라고 다시 부탁하면서 자신의 심정을 드러냈다. "곧 제 입장을 말씀드릴게요. 아마 편지를 쓸 거예요."

"편하실 때 보내 주시면 돼요." 그가 대답했다. "시간이 얼마나 걸리든 무척 길게 느껴지겠지만 내게는 최고의 기회가 될 거라고 생각합니다."

"초조하게 해 드리지는 않을게요. 그저 생각을 조금 정리하고 싶을 뿐이니까요."

그는 우울한 듯 한숨을 쉬고 잠시 그녀를 바라보다가, 양손을 뒤로한 채 승마용 채찍을 신경질적으로 가볍게 흔들었다. "내가 정말 두려워하는 게 뭔지 알아요? 바로 당신의 특이한 마음이죠."

이사벨의 생애를 글로 쓰고 있는 작가라 해도 그 이유를 밝힐 수는 없겠지만, 이 말을 듣고 나서 그녀는 가슴이 뜨끔하여 의식적으로 얼굴을 붉히고 말았다. 그녀는 잠시 그의 표정을 살피다가 이상하게도 연민을 자아내는 목소리로 이렇게 외쳤다. "어머, 저도 그런데요!"

그러나 워버튼 경의 마음은 동요되지 않았다. 그가 가지고 있는 동정의 재능은 오로지 그 자신에게 필요했다. "다시 한 번 생각해 봐요!" 그가 중얼거렸다.

"이제 돌아가시는 게 좋겠네요." 이사벨이 말했다. "곧 편지를 드리겠어요."

"좋아요. 하지만 당신이 어떤 편지를 쓰든 당신을 만나러 올 겁니다." 이렇게 말하고 그는 선 채로 생각에 잠겼지만 눈은 강아지의 주의 깊은 표정을 주시하고 있었다. 작은 강아지는 두 사람의 이야기를 모두 이해한 듯했지만, 고목 뿌리에 별안간 호기심이 생긴 시늉을 하며 경솔함을 발산하지 않았다. "한 가지 더 있어요." 워버튼 경이 말을 이었다. "습기가 심하다든가, 뭐 그런 이유로 로클리가 마음에 들지 않는다면 멀리 나가 살면 돼요. 그런데 습기는 심하지 않아요. 그 집에 대해 철저한 검사를 의뢰한 적이 있는데, 완벽할 만큼 안전한 편이라는 결과가 나왔어요. 그래도 그곳이 마음에 들지 않는다면 반드시 그곳에서 살아야 된다는 생각은 하지 마세요. 이 점에는 전혀 문제가 없어요. 이곳저곳에 집이 많으니까요. 잠시 이 말을 하고 싶었습니다. 저택에 두른 해자를 싫어하는 사람도 있고요.

그럼 이만 안녕히."

"전 그걸 좋아하는 편이에요. 안녕히 가세요."

그가 손을 내밀자 그녀는 그가 잠시 자신의 손을 잡게 했다. 잠시라고는 하지만 그가 모자를 벗고 잘생긴 얼굴을 숙여 그녀 손에 입맞춤할 시간은 충분했다. 그는 감정을 조절한 후 다시 승마용 채찍을 흔들며 급히 사라졌다. 그는 분명 무척 심란한 것 같았다.

이사벨 자신도 심란했지만 짐작했던 것만큼 영향을 받지는 않았다. 그녀가 느낀 것은 무거운 책임감이나 선택의 어려움 같은 것은 아니었다. 이 문제에는 선택의 여지가 없다는 생각이 들었기 때문이다. 그녀는 워버튼 경과 결혼할 수 없었다. 세상을 자유롭게 둘러보겠다는, 그녀가 여태 품어 왔고 당장 누릴 수 있는 기분 좋은 계획과 어긋나기 때문이었다. 그녀는 이 사실을 그에게 편지로 납득시켜야 했지만, 그런 의무감은 비교적 단순한 일에 속했다. 정작 그녀의 마음을 혼란스럽게 한 것은 어떤 의미에서는 동요를 불러일으킨 그 굉장한 '기회'를 거절하는 데 별로 힘이 들지 않았다는 사실이었다. 워버튼 경은 어떤 제한이 따르더라도 그녀에게 멋진 기회를 제공하려 했다. 만약 그것을 받아들인다면 달갑지 않은 일도 생길 것이며 강압적이거나 그녀 삶을 제한하는 요소도 있을 테지만, 사실 감정을 마비시키는 약이 될지도 모른다. 여성 스무 명 가운데 열아홉 명이 아무런 고통 없이 그러한 일을 감수한다고 말한다 해도 그것이 여성에 대한 부당한 평가는 아니었다. 그렇다면 그녀에게는 왜 그런 힘이 물밀듯이 다가오지 않는가? 스스로 이토록 뛰어나다고 생각하는 그녀는 누구이며 어떤 사람인가? 이처럼 크고 엄청난 기회보다 더 대단한 것처럼 행세하는 그녀는 도대체 어떤 인생관, 운명에 대한 어떤 계획, 어떤 행복관을 갖고 있는가? 워버튼 경의 제안을 받아들이지 않는다면 그녀는 뭔가 더 훌륭한 일을 해야만 할 것이다. 그래도 이사벨은 가끔씩 지나치게 자만심을 가져서는 안 된다고 스스로 다짐했으며, 그런 위험에서 벗어나고 싶다는 그녀의 소원만큼 진지한 것도 없었다. 자만심 탓에 생기는 고립과 외로움은 그녀 마음에 불모지와도 같은 공포감을 주었기 때문이다. 만일 워버튼 경과 결혼하는 데 방해되는 것이 그녀의 자만심이라면 기묘하게 잘못을 범하는 셈이 된다. 그녀는 자신이 워버튼 경을 좋아한다는 사실을 너무나 의식했기 때문에 그것이 섬세한 동정심이나 고도의 지성 같은 것이라고 스스로를 납득시키려 했다. 그녀는 그를 너무 좋아하기 때문에 결혼할 수 없었고, 그것은 숨길 수 없는 진실이었다. 비록 그녀가 이 문제에 대해 아직 깊이 생각해 보지는 못했지만, 그의 청혼에 대한 논리 어딘가에는 (그도 알듯이) 오류가 존재한다는 확신이 들었다. 그리고 비판적 성향의 여자에게 아내가 되어 달라고 부탁하며 너무나 많은 것을 제시한 남자를 괴롭히는 것은 매우 부끄러운 행동이 될 것이다. 그녀는 그의 청혼을 고려해 보겠다고 약속했지만, 그가 떠난 후 그와 만났던 벤치가 있는 곳으로 천천히 되돌아가 상념에 잠긴 것을 보면 자신의 서약을 생각하고 있었는지도 모른다. 그러나 사실 그런 것은 아니었고, 자신이 차갑고 냉혹하고 융통성 없는 인물이 아닐까 궁금하게 여기고 있었다. 그녀가 마침내 자리에서 일어나 서둘러 집 안으로 들어간 것은 워버튼 경에게 말한 대로 정말 자신이 두렵기 때문이었다.

13

이러한 감정 때문에 그녀는 자신에게 일어난 일을 이모부에게 들려줄 생각만 했을 뿐, 충고를 바라는 마음은 없었다. 그저 누군가에게 말하고 싶을 따름이었고, 보다 자유롭고 인간적인 감정을 느끼고 싶었다. 그러기에는 이모나 친구인 헨리에타보다는 이모부가 좀 더 편안하게 느껴졌다. 물론 랠프에게도 그 일을 털어놓을 수 있지만, 이 특별한 비밀을 그에게 털어놓는다는 건 너무 벅찬 일이었다. 그래서 그녀는 다음 날 아침을 먹고 나서 기회를 엿보았다. 이모부는 오후가 되기 전에는 집을 나서는 법이 없었기 때문이다. 이사벨은 이모부가 친구들을 맞이하는, 침실에 딸린 방에서 기다렸는데, 그 방에 자리할 수 있는 사람은 친구 외에도 그의 아들과 의사, 하인, 심지어 헨리에타 스택폴까지 포함되었다. 이모는 포함되지 않았지만 오히려 잘된 일이었다. 이모부는 복잡한 기계식 의자에 앉아 있었고, 서쪽 공원과 강이 내다보이는 창문은 열려 있었다. 그의 옆에는 신문과 편지가 쌓여 있었다. 그는 깔끔하고 섬세하게 몸단장을 마친 상태였고, 부드럽게 생각에 잠긴 얼굴은 자애로운 모습을 띠고 있었다.

이사벨은 바로 본론으로 들어갔다. "실은 워버튼 경이 제게 청혼을 했어요. 이모님에게도 이 사실을 알려야 하지만, 이모부님께 말씀드리는 게 먼저일 것 같아서요."

나이 든 신사는 조금도 놀라지 않고 그녀가 보여 준 신뢰에 감사를 표했다. "네가 그 사람의 청혼을 받아들일 것인지 아닌지 말해 줄 수 있겠느냐?"

"아직 명확한 답변을 하지 않았어요. 생각을 좀 해 보겠다고 대답했어요. 그분을 예우하려는 마음 때문이었죠. 하지만 전 그 사람의 청혼을 받아들이지 않을 거예요."

터쳇 씨는 이 말에 더 이상 대꾸하지 않았다. 그는 사교 문제가 관심을 끌더라도 별다른 목소리를 낼 필요가 없다고 생각하는 듯한 태도를 보였다. "그래. 넌 여기서 성공할 거라고 내가 말했지. 여기서 미국인들은 많은 찬사를 받거든."

"정말 그런 것 같아요." 이사벨이 말했다. "하지만 교양 없고 무례하게 보일지언정 전 워버튼 경과 결혼할 수는 없어요."

"좋아." 이모부가 말을 이었다. "늙은이가 젊은 숙녀를 판단할 순 없지. 다만 네가 혼자서 결정하기 전에 내게 말해 줘서 고맙구나. 네게 해 줄 말이 있을 것 같아." 그는 천천히 덧붙였지만 이 일을 그다지 중요하게 여기지는 않는 것 같았다. "사실 나는 지난 사흘간 모두 알고 있었단다."

"워버튼 경의 마음을요?"

"그의 의도에 대해서 말이다. 그가 나에게 무척 유쾌한 편지를 보내 모든 걸 이야기했거든. 한번 보겠니?" 노인이 자상하게 물었다.

"감사해요. 저는 그 편지에 관심은 없지만 그분이 이모부님께 편지를 쓴 건 기뻐요. 그렇게 한 건 잘한 일이에요. 그 사람도 그게 옳은 일이라고 확신했을 테죠."

"그래, 너도 그 사람을 좋아하는 것 같구나!" 터쳇 씨가 말했다. "그렇지 않은 척할 필요는 없어."

"전 그 사람을 무척 좋아해요. 좋아하는 건 사실이지만, 지금은 어떤 사람과도 결혼하고 싶지 않아요."

"네가 더 좋아하는 사람이 나타날 거라고 생각하는구나. 정말 그럴 수도 있지." 터쳇 씨가 말했다. 그는 일을 가볍게 만들 근거를 찾아내고 그녀의 부담을 덜어 자신의 애정을 보여 주려고 하는 듯했다.

"제가 누구를 만나든 상관없어요. 그냥 워버튼 경이 좋은 거예요." 그녀는 이따금 자신에게 질문하는 사람들을 놀라게 하고 심지어는 언짢게도 하는 관점의 갑작스러운 변화에 빠져들었다.

하지만 이모부는 그런 태도에 놀라거나 언짢아하지 않았다. "그는 정말 괜찮은 사람이지." 그가 격려하는 투로 들릴 수 있는 말을 했다. "그의 편지는 내가 최근에 받은 것들 가운데 가장 유쾌했어. 내가 그 편지를 좋아한 이유는 내용이 전부 너에 관한 것이었기 때문이야. 자신에 관한 내용을 제외하고는 모두 네 얘기였어. 너에게도 그런 얘기를 전부 했을 것 같은데."

"그분은 제가 묻고 싶은 것들을 모두 말하려고 했어요." 이 사벨이 말했다.

"그런데 넌 호기심을 못 느낀 게냐?"

"제 호기심은 무의미해요. 그분 청혼을 이미 거절한걸요."

"충분한 매력을 느끼지 못했니?"

그녀는 잠시 침묵을 지켰다. "아마도 그랬던 것 같아요." 그녀는 곧바로 인정했다. "하지만 그 이유를 모르겠어요."

"다행히 숙녀들은 굳이 이유를 댈 필요가 없는 법이지." 터 챗 씨가 말했다. "그런 생각에는 상당히 끌리는 데가 있어. 그런데 영국인들은 왜 우리를 미국에서 끌어내리려고 하는지 모르겠어. 우리도 마찬가지로 그들을 미국으로 끌어내리려고 한다는 건 나도 알아. 하지만 그건 미국 인구가 적기 때문이지. 여긴 인구가 너무 많아. 물론 매력적인 아가씨들을 위한 공간은 어디에나 있는 법이지만."

"여기엔 이모부님이 계실 만한 공간도 있었던 것 같네요." 이사벨은 이렇게 말하고는 공원의 널찍한 놀이터 쪽으로 눈길을 돌렸다.

터챗 씨는 알았다는 듯이 날카로운 미소를 지었다. "대가만 치른다면 그런 공간은 어디에나 있는 법이지. 하지만 난 가끔 그런 일에 너무 큰 대가를 지불했다는 생각이 들어. 너도 그래야 할지도 모르지."

"그럴지도 모르죠."

이 암시는 그녀가 자신의 생각에서 발견한 것보다 더 확실한 여지를 주었다. 자신의 곤경을 이모부의 부드러운 혜안과 이렇게 연결할 수 있다는 사실은 그녀가 자연스럽고 합당한 삶의 감정에 관심을 둔다는 것을 입증했다. 그것은 그녀의 거절이 지적인 열망과 애매한 야망(워버튼 경의 아름다운 호소를 넘어서서 정의될 수 없고 그렇다고 칭찬해 줄 수도 없는 뭔가를 향한)에 대한 전적인 희생만은 아니라는 것을 뜻했다. 정의될 수 없는 그것이 이사벨의 행동에 영향을 끼친 만큼 아직 구체화된 것은 아니지만 그렇다고 캐스파 굿우드와의 결합을 의미하는 것도 아니었다. 왜냐하면 그녀가 영국인 구혼자의 크고 고요한 손길에서 벗어나려 한다 해도, 보스턴 출신의 그 젊은이가 그녀를 소유하도록 내버려 둘 생각은 전혀 없었기 때문이다. 그의 편지를 읽은 후 그녀는 그가 바다를 건너왔다는 것이 싫었다. 그는 그녀에게 영향력을 행사했고, 그를 만나면 그녀의 자유로운 감정이 박탈당하는 것처럼 느껴졌기 때문이다. 이사벨을 대하는 그의 태도는 불쾌하게 강한 압박을 주는 억센 존재감으로 다가왔다. 그녀는 그의 무시하는 듯한 태도나 위협에 종종 시달렸다. 그리고 그가 자신의 행동을 인정할지에 대해(다른 누구에게도 이토록 신경을 쓴 적이 없었건만) 의구심을 품었다. 캐스파 굿우드는 그녀가 아는 어떤 남자보다도 힘들었고, 심지어 가련한 워버튼 경(그녀는 이제 그에게 이런 형용사를 사용하기 시작했다.)보다 더 어려웠다. 캐스파 굿우드는 자신의 본성이 드러난 에너지(그녀는 이미 이것을 힘으로 느꼈다.)를 그녀에게 표출했던 것이다. 그것은 결코 그의 '장점'이 아니었고, 창가에 앉아 지치지 않고 지켜보는 사람의 환하게 타오르는 눈빛과 같은 정신의 문제였다. 그는 그녀가 좋아하든 좋아하지 않든 온 힘을 다해 다그쳤기 때문에, 일상적으로 그를 접촉하는 사람조차도 그 점을 고려해야 했다. 지금 이사벨은 특히 자신의 자유가 제한된다는 점이 불쾌했다. 그녀는 워버튼 경이 제안한 커다란 유혹에도 굴복하지 않고 돌아섬으로써 자신의 독립심을 더욱 강화했기 때문이다. 이따금 캐스파 굿우드는 그녀가 아는 한 끈질기게도 그녀 운명에 포함되는 듯 보였다. 그런 생각이 들 때면 그녀는 한동안 그를 피하기로 마음먹었지만 결국에는 상대에게 유리한 조건으로 타협해야 했다. 그녀는 충동을 통해 그런 의무감에서 벗어날 수 있었다. 그리고 그런 충동은 매일같이 굿우드가 그녀를 찾아오던 시점에서 그녀가 이모 제안을 진지하게 받아들인 것과 상당히 밀접한 관계가 있었다. 당시 그녀는 그가 분명히 던질 것으로 예상되는 질문에 대한 대답을 찾은 것 같아서 기뻤다. 터쳇 부인이 올버니에 찾아온 날 저녁 이사벨은 급작스러운 이모의 '유럽' 여행 제안에 너무나 들뜬 나머지 그에게 무거운 질문에 대해서는 말할 수 없다고 했다. 그러자 그는 그것은 전혀 대답이 되지 않는다고 말했다. 그리고 지금 그는 바다를 건너 그녀를 찾아와서 기어코 대답을 들으려고 하는 것이다. 그의 운명이 짓궂다고 그녀 스스로 말한 것은 헛된 공상에 빠진 여인에게는 당연하게 받아들여졌다. 하지만 독자들은 그가 정확히 어떤 인물인지 제대로 알 권리가 있다.

그는 매사추세츠 주에 있는 유명한 방직 공장 주인의 아들이었다. 그의 아버지는 방직업에서 상당한 부를 축적했고, 지금은 그가 그 공장을 물려받아 운영했다. 방직업계는 경쟁이 치열하고 몇 년 동안 경기가 좋지 않았지만, 그의 뛰어난 판단력과 수완으로 집안의 부는 줄지 않았다. 그는 하버드 대학에서 훌륭한 교육을 받았지만, 거기서는 다양한 지식을 얻으려는 인물이라기보다는 체조 선수나 조정 선수로 명성이 나 있었다. 훗날 그는 뛰어난 지성도 운동처럼 뛰고 당기고 긴장할 수 있으며, 기록을 세우면서 희귀한 공적을 쌓을 수 있다는 것을 알았다. 그는 기계에 예리한 안목이 있어서 방직기를 개량하는 솜씨를 발휘했으며, 그 방직기는 그의 이름으로 상표화되어 지금 널리 쓰였다. 이 능률적인 발명품과 관련해 그의 이름이 신문에 유포되자, 그는 자신의 특허품에 관해 뉴욕《인터뷰어》의 칼럼에 실린 상세한 기사를 이사벨에게 보이며 기계 성능을 자랑했다. 그 기사는 스택폴이 쓴 것은 아니었지만 그녀는 감상적인 그의 호기심을 기사에서 다감하게 증명하였다. 그 기사는 그가 즐기는 복잡한 것들을 다양하게 다루었다. 그는 회사를 조직하여 경쟁하며 경영하는 일을 좋아했고, 직원들을 자신의 뜻대로 부리고 자신을 신임하게 만들어 자신에게 온 힘을 쏟게 한 뒤 스스로 정당화하려 했다. 그에게는 이른바 사람을 부리는 재능이 있었고, 나아가 과감하면서도 사려 깊은 야심도 있었다. 그를 아는 사람들은 그가 방직 공장 경영보다 더 훌륭한 일을 하게 될 거라고 분명히 느꼈다. 캐스파 굿우드는 목화처럼 포근한 면은 없었고, 그의 친구들은 당연히 그가 어디에선가 글로 이름을 날릴 거라고 보았다. 하지만 그에게는 뭔가 엄청나고 혼란스러운 일이, 어둡고 좋지 못한 일이

닥칠 거라는 예감이 있었다. 결국 그는 가는 곳마다 생명의 입김이 나부끼는 정리된 일들, 즉 단순하고 독선적인 평화와 탐욕 및 이득과는 조화를 이룰 수 없었던 것이다. 이사벨은 그가 대(大)전쟁의 격동기(그녀의 유아기의 의식과 그의 무르익은 젊음을 어둡게 만든 남북전쟁)에 돌진하는 말을 타고 달렸을 수도 있었을 거라는 생각이 들어 즐거웠다.

아무튼 그녀는 성격상으로나 실생활에서 그가 사람들을 움직이는 인물이라는 데 마음이 끌렸다. 그의 성격이나 용모보다 훨씬 그녀를 흐뭇하게 했다. 그녀는 방직 공장에 별 흥미가 없었고, 굿우드의 특허품 역시 그녀의 상상력을 조금도 자극하지 않았다. 그의 남자다움이 적을수록 좋다는 뜻은 아니지만, 가끔은 그가 조금은 다른 모습이면 좋았을 거라는 생각이 들었다. 그의 턱은 지나치게 네모나서 마치 틀에서 빼낸 것 같았고, 신체는 곧고 경직된 인상을 주었다. 이런 점들은 그가 삶의 깊은 리듬과 쉽게 조화를 이룰 수 없다는 것을 암시했다. 언제나 비슷하게 옷을 입는 습관도 이사벨에게 좋은 인상을 주지 않았다. 그의 옷은 무척 새 옷처럼 보였기 때문에 그가 똑같은 옷을 계속 입지 않는다는 건 분명했다. 그런데도 그 옷들은 모두 같은 옷감으로 만들어진 것처럼 보였으며, 형태도 재단 방법도 따분하리만큼 동일했다. 이따금 그녀는 이런 것은 굿우드 같은 중요 인물에겐 하찮은 결점이라고 스스로에게 말했다. 그래서 만일 훗날 자신이 그를 사랑하게 된다면 그런 결점은 별문제가 되지 않을 거라며 넉넉한 마음으로 받아들였다. 이사벨은 그를 사랑하지 않았기 때문에 큰 결점이든 작은 결점이든 비판할 수 있었다. 여기서 큰 결점이란 그가 너무 심각하다는 점이었다. 아니, 오히려 그런 일은 누구에게나 무리한 일이므로 지나치게 심각한 것이 아니라 그런 척하는 모습을 보인다는 것이 비난의 대상이 되었다. 그는 자신의 취향이나 계획을 지극히 단순하고 꾸밈없이 드러냈다. 누군가와 단둘이 있을 때면 동일한 화제에 대해 지나치게 많은 이야기를 했고, 또 다른 사람들과 자리를 함께하면 무슨 일이든 별로 이야기를 하지 않았다. 그래도 그는 정교한 금박을 입힌 철판처럼 매우 튼튼하고 몸매가 깔끔한 대단한 남자였다. 그런데 박물관이나 초상화에서 갑옷을 입은 전사들의 서로 다른 부분들이 짜 맞춰지듯이 이사벨에게는 그도 그렇게 짜 맞춰진 부분들의 조합으로 보였다. 참으로 이상한 일이었다. 그녀가 받은 인상과 그녀 행동 사이에 어떤 확실한 연결 고리라도 있었을까? 캐스파 굿우드는 유쾌한 인물을 좋아하는 그녀의 이상과 결코 일치하지 않았다. 그를 거세게 비판하고 싶은 마음이 든 것은 바로 이것 때문이라는 생각이 들었다. 그러나 그녀의 이상에 해당될 뿐만 아니라 보통 이상으로 호감을 가질 수 있는 워버튼 경에게 청혼을 받았을 때도 그녀는 여전히 만족스럽지 않았다. 확실히 이상한 노릇이었다.

이러한 모순된 심정 때문에 이사벨은 굿우드의 편지에 답장을 쓰고 싶지 않았고, 당분간 그의 편지를 받지 않은 것으로 해두었다. 만일 그가 끝까지 성가시게 군다면 그 결과를 감수해야만 할 것이다. 당장은 그가 가든코트에 찾아오는 것을 그녀가 싫어한다는 것을 스스로 깨닫도록 내버려 두는 수밖에 없었다. 이사벨은 이미 이곳에서 한 남자에게 청혼을 받았다. 물론 다른 곳에서 만날 수도 있겠지만 열정적인 두 구혼자를 동시에 환대하기란 쉽지 않았다. 환대라고는 하지만 퇴짜 놓는 일이 될 이 일조차 쉽지 않은 것이다. 그녀는 굿우드에게 답장을 보내지 않았고, 사흘이 지날 무렵 결국 워버튼 경에게 편지를 썼다. 편지는 다음과 같은 내용이었다.

워버튼 경께

일전에 친절하게도 청혼해 주신 것에 대해 신중하게 생각해 보았지만 제 마음은 변하지 않았습니다. 당신을 진정한 생의 동반자로 생각한다든가, 당신 집(여러 곳에 있는 집들)을 저의 안정된 거처로 볼 수 없을 것 같아요. 이런 일들은 논리적으로 접근할 성질이 아니며, 우리가 충분히 논의한 바 있는 문제로 되돌아가지 않도록 간절히 부탁드립니다. 우리는 각자의 관점으로 인생을 보게 되며, 이것은 가장 나약하고 소박한 우리들에게 주어진 특권이에요. 그러니 저는 당신이 청혼했을 때의 태도로 제 인생을 볼 수 없을 거예요. 이 답장으로 만족하실 수 있다면 다행이겠네요. 그리고 당신 청혼을 너무나 고맙게 생각했다는 것도 믿어 주시길 간절히 부탁드립니다.

이사벨 아처

이사벨이 편지를 발송하려고 마음먹고 있을 때 헨리에타 스택폴도 조금도 망설이지 않고 한 가지 결심을 했다. 그녀는 랠프 터쳇에게 말해 함께 정원으로 산책하러 나갈 생각이었다. 그리고 랠프가 늘 기대했다는 듯 이 권유에 민첩하게 응하자 그녀는 부탁이 있다는 말을 넌지시 비쳤다. 이 말을 듣고 그가 약간 주춤했다는 것을 밝혀 두어도 좋을 것이다. 그는 이미 헨리에타가 자신의 우위를 밀고 나간다는 인상을 받았기 때문이다. 그러나 그가 놀랐다는 것은 이치에 맞지 않았다. 그는 무분별하게 행동하는 그녀의 깊은 의도를 잘 알 수 없었기 때문에 도와주겠다는 뜻을 매우 정중하게 표시했다. 그는 그녀가 두려웠으나 곧 말했다. "당신이 나를 그런 식으로 보면 무릎이 떨리고 몸의 기능이 멈추고 말아요. 난 두려움으로 가득 차 있어요. 당신의 명령대로 실행할 수 있는 힘만 있으면 좋겠는데. 당신 같은 말솜씨를 구사하는 여자는 처음입니다."

"글쎄요." 헨리에타가 기분 좋게 대답했다. "지금까지는 당신이 나를 조롱하고 있다는 사실을 미처 몰랐는데 이제 알게 되었네요. 물론 난 손쉬운 사냥감이에요. 당신과는 완전히 다른 관습과 사고 속에서 자란걸요. 난 당신의 독단적인 기준에 익숙지가 않아요. 지금 당신이 한 말 같은 건 미국에서는 들어 본 적이 없어요. 미국에서 나와 대화하는 남자가 지금과 같은 말을 한다면 어떻게 응수해야 할지도 모를 거예요. 미국에서는 모든 걸 더 자연스럽게 받아들인답니다. 결국 우리가 훨씬 더 단순하다는 거죠. 그것만은 인정해 주어야 해요. 나도 아주 단순한걸요. 그것 때문에 나를 비웃겠다면 마음대로 하세요. 그러나 결국 당신 같은 사람이 되는 것보다는 지금 이대로

가 좋아요. 나 자신이 만족하니까요. 변하고 싶지도 않고요. 이 대로의 나에게 만족하는 사람들이 꽤 있어요. 물론 그런 사람들은 자유롭게 태어난 근사한 미국인뿐이랍니다!" 최근 헨리에타는 스스로도 어떻게 할 수 없는 순진함과 크게 양보하려는 태도를 보이기 시작했다. "당신에게 도움을 조금 받고 싶네요." 그녀가 계속 말했다. "당신이 나를 도와줄 거라면 나를 우스운 여자로 생각해도 상관없어요. 오히려 그런 즐거움이 당신에게 보답이 되면 좋겠다고 마음속으로 빌어요. 이사벨의 일을 도와주세요."

"그녀가 당신을 기분 상하게 했나요?" 랠프가 물었다.

"그랬다면 아무렇지도 않았을 거예요. 나도 당신에게 결코 말하지 않았을 거고요. 내가 걱정하는 건 그녀가 상처를 받지 않을까 하는 거예요."

"그건 있을 법한 일이로군요."

헨리에타는 정원을 걷다가 걸음을 멈추고 낙담하는 눈빛으로 그를 바라보았다. "이 일 역시 당신을 즐겁게 한 것 같은 생각이 드네요. 당신이 말하는 태도가 그래요! 난 어느 누구도 당신처럼 무심하게 말하는 걸 들어 본 적이 없거든요."

"이사벨에게요? 그건 아니죠!"

"좋아요, 당신이 그녀와 사랑에 빠진 게 아니길 바라요."

"다른 사람을 사랑하면서 어떻게 그럴 수 있겠어요?"

"당신은 당신 자신과 사랑에 빠졌어요. 그게 바로 다른 사람이죠!" 헨리에타가 말했다. "당신에게는 그편이 나을 거예요! 하지만 당신이 인생에서 한 번이라도 진지해지길 원한다면 지금이 바로 그 기회예요. 당신이 정말 이사벨을 생각한다면 그걸 증명할 기회죠. 난 당신이 그 친구를 이해해 줄 거라고 기대하진 않아요. 그건 너무 많은 걸 요구하는 거예요. 내 부탁을 들어 주려고 그렇게까지 할 필요는 없어요. 내가 꼭 필요한 걸 알려 줄 테니까."

"엄청나게 재미를 보겠네요!" 랠프가 말했다. "내가 칼리반*이 되겠어요. 당신은 아리엘**이 되고요."

"당신은 전혀 칼리반 같지 않아요. 당신은 궤변을 늘어놓지만 칼리반은 그러지 않으니까요. 난 가상의 인물에 대해 얘기하는 게 아니고 이사벨에 대해 얘기하는 거랍니다. 이사벨은 진짜 현실이죠. 내가 당신에게 하고 싶은 말은 그녀가 정말 변했다는 거예요."

"당신이 온 후로 그렇다는 건가요?"

"내가 오기 전이든 후든 마찬가지예요. 더 이상 예전에 그토록 아름다웠던 그녀가 아니랍니다."

"미국에 있을 때처럼 말인가요?"

"맞아요. 당신도 그녀가 미국 출신인 걸 알잖아요. 그녀는 어쩔 수 없지만 변했어요."

"그녀를 옛날로 되돌리고 싶은가요?"

"물론이죠. 그리고 당신이 도와주면 좋겠어요."

"알았습니다." 랠프가 대답했다. "난 단지 칼리반일 뿐이에

---

* 셰익스피어의 희곡 『폭풍우』의 등장인물.
** 『폭풍우』에 등장하는 요정.

요. 프로스페로*가 아니죠."

"당신은 그녀를 충분히 그렇게 만들 수 있는 프로스페로예요. 그녀가 여기에 온 후로 줄곧 그녀를 따라다녔잖아요, 터쳇 씨."

"오, 스택폴 양. 그런 일은 있을 수 없어요. 이사벨은 스스로 나에게 다가왔고 모든 사람에게 그렇게 해요. 난 너무나 수동적이고요."

"그래요, 당신은 수동적이었어요. 당신은 좀 더 분발하고 정신을 차려야 해요. 이사벨은 나날이 변하니까요. 저 멀리 바다를 향해 정처 없이 떠다니고 있답니다. 난 주의 깊게 지켜보면서 알게 되었어요. 그녀는 예전의 발랄한 미국 아가씨가 아니에요. 이제는 다른 견해와 생각을 품고 과거의 이상을 버리려고 해요. 난 그녀가 이상을 되찾았으면 좋겠어요, 터쳇 씨. 그게 당신이 해야 할 일이에요."

"단지 이상 때문에만 그렇게 말하는 건 분명히 아니겠죠?"

"그럼요, 그런 걸 바라지는 않아요." 헨리에타가 즉시 대답했다. "내 마음속에는 그녀가 이 타락한 유럽인들 중 하나와 결혼하면 어쩌나 하는 두려움이 있어요. 그래서 그걸 막고 싶어요."

"아, 알겠어요." 랠프가 외쳤다. "당신은 그걸 막기 위해 내가 끼어들어 그녀와 결혼하기를 바라는 겁니까?"

---

*『폭풍우』에 등장하는 인물. 동생에게 공작 자리를 빼앗기고 무인도로 추방당해 마법을 익힌 뒤 섬 요정들과 괴물 칼리반의 주인이 된다.

"그건 아니에요. 그런 해결책은 문제를 악화하죠. 왜냐하면 당신은 내가 그녀에게서 막아 내려는 타락한 유럽인의 전형이 니까요. 아니, 나는 당신이 다른 사람에게 관심을 가져 주면 좋겠어요. 한때 그녀가 크게 용기를 주었지만 지금은 그다지 호감을 갖고 있지 않은 젊은 남자 말이에요. 그는 꽤 괜찮은 사람이고 나와 아주 친한 사이예요. 당신이 그 사람을 이곳으로 한번 초대해 주면 정말 좋겠는데."

랠프는 이 부탁 때문에 꽤나 혼란스러웠다. 처음에 그가 이 부탁을 그리 단순하게 받아들일 수 없었던 것은 자신의 마음이 순수하지 못하게 보일 수 있었기 때문이다. 그가 볼 때 이런 것은 정직하지 못한 태도였다. 스택폴의 이런 요청은 솔직해 보이지만 세상에 그런 일이 실제로 있을 수는 없다고 생각한 것은 그의 실수였다. 한 젊은 여성이 자기 스스로 친한 친구라고 말하는 남성을 위해 그가 다른 젊은 여성과 교제할 기회를 만들어 달라고 부탁하는 것은 이 순간 그의 모든 재간으로도 해석하기 어려운 변칙이었다. 더욱이 그 젊은 여성의 관심 대상이 바뀌었는데도 매력이 더욱 크다고 한다면 더 이해하기 어려운 노릇이 된다. 그녀의 숨은 뜻을 찾는 것이 겉으로 드러난 뜻을 찾는 것보다 더 쉬웠다. 헨리에타가 그 남자를 가든코트에 초대해 주길 바란 것은 그녀의 정신이 저속해서라기보다는 그녀가 혼란스러워한다는 표시였다. 하지만 랠프는 이러한 야비한 행위의 죄책감에서 벗어났는데, 그것은 영감이라고 말할 수밖에 없는 힘에 의해서였다. 이 문제를 밝혀 줄 단서는 지금까지 그가 아는 것 외에는 아무것도 없었지만, 그녀의 행동에 불순한 동기가 있다고 생각한다면 그것은《인터뷰어》의 기자에게 지극히 부당한 일이 될 거라는 확신이 갑자기 들었다. 그는 재빨리 이렇게 확신하게 되었으며, 그것은 이 젊은 여성의 침착한 응시 속에 순수한 광채로 피어올랐다. 그는 이 순간을 의식적으로 거역하듯, 눈부신 등불 앞에 얼굴을 찡그리듯 자신의 마음을 감추고 말았다. "당신이 말하는 신사는 누구입니까?"

"캐스파 굿우드 씨예요. 보스턴에서 왔어요. 이사벨을 무척 배려해 주는 사람이고 살아 있는 한 그녀에게 헌신할 거랍니다. 그는 이곳으로 이사벨을 쫓아왔고, 지금은 런던에 있어요. 난 그의 주소를 모르지만 알아낼 수는 있어요."

"난 그 사람 얘기를 한 번도 들어 본 적이 없는데."

"그렇죠. 내 생각에 아마도 당신은 그 누구의 얘기도 들어 본 적이 없을 거예요. 그 사람도 당신에 대해 들어 보지 못했을 거고. 하지만 그런 것이 이사벨이 그와 결혼할 수 없는 이유가 될 수는 없어요."

랠프는 온화하면서도 까닭 모를 웃음을 지었다. "당신은 사람들을 맺어 주는 일에 지나치게 열성적이군요! 일전에 당신이 나를 결혼시키려고 했던 것 기억해요?"

"기억해요. 하지만 당신은 그런 생각을 받아들이지 않았죠. 그러나 굿우드 씨는 그렇지 않아요. 그게 바로 내가 그 사람을 좋아하는 이유예요. 그는 훌륭하고 완벽한 신사거든요. 이사벨도 그런 사실을 알고."

"이사벨이 그 사람을 좋아해요?"

"만약 좋아하지 않는다면 앞으로 좋아해야 돼요. 그는 이사벨에게 빠졌거든요."

"그래서 그 사람을 이곳에 초대하라는 건가요?" 랠프가 반사적으로 물었다.

"그게 진정한 친절이잖아요."

"캐스파 굿우드." 랠프가 말을 이었다. "좀 특이한 이름이군요."

"난 그의 이름 같은 건 조금도 신경 쓰지 않아요. 어쩌면 이름이 에제키엘 젠킨스인지도 모르죠. 그래도 난 똑같은 말을 했을 거예요. 그리고 이사벨에게 어울릴 만한 사람은 그 사람밖에 없어요."

"당신은 정말 친구를 염려하는군요."

"물론이죠. 당신이 나를 비웃으려고 그런 얘기를 꺼냈다 해도 난 신경 쓰지 않겠어요."

"당신을 비웃을 생각은 없어요. 그냥 많이 놀란 것 뿐이죠."

"당신은 예전보다 더 비꼬는 것 같아요. 하지만 굿우드 씨를 비웃지는 말라고 충고하고 싶네요."

"난 정말 진지하게 말하고 있어요. 이건 당신이 이해해 줘야 합니다."

그 순간 스택폴은 그의 말뜻을 이해했다. "당신을 믿어요. 이제 너무 진지해지셨네요."

"당신을 기쁘게 하는 건 쉽지 않군요."

"어머, 당신은 정말 너무 진지해요. 그 사람을 초대하지도 않을 거면서."

"잘 모르겠어요." 랠프가 말했다. "나는 마음 가는 대로 하는 편이니까요. 그 사람에 대해 좀 더 말해 봐요. 어떤 사람인가요?"

"당신과 정반대예요. 방직 공장의 경영자이고 정말 괜찮은 사람이죠."

"태도는 유쾌한가요?"

"놀랄 만큼요. 미국식으로 말이에요."

"우리 소모임에 어울릴 만한 사람 같아요?"

"그건 잘 모르겠어요. 지금 이사벨에게 빠졌거든요."

"그럼 이사벨은 그를 초대하는 걸 좋아할까요?"

"전혀 그렇지 않을 거예요. 하지만 이사벨에게는 좋은 일이 될 테죠. 그녀의 생각을 되찾게 될 테니까요."

"되찾는다고요? 어디에서?"

"외국이나 아니면 부자연스러운 장소에서겠죠. 석 달 전에 이사벨은 굿우드 씨에게 자신이 그에게 호감을 갖고 있다고 생각할 좋은 구실을 주었죠. 그런데 이제는 상황이 바뀌었다고 해서 진정한 친구를 배신하는 건 이사벨에게 어울리지 않아요. 나도 마찬가지지만, 난 예전보다 내 오랜 관계들을 더 소중히 생각하게 되었어요. 내 생각에는 이사벨이 빨리 원래 모습으로 돌아가는 편이 좋아요. 여기서 이사벨은 결코 진정으로 행복해질 수 없어요. 그러니 미국에 붙잡아 놓는 게 좋을 것 같아요. 그것이 좋은 예방책이 될 수 있을 거고요."

"너무 서두르는 것 같지 않아요?" 랠프가 물었다. "보잘것 없는 영국에서 그녀에게 더 많은 기회를 줘야 한다고 생각하지 않아요?"

"그녀의 창창한 인생을 망칠 기회를요? 물에 빠진 소중한 생명은 서둘러 구해 내야 돼요."

"나도 알아요." 랠프가 말했다. "당신은 내가 굿우드 씨를 이사벨 다음으로 물속에 밀어 넣기를 바라는군요." 그가 덧붙였다. "이사벨이 그의 이름을 언급하는 걸 내가 들어 본 적이 없다는 사실을 알아요?"

헨리에타는 환하게 웃었다. "그 얘길 들으니 안심이 되네요. 그건 그녀가 그 사람을 얼마나 생각하는지 보여 주는 셈이니까요."

랠프는 이 말이 상당히 일리가 있음을 인정하는 듯이 보였고, 헨리에타가 곁눈으로 자기를 보는 동안 생각에 잠겼다. 마침내 그가 입을 열었다. "만약 내가 굿우드 씨를 초대한다면 그와 다투는 셈이 될 텐데."

"그런 짓은 하지 마세요. 그러면 그가 더 나은 사람이라는 게 증명돼요."

"당신은 내가 그 사람을 싫어하도록 철저히 노력하는 것 같군요! 난 정말 그를 초대하지 않을 겁니다. 내가 그 사람에게 무례하게 굴지 않을까 두려워요."

"그렇다면 좋을 대로 하세요." 헨리에타가 대꾸했다. "당신이 그녀를 사랑하는 게 아닌지 궁금하네요."

"정말 그렇게 믿어요?" 랠프가 눈썹을 치켜세우며 물었다.

"지금껏 당신이 한 말 가운데 가장 옳은 말을 하네요! 물론 그렇게 믿죠." 헨리에타가 재치 있게 말했다.

"좋아요." 랠프가 결론지었다. "당신이 틀렸다는 걸 증명하기 위해서라도 그를 초대하겠어요. 당연히 당신 친구 자격으로 초대하는 겁니다."

"그 사람은 내 친구로서 오진 않을 거예요. 당신이 그를 초대하는 건 내가 틀렸다는 걸 내가 아닌 당신 자신에게 증명하기 위해서니까요!"

두 사람은 곧 헤어졌다. 헨리에타의 마지막 말은 랠프 터쳇이 인정해야만 하는 많은 진실을 함축했다. 그러나 아직까지는 예리하게 인정할 정도가 아니었기에 약속을 깨뜨리는 것보다는 지키는 편이 오히려 더 지각없을 거라는 생각이 들었지만, 어쨌든 그는 굿우드에게 보낼 여섯 줄 정도의 짧은 편지를 썼다. 가든코트에서 열리는 조촐한 파티에 참석해 준다면 연로한 아버지가 즐거워할 것이며, 헨리에타도 그 모임에 귀한 손님으로 참석할 거라는 내용이었다. 편지를 보낸 후(수신처는 헨리에타의 제안에 따라 어느 은행가 앞으로 해 두었다.) 그는 약간 초초하게 결과를 기다렸다. 그가 캐스파 굿우드의 이름을 들은 건 정말로 이때가 처음이었다. 어머니가 도착하면서 미국에 이사벨을 '찬미하는 인물'이 있다는 이야기를 했을 때는 그 말을 가볍게 받아들였고, 질문해 보았자 막연하거나 언짢은 대답만 들을 것 같아 일부러 질문하지 않았던 것이다. 그런데 이제 그의 사촌 여동생을 찬미하는 미국인 문제가 더 구체화되어, 방직업에 종사하고 대단한 미국식 태도로 무장한 그 청년이 그녀의 뒤를 쫓아 런던에 와 있다는 것이다. 랠프에겐 이 청년에 대한 두 가지 견해가 있었다. 그중 하나는 그의 열정이 헨리에타의 감상적 기질이 만들어 낸 허구의 산물이라는 것이었다.(여성들 사이에는 언제나 결속력에서 생기는 일종의 암묵적인 양해가 있어서 서로 애인을 찾아내거나 만들어 내지 않으면 안 될 일이 있기 마련이다.) 이 경우 그 청년을 두려워할 필요가 없고 그 청년이 초대에 응하지 않을 수도 있다. 또 하나는 그가 이 초대에 응할 경우 너무나 눈치 없는 남자가 되므로 더 이상 고려할 가치조차 없다는 것이었다. 랠프가 생각한 둘째 견해는 모순처럼 생각될지 모르지만 만약 그가 헨리에타의 설명대로 정말 이사벨을 진지하게 좋아한다면 헨리에타의 부름을 받는다 해도 곧장 가든코트에 나타나지는 않을 거라는 것이었다. "생각해 보면." 랠프가 중얼거렸다. "그 청년은 헨리에타를 장미 가지에 붙어 있는 가시로 볼 테고, 그런 초대는 중재자로서 눈치 없는 짓이라고 생각할 게 틀림없어."

초대장을 보내고 이틀 후 그는 캐스파 굿우드로부터 짧은 답장을 받았다. 그 편지에는 초대에 대한 감사의 말과 함께, 다른 약속 때문에 가든코트 방문이 어려울 것 같다는 내용과 헨리에타에 대한 많은 칭찬이 담겨 있었다. 랠프가 헨리에타에게 그 편지를 건네자 그녀는 편지를 읽고는 "이렇게 딱딱한 편지는 처음이에요!"라고 외쳤다.

"그가 당신이 생각하는 만큼 내 사촌을 좋아하지 않는 것 같아 걱정이군요."

"아뇨, 그렇지 않아요. 아무래도 뭔가 있는 것 같아요. 그는 속이 깊은 사람이거든요. 한번 알아봐야겠어요. 그가 의미하는 게 뭔지 알아내기 위해 편지를 보내야 할 것 같아요."

자신의 제안이 거부당하자 랠프는 머리가 복잡해졌다. 굿우드가 가든코트 방문을 거절한 순간부터 랠프는 그를 중요하게 생각하기 시작했다. 그는 이사벨을 찬미하는 남자들이 무법자이든 느림보이든 나에게 무슨 의미가 있을까 하고 생각해 보았다. 그들은 그의 경쟁 상대가 아니며, 그들이 자신의 진가를 발휘하든 말든 그들 자유였다. 그렇지만 그는 굿우드가 왜 그렇게 딱딱하게 나오는지 확인해 보겠다고 한 헨리에타의 장담 결과에 잔뜩 호기심을 품고 있었다. 지금은 호기심만으로 만족할 수 없었다. 사흘 후 랠프가 그 남자에게 편지를 보냈느냐고 헨리에타에게 묻자 헨리에타는 편지를 보냈지만 허사라고 대답했다. 굿우드는 답장을 하지 않았던 것이다.

"그 사람은 그 일을 곰곰이 생각하고 있을 거예요." 그녀가 말했다. "무슨 일이든 깊이 생각하는 성격이라 성급하게 행동하진 않거든요. 하지만 내 편지를 받은 사람들은 보통 그날 바로 답장을 보내는데." 이윽고 그녀는 이사벨에게 함께 런던 구경을 가자는 말을 꺼냈다. "솔직히 말하면 난 여기서 많은 것을 구경하지 못해. 하지만 너도 그럴 거라고 생각해선 안 되겠지. 이름이 뭐라고 했더라? 그래, 워버튼 경. 나는 그 귀족도 아직 못 만났잖아. 그 사람은 정말 널 혼자 내버려 두는구나."

"워버튼 경은 내일 오기로 했어. 우연히 안 일이지만." 이사벨이 대답했다. 그녀는 워버튼 경에게 보낸 편지의 답장을 이미 받았던 것이다. "그분을 속속들이 살펴볼 수 있을 거야."

"글쎄, 1회분 기삿거리는 될 것 같아. 하지만 난 50회분 기사를 써야 하는데 단 1회분으로는 좀 그렇잖아? 이 근처 경치에 대해서는 이미 다 썼어. 할머니들이나 당나귀들까지 격찬했지. 네가 무슨 말을 해도 좋지만, 경치에 관한 내용만으로는 생생한 기사가 되지 않아. 런던으로 돌아가 실제 생활의 인상을 손에 넣지 않고는 말이야. 런던에 겨우 사흘 머물다 이곳으로 왔는데, 런던 생활을 접하려면 그 정도 시간으로는 어림없는 일이지."

이사벨은 뉴욕에서 가든코트로 오는 도중에 런던을 제대로 구경하지 못했기 때문에, 둘이서 런던에 가자는 헨리에타의 제안이 꽤나 근사하다는 생각이 들었다. 런던의 풍부한 고적들에 호기심이 많았던 그녀는 항상 그 모습들을 상상 속에 간직했던 것이다. 두 사람은 함께 계획을 짜며 황홀한 기분에 젖었다. 그들은 운치 있는 옛 여관(디킨스의 소설에 묘사된 것 같은)에 머물며 멋진 2인승 마차로 거리를 돌아볼 생각이었다. 헨리에타는 글을 쓰는 여성이었고, 그런 여성이 누리는 커다란 혜택은 어디든 갈 수 있고 마음먹은 대로 한다는 점이었다. 그들은 커피숍에서 식사를 한 후 연극을 보러 갈 수도 있다. 그리고 웨스트민스터 사원과 대영 박물관을 찾은 다음 존슨 박사,* 골드스미스,** 애디슨*** 같은 인물들이 살았던 곳을 방문할 수도 있었다. 이사벨이 들뜬 나머지 그 멋진 생각을 곧장 랠프에게 말하자 랠프는 웃음을 터뜨렸다. 그녀는 그의 웃음에서 자신이 원하던 공감을 거의 느낄 수 없었다.

---

* 18세기 영국 작가 새뮤얼 존슨.
** 18세기 영국 작가 올리버 골드스미스.
*** 18세기 초의 영국 시인 및 극작가 조지프 애디슨.

"좋은 계획이네." 그가 말했다. "코벤트 가든에 있는 듀크스 헤드로 가 봐. 마음 편하고 격식 차릴 것 없고 고풍스러운 호텔이야. 내가 클럽에 말해 놓을게."

"우리 계획이 타당하지 않다는 거야?" 이사벨이 물었다. "여기서는 타당하다는 게 도대체 뭐지? 헨리에타와 함께라면 난 어디든 갈 수 있어. 그녀는 이런 일에 주저하지 않거든. 아메리카 대륙을 구석구석 다닌 만큼 이런 작은 섬에서 길을 헤매지도 않을 거고."

"아, 그렇다면 나도 그녀의 보호를 받으며 런던을 여행해야겠는걸. 그렇게 안전하게 여행할 기회는 다시는 없을 테니까!"

14

헨리에타는 당장 출발할 태세였다. 하지만 이사벨은 가든 코트로 다시 찾아오겠다는 워버튼 경의 전갈을 받은 상태였기 때문에 남아서 그를 만나는 것이 도리라고 생각했다. 그는 며칠 동안 답장을 하지 않다가 이틀 후 아주 짤막하게 점심때 오겠다는 내용의 편지를 보내왔다. 그가 이렇게 시간을 끈 데는 이사벨을 감동시켜 자신이 세심하고 인내심이 있다는 사실을 그녀가 새롭게 느끼게 하고 재촉한다는 인상을 주지 않으려는 의도가 있었다. 그의 배려를 생각할수록 그가 '진심으로 그녀를 좋아한다'는 사실이 분명해 보였다. 그녀는 이모부에게 자신이 워버튼 경에게 편지를 써 보냈으며, 그가 점심때 방문할 거라는 말도 전했다. 그러자 이모부는 평소보다 일찍 방을 나서 식사 시간인 2시에 모습을 드러냈다. 이러한 행동은 나이 든 사람으로서 젊은 사람들을 경계해서가 아니라, 이사벨이 워버튼 경과 이야기를 나눌 경우 그가 자리를 함께함으로써 이야기가 옆길로 새는 것을 피할 수 있을 거라는 자상한 배려 때문이었다. 워버튼 경은 첫째 누이동생과 함께 로클리에서 마차를 타고 왔는데, 아마도 터쳇 씨와 같은 의도라는 것을 알 수 있었다. 두 사람은 스택폴에게 소개되었으며, 스택폴은 점심 식사 때 워버튼 경의 옆자리에 앉았다. 이사벨은 그가 선불리 꺼냈던 문제를 다시 언급하면 어쩌나 하는 염려로 불안했지만, 태연하게 앉아 있는 워버튼 경의 태도에 감탄하지 않을 수 없었다. 그는 그녀와 함께 자리함으로써 자연스레 느낄 수 있는 감정을 잘 감추고 있었다. 그는 이사벨을 쳐다보거나 말을 걸지 않았다. 그가 보인 감정 표현은 그녀의 눈길을 피하는 것 외에는 아무것도 없었다. 하지만 그는 다른 사람들과 많은 이야기를 나누었고, 분별력 있게 점심도 즐기는 듯했다. 이마가 수녀처럼 부드러운 그의 누이동생 몰리뉴 양은 커다란 은제 십자가 목걸이를 하고 있었다. 그녀는 헨리에타 스택폴에게 마음이 빼앗겨 그녀에게서 눈을 떼지 못했다. 깊은 괴리감과 간절한 경이감 사이에서 갈등을 느끼는 듯했다. 로클리에서 온 두 숙녀 중 이사벨의 마음에 더 들었던 그녀에게는 타고난 정숙함이 있었다. 게다가 이사벨은 그녀의 부드러운 이마와 은제 십자가가 괴이한 영국 국교회의 비밀을 드러낸다고 믿었다. 그녀는 교회 규율에 따른 기묘한 의식을 거친 후 다시 수녀로 임명된 것 같은 밝은 모습이었다. 이사벨이 오빠의 청혼을 거절한 걸 알면 그녀가 어떻게 생각할지 궁금했다. 하지만 이사벨은 절대 그럴 리 없을 거라고 확신했다. 워버튼 경은 누이동생에게 그런 말을 할 인물이 아니었기 때문이다. 적어도 이사벨이 내린 결론은 그가 누이동생을 다정하게 대하긴 하지만 별로 많은 이야기를 나누지는 않는다는 것이었다. 이사벨은 식사 중 대화를 하지 않을 때면 주로 주위 사람들을 나름의 이론에 따라 상상해 보았다. 그녀의 이론에 따르면, 워버튼 경의 누이동생이 그녀와 자기 오빠 사이에 일어난 일을 알게 될 경우 아마 그녀의 신분 상승이 실패한 것에 충격을 받을지도 몰랐다. 아니면 오히려 젊은 미국 여성이 생각이 깊지 못하다고 여길지도 몰랐다.(이사벨이 마지막으로 내린 결론이었다.)

이사벨이 어떤 기회를 갖게 되든 헨리에타 스택폴은 이번 기회에 워버튼 경과 그의 누이동생에게 쏟은 관심을 멈출 생각이 전혀 없었다. 그녀는 옆에 앉은 워버튼 경에게 재빨리 물었다. "당신이 제가 처음으로 본 귀족이라는 것을 아세요? 절 아무것도 모르는 여자로 생각하시겠죠?"

"정말 추한 남자들을 못 본 거네요." 식탁을 다소 멍하니 바라보며 워버튼 경이 대답했다.

"그 사람들이 그렇게 못생겼나요? 미국에서는 다들 그들이 잘생기고 훌륭하며, 멋진 예복에 왕관을 쓴다고 믿는데."

"저런, 예복이나 왕관은 한물간 건데요." 워버튼 경이 말했다. "당신네들의 돌도끼나 연발 권총처럼 말입니다."

"유감이네요. 전 귀족 계급은 찬란해야 된다고 생각해요." 헨리에타가 말했다. "만약 그렇지 않다면 귀족이라는 게 도대체 뭐예요?"

"음, 다들 알듯이 그리 대단한 건 아니에요." 옆에 있던 워버튼 경이 말했다. "감자 좀 드시겠습니까?"

"전 유럽 감자를 별로 좋아하지 않아요. 당신은 미국의 보통 신사와 다르지 않은 것 같네요."

"그럼 내가 그런 사람인 것처럼 생각하고 말해 보시지요." 워버튼 경이 말했다. "당신이 감자 없이 어떻게 지낼지 모르겠군요. 이곳에는 먹을 만한 음식이 별로 없어요."

헨리에타는 잠시 침묵했다. 아무래도 그 말은 진심이 아닌 것 같았다. "여기 온 후로 식욕이 별로 없어요." 그녀는 곧 말을 이어 나갔다. "사실 그건 그리 큰 문제는 아니에요. 전 당신을 인정하지 못하겠네요. 이 말은 꼭 해야 할 것 같아요."

"인정하지 못한다고요?"

"네, 지금껏 어떤 사람도 당신에게 이런 말을 하지는 않았을 거예요, 그렇죠? 전 귀족을 하나의 제도로 인정하지 않아요. 세상은 훨씬 빨리 진보하거든요."

"아, 나도 그렇게 생각합니다. 나 자신을 전혀 인정하지 않아요. 이따금 이런 생각은 듭니다. 만약 내가 나 자신이 아니라면 어떻게 스스로에게 반대할 수 있을까? 하지만 그래도 좋아요. 자존심을 내세우지 않는다는 게."

"그렇다면 그걸 포기하는 게 어때요?" 헨리에타가 물었다.

"뭘 포기하라는 거죠?" 그녀의 거친 어조를 매우 부드럽게 받으며 워버튼 경이 물었다.

"귀족인 걸 포기하는 거죠."

"난 그저 흉내나 내는 귀족일 뿐입니다! 당신들 미국인이 귀족 타령을 하지 않을 거라면 그런 것은 깨끗이 잊어버려야 해요. 하지만 언젠가는 나도 귀족 노릇을 그만둘 생각입니다. 요즘은 귀족도 얼마 남지 않았어요."

"당신이 그렇게 하는 걸 보면 좋겠네요!" 헨리에타가 무뚝뚝하게 말했다.

"그런 날이 오면 초대하겠어요. 함께 만찬도 들고 춤도 춥시다."

"좋아요." 헨리에타가 말했다. "모든 걸 다 보고 싶네요. 전 특권 계층에 동의하진 않지만 그들이 자신들의 입장을 밝히는 걸 듣고 싶어요."

"아마 그들은 할 이야기가 없을 거예요!"

"당신에게 이야기를 더 들어야겠어요." 헨리에타가 계속 말했다. "하지만 당신은 항상 눈길을 돌리네요. 제 눈길을 두려워하고 있어요. 저를 피하고 싶으신가 봐요."

"아니에요, 나는 다만 저기 당신에게 버림받은 감자를 찾고 있을 뿐입니다."

"그럼 저 젊은 숙녀, 당신의 누이동생에 대해 말해 보세요. 저는 그녀를 잘 모르거든요. 당신 누이동생은 귀부인인가요?"

"훌륭한 아가씨일 뿐이죠."

"전 당신이 말하는 태도가 마음에 들지 않아요. 화제를 바꾸고 싶어 하는 것 같네요. 그녀 지위가 당신보다 낮아요?"

"우리 둘 다 지위 같은 건 없어요. 하지만 그 애가 나보다는 더 낫죠. 성가신 일이 없으니까요."

"맞아요, 성가신 일이 별로 없는 것처럼 보이는군요. 저도 당신들처럼 그런 일이 없길 바라요. 당신들은 차분한 사람들이군요, 뭘 하든 간에."

"아, 사람은 대체로 편안하게 살려고 하죠." 워버튼 경이 말했다. "그리고 당신은 우리 감정이 매우 무디다고 본 거고. 우리도 마음만 먹으면 단조로운 사람이 될 수 있습니다!"

"당신에게 다른 일을 시도해 보라고 권하고 싶군요. 당신 누이동생에게 무슨 얘기를 해야 할지는 모르겠어요. 그녀는 정말 색달라 보여요. 저 은제 십자가는 배지인가요?"

"배지라뇨?"

"계급의 표시 같은 거요."

워버튼 경은 시선을 어디에 둘지 몰라 주저했다. 하지만 옆에 앉은 사람과 눈이 마주쳤다. 그는 즉시 대답했다. "그럼요. 여자들은 그런 걸 좋아합니다. 자작(子爵)의 장녀들이 은제 십자가를 달고 다니죠." 그의 대답은 자신이 이따금 미국에 너무나 쉽게 믿음을 줘 버린 것에 대한 악의 없는 복수였다. 점심 식사가 끝난 후 그는 이사벨에게 화랑에 가서 그림을 보자고 했다. 이사벨은 그가 스무 번이나 그 화랑에 간 걸 알고 있었지만, 탓하지 않고 그 제의를 수락했다. 지금 그녀는 마음이 아주 편안했다. 그에게 편지를 보낸 후 마음이 훨씬 가벼워졌다. 그는 화랑 끝으로 천천히 걸어가면서 그림을 보았지만 아무 말도 하지 않았다. 그러다가 불쑥 "당신이 그런 편지를 쓰지 않았더라면 했어요."라고 말했다.

"그렇게 쓸 수밖에 없었어요, 워버튼 씨." 그녀가 대꾸했다. "아무쪼록 믿어 주세요."

"그걸 믿을 수 있다면 난 당신을 혼자 내버려 두겠소. 하지만 생각만으로 그걸 믿을 순 없지요. 그리고 난 정말 이해하지 못하겠어요. 당신이 나를 싫어한다는 걸 믿게 되면 이해할 수 있겠죠. 하지만 당신 스스로 인정해야 된다면⋯⋯."

"뭘 인정한단 말인가요?" 이사벨이 약간 창백한 얼굴로 그의 말을 가로막았다.

"당신이 나를 좋은 친구로 여긴다는 거죠. 그렇지 않아요?" 그녀가 아무 말이 없자 그는 말을 이어 나갔다. "당신에겐 아무런 이유도 없는 것 같군요. 그래서 나는 부당하다는 생각이 드네요."

"이유는 분명히 있어요, 워버튼 씨." 그녀의 말투에 그의 심장이 죄어들었다.

"그 이유를 정말 알고 싶군요."

"알려 드려야 할 때가 오면 말씀드리죠."

"이런 말이 실례가 된다는 건 알지만 그때가 언제인지 궁금하군요."

"정말 우울해지네요."

"난 그에 대해 미안하다는 생각이 들지 않습니다. 내 기분이 어떤지 당신에게 알리는 길이니까요. 내 질문에 친절하게 대답해 주시겠습니까?" 이사벨은 분명히 대답하지는 않았지만 그는 자신에게 이야기를 이어 나갈 용기를 주는 뭔가를 그녀의 눈에서 명확히 보았다. "더 좋은 사람이 있는 건가요?"

"그런 질문에는 대답하지 않겠어요."

"마음에 둔 사람이 있군요!" 워버튼 경이 쓰라린 표정으로 중얼거렸다.

그의 쓰라린 표정이 이사벨을 자극했고, 이사벨은 소리쳤다. "잘못 보셨어요! 그렇지 않아요."

그는 고민에 빠진 듯 격식을 차리지 않고 벤치에 완강히 앉아 무릎에 팔꿈치를 대고 바닥을 내려다보았다. 마침내 그가 말했다. "그 대답에도 전혀 기쁘지가 않군요." 그는 벽에 몸을 기대며 "그건 변명일 뿐입니다."라고 말했다.

이사벨은 놀라며 눈썹을 치켜올렸다. "변명이라고요? 제가 저 스스로를 변명해야 되나요?"

하지만 그는 이 질문에 대답하지 않았다. 그의 머릿속에 다른 생각이 밀고 들어왔던 것이다. "내 정치적 견해 때문인가요? 당신이 보기에 내가 너무 급진적인가요?"

"전 당신의 정치적 견해에 반대하지 않아요. 그것이 어떤지 모르니까요."

"당신은 내 생각에 신경을 쓰지 않는군요!" 그가 일어서며 외쳤다. "당신에겐 상관이 없으니까요."

이사벨은 화랑 반대편으로 걸어가 걸음을 멈추었다. 아름다운 뒷모습과 유연한 몸매, 고개를 숙일 때 드러나는 길고 하얀 목덜미, 짙고 검은 머리카락이 그의 눈에 들어왔다. 그녀는 작은 그림 한 점을 신중히 보려는 듯 그림 앞에 멈추어 섰다. 그녀의 행동에는 젊음과 자유로움이 충만했으며, 그런 유연한 자태 자체가 그를 조롱하는 듯 보였다. 하지만 그녀 눈에는 아무것도 보이지 않았고, 갑자기 눈물이 나기 시작했다. 이윽고 그가 다가오자 그녀는 눈물을 닦아 버렸다. 그녀가 몸을 돌렸을 때 그녀의 얼굴은 창백하고 눈에 떠오른 표정은 기묘했다.

"제가 얘기하지 않은 이유를 이제 말씀드릴게요. 그건 제 운명을 피할 수 없기 때문이에요."

"운명이라뇨?"

"당신과 결혼하면 전 그 운명을 피해야 돼요."

"이해가 안 돼요. 왜 나와의 결혼이 당신 운명이 되면 안 되는 거죠?"

"그건 제 운명이 아니에요." 이사벨이 여성스럽게 말했다. "그렇지 않다는 걸 잘 알아요. 포기하는 건 제 운명이 아니에요. 그럴 리가 없죠."

가련한 워버튼 경은 미심쩍은 시선으로 그녀를 바라보았다. "나와의 결혼이 뭔가에 대한 포기라는 말인가요?"

"그냥 하는 말이 아니에요. 정말 많은 것을 얻게 되는 것이지만 다른 기회를 포기하는 것이기도 해요."

"어떤 기회를 말하는 건가요?"

"결혼 같은 기회를 의미하는 건 아니에요." 그녀의 안색이 곧 본래 혈색을 되찾았다. 그녀는 자신의 뜻을 분명히 밝히려고 시도했지만 아무 소용이 없다는 듯 걸음을 멈추고는 찡그린 얼굴로 바닥을 내려다보았다.

워버튼 경이 말했다. "주제넘은 말이 아니라, 당신은 잃는 것보다 얻는 것이 더 많을 거예요."

"전 불행을 피할 수 없어요."라고 이사벨이 대꾸했다. "하지만 당신과 결혼하면 불행을 피하려고 노력하겠죠."

"그럴지 안 그럴지는 모르지만, 당신이 그렇다면 그렇다고 인정해야겠지요!" 워버튼 경이 불안한 웃음을 지으며 말했다.

"하지만 저는 그런 짓을 해서는 안 돼요. 그렇게 할 수도 없고요!" 이사벨이 소리쳤다.

"글쎄요, 당신이 불행해진다 해도 왜 나까지 그렇게 만들려고 하는지 모르겠어요. 불행한 삶이 당신에게는 매력일지 모르지만 내게는 그렇지 않아요."

"전 불행한 삶을 바라진 않아요." 이사벨이 말했다. "저는 줄곧 행복해지겠다고 다짐해 왔어요. 제가 행복해야 한다고 믿었죠. 사람들에게도 그렇게 말했고요. 다른 사람들에게 물어보세요. 하지만 전 자주 이런 생각을 한답니다. '난 예외적인 생활로는 결코 행복해질 수 없어. 외면하거나 나 자신을 분리하는 방식으로는 행복해질 수 없어.'라고요."

"무엇으로부터 당신을 분리한다는 거죠?"

"인생으로부터죠. 평범한 기회나 위험, 대부분의 사람들이 알고 고통 받는 일로부터요."

워버튼 경은 갑자기 희망의 기미를 띤 미소를 짓기 시작했다. "아, 아처 양." 그는 사려 깊고 진지한 어조로 설명하기 시작했다. "나는 삶 혹은 어떤 기회나 위험으로부터 당신을 해방하려는 게 아니랍니다. 사실은 정말 그러고 싶지만요! 도대체 나를 어떤 사람으로 보나요? 정말이지 나는 중국 황제가 아닙니다! 내가 당신에게 줄 수 있는 건 그저 편안하게 살아가는 평범한 운명이에요. 평범한 운명 말입니다. 네, 나는 평범한 운명에 헌신했어요! 나와 함께 살아요. 당신에게 풍족한 삶을 선사한다고 약속하죠. 당신은 무엇에서도 분리되지 않을 거예요. 친구인 스택폴에게서도 멀어지지 않을 테고."

"그녀는 절대 그에 동의하지 않을걸요." 이사벨은 억지로 미소를 지으며 헨리에타 스택폴을 통해 이야기의 반전을 이루려고 했다. 그러면서도 마음속으로는 헨리에타를 이용하는 자신을 경멸했다.

"우리가 지금 스택폴에 대해 얘기하는 건가요?" 그는 참을성 없이 물었다. "나는 그렇게 이론적인 배경으로 문제를 해결하려 드는 사람은 처음 봅니다."

"그 말씀은 제 이야기 같네요." 이사벨이 겸손하게 말하며 다시 몸을 돌렸다. 몰리뉴 양이 헨리에타와 랠프와 함께 화랑으로 들어오는 것을 보았기 때문이다.

워버튼 경의 누이동생은 수줍은 듯 말을 건네며 집에 손님이 있어 차 마시는 시간에 맞추어 돌아가야 한다고 말했다. 워버튼 경은 대답이 없었다. 분명 누이동생의 이야기가 귀에 들어오지 않는 것 같았다. 그는 이미 이사벨과의 이야기에 온통 정신을 빼앗겨 버렸기 때문에 몰리뉴 양은 마치 그가 왕족이라도 되는 듯 시녀처럼 옆에 서 있었다.

"몰리뉴 양, 좋은 태도가 아니에요!" 헨리에타 스택폴이 말했다. "내가 가려고 하면 오빠도 가려고 할 거다, 오빠가 어떤 일을 하기를 내가 바란다면 오빠는 그것을 해야 한다라는 태도 말이에요."

"오빠는 다른 사람이 원하는 건 다 들어주는걸요." 몰리뉴 양이 부끄러운 미소를 지으며 재빨리 대답했다. 그녀는 랠프를 돌아보며 말했다. "그림을 정말 많이 소유하고 계시네요!"

"모두 함께 모아 두니 상당히 많은 것처럼 보이죠." 랠프가 대답했다. "사실 이건 정말 좋지 않은 방법인데."

"저는 근사하게 보이는데요. 전 로클리에 화랑이 하나 있었으면 했어요. 그림을 정말 좋아하거든요." 몰리뉴는 헨리에타가 자신에게 다시 말을 걸까 봐 계속 랠프에게 이야기를 했다. 그녀에게 헨리에타는 매혹적이면서도 위협적인 여자였다.

"그렇죠. 그림은 정말 장점이 많아요." 그녀가 어떤 반응을 마음에 들어 할지 잘 아는 듯이 랠프가 대꾸했다.

"특히 비가 올 때 그림을 보면 정말 기분 좋죠." 젊은 숙녀가 말을 이었다. "최근에는 비가 너무 자주 내렸어요."

"워버튼 경이 떠나셔야 한다니 유감이네요." 헨리에타가 말했다. "당신에 대해 더 많은 걸 알고 싶었는데."

"떠나지 않을 겁니다." 워버튼 경이 대답했다.

"누이동생께서 떠나야 한다고 말하던걸요. 미국에서는 신사들이 숙녀 말을 따른답니다."

몰리뉴가 오빠를 바라보며 말했다. "차를 대접해야 할 사람들이 있어서 실례해야겠어요."

"그래, 알았어. 우리는 그만 가 봐야 할 것 같군요."

"당신이 가지 않으면 좋겠어요!" 헨리에타가 외쳤다. "몰리뉴 양이 무슨 일을 하는지도 알고 싶고요."

"아무것도 하지 않을 거예요." 젊은 숙녀가 말했다.

"당신 같은 지위를 가진 분은 그냥 존재하는 것만으로도 충분한가 봐요!" 헨리에타가 말을 되받았다. "당신이 집에 있는 모습을 정말 보고 싶군요."

"로클리에 꼭 오세요." 몰리뉴는 헨리에타의 말을 무시한 채 이사벨에게 매우 친절하게 말했다. 이사벨은 잠시 그녀의 고요한 눈을 깊숙이 바라보았다. 그 순간 그녀의 깊은 회색 눈은 워버튼 경의 청혼을 거절했을 때 그녀가 포기한 모든 것을 담고 있는 듯했다. 그것은 평화, 친절, 명예, 재산, 안정된 생활, 엄청난 고립 따위였다. 그녀는 몰리뉴 양에게 입맞춤을 한 뒤 말했다. "다시 찾아가기는 어려울 것 같네요."

"다시 올 수 없다고요?"

"이제 떠나야 할 것 같아요."

"아, 정말 유감이네요." 몰리뉴 양이 말했다. "매우 옳지 못한 일이에요."

워버튼 경은 이들의 밀담을 지켜보다가 고개를 돌려 그림을 응시했다. 랠프는 주머니에 손을 넣고 그림 앞에 있는 난간에 몸을 기대며 잠시 그를 바라보았다.

"당신을 집에서 만나고 싶어요." 워버튼 경 옆에서 헨리에타가 말했다. "당신과 단 한 시간이라도 대화를 나누고 싶어요. 묻고 싶은 얘기가 많거든요."

"나도 당신을 보게 되면 기쁠 겁니다." 로클리의 주인이 대답했다. "하지만 분명히 당신의 많은 질문에 대답해 주지는 못할 거예요. 언제 오실 수 있죠?"

"아처가 저를 데려간다면 언제든지요. 우리는 지금 런던으로 갈 생각이지만 그 전에 먼저 당신을 만나고 싶군요. 당신과 함께 즐거운 시간을 보내면 좋겠어요."

"그 일이 아처 양에게 달려 있다면 그다지 기대하지 않겠습니다. 아처 양은 로클리에 오지 않을 테니까. 그곳을 좋아하지 않거든요."

"아처는 그곳이 너무 좋다고 했어요!" 헨리에타가 말했다.

워버튼 경이 머뭇거리며 대꾸했다. "그래도 오지 않을 겁니다. 당신 혼자 오는 편이 나을 거예요."

헨리에타는 자세를 바르게 하고 큰 눈을 동그랗게 떴다. "영국 숙녀에게도 그런 말을 하세요?" 그녀는 부드러우면서도 매섭게 물었다.

워버튼 경은 그녀를 바라보았다. "그럼요, 무척 좋아하는 사이라면요."

"그녀를 너무 좋아하지 않도록 하세요. 아처가 당신 집을 다시 방문하지 않는다면, 그건 저를 데려가고 싶지 않아서겠죠. 그녀가 나를 어떻게 생각하는지 알거든요. 당신도 같은 생각일 거라 믿어요. 제가 함부로 사람들에게 접근하지 않아야 한다고 말이에요." 워버튼 경은 당황했다. 그는 헨리에타의 직업 성향을 잘 몰랐기 때문에 그녀의 암시를 읽지 못했던 것이다. "아처는 당신에게 경고하고 있어요!" 그녀가 말을 이었다.

"내게 경고한다고요?"

"그게 바로 그녀가 혼자서 여기로 당신을 따라온 이유가 아닐까요? 당신에게 조심하라고 말하려고 말이에요."

"그건 아닙니다." 워버튼 경이 당당하게 말했다. "우리 얘기는 그리 진지하지 않았어요."

"그래도 당신은 무척 조심하는군요. 당신에게 자연스러운 일이라고 생각해요. 바로 제가 지켜보려고 하는 것이죠. 몰리뉴 양도 마찬가지고. 몰리뉴 양은 자신의 생각을 말하지 않으

려고 해요. 아무튼 당신은 경계 대상이에요." 헨리에타는 몰리
뉴 양에게 다시 이야기 초점을 맞추었다. "하지만 당신에게는
그럴 필요가 없었겠죠."

"맞아요." 몰리뉴 양이 애매하게 대답했다.

"스택폴 양은 글을 쓰는 기자예요." 랠프가 부드럽게 설명
했다. "훌륭한 풍자가랍니다. 우리 모두의 마음속을 꿰뚫어보
고 작업해요."

"그런데 당신들처럼 소재가 빈약한 사람들은 처음 봐요!"
헨리에타가 말했다. 그녀는 이사벨에게서 워버튼 경에게로,
그리고 이 귀족에게서 그의 누이동생과 랠프에게로 눈길을 돌
렸다. "당신들 모두 무슨 일이 있는 것 같군요. 마치 불길한 전
보를 받은 것처럼 우울해 보여요."

"스택폴 양, 당신은 확실히 우리 마음속을 들여다보는군
요." 랠프가 낮은 목소리로 말했다. 그는 일행을 안내하여 화
랑을 빠져나오며 알았다는 듯이 그녀에게 머리를 끄덕거렸다.
"우리 모두에게 문제가 있죠."

이사벨은 이 두 사람의 뒤를 따라 나왔다. 확실히 이사벨을
너무나 좋아하게 된 몰리뉴 양은 광택이 나는 마룻바닥 위를
그녀 옆에서 팔짱을 끼고 함께 걸었다. 워버튼 경은 뒷짐을 지
고 눈은 아래로 향한 채 반대편에서 걸었다. 잠시 동안 그는 아
무 말도 하지 않다가 "런던으로 가신다는 게 사실인가요?"라
고 물었다.

"제가 알기로는 그래요."

"언제 돌아오실 예정인가요?"

"며칠 안으로요. 아주 짧은 기간일 거예요. 그 뒤에 이모님과 함께 파리에 가야 하거든요."

"그러면 언제 당신을 다시 볼 수 있을까요?"

"오래 걸리지는 않을 거예요." 이사벨이 말했다. "며칠 정도이길 바라요."

"정말 그러길 바라나요?"

"물론이죠."

그는 아무 말 없이 몇 발자국을 걷다가 걸음을 멈추고 손을 내밀었다. "안녕히 가세요."

"안녕히 가세요." 이사벨이 말했다.

몰리뉴 양이 다시 그녀에게 입맞춤을 했고, 그녀는 두 사람과 헤어졌다. 그러고 나서 그녀는 헨리에타와 랠프를 보지 않고 자신의 방으로 돌아왔다. 저녁 식사 전, 응접실로 가다가 잠시 들른 터칫 부인이 이사벨을 보고 말을 건넸다. "너에게 할 말이 있어. 이모부가 워버튼 경과 너의 관계를 말해 주더구나."

이사벨은 생각에 잠겼다. "관계라고요? 우린 관계라고 할 만한 것이 전혀 없는걸요. 정말 이상하네요. 그 사람과는 서너 번 만났을 뿐인데."

"어째서 이모부에게 말했니? 나한테 말했어야지." 터칫 부인이 다소 차갑게 물었다.

이사벨은 다시 망설였다. "이모부님이 워버튼 경에 대해 더 잘 아실 것 같아서요."

"그렇긴 하지만 내가 너를 더 잘 알잖아."

"그 점은 생각 못 했네요." 이사벨이 미소를 지으며 말했다.

"하긴 나도 널 잘 모르는지도 몰라. 특히 네가 우쭐대는 표정을 지을 때면 말이야. 네가 무척 즐거워하는 표정을 짓는 걸 보면 무슨 상이라도 받는 사람 같아! 네가 워버튼 경의 청혼을 거절한 건 뭔가 더 나은 걸 기대하기 때문이라는 생각이 드는구나."

"어머, 이모부님은 그런 말씀을 하시지 않았어요!" 이사벨은 조용히 미소를 지으며 소리를 높였다.

15

두 젊은 숙녀는 랠프의 에스코트 아래 런던으로 향했으나, 터쳇 부인은 그 계획을 호의적으로 보지는 않았다. 터쳇 부인은 헨리에타가 이 계획을 제안했다고 확신하며, 《인터뷰어》 여기자가 자기가 좋아하는 '하숙집'에 일행을 머물게 할 것인지 물었다.

"지역색이 있는 곳인 한 헨리에타가 우리를 어디에 머물게 하든 상관 안 해요." 이사벨이 대답했다. "그게 바로 우리가 런던에 가는 이유거든요."

"영국 귀족을 거부한 아가씨는 어떤 일을 해도 되지." 터쳇 부인이 대꾸했다. "그런 일이 일어난 다음에는 누구나 세세한 일엔 신경 쓰지 않는 법이야."

"제가 워버튼 경과 결혼하길 바라셨나요?"

"물론 그랬지."

"저는 이모님이 영국인을 굉장히 싫어하신다고 생각했어요."

"그럼, 싫어하지. 하지만 그건 우리가 그들을 이용하는 더욱 큰 이유가 될 수 있어."

"그게 결혼에 대한 이모님 생각이세요?" 이사벨은 이모가 터칫 씨를 별로 신경 쓰지 않는 것 같아 과감하게 물었다.

"네 이모부는 영국 귀족이 아니란다." 터칫 부인이 말했다. "만약 그랬다 해도 난 여전히 피렌체에 있는 내 집에 머물렀겠지만."

"워버튼 경이 저를 지금보다 더 나은 상황으로 이끌어 줄 거라 믿으세요?" 이사벨이 활기를 띠며 물었다. "상황이 더 나아질 게 없다는 뜻이 아니라, 결혼할 만큼 워버튼 경을 사랑하지 않는다는 뜻이에요."

"그렇다면 그 사람을 거부하길 잘했어." 터칫 부인이 작고 건조한 목소리로 말했다. "다음번엔 근사한 기회를 잡아 봐. 난 네가 네 기준에 맞게 처신하길 바라니까."

"그런 이야기는 좋은 기회가 올 때까지 기다렸다가 하는 편이 낫겠어요. 지금은 더 이상 그런 기회가 오지 않았으면 좋겠고요. 그 사람들은 제 기분을 엉망으로 만들었거든요."

"네가 계속 그렇게 자유분방하게 산다면, 그들은 아마도 널 곤경에 빠뜨리지는 못할 거야. 하지만 나는 랠프에게 비난하지 않겠다고 약속했어."

"오빠가 옳다고 말하는 건 무엇이든 하겠어요." 이사벨이 대꾸했다. "전 오빠를 무한히 신뢰하거든요."

"그 애 어머니로서 네게 감사해야겠구나!" 터쳇 부인이 건조하게 웃었다.

"어머니로서 그렇게 느끼셔야 한다고 생각해요!" 이사벨은 감정을 억누를 수 없는 듯이 대답했다.

랠프는 그들 셋이서 런던을 구경하더라도 처신에 주의하겠다고 어머니에게 장담했다. 하지만 터쳇 부인의 생각은 달랐다. 유럽에서 오래 산 미국 여성들이 흔히 그렇듯이, 그녀는 그런 문제에 대한 재치를 완전히 상실했다. 그래서 바다 건너 젊은이들에게 허용된 자유에 대한 그녀의 반응은 그 자체로는 통탄할 만한 것이 아니라 해도, 그런 일에 대해 이유 없이 과장되게 망설이는 경향을 보였다. 랠프는 그들과 함께 런던으로 가서, 피카딜리의 직각 방향 거리에 있는 조용한 숙소에 방을 잡아 주었다. 원래는 윈체스터 광장에 있는 아버지의 집으로 그녀들을 데려갈 생각이었다. 이맘때가 되면 그 커다랗고 둔탁한 저택은 고요와 갈색 아마포로 둘러싸였다. 하지만 요리사가 가든코트로 가고 없기 때문에 그 집에서 요리를 할 사람이 아무도 없다는 사실이 떠올랐고, 따라서 프랫 호텔이 임시 거처가 되었다. 랠프 자신은 윈체스터 광장에 있는 아버지 집에 묵기로 했다. 그곳의 '밀실'을 워낙 좋아했고, 차가운 주방이 주는 것보다 더 깊은 두려움에 익숙했기 때문이다. 하지만 그는 프랫 호텔을 자주 드나들었고, 오전 일찍 이사벨 일행을 방문하는 것으로 하루를 시작했다. 그들은 큼직하고 두터운 흰색 양복 조끼를 입은 프랫 씨로부터 직접 식사 대접을 받았다. 랠프는 아침 식사 후에 왔고, 그가 오면 일행은 하루를 어

떻게 보낼지 계획을 짰다. 9월의 런던은 텅 빈 것 같았고, 사람
들의 흔적만 남은 듯했다. 그래서 랠프는 이따금 미안하다는
말투로 지금 런던에는 아무도 없다는 점을 그들에게 상기시켰
다. 헨리에타는 그의 이런 말을 크게 조롱했다.

　"그러니까 귀족이 없다는 건가요?" 헨리에타가 대꾸했다.
"하지만 그건 그들이 완전히 사라진다 하더라도 보고 싶어 하
는 사람이 없다는 증거가 아니겠어요. 지금 런던은 그야말로
사람들로 가득 찬걸요. 물론 삼사백만 명밖에 없지만요. 당신
이 중하류층이라고 부르는 사람들 말이에요. 하지만 그들이
런던을 구성하는 사람들이에요. 별로 중요하게 여겨지지는 않
지만요."

　랠프는 자신이 볼 때 귀족이 비워 놓은 공간을 헨리에타가
대신 채울 수 있다고 말하며, 현재 귀족이 없는 런던에서 가
장 흡족한 사람이 도대체 누구냐고 덧붙였다. 그것은 사실이
었다. 생기 없는 9월이 되면 거대한 런던의 절반이 비며, 마치
찬연한 보석이 더러운 천에 싸인 듯 도시의 매력도 생기 없는
9월에 둘러싸였기 때문이다. 랠프는 비교적 열정적인 친구들
과 잇달아 시간을 보내고 밤이 된 뒤에 윈체스터 광장에 있는
빈집으로 돌아왔다. 그는 어둠이 깔린 넓은 주방으로 들어섰
고, 그곳에서 볼 수 있는 빛은 그가 현관 탁자에서 가져온 촛불
이 전부였다. 광장은 조용했고, 집도 조용했다. 환기를 하기 위
해 주방 창문 하나를 열자, 외로운 경찰관 한 명이 목구두를 끌
며 천천히 걸어가는 소리가 들렸다. 빈집에 랠프의 발걸음 소
리가 크게 울려 퍼졌다. 그가 집에 있던 양탄자를 몇 개 걸어

낸 뒤로는 몸을 움직일 때마다 음침한 메아리가 울려 퍼졌다. 그는 안락의자에 앉았다. 크고 검은 주방 탁자가 작은 촛불 빛에 여기저기 반짝거렸다. 벽에 걸린 그림들은 모두 갈색이었으며, 희미하고 흐릿하게 보였다. 오래전에 소화된 저녁 식사나 생명력을 상실한 식탁의 대화처럼 그곳에서는 유령 같은 존재감이 느껴졌다. 이런 초현실적인 느낌은 아마도 그의 상상력이 발동한 사실과 더불어 그가 취침 시간을 넘기며 오랫동안 의자에 앉아 있었다는 것과 관련이 있었다. 그는 아무것도 하지 않았고 석간신문조차 읽지 않았다. 아무것도 하지 않았다고 말했지만, 사실 그는 이사벨을 생각했다. 이사벨을 생각하는 일은 아무런 결과도 없고 누구에게도 별로 이득이 되지 않는 한가로운 일이었다. 하지만 요 며칠 관광객이 되어 런던 이곳저곳을 돌아보는 동안 아직은 그녀에게서 큰 매력이 느껴지지는 않았다. 이사벨은 전제, 결론, 감성이 풍부한 여성이었다. 지역색을 찾으려 한다면 어디에서든 찾아내는 솜씨가 있었고, 그가 대답할 수 있는 것보다 더 많은 질문을 했다. 그녀는 어떤 일의 역사적 원인과 사회적 영향에 관하여 그가 수긍하지도 반박하지도 못할 대담한 이론을 펼쳤다. 일행은 여러 차례 대영 박물관을 찾았고, 단조로운 교외에 대규모 부지를 확보하여 다양한 골동품을 전시하는 산뜻한 미술관에도 갔다. 그들은 웨스트민스터 사원에서 오전을 보낸 뒤 1페니를 내는 증기선을 타고 런던탑에 갔다. 또한 공공 및 사설 전시관에서 그림을 구경하고, 켄싱턴 가든에 있는 커다란 나무 그늘에서 자주 쉬었다. 헨리에타는 지칠 줄 모르는 관광객이었으며,

랠프가 바랐던 것보다 더 관대한 평가를 내렸다. 사실 그녀가 실망한 점도 많았다. 그녀가 미국 시민의 강렬한 사고방식을 생생히 기억했으므로, 런던은 많은 비난에 직면했다. 하지만 그녀는 평이 좋지 못한 런던 고위 인사들을 최대한 이용했고, 가끔씩 한숨을 내쉬며 변덕스럽게 "글쎄요!"라고 중얼거릴 뿐 더 이상 말을 하지 않았다. 사실 런던은 그녀가 말하듯이 그녀에게 적합한 도시가 아니었다. 그녀는 내셔널 갤러리에서 이사벨에게 이렇게 말했다. "나는 무생물에게는 관심이 생기지 않아." 그리고 런던의 내밀한 삶을 들여다볼 수 있는 기회가 적은 것에 대해 계속 불평했다. 터너*가 그린 풍경화나 아시리아 황소 그림은 대영 제국의 천재와 유명 인사 들을 만날 수 있는 문인들의 만찬 모임을 대신하기엔 부족했다.

헨리에타가 랠프에게 물었다. "당신네 공인(公人)들은 어디에 있죠? 당신 나라의 남녀 지식인들 말이에요." 그녀는 영국 공인들을 자연스레 만날 장소가 이곳 트라팔가 광장이라고 생각하는 듯 광장 한가운데 서 있었다. "그들 중 한 명이 저 기둥 위에 있는 넬슨 경인가요? 저 사람도 귀족이었어요? 그는 키가 별로 크지 않았나요? 그래서 영국인들은 그를 30미터 높이의 공중에 고정해야 했나요? 다 과거지사죠. 난 과거에는 관심 없어요. 오늘날의 지도층 인물들을 만나고 싶어요. 난 당신네들의 미래를 별로 믿지 않기 때문에 미래에 대해서는 말하지 않겠어요." 가련한 랠프는 아는 지도층 인물이 별로 없었고,

---

* 19세기 영국의 화가.

명사(名士)에 대해 장황하게 이야기하는 것을 좋아하지도 않았다. 그러나 이것은 헨리에타가 볼 때는 통탄할 만한 모험심 부족이었다. 그녀가 말했다. "만일 나라면 상대방이 누구든 일단 방문을 한 다음, 귀하에 대해 많이 들었기에 직접 만나러 왔다고 말할 거예요. 그러나 당신네들이 하는 말로 볼 때 그건 이곳 습관이 아니군요. 당신네들에겐 의미 없는 관습이 무수하지만 별 도움이 안 돼요. 확실히 우리가 선구적이에요. 난 사교적인 면을 깡그리 포기해야겠네요." 헨리에타는 관광 안내서와 연필을 가지고 《인터뷰어》에 보낼 런던탑에 대한 글을 썼다.(이 글에서 그녀는 헨리 8세의 아내이자 비운의 왕비였던 제인 그레이의 참수형에 대해 언급했다.) 하지만 그녀는 임무를 제대로 수행하지 못하고 있다는 서글픈 느낌이 들었다.

이사벨이 가든코트를 떠나기 전에 일어난 사건은 그녀의 마음에 고통스러운 상처를 남겼다. 최근에 구혼한 남자가 준 충격이 파도를 치며 시린 숨결로 그녀의 얼굴에 다시 와 닿는 느낌이 들었고, 이사벨은 그 느낌이 사라질 때까지 머리를 감싸고 있을 수밖에 없었다. 하지만 어쩔 수 없다는 느낌이 드는 건 확실했다. 긴장을 하면 몸이 굳듯이 당시에는 절박한 상황 때문에 처신이 유연하지 못했지만, 그런 처신에 대해 신뢰를 구하려는 마음은 전혀 없었다. 그렇지만 그와 동시에 불완전한 자부심과 달콤한 자유를 느꼈고, 그런 자유는 어울리지 않는 일행과 함께 런던을 돌아다니는 동안 이따금 야릇하게 표출되기도 했다. 퀸싱턴 가든을 걸으며 그녀는 풀밭에서 뛰노는 아이들(주로 가난한 집안 아이들이었다.)에게 이름을 묻고 6펜스를 주었다. 예쁜 아이들에게는 입맞춤도 해 주었다. 랠프는 이 기이한 자선 행위를 눈치챘다. 그는 이사벨이 하는 모든 행동을 포착했다. 어느 날 오후 그는 이사벨 일행을 윈체스터 광장에 있는 자신의 집으로 차를 마시러 오라고 초대했고, 일행을 맞이하기 위해 최대한 집 안을 정돈했다. 이들과 함께 다른 손님도 한 명 왔는데, 바로 랠프의 오랜 친구로 마침 런던에 머물던 유쾌한 독신남 밴틀링 씨였다. 헨리에타와 그는 곧 어떤 어려움이나 두려움 없이 서로 통했다. 건장하고 매력적이며 미소를 머금은 마흔 살 밴틀링은 옷을 잘 입었으며, 다방면에 정통하고 항상 유쾌했다. 그는 헨리에타가 말을 할 때마다 껄껄 웃으며 몇 잔이고 차를 가져다주었고, 랠프가 수집한 엄청난 장식품들을 그녀와 함께 구경했다. 나중에 랠프가 정원으로 나가 시골 축제처럼 즐거운 시간을 보내자고 제안하자, 그는 헨리에타와 함께 제한된 경내를 몇 번이나 돌아보았다. 그는 화제를 이것저것으로 돌릴 때마다 내적 생활에 대한 그녀 이야기에 반응을 보이며 논쟁에 적극적인 열정을 보였다.

"오, 알겠어요. 가든코트는 무척 조용하다는 말씀이죠. 주변에 병든 사람이 있으면 그럴 수밖에 없지만요. 아시다시피 랠프는 중병이 들었습니다. 의사들이 영국에 있으면 안 된다고 했죠. 랠프는 아버지를 돌보기 위해서 돌아온 거예요. 그의 아버지도 여러 가지 질환을 앓고 계세요. 통풍이라고 하던데, 내가 알기로는 그 기질성 질환이 진전돼 머지않아 죽음을 맞이하실 겁니다. 어느 날엔가 순식간에요. 물론 그분이 돌아가시면 가든코트는 정말 끔찍할 정도로 암울한 집이 될 겁니다. 아무엇도 해 줄 수 없는데 사람을 두는 이유를 모르겠어요. 터쳇 씨는 항상 부인과 말다툼을 한답니다. 그 부인은 당신처럼 특이한 미국식 방식으로 남편과 떨어져 살고 있어요. 항상 뭔가 일이 생기는 집을 원한다면 베드퍼드셔*에 있는 내 누님 펜실 부인을 찾아가 보세요. 내가 내일 편지를 써 드리죠. 누님은 기꺼이 당신을 초대할 거예요. 당신이 뭘 원하는지 정확히 알겠네요. 당신은 연극과 소풍을 즐길 수 있는 집을 원하겠죠. 그런 일을 즐길 수 있는 곳 말이에요. 내 누님이 바로 그런 여성이랍니다. 항상 뭔가 일을 꾸며요. 그리고 도움을 줄 수 있는 사람들이 찾아오면 무척 기뻐하죠. 누님이 답장을 보내 초대를 할 게 분명해요. 누님은 명사와 작가 들을 매우 좋아한답니다. 글을 쓰기도 하지만 난 다 읽어 보지는 않아요. 주로 시를 쓰거든요. 난 시를 별로 좋아하지 않죠. 바이런**만 빼고. 미국에서는 바이런을 높이 평가하죠?" 밴틀링은 헨리에타가 보이는 관심에 점차 자극되어 말을 이어 나갔다. 그는 재빨리 말을 잇고 능숙하게 화제를 바꿨다. 그리고 베드퍼드셔에 있는 누님 집에 초대한다는 주제는 항상 매끄럽게 이어 갔다. 헨리에타는 그 점에 감탄했다. "난 당신이 뭘 원하는지 알겠어요. 진정한 영국식 오락을 원하죠? 터쳇 집안 사람들은 전혀 영국식이 아니랍니다. 그들에겐 나름의 관습, 언어, 음식, 심지어 그들 나름의 괴상한 종교가 있어요. 터쳇 씨는 사냥이 사악하다고 생각

---

* 영국 남동부의 지역.
** 19세기 영국의 낭만파 시인.

하신대요. 당신이 연극을 원한다면 늦지 않게 내 누님 집으로
가 봐야 해요. 당신에게 역할을 줄 테니까. 당신은 분명 연기를
잘하겠죠. 총명한 분이니까요. 내 누님은 나이 마흔에 자식이
일곱이지만 주요 배역을 맡으려고 할 겁니다. 평범하게 생겼
지만 화장을 정말 잘해요. 누님을 위해 이건 꼭 말해 주고 싶어
요. 물론 당신이 원하지 않으면 역할을 맡지 않아도 돼요.”

밴틀링은 윈체스터 광장의 잔디 위를 함께 걸어가며 이런
식으로 자신을 표현했다. 그곳은 런던이 내뿜는 매연에 덮여
있었지만 계속 걷게 만드는 뭔가가 있었다. 여성에게 감동을
주고 기막힌 제안을 할 줄 아는 그를 보고 헨리에타는 목소리
가 밝고 듣기 좋은 매우 유쾌한 남자라고 생각했다. 그녀는 그
의 제안을 소중하게 받아들였다. “당신 누님이 초청한다면 가
야겠지요. 그게 제 의무라는 생각이 드네요. 이름이 뭐라고 했
지요?”

“펜실입니다. 특이한 이름이죠. 그렇지만 나쁜 이름은 아니
에요.”

“나쁜 이름이라는 건 없어요. 당신 누님은 신분이 어떻게 되
나요?”

“남작의 아내예요. 매우 편리한 신분이죠. 충분히 귀족적이
면서도 지나치게 귀족적이지 않으니까.”

“글쎄요, 내게는 너무 귀족적인데요. 사는 동네가 어디라고
했죠? 베드퍼드셔였나요?”

“베드퍼드셔 북쪽 모퉁이에 살아요. 따분한 동네지만 걱정
마세요. 당신이 가 있는 동안 내가 찾아갈 테니까.”

이 말을 듣고 헨리에타는 퍽 기분이 좋았다. 그래서 곧 그와 헤어져야 하는 것이 안타까웠지만 어쩔 수 없었다. 전날 그녀는 피카딜리에서 일 년 동안 보지 못했던 친구들을 우연히 만났다. 델라웨어* 윌밍턴에서 온 클라이머 자매였다. 그들은 유럽 여행을 마치고 고국으로 돌아갈 참이었고, 헨리에타는 피카딜리의 보도 위에서 그들과 오랫동안 이야기를 나누었다. 세 사람이 한꺼번에 얘기를 했지만 화젯거리가 떨어지지 않았다. 그래서 다음 날 6시에 저민 가에 있는 그들의 숙소로 찾아가 식사를 하기로 약속했다. 헨리에타는 저민 가로 갈 채비를 하며 구내 한 편에 놓인 정원 의자에 앉아 있는 랠프와 이사벨에게 먼저 인사를 했다. 이 두 사람은 헨리에타와 밴틀링의 현실적인 대화보다 밋밋한 말들을 나누는 데 몰두했다. 이사벨과 헨리에타가 적당한 시간에 프랫 호텔에서 다시 만나기로 합의하자, 랠프는 헨리에타에게 마차를 타라고 말했다. 그녀가 저민 가까지 내내 걸을 수는 없었던 것이다.

"당신은 여자 혼자 걷는 게 적당치 않다고 생각하는 것 같네요!" 헨리에타가 외쳤다. "저는 그 정도는 할 수 있는 나이 아닌가요?"

"혼자 걸어갈 필요는 전혀 없어요." 밴틀링이 유쾌하게 끼어들었다. "내가 당신과 함께 가게 된다면 큰 행운으로 여기겠습니다."

"난 당신이 저녁 식사에 늦을 것 같다는 말을 하고 싶었을

---

* 미국 동부의 주.

뿐인데." 랠프가 말했다. "이 안쓰러운 숙녀들은 우리가 결국 당신을 내주지 않을 거라고 쉽게 믿어 버리네요."

"이륜마차가 더 나을 텐데, 헨리에타." 이사벨이 말했다.

"당신이 나를 신뢰한다면 내가 마차를 잡아 드릴게요." 밴틀링이 말을 이었다. "마차를 잡을 때까지 함께 걸읍시다."

"내가 밴틀링 씨를 믿지 못할 이유가 없잖아?" 헨리에타가 이사벨에게 물었다.

"난 밴틀링 씨가 너에게 무슨 행동을 할지 모르겠어." 이사벨이 정중히 대답했다. "하지만 너만 괜찮다면 우리도 네가 마차를 잡을 때까지 함께 걷고 싶어."

"신경 쓰지 마. 우리끼리 걸어갈게. 따라오세요, 밴틀링 씨. 내게 멋진 마차를 잡아 줘야 해요."

밴틀링은 최선을 다하겠노라고 했다. 두 사람은 이사벨과 랠프를 광장에 남겨 둔 채 떠났다. 광장 위로 청명한 9월의 황혼 빛이 떨어지기 시작했고, 완벽한 고요가 찾아왔다. 커다랗고 네모난 집들은 어둠에 싸였고, 셔터와 블라인드가 내려진 창문 어디에도 빛이 보이지 않았다. 보도는 휑할 만큼 넓었으며, 이웃 빈민가에 사는 꼬마 둘이 평소와 달리 내부에 사람의 기척이 있다는 사실에 이끌려 구내 녹슨 난간 사이로 얼굴을 삐죽 내밀었다. 가장 선명하게 보이는 것은 동남쪽 모퉁이에 있는 크고 붉은 기둥이었다.

"헨리에타는 밴틀링에게 마차를 타자고 하겠지. 그리고 저 민 가까지 갈 거고." 랠프가 말했다. 랠프는 내내 스택폴을 헨리에타라고 불렀다.

"그래." 말동무인 이사벨이 대꾸했다.

"혹은 아예 그러지 않거나." 랠프가 말을 이었다. "하지만 밴틀링이 마차를 타자고 허락을 구할 거야."

"아마도 그럴 테지. 두 사람이 그렇게 좋은 친구가 되어서 너무 기뻐."

"밴틀링은 그녀에게 압도된 거야. 그녀를 뛰어난 여자라고 생각해. 그 이상이라 생각할지도 모르지." 랠프가 말했다.

이사벨은 잠시 침묵했다. "나도 헨리에타가 정말 대단한 여자라고 봐. 하지만 둘 사이가 더 이상 발전하지는 않겠지. 그들은 서로에 대해 진정으로 알지는 못할 거야. 밴틀링 씨는 그녀의 실체를 전혀 모르고, 그녀도 그 사람을 제대로 이해하지 못하거든."

"보통은 서로에 대한 오해가 관계의 기초가 되는 법이지. 보브 밴틀링을 이해하는 건 그리 어려운 일이 아닌데." 랠프가 덧붙였다. "정말 단순한 사람이거든."

"맞아. 하지만 헨리에타가 더 단순하지. 그런데 내가 해야 될 일은 뭘까?" 이사벨이 어두워지는 불빛을 보며 말했다. 주변이 어스름해지니 광장의 얼마 안 되는 조경이 넓고 인상적인 모습을 띠었다. "난 오빠가 재미 삼아 이륜마차를 타고 런던을 둘러보자고 제안할 거라고는 생각하지 않아."

"우리가 여기에 머물지 않을 이유는 없어. 네가 싫어하지 않는다면 말이야. 날씨도 무척 따뜻하고, 어두워지기까지는 아직 삼십 분 정도 남았어. 그리고 네가 허락한다면 담배 한 대 피우고 싶은걸."

"좋을 대로 해." 이사벨이 말했다. "7시까지 나를 재미있게 해 준다면 그 시간에 호텔로 돌아갈게. 난 프랫 호텔에서 혼자서 간단히 식사를 할래. 삶은 반숙 달걀 두 개와 머핀으로."

"함께 식사하면 안 될까?"

"안 돼. 오빠는 클럽에서 식사해."

두 사람은 광장 한가운데 있는 의자로 다시 돌아왔다. 랠프가 담배에 불을 붙였다. 그녀가 구상한 소박한 식사에 그도 함께한다면 그에게는 굉장한 즐거움이 될 것이다. 하지만 그는 초대받지 못하고 금지당하는 것조차 즐겼다. 지금 이 순간 거대한 도시 한가운데 점점 짙어 가는 어둠 속에서 그녀와 단둘이 있는 것만으로도 무척 즐거운 기분이었다. 그녀가 그에게 의지하고 그의 수중에 놓인 것처럼 느껴졌기 때문이다. 그는 그 힘을 아주 은근히 발휘하였다. 사실 그가 힘을 가장 잘 발휘하는 방법은 그녀의 결정에 순종적으로 따르는 것이었고, 이미 그렇게 하고 있다는 생각이 들었다. 그는 잠시 후 "어째서 같이 저녁을 먹으면 안 되지?"라고 물었다.

"난 그런 걸 좋아하지 않아."

"벌써 나에게 싫증이 났구나."

"한 시간 후면 그렇게 되겠지. 내게 선견지명이 있다는 걸 알게 될 거야."

"이런, 그럼 그동안만 즐겁겠군." 랠프가 말했다. 하지만 그는 더 이상 아무 말도 하지 않았다. 그녀도 대꾸를 하지 않자 그들은 재미있게 해 준다는 그의 약속과는 달리 한동안 침묵에 잠겨 앉아 있었다. 이사벨이 뭔가에 마음이 빼앗긴 듯 보였고, 그는 그녀가 무슨 생각을 하는지 궁금했다. 가능성이 큰 주제가 두세 가지 있었다. 이윽고 그가 다시 입을 열었다. "오늘 저녁에 나와 함께 지내는 걸 거절하는 건 다른 방문객이 올 거라고 예상하기 때문이야?"

그녀는 맑고 고운 눈길로 고개를 돌렸다. "다른 방문객이라니? 내게 무슨 방문객이 있겠어?"

그는 할 말이 없었다. 스스로 생각해도 자신의 질문이 어리석고 잔인해 보였다. "너에겐 내가 모르는 친구들이 너무나 많아. 심술궂게도 내가 배제된 과거가 너에게 있으니까."

"오빠는 내 미래를 위해 유보돼 있어. 그리고 내 과거는 바다 건너편에 있다는 걸 기억해 둬. 런던에는 아무것도 없어."

"좋은 일이네. 너의 미래가 네 곁에 있다니까. 미래를 쉽게 얻는 것도 중대한 일이지." 담배 한 대에 불을 붙이면서 랠프는 캐스파 굿우드가 파리로 건너갔다는 소식을 이사벨이 암시하는 것인지도 모른다고 생각했다. 그는 담배에 불을 붙이고 잠시 연기를 내뿜은 다음 말을 이어 나갔다. "난 방금 너를 즐겁게 해 줄 거라고 약속했어. 하지만 너도 알다시피 난 그런 기준에 미치지 못하는 것 같아. 사실 너 같은 사람을 재미있게 해 주는 데는 상당한 무모함이 필요하지. 나의 유약한 시도를 네가 좋아할 리 있겠어? 너에겐 원대한 생각이 있겠지. 그런 문제에 기준이 높으니까. 난 그저 음악 밴드나 사기꾼 무리를 불러야겠어."

"사기꾼은 한 사람으로 충분해. 오빠는 아주 잘하고 있으니까. 계속해 봐. 그러면 십 분 내로 웃을게."

"난 정말 심각한데." 랠프가 말했다. "사실 넌 너무 많은 걸 요구해."

"무슨 말이야? 난 아무것도 요구하지 않는데!"

"넌 아무것도 받아들이지 않아." 랠프가 말했다. 그녀는 얼굴을 붉히면서 그가 한 말의 의미를 갑자기 이해하는 듯 보였다. 하지만 어째서 그녀에게 그런 말을 한 것일까? 그는 잠시 망설인 다음 계속 말했다. "네게 정말 하고 싶은 얘기가 있어. 그냥 궁금해서 묻는 거지만 내게 물을 권리가 있다고 생각하는 이유는 너의 대답에 나도 관심이 있기 때문이지."

"뭐든 물어봐." 이사벨이 부드럽게 대답했다. "오빠가 만족하도록 노력해 볼게."

"좋아, 우선 워버튼 경이 너와의 사이에 있었던 일을 내게 말해 준 것에 신경 쓰지 않았으면 해."

이사벨은 말을 하려다 참았다. 그녀는 펼쳐진 부채를 바라보며 앉아 있었다. "그래, 그 사람이 오빠에게 그런 얘길 한 건 자연스러운 일이라고 생각해."

"난 그가 나에게 말한 것을 너에게 알린다는 허락을 받았어. 그런데 그는 여전히 희망을 갖고 있어."

"여전히?"

"그 사람이 희망을 가지기 시작한 건 며칠 전이지."

"아직도 희망을 가지고 있다니 믿기지 않네."

"그때는 그 사람이 참 딱했어. 정말 정직한 사람인데."

"그 사람이 내게 얘길 해 달라고 오빠한테 부탁했어?"

"아니, 그렇진 않아. 그냥 자기도 어쩔 수 없는 일이라고 했어. 우리는 오랜 친구 사이지. 그런데 그는 정말 낙담한 것 같았어. 내게 자기 집으로 와 달라는 편지를 보냈고, 그래서 나는 그와 그 누이가 우리 집에서 점심 식사를 하기 전날 로클리로 갔어. 그는 마음이 매우 무거워 보였지. 네가 보낸 편지를 갖고 있더라고."

"그 사람이 그 편지를 오빠에게 보여 줬어?" 이사벨의 목소리가 순간적으로 높아졌다.

"절대 아니야. 그냥 깨끗이 거절하는 내용이라고 말했지. 정말 유감이었어." 랠프가 되풀이했다.

이사벨은 잠자코 있다가 마침내 말했다. "그분이 날 몇 번 봤는지 알아? 대여섯 번 정도일 거야."

"그 정도면 자랑할 만하지."

"내가 말하려는 건 그게 아니야."

"그럼 무엇 때문에 그렇게 말하지? 가련한 워버튼이 피상적인 마음으로 그랬다고 말하진 않겠지. 분명코 넌 그렇게 생각하지 않으니까."

물론 이사벨은 자신이 그렇게 생각한다고 말할 수 없었다. 이윽고 그녀는 다른 얘기를 꺼냈다. "워버튼 경의 부탁을 받고 나와 논쟁하는 게 아니라면, 오빠는 사심 없이 논쟁을 하거나 아니면 논쟁을 즐기려는 거야."

"너와 논쟁하고 싶은 마음은 전혀 없어. 나는 널 내버려 두고 싶어. 그저 네 감정이 크게 궁금할 따름이지."

"정말 고마워!" 이사벨은 약간 예민해진 목소리로 웃으며 외쳤다.

"물론 넌 내가 상관없는 일에 쓸데없이 참견한다고 하겠지. 하지만 널 성가시게 하거나 나 스스로 당황하지 않고서도 이런 문제를 얘기할 수 있는 거 아니야? 내게 특권이 조금도 없다면 사촌이라는 게 무슨 소용 있겠어? 내가 아무런 보상도 얻을 수 없다면 무엇 때문에 대가도 없이 널 좋아하겠어? 큰돈을 지불해 입장권을 사고도 쇼를 볼 수 없다면, 몸이 아파 육체적으로 자유롭지 못해 인생이라는 게임을 그저 관람밖에 할 수 없는 나는 무얼 하며 살아가겠어? 이것만 대답해 줘." 그녀가 집중력을 발휘하여 그의 이야기를 듣는 동안 랠프는 말을 이어 나갔다. "워버튼 경의 청혼을 거절했을 때 무슨 생각으로 그랬니?"

"무슨 생각이라니?"

"어떤 논리로 그렇게 한 거지? 너의 입장이나 견해, 그렇게 놀라운 행동을 하게 만든 것이 무엇이냔 말이야."

"그 사람과 결혼하고 싶진 않았어. 그것도 논리가 된다면."

"아니, 그건 논리가 될 수 없지. 그리고 그 얘기는 나도 이미 알고. 그건 정말 아무것도 아니잖아. 너 스스로에게 한 말이 뭐지? 분명 그 이상의 뭔가가 있어."

이사벨은 잠시 생각에 잠겼다가 질문과 함께 대답했다. "왜 그게 놀라운 행동이라고 하는 거야? 이모님도 그렇게 생각하시던데."

"워버튼 경은 정말 괜찮은 사람이야. 남자로서 거의 결점이 없다고 봐. 게다가 정말 멋있는 사람이지. 엄청난 부자니 그의 미래 아내는 대단한 존재가 될 거야. 아무튼 그는 외적으로나 내적으로 장점을 구비했잖아?"

이사벨은 그가 어디까지 말하는지 보려고 바라보다가 말했다. "그 사람이 너무 완벽해서 거절했어. 나는 완벽하지 못하니까. 내게는 과분해. 더욱이 그의 완벽함이 나를 불안하게 만들어."

"그건 솔직하다기보다는 영리한 대답일 뿐이야." 랠프가 말했다. "사실 넌 세상에는 정말 완벽한 게 없다고 생각하잖아."

"오빠는 내가 괜찮은 사람이라고 생각하는 거야?"

"아니, 하지만 넌 스스로 잘났다는 변명 없이 실제로 그렇게 행동하잖아. 여자라면 스무 명 가운데 열아홉은, 심지어 엄청나게 까다로운 여자라도 워버튼 경과 어떻게 해 보려고 해. 넌 그가 얼마나 시달림을 받는지 모를 거야."

"그런 건 알고 싶지 않아. 하지만 내게도 그렇게 보여." 이사벨이 말했다. "언젠가 그 사람에 대해 얘기를 나눌 때 오빠가 그의 특이한 점을 언급한 적이 있어."

랠프는 담배를 피우며 생각에 잠겼다. "그때 했던 얘기가 너에게 부담을 주지 않았기를 바라. 사실 난 결점이 아니라 그 사람의 독보적 지위를 얘기했던 거니까. 그가 너와 결혼하고 싶어 한다는 걸 알았더라면 그런 얘기를 하지 않았을 거야. 나는 그의 지위가 회의적이라는 걸 염려하는 마음으로 얘기했던 거야. 너는 그를 신봉자로 만들 힘이 있어."

"그렇게 생각하진 않아. 난 그 문제를 이해 못 하겠어. 그런 임무가 내 것이라고 생각하지도 않고. 오빠는 분명 실망했을 테지." 이사벨은 슬픔에 잠긴 관대함으로 사촌을 바라보며 말했다. "내가 그 결혼을 하길 바라는 거지."

"아니야. 난 절대로 그런 걸 바라진 않아. 너에게 충고해 주는 척하지도 않을게. 난 널 지켜보는 것에 만족해. 깊은 관심으로."

그녀는 의식적으로 한숨을 쉬었다. "오빠가 나에게 관심을 갖는 만큼이나 나도 나 자신에게 관심을 가졌으면 좋겠어!"

"또 솔직하지 못하군. 넌 자신에게 아주 관심이 깊잖아. 하지만 알아?" 랠프가 말했다. "네가 워버튼에게 최종 답변을 주었다면 난 더 기뻤을 거야. 너 때문에 기쁘다는 뜻이 아니야. 물론 그 때문에 덜 기쁘다는 뜻도 아니고. 그냥 나 자신이 기쁠 뿐이지."

"지금 나한테 청혼하는 거야?"

"그건 절대 아니야. 내 관점에서 보면 그건 치명적이지. 내게 독특한 오믈렛 재료를 제공하는 거위를 죽이는 것과 마찬가지거든. 거위는 내 광기의 환상을 상징해. 내 말은, 워버튼 경과의 결혼을 뿌리친 젊은 숙녀가 앞으로 어떤 행동을 할지 지켜볼 일이라는 거야."

"그건 이모님도 기대하시는 건데."

"아, 구경꾼이 많겠군! 우리는 너의 남은 인생을 지켜볼 거야. 나는 모든 걸 보지는 못하겠지만 가장 흥미로운 세월을 보게 될 거고. 물론 내 친구와 결혼한다면 넌 제대로 살아가겠지. 아주 품위 있고 찬란한 삶 말이야. 하지만 상대적으로 좀 지루하기도 하겠지. 분명 미리 운명 지어진 삶일 테고 예기치 못한 일이란 없을 거야. 그런데 알다시피 나는 예기치 못한 일이 정말 좋거든. 승패는 네 손에 달렸어. 네가 훌륭한 사례를 보여 주겠지."

"오빠를 정말 이해 못 하겠어." 이사벨이 말했다. "하지만 이렇게 말할 수는 있겠네. 내게서 그런 사례를 찾는다면 오빠는 실망할걸."

"너 자신을 실망시킬 거라면 그래도 좋아. 하지만 너에게 힘든 일일 텐데!"

그녀는 이 말에 바로 대답하지 않았다. 이 말 속에는 신중하게 생각해야 할 진실이 담겨 있었기 때문이다. 이윽고 그녀가 불쑥 말했다. "나 자신을 속박하지 않겠다는 소원에는 어떤 잘못도 없다고 생각해. 난 결혼을 통해 인생을 시작하고 싶지 않아. 여자가 할 수 있는 다른 일들도 많으니까."

"여자가 잘할 수 있는 건 아무것도 없는데. 하지만 물론 너에게는 다양한 장점들이 있어."

"사람에겐 두 가지 장점만 있으면 충분해."

"네겐 참으로 다양한 매력이 있어!" 랠프가 불쑥 말했다. 그러나 랠프는 이사벨을 흘깃 쳐다보며 진지해졌고, 앞에서 한 말을 증명하기 위해 말을 이어 갔다. "넌 인생을 찾고 싶어 해. 젊은이들이 흔히 하는 말처럼 그러지 않으면 끝장이지."

"난 다른 젊은이들이 하듯이 인생을 찾고 싶은 게 아니야. 그냥 나 자신에 대해 살펴보고 싶을 뿐이야."

"경험의 잔을 마시고 싶다는 건가."

"아니, 그걸 건드리고 싶지 않아. 그건 독이 든 잔이잖아! 그냥 나 스스로 인생을 보고 싶을 뿐이야."

"넌 인생을 찾으려 하지만 느끼고 싶어 하지는 않는구나."
랠프가 말했다.

"분별 있는 사람이라도 그 두 가지를 잘 구별해 낼 거라고
보지는 않아. 난 헨리에타와 무척 비슷해. 언젠가 헨리에타에
게 결혼하고 싶으냐고 물었더니, '유럽을 볼 때까지는 안 할 거
야!'라고 대답했어. 나 역시 유럽을 볼 때까지는 결혼하고 싶
지 않아."

"넌 제왕이 너에게 반할 거라고 기대하는구나."

"아니, 그건 워버튼 경과 결혼하는 것보다 더 못해. 그런데
날이 점점 더 어두워지네. 호텔로 가야겠어." 이사벨이 말했
다. 그녀는 자리에서 일어났지만, 랠프는 그냥 자리에 앉아 그
녀를 쳐다볼 뿐이었다. 그가 자리에 앉아 있자 그녀는 걸음을
멈추었고, 그들은 서로를 충분히 응시했다. 랠프의 시선 속에
는 말로 표현하기 힘든 어떤 것이 가득했다.

마침내 그가 입을 열었다. "넌 내 질문에 대답했어. 내가 원
하던 바를 말해 주었어. 정말 고마워."

"오빠에게 얘기한 게 거의 없는데."

"중요한 얘길 해 주었어. 넌 세상에 관심이 많고, 자신을 세
상에 내던지기를 바라잖아."

그녀의 은백색 눈빛이 어둠 속에서 잠시 빛났다. "그렇게 말
한 적은 없어."

"난 그런 의미로 얘기한 거라고 봐. 부인하지 마. 괜찮으니
까!"

"오빠가 나한테 부여하는 의미가 뭔지 난 모르겠어. 어쨌든

난 모험적인 사람은 전혀 아니야. 여자들은 남자들과 달라."

랠프가 천천히 자리에서 일어나자 그들은 광장 문 쪽으로 함께 걸었다. "그래." 랠프가 말했다. "여자들은 자신의 용기를 자랑하는 법이 거의 없어. 남자들은 이따금 그러지만."

"남자들에겐 자랑할 만한 용기가 있으니까!"

"여자들도 그렇지. 네 용기는 참으로 커."

"마차를 타고 프랫 호텔로 갈 만큼의 용기는 있지만 그 이상은 아니야."

랠프는 문을 열고, 그들이 문을 통과한 후 문을 잠갔다. "마차를 잡아야겠어." 그가 말했다. 그러고 나서 가까운 거리에 들어서자, 그녀가 호텔로 무사히 들어가는지 봐도 되느냐고 다시 물었다.

"그러지 마." 그녀가 대답했다. "많이 피곤할 텐데 집에 가서 자."

마차를 발견한 그는 그녀가 마차를 타도록 도와주고는 잠시 문 앞에 서 있었다. "내가 불쌍한 존재라는 걸 사람들이 잊어버릴 때 난 이따금 괴로워." 랠프가 말했다. "하지만 그걸 기억하는 건 더욱 나쁜 일이지!"

16

이사벨이 랠프가 숙소까지 자기를 데려다 주지 않기를 바란
것에 숨겨진 동기는 없었다. 단지 지난 며칠 동안 자신이 그의
시간을 너무 많이 빼앗았다는 느낌이 들었고, 독립심 강한 이
미국 아가씨는 남의 도움을 받을 때면 언제나 자신의 독립정
신이 '훼손된다'고 생각해 버리기 일쑤여서, 몇 시간 동안이라
도 자기 스스로 일을 처리해야 한다고 결심했던 것이다. 더욱
이 그녀는 혼자 있는 시간을 무척 좋아했는데, 사실 영국에 온
후 이 취미가 거의 충족되지 못했다. 그런 시간은 집에서라면
언제든지 누릴 수 있는 사치였지만, 그녀는 지금 그것을 그리
워했다. 그러나 그날 저녁 어떤 일이 생겨(만일 논란을 좋아하는
사람에게 들켰다면) 혼자 있고 싶었기 때문에 랠프의 제의를 사
양했다는 생각은 무의미한 것이 되고 말았다. 그녀는 9시경 프
랫 호텔의 흐릿한 조명 아래 앉아 긴 양초를 두 자루 켜 놓고서

가든코트에서 가져온 책에 몰두하려고 애써 보았지만, 책장에 새겨진 글보다는 랠프가 오후에 자신에게 했던 말만 주위를 맴돌았다. 갑자기 웨이터가 조용히 문을 두드렸고, 방으로 들어와 마치 영광의 트로피처럼 방문객이 전해 준 명함을 내밀었다. 그녀의 고정된 시선에 캐스파 굿우드의 이름이 적힌 쪽지가 들어오자 그녀는 웨이터를 잠시 세워 둔 채 아무런 의사도 표하지 않았다.

"신사를 들여보낼까요, 부인?" 웨이터가 약간 권하는 투로 물었다.

이사벨은 여전히 망설이며 거울 쪽을 바라보았다. 마침내 그녀가 말했다. "들여보내 주세요." 그녀는 캐스파 굿우드가 들어오기를 기다렸지만, 머리카락을 매만지기보다는 정신을 무장했다.

곧 캐스파 굿우드가 들어와 그녀와 악수했다. 하지만 그는 웨이터가 방을 나갈 때까지 아무 말도 하지 않았다. 이윽고 그가 빠르고 분명하고 어딘가 명령하는 듯한 어조(언제나 단도직입적인 질문으로 자신의 생각을 강하게 주장하는 남자의 어조)로 물었다. "왜 내 편지에 답장을 하지 않았지?"

이사벨은 준비된 질문으로 대답했다. "내가 여기 머무르는 걸 어떻게 아셨죠?"

"스택폴 양이 알려 주었지." 캐스파 굿우드가 말했다. "당신이 아마도 오늘 저녁 혼자 호텔에 머물 것이고, 흔쾌히 나를 만나 줄 거라고 했어요."

"어디서 당신을 만나 그런 얘기를 했나요?"

"직접 만나진 않았어요. 편지로 얘기해 주었지."

이사벨은 잠자코 있었다. 두 사람 다 앉지 않고 서서 서로 싸우거나 말다툼이라도 할 태세였다. 이윽고 이사벨이 입을 열었다. "헨리에타는 당신에게 편지했다고 내게 말해 주지 않았어요. 그녀답지 못한 일이네요."

"나를 만나는 게 그렇게 언짢나?" 그가 대들었다.

"예상하지 못한 일이니까요. 이런 식으로 사람을 놀라게 하다니."

"하지만 내가 런던에 있다는 건 알고 있었겠죠. 그러니 이렇게 만나는 건 자연스러운 일이지."

"이런 식의 만남 말인가요? 난 당신을 만나지 않았으면 했어요. 런던처럼 넓은 곳에서는 만날 수 없으리라 생각했죠."

"내게 편지 보내는 것조차 언짢았던 게로군요." 굿우드가 말했다.

이사벨은 이 말에 아무 반응도 보이지 않았다. 헨리에타 스 택폴에 대한 배신감(순간적으로 그런 생각이 떠올랐다.)이 강하게 그녀를 엄습했다. "헨리에타는 확실히 섬세함이 부족한 사람이에요!" 그녀는 괘씸한 마음에서 소리를 질렀다. "자기 멋대로 한 짓이라고요."

"나 역시 그런 면에서 생각이 부족해요. 잘못은 양쪽 모두에게 있습니다."

그를 바라보자 이사벨은 그의 턱이 이렇게 모나 보인 적이 없었다는 느낌이 들었다. 그것이 그녀의 마음에 들지 않았는지도 모르지만, 그래도 그녀는 그런 기분과 다른 대답을 했다.

"아니에요. 당신이 나쁘다기보다는 그녀가 나쁜 거예요. 당신은 어쩔 수 없었겠죠."

"그래요!" 캐스파 굿우드는 자발적인 웃음을 터뜨리며 외쳤다. "아무튼 이곳까지 왔는데 잠시 머물다 가면 안 될까요?"

"좋아요, 앉으세요."

이사벨이 자기 의자로 돌아간 사이 방문객은 그녀가 내준 의자에 앉았지만, 그 정도 성의에는 별로 신경 쓰지 않는 태도였다. "내가 쓴 편지의 답장을 매일 기다렸어요. 몇 줄이라도 써 보내 주었더라면 좋았을 텐데."

"편지를 보내지 못한 건 귀찮아서가 아니었어요. 한 장이든 네 장이든 당신에게 편지 쓰는 건 힘든 일이 아니에요. 그저 침묵을 지키자는 의도였고, 그게 최선의 방법이라고 생각했어요." 이사벨이 말했다.

이사벨이 말하는 동안 굿우드는 그녀의 눈을 빤히 쳐다보며 앉아 있었다. 그러고는 이내 시선을 떨구고 양탄자의 얼룩을 보고 있었지만, 필요한 말 외에는 아무 말도 하지 않으려는 듯 완강히 버티었다. 그는 불리한 처지일 때도 강한 사람이었다. 이런 상황에서 자신의 힘을 완강히 드러내는 것은 자신의 그릇된 입장을 두드러지게 할 뿐임을 그는 너무나 잘 알고 있었다. 이사벨 역시 이런 성격의 인물에 대해 자신의 유리한 입장을 즐길 수 있다는 것을 모르는 바는 아니었다. 물론 상대방 면전에서 그런 입장을 과시하는 것이 바람직하지는 않았지만 그녀는 마치 승리감에 도취된 듯 "저에게 편지 같은 건 하지 말았어야 해요!"라고 말했다.

캐스파 굿우드는 눈을 들어 다시 그녀의 눈빛을 살폈다. 그의 눈은 마치 헬멧 보호 유리를 통해 반짝거리는 것 같았다. 그는 사리가 분명한 사람이었기 때문에 언제든지 이 문제에 대해 자신의 권리를 내세울 준비가 되어 있었다. "당신이 두 번 다시 내 소식을 듣고 싶지 않다고 말한 걸 알아요. 하지만 나는 그런 규칙을 결코 받아들일 수 없어요. 곧 소식을 전하겠다고 예고하지 않았나."

"다시는 당신 소식을 듣고 싶지 않다고 말한 적은 없어요."

"그럼 오 년간은 듣고 싶지 않다고 했나요. 십 년이든 이십 년이든 마찬가지 아닌가요."

"그렇게 생각하세요? 난 전혀 다르다고 봐요. 십 년쯤 지나면 우리가 무척 즐겁게 편지를 주고받을 수 있다고 봐요. 그때쯤이면 내 편지 문체도 무르익을 테고요."

그녀는 이런 말을 하면서 상대방을 외면했다. 상대방의 표정에 비추어 볼 때 자신의 말에 진실성이 무척 부족하다는 것을 알고 있었다. 하지만 그가 "이모부 댁의 생활은 즐겁나요?"라고 매우 엉뚱한 말을 던진 순간 그녀는 그에게로 시선을 돌리고 말았다.

"무척 즐거워요." 그녀가 대답했다. 하지만 그녀는 무심코 이런 말을 덧붙이고 말았다. "이렇게 끈질기게 군다고 무슨 좋은 일이 생길 거라고 기대해요?"

"당신을 잃지 않는다는 기대를 하지요."

"내가 당신 소유 물건도 아닌데 잃는다는 말을 할 권리는 없어요. 당신 자신의 관점에서 봐도 그래요." 이사벨은 덧붙여 말했다. "사람을 가만히 놓아두어야 할 때가 언제인지는 알아야죠."

"당신은 나 때문에 몹시 불쾌하군요." 캐스파 굿우드가 우울한 표정으로 말했다. 이런 치명적 사실을 의식하는 자신에 대해 그녀의 동정을 사려는 것이 아니라, 이런 사실에 주의하며 행동하도록 자신을 충분히 이해시키려는 태도였다.

"그래요, 기분이 몹시 좋지 않아요. 당신 행동은 적절하지 못해요. 지금은 전혀 그렇지 못해요. 더욱이 이런 식으로 사랑을 확인하려 들다니 참 딱한 노릇이에요." 그의 성격이 바늘로 찔렀을 때 피가 나올 만큼 부드럽지 않다는 건 분명했다. 그리고 처음 그를 알게 된 순간부터, 무엇이 그녀에게 유익한지를 그녀 자신보다 자기가 더 잘 안다는 듯한 태도에 맞서야 했던 그때부터 그녀는 솔직함이 자신의 가장 큰 무기라는 사실을 인정하고 있었다. 그의 감정을 상하게 하지 않거나 정면에서 부딪히지 않고 옆으로 비켜서는 일은 그처럼 완강하게 길을 버티고 서 있는 남자가 아니라면 가능한 일이었지만, 아무튼 캐스파 굿우드는 주어진 것은 무엇이든 붙잡으려 하는 성격이므로 이쪽에서 기민하게 처신해도 소용없는 노릇이었다. 그에게도 상처 받기 쉬운 부분이 없는 것은 아니었지만, 그는 적극적인 태도를 취할 때는 물론이고 수세에 몰릴 때도 끄떡 않고 버티고 서 있었다. 그러므로 그 상처는 언제나 자신이 필요한 대로 치료하고 있다고 생각해도 좋았던 것이다. 이사벨은 그에게 마음의 고통과 상처가 있을 수도 있다는 추측은 해봤지만 그가 천성적으로 강철같이 튼튼하기 때문에 기본적으로 외부의 공격에 무장되어 있다는 예전의 느낌으로 되돌아갔다.

"나는 그런 것으로 만족할 수는 없어요." 그가 무뚝뚝하게 말했다. 그의 말에는 위험한 방종이 스며 있었다. 왜냐하면 그가 반드시 그녀를 언짢게 하지만은 않았음을 강조할 수 있는 방편이 얼마든지 열려 있다고 느꼈기 때문이다.

"나 역시 만족할 수 없어요. 우리 둘 사이는 이래서는 안 돼요. 당신이 몇 달만이라도 나를 잊어 준다면 다시 사이좋게 지낼 수 있을 텐데요."

"알았어요. 하지만 몇 달만이라도 당신을 생각하지 않을 수 있다면 영원히 그렇게 되리라는 걸 나는 알아요."

"영원히라뇨. 그렇게 오랜 시간은 필요치 않아요. 그건 내가 바라는 것을 넘어서요."

"이제 당신 부탁이 불가능하다는 걸 알겠죠." 여기서 '불가능하다'라는 표현을 당연한 것처럼 사용하는 굿우드의 태도가 이사벨의 비위를 거슬렀다.

"당신에겐 계산된 효과를 이끌어 낼 능력이 있지 않아요?" 그녀가 다그쳤다. "다른 일은 그렇게 잘하면서 이런 일에는 왜 그리 서툴러요?"

"무엇 때문에 효과를 계산해야 한단 말이지?" 그녀가 머뭇거리자 그는 말을 이었다. "당신에 관한 일이라면 아무것도 할 수 없지만, 당신을 지독히 사랑할 수는 있어요. 강한 사람은 사랑하는 방법도 그만큼 강한 법이니까."

"그럴듯한 말이네요." 사실 이사벨은 강한 사랑의 힘을 느껐다. 그 힘은 멀리 떨어져 나가 광활한 진실과 시가 되어 실제로 그녀 상상력의 먹이가 된 것 같았다. 그러나 그녀는 곧 제정신으로 돌아왔다. "나를 생각하든 생각하지 않든 가능한 쪽을 택하되, 제발 나를 놓아줘요."

"언제까지 말이지?"

"글쎄요, 일 년이나 이 년쯤."

"도대체 어느 쪽이지? 일 년과 이 년은 많이 다른데."

"그러면 이 년으로 해 두죠." 진지한 체하는 것이 효과가 있을 것 같아 이사벨은 이렇게 말했다.

"그렇게 해서 내가 받을 보상은 뭔가요?" 그는 기가 꺾이지 않은 채 물었다.

"내게 큰 관용을 베푸는 셈이 되죠."

"그러면 또 내가 받을 보상은 뭔가요?"

"관용을 베풀면서 보상을 바라세요?"

"엄청난 희생을 치르는 경우에는 그렇죠."

"관용을 베풀면 희생이 따르기 마련인걸요. 남자들은 그걸 몰라요. 희생을 치러 준다면 당신을 찬미하겠어요."

"당신의 찬미 같은 건 전혀 상관없어. 그것을 제대로 보여 주지 않는다면 지푸라기 하나만큼도 상관이 없어요. 언제 나와 결혼할 수 있죠? 그게 유일한 문제예요."

"계속해서 지금 같은 기분이 들게 만든다면 결코 하지 않을 거예요."

"당신이 계속해서 지금과 같은 기분이 들면 내가 무엇을 얻게 되죠?"

"나를 괴롭혀 죽게 만들 테고 그러면 당신 소망은 이루어지겠죠!" 굿우드는 다시 시선을 떨구어 손에 든 모자 꼭대기를 잠시 보았다. 그의 얼굴이 매우 상기되었고, 그녀는 이 한마디가 그의 급소를 찔렀다는 것을 알 수 있었다. 이것이 즉시 그녀에게 하나의 가치(고전적이고 낭만적이며 결점을 상쇄해 주는 가치라고나 할까?)를 가르쳐 준 셈이었다. 다시 말해 강한 남자가 괴로워하는 모습을 보는 것은 인간적 연민을 자아내는(이 경우 그에게서 우러나오는 매력은 별로 없었지만) 것들 가운데 하나였던 것이다. "어째서 내가 당신에게 이런 말을 하는 거죠?" 그녀는 떨리는 목소리로 말했다. "난 단지 온순하고 친절한 여자가 되고 싶어요. 사람들이 나에게 관심을 갖는다는 걸 알면서도 그런 생각을 버리도록 종용하는 건 즐거운 일은 아니에요. 물론 그 사람들도 신중해야 돼요. 우리는 각자 스스로 판단해야 하니까요. 당신이 어느 정도 이해심이 있다는 걸 알아요. 물론 당신이 하는 일에는 그럴듯한 이유가 있을 테죠. 하지만 나는 정말 결혼하고 싶지 않고, 지금 그런 문제를 논의하고 싶지도 않아요. 아마도 결코 결혼하지 않을 거예요. 절대로 안 해요. 내가 이런 생각을 할 권리는 충분하답니다. 압박하거나 억지로 강요하는 건 여자에 대한 예의가 아니에요. 내가 당신에게 고통을 준다면 그저 미안할 뿐이에요. 내 잘못은 아니지만요. 단지 당신을 즐겁게 해 주기 위해 결혼할 수는 없다는 거죠. 언제까지나 당신 친구로 남아 있겠다는 말은 하지 않겠어요. 이런 상황에서 여자가 그런 말을 하는 건 일종의 조롱이라는 걸 아니까요. 하지만 언젠가 다시 얘기할게요."

캐스파 굿우드는 이 말을 듣는 동안 모자에 붙은 상표를 응시하고 있었으며, 그녀가 이야기를 마친 뒤에 겨우 눈을 들었다. 그는 이사벨의 얼굴에 나타난 곱고 사랑스럽고 진지한 표정을 보고 혼란에 빠져 그녀가 한 말을 제대로 헤아리지 못했던 것이다. 이윽고 그는 입을 열고 무겁게 말했다. "미국으로 돌아가겠어. 내일 떠날게요. 당신을 조용히 내버려 두고. 다만 당신을 보지 못한다는 게 끔찍해요!"

"그런 생각은 하지 마세요. 당신에게 해가 되는 일은 없을 테니까."

"당신은 다른 누군가와 결혼할 테죠, 틀림없이." 캐스파 굿우드가 단정했다.

"그 말은 관대한 비난인가요?"

"그럴까요? 많은 남자들이 당신에게 청혼할 텐데."

"난 결혼하고 싶지 않아요. 아마도 결코 결혼하지 않을 거라고 방금 말했잖아요."

"그건 알고 있어요. '아마도 결코'라는 말도 마음에 들어요! 하지만 당신 말을 믿을 수가 없군요."

"그렇게 말씀하시니 감사하네요. 내가 당신을 떼어 내려고 거짓말을 한다고 비난하는 건가요? 아주 묘하게 말씀하시네요."

"내가 해서는 안 될 말을 했나? 당신은 나한테 어떤 맹세도 하지 않았는데."

"맞아요. 그것만은 곤란하죠!"

"아마도 자신이 안전할 거라 믿고 싶을 테지만 그렇지는 못할 거예요." 그는 최악의 경우를 각오하고 있다는 투로 계속 말했다.

"좋아요, 그럼 내가 안전하지 못하다고 해요. 마음대로 생각하세요."

"그러나 잘 모르겠군." 캐스파 굿우드가 말했다. "내가 당신을 눈앞에 두면 당신 결혼을 막을 수 있을지."

"정말 모르겠어요? 당신이 무척 무서운 사람이라는 생각이 드네요. 내가 그렇게 쉽사리 마음을 줄 것 같아요?" 그녀가 갑자기 어조를 바꾸며 말했다.

"모르겠어. 물론 그런 생각으로 마음의 위로를 해야겠지요. 그러나 세상에는 사람을 턱없이 현혹하는 남자가 많아요. 한 명이라도 있다면 그것으로 충분한 셈이고. 당신을 최고로 현혹하는 남자들은 당신에게 곧바로 접근할 거야. 당신은 자신을 현혹하지 않는 사람은 거들떠보지도 않을 테니까."

"사람을 현혹한다는 말이 꽤나 지혜로운 남자를 가리키는 말이라면." 이사벨이 말했다. "당신은 그런 뜻으로 말했겠죠. 하지만 난 살아가는 방법을 가르쳐 줄 지혜로운 남자의 도움 따위는 필요치 않아요. 나 스스로 찾아낼 수 있거든요."

"혼자 살아가는 방법을 찾는다는 말인가요? 그런 방법을 찾거든 내게도 가르쳐 주시죠!"

그녀는 잠시 동안 그를 쳐다보다가 재빨리 미소를 띠며 말했다. "안 돼요. 당신은 결혼을 해야 돼요!"

그 순간 그가 이 말을 악의 있는 것으로 받아들였다 하더라도 그의 잘못이 아니었을 것이다. 게다가 이처럼 날카로운 말을 하게 된 그녀의 동기가 명확했다고 단언할 수도 없었다. 그가 여윈 몸으로 끼니도 거른 채 돌아다녀서도 안 될 일이지만, 그녀는 그에게서 분명 그런 인상을 받았다. "신의 용서를 빌겠어!" 그가 돌아서서 입술을 깨물며 중얼거렸다.

그의 억양이 그녀를 조금 불리하게 만들었기 때문에 잠시 후 그녀는 자신의 입장을 바로잡을 필요를 느꼈다. 가장 손쉬운 방법은 그녀가 처했던 상황으로 그를 몰아세우는 것이었다. "당신은 무척 심한 말을 하시네요. 잘 알지도 못하면서!" 그녀가 갑자기 소리쳤다. "난 쉽사리 넘어가는 여자는 아니에요. 그건 이미 입증되었답니다."

"아, 내게는 완전히 입증된 셈이죠."

"다른 사람에게도 입증된걸요." 그녀는 잠시 말을 멈추었다. "난 지난주에 어떤 사람의 청혼을 거절했어요. 틀림없이 사람들은 굉장한 사건이라고 하겠죠."

"정말 다행이군요." 그가 무거운 어조로 말했다.

"많은 아가씨들이 선뜻 받아들일 만한 청혼이었어요. 아무리 봐도 멋진 청혼이었죠." 이사벨은 이 말을 할까 말까 주저했지만, 막상 말을 꺼내자 확실하게 했다는 만족감과 함께 다행이라는 느낌이 그녀를 사로잡았다. "내가 무척이나 호감을 가진 남자로부터 훌륭한 지위와 재산을 제의받았답니다."

굿우드는 관심을 보이며 그녀를 바라보았다. "영국인이었나요?"

"영국 귀족이에요."

캐스파 굿우드는 처음에는 이 말을 가만히 듣고 있다가 마침내 입을 열었다. "그 사람의 뜻이 이루어지지 않았다니 다행이군요."

"그러니, 당신에게도 불행의 동료가 있으니, 언짢은 일들은 어떻게든 참으세요."

"그 남자를 동료로 생각하진 않습니다." 굿우드가 우울하게 말했다.

"어째서요? 내가 그 사람의 제의를 딱 잘라 거절했는데."

"그렇다고 그 사람이 내 동료가 될 수야 없죠. 더욱이 그는 영국인이고."

"영국인은 인간이 아닌가요?"

"아, 그 사람들 말인가요? 나 같은 인간은 아니지요. 그들이 어떻든 난 상관하지 않아요."

"몹시 화가 나셨군요." 그녀가 말했다. "이제 이 문제는 충분히 얘기한 셈이에요."

"그래요, 무척 화가 나요. 그래서 죄책감이 듭니다!"

이사벨은 그의 곁을 떠나 열린 창문 쪽으로 가서 인기척이 없는 어두운 거리를 바라보며 잠시 서 있었다. 거리에는 흐릿한 가스등 불빛만이 인간들이 살아 움직이고 있음을 말해 줄 뿐이었다. 얼마 동안 두 젊은이 가운데 누구도 입을 열지 않았다. 굿우드는 벽난로 근처에서 어두운 눈빛으로 서성거렸다. 사실상 그녀는 그에게 그만 돌아가 주면 좋겠다고 요구한 셈이었고, 그도 그 사실을 알고 있었다. 그러나 그는 상대방이 싫다고 하든 말든 자리를 떠나지 않았다. 그녀는 그가 너무나 오랫동안 마음속에 간직해 온 존재라 쉽게 떨쳐 낼 수 없었던 것이다. 더욱이 그는 그녀로부터 한 조각의 맹세라도 얻어 내려고 대서양을 건너오지 않았던가. 이윽고 그녀는 창가를 떠나 그의 앞에 다시 섰다. "당신은 내게 별로 공정하지 않네요. 방금 당신에게 모든 걸 얘기했는데도요. 얘기하지 말아야 했는데. 그래요, 당신과는 별로 상관없는 일이에요."

"글쎄요." 그가 소리쳤다. "그럼 나를 마음에 두었기 때문에 그 영국인의 청혼을 거절한 건가!" 그녀는 그의 근사한 생각을 부정하지 않을까 걱정이 되어 잠시 입을 다물었다.

"당신을 약간은 마음에 두고 있었어요."

"약간이라고요? 이해할 수 없군요. 내가 당신에 대해 느끼는 바를 조금이라도 고려한다면 '약간'이라는 말은 구차스러운 설명에 불과할 거예요."

이사벨은 실수를 번복하기라도 하듯 머리를 흔들었다. "나는 매우 친절한 귀족 신사의 청혼을 거절한 거예요. 그 점을 좋게 봐 주세요."

"그렇다면 감사를 드리죠." 캐스파 굿우드가 엄숙하게 말했다. "정말로 감사합니다."

"자, 이제 고국으로 돌아가세요."

"다시 만날 수 있을까요?"

"만나지 않는 게 좋다고 생각해요. 틀림없이 이런 얘길 또 하게 될걸요. 그래도 별수 없겠지만요."

"당신 마음을 상하게 할 말은 하지 않겠어."

이사벨은 잠시 생각에 잠기다가 대답했다. "난 하루나 이틀 뒤에 이모부님 댁으로 돌아가요. 그곳으로 오라는 말은 하지 않겠어요. 그러면 내가 한 말과 너무나 달라지니까요."

캐스파 굿우드는 생각에 잠겼다. "당신도 내 처신을 인정해 줘야 됩니다. 사실 일주일 전쯤 당신 이모부 댁에 초대를 받았 지만 사양했어요."

"누가 초대했는데요?" 이사벨이 놀라서 물었다.

"당신 사촌인 랠프 터쳇 씨가요. 초대를 수락해도 된다는 말 이 당신으로부터 전달되지 않았기 때문에 사양했어요. 스택폴 양이 터쳇 씨에게 나를 초대하라고 부탁한 것 같아요."

"난 분명히 그러지 않았어요. 헨리에타는 정말이지 지나치 군요."

"헨리에타를 너무 못마땅하게 생각하지 마요. 그러면 내 마 음이 아프니까."

"그런 일은 없어요. 당신이 사양한 건 아주 잘한 일이에요. 그 점에 감사해요." 그녀는 워버튼 경과 굿우드가 가든코트 에서 마주칠 수도 있었다는 생각에 소름이 끼칠 정도였다. 그 렇게 되면 워버튼 경에게는 무척이나 난처한 노릇이었을 것 이다.

"이모부님 댁을 떠나 어디로 갈 건가요?"

"이모님과 함께 여행을 할 거예요. 피렌체와 그 밖의 도시들 로요."

이 말을 하는 그녀의 침착한 태도를 보자 그의 마음은 서늘 해졌다. 그가 도저히 들어갈 수 없는 영역으로 그녀가 빨려 들 어가고 있다는 느낌이 들었던 것이다. 그럼에도 그는 서둘러 질문을 이어 갔다. "그러면 미국으로는 언제 돌아올 건가요?"

"꽤 오랫동안 돌아가지 않을 거예요. 이곳이 무척 즐겁거든요."

"고국을 버릴 작정입니까?"

"유치한 말이로군요!"

"글쎄요, 그러면 정말로 내 시야에서 벗어나겠군요!" 캐스파 굿우드가 말했다.

"잘 모르겠어요." 그녀는 다소 당당한 태도로 대답했다. "모든 곳들이 관련되어 서로 영향을 주고 있어서 세상이 너무 작다는 느낌이 들어요."

"내게는 너무나 거대한 곳이에요." 굿우드가 단순하게 말했다. 그녀가 결코 양보하지 않겠다는 표정만 짓고 있지 않았다면 그녀도 가슴이 미어졌을 것이다.

이런 태도는 최근에 그녀가 체득한 체계의 일부이자 이론이었다. 그녀는 이 태도를 철저하게 지키기 위해 잠시 후 이렇게 말했다. "내가 좋아하는 것, 당신 시야에서 벗어나는 것을 말한다고 해서 나를 무정한 여자라고 생각하지는 마세요. 당신이 나와 같은 지역에 있으면 당신으로부터 감시당하는 느낌이 들거든요. 그건 싫어요. 나 자신의 자유가 너무 좋아요. 내가 이 세상에서 좋아하는 게 있다면." 이사벨은 장엄한 여운이 담긴 목소리로 말했다. "나 자신만의 독립심이에요."

이 말에는 지나치게 잘난 체하는 면이 있긴 했지만, 캐스파 굿우드는 이 말에 감동을 받았다. 그 웅대한 감정에 그를 위축시키는 것은 아무것도 없었다. 그녀에게 날개와 아름다운 자유의 욕구가 없다고 그가 상상한 적은 결코 없었다. 그러나 팔과 다리가 긴 그는 그녀의 어떤 힘도 두려워하지 않았다. 이사벨의 말이 그에게 충격을 주기 위한 것이라면 그것은 표적을 벗어났을뿐더러, 그는 오히려 이곳에서 두 사람의 공통점을 발견했다는 생각에 그가 빙긋 웃으며 말했다. "나만큼 당신 자유를 빼앗고 싶지 않다고 생각하는 사람이 있을까요? 당신이 무엇이든 당신 마음대로 하면서 완전한 독립을 누리는 모습을 보는 것만큼 나를 즐겁게 해 주는 게 있을까요? 내가 당신과 결혼하려 한 건 당신을 자유롭게 해 주기 위해서였어."

"아름다운 억지로군요." 그녀는 훨씬 더 예쁜 모습으로 웃으며 말했다.

"미혼 여성들은, 당신 또래 아가씨들은 독립적이지 못해요. 하고 싶어도 못 하는 일이 많지요. 발길을 옮길 때마다 부딪히는 일들도 많아요."

"그건 본인이 문제를 어떻게 보는가에 달렸어요." 이사벨은 기운을 내어 대답했다. "나도 이제 철부지가 아니에요. 하고 싶은 일을 할 수도 있고요. 난 독립한 부류에 끼일 수 있어요. 부모님이 모두 세상을 떠났고 가난하지만 진지한걸요. 난 예쁜 편은 아니기 때문에 소심하게 행동하거나 인습적일 필요는 없답니다. 그런 건 정말이지 사치예요. 게다가 난 사물을 스스로 판단하려고 노력해요. 잘못된 판단이라도 전혀 판단을 내리지 않는 것보다는 낫다고 생각하기 때문이죠. 무리 속에 끼인 한 마리 양에 지나지 않는 여자가 되긴 싫어요. 나 자신의 운명을 스스로 선택하고, 다른 사람들이 내게 말해 줘도 지장이 없다고 생각하는 지식 너머 인간 세계에 대해 알고 싶어요." 그녀는 잠시 말을 멈췄지만 그가 말할 틈은 주지 않았다. 그가 말을 하려는 참에 다시 말을 시작했다. "굿우드 씨, 이 말만은 해 두겠어요. 당신은 내가 결혼하지 않을까 걱정된다고 했죠. 혹시 내가 결혼한다는 소문을 듣거든(여자들은 그런 소문이 나돌기 쉽지요.) 내가 자유를 사랑한다고 당신에게 말한 걸 기억하세요. 그리고 그런 소문 같은 건 믿지도 마세요."

이사벨이 그에게 던진 충고 투의 말은 정열적이라고 할 만큼 적극적이었으며, 그는 그녀의 눈에서 그 말을 믿게 하는 솔직함이 이글거리는 것을 보았다. 이제 그는 전적으로 확신하게 되었고, 그런 기분은 꽤나 진지하게 이렇게 말한 그의 태도에서 찾아볼 수 있었다. "이 년 정도 여행하고 싶다고 했던가요? 그렇다면 그 정도는 기꺼이 기다리지. 그사이에 좋아하는 일을 해요. 그것만이 소망이라면 그렇게 해요. 당신이 인습에 사로잡힌 사람이 되는 걸 바라진 않아요. 혹시 내가 인습적이라고 생각하는 건가요? 당신 정신을 풍요롭게 하고 싶어요? 지금 당신 정신은 내겐 부족함이 없지만, 그래도 잠시 여행하며 여러 나라를 보고 싶다면 내 능력을 발휘해 기꺼이 도와주겠어."

"참 너그러우시네요. 내게는 별로 새삼스러운 일도 아니죠. 당신이 나를 돕는 최선의 길은 가능한 넓은 바다를 사이에 두고 떨어져 있는 거예요."

"당신이 뭔가 큰 실수를 저지를 거라고 남들이 생각할 텐데!" 캐스파 굿우드가 말했다.

"그럴지도 모르죠. 마음이 내키면 그런 일이라도 할 수 있도록 자유로워지면 좋겠네요."

"좋아요, 그렇다면." 그가 천천히 말했다. "난 귀국하겠어
요." 그는 만족과 확신을 나타내기 위해 애를 쓰며 손을 내밀
었다.

하지만 그에 대한 이사벨의 확신은 그가 이사벨에게 품고
있는 확신보다 훨씬 더 강렬했다. 이리저리 생각해 본 결과 그
녀가 뭔가 일을 저지를 것 같다는 생각 때문이 아니라, 선택을
보류하려는 그녀의 태도에 어떤 징조 같은 것이 있었다. 이사
벨은 그의 손을 잡으면서 그에 대한 존경심을 강하게 느꼈다.
그가 무척이나 그녀를 사랑하며, 도량이 무척 넓은 남자라는
것을 알게 되었다. 그들은 서로의 얼굴을 쳐다보며 잠시 서 있
었다. 그러나 두 사람을 묶고 있는 악수에서 그녀는 수동적 몸
짓만을 보여 주지는 않았다. "이제 됐어요." 그녀는 연약하리
만큼 상냥하게 말했다. "이성적인 사람이 된다고 해서 잃어버
릴 건 아무것도 없어요."

"하지만 당신이 어디에 있든 이 년이 지나면 반드시 돌아오
겠어요." 그는 특유의 음울한 태도로 대꾸했다.

이사벨의 마음은 한 곳에 고정되지 않았기에 그의 말을 듣
자 갑자기 목소리를 바꾸었다. "잊지 마세요. 난 아무런 약속
도 하지 않았어요. 절대로, 아무것도!" 그런 다음 더욱 상냥한
목소리로 그를 돌려보내려는 듯 한마디 덧붙였다. "이것도 잊
지 마세요. 나는 호락호락 넘어갈 여자가 아니라는 사실을!"

"당신은 독립을 부르짖다가 질려 버릴 거야."

"그럴 수도 있겠죠. 정말 그럴지도 몰라요. 그날이 오면 기

쁘게 당신을 만나겠어요."

그녀는 자신의 침실로 통하는 문의 손잡이에 손을 얹었다. 그리고 방문객이 돌아가는지 아닌지 잠시 보고 있었지만, 그는 움직일 기미가 없었다. 내키지 않는 듯한 표정이 그의 태도에 역력했고, 눈빛에는 불만이 가득했다. "그만 실례하겠어요." 이사벨은 이렇게 말한 뒤 문을 열고 별실로 들어갔다.

그 방은 어두웠지만, 호텔 정원에서 창문을 통해 비쳐드는 희미한 불빛 덕분에 약간은 밝은 편이었다. 이사벨은 가구들이며 희미하게 빛을 반사하는 거울, 그리고 네 기둥이 붙은 커다란 침대의 희미한 형상을 식별할 수 있었다. 그녀는 잠시 선 채로 귀를 기울였고, 마침내 캐스파 굿우드가 거실을 나가 문을 닫는 소리가 들렸다. 그녀는 한참 가만히 서 있다가, 억제할 수 없는 감정 때문에 마침내 침대 앞에 무릎을 꿇고 두 팔에 얼굴을 묻었다.

17

이사벨은 기도를 하는 게 아니라 온몸을 떨고 있었다. 그녀는 쉽게 떠는 편이었고, 사실상 그녀에게 늘 따라붙는 습성이었지만, 지금은 마치 손으로 튕긴 하프처럼 윙윙거리는 듯했다. 그녀는 자신을 뚜껑으로 덮거나 갈색 천으로 감싸고 싶었지만 흥분을 버티며 기도 자세를 취하려고 했다. 게다가 잠시 지속된 기도 자세가 침착함을 되찾기에 좋은 것 같았다. 그녀는 캐스파 굿우드가 간 것을 확인하고 기쁨을 감추지 못했다. 그를 내몰고 나니 마치 마음속에 너무나 오랫동안 묵혀 두었던 어떤 빚을 갚고 도장 찍힌 영수증을 받은 느낌이었다. 이런 안도의 기쁨을 느끼자 그녀는 머리를 약간 더 낮게 숙였다. 그 느낌은 분명 그녀 가슴속에서 고동치고 있었고 그녀 감정의 일부가 되었다. 그러나 수치스러운 일이었고 저속했으며, 이 상황에 어울리지도 않았다. 십 분 정도 지난 뒤 그녀는 겨우 일어섰고, 거실에 돌아온 뒤에도 흥분은 완전히 가라앉지 않았다. 그녀가 그렇게 흥분한 데는 사실 두 가지 이유가 있었다. 굿우드와 오랜 시간 논쟁을 벌였다는 것이 부분적인 이유라면, 자신의 힘을 발휘해 기쁨을 느꼈다는 것이 또 다른 이유였고, 그것 때문에 두렵기도 했다. 그녀는 다시 의자에 앉아 책을 들었지만, 펼치지도 않았다. 그녀는 등을 뒤로 젖히며 마음에서 솟구치듯 낮고 부드럽게 중얼거렸다. 그녀는 밝은 면이 겉으로 분명하게 표출되지 않는 일들에 직면할 때 가끔씩 이런 반응을 보이곤 했으며, 이 주일에 걸쳐 두 남자의 열화 같은 청혼을 물리친 것에 속으로 만족했다. 그녀가 캐스파 굿우드에게 대담하게 펼친, 자유를 사랑한다는 표현은 아직은 거의 전적으로 이론적이었다. 아직 그 자유를 만끽해 보지는 못했지만, 뭔가 해냈다는 생각을 하게 되었다. 그녀는 승전의 환희까지는 아닐지라도 적어도 승리의 환희는 맛보았고, 진정으로 하고 싶었던 일을 한 셈이었다. 이러한 만족감을 느끼던 중 그녀는 생기 없이 펼쳐진 거리를 지나 자신을 비난하는 얼굴로 숙소로 걸어가는 굿우드의 서글픈 모습을 떠올렸다. 바로 그때 방문이 다시 열렸고, 그녀는 그가 돌아오지 않았나 하는 불안감이 들어 자리에서 일어났다. 그러나 방에 들어온 사람은 저녁 식사를 마치고 돌아온 헨리에타 스택폴이었다.

헨리에타는 이사벨에게 무슨 일이 있었다는 것을 당장 알아차렸다. 사실 그녀가 그것을 알아차린 데는 대단한 통찰력이 필요치 않았다. 그녀는 바로 친구 곁으로 다가갔고, 이사벨은 인사도 없이 그녀를 맞이했다. 캐스파 굿우드를 미국으로 돌아가게 만들어서 이사벨이 기뻐했다 할지라도, 그가 그녀를 만나러 왔다는 사실이 어떤 의미에서는 더 기뻤기 때문이다. 그러나 그녀는 동시에 헨리에타가 자기를 덫에 가둘 권리는 없다는 것을 분명히 알고 있었다. "그 사람이 여기에 왔어?" 몹시 궁금한 듯이 헨리에타가 물었다.

이사벨은 그녀를 외면한 채 잠시 아무 대답도 하지 않았다. 이윽고 이사벨이 입을 열었다. "넌 해선 안 될 짓을 했어."

"난 최선을 다했어. 그리고 너도 그랬기를 바랄 뿐이야."

"날 심판하려고 하지 마. 난 너를 믿을 수가 없어."

노골적인 표현이었지만, 헨리에타는 지나칠 만큼 사심이 없는지라 그런 비난하는 듯한 말을 무시해 버렸다. 다만 친구에게 이 표현이 어떤 의미인지 마음에 걸릴 뿐이었다. 그녀가 느닷없이 엄숙한 목소리로 말했다. "이사벨 아처, 만일 네가 이곳 사람들 가운데 누군가와 결혼한다면 두 번 다시 너에게 말을 걸지 않겠어!"

"그런 무섭고 위협적인 말은 내가 청혼을 받은 후에나 하지." 이사벨이 대꾸했다. 그녀는 워버튼 경의 청혼에 대해 헨리에타에게 한마디도 하지 않았기 때문에, 그 귀족을 거절했다는 이야기로 자기변명을 할 생각은 조금도 없었다.

"하지만 일단 유럽 대륙에 발을 디디면 금방 청혼을 받게 될걸. 애니 클라이머도 이탈리아에서 세 번이나 청혼을 받았거든. 그 못생긴 애니가 말이야."

"그러니? 그런데도 애니가 무사했다면 나도 그래야 되지 않겠어?"

"애니는 귀찮게 강요받지 않았거든. 하지만 넌 강요를 받을 거야."

"그건 참 기분 좋은 말이네." 이사벨은 놀라지도 않고 말했다.

"이사벨, 난 너에게 아첨은 하지 않아. 오직 진실만을 말해!" 헨리에타가 소리쳤다. "설마 굿우드 씨에게 아무런 희망도 주지 않은 건 아니겠지."

"내가 왜 모든 걸 너에게 세세히 보고해야 하는지 모르겠어. 방금 말했듯이 나는 너를 믿을 수가 없어. 하지만 네가 굿우드 씨에게 퍽 관심이 많은 것 같으니까 얘기해 줄게. 그 사람은 곧 미국으로 돌아간다고 했어."

"네가 그 사람을 떠나보낸 거 아니야?" 헨리에타가 거의 외치듯이 말했다.

"나를 그냥 내버려 두라고 했어. 너에게도 똑같은 부탁을 하고 싶어, 헨리에타." 헨리에타는 실망감으로 잠시 눈을 반짝이다가 벽난로 위에 걸린 거울 쪽으로 걸어가 머리에 쓰고 있던 보닛을 벗어 버렸다. "저녁 식사는 잘했니?" 이사벨이 물었다.

그러나 헨리에타가 하찮은 이야기로 주의가 산만해질 리 없었다. "네가 지금 어디로 가고 있는지 알아, 이사벨?"

"이제 잠자러 갈 참인데." 이사벨은 여전히 가벼운 투로 헨리에타의 말을 받았다.

"네가 어디로 흘러가고 있는지 알아?" 헨리에타는 보닛을 만지작거리며 하던 말을 계속했다.

"아니, 전혀 몰라. 그리고 모르는 게 아주 좋다는 걸 알았어.

어두운 밤에 잘 보이지 않는 길을 덜컹거리며 달리는, 말 네 필이 끄는 빠른 마차 같아. 이게 행복에 대한 내 생각이야."

"굿우드 씨가 마치 부도덕한 소설의 여주인공처럼 그런 말을 하라고 너에게 시키지는 않았을 텐데." 헨리에타가 말했다. "넌 지금 큰 실수를 향해 흘러가고 있어."

이사벨은 친구의 간섭에 짜증이 났지만 이 말에 어떤 진실이 담겼는지 생각해 보려고 했다. 그러나 아무런 생각도 나지 않자 이렇게 말할 수 밖에 없었다. "헨리에타, 그렇게 몰아세우는 걸 보니 날 무척이나 좋아하는구나."

"그래, 이사벨. 난 너를 무척 좋아해." 헨리에타는 감정을 넣어 말했다.

"좋아, 나를 그렇게 좋아한다면 제발 혼자 있게 내버려 둬. 굿우드 씨에게도 그런 부탁을 했지. 그러니 너에게도 같은 부탁을 해야겠어."

"너무 혼자 있지 않도록 조심해."

"굿우드 씨도 그런 말을 했어. 난 그런 위험은 감수하겠다고 그 사람에게 말했지."

"넌 위험한 일을 좋아하는구나. 소름이 끼치는데!" 헨리에타가 소리쳤다. "굿우드 씨는 언제 미국으로 돌아가지?"

"모르겠어. 얘기해 주지 않았어."

"네가 물어보지도 않았겠지." 헨리에타는 당연하다는 듯 비꼬는 투로 말했다.

"그 사람에게 만족스러운 대답을 해 주지 못했기 때문에 물을 권리도 없었어."

이 말은 헨리에타에게는 비난하려면 해 보라는 식의 도전처럼 들렸다. 마침내 그녀는 고함을 질렀다. "세상에, 이사벨. 너라는 사람을 몰랐다면 난 너를 무정하다고 생각했을 거야!"

"조심해." 이사벨이 말했다. "네가 지금 나를 그렇게 만들고 있잖아."

"이미 그렇게 해 버렸는데, 뭘." 헨리에타가 덧붙였다. "적어도 굿우드 씨가 애니 클라이머와 함께 배를 타면 좋겠어!"

다음 날 아침 이사벨은 헨리에타로부터 가든코트에 돌아가지 않고(터쳇 노인은 또다시 환영하겠노라고 했지만) 밴틀링의 누님인 펜실 부인으로부터 올 초대장을 기다리면서 런던에 머무르겠다는 말을 들었다. 헨리에타는 랠프의 사근사근한 친구와 나눈 이야기를 이사벨에게 남김없이 들려주면서, 앞으로 어떤 결과에 이르게 될 무언가를 정말로 얻었노라고 말했다. 펜실 부인의 편지를 받으면(밴틀링은 이 편지가 반드시 도착한다고 보증한 것이나 다름없었다.) 그녀는 곧장 베드퍼드셔로 출발할 것이며, 이사벨이 《인터뷰어》에 실릴 그녀의 인상기를 읽고 싶다면 신문에서 틀림없이 찾을 수 있을 거라고 했다. 헨리에타는 이번에는 분명코 영국인의 내면생활을 관찰하게 될 것이다.

"헨리에타 스택폴, 네가 지금 어디로 흘러가고 있는지 아니?" 이사벨은 그녀가 전날 밤에 했던 말의 어투를 흉내 내며 물었다.

"나는 지금 굉장한 지위, 미국 언론계의 여왕 자리를 향해 흘러가고 있는 거야. 이번 통신문이 미국 서부 전역에 퍼지지 않으면, 펜에 달린 지우개를 집어삼켜 버릴 테야!"

헨리에타는 그녀에게 최소한 깊은 인상을 심어 준 유럽을 떠날 무렵 친구인 애니 클라이머 양(유럽 대륙에서 세 번이나 청혼을 받았다는)과 함께 기념품을 사러 가기로 약속했다고 했다. 이윽고 그녀가 친구를 만나러 저민 가로 떠난 후 얼마 되지 않아 랠프 터쳇이 찾아왔다는 전갈이 왔다. 랠프가 방으로 들어서자마자 이사벨은 그가 뭔가 할 말이 있다는 것을 눈치챘고, 그는 곧 그녀에게 사실을 털어놓았다. 아버지의 지병이 갑자기 악화되었다는 내용의 전보를 어머니로부터 받았는데, 어머니는 무척 놀랐으니 당장 가든코트로 돌아와 달라고 부탁했다는 것이다. 이번에는 그의 어머니가 전보를 쓴 것이 비난받지 않았다.

"이름난 의사인 매튜 호프 경을 만나 보는 게 최선의 방법이라고 생각해." 랠프가 말했다. "그가 이 도시에 산다는 게 천만다행이야. 12시 30분에 만나기로 약속했으니 가든코트까지 왕진을 갈 수 있는지 확인해 봐야겠어. 벌써 몇 번이나 가든코트와 런던에서 아버지를 진찰한 적이 있으니 기꺼이 와 줄 거야. 2시 45분발 급행열차가 있으니 나는 그 열차를 타겠어. 너도 함께 가도 좋고, 이곳에 며칠 더 있어도 좋아. 너 좋을 대로 해."

"나도 함께 갈래." 이사벨이 말했다. "이모부님에게 별 도움은 안 되겠지만 편찮으시다니 곁에 있고 싶어."

"넌 아버지를 좋아하지." 랠프가 약간 수줍은 듯 얼굴에 기쁜 표정을 지으며 말했다. "넌 아버지의 장점을 알아. 세상 사람들은 몰라주지만. 성품이 너무 섬세하시거든."

잠시 후 이사벨이 말했다. "난 이모부님을 무척 흠모해."

"그것 참 고마운 말이네. 아버지는 자식 다음으로 너를 아끼셔."

이사벨은 이 말을 기쁜 마음으로 들었다. 그러나 터쳇 씨가 그녀에게 청혼할 수 없는 처지의 사람이라 생각하니 남몰래 안도의 한숨이 새어 나왔다. 하지만 이런 말을 입 밖에 낼 수 없었던지라 그녀는 랠프에게 런던에 머물고 싶지 않은 또 다른 이유가 있다고 말했다. 그녀는 런던에 싫증이 나서 떠나고 싶었던 것이다. 또한 헨리에타도 베드퍼드셔를 방문하기 위해 떠나려 했다.

"베드퍼드셔라니?"

"펜실 부인이라고 밴틀링 씨 누님이 헨리에타를 초대할 거래. 그분이 꼭 초대장을 보낼 거라고 했어."

랠프는 불안감을 느꼈지만 이 말을 듣고 웃음을 터뜨렸다. 그러다가 갑자기 엄숙한 표정을 지었다. "밴틀링 씨는 참 용감한 사람이야. 하지만 만일 초대장이 중간에 분실되면?"

"난 영국 우체국이 완전무결하다고 생각해."

"완벽한 건 아무것도 없는 법이지." 랠프가 더욱 밝은 표정으로 계속 말했다. "하지만 마음씨 좋은 밴틀링은 절대 실수하지 않아. 무슨 일이 일어나든 헨리에타를 돌볼 거야."

랠프가 매튜 호프 경과의 약속 때문에 나가자 이사벨은 프랫 호텔을 떠날 준비를 했다. 이모부가 위독하다는 말에 마음이 무척 동요되었던 것이다. 그녀는 트렁크를 열고 그 속에 넣을 물건을 찾으면서 멍하니 주위를 둘러보다가 갑자기 눈물을 쏟고 말았다. 그래서 랠프가 2시쯤 돌아와 그녀를 역으로 데려가려 할 때까지도 떠날 준비를 다 마치지 못했다. 랠프가 거실에 들어가니 헨리에타가 점심 식사를 막 끝내고 일어섰다. 그녀는 즉각 아버지가 위독하시다니 참 안됐다는 말을 했다.

"정말 훌륭한 분이에요." 헨리에타가 말했다. "최후까지 성실하신 분이죠. 그런데 이번이 정말 최후라면(이런 말씀을 드리는 건 실례지만, 그런 가능성은 몇 번이나 생각했을 테죠.) 가든코트에 가 볼 수 없을 것 같아 미안해요."

"베드퍼드셔 쪽이 훨씬 더 즐거울 거예요."

"이런 때에 내 즐거움만 생각해서 미안하군요." 헨리에타가 예의를 차려 말했다. 그러나 그녀는 곧 한마디를 덧붙였다. "임종을 지켜보고 싶어요."

"아버지는 더 사실 겁니다." 랠프가 꾸밈없이 말했다. 그러고 나서 좀 더 유쾌한 화제로 바꾸어 헨리에타 자신의 장래에 대해 물었다.

랠프의 마음이 무겁기 때문에 그녀는 다른 때보다 부드러운 태도로 말을 걸면서, 그의 덕택으로 밴틀링 씨와 가까워진 것을 무척 감사히 여긴다는 말도 잊지 않았다. "그분은 내가 알고 싶은 걸 가르쳐 주었어요." 그녀가 말했다. "사교계 이야기나 왕실에 관한 일 따위의 모든 것을요. 그분이 왕실에 관해 들려준 말이 왕실에 명예가 되는지는 모르겠어요. 그분은 그런 가문을 관찰하는 것이 단지 내 별난 성향 때문이라고 말해요. 그런데 내 소망은 그분이 정보만 제공해 주었으면 하는 거죠.

정보만 손에 넣으면 재빨리 편집할 수 있거든요." 그리고 그녀는 밴틀링 씨가 친절하게도 오후에 데리러 오기로 약속했다는 말을 덧붙였다.

"어디로 데리고 갈 건데요?" 랠프가 과감하게 물었다.

"버킹엄 궁전요. 그곳으로 안내해서 왕실 생활이 어떤 건지 내가 알 수 있도록 해 준대요."

"그렇군요." 랠프가 말했다. "그러면 우리는 당신을 믿을 만한 사람 손에 맡기게 된 셈이군요. 다음에는 윈저 성에 초대되었다는 얘기를 듣게 되겠네요."

"초대받으면 꼭 갈 거예요. 내친걸음이라 이제 겁나지 않아요. 그건 그렇고." 헨리에타는 말을 끊었다가 다시 이었다. "난 불만이에요. 이사벨과 화해하지 못했거든요."

"이사벨이 또 무슨 잘못이라도 저질렀어요?"

"전에 말했잖아요. 그 후의 일을 얘기해도 괜찮겠죠. 난 언제나 시작한 일은 반드시 끝을 맺는 성격이랍니다. 엊저녁에 굿우드 씨가 여기에 찾아왔어요."

랠프는 눈을 동그랗게 뜨고 얼굴까지 조금 붉혔다. 그의 감정이 약간 날카로울 때 이따금 나타나는 반응이었다. 그는 윈체스터 광장에서 이사벨과 헤어질 때 프랫 호텔에 누군가 찾아오기 때문이 아니냐고 따지고 들자 그녀가 부정했던 사실을 떠올렸다. 그렇다면 그녀가 거짓말을 한 것이 아닌가 하고 의심하자 그의 마음은 다시 괴로워졌다. 한편으로는 그녀가 애인과 약속을 하면 했지 자기와 무슨 상관이 있느냐고 중얼거렸다. 젊은 처녀가 그런 약속을 다른 사람에게 숨기는 건 어느 시대에서나 고상한 일이라고 여겨지지 않았던가? 랠프는 헨리에타에게 의례적인 답변을 했다. "전에 내게 말한 대로라면 당신은 이것으로 충분히 만족할 것 같은데요."

"그 사람이 이사벨을 만나러 왔던 것 말인가요? 그 일은 그런대로 괜찮았죠. 내가 약간 술책을 부렸어요. 우리가 런던에 와 있다는 사실을 그 사람에게 알려 주었죠. 내가 하루 저녁 외출할 기회가 생겨서 한마디(앞에서 언급되었던 '지혜로운 남자'와 관련된 말) 해 두었거든요. 두 사람이 호젓이 있게 해 줘야겠다고 생각했고요. 당신이 없는 편이 좋다는 생각을 하지 않았던 건 아니에요. 아무튼 그 사람은 이사벨을 보러 왔지만 차라리 오지 않았던 게 나을 뻔 했어요."

"이사벨이 그를 냉정하게 대했나요?" 이 말을 한 후 랠프의 얼굴이 밝아졌다. 그는 사촌 여동생이 이중적인 모습을 보이지 않았다는 것을 알고 안심했다.

"그들 사이에 무슨 얘기가 오갔는지 확실히 알지는 못해요. 그러나 굿우드 씨는 불만이었어요. 미국에 돌아가라는 말을 들었거든요."

"그 친구 딱하게 되었군요!" 랠프는 한숨을 지으며 말했다.

"이사벨은 그 사람을 쫓아 버릴 생각뿐인 것 같았어요." 헨리에타가 말을 이었다.

"그 친구 딱하게 되었군요!" 랠프가 되풀이했다. 확실히 무심코 한 말이었지만, 다른 방향으로 뻗은 그의 생각을 제대로 표현하지는 않았다.

"정말 그렇게 느끼지는 않는 것 같네요. 어떻게 되든 관심 없다는 태도인데요."

"이런." 랠프가 대답했다. "내가 그 흥미로운 청년을 잘 모른다는 걸 염두에 두도록 해요. 난 그 청년을 한 번도 만난 적이 없어요."

"그러면 내가 굿우드 씨를 만나 포기하지 말라고 부탁할래요." 헨리에타가 덧붙였다. "이사벨의 마음이 돌아서지 않는다면, 글쎄요, 나라면 포기하겠어요. 이사벨을 포기하겠다는 말이에요!"

18

이러한 사정으로 랠프는 이사벨이 헨리에타와 헤어지는 것
을 약간 난처해할 거라는 생각이 들어, 이사벨보다 먼저 호텔
입구에 내려갔다. 조금 늦게 나온 그녀 눈에는 헨리에타의 충
고를 들었지만 받아들이지 않았다는 기미가 역력했다. 두 사
람은 가든코트에 도착할 때까지 거의 입을 다물고 있었다. 역
으로 마중 나온 하인이 터쳇 씨가 차도가 있다는 말을 하지 않
았기 때문에 랠프는 매튜 호프 경이 5시 기차로 와서 하룻밤
머물겠다는 약속을 해 줘서 정말 다행이라고 생각했다. 집에
도착하자 그는 어머니가 줄곧 아버지 곁을 떠나지 않았다는
사실을 알게 되었다. 이 사실은 랠프로 하여금 결국 어머니도
자신이 하고 싶은 일을 자연스럽게 할 수 있는 사람이라는 생
각이 들게 했다. 재능이 비상한 사람들은 중요한 시기에 진가
를 발휘하는 법이다. 이사벨은 폭풍 전 고요 같은 집안 분위기

를 감지하며 곧바로 자신의 방으로 올라갔다. 그러나 한 시간 쯤 지나 그녀는 아래층에 내려와 터쳇 씨의 상태를 알아보려고 이모를 찾았다. 서재로 가 보았지만 터쳇 부인은 그곳에 없었다. 습기 차고 냉랭하던 날씨가 더 나빠졌기 때문에 여느 때처럼 바깥에 산책 나갔을 것으로 생각되지는 않았다. 이사벨이 하인을 이모 방으로 보내려고 벨을 누르려 한 바로 그때, 예기치 않은 소리(분명히 거실에서 들려오는 낮은 음악 소리)가 나서 이사벨은 얼른 그만두었다. 이모가 피아노에 손을 댈 사람이 아니라는 것을 알고 있었기 때문에 아마 랠프가 기분 전환 삼아 치고 있을 거라고 짐작했다. 이럴 때 기분 전환을 위해 피아노를 친다는 것은 랠프가 아버지 상태를 걱정하긴 하지만 안심할 정도라는 것을 분명히 말해 주었다. 그래서 이사벨은 아름다운 화음의 근원을 찾아 활기차게 거실로 들어갔다. 가든코트의 거실은 널찍하고 피아노는 이사벨이 들어간 문에서 가장 먼 안쪽 구석에 있었기 때문에, 피아노를 앞에 두고 앉은 사람은 그녀가 들어온 것을 알아차리지 못했다. 피아노를 치는 사람은 랠프도 이모도 아니고 낯선 여자였다. 그 여자가 문 쪽으로 등을 돌리고 앉아 있긴 했지만 이사벨은 자기가 모르는 사람이라는 사실을 곧장 알 수 있었다. 이사벨은 그 등(풍만하고 멋스러운 의상을 걸친 등줄기)을 잠깐 동안 놀라서 가만히 보고 서 있었다. 그 숙녀는 틀림없이 그녀가 집을 비운 사이에 찾아온 손님으로, 하인들(그 가운데 한 명은 이모의 하녀였다.) 중에 어느 누구도 그 이야기를 해 주지 않았다. 이사벨은 돌아오자마자 하인들과 몇 마디 인사를 나누었는데도 말이다. 그러나 이사벨은 영국 하인들이 주인의 명령을 따르면서 많은 감정을 얼굴에 나타내지 않고 속에 넣어 둔다는 것을 이미 알고 있었다. 이사벨은 특히 이모의 하녀가 자신을 아주 무뚝뚝하게 대했던 사실을 떠올렸다. 아마도 그 하녀의 손길에서 많은 불신이 미끄러지듯 흘러나왔을 테고, 그것이 깃털보다 더 반짝거리는 효과를 낳았던 것이다. 손님이 와 있다는 건 이사벨에게 결코 불편한 일은 아니었다. 그녀는 새로 아는 사람이 생기면 그 사람이 반드시 자신의 삶에 뭔가 중대한 영향을 끼칠 거라는 젊은이 특유의 생각을 버리지 않았기 때문이다. 이런 생각에 잠기면서도 이사벨은 그 여자의 피아노 연주 솜씨가 정말 멋지다는 생각이 들었다. 그녀는 건반에 손을 얹고 슈베르트의 곡을(이사벨은 곡목은 몰랐지만 슈베르트의 곡이라는 것은 알았다.) 신중하게 연주하고 있었다. 기량이 완벽했고, 감정도 충분히 표현되었다. 이사벨은 근처 의자에 조용히 앉아 곡이 끝날 때까지 기다렸다. 곡이 끝나자 이사벨은 연주자에게 감사하고 싶은 강렬한 감정이 솟구쳐 자리에서 일어났다. 그와 동시에 그 낯선 손님은 그녀가 와 있다는 것을 알아차린 듯 재빨리 몸을 돌렸다.

"무척 아름다운 곡이네요. 부인이 연주하니 더 아름답게 들려요." 이사벨은 정말 감격할 때 흔히 드러내는 발랄한 모습을 가득 띠며 말했다.

"그렇다면 터챗 씨에게 방해가 되지는 않았을까요?" 피아노를 친 여자는 찬사에 보답하듯 상냥하게 대답했다. "집이 워낙 크고 그분 방은 멀리 떨어져 있어서 피아노를 쳐도 괜찮겠다고 생각했어요. 지금처럼 손가락 끝으로 친다면 말이죠."

'이분은 프랑스 사람일 거야.' 이사벨은 속으로 생각했다. '프랑스 사람 같은 말투야.' 이런 생각을 하자 사색을 즐기는 이사벨은 이 방문객이 더욱 흥미롭게 느껴졌다. "이모부님이 회복하시길 빌고 있어요." 이사벨이 다시 말했다. "이런 좋은 음악을 들으신다면 기분이 정말 좋아지실 텐데."

여인은 뭔가 알아차린 듯한 표정으로 미소를 지었다. "세상을 살아가다 보면 때로는 슈베르트조차 우리에게 아무것도 얘기할 수 없을 때가 있다고 봐요. 그런 때는 우리가 가장 불행한 때겠죠."

"하지만 전 지금 그런 상태는 아니에요." 이사벨이 말했다. "오히려 연주를 좀 더 해 주시면 정말 고맙겠습니다."

"듣고 싶다면 기꺼이 하죠." 이렇게 말하고 나서 이 친절한 여인이 다시 피아노 의자에 앉아 건반을 두드리자 이사벨은 피아노에 더욱 가까이 다가앉았다. 여인이 갑자기 두 손을 건반 위에 둔 채 반쯤 몸을 돌려 어깨 너머로 이사벨을 바라보았다. 마흔 살 정도로, 예쁘지는 않지만 표정이 매력적인 여자였다. "실례지만 그쪽은 이 댁 조카딸인가요, 젊은 미국인?" 그 여인이 물었다.

"터쳇 부인의 조카딸이에요." 이사벨은 간단하게 대답했다.

피아노 앞에 앉은 부인은 잠시 동안 할 말을 잊은 채 어깨 너머로 호기심 어린 표정을 짓고 있었다. "그렇군요. 우리는 같은 나라 사람이네요." 이 말을 하고 그녀는 피아노를 치기 시작했다.

"아, 그렇다면 이분은 프랑스 사람이 아니잖아." 이사벨은 혼자 중얼거렸다. 프랑스 사람이라고 생각했을 때는 낭만적으로 보였는데, 이처럼 사실이 드러나자 여인에 대한 호기심이 반감된 기분이 들었다. 그러나 사실은 그게 아니었다. 이사벨은 어떻게 미국인이 이렇게 진짜 프랑스 사람처럼 보일 수 있을까 하는 생각이 들었다.

여인은 아까와 같이 부드럽고 엄숙한 태도로 연주했다. 그녀가 연주하는 동안 방 안 그림자가 점점 짙어졌고, 가을 황혼 빛이 방 안으로 비쳐들었다. 이사벨은 자리에 앉은 채, 제법 굵어지기 시작한 빗줄기가 차가운 느낌을 주는 잔디밭을 적시고 바람이 큰 나무줄기를 흔드는 광경을 바라보았다. 마침내 음악이 끝나자 여인은 일어서서 미소를 지으며 다가와, 이사벨이 다시 감사의 말을 하기도 전에 이렇게 말했다. "당신이 돌아와서 무척 반갑네요. 이야기는 많이 들었어요."

이사벨은 그녀가 무척이나 매력적인 여인이라고 생각했지만 약간 성급하게 여인의 말에 대답했다. "누구한테 들으셨는데요?"

낯선 손님은 잠시 망설이다가 이윽고 "당신 이모부로부터요."라고 대답했다. "난 사흘 전에 이곳에 왔어요. 첫날 그분 방에서 그분을 만났죠. 그분은 줄곧 당신 얘길 해 주셨어요."

"저를 몰랐으니 꽤나 지루하셨겠네요."

"얘길 듣고 당신과 가까워지고 싶었죠. 게다가 그때 이후 이모가 계속 이모부 곁에 붙어 계시는 바람에 혼자 외톨이가 되어 버려 정말 지루했답니다. 방문 시기를 잘못 택했나 봐요."

하인이 등불을 들고 왔나 했는데, 곧이어 다른 하인이 차 쟁반을 가지고 들어왔다. 터쳇 부인에게 차를 들여보냈다고 알렸는지 곧이어 부인이 들어와 찻주전자를 집어 들고 차를 따르려 했다. 그녀는 주전자 속을 들여다보기 위해 주전자 뚜껑을 들었고, 조카딸에 대해서도 똑같은 태도였다. 어느 경우든 지나치게 열성적인 모습을 보이는 것은 볼품없는 일이었다. 남편의 건강 상태에 대해 질문받았을 때 그녀는 상태가 좋아졌다는 말을 할 수 없었다. 그러나 동네 의사가 곁에 있고, 앞으로 그 의사와 매튜 호프 경의 상담 결과에 큰 희망을 품고 있다고 했다.

"두 사람은 이제 친구가 되었겠지." 터쳇 부인이 말했다. "아직도 친해지지 않았다면 어서 친해지라고 권하고 싶어. 앞으로 우리는, 랠프와 나는 환자 곁에 계속 대기해야 되니 두 사람이 서로에게 이야기 상대가 돼 줘야겠어."

"피아노를 아주 잘 치신다는 것 외에는 부인에 대해 아는 게 너무 없네요." 이사벨이 여인에게 말했다.

"이 사람에 대해서는 그 밖에도 꼭 알아야 될 게 많지." 터쳇 부인은 감정을 드러내지 않은 어조로 말했다.

"몇 가지만 말해 줘도 아처 양은 만족할 거예요!" 방문객이 가볍게 웃으면서 외쳤다. "난 당신 이모님과 오랜 친구 사이에요. 피렌체에 오래 산 적이 있고, 마담 멀이라고 해요." 그녀는 자기 이름을 말할 때 제법 이름난 인물에 대해 말하는 것 같은 태도를 취했다. 그러나 이사벨에게는 그 말이 별 의미가 없었고, 다만 마담 멀이 지금까지 만난 사람들 중에서 태도가 가장 매력적인 여자라고 느낄 뿐이었다.

"이름은 그렇지만 외국인은 아니란다." 터챗 부인이 한마디 거들었다. "태어난 곳은…… 나는 당신이 태어난 곳을 매번 잊어먹네요."

"그렇다면 제가 말씀드려도 헛일이겠네요."

"그렇지는 않을 거예요." 터챗 부인이 말했다. 그녀는 논리에 관계되는 일이라면 좀체 놓치는 법이 없었다. "내가 기억하고 있다면 당신이 말할 필요도 없는 거지."

마담 멀은 국경을 초월한 듯한 미소, 세계를 포용하는 듯한 미소를 띤 채 이사벨을 힐끗 보았다. "전 성조기 그늘 아래에서 태어났어요."

"이 사람은 비밀을 무척 좋아하지. 그게 큰 결점이야." 터챗 부인이 말했다.

"어머." 마담 멀이 큰 소리로 말했다. "제게 결점이 많긴 하지만 그건 큰 결점이라고 생각하지 않아요. 저는 브루클린 해안의 조선소에서 태어났어요. 아버지는 미 해군 고위 장교였고요. 당시에는 그 조선소의 책임 있는 지위에 계셨어요. 저는 바다에 애정을 가져야 할 처지였지만 그게 싫었어요. 그래서 미국에 돌아가지 않는 거고요. 전 육지를 좋아해요. 중요한 건 뭔가에 애정을 갖는 거랍니다."

냉철한 관찰자인 이사벨은 터챗 부인이 손님의 성격에 대해서 한 설명에 별로 감명받지 않았다. 그러나 이 손님은 얼굴 표정이 풍부하고 사교적인 데다 반응을 잘 드러냈으므로, 이사벨은 이 부인이 비밀을 좋아하는 사람이라는 느낌을 결코 받지 않았다. 그녀의 얼굴은 폭 넓은 소양과 기민하고 자유로운 행동을 함께 보여 주었다. 게다가 빼어난 미인은 아니었지만 가만히 바라보면 사람의 기분을 더없이 즐겁게 해 주는 인물이었다. 마담 멀은 큰 키에 피부가 희고 부드러운 여자로서, 육중한 체중이 부담스럽지 않은 외모에 몸매가 둥글고 풍만했다. 얼굴은 통통한 편이었지만 균형이 잘 잡혀 조화를 이루었으며, 피부색이 깨끗하고 건강했다. 작은 눈은 잿빛이었지만 광채가 충만했고, 눈매에 어리석음이 없었고(어떤 사람의 말을 빌린다면) 눈물 한 방울 흘릴 것 같지 않았다. 입은 크고 입술이 두터우며 미소를 지을 때 왼쪽이 치켜 올라갔는데, 대부분의 사람들은 이것을 굉장히 이상하다고 생각하고, 다른 사람들은 아주 멋있다고 생각하고, 일부 사람들은 매우 고상하다고 생각했다. 이사벨은 마지막 부류, 즉 일부 사람들과 의견이 같았다. 마담 멀의 풍성하고 청결한 머리카락은 다소 '고전적'으로 다듬어져 이사벨에게 헤라 여신이나 니오베의 조각상 같다는 인상을 주었다. 그리고 나무랄 데 없는 크고 하얀 손은 참으로 완벽했는데, 그녀는 치장을 하지 않는 편이 낫다고 생각해서인지 보석반지를 하나도 끼지 않았다. 앞에서도 언급했듯이 이사벨은 애초에 그녀를 프랑스 여자로 오인했지만, 자세히 살펴보니 신분이 높은 독일 혹은 오스트리아 남작 부인이나 백작 부인, 아니면 공주로 보일 만도 했다. 브루클린 태생이라고는 하지만 그녀의 탁월한 풍모 때문에 그런 것과는 거리가 멀다는 생각을 떨쳐 버릴 수 없었다. 과연 성조기가 틀림없이 그녀의 요람 바로 위에서 펄럭였고, 바람에 휘날리는 성조기의 늠름한 기상이 그녀가 그곳에 태어나 성장하는 데 영향을 주었는지는 알 수 없었다. 마담 멀은 작은 깃발이 바람에 마구 펄럭거리는 것 같은 경박한 성품은 결코 드러내지 않았다. 그녀의 몸가짐은 풍부한 경험에서 나오는 침착함과 자신감을 드러냈다. 그러나 그녀 몸에는 경험으로 인해 젊음을 잃지 않고 오히려 많은 것에 공감을 하는 유연성이 배어 있었다. 그녀는 강렬한 충동을 조화롭게 다듬는 여성이었기 때문에 이사벨은 이 부인이 이상적으로 조화롭다고 감탄했다.

세 여자가 차를 마시며 앉아 있는 동안 이사벨은 여러 가지 생각에 잠겼다. 그러나 이윽고 이름난 의사가 런던에서 도착했기 때문에 차 마시는 일이 중단되었다. 그 의사는 급히 거실로 안내되어 터쳇 부인과 단독으로 대면하기 위해 곧바로 서재로 갔다. 마담 멀과 이사벨은 저녁 식사 시간에 다시 만나기로 하고 헤어졌다. 이사벨은 앞으로 이 흥미로운 부인을 만날 수 있다는 기대감에 가든코트에 드리운 침울한 분위기에서 벗어날 수 있었다.

그녀가 저녁 식사 전에 거실로 들어가자 거기엔 아무도 없었고, 한참 후에 랠프가 들어왔다. 그는 아버지의 상태에 대한 걱정이 조금 가신 표정이었다. 매튜 호프 경이 아버지의 상태를 진단한 결과 랠프가 걱정했던 정도는 아니었기 때문이다. 의사가 앞으로 서너 시간 정도는 환자 옆에 간호사만 두면 된다고 했으므로, 랠프와 터쳇 부인 그리고 런던에서 온 의사는 주방에서 자유로이 식사를 할 수 있었다. 터쳇 부인과 호프 경이 모습을 드러냈고, 마담 멀은 맨 나중에 들어왔다.

마담 멀이 들어오기 전에 이사벨은 벽난로 곁에 서 있던 랠프에게 그 여자에 관해 물었다. "마담 멀은 도대체 어떤 사람이야?"

"내가 아는 여자 중에서 가장 영리하지. 너라도 당해 내기 힘들걸!"

"무척 호감이 가던데."

"틀림없이 그렇게 생각하리라고 짐작했어."

"그래서 초대했어?"

"내가 초대하진 않았지. 런던에서 돌아왔을 때 난 그 여자가 여기 왔는지도 몰랐으니까. 난 아무도 초대하지 않았어. 그 여자는 어머니의 친구인데, 마침 너와 내가 런던으로 간 사이에 그 여자가 어머니에게 편지를 했나 봐. 영국에 도착했으니(그녀는 영국에서 많은 시간을 보내지만 대개는 외국에 거주해.) 며칠 동안 방문해도 좋으냐고 어머니에게 물었대. 마담 멀은 그런 부탁을 당당하게 할 수 있는 사람이라 가는 곳마다 환영을 받지. 더욱이 어머니는 그 사람의 부탁이라면 주저하지 않고 들어주고. 그 여자는 어머니가 가장 흠모하는 사람인데, 만일 어머니가 지금의 자기가 아니라면(어머니는 그러기를 훨씬 더 바라지.) 마담 멀 같은 인물이 되고 싶었을 거야. 그렇게 되었다면 큰 변화가 왔겠지."

"맞아, 정말 매력적인 분이야." 이사벨이 말했다. "피아노 솜씨도 훌륭하고."

"그녀는 모든 일을 멋지게 해내. 완벽하게."

이사벨은 랠프를 잠시 바라보았다. "오빠는 그분을 좋아하지 않는 것 같네."

"천만에, 한때는 사랑했는걸."

"그런데 그분이 상대해 주지 않았던 모양이지. 그래서 싫어하게 된 거겠지."

"어떻게 사랑 얘기를 할 수 있었겠어? 멀의 남편이 살아 있는 때였는데."

"지금은 돌아가셨어?"

"그렇다고 말하긴 하지."

"그걸 못 믿어?"

"믿기는 해. 있을 법한 일이니까. 그녀의 남편은 어쩐지 세상을 떠날 사람처럼 여겨졌어."

이사벨은 랠프의 얼굴을 다시 가만히 바라보았다. "무슨 말인지 잘 모르겠어. 무슨 사연이 있는 것 같은데 말하고 싶지 않은 거겠지. 그런데 멀 씨는 누군데?"

"마담 멀의 남편이지."

"참 짓궂네. 마담 멀에게 자식이 있어?"

"한 명도 없어. 다행히도."

"다행이라니?"

"아이를 위해 다행이라는 거지. 틀림없이 아이를 망쳤을 테니까."

이사벨은 랠프를 향해 벌써 세 번째로 '참 짓궂네.'라고 말할 참이었지만 그만두었다. 바로 그때 이야기의 주인공인 마담 멀이 도착해 옷자락을 스치며 급히 들어와 팔찌를 조이며 늦은 것을 사과했기 때문이다. 그녀는 짙은 청색 공단 의상 사이로 노출된 하얀 가슴팍에 기이한 은색 목걸이를 하고 있었다. 랠프는 이미 그녀의 애인이 아니었기 때문에 과장된 듯 민첩한 몸짓으로 그녀에게 팔을 내밀었다.

그러나 비록 지금 상황이 그렇더라도 랠프가 염두에 두지 않으면 안 될 일이 따로 있었다. 런던에서 온 이름난 의사가 하룻밤을 가든코트에서 보내고 이튿날 아침 런던으로 돌아가기 전에 터쳇 씨의 주치의와 상담해야 했기 때문이다. 그 의사는 다음 날 한 번 더 와 달라는 랠프의 부탁을 들어주었다. 이튿날 매튜 호프 경은 가든코트에 다시 나타났고, 이번에는 환자에 대하여 예전만큼 희망적인 얘기를 해 주지 않았다. 하룻밤 사이에 터쳇 씨의 병세가 악화되었다는 것이다. 환자의 병세가 무척 심각했기에 그의 병상에 꼭 붙어 있던 랠프는 아버지의 임종이 가까워졌다는 생각을 했다. 동네 의사는 아주 사려 깊은 사람으로, 랠프가 마음속으로 런던 의사보다 더 신뢰하는 편이었다. 그는 줄곧 환자 곁을 떠나지 않았고, 그사이에 매튜 호프 경도 몇 번이나 다녀갔다. 터쳇 씨는 대체로 의식이 없는 상태로 계속 잠만 자면서 거의 말을 하지 않았다. 이사벨은 환자를 위해 무엇이라도 할 수 있기를 고대했지만, 간호하는 사람들(터쳇 부인도 규칙적으로 환자를 돌보았다.)이 휴식을 취하러 자리를 비울 때만 간호를 할 수 있었다. 환자가 그녀를 전혀 의식하지 못하는 것 같아서 이사벨은 '내가 여기 앉아 있는 사이에 돌아가시기라도 하면 어떻게 하지?'라고 혼자 중얼거리기도 했다. 그런 생각을 하니 초조하고 긴장이 되었다. 한번은 환자가 잠시 눈을 뜨고 의식이 있는 것처럼 그녀 쪽을 가만히 보았는데, 이사벨이 자기를 알아봐 주었으면 좋겠다고 생각하며 다가가자 다시 눈을 감고 혼수상태에 빠지고 말았다. 하지만 다음 날 그는 눈을 뜨고 한참이나 의식이 있었다. 마침 그때는 랠프만 그의 곁에 있었다. 아버지가 이야기를 시작하자 아들은 너무나 기뻐 곧 일어나 앉게 되실 거라고 아버지를 안심시켰다.

"아니란다, 애야." 터쳇 씨가 말했다. "앉은 상태로 장례를 치르지 않는 한 말이야. 고대인들이 흔히 했던 대로. 고대인들이 맞겠지?"

"아버지, 그런 말씀은 하지 마세요." 랠프가 말했다. "점차 좋아지는 걸 모르시겠어요."

"네가 그런 말을 하지 않는다면 내가 차도가 없다고 말할 필요도 없겠지." 노인이 대답했다. "왜 마지막까지 이렇게 속이지 않으면 안 되지? 지금까지 우리 두 사람은 거짓말 같은 건 하지 않았는데 말이야. 사람은 언젠가 죽지 않으면 안 되는 거야. 그렇다면 아플 때 죽는 것이 건강할 때 죽는 것보다 훨씬 나아. 몸이 무척 아프구나. 앞으로도 이런 일은 별로 없을 거야. 설마 내가 더 악화될 거라고 말할 생각은 아니지? 그렇게 되면 안 돼. 그럴 생각은 없지? 그렇다면 좋아."

이렇게 자신의 주장을 훌륭하게 편 뒤 그는 잠잠해졌다. 하지만 다음에 랠프가 또 혼자 간호하고 있을 때, 그는 다시 한 번 말을 하려 했다. 간호사는 저녁 식사를 하기 위해 자리를 비웠고, 식사 후 계속 병상을 지키던 어머니를 쉬게 하고 랠프가 막 교대한 무렵이었다. 방 안 조명이라고는 깜빡거리는 벽난로 불빛(최근 들어 불을 지필 필요가 생겼다.)뿐이어서, 벽이나 천장에 반사된 랠프의 긴 그림자가 끊임없이 변하며 기괴한 형상을 만들어 냈다.

"지금 내 옆에 있는 사람이 누구지? 아들이냐?" 터쳇 노인이 물었다.

"예, 저예요. 아버지."

"다른 사람은 아무도 없느냐?"

"아무도 없어요."

잠시 말이 없던 터쳇 씨가 다시 입을 열었다. "너에게 할 말이 좀 있단다."

"말을 하면 힘드시지 않겠어요?" 랠프가 난색을 표했다.

"힘들어도 상관없어. 앞으로 긴 휴식에 들어갈 텐데. 너에 관한 문제야."

랠프는 침대 곁에 바싹 다가가 상반신을 내밀고 앉아 아버지의 손 위에 자기 손을 얹었다. "더 밝은 얘기를 하시는 게 좋겠네요."

"넌 언제나 총명했지. 난 그걸 자랑하기도 했고. 네가 뭔가를 이루어 내리라고 생각하고 싶구나."

"아버지가 먼저 떠나시면 전 슬퍼할 일밖에 없어요." 랠프가 대꾸했다.

"그거야말로 내가 바라지 않는 일이지. 내가 말하고 싶은 게 바로 그거다. 네겐 새로운 흥밋거리가 있어야 돼."

"그런 건 필요 없어요. 오래된 흥밋거리들이 얼마나 많은데요."

노인은 누워서 아들 쪽을 보고 있었다. 얼굴에는 사색이 짙었지만 눈빛은 자신의 것이었다. 그는 랠프의 흥밋거리들을 하나하나 세는 듯했다. "물론 네게는 어머니가 있지." 잠시 후 그가 다시 입을 열었다. "어머니를 잘 돌봐야 해."

"어머니는 항상 자신을 잘 돌보는걸요." 랠프가 대꾸했다.

"그렇더라도." 그의 아버지가 말했다. "나이가 들면 조금은 도움이 필요하거든."

"저는 그런 일을 겪지 못할 거예요. 어머니가 더 오래 사실 텐데."

"그럴지도 모르지. 하지만 그건 변명거리가 못 돼!" 터쳇 씨는 말이 흐려지고 맥이 좀 빠지기는 했어도 불만은 없다는 듯 한숨만 쉬었다. 그러고 나서는 다시 말이 없었다.

"저희들 일은 걱정하지 마세요." 아들이 말했다. "어머니와 저는 잘하고 있으니까요."

"늘 떨어져 살았는데 잘하고 있다니, 무슨 소리냐."

"아버지가 먼저 떠나시면 서로 마주할 날이 더 많아질 거예요."

"그래." 노인은 정신이 헷갈려 종잡을 수 없다는 듯이 말했다. "하지만 내가 죽는다고 네 어머니의 생활이 크게 달라질 것 같지는 않구나."

"아마 아버지가 생각하시는 이상으로 달라질 거예요."

"그렇지, 돈은 많아질 테니." 터쳇 씨가 말했다. "나는 그 사람에게 착실한 아내가 받을 만큼의 재산을 남겨 두었어. 착실한 아내인 것처럼 말이야."

"어머니는 착한 아내였어요. 어머니 나름의 생각으로요. 어머니는 아버지를 괴롭힌 적은 없거든요."

"아, 괴롭게 해서 즐거운 일도 있는 법이야." 터챗 씨가 중얼거렸다. "이를테면 네가 준 괴로움 같은 거지. 하지만 네 어머니는 그런 게 적었지. 뭐라고 할까? 내가 앓아누운 이래 혼자 돌아다니는 일이 적었어. 내가 그걸 깨닫고 있는 걸 그 사람도 눈치챈 것 같더구나."

"어머니에게 분명히 말씀드릴게요. 그런 말씀을 해 주시니 기뻐요."

"네 어머니에게 그런 말을 해 봤자 소용없을걸. 나를 기쁘게 하기 위한 게 아니었으니까. 그 사람이 그렇게 행동하는 건, 그렇게 행동하는 건……." 그는 잠시 입을 다문 채 아내가 왜 그렇게 행동했는지 생각하려고 애썼다. "그 사람은 자기가 좋아서 그렇게 행동하는 거야. 그러나 이건 내가 하고 싶은 이야기가 아니란다." 그가 덧붙였다. "난 너에 관해 말하고 싶구나. 넌 무척 부유해질 거다."

"그럼요." 랠프가 말했다. "알아요. 하지만 잊지 않으셨겠죠. 일 년 전에 제게 필요한 돈이 어느 정도인지 정확히 말씀드리고 나머지는 유익한 일에 쓰게 해 달라고 부탁드렸던 일 말이에요."

"그럼, 알고말고. 며칠 전에 새로운 유언장을 만들어 놓았단다. 하지만 그런 일이 흔한 건 아니지. 젊은 사내가 자기에게 불리한 유언장을 만드는 것 말이다."

"불리하지 않아요." 랠프가 말했다. "막대한 재산을 물려받고 잘 관리하는 게 불리한 일이죠. 저같이 건강이 좋지 않은 사람이 그토록 많은 재산을 쓴다는 건 불가능해요. 충분히 배가 부른데 잔치는 소용없거든요."

"그래도 넌 충분한 재산을 갖게 될 거야. 더 많이. 한 사람 몫으로도 충분하지만 두 사람이 쓰기에도 충분한 재산일 거다."

"너무 많은걸요."

"그런 말은 하지 마라. 내가 죽고 나서 네가 할 수 있는 최상의 일은 결혼하는 거야."

랠프는 아버지의 이야기가 어디로 옮겨 갈지 알고 있었고, 그 이야기는 결코 새롭지 않았다. 결혼을 권하는 것은 예전부터 터쳇 씨가 아들이 오래 살 거라는 즐거운 생각을 아주 교묘하게 표현하는 수단이었다. 랠프는 그런 이야기를 주로 익살로 흘려보냈지만, 지금은 익살로 대처할 상황이 아닌 것 같았다. 그는 그저 의자에 등을 기대고 앉아 아버지의 호소하는 듯한 눈길을 가만히 보고 있었다.

"내가 날 그다지 좋아하지도 않는 아내와 무척 행복한 생활을 누려 왔다고 한다면." 터쳇 씨는 더욱 교묘하게 이야기를 끌어갔다. "네가 네 어머니와 전혀 다른 여자와 결혼하면 그야말로 멋진 생활을 할 수 있지 않을까. 네 어머니를 닮은 여자보다는 닮지 않은 여자들이 훨씬 더 많단다." 랠프가 여전히 아무런 대꾸도 하지 않자 터쳇 씨가 조용히 물었다. "네 사촌을 어떻게 생각하느냐?"

랠프는 이 말을 듣고 흠칫 놀라 어색하게 웃으며 대답했다.

"제가 이사벨과 결혼하길 바란다는 말씀인가요?"

"그렇지, 결국 그런 말이지. 이사벨이 싫으냐?"

"아뇨, 무척 좋아하죠." 랠프는 자리에서 일어나 벽난로 쪽으로 걸어가 잠시 서 있다가 몸을 숙이고 기계적으로 불을 휘저었다. 그가 다시 말했다. "전 이사벨을 무척 좋아해요."

"그렇구나." 터쳇 씨가 말했다. "그 애도 널 좋아하는 걸 나는 알아. 너를 무척 좋아한다고 내게 말했거든."

"저와 결혼하고 싶다고 하던가요?"

"그런 말은 하지 않았지만 너에 대해 나쁘게 말한 건 하나도 없어. 난 저렇게 우아한 아가씨를 본 적이 없다. 그리고 네게 잘해 줄 거야. 난 이 일에 대해 많이 생각했단다."

"저도 마찬가지예요." 랠프는 다시 침대 옆으로 다가서며 말했다. "거리낌 없이 말씀드릴 수 있어요."

"그렇다면 그 애를 사랑하니? 그러리라 생각한다만. 마치 그 아이가 이 일 때문에 일부러 온 것 같구나."

"아니에요. 사랑하는 건 아니지만 만일 사정이 달랐다면 사랑할지도 모르겠어요."

"사정이라는 건 언제나 생각대로 되는 게 아니란다." 노인이 말했다. "사정이 변할 때까지 기다린다면 아무 일도 할 수 없어. 네가 아는지 어쩐지 모르지만." 그는 계속 말했다. "사정이 이러니 말해도 상관없다고 생각한다. 실은 며칠 전에 이사벨과 결혼하고 싶다는 사람이 나타났는데, 그 아이는 승낙하지 않았어."

"저도 알아요. 이사벨이 워버튼 경의 청혼을 거절한 사실을

요. 워버튼 경이 저한테 얘기해 주더군요."

"그래, 그렇다면 다른 누군가에게 기회가 있다는 증거로구나."

"며칠 전 런던에서도 누군가가 기회를 노려 청혼했지만 실패했어요."

"네가 청혼했니?" 터챗 씨가 진지하게 물었다.

"아니에요, 이사벨의 옛 친구가 그랬대요. 상황을 살피러 일부러 미국에서 건너온 불쌍한 신사였죠."

"누군지 모르지만 그것 참 안됐구나. 그런데 그것 때문에 내 생각이 점점 더 확실해져. 길은 네게 열렸다는 생각 말이야."

"그렇다면 정말 유감스럽게도 제가 그 길을 걸을 수 없는 게 당연해요. 저에게는 여러 가지는 아니지만 몇 가지 분명한 사유가 있거든요. 하나는 일반적으로 볼 때 사촌과는 결혼하지 않는 편이 좋다는 거고, 또 하나는 폐병이 상당히 진행되고 있는 사람은 결혼하지 않는 편이 좋다는 거죠."

노인은 허약해진 손을 들어 얼굴 앞에서 이리저리 흔들었다. "그게 무슨 뜻이냐? 넌 모든 걸 나쁜 쪽으로만 생각하는구나. 사촌이라고는 하지만 스무 살이 넘어서 처음 만났다면 사촌이라고 할 수 있겠니? 우리는 모두 서로 사촌 같은 관계란다. 사촌이라고 결혼을 주저한다면 인류는 소멸하고 말 거야. 너의 폐병도 마찬가지다. 예전보다 훨씬 좋아지지 않았니. 인간으로서 자연스러운 생활을 하는 게 중요하단다. 네가 사랑하는 젊고 아름다운 아가씨와 결혼하는 편이 잘못된 원칙을 고집하는 것보다는 훨씬 자연스럽지."

"저는 이사벨을 사랑하지 않아요."

"방금 너는 잘못이 아니라는 생각이 들면 사랑할 거라고 말했는데, 잘못이 아니라는 걸 너에게 증명하고 싶구나."

"공연히 피곤하기만 하실 거예요, 아버지." 그는 아버지가 끝까지 완고하게 우겨 대자 놀랐다. "그러면 우린 모두 어떻게 되는 거죠?"

"내가 너에게 짝을 마련해 주지 않는다면 넌 어떻게 될까? 넌 은행 일에는 관심이 없을 테고, 돌보아 줄 나도 없지. 흥밋거리가 얼마든지 있다고는 하지만 그게 뭔지도 모르겠구나."

랠프는 팔짱을 끼고 의자에 등을 기대었다. 잠시 무엇을 생각하는 듯 눈동자가 꼼짝도 하지 않다가 이윽고 용기를 낸 듯 말했다. "제가 사촌 동생에게 대단히 관심 있긴 하지만 아버지가 원하시는 그런 건 아니에요. 전 오래 살지 못하겠지만 사촌이 어떤 삶을 영위할지 볼 수 있을 만큼은 살고 싶어요. 저 같은 사람이 영향을 끼칠 필요가 없을 만큼 독립심이 매우 강하거든요. 하지만 그녀를 위해 하고 싶은 게 있어요."

"무엇을 하고 싶지?"

"그녀의 돛에 바람을 좀 불어넣고 싶어요."

"그게 무슨 뜻이냐?"

"그녀가 하고 싶은 일을 하도록 힘을 불어넣고 싶다는 거죠. 예를 들면 그녀가 세상을 경험해 보고 싶어 하니 지갑에 돈을 넣어 주고 싶다는 뜻이에요."

"그런 생각을 했다니 기쁘구나." 노인이 말했다. "그런데 나도 그런 생각을 했단다. 그 아이에게 유산을 5000파운드 남기기로 했어."

"굉장하네요. 정말 고마운 일이고요. 그렇지만 저는 조금 더 주고 싶은데요."

돈 문제가 나오면 예민한 감정을 겉으로 드러내지 않고 경청하는 것이 터챗 씨가 평생 몸에 익힌 습성이었다. 그의 얼굴에는 완전히 지워지지 않은 실업가의 모습이 아직 그대로 드러나 있었다. "그런 생각을 하다니 기쁘구나." 그는 조용히 말했다.

"이사벨은 그 정도로는 가난뱅이예요. 어머니 말씀으로는 현재 일 년 수입이 몇백 달러밖에 안 된대요. 그녀를 부자로 만들어 주고 싶어요."

"부자라니, 무슨 말이냐?"

"자기 상상력의 요구를 충족할 수 있는 사람이라는 뜻이죠. 이사벨의 상상력은 대단하거든요."

"너도 그렇지 않니?" 터챗 씨는 아들 말을 주의해서 듣고도 약간 혼란스러운 어투로 말했다.

"두 사람 몫으로 충분한 돈을 주겠다고 하셨죠. 부탁드리는데, 제게 주어질 많은 재산을 나누어 이사벨에게 넘겨주세요. 저의 상속분을 반으로 나누어 그 절반을 이사벨에게 주셨으면 해요."

"좋아하는 일을 할 수 있도록 말이냐?"

"네, 좋아하는 일을 마음껏 할 수 있도록요."

"아무런 대가도 없이?"

"거기에 무슨 대가가 필요해요?"

"내가 이미 말하지 않았니."

"그녀가 다른 사람과 결혼할지도 모른다는 말씀이죠? 이런 말씀을 드리는 건 바로 그런 일이 생기지 않도록 하기 위한 거예요. 충분한 수입만 있다면 생계 때문에 결혼할 필요가 없거든요. 그건 제가 막고 싶은 일이에요. 이사벨은 자유를 갈망한답니다. 아버지의 유산으로 자유로워질 거예요."

"됐다. 넌 충분히 생각한 것 같구나." 터쳇 씨가 말했다. "그런데 왜 나에게 그런 일을 부탁하는지 모르겠구나. 어차피 그 돈은 네 것이니 마음대로 그 아이에게 줄 수 있는데."

랠프는 아버지를 빤히 쳐다보았다. "아버지, 저는 이사벨에게 돈을 줄 수 없어요!"

노인이 신음 소리를 냈다. "그 아이를 사랑하지 않는다고 말하지 마라! 그러니까 내가 돈을 준 걸로 해 달라는 거냐?"

"맞아요. 제 얘기는 한마디도 하지 마시고 아버지 유언장에 한 줄만 넣어 주세요."

"새로 유언장을 만들어 달라는 거냐?"

"몇 마디만 넣으시면 돼요. 나중에 원기가 조금 회복되었을 때 하시면 돼요."

"그러면 힐러리 씨에게 전보를 쳐 두어라. 모든 걸 그 변호사에게 맡길 테니까."

"힐러리 씨에게 내일 오라고 할게요."

"그 사람은 우리가 다투었다고 생각할 테지, 너와 내가 말이다." 노인이 말했다.

"아마 그럴 거예요. 그렇게 생각해 주면 좋겠네요." 랠프가 웃으면서 말했다. "미리 말씀드리지만 그 사람이 그런 생각을 하도록 제가 아버지에게 무척 매정하고 꽤나 징글맞고 서먹서 먹하게 대하겠어요."

이 유머에 감동한 듯 터챗 씨는 잠시 그것을 생각하며 누워 있었다. 마침내 그가 입을 열었다. "너 좋을 대로 하자꾸나. 그 런데 그게 좋은 일인지 의문이구나. 넌 그 아이의 돛에 바람을 불어넣고 싶다고 하는데, 너무 많이 불어넣는 것 아니냐?"

"순풍에 돛을 달고 항해하는 걸 보고 싶은걸요!"

"단지 네 즐거움을 위해서로구나."

"즐거움이죠. 커다란 즐거움이 될 거예요."

"글쎄, 난 모르겠다." 터챗 씨는 한숨을 쉬면서 말했다. "요 즘 젊은이들은 내가 젊었을 때와 사뭇 달라. 나는 젊었을 때 좋 아하는 여자가 생기면 그저 보는 것만으로는 성이 차지 않았 거든. 그런데 넌 내게 없었던 망설임이 있고, 내가 생각지도 못 했던 걸 생각하는구나. 그러니까 이사벨은 자유인이 되고 싶 어 하고, 그 아이가 부자가 되면 돈 때문에 결혼하지는 않을 거 라는 뜻이지. 그렇게 할 아이라고 생각하니?"

"그럼요. 하지만 이사벨은 과거 어느 때보다 돈이 없어요. 그녀의 아버지가 돈을 낭비하는 습성 때문에 모두 써 버렸대 요. 지금 그녀가 먹을 거라고는 성찬에서 남은 빵 부스러기뿐 이고, 남은 재산이 얼마나 변변찮은지도 모른대요. 지금은 알 아야 하는데 말이죠. 다 어머니가 말씀해 주셔서 알았어요. 이 사벨도 정말로 세상 풍파에 내던져지면 알게 되겠지만요. 해 결할 수 없는 궁핍을 의식하게 될 때 말이에요. 그걸 생각하니 괴로워서 견딜 수가 없네요."

"난 그 아이에게는 5000파운드를 남겼어. 그 정도면 궁핍을 꽤나 많이 해결할 수 있겠지."

"그건 사실이에요. 하지만 아마 몇 해 사이에 다 써 버릴 거예요."

"그 아이가 그렇게 낭비벽이 심한 편이냐?"

"그럼요." 랠프가 평온하게 웃으면서 말했다.

예리한 터챗 씨는 갑자기 혼란에 빠지고 말았다. "그렇다면 더 많이 있어도 다 써 버리는 건 시간문제 아니겠니?"

"그건 아니에요. 처음에는 마구 쓰겠죠. 아마 두 언니에게도 일부를 줄 거예요. 하지만 그 후로는 앞으로 살아갈 날이 많다는 걸 깨닫고 분수에 맞게 살 거예요."

"그래, 참 철저히도 연구했구나." 노인은 무력하게 말했다. "확실히 넌 그 아이에게 관심이 많아."

"새삼스럽게 제가 지나치다고 말씀하시진 마세요. 더 깊이 관여하라고 하셨잖아요."

"글쎄, 잘 모르겠어." 터챗 씨가 대답했다. "네 생각을 따라 갈 수가 없구나. 어쩐지 부도덕한 것 같기도 하고."

"부도덕하다뇨?"

"특정한 한 사람에게 이것저것 잘해 주는 게 옳은 일인지 잘 모르겠어."

"그건 사람 나름이에요. 훌륭한 사람이라면 잘해 주는 게 미덕에 보탬이 되는 행동이죠. 좋은 충동을 살릴 수 있게 도와주는 셈이니까요. 그것만큼 더 고귀한 행동이 있을까요?"

이 말은 약간 이해하기 곤란했기 때문에 터쳇 씨는 잠시 생각에 잠겼다가 마침내 입을 열었다. "이사벨이 귀여운 아가씨이긴 하지만 그 정도로 훌륭한 여성이라고 생각하니?"

"그럼요. 가장 멋진 기회를 맞이해 마땅한 사람인걸요." 랠프가 대답했다.

"그렇다면." 터쳇 씨가 크게 말했다. "6만 파운드만 있으면 멋진 기회를 맞이할 수 있을 것 같구나."

"틀림없이 그럴 거예요."

"네 소원대로 해 주마." 노인이 말했다. "다만 좀 더 사정을 알아보고 싶구나."

"그러면 아버지, 이제는 이해해 주시는 거예요?" 아들은 위로하듯 말했다. "그게 아니라면 이 이야기로 계속 고민하실 필요는 없으니 그만두세요."

터쳇 씨는 오랫동안 조용히 누워 있었다. 랠프는 자신의 이야기를 이해하려는 노력을 아버지가 포기한 것으로 짐작했다. 그런데 이윽고 아버지는 꽤나 명료하게 다시 말하기 시작했다. "먼저 묻고 싶은 게 있다. 6만 파운드라는 거금을 가진 아가씨가 재산을 노리는 사람들의 희생물이 되지는 않을 것 같니?"

"그렇다고 해 봤자 기껏 한 사람 정도겠죠."

"아니, 한 사람으로도 충분해."

"그럴 테죠. 그런 위험은 있으니까요. 그것도 계산해 두었어요. 위험이 있다는 건 예상되지만 대단하지는 않기 때문에 저도 준비는 하고 있어요."

터챗 씨의 예리함은 안타깝게도 혼란에 빠졌으나, 지금은 그 혼란이 감탄의 마음으로 바뀌고 말았다. "아니, 그렇게까지 생각을 했단 말이냐!" 그는 되풀이했다. "하지만 그것이 너에게 어떤 이득이 있는지 모르겠구나."

랠프는 아버지의 베개 쪽으로 다가가 정다운 몸짓으로 베개를 바로잡았다. 그는 환자와 너무 오래 이야기하는 게 좋지 않다는 사실을 깨달았다. "아까도 말씀드렸듯이 저는 이사벨을 부자로 만들어 주고 싶어요. 그건 제 상상력의 요구를 충족해 주는 일이죠. 그러기 위해 제가 아버지를 이용하는 건 괘씸한 일이지만요!"

19

터챗 부인의 예언대로 터챗 씨가 앓고 있는 동안 이사벨과 마담 멀은 같이 시간을 보낼 때가 많았다. 그러니 그들이 친해지지 않았다면 오히려 예의가 아니었을 것이다. 두 사람의 태도는 매우 좋았고 서로 상대방을 마음에 들어 했다. 그들이 영원한 친구가 되기로 맹세했다고 하면 좀 지나친 말이지만, 적어도 그들은 말없는 가운데 장래의 우정을 믿었다. 특히 이사벨은 아무런 거리낌 없이 그것을 믿었다. 하긴 그녀는 절친한 친구라는 말에 은근히 높은 의미를 두었기 때문에 이 새로운 사람과의 교분을 인정하는 것을 약간 주저했을 것이다. 사실 그녀는 자신이 누군가와 절친한 친구 사이가 된 적이 있거나 혹은 그런 일을 할 수 있을까 하는 생각을 곧잘 했다. 그녀는 다른 많은 감정과 마찬가지로 우정에 대해서도 어떤 이상을 품고 있었다. 과거 다른 경우처럼 이번 경우에 현실이 이상대로 완벽하게 표출되었다고 생각되진 않았다. 그러나 그녀는 이상이 결코 구체화될 수 없는 데는 본질적 이유가 있다고 자주 생각했다. 이상이란 믿는 것이지 보는 것은 아니었고, 신념에 관한 문제이지 경험에 관한 문제가 아니었다. 그러나 경험은 우리에게 아주 훌륭한 모조품을 제공하고, 지혜로운 사람이 해야 할 일은 이 모조품을 최대한 활용하는 것이다. 대체적으로 이사벨은 마담 멀 만큼 호감이 가고 흥미로운 여성을 만난 적이 없었으며, 우정에 주요 장애가 될 결점(자기 성격에서 지루하고 진부하고 너무나 잘 아는 것을 재현하는 태도)이 이렇게까지 없는 여성을 본 적도 없었다. 그러므로 이사벨의 신뢰의 문은 지금까지 볼 수 없었을 만큼 활짝 열려, 이토록 상냥하게 귀를 기울이는 여성에게 이제껏 누구에게도 말하지 않았던 것들을 이야기했다. 그녀는 가끔 자신이 너무 솔직하다는 것에 놀랐다. 그건 마치 처음 보는 사람에게 보석함 열쇠를 맡기는 것과 같았다. 이런 보석 같은 고귀한 정신은 이사벨이 갖춘 것 가운데 유일하게 위대한 것이었지만 그녀가 소중히 간직해야 될 더 큰 이유가 있었다. 그러나 나중에 그녀는 사람이란 큰 실수를 범하더라도 후회해서는 안 되며, 만일 마담 멀에게 자기가 생각했던 것만큼 장점이 없다면 그만큼 그녀가 딱한 노릇이라고 생각할 따름이었다. 마담 멀에게 상당한 장점이 있다는 데는 의심의 여지가 없었다. 그녀는 매력적이고 공감할 줄 알며, 이지적이고 교양 있는 여성이었다. 뿐만 아니라(대체로 함께 이야기를 나눌 몇몇 여성을 만날 수 없을 만큼 이사벨이 불운하지는 않았으므로) 멀은 보기 드물게 뛰어난 여성이었다. 세상에는 다정다감한 사람이 굉장히 많지만, 마담 멀의 성품은 통속적이거나 들떠 있을 정도로 익살스러운 것과는 상당히 거리가 멀었다. 그녀는 생각하는 방법(여자들이 흔히 알기 어려운)을 잘 알았고, 생각한 만큼의 성과가 있었다. 물론 그녀는 사물을 느끼는 방법도 터득했는데, 이사벨은 일주일간 그녀와 함께 지내면서 이런 사실을 확신하지 않을 수 없었다. 사실 그것은 마담 멀의 훌륭한 재능이자 가장 완벽한 재능이었다. 인생 경험은 그녀를 그런 여자로 만들었고, 그녀는 그것을 뼛속 깊이 느꼈던 것이다. 이사벨이 그 여자와 친하게 지내면서 느낀 만족감 중 하나는 자신이 진지한 문제라고 즐겨 생각하는 것들을 이야기해 주면 쉽고 빠르게 이해한다는 점이었다. 확실히 그녀의 감정은 다소 과거지사가 되어 버렸다. 그래서 그녀는 열정의 샘을 젊었을 때 좀 심하게 퍼냈기 때문에 옛날처럼 마구 흘러나오지 않는다는 사실도 숨김없이 이야기했다. 그녀는 이제 감정을 조절하고 싶다는 말까지 하고, 옛날에는 약간 어리석었지만 지금은 더없이 온전해졌다는 것도 스스럼없이 인정했다.

"요즘 나는 옛날보다 판단을 내리는 일이 많아요." 마담 멀이 이사벨에게 말했다. "그러나 사람에겐 그럴 자격이 있다고 말해도 될 거예요. 나이 마흔이 되면 그 정도는 판단할 수 있죠. 예전에는 지나치게 열성적이고, 힘들고, 무자비하고, 아는 게 너무 없었어요. 안타깝게도 아가씨가 마흔이 되려면 꽤 오랜 시간이 걸리겠죠. 그러나 뭔가를 얻는다는 건 뭔가를 상실하는 것이기도 해요. 마흔을 넘기면 내가 정말로 사물을 느끼지 못하는구나 하는 생각이 들 때가 있답니다. 신선미나 민첩함은 이미 사라진 지 오래고요. 아가씨는 보통 사람들보다 더 오래 그런 것들을 간직할 거예요. 지금부터 몇 년 후에 당신을 만나게 되면 나는 무척 만족할 거예요. 세상 경험이 당신을 어떤 사람으로 만드는지 보고 싶군요. 그것 때문에 당신이 엉망이 되지 않을 거라는 것만은 확실해요. 세상 경험은 당신을 함부로 다루겠지만 결코 당신을 엉망으로 만들 수는 없을 거예요."

이런 확신에 찬 말을 들은 이사벨의 기분은 마치 작은 전투에서 무공을 세우고 돌아와 아직도 가쁜 숨을 쉬고 있는 젊은 병사가 대령으로부터 어깨를 다독거리며 칭찬받을 때와 같았다. 그녀의 장점을 인정해 준 마담 멀의 말은 마치 권위 있는 사람의 입에서 나온 것처럼 생각되었다. 그녀는 이사벨이 하는 거의 모든 이야기에 "어쩜, 내게도 그런 일이 있었어요. 그러나 모든 것들처럼 과거지사가 되어 버렸어요."라고 말할 태세였기 때문에, 그녀의 말은 사소한 것일지라도 가벼울 수 없었다. 마담 멀을 놀라게 하는 것은 좌절할 정도로 어려운 일이었기 때문에 많은 사람들이 언짢아할 수도 있었다. 상대방을 감동시켜야겠다는 소망이 없는 것은 아니었지만 이사벨은 지금은 그러고 싶은 기분이 아니었다. 그녀는 너무나 진지했고, 이 현명한 상대에게 너무도 관심이 컸던 것이다. 게다가 마담 멀은 결코 승리나 자만하듯 말하지 않고 냉정하게 고백하듯 말했다.

가든코트의 날씨가 나빠지는 계절이 왔다. 해는 점점 더 짧아지고, 잔디밭에서 벌어지는 조촐한 차 모임도 이제는 끝이 났다. 그러나 이사벨은 마담 멀과 실내에서 오랜 시간 이야기를 하거나 비를 무릅쓰고 산책을 하기도 했다. 이럴 때를 대비하여 영국 풍토와 영국인의 천재성이 결합하여 멋지게 만들어 놓은 우산은 훌륭한 방어 장치가 되었다. 마담 멀은 영국의 비까지 포함해 거의 모든 것을 좋아했다. "이곳엔 언제나 비가 조금씩 내려요. 한꺼번에 많이 내리지는 않죠." 그녀가 말했다. "비에 젖어 난처한 일도 없고, 항상 기분 좋은 냄새가 난답니다." 그녀 말에 의하면 영국에서는 냄새가 주는 기쁨이 대단한데, 이상하게 들리겠지만 타의 추종을 불허하는 이 섬나라에서는 안개와 맥주와 검댕이 뒤섞여 이 나라 특유의 향취가 되어 코끝에 향기로운 냄새를 풍긴다는 것이었다. 그리고 그녀는 영국제 외투 소매를 끌어 올려 거기에 코를 파묻고 양털의 깨끗하고 향긋한 냄새를 맡곤 한다는 것이다. 가엾게도 랠프는 가을 기운이 뚜렷해지면 죄수 같은 몸이 되어 날씨가 나쁠 때는 밖으로 나갈 수가 없었다. 그는 이따금 두 손을 호주머니에 넣은 채 창가에 서서, 반쯤은 슬픈 듯이, 반쯤은 비판적인 표정으로 이사벨과 마담 멀이 우산을 받쳐 들고 보도를 따라 거니는 모습을 지켜보았다. 가든코트 주변 도로는 날씨가 나쁠 때에도 전혀 질퍽거리지 않았기 때문에 두 여자는 언제나 산책을 마치고 양 볼에 홍조를 띠며 돌아와 깨끗하고 단단한 신발 밑창을 보면서 참으로 즐거운 산책이었다고 말했다. 마담 멀은 점심 식사 전에는 언제나 쉴 틈이 없었다. 이사벨은 마담 멀이 오전에 할 일을 정해 그대로 실행하는 등 몸에 익혀

놓은 습성을 감탄하고 부러워했다. 이사벨은 창의력이 풍부한 사람으로 여겨져 왔고, 자신도 그런 평판에 다소 자부심이 있었다. 그러나 이사벨은 개인 소유 정원의 담 바깥을 돌듯이 마담 멀 특유의 재능과 성취와 소질의 주변만 맴돌 뿐이었다. 그녀는 마담 멀을 닮아 보겠다는 소망을 품게 되었고, 마담 멀은 많은 면에서 모범을 보였다. 마담의 여러 재능이 하나씩 빛을 발할 때면 이사벨은 '나도 저렇게 돼 봤으면!' 하고 마음속으로 외쳤다. 그사이에 이사벨은 자신이 이 모범적인 여자로부터 많은 것을 배운다는 사실을 깨달았다. 사실 오랜 시간이 지나기도 전에 그녀는 자기가 이 여자의 영향 아래 있다는 것을 알게 되었다. '어쨌든 나쁜 일은 아니지. 나에게 좋은 영향을 주는걸?' 하고 그녀는 생각했다. '좋은 영향은 받으면 받을수록 좋은 거지. 중요한 건 영향을 받을 때 자기 처지를 살펴보고 잘 이해한 뒤 앞으로 나아가는 거야. 나는 항상 그렇게 할 거야. 지나치게 유순해질까 봐 걱정할 필요는 없어. 오히려 유순하지 못하다는 게 내 결점 아닐까?' 모방은 가장 진지한 아첨이라는 말이 있다. 만일 이사벨이 이따금 야망을 품고 마담 멀을 모방하고 싶은 마음이 생겼다면, 자신을 빛내기 위해서라기보다 마담 멀을 빛내 주는 역할을 할 마음이 생겼기 때문이었을 것이다. 그녀는 마담 멀이 너무 좋았지만, 매료당했다기보다는 황홀감에 빠진 상태였다. 미국에서 함께 태어난 이 괴이한 여자에게 이렇게까지 매료당하는 것을 만일 헨리에타가 본다면 무슨 말을 할지 그녀는 이따금 궁금했다. 헨리에타에게서 비난받을 것이 확실했다. 헨리에타는 마담 멀의 견해에 전혀 찬동하지 않을 것이다. 이유를 꼬집어 말할 수는 없지만 틀림없이 그럴 거라는 느낌이 들었다. 반면에 만일 기회가 주어진다면, 새로 생긴 마담 멀이라는 친구는 그녀의 옛 친구인 헨리에타에 대해 즉석에서 적절한 판단을 할 수 있을 거라는 확신이 들었다. 마담 멀은 유머가 풍부하고 관찰력도 예리하기 때문에 헨리에타를 부당하게 판단하지 않을 테고, 두 사람이 가까워지면 헨리에타가 감히 흉내 낼 수 없을 만큼 재치를 발휘할 것이다. 마담 멀은 모든 것의 잣대를 경험에 두는 기색이었고, 자신의 탁월한 경험들을 간직한 커다란 주머니 어딘가에 헨리에타의 장점을 이해할 열쇠가 있을 것이다. '참 대단한 일이야.' 이사벨은 심각한 표정으로 생각했다. '정말 대단한 행운이지. 사람들이 자기를 평가하는 것보다 더 나은 위치에서 상대를 평가한다는 건.' 그리고 그녀는 잘 생각해 보면 이것이야말로 품위 있는 입장의 핵심이며, 바로 이런 점에서 품위 있는 입장이 요구된다고 여겼다.

　이사벨이 마담 멀의 입장을 품위 있다고 생각하게 된 연쇄적 고리를 하나하나 서술하긴 어렵다. 이런 견해에 대하여 그 여자 스스로 아무것도 표명하지 않았기 때문이다. 마담 멀은 훌륭한 일, 훌륭한 사람 들을 많이 알았지만, 스스로 훌륭한 역할을 연출한 적은 없었다. 그녀는 지구상의 조그만 동네에 살 뿐, 명예로운 일을 하기 위해 태어난 것은 아니었다. 그녀는 세상을 너무 잘 알기 때문에 자신의 위치에 공허한 환상을 품지 않았다. 그녀는 행운을 타고난 몇몇 사람들을 알고 있었지만, 그들의 운명과 자신의 운명이 어떻게 다른지도 충분히 이해했다. 자신의 가치 척도에 따라 자기는 유명인과는 거리가 멀다고 생각했지만, 상상력 풍부한 이사벨이 볼 때는 탁월한 뭔가를 갖추고 있었다. 이토록 교양 있고 개화되었으며, 총명하고, 너그럽고, 그러면서도 그것을 대수롭지 않게 여긴다는 것이야말로 훌륭한 여성이라는 증거이며, 특히 몸가짐과 모습에서 이것이 드러났다. 아무튼 이것은 그녀의 모든 사교 활동과 모든 기법과 미덕에 헌신하는 듯 보였다. 아니면 자신이 어디에 있든 떠들썩한 세상에 바치는 섬세한 노력이 멀리에서도 보인다는 것이 그녀에게 작용하는 매력적인 특성이 되었기 때문일까? 아침 식사를 마치면 그녀는 잇달아 편지를 썼다. 그녀에게 오는 편지는 수없이 많은 것 같았다. 가끔 그녀와 함께 동네 우체국으로 그녀의 편지를 부치러 간 적이 있는 이사벨은 편지가 그렇게 많은 것을 보고 경탄했다. 그녀는 이사벨에게 말한 것처럼 많은 사람들을 알며, 편지에 쓸 소재도 계속 생겨났다. 그녀는 그림 그리는 일에도 열중했는데, 그림 한 장 그리는 것은 그녀에게는 장갑을 벗는 것만큼이나 손쉬운 일이었다. 가든코트에 한 시간이라도 햇빛이 비치면 그녀는 간이 의자와 수채화구를 들고 밖으로 나가곤 했다. 그녀가 훌륭한 음악가라는 건 이미 아는 사실이지만, 저녁이 되어 그녀가 피아노 앞에 앉으면 옆에서 듣는 사람들은 그녀의 우아한 이야기를 놓치게 된다는 불평은 한마디도 하지 않을 정도였다. 그녀와 사귄 후로 이사벨은 자신의 재능이 부끄럽고 무척 모자란다는 생각이 들었다. 사실 마담 멀은 집안일에서도 뛰어났지만, 그녀가 여러 사람에게 등을 돌리고 피아노를 치기 시작하면 음악을 듣는 즐거움보다 그녀와 대화를 하면서 느끼는 즐거움이 더 크다고 생각되었다. 마담 멀은 편지를 쓰지 않고 그림도 그리지 않으며 피아노도 치지 않을 때는 대개 아름다운 천 조각을 손에 들고 보기 좋게 수를 놓아 쿠션이나 커튼, 벽난로 장식물을 만들었는데, 그런 일에서 볼 수 있는 그녀의 대담하고 자유분방한 기량은 민첩한 바느질 솜씨만큼이나 놀라웠다. 그녀는 아무 일도 하지 않고 가만히 있는 법이 없었다. 앞에서 본 대로 작업을 하지 않을 때는 독서를 하거나(이사벨이 보기에 중요한 책은 모두 읽는 것 같았다.) 바깥에서 산책을 하거나 혼자 카드놀이를 하거나 혹은 집 안에 있는 사람들과 이야기를 하곤 했다. 이런 모든 일에도 불구하고 그녀는 항상 사교성을 발휘하여 예의 없이 함부로 자리를 비우거나 눈치 없이 버티는 일이 없었다. 그녀는 쉽게 놀잇거리를 찾아내 즐겼지만, 그만둬야 될 때는 미련 없이 일어섰다. 그녀는 일을 하면서 대화를 즐겼는데, 그럴 때는 자기가 하는 일에 별로 가치를 두지 않는다는 인상을 풍겼다. 그녀는 대화 상대자의 형편에 따라 그림이나 태피스트리를 바닥에 내려놓거나 피아노에서 일어나거나 혹은 그대로 앉아 있는 등 언제나 상대방 입장을 정확히 꿰뚫었다. 한마디로 그녀는 함께 있는 사람을 무척 편안하고 유익하고 기분 좋게 해 주었다. 이사벨이 보기에 그녀의 유일한 단점은 자연스러움이 부족하다는 것이었다. 그녀가 가식적이거나 잘난 체한다는 뜻은 아니었다. 어쨌든 그녀가 어떤 여자보다도 덜 저속했기 때문이며, 그녀의 성품 또한 관습에 너무 많이 위축되고 모난 데가 깎여 지나치게 반들거렸다.

그녀는 너무도 유연하고 수완적이었으며, 원숙하고도 세련되었다. 인간은 사회적 동물이라는 말이 있지만, 한마디로 그녀는 너무나 완벽한 동물이 되어 버린 것이다. 그녀는 시골 저택 생활이 유행하기 전에 아무리 다정다감한 사람들이라도 갖고 있었던 건강하고 야성적인 면모의 잔재를 말끔히 제거한 상태였다. 이사벨은 마담 멀이 외톨이가 되었다고 보기는 어렵다고 생각했다. 그녀는 주변 사람들과의 직간접적인 관계 속에서만 존재했다. 그녀가 자기 영혼과의 관계를 어떻게 설정하는지도 궁금한 일이었다. 그러나 겉모습이 매력적이라고 해서 그 사람의 성품이 반드시 피상적일 수는 없다. 그런데 젊었을 때 우리는 자칫 그런 환상에 빠질 위험이 있는 것이다. 마담 멀은 피상적인 데가 없었다. 아니, 그런 면은 없었고 그녀의 행동에는 오히려 깊숙한 맛이 있었다. 그녀의 성격은 인습의 언어로 표현되었기 때문에 그녀의 행동 속에 여실히 드러났다. 이사벨은 '말이란 결국 인습적인 것이 아닐까?' 하고 생각했다. '저 사람은 좋은 취미를 가졌고, 내가 만난 다른 사람들처럼 독창적인 말로 자기를 치장하려는 가면도 쓰지 않았는데.'

"부인도 몹시 괴로운 적이 있었겠죠." 이사벨은 언젠가 아주 먼 과거를 암시하는 마담 멀의 이야기에 무심코 이렇게 대꾸했다.

"어떻게 그런 생각을 했죠?" 마담 멀은 퀴즈 게임에 나온 사람들이 흔히 띠는 미소를 지으며 말했다. "세상으로부터 오해받는 사람들의 의기소침한 태도 같은 것이 내게 많이 없으면 좋겠네요."

"없죠. 그러나 부인은 언제나 행복하게 산 사람에게서는 나올 수 없는 말을 이따금 해요."

"난 언제나 행복하지는 않았어요." 마담 멀은 여전히 미소를 지으며 마치 어린애에게 비밀을 가르치듯 일부러 진지한 체했다. "하지만 너무나 멋진 인생이었죠!"

이사벨은 역설적인 이 말을 받아쳤다. "한순간이라도 인생을 절박하게 느껴 본 적이 없는 사람들이 너무 많다는 생각이 들어요."

"정말 그래요. 흙으로 만든 그릇보다 쇠로 만든 그릇이 확실히 더 많아요. 그래도 어느 것이나 흠집은 있는 법이죠. 아주 단단한 쇠붙이 그릇이라도 어딘가 약간의 흠이나 구멍이 나 있기 마련이니까. 난 스스로 강한 사람이라고 자위할 때도 있어요. 하지만 솔직히 말해 내게도 남들이 놀랄 만한 균열이나 금이 있답니다. 잘 고쳐 놓았기 때문에 아직은 쓸 만하지만요. 그리고 될 수 있는 대로 찬장 속에 그대로 넣어 두려고 해요. 조용하고 어둠침침하고 퀴퀴한 향신료 냄새가 나는 찬장 속에 말이에요. 찬장에서 밖으로 나와 강렬한 햇볕을 쪼이면 난 공포 그 자체가 되죠!"

이때쯤이었나, 두 사람 이야기가 지금 말한 방향으로 진행되었을 때 확실치는 않지만 그녀가 이사벨에게 언젠가 자기 신상에 대한 이야기를 해 주겠다고 했다. 이사벨은 꼭 듣게 해 달라고, 그러면 기쁘게 들을 거라고 졸랐으며, 이 약속을 여러 번이나 상기시켰다. 그러나 마담 멀은 나중에 이야기해 주겠다며 계속 미루다가, 마침내 서로를 좀 더 알 때까지 기다려 달라고 솔직하게 말했다. 반드시 그때가 오기 마련이며, 앞으로 두 사람 사이에 지속될 우정이 눈에 보이는 듯하다고 했다. 이사벨은 이 말에 동의하면서도 마담 멀이 믿을 수 있는 사람인지, 아니면 능히 신뢰를 저버리는 사람인지 궁금해했다.

"내가 한 이야기를 당신이 다른 사람에게 말할까 봐 걱정하진 않아요." 마담 멀이 말했다. "오히려 그 이야기 때문에 당신이 혼자서 너무 고민할까 봐 걱정인걸요. 아마도 나를 엄하게 질책하겠죠. 당신은 남을 비판할 나이가 되었으니 말이에요." 그녀는 오히려 이사벨에 관한 이야기를 듣고 싶은 마음에서 이사벨의 내력, 생각, 의견, 포부 등에 비상한 관심을 보였다. 이사벨에게 이야기를 시키고 다정하게 귀를 기울여 주었다. 이런 태도는 이사벨을 금세 우쭐하게 만들었다. 그녀는 멀이 아는 모든 저명인사들에게 마음이 끌렸고, 터칫 부인이 말한 대로 멀이 유럽에서 제일가는 사람들 틈에서 살았다고 느꼈다. 이사벨은 이렇게 교분이 넓은 사람을 알게 되어 다행이라는 생각이 들었다. 그녀는 다른 사람과 자신을 비교하면 아마도 자신이 뭔가 얻을 거라는 느낌에 아는 사람들에 대한 이야기를 해 달라고 가끔씩 멀에게 부탁했다. 마담 멀은 여러 나라에서 살아 봤고, 다양한 나라에 교제하는 사람들이 많다고 했다. "나는 교육을 받았다고 자랑할 생각은 없어도 유럽에 대해선 많이 알아요." 멀은 이렇게 말했다. 그리고 어떤 때는 스웨덴으로 옛 친구를 만나러 간다고 했으며, 또 어떤 때는 새로운 친구 뒤를 좇아 몰타 섬까지 간다고도 했다. 이따금 머무르는 영국에 대해서는 구석구석까지 정통해서, 이사벨에게 도움이 되도록 그 습속이나 국민성을 확실하게 알려 주었다. 그녀가 즐겨 사용하는 말을 빌리면, 이 나라 사람들은 결국 함께 살기에 세상에서 가장 편리한 국민이라는 것이다.

"이모부가 중태인데 마담 멀을 이곳에 머물게 한 걸 이상하게 생각하지 마." 터쳇 부인이 조카딸인 이사벨에게 말했다. "그 사람은 분별없는 행동을 하지 않을뿐더러, 그렇게 눈치 빠른 사람도 없단다. 이 집에 머물러 주는 건 고마운 일이지. 여러 훌륭한 가문에서 방문해 달라고 요청했지만 그 방문들도 뒤로 미루었지." 터쳇 부인은 이렇게 말하면서 영국에 머물면 사교상의 위치가 다소 취약해진다는 점을 결코 잊지 않았다. "그 사람은 자기가 가고 싶은 곳은 어디든 갈 수 있고, 잠잘 곳이 없는 것도 아니야. 이런 시기에 내가 그 사람을 초대한 건 네가 그녀를 알고 지냈으면 하는 바람에서지. 사귀어 보면 괜찮을 거야. 멀에겐 결점이 없어."

"벌써 그분이 무척 마음에 들었기 때문에 별문제 없어요. 그렇지 않았더라면 그런 말을 듣고 놀랐을 거예요."

"그 사람은 손톱만큼도 틀린 적이 없어. 내가 널 이곳에 데려왔으니 할 수 있는 건 다 해 주고 싶구나. 네 언니 릴리에게 부탁을 받았거든. 너에게 충분한 기회를 주라고 말이야. 마담 멀을 만나게 해 준 건 그런 기회들 중 하나지. 마담 멀은 유럽 최고의 여성 중 한 사람이란다."

"이모님이 말씀하시기 전부터 전 그분이 무척 마음에 들었어요." 이사벨은 끈질기게 주장했다.

"그 여자에게 비판의 여지가 있다고 생각하는 거니? 그렇게 생각한다면 알려 주렴."

"그렇게 한다면 달갑지 않으실 거예요."

"내 걱정은 하지 않아도 돼. 어쨌든 그녀에게서 결점 같은 걸 찾기는 힘들 테니."

"그렇겠죠. 그래도 만약 있다면 놓치지는 않을 거예요."

"그 여자는 이 세상에서 우리가 알아야 할 것들은 죄다 안단다."

이 말을 듣고 이사벨은 터챗 부인이 그녀를 너무나 완벽하고 한 치의 흠도 없는 사람으로 생각한다는 사실을 아느냐고 마담 멀에게 물어보았다. 그러자 마담 멀은 "그렇게 말씀하셨다니 고맙네요."라고 대답했다. "하지만 이모님은 시계 문자판에 나타나지 않는 편차에 대해서는 아무런 상상이나 언급도 하지 않으셨군요."

"부인에게 이모님이 모르는 난폭한 일면이라도 있다는 뜻이에요?"

"설마요. 나는 나의 가장 어두운 면에 길이 잘 든 건지도 몰라요. 당신 이모님이 내게 결점이 없다고 말한 건 저녁 식사 시간에, 즉 그분 저녁 식사 시간에 늦지 않는다는 뜻이에요. 당신이 런던에서 돌아온 날에도 늦지 않았잖아요. 내가 거실에 들어갔을 때 정각 8시였으니 당신들보다 빨랐던 셈이죠. 내게 결점이 없다는 건 편지를 받는 그날로 답장을 쓰고, 그분 곁에 하룻밤 묵으러 올 때 짐을 많이 가지고 오지 않고, 병에 걸리지 않도록 조심하는, 뭐 그런 것들이죠. 터챗 부인에게는 이런 것들이 미덕이랍니다. 그래도 이런 사항들을 잘 지키기만 하면 미덕이 되니 다행이잖아요."

곧 알게 되겠지만 마담 멀이 하는 말들 속에는 대담하고 거리낌 없는 비판이 담겨 있었고, 그것이 가령 상대방을 비판하는 성질을 띤다 해도 이사벨은 결코 심술궂다는 인상을 받지 않았다. 이를테면 터챗 부인의 완벽한 손님이 이사벨에게 무례한 말을 하는 것은 꿈에도 생각할 수 없는 일로, 거기에는 몇 가지 이유가 있었다. 첫째로 이사벨은 마담 멀의 말에 담긴 의미에 열띤 반응을 보였고, 둘째로 마담 멀은 아직 할 말이 많이 남았다고 했으며, 셋째로 흉허물 없이 서로에게 이야기한다는 것은 스스로 친밀감을 드러내는 기분 좋은 표시가 분명했다. 이 친밀감의 표시가 날이 갈수록 증가하는 것만큼 그것을 강하게 느끼도록 만든 것은 없었다. 이사벨은 마담 멀이 점점 자신을 화제의 중심에 올려놓으려 한다는 것을 감지하게 되었다. 마담 멀은 자신의 과거 이야기를 자주 꺼내긴 했지만 결코 지루하게 나열한 적이 없었고, 또한 눈치 없이 자기 이야기만 늘어놓는 수다쟁이도 아니거니와, 비열한 이기주의자는 더더욱 아니었다.

"난 나이 들고 고루하고 한물간 신세랍니다." 마담 멀이 몇 번이나 말했다. "일주일 전 신문처럼 재미없는 여자고요. 그런데 당신은 젊고 발랄한 요즘 사람이네요. 당신은 대단한 것, 현실을 갖고 있어요. 나도 옛날에는 가졌지만 우리 같은 사람은 기껏해야 한 시간 정도만 가질 뿐이죠. 그러나 당신은 더 오랫동안 갖게 될 거예요. 그러니 당신 이야기를 해 봐요. 당신 이야기라면 무엇이든 듣고 싶으니까요. 나이를 먹어 간다는 증거죠. 젊은 사람들과 얘기하고 싶어 하는 것 말이에요. 그건 아주 훌륭한 보상이 돼요. 자신 속에 젊음을 가질 수 없다면 바깥에서 구할 수 있거든요. 사실 그렇게 하는 게 젊음을 훨씬 더잘 보고 느낄 수 있답니다. 물론 우리는 젊음에 공감하지 않으면 안 되죠. 난 언제까지라도 공감할 거예요. 언젠가는 나도 늙은이들에게 심술을 부릴지 모르지만 그렇게 되고 싶진 않아요. 내가 존경하는 늙은이들도 몇몇 있답니다. 하지만 나는 젊은 사람들에겐 결코 비열하지 않아요. 그 사람들은 나를 감동시키고 호소하는 바가 많거든요. 그런 의미에서 당신에게 완전한 자유를 줄 테니 마음대로 행동해 봐요. 못 본 체해서 당신을 망나니로 만들 생각이에요. 내가 백 살 먹은 노파 같은 말을한다고 생각해요? 그래도 좋아요. 나는 프랑스 혁명 전에 태어났어요. 아가씨, 난 멀리서 왔답니다. 나는 케케묵은 구세계 인간이에요. 그러나 내가 얘기하고 싶은 건 구세계가 아니고 신세계죠. 미국에 관한 얘기를 좀 더 해 보세요. 충분히 얘기해주지 않았잖아요. 나는 철없는 어린 시절 이곳으로 와서 계속살아왔답니다. 찬란하고 두렵고 재미있는 미국을 나만큼 모른다는 건 우스꽝스럽다기보다는 수치스러운 일이에요. 미국은정말 위대하면서도 익살스러운 곳이죠. 이곳에는 비참한 사람들이 꽤 많아요. 나는 우리 패거리가 비참한 사람들이라고 생각하지 않을 수 없어요. 사람은 자기 나라에서 살아야 해요. 어떤 나라든 자연스러운 장소가 있는 법이에요. 우리는 훌륭한미국인이 아니면 분명코 불쌍한 유럽인이죠. 이곳에는 우리가살 자연스러운 장소가 없는걸요. 우리들은 기생식물에 불과해 표면을 감싸고 돌기는 해도 흙 속에 깊이 뿌리 내리지는 못해요. 적어도 그런 것쯤은 알고 있어서 환상 같은 건 품지 않아도 되죠. 여자라면 그럭저럭 해낼 수 있지만, 어디에서나 자연스러운 장소를 발견하지 못한 채 가끔은 자기가 있는 곳이 어디든 표면에 머무르며 그럭저럭 기어가지요. 당신은 생각이 다른가요? 무서운가요? 기어가는 일은 절대 하지 않을 거죠? 당신은 기어가는 일은 틀림없이 하지 않을 테고, 많은 불쌍한 사람들보다 더 가슴을 펴고 꼿꼿이 서 있겠죠. 크게 보면 좋은 일이에요. 당신은 기어가는 일은 하지 않을 것 같네요. 그러나 미국인 남자들을 보세요. 그들은 이곳에서 어떻게 살고 있을까요? 제대로 갖추어 놓고 살기 위해 애쓰는 그들이 부럽지는 않아요. 저 불쌍한 랠프를 봐요. 저런 사람은 뭐라고 해야 할까? 다행히 저 사람은 폐병이라도 있죠. 다행이라는 건 병으로 고생할 일이라도 있다는 거예요. 폐병도 그 사람의 경력이자 직함 같은 거예요. 당신은 이렇게 말하겠죠. '아, 터쳇 씨 말인가요. 그 사람은 폐를 관리해요. 기후에 대해 잘 안다고 할 수 있죠.' 그러나 그런 병이 없었다면 그는 어떤 사람이고 무엇을 할 수 있을까요? '유럽에 사는 미국인 랠프 터쳇 씨.' 이건 아무 의미도 없고, 이것 이상으로 무의미한 것도 없어요. '저 사람은 교양이 높고 오래된 코담배 통을 꽤 많이 수집하고 있어요.'라는 소문이 돈답니다. 그런데 난 수집품이라는 말만 들어도 처량한 생각이 들어요. 그 말은 듣기만 해도 지긋지긋해요. 괴상한 짓이죠. 연로하신 그의 아버지라면 얘기가 달라요. 그분은 개성이 뚜렷할뿐더러 무척 당당하죠. 큰 은행을 대표하니 요즘 같으면 다른 무엇과 비교해도 꿀릴 게 없고요. 아무튼 미국인으로서는 은행이라면 더 말할 나위가 없어요. 하지만 당신 사촌은 폐병으로 죽지만 않는다면 그 병을 앓는 게 오히려 다행이라는 생각을 지울 수가 없네요. 코담배 통보다는 훨씬 좋잖아요. 저 사람이 만일 병자가 아니라면 무엇을 했을까요? 아버지 뒤를 이었을까요? 나는 그 점이 의심스러워요. 그는 은행 같은 건 전혀 좋아하지 않아요. 아가씨가 나보다 그를 더 잘 알겠지만. 나도 예전에는 잘 알았어요. 그래서 선의를 품고 그를 해석하는지도 모르겠어요. 그런데 형편이 아주 딱한 내 친구가 있어요. 우리와 같은 미국인으로, 이탈리아에 살죠. 그 사람도 철모르는 나이에 여기로 건너왔답니다. 난 그토록 멋진 남자를 본 적이 없어요. 언젠가 당신도 그 사람을 알아야 해요. 조만간 소개할 텐데, 그러면 내가 한 말의 뜻을 깨닫게 될 거예요. 이름이 길버트 오스먼드이고 이탈리아에 살죠. 그 사람에 대해 할 말은 이것밖에 없네요. 아주 총명한 사람으로, 유명해지기 위해 태어난 사람 같지만 방금 얘기한 대로 이탈리아에서 극히 소박하게 살아요. 그 사람에게는 경력, 명성, 지위, 재산, 과거, 장래, 그 어느 것도 없어요. 그렇군요, 있다면 그림을 그리는 것이랄까. 나처럼 수채화를 그리는데 나보다 낫지요. 그림 솜씨는 상당히 서툴지만, 생각해 보면 서툰 게 좋은 것 같아요. 다행스럽게도 무척 게으름뱅이라서 그 점이 어떤 지위를 부여해요. '아니, 난 아무 일도 안 해요. 무척 게으름뱅이라서 새벽 5시에 일어나지 않으면 아무 일도 못 해요.'라고 말할 사람이죠. 이 사람은 다소 예외적이라 아침 일찍 일어날 수만 있다면 무엇이든 할 수 있겠다는 생각이 들 정도예요. 그리고 절대로 세상 사람들에게 자기 그림에 대해 말하지 않아요. 총명하기 때문에 그런 일은 하지 않죠. 그래도 귀여운 딸이 있어서(아주 귀엽답니다.) 딸에 대해서는 얘기해요. 딸에게는 헌신적이랍니다. 자식 걱정 많이 하는 것도 경력이 된다면 유명인이 되었을 거예요. 하지만 그건 코담배 통 같은 것이죠. 어쩌면 그것보다 더 심한 건지도 모르겠어요. 미국에 대해 얘기해 봐요."

마담 멀은 이처럼 긴 이야기를 늘어놓았지만, 여기서 독자의 이해를 구해야 할 일은 그녀가 이런 말을 한꺼번에 한 것은 아니고, 독자의 편의를 위해 그간의 이야기를 한데 묶어 소개했다는 것이다. 그녀는 피렌체에 대해 이야기하며 그곳에는 오스먼드가 살고, 터칫 부인은 중세식 궁전에 거주한다고 했다. 그리고 로마에 대해서도 이야기했는데, 그곳에는 그녀가 임시로 거처하는 작은 집이 있고, 오래된 다마스크 천으로 장식되었다는 것이었다. 그녀는 여러 지방이나 사람들에 대해서는 물론이고 최근의 '화젯거리'도 늘어놓았다. 이따금 친절하고 연로한 가든코트 주인의 회복 여부에 대한 말도 빠뜨리지 않았다. 그녀는 처음부터 회복 전망이 그다지 없다고 생각했고, 이사벨은 앞으로 이모부가 얼마나 더 살아 있을지 명확하게 식별하는 마담 멀의 능력에 감탄하고 말았다. 어느 날 밤 마담 멀은 터칫 노인이 병석에서 일어날 수 없을 거라고 단정적으로 말했다.

"매튜 호프 경이 적절하리만큼 담담하게 말해 주더군요.

식사 시간 전이었는데, 저기 벽난로 가에 서서 말했어요. 명의로서 아주 정답게 이야기했죠. 환자에 대해 분명하게 말해 주었다고 해서 이런 말을 하는 건 아니랍니다. 그의 얘기는 매우 조리가 정연했어요. 내가 집주인이 병을 앓는 이런 때에 이 집에 와 있는 게 겸연쩍고 눈치 없다는 느낌이 들고, 간병을 하려고 해도 그럴 처지가 아니라고 그에게 얘기했더니, '자리를 비우지 말고 그냥 여기 계십시오. 뒤에 할 일이 있을 겁니다.'라고 하더군요. 결국 그 말은 터쳇 씨가 곧 운명하신다는 것과 내가 부인을 위로해 주고 다소 도움이 될 수 있다는 걸 완곡하게 표현한 것 아니겠어요? 하지만 사실 나는 별 도움이 되지 않아요. 당신 이모는 스스로 마음을 추스를 테고, 어느 정도 위로가 필요한지는 그분 자신만이 정확히 알 테니까요. 다른 사람이 끼어들어 필요한 만큼 위로를 해 준다는 건 아주 어려운 일이에요. 당신 사촌은 달라요. 아버지를 무척 그리워할 테니까요. 그래도 내가 주제넘게 랠프 씨를 위로한다는 건 말이 안 되죠. 우리는 그럴 사이가 아니거든요." 마담 멀은 랠프 터쳇과의 관계에 뭔가 서먹서먹한 데가 있다는 것을 지금까지 몇 번인가 넌지시 비쳤다. 그래서 이사벨은 이번 기회에 두 사람이 좋은 친구 사이가 아니냐고 물어보았다.

"맞아요. 그렇지만 그는 나를 좋아하진 않아요."

"오빠에게 어떻게 했기에 그래요?"

"아무 일도 하지 않았어요. 그런 일에 이유랄 게 따로 있겠어요."

"그런 일이란 오빠가 부인을 좋아하지 않는 걸 말하나요?

그런 일에는 충분한 이유가 없어서는 안 될 텐데."

"친절한 말이로군요. 당신에게 그런 마음이 생기면 확실한 이유를 준비하세요."

"제가 부인을 싫어하게 될 거라는 뜻인가요? 그런 일은 결코 없을 거예요."

"그런 일이 없다면 좋겠죠. 하지만 그런 생각을 하기 시작하면 끝이 없어요. 바로 당신 사촌이 그런 마음인지라 그걸 극복하지 못해요. 우린 서로 성격이 맞지 않는데, 모두 그 사람 탓이에요. 나는 그에게 아무런 반감도 없고, 그가 나를 제대로 평가하지 않는다 해도 조금도 불평하지 않을 거예요. 제대로 평가받고 싶긴 하지만요. 하지만 그는 신사이고, 사람 뒷전에서 이러쿵저러쿵 험담하는 일은 결코 없을 거예요. 남에 대해 음흉한 말을 할 사람은 아니에요." 잠시 후 마담 멀은 한마디 덧붙였다. "나는 그가 두렵지 않아요."

"정말 그러길 바라요." 이사벨은 이렇게 말하며 랠프만큼 다정한 사람도 드물다는 말을 덧붙였다. 그러나 이사벨은 자기가 마담 멀에 대해 처음 물었을 때 랠프가 그녀는 겉으로 드러나지는 않지만 상당히 해로운 생각을 품을 수도 있는 여자라고 대답했던 것을 기억했다. 이사벨은 두 사람 사이에 무슨 일이 있었을 거라고 생각했지만 더 이상 아무 말도 하지 않았다. 만일 그것이 뭔가 중대한 일이라면 경의를 표할 수 있겠지만, 그렇지 않다면 일부러 호기심을 보일 필요는 없었던 것이다. 이사벨은 지식에 대한 열망은 강했지만 남의 커튼을 열어 본다든가 어두운 구석을 들여다보고 싶은 마음은 본래부터 없었다. 그녀 마음속에는 지식에 대한 열망과 함께 무관심에 대한 대단한 수용력이 공존했다.

그러나 마담 멀은 이따금 이사벨을 놀라게 할 말을 했으며, 이사벨은 해맑게 눈썹을 치켜올리며 나중에야 그 말에 대해 생각하곤 했다. 한번은 마담 멀이 갑자기 이런 말을 했다. "당신 나이로 돌아갈 수 있다면 얼마나 좋을까요." 그 서글픈 모습은 그녀가 언제나 유지하는 여유로운 태도에 감춰졌지만 완전히 없어지지는 않았다. "또다시 인생을 시작할 수만 있다면, 앞으로 내 인생이 많이 남았다면 어떨까!"

"아직 앞날이 창창하신데요, 뭘." 이사벨은 막연한 두려움을 느끼며 부드럽게 대꾸했다.

"아니에요, 좋은 시절은 지나갔고 이젠 아무것도 남지 않았어요."

"설마요." 이사벨이 말했다.

"어째서 그렇게 말하죠? 내게 뭐가 있어요? 남편도 자식도 재산도 지위도 없고, 한 번도 가져 본 적 없는 아름다움의 흔적도 남아 있지 않은걸요."

"부인에겐 친구들이 많잖아요."

"잘 모르겠어요!" 마담 멀이 외쳤다.

"어머, 그렇지 않아요. 부인에게는 추억과 우아함이 있는 데다 재능도……."

그러나 마담 멀이 그녀 말을 막았다. "재능 때문에 내가 무엇을 한다고 생각해요? 시간과 세월을 허비하고 뭔가 하는 척하며 무의식적으로 자신을 기만하려고 그 재능을 쓸 뿐이죠.

내 우아함이나 추억이라면 말하지 않을수록 더 좋을거예요. 당신이 내 친구가 된다 해도 당신 우정에 상응하는 보다 나은 용도를 찾아낼 때까지만 그렇겠죠."

"그렇다면 제가 그러지 않도록 보살펴 주시는 게 부인 일이겠네요."

"그러죠. 당신을 내 친구로 계속 두기 위해 노력하겠어요." 마담 멀은 진지한 표정으로 이사벨을 쳐다보며 말했다. "내가 당신 나이가 되고 싶다는 건 당신처럼 솔직하고 너그럽고 진지해지고 싶다는 거예요. 그러면 인생을 좀 더 잘 살게 되겠죠."

"아직 못 한 일 가운데 꼭 했더라면 좋았을 거라고 생각한 것이 있나요?"

그러자 마담 멀은 악보 한 장을 집어 들고 피아노 앞에 자리를 잡더니, 처음 말을 꺼낼 당시의 의자에 앉아 갑자기 몸을 획 돌렸다. 그린 다음 기계적으로 악보를 넘기다가 마침내 입을 열었다. "나는 야심이 많은 여자랍니다!"

"그런데 야심을 충족할 수 없었나요? 위대한 야심이 분명한데도."

"그래요. 새삼 이런 말을 하니 우습군요."

이사벨은 도대체 어떤 야심이었을까, 여왕이라도 되고 싶었던 걸까 하고 생각했다. "성공이란 걸 어떻게 생각하고 계신지 모르지만 제가 보기에 부인은 성공하신 것 같은데요. 부인을 보고 있으면 성공이란 바로 저런 것이로구나 하는 생각이 든답니다."

마담 멀은 웃으면서 음악 연주를 포기했다. "당신이 생각하는 성공이란 어떤 거죠?"

"틀림없이 아주 평범한 거라고 생각하시겠지만." 이사벨이 말했다. "젊었을 때의 꿈을 실현하는 것, 그게 바로 성공이라고 생각해요."

"어머." 마담 멀이 놀라서 소리쳤다. "난 결코 할 수 없는 일이에요! 내 꿈은 무척 크고 당치도 않았거든요. 그런데 이게 뭐람. 아직도 꿈을 꾸고 있으니!" 그러고 나서 그녀는 다시 피아노로 몸을 돌려 웅장하게 연주하기 시작했다. 이튿날 그녀는 이사벨에게 성공에 대한 그녀 생각은 무척 아름답지만 동시에 정말 슬프다고 말했다. 그런 식으로 생각한다면 성공한 사람이 과연 있을까? 젊은 시절 꿈은 얼마나 매혹적이고 성스러운가! 하지만 그것이 실현되는 걸 본 사람이 과연 있을까?

"조금은 보았어요." 이사벨이 주저하지 않고 대답했다.

"벌써 보았다고요? 그렇다면 어제의 꿈들이겠죠."

"저는 아주 어릴 때부터 꿈을 꾸었어요." 이사벨이 웃으면서 말했다.

"어린 시절 소망 같은 것, 분홍색 장식 띠라든가 눈이 감기는 인형을 갖고 싶다는 등의 꿈이었겠죠."

"아뇨, 그런 게 아니에요."

"아니면 멋진 턱수염을 기른 청년이 당신 앞에 무릎을 꿇는 것이었나요."

"아뇨, 그것도 아니에요." 이사벨이 더욱 진지하게 말했다.

마담 멀은 이사벨의 진지함을 눈치챈 것 같았다. "무슨 뜻인지 짐작이 가요. 우리는 모두 이상적인 남자를 꿈꾸곤 하죠. 그런 사람은 피할 수 없는 젊은 남자지만 중요하지 않아요."

이사벨은 잠시 말이 없다가 극단적이고 앞뒤가 맞지 않는 말을 했다. "왜 중요하지 않다는 거죠? 젊은 남자들이 많은데."

"그러면 당신 남자는 세상에 둘도 없는 최고의 남자라는 거예요?" 마담 멀이 웃으면서 물었다. "만일 당신이 꿈에 그리던 것과 일치하는 청년을 손에 넣었다면 그건 성공이겠죠. 진심으로 축하하겠어요. 다만 그렇다면 왜 당신은 그 청년과 함께 아펜니노 산맥*의 성으로 도망가지 않았어요?"

"그 사람에겐 아펜니노 산맥의 성 같은 건 없거든요."

"그러면 무엇이 있죠? 뉴욕 40번가에 초라한 벽돌집이라도 있나요? 그런 얘기는 그만둬요. 아무래도 이상적이라고 생각되지 않아요."

"집 같은 건 아무래도 좋아요."

"그건 좀 모자라는 말이군요. 나 정도의 나이가 되면 모든 인간에겐 껍질이 있다는 것을 참작해야 한다는 걸 알게 돼요. 껍질이란 인간을 둘러싼 모든 것을 말하는 거예요. 이것으로부터 고립된 인간이란 있을 수 없답니다. 우리들 한 사람 한 사람은 부속품들의 집합체 같은 거죠. '자아'라는 건 무엇이라고 해야 할까요? 그건 어디서 시작되고 어디서 끝나는 걸까요? 자아는 우리에게 붙어 있는 모든 것 속으로 흘러 들어갔다가

---

* 이탈리아 동부 해안의 산맥.

다시 흘러나와요. 나는 나 자신의 대부분이 내가 골라 입는 옷에 있다는 걸 알아요. 그래서 '물건'을 아주 소중히 여긴답니다! 다른 사람들도 그렇지만 개인의 자아는 자신을 스스로 표현한 것이거든요. 집이며 가구, 옷, 우리가 읽는 책, 사귀는 친구, 이 모든 것이 모두 자아를 표현하지요."

이 주장은 마담 멀이 이미 펼친 몇 가지 의견에 뒤지지 않을 만큼 상당히 형이상학적이었다. 이사벨은 형이상학적인 것을 좋아했지만, 상대와 한패가 되어 인간 개성을 이토록 대담하게 분석하는 마담 멀의 실력은 따라갈 수가 없었다. "그 의견에는 찬성할 수 없네요. 전 정반대로 생각해요. 제가 정당하게 저 자신을 표현하는지는 알 수 없지만, 나 외에는 아무것도 나 자신을 표현할 수 없다고 봐요. 내게 속하는 어떤 물건도 나를 말해 주는 척도가 되지 못해요. 그런 것들은 한계가 있는 장벽으로서, 완전히 자의적인 척도랍니다. 부인이 말씀하신 것처럼 내가 골라 입은 옷은 나를 표현하지 못해요. 절대로 그래서는 안 돼요!"

"당신은 옷을 잘 차려입네요." 마담 멀이 가볍게 응수했다.

"그럴지도 모르죠. 그러나 옷으로 판단받고 싶지는 않아요. 내 옷은 재단사의 표현일지는 모르지만 나의 표현일 수는 없으니까요. 그리고 내가 옷을 입는 건 무엇보다 내 마음대로 하는 일이 아니에요. 사회가 강요한 거지요."

"그렇다면 옷 같은 건 없는 편이 좋은가요?" 마담 멀이 이 대화를 끝내고 싶다는 투로 물었다.

이제 독자들은 이사벨이 이 완벽한 여인에게 품고 있던 발랄한 신뢰감에 관해 지금까지 서술해 온 것을 의혹의 눈으로 바라볼지도 모르겠다. 이 대목에서 이사벨이 마담 멀에게 워버튼 경에 대해 한마디도 하지 않았고, 캐스파 굿우드의 청혼 문제에 대해서도 침묵을 지켰다는 사실만은 고백해야 할 것 같다. 하지만 이사벨은 자신에게도 결혼할 기회가 있었다는 사실을 마담 멀에게 숨기지 않았으며, 그것도 굉장히 유리한 조건이었다고 말해 주었다. 한편 워버튼 경은 로클리를 떠나 두 여동생을 데리고 스코틀랜드로 가고 없었다. 그는 랠프에게 두어 번 편지를 보내 터쳇 씨의 병세를 물어 왔지만, 그물음이 이사벨을 당황하게 하지 않았던 이유는 그가 근처에 머무를 경우에나 몸소 찾아와야 한다고 느꼈을 것이기 때문이다. 그는 처신이 훌륭했지만 가든코트를 방문하면 마담 멀을 만날 테고, 그녀를 보면 호감을 갖게 되어 자신이 이사벨을 사랑한다는 말을 무심코 해 버릴 거라고 이사벨은 느꼈다. 마담 멀이 예전에 가든코튼을 몇 번 방문했을 때(매번 이번보다는 방문 기간이 훨씬 짧았지만) 워버튼 경이 로클리에 없었거나 아니면 워버튼 경이 터쳇 씨를 방문하지 않았을 거라는 생각이 들었다. 그래서 마담 멀은 이 나라 명사로서 워버튼 경의 이름을 들은 적은 있지만 그가 터쳇 부인이 데려온 조카딸에게 청혼했을 거라고는 생각하지 못했던 것이다.

"당신에겐 얼마든지 기회가 있어요." 마담 멀은 핵심을 빼버린 이사벨의 속내 말에 대답했다. 이사벨은 모든 것을 숨김 없이 밝힐 생각은 없었지만, 그래도 때로는 지나치게 많이 말하기를 주저하는 눈치였다. "당신은 아직 아무것도 하지 않았지만, 앞으로 얼마든지 할 수 있으니 다행이죠. 처녀로서 한두 번 청혼을 거절하는 것도 아주 좋은 일이고요. 물론 자신이 받아들일 수 있는 최고의 조건이 아닐 경우에 말이에요. 내 얘기가 너무 세속적이라면 용서하세요. 하지만 때로는 그런 생각을 하지 않으면 안 돼요. 다만 거절 자체만을 위해 계속 거절하지는 않길 바라요. 거절은 즐겁게 힘을 발휘하지만 받아들이는 것 역시 힘을 발휘한답니다. 거절하는 횟수가 너무 잦으면 위험이 따르기 마련이에요. 나의 경우는 그런 위험 정도가 아니라 훨씬 더 자주 거절해야 했어요. 당신은 더없이 좋은 아가씨예요. 영국 총리하고라도 결혼하는 걸 보고 싶네요. 그러나 엄밀히 말해 당신은 바람직한 상대는 아니에요. 무척이나 착하고 영리하게 보이거든요. 정말 좀처럼 볼 수 없는 사람이에요. 당신은 재산에 대해 막연히 생각하는 것 같아요. 그러나 내가 아는 한 수입이 많아서 곤란을 겪는 것 같지는 않아요. 돈이 조금 더 있으면 좋겠지만요."

"있으면 좋겠죠!" 이사벨이 한마디 거들었다. 그러나 이사벨은 자신에게 돈이 없다는 것이 앞선 두 청혼자에게 결격 사유가 되지 않았다는 것을 아무래도 잊은 듯했다.

터챗 씨의 병세가 거의 임종에 가까워졌음이 확실하다는 진단이 내려진 지금, 마담 멀은 매튜 호프 경의 간곡한 권고에도 그의 임종까지 가든코트에 머물지 않았다. 그녀는 아무래도 다른 사람들과의 약속을 연기할 수 없으니, 아무튼 영국을 떠나기 전에 한 번 더 가든코트 혹은 런던에서 터챗 부인을 만나게 해 달라는 양해를 얻고 저택을 떠났다. 그녀가 이사벨과 작별하는 순간 그들이 처음 만났던 때보다 더 새로운 우정이 시작되는 것 같았다. "여섯 군데를 잇달아 방문해야 되지만 아가씨같이 좋은 사람은 못 만날 거예요." 마담 멀이 말했다. "모두 옛 친구들이랍니다. 이 나이에 새 친구를 사귈 수는 없죠. 당신은 예외였지만. 이 점은 꼭 기억해 주세요. 가급적 나를 좋은 여자라고 생각해 주고요. 나를 믿고 내 마음에 보답해 줘야 해요."

이사벨은 대답 대신 그녀에게 입맞춤을 했다. 입맞춤을 쉽게 잘하는 여자들도 있지만, 그것에도 여러 종류가 있는 법이다. 아무튼 마담 멀은 이사벨의 입맞춤에 만족했다. 이 일이 있은 후 이사벨은 혼자 있을 때가 많았고, 이모나 랠프도 식사 때밖에 볼 수 없었다. 이모 모습이 보이지 않을 때면 그녀는 이모가 남편을 간병할 기회도 이제 별로 남지 않았다는 생각을 했다. 부인은 간병 외 시간에는 자기 방에 틀어박혀 조카딸마저 출입하지 못하게 했다. 분명 그곳에서 불가사의하고 수수께끼 같은 의식이라도 치르는 것 같았다. 부인은 식탁에서도 이야기를 하지 않고 심각한 표정이었지만, 그녀가 보인 엄숙함이 일시적인 태도가 아니라 진심이라는 것을 이사벨은 알 수 있었다. 그녀는 이모가 너무 이기적으로 생활해 온 것을 후회하는 게 아닌가 생각했으나 뚜렷한 증거는 없었다. 눈물도 한숨도 없었으며, 항상 충분하다고 생각해 온 남편에 대한 열망을 과시하는 일은 더더욱 없었다. 터쳇 부인은 이런저런 생각 끝에 드디어 결론을 내릴 필요를 느끼는 것처럼 보였다. 그녀에겐 도덕에 관한 작은 회계 장부(깔끔하게 세로줄이 그였고 날카로운 걸쇠가 달린)가 있었고, 그것은 모범적이라고 해도 좋을 만큼 정결하게 기록된 상태였다. 그녀가 입 밖으로 꺼낸 상념에는 어쨌든 실질적인 울림이 있었다. 마담 멀이 떠나자 그녀는 이사벨에게 말했다. "이럴 줄 알았더라면 너에게 외국 여행을 권하지 않았을 텐데. 조금 더 기다렸다가 내년쯤에나 오게 할걸."

"그랬더라면 아마도 이모부님을 뵙지 못했을 텐데요? 이번에 오게 되어 천만다행이에요."

"그건 다행이구나. 그러나 내가 널 유럽으로 데리고 온 건 이모부를 만나게 하기 위해서가 아니야." 완전히 거짓말은 아니었지만 완전히 시기적절한 말도 아니라고 이사벨은 생각했다. 그녀는 이런저런 일들을 천천히 생각해 볼 때가 있었다. 매일 혼자 산책을 하든가, 서재에 틀어박혀 책장을 넘기며 무료하게 시간을 보내는 일이 많았다. 이사벨이 관심을 기울인 것 중에는 친구인 헨리에타 스택폴의 모험에 관한 것도 있었고 그녀와 정기적으로 나눈 편지들도 있었다. 이사벨은 헨리에타의 공식적인 문체보다 사적인 서간체가 더 마음에 들었다. 그래서 공적인 편지도 인쇄만 안 되었다면 참으로 멋질 거라고 생각했다. 그러나 헨리에타의 유럽 체류는 사생활의 행복이라는 측면에서 볼 때 결코 본인의 소원대로 성공을 거둔 것은 아니었다. 그녀가 그토록 보고 싶어 했던 대영 제국의 내면생활에 대한 견해도 그녀 눈앞에서 도깨비불처럼 춤을 추는 듯했다. 무슨 이유인지 펜실 부인의 초대장도 아직 도착하지 않았다. 평소 이런 문제에 재간이 있는 밴틀링조차도 분명히 발송

된 그 편지가 도착하지 않은 이유를 속 시원히 해명하지 못했다. 밴틀링은 헨리에타의 일이 걱정된 나머지, 베드퍼드셔 방문 계획이 허사가 되면 그 보상을 해 줘야 한다고 믿었다. "그 사람은 나에게 대륙 여행을 권해." 헨리에타가 편지로 전했다. "그 자신도 갈 생각이니 그의 충고가 진지하다고 생각해. 프랑스 사람들의 생활을 왜 보지 않느냐는 거야. 나도 새로운 프랑스 공화국을 정말 보고 싶지. 밴틀링 씨는 새로운 공화국에 대해 별로 관심이 없지만, 어쨌든 파리에는 가려고 해. 내가 바라는 만큼 잘 돌봐 줄 거라고 하니, 최소한 정중한 영국 신사 한 명을 만나는 셈이겠지. 나는 밴틀링 씨에게 차라리 미국인으로 태어났더라면 좋았을 거라고 말해 주곤 했어. 그 말을 듣고 기뻐하는 그 사람의 모습을 너도 꼭 봤어야 하는데. 내가 그런 말을 할 때마다 그는 언제나 똑같이 탄성을 지르며 '아니, 무슨 그런 말씀을!'이라고 하거든." 며칠 후 헨리에타는 주말에 파리로 가기로 결정했으며, 밴틀링 씨가 전송해 주기로 했다는(아마 도버까지 동행할 거라는) 편지를 보내 왔다. 그녀는 이사벨이 도착할 때까지 파리에서 기다리겠다는 말을 덧붙였는데, 이사벨이 혼자서 대륙 여행에 나설 것처럼 말하면서도 터쳇 부인에 대해서는 한마디도 언급하지 않았다. 이사벨은 랠프가 최근까지 그녀에게 관심을 보인 적이 있다는 사실을 떠올리며 헨리에타가 보낸 편지 가운데 몇 구절을 랠프에게 보여 주었다. 그는 《인터뷰어》의 특파원인 헨리에타가 선택한 길을 가슴 조이며 더듬었다.

"정말 잘하는 일이로군." 랠프가 말했다. "기병 출신 남자와 파리에 놀러 가다니! 기삿거리가 필요하면 두 사람 에피소드를 쓰면 되겠는걸."

"분명 인습을 거스르는 행동이지." 이사벨이 대꾸했다. "그렇지만 만일 오빠가 헨리에타에 관한 한 그게 순진한 행위가 아니라고 한다면 정말 오해야. 그녀를 잘 모르고 하는 말이니까."

"미안한 말이지만, 난 그 여자를 완벽하게 알아. 처음에는 전혀 몰랐지만, 이젠 그 여자에 대한 견해가 있어. 그런데 밴틀링 씨는 그런 견해가 없는 것 같아. 그가 놀라고 있는지는 모르지만. 아, 물론 난 헨리에타를 이해해. 마치 내가 창조한 여자처럼!"

이사벨은 이 말을 결코 믿을 수 없었지만 더 이상 의심하는 말은 입 밖에 내지 않았다. 요즘 랠프에게 너그러운 자애의 손길을 뻗을 마음이 생겼기 때문이다. 마담 멀이 떠나고 일주일도 되지 않은 어느 날 오후, 이사벨은 서재에 책을 펴고 앉았지만 책에 정신을 집중할 수 없었다. 그녀는 창가에 놓인 깊숙한 벤치에 몸을 파묻은 채 음산하고 축축한 공원을 바라보고 있었다. 서재는 정면 입구와 직각을 이루어서 그녀는 현관 앞에서 두 시간이나 기다리고 있는, 의사가 타고 온 사륜마차를 볼 수 있었다. 의사가 집 안에 들어가 그렇게 오래도록 있는 것이 마음에 걸렸다. 이윽고 의사가 주랑 현관에 나타나 잠시 서 있다가 천천히 장갑을 끼고 말의 무릎을 살핀 뒤 마차를 타고 떠나는 모습이 보였다. 이사벨은 삼십 분 정도 그 자리에 앉아 있었고, 실내에는 거대한 정적이 감돌았다. 정적이 너무나 거대했기 때문에, 마침내 발소리를 죽이며 방의 두꺼운 양탄자 위를 천천히 걷는 소리가 들리자 그녀는 소스라치게 놀랐다. 그녀가 급히 창에서 몸을 돌리니 방 한가운데에 랠프가 서 있었다. 여전히 호주머니에 손을 찔러 넣고 있었으나 언제나 잃지 않았던 미소는 찾아볼 수 없었다. 그녀는 자리에서 일어섰다. 그녀의 몸짓과 눈짓이 어떻게 된 거냐고 묻고 있었다.

"모든 게 끝났어." 랠프가 말했다.

"그렇다면 이모부님이?" 이 말을 하고 이사벨은 입을 다물고 말았다.

"아버지는 한 시간 전에 운명하셨어."

"아, 가엾게도, 랠프!" 그녀는 고요히 흐느끼며 그에게 두 손을 내밀었다.

20

이 일이 있고 이 주일쯤 지나 마담 멀은 상큼한 마차를 타고 윈체스터 광장에 있는 터쳇 부인의 집으로 갔다. 그녀가 마차에서 내리자 주방 창문 사이에 깔끔하고 커다란 목판이 걸린 것이 보였다. 산뜻하고 검은 바탕에 흰 페인트로 "자유 소유권 보장, 귀족 저택 매매"라고 씌어 있었고, 매매를 하는 중개인 이름도 붙어 있었다. 방문객은 커다란 놋쇠 문고리를 흔든 뒤 안으로 들어갈 때까지 기다리며 "정말 서두르는군." 하고 말했다. "정말 실용적인 나라야!" 그런 다음 실내로 들어가 응접실로 올라가는 동안 그녀는 집을 내놓았다는 것을 여러 곳에서 감지할 수 있었다. 그림은 벽에서 떼어 내 소파 위에 놓았으며, 창문 커튼도 내려졌고, 마룻바닥 깔개도 치워져 있었다. 이윽고 터쳇 부인이 마담 멀을 맞이하며 당연히 위로의 말을 받는다는 듯 몇 마디 했다.

"무슨 말을 하려는지 알아요. 참으로 좋은 분이었다는 말이겠죠. 하지만 그건 누구보다 내가 잘 알아요. 그분이 그렇게 보이도록 내가 많은 기회를 줬으니까. 그런 면에서 난 좋은 아내였어요." 터쳇 부인은 남편도 그 사실을 분명히 인정했노라고 덧붙였다. "남편은 내게 무척 관대했어요." 그녀가 말했다. "내가 기대한 것 이상으로 그랬다는 뜻은 아니에요. 내가 대체로 기대 같은 건 하지 않았다는 걸 당신은 알잖아요. 비록 내가 너무 오랫동안 외국 생활에 빠져 있었지만(그렇게 말해도 좋아요.) 남편 외 사람에게 호감을 느낀 적이 조금도 없다는 사실은 그분도 인정했을 거예요."

'당신 자신에게 외에는 호감을 느끼지 않았겠죠.' 마담 멀이 속으로 말했다. 하지만 이런 생각은 전혀 겉으로 드러나지 않았다.

"남을 위해 남편을 이용한 적도 없어요." 터쳇 부인이 단호하고 무뚝무뚝하게 말했다.

'그런 게 아니라.' 마담 멀은 생각했다. '다른 사람을 위해 아무것도 한 적이 없는 거지!'

이러한 침묵의 논평에는 뭔가 설명이 요구되는 비웃음이 분명히 담겨 있었다. 이러한 언급은 우리가 지금까지 마담 멀의 성격에 대해 가졌던 다소 피상적일 견해와 맞지 않으며, 또한 터쳇 부인의 내력에 관한 사실과도 맞지 않았다. 마담 멀은 터쳇 부인이 마지막으로 던진 말이 그녀 자신을 우회적으로 겨냥한 말이 전혀 아니라는 점을 굳게 믿었기 때문에 더욱 그러했다. 사실을 말하자면 마담 멀은 이 집 문지방을 들어선 순간 터쳇 씨의 죽음이 미묘한 결과를 가져다주었고 자기는 포함되지 않는 몇몇 사람들에게 이득이 되었다는 인상을 받았다. 물론 터쳇 씨의 죽음은 자연스러운 결과를 가져다줄 사건이었으며, 가든코트에 머무를 때 그녀는 이 사실을 두고 한껏 상상력을 발휘하기까지 했다. 그러나 그런 문제를 머릿속으로 예견하는 것과 그것이 가져올 엄청난 결과를 체험하는 것은 별개의 문제였다. 재산 분배 문제(그녀는 전리품이라고 말할 뻔했다.)가 그녀의 감각을 짓눌러 그녀는 자신이 소외당한다는 생각이 들고 초조했다. 마담 멀이 유산을 둘러싸고 굶주린 짐승이나 시기심 많은 군중처럼 행동하는 인물이라고는 결코 말하고 싶지 않지만, 이미 본 대로 그녀에게는 충족되지 않는 욕망이 있었던 것이다. 만일 다른 사람에게 질문을 받았다면, 그녀는 당연히 자신에겐 터쳇 씨의 유산을 받을 권리가 전혀 없다는 점을 특유의 멋진 미소를 지으며 인정했을 것이다. "그분과의 사이에는 아무 일도 없었어요."라고 말했을 것이다. "그런 일은 정말 없었어요, 불쌍한 사람!" 그녀는 이렇게 말하며 엄지손가락과 가운뎃손가락을 붙여 딱 소리를 냈을 것이다. 게다가 서둘러 덧붙이고 싶은 말은, 그녀가 꽤나 엉뚱한 욕망을 품고 있다 해도 그것을 드러내지 않으려고 조심했다는 점이다. 결국 그녀는 터쳇 부인이 뭔가를 잃은 만큼 이득을 보았다는 데 많은 동정심을 표시했다.

"남편은 나에게 이 집을 남겼어요." 미망인이 된 그녀가 말했다. "그러나 물론 나는 여기에서 살지는 않을 거예요. 피렌체에 더 좋은 집이 있거든요. 유언장이 불과 사흘 전에 공개됐는데, 나는 벌써 이 집을 팔려고 내놓았죠. 은행에도 지분이 있지만, 그걸 그대로 두어야 될지 아직 모르겠어요. 그러지 않을 경우 분명히 꺼낼 작정이에요. 물론 가든코트는 랠프 몫인데, 그 애에게 저택을 유지할 돈이라도 있는지 모르겠네요. 랠프는 충분한 유산을 받기로 되어 있지만, 그 애 아버지는 다른 사람들에게 엄청난 돈을 나누어 주었어요. 미국 버몬트 주에 사는 친척들에게까지 유산을 남겼답니다. 그러나 랠프는 가든코트를 무척 좋아하니까, 그리고 모든 일을 거들어 주는 하녀와 정원사의 아들이 있으니, 그곳에서 여름 동안 지내는 건 걱정 없겠죠. 남편의 유언장에는 놀랍게도 특별한 조항이 있었어요." 터쳇 부인이 덧붙였다. "조카딸에게 재산을 남겼죠."

"재산이라고요!" 마담 멀이 조용히 말했다.

"이사벨은 7만 파운드 정도를 받을 거예요."

마담 멀은 무릎 위에 손을 얹고 있었으나 이 말을 듣고는 포갰던 두 손을 들어 잠시 가슴에 대었다. 그녀는 눈을 약간 크게 뜨고 상대를 가만히 쳐다보았다. "어머나, 재주가 참 대단하네요!" 그녀가 소리쳤다.

터쳇 부인은 마담 멀을 재빨리 쳐다보며 말했다. "그게 무슨 뜻이죠?"

순간적으로 마담 멀은 얼굴이 붉어지며 눈을 떨구었다. "아무런 노력 없이 그런 결과를 이루어 내다니 얼마나 재주가 좋아요!"

"물론 어떤 노력도 없었죠. 그러나 뭔가를 이루어 냈다고 하는 건 심하군요."

마담 멀은 자기가 한 말을 취소하는 서툰 짓은 좀처럼 하지 않기 때문에, 오히려 자기 의견을 그럴듯하게 포장하는 수완을 발휘했다. "부인, 이사벨이 이 세상에서 가장 멋진 아가씨가 아니었다면 7만 파운드를 그냥 받을 수는 없지 않겠어요? 그녀의 매력에는 대단한 재능도 포함되는 거랍니다."

"난 그 아이가 남편의 호의를 꿈에도 예상하지 못했다고 봐요. 나 역시 꿈도 꾸지 못한 일이었으니까. 남편은 나에게 자신의 생각을 한 번도 말한 적이 없었죠." 터쳇 부인이 말했다. "그 아이는 내 남편에게 아무것도 요구할 권리가 없었어요. 내 조카딸이라고 해서 남편에게 대단한 의미가 있는 것도 아니었고요. 그 아이가 그걸 얻은 건 자신도 모르는 일이었어요."

"정말 큰 행운이네요." 마담 멀이 대꾸했다.

터쳇 부인은 잠시 뜸을 들였다. "그 아이는 운이 좋았죠. 그 점은 인정해요. 그러나 지금은 그저 어리둥절해해요."

"받은 돈을 어찌해야 될지 모른다는 건가요?"

"그런 생각을 해 보지도 않았을 거란 말이죠. 이 문제를 어떻게 해석할지 전혀 모르거든요. 우람한 대포가 자기 뒤에서 갑자기 폭발한 느낌이 들 거예요. 다친 데가 없나 보느라고 자기 몸을 어루만지는 기분일 테죠. 유언 집행 책임자가 직접 찾아와서 매우 정중하게 그 아이에게 이 사실을 알려 준 지 이제 사흘밖에 되지 않았어요. 나중에 들은 바에 의하면, 그 아이는 이 사실을 알자 갑자기 울음을 터뜨렸다고 해요. 돈은 은행에 예금해 두고 이자만 인출할 거라고 하던데."

이 말에 마담 멀은 지혜가 번뜩이는 듯 꽤나 온화한 미소를 지으며 머리를 흔들었다. "참 잘된 일이네요! 두세 번 인출하면 습관이 될 테죠." 그녀는 잠시 입을 다물고 있다가 불쑥 물었다 "아드님은 이 일을 어떻게 생각하나요?"

"유언장 내용을 듣기도 전에 영국을 떠났어요. 피로와 근심에 지쳤던지라 남쪽으로 서둘러 떠났죠. 지금 리비에라로 가는 중이라 아직 소식도 없어요. 그렇지만 아버지가 결정한 일이니 반대하지 않을 거예요."

"아드님은 자기 몫이 줄었다고 생각하지 않았나요?"

"자기 스스로 원한 일이었어요. 미국에 있는 사람들을 위해 뭔가 해 달라고 아버지를 조른 걸 나도 알죠. 결코 자신의 이익 먼저 생각하는 애가 아니에요."

"그건 누구를 먼저 생각하느냐에 달렸겠죠!" 마담 멀이 말했다. 그녀는 잠시 바닥을 내려다보면서 생각하다가 마침내 눈을 들고 물었다. "그 행복한 조카딸을 볼 수 있을까요?"

"그거야 가능하죠. 하지만 그 애가 행복해한다는 느낌은 들지 않을 거예요. 지난 사흘간 치마부에*가 그린 마돈나처럼 엄숙한 얼굴을 하고 다녔으니까!" 터쳇 부인이 벨을 눌러 하인을 불렀다.

하인에게 이사벨을 불러오게 하자 즉시 그녀가 왔다. 그녀가 오자 마담 멀은 터쳇 부인이 조카딸을 치마부에의 그림에 비유한 게 옳다고 생각했다. 그녀는 파리하고 엄숙한 표정을 짓고 있었는데, 깊은 애도의 감정으로도 덮을 수 없었다. 그러

---

* 13세기 이탈리아 화가.

나 그녀는 마담 멀을 보는 순간 환한 미소를 지었다. 마담 멀은 앞으로 걸어 나가 이사벨의 어깨에 손을 얹고 잠시 얼굴을 본 후 입맞춤을 해 주었다. 마치 가든코트에서 작별할 때 이사벨로부터 받은 입맞춤에 대한 답례처럼 보였다. 마담 멀이 자신의 훌륭한 취향을 드러내면서 유산 상속을 받은 이사벨에게 선물이라도 하는 듯한 유일한 암시의 행동이었다.

터챗 부인은 집이 팔릴 때까지 런던에 머물 이유가 없었다. 가구들 중에서 쓸 만한 것은 다른 주소지에 옮기기 위해 골라 놓았고, 나머지는 모두 경매에 부치도록 한 뒤 유럽으로 떠났다. 물론 이사벨이 이 여행에 동행했다. 이사벨에게는 마담 멀이 넌지시 축하한 뜻밖의 유산을 어떻게 관리할 것인가를 조용히 저울질하며 생각하기에 충분한 시간이었다. 이사벨은 유산 상속이라는 것에 대해 수없이 생각하며 그것을 다른 여러 각도에서 바라보았다. 하지만 지금 그녀의 생각을 좇는다든가 그녀가 어째서 처음에 어두운 모습을 보였는지 정확히 설명하지는 말도록 하자. 그녀는 곧바로 기쁨을 느끼지 못했지만, 사실 그런 태도는 일시적이었다. 그녀는 곧 마음을 고쳐먹고 부유해진다는 건 좋은 일이라고 생각했다. 부유하면 무엇이든 할 수 있고, 무엇을 한다는 건 즐거운 일이기 때문이다. 그것은 우아한 일로서, 특히 여성적인 유약함이 지닌 약점과는 반대되는 것이리라. 약하다는 것은 섬세한 젊은 여성에게 다소 우아한 일이긴 하지만, 결국 그것보다 더 우아한 것이 있다고 이사벨은 생각했다. 언니인 릴리와 딱한 이디스에게 수표 한 장씩을 보내고 나니 이제 그녀에게 특별한 일은 없었다. 하지만 이사벨은 자기가 상복을 입고 있으며 이모 또한 미망인이 되었기 때문에 몇 달간 두 사람이 조용히 지내지 않으면 안 된다는 데 감사했다. 막대한 부를 얻자 그녀는 진지해졌다. 그녀는 자신이 갖게 된 힘에 대해 섬세하고 철저하게 검토했지만, 실제로 그 힘을 사용할 마음은 들지 않았다. 마침내 그녀는 이모와 함께 파리에서 보낸 몇 주일간 이 힘을 사용하기 시작했지만 어쩔 수 없이 진부한 데가 있었다. 세상 사람들이 감탄하는 상점들이 들어선 도시에서 이사벨이 보인 태도는 지극히 당연했다. 이런 태도는 조카딸을 가난한 아가씨에서 부유한 아가씨로 변모시키려는 융통성 없고 딱딱한 터챗 부인의 지도로 말미암아 거리낌 없이 시행되었다 "이제 부유해졌으니 신분에 어울리게 처신해야 돼. 훌륭하게 연출해야 한다는 뜻이야." 그녀는 이사벨에게 단호히 말했다. 그리고 그런 여자의 첫 번째 의무는 모든 것을 깔끔하게 하는 거라고 덧붙였다. "넌 자신이 가진 것들을 어떻게 돌봐야 할지 잘 모르지만 이젠 배워야 해." 그녀는 계속 말했다. 이것이 바로 이사벨의 두 번째 의무였다. 이사벨은 이모의 충고를 따랐지만, 아직은 상상력에 불이 당겨지지 않았다. 그녀는 기회를 노렸지만, 이모가 권유한 것들은 그녀가 생각했던 기회는 아니었다.

터챗 부인은 자신의 계획을 좀처럼 바꾸는 법이 없었다. 남편이 죽기 전 그녀는 파리에서 얼마 동안 겨울을 보낼 생각이었기 때문에 이 기회를 포기할 생각은 없었으며, 특히 이사벨을 위해서도 그럴 마음이 없었다. 두 사람은 무척 한가한 곳에 거주했지만, 샹젤리제 근교에 거주하는 몇몇 미국인들에게 비

공식적이나마 조카딸을 소개할 수 있었다. 파리에 사는 느긋한 많은 미국인들은 터쳇 부인과 친하게 지냈다. 그녀도 그들처럼 국적 이탈자인 데다 그들과 같은 신념, 오락, 권태감을 공유했다. 이사벨은 그들이 쉴 새 없이 이모의 호텔에 찾아오는 것을 보면서, 인간적인 의무감이 갑자기 들끓는다고밖에 설명할 길이 없지만 그들을 통렬히 비판했다. 그녀는 그들 삶이 호화롭긴 해도 공허하다는 결론을 내렸고, 미국인 방랑자들이 서로서로 방문하면서 시간을 보내는 화창한 일요일 오후에 자신의 이런 견해를 밝힘으로써 그들의 비위를 거스르기도 했다. 그 자리에 참석한 사람들은 자신들의 요리사나 재단사들에게는 다정한 사람의 본보기로 여겨졌지만, 그들 가운데 두세 명은 그녀가 대체로 총명하다고 인정하긴 해도 그런 총명함이 새로 나온 연극 작품보다 못하다고 생각되었다. '당신들은 모두 여기서 이렇게 살지만 결과는 어떻게 될까요?'라고 이사벨은 물어보고 싶었다. '어떤 결과가 나올 것 같진 않군요. 그런데 당신들은 곧 지칠 거예요.'

터쳇 부인은 그런 것은 헨리에타 스택폴에게나 어울리는 질문이라고 생각했다. 이사벨과 터쳇 부인은 파리에서 헨리에타와 재회했고, 이사벨은 계속 그녀를 만났다. 그러니 이사벨에게 이런 독창적인 말을 할 수 있는 능력이 있기 망정이지 그렇지 않았다면 터쳇 부인으로서는 이사벨이 신문 기자 친구로부터 본받은 거라고 짐작하는 것도 무리는 아니었다. 이사벨이 이런 말투를 처음 쓴 것은 두 사람이 루스 부인을 방문했을 때였다. 루스 부인은 터쳇 부인과 오래전부터 아는 사이였고, 터쳇 부인이 이즈음 파리에서 만나는 유일한 사람이었다. 루스 부인은 루이 필리프* 시절부터 줄곧 파리에 살았는데, 항상 농담으로 자기는 1830년대 세대라고 말하곤 했지만 요점은 언제나 제대로 전달되지 않았다. 이 농담이 통하지 않자 루스 부인은 "그래요, 난 낭만과 중 한 사람이죠."라고 설명했지만 그녀가 말한 프랑스어는 한 번도 완벽한 적이 없었다. 그녀는 일요일 오후면 언제나 집에 머물며 뜻이 맞는 자국인들에 둘러싸여 있었지만, 대개는 모이는 사람이 정해져 있었다. 사실 그녀는 화려한 그 도시의 아담하고 거주하기 좋은 지역에 틀어박혀 자신의 고향인 볼티모어와 별로 다를 바 없는 분위기를 놀랄 만큼 충실하게 자아내고 있었다. 그래서 그녀의 덕망 있는 남편인 루스 씨(키가 크고 야위었으며, 반백이 된 머리카락을 곱게 빗고 금테 단안경을 쓰고 머리 뒤로 약간 젖힌 모자를 쓰고 다니는)는 자신에게 위대한 어휘가 된 파리의 '오락거리'를 영혼을 다바쳐 찬미하게 되었다. 그러나 도대체 그에게 무슨 볼일이 있어서 그런 오락거리를 찾는 것인지는 뚜렷하지 않았다. 볼일 가운데 하나는 매일 미국계 은행 점포에 나가는 것이었는데, 사실 그곳에 있는 우체국은 미국 시골 우체국과 별로 다르지 않아 터놓고 이야기할 수 있는 사교장이기도 했다. 날씨가 맑으면 그는 한 시간쯤 샹젤리제 거리 의자에 앉아 있기도 했다. 그리고 집에 돌아와 식탁에 앉아 맛있게 식사를 했는데, 그의 발밑에서 반짝거리는 마룻바닥은 루스 부인이 파리에서 이보

---

* 1830년부터 1848년 사이에 집권했던 프랑스의 마지막 국왕.

다 더 광택이 좋은 마루는 없다고 믿으며 행복을 누리는 곳이었다. 가끔 루스 씨는 앙글레 카페에서 친구 한두 명과 함께 식사를 하기도 했는데, 이곳에서 식사를 주문하는 그의 솜씨는 친구들에게 즐거움의 원천이며 지배인에게조차 감탄의 대상이었다. 이런 것들은 그가 아는 유일한 기분 전환이었지만, 그는 반세기 이상 거슬러 올라가 시간을 즐겼다. 그러니 그가 파리만큼 좋은 곳이 없다고 큰소리를 치는 것도 당연했다. 다른 곳에서는 파리에서처럼 삶을 즐긴다고 생각할 수 없었기 때문이다. 루스 씨에게 파리 같은 곳은 없었으나 지금은 루스 씨가 자신의 이러한 도락의 장소를 젊었을 때만큼 높게 평가하지 않음을 말해 두어야겠다. 그가 관심을 품고 있는 것들 가운데서는 정치적 견해를 빼놓을 수 없었는데, 겉으로는 무료하게 보이지만 몇 시간 동안 몰두하게 하는 원동력이 되었기 때문이다. 루스 씨는 파리에 거주하는 많은 미국인들처럼 극단적이라고 할 만큼 뿌리 깊은 보수주의자로서, 근래 프랑스에 수립된 정부를 지지하지 않았다. 그는 이 정부가 오래갈 것 같지 않다며 해마다 종말이 가까워진다고 소리쳤다. "그 사람들은 좀 눌러 줘야 해. 그들에게 필요한 건 강력한 조치야. 강철 군화처럼 압력을 가해 눌러 버리는 거야." 그는 곧잘 프랑스 국민에 대해 이런 말을 했다. 게다가 그가 그리는 이상적 통치는 다른 체제에 의해 바뀌어 버린 나폴레옹 왕국 같은 것이었다. 루스 씨는 "지금 파리는 제정 시절보다 훨씬 매력이 없어졌어요. 황제는 도시를 즐거운 곳으로 만드는 방법을 알았는데." 라고 이따금 터쳇 부인에게 이야기했다. 그는 전적으로 자기 특유의 사고방식을 가진 인물로서, 공화정에서 벗어날 목적이 아니라면 도대체 무슨 이유로 위험한 대서양을 건너왔는지 알고 싶어 했다.

"부인, 우리가 왜 산업의 전당* 맞은편 샹젤리제에 앉아 있겠어요? 나는 튈르리 궁전**에서 나온 궁전 마차가 다니는 것을 하루에 많게는 일곱 번이나 봤답니다. 한번은 아홉 번이나 보았던 걸 기억해요. 그런데 지금은 뭐가 보이죠? 말할 필요도 없이 스타일은 깡그리 사라졌어요. 나폴레옹은 프랑스 국민이 무엇을 원하는지 알았지요. 이제 파리에는 먹구름만 낄 겁니다. 우리의 파리에 말입니다. 다시 제정 시대로 돌아갈 때까지 말이에요."

일요일 오후 루스 부인의 집을 방문한 사람 가운데 어느 청년이 있었는데, 이사벨은 자주 대화를 하는 가운데 그에게 꽤 유용한 지식이 많다고 보았다. 그의 이름은 에드워드 로지어였지만 보통은 네드 로지어로 불렸고, 뉴욕 태생으로 파리에서 자랐다. 그는 아버지의 보살핌 아래 파리에서 살았는데, 공교롭게도 그의 아버지가 죽은 이사벨의 아버지와 어린 시절 절친한 친구였다. 에드워드 로지어는 어릴 적 이사벨을 기억했다. 아처 가의 프랑스인 유모가 러시아 귀족과 눈이 맞아 도피를 해 버린 데다 며칠간 아처 씨의 행방을 알 수 없었을 때 뇌샤텔 호텔에서 아처 가의 어린 딸들을 구해 준 사람이 다름

---

* 1855년 파리 박람회를 위해 세워진 전시관. 최초의 건물은 1839년에 건립되었다.

** 프랑스의 궁전. 나폴레옹 3세도 이곳에 거주했다.

아닌 그의 아버지였다.(그는 자신의 아들과 여행 중이었고 우연히 그 호텔에 머물게 되었던 것이다.) 이사벨은 그때 만났던 예쁘장한 작은 남자아이를 기억했다. 그 아이의 머리카락에서는 향기로운 냄새가 났고, 전적으로 보육을 맡은 프랑스인 유모가 책임을 저버리고 도망갈 염려도 없었다. 이사벨은 함께 호숫가를 산책하며 어린 에드워드가 천사처럼 귀엽다고 생각했다. 이런 비유는 마음속 진부한 생각을 표현한 것은 아니었다. 그녀가 생각했던 천사의 모습에 이 새로운 친구가 딱 들어맞는다는 느낌이 정말로 들었기 때문이다. 푸른 벨벳 모자와 빳빳하게 수놓은 깃 장식 때문에 돋보이는 자그마한 핑크빛 얼굴은 그녀가 어릴 적 꿈에 그리던 모습이었다. 에드워드가 자신은 호수 근처에 가지 못하도록 유모에게 '보호받'으며, 아이는 항상 유모 말에 따라야 한다고 말하는 것을 들은 이후 그녀는 하늘의 천사들이 적절한 감정을 자기들끼리 표현할 때 이상한 프랑스식 사투리가 섞인 영어로 대화할 거라고 한동안 굳게 믿기도 했다. 네드 로지어의 영어 실력은 많이 향상되었고, 적어도 그의 영어에서 프랑스식 발음은 전보다 훨씬 적어졌다. 그의 아버지는 고인이 되었고 유모는 해고되었으나 이 청년은 변함없이 그들의 가르침에 따라 살았고 위험한 호숫가에는 절대로 가지 않았다. 그에게서는 여전히 뭔가 기분 좋은 향기가 났으며, 음성에는 고상한 기운이 감돌았다. 로지어는 무척 온화하고 우아한 청년이며, 교양 있는 취미로 일컬어지는 것, 즉 옛날 도자기, 훌륭한 와인, 도서 제본, 프랑스어 고타 연감,* 최고급 상점, 일류 호텔, 열차 시각표 등에 관한 지식을 구비했다. 그는 루스 씨에 뒤지지 않을 정도로 식사 주문 솜씨가 뛰어났기 때문에 경험을 쌓으면 그 신사의 진정한 후계자가 될 법도 했으며, 부드럽고 순진한 목소리로 그 신사의 음울한 정치사상을 변호하기도 했다. 파리에 있는 그의 우아한 방은 고풍스러운 스페인풍 레이스로 장식되었는데, 그것이 그의 여자 친구들의 부러움을 사서, 특히 벽난로 앞 장식은 무수한 공작부인의 높은 어깨보다 더 멋지게 치장되었다고 칭찬들을 했다. 그는 겨울이 되면 통상 포**에 나들이를 가거나 미국에서 한두 달을 보내곤 했다.

로지어는 이사벨에게 대단한 호기심이 있었고, 뇌샤텔 호텔에서 만났을 때 그녀가 호수 가까이 산책하자고 고집했던 일을 또렷이 기억했다. 로지어는 조금 전에 인용한 이사벨의 위험한 질문에서 그것과 똑같은 성향을 인정한 듯했으며, 그럴 필요가 없을 정도로 정중하게 그녀 질문에 대답하려 했다. "아처 양, 그래서 어떻다는 거예요? 어쨌든 파리는 어느 방향으로도 통하는걸요. 먼저 이곳을 거치지 않으면 어디에도 갈 수 없답니다. 유럽으로 오는 사람이라면 누구든 이곳을 거쳐야만 돼요. 당신은 이런 걸 의미하는 게 아니죠? 그게 당신에게 무슨 소용이냐고 묻는 거겠죠? 글쎄요, 미래를 어떻게 꿰뚫을 수 있을까요? 앞날을 어떻게 알 수 있죠? 즐거운 일이라면 어디로 통하든 상관없죠. 나는 이 길이 좋은데요. 옛날 그대로의 아

<hr />

* 독일 고타에서 발행되던 귀족 연감. 유럽 왕실과 귀족 들 이름을 기록한 인명록이다.
** 피레네 산맥에 인접한 프랑스 도시.

스팔트 도로가 좋아요. 그건 싫증이 날 수 없는 것이죠. 싫증나리라 생각하겠지만 그렇지 않아요. 항상 뭔가 새롭고 신선한 데가 있으니까요. 오텔 드루오*를 예로 들어 볼게요. 그곳에서는 일주일에 서너 번 경매가 벌어져요. 다른 곳에서 손에 넣을 수 없는 걸 그곳에선 구할 수 있죠. 별별 소문이 다 있지만, 장소만 잘 택하면 물건 값 또한 싸답니다. 난 그런 곳을 많이 알지만 비밀이에요. 특별히 희망한다면 당신에게 가르쳐 주겠어요. 다른 사람들에게 비밀로 한다는 조건으로 말이죠. 어디를 가든 먼저 내게 물어보고 가요. 이건 약속해 줘요. 가로수가 늘어선 대로는 피하도록 하세요. 그런 곳에서는 별로 할 게 없으니까요. 솔직히 말해 농담이 아니라 나보다 파리를 잘 아는 사람은 없을걸요. 언제 터쳇 부인과 함께 셋이서 아침 식사를 해요. 내가 좋아하는 걸 보여 줄게요. 그 점엔 두말할 나위도 없어요. 요즘은 누구나 런던을 얘기하며 그곳을 칭찬하는 게 유행이지만, 거기에는 할 일이 아무것도 없답니다. 루이 15세 시대 가구는 물론이고 나폴레옹 1세 때 가구도 전혀 없거든요. 영국 앤 여왕 시대 가구만 덩그러니 있을 뿐이죠. 앤 여왕 시대 양식은 침실이나 화장실을 꾸미기엔 좋겠죠. 그러나 응접실을 꾸미기엔 적절치 않아요. 내가 경매장에서 매일 시간을 보내느냐고요?" 로지어는 이사벨의 다른 질문에 대답하며 계속 말했다. "아니죠, 돈이 없어요. 있다면 좋겠지만요. 당신은 내가 놀고먹는 건달이라고 생각하겠죠. 표정으로 당장 알 수 있

---

* 파리의 유명한 경매장.

거든요. 당신 얼굴은 정말이지 모든 걸 이야기하네요. 이런 말을 한다고 섭섭하게 생각하진 마세요. 주의하라는 뜻이에요. 당신은 내가 뭔가 해야 된다고 생각하겠죠. 나도 그렇게 생각해요. 무엇을 할지 막연하지만요. 정곡을 찌르는 말을 했다면 당신은 이제 그만두는 편이 좋다고 여기겠죠. 그렇다고 고향에 돌아가서 가게를 차릴 수는 없잖아요. 내가 그런 일에 잘 맞을 걸로 봐요? 아, 나를 과대평가하네요. 나는 물건을 사는 것은 잘해도 팔지는 못해요. 내가 물건을 처분하려고 이따금 애를 쓸 때 봐야 하는데. 물건을 사는 것보다 다른 사람들에게 사도록 하는 게 더 수완이 필요해요. 나한테 물건을 팔려는 사람들이 얼마나 영리한지 알아요? 정말이지 나는 가게 주인 노릇은 할 수 없어요. 의사도 될 수 없고요. 그건 너무 역겨운 일이에요. 목사도 될 수 없죠. 신념이 없으니까요. 게다가 성서에 나오는 이름들을 제대로 읽지도 못하는걸요. 특히 구약성서에 나오는 이름들은 무척 어렵죠. 변호사도 될 수 없답니다. 그걸 뭐라고 하죠? 미국 소송 절차를 나는 이해할 수 없어요. 이밖에 또 무엇이 있죠? 미국에서 신사가 할 수 있는 일은 아무것도 없어요. 외교관이 되고 싶지만 미국의 외교란 신사가 할 일은 아니에요. 당신도 예전 외교관들을 보면 틀림없이……."

로지어가 오후 늦게 이사벨을 찾아올 때 헨리에타 스택폴이 자리를 함께한 적이 몇 번 있었다. 로지어는 지금까지 서술한 방식대로 자신에 대한 이야기를 하곤 했는데, 헨리에타는 대개 이 시점에서 청년의 입을 막아 버리고 미국 시민의 의무에 관해 설교조의 말을 늘어놓곤 했다. 그녀는 로지어가 매우 자연스럽지 못하다고 생각했으며, 랠프 터쳇보다 정도가 더 심하다고 여겼다. 그러나 헨리에타는 이사벨에 관한 새로운 사실에 놀라고 있었기 때문에 지금까지보다 한층 신랄한 비판을 가했다. 그녀는 이사벨의 유산 상속에 대해 축하 인사를 하지 않았고, 자신의 그런 행동에 대해 양해를 구했다.

"터쳇 씨가 너에게 유산 남기는 일을 나와 상의해 주었더라면 나는 바람직한 일이 아니라고 단호히 말했을 텐데!" 그녀가 솔직히 말했다.

"그래." 이사벨이 반응을 보였다. "넌 그게 축복이 아니라 저주가 될 거라고 생각하겠지. 아마 그럴지도 몰라."

"난 약간 덜 소중히 여기는 누군가에게 남겨 주세요, 뭐 이런 말을 했을 거야."

"예를 들면 너에게?" 이사벨은 농담조로 말하고 나서 "정말로 유산이 내 신세를 망칠 것 같아?"라고 정색하며 물었다.

"그런 일은 없도록 기도하겠지만, 그것 때문에 네가 곤란한 지경에 빠질 위험은 분명히 있을 거야."

"사치라든가 낭비벽 같은 것?"

"아니, 그런 건 아니고." 헨리에타가 말했다. "너의 도덕적 측면의 취약점이 걱정이란 말이지. 사치는 괜찮을 거야. 우린 가능한 우아하게 보일 필요가 있다고 생각하거든. 미국 서부 도시들은 사치투성이잖아. 그에 비하면 여기서는 그런 걸 볼 수 없어. 네가 무턱대고 쾌락만 좇지 않았으면 좋겠어. 하지만 그건 걱정하지 않아. 너의 위험은 자신만의 꿈의 세계에 지나치게 빠졌다는 거지. 너는 현실 세계, 너를 둘러싼 고생과 노력과 고통, 심지어 죄의 세계와 너무 동떨어졌어. 너는 무척 까다롭고 고상한 망상을 너무 많이 해. 네가 새로이 얻게 된 큰 재산 때문에 너는 네 돈에만 관심 있는 몇몇 이기적이고 양심 없는 인간들에게 점점 더 갇혀 지내게 될 거야."

이사벨은 눈을 크게 뜨고 그 어둠침침한 미래 모습을 가만히 보고 있었다. "내가 무슨 망상을 한단 말이야?" 그녀가 물었다. "망상 같은 것에 빠지지 않으려고 무척 애쓰고 있는데."

"그렇겠지." 헨리에타가 말했다. "넌 낭만적인 생활을 영위해서, 자신을 기쁘게 하려는 한편 다른 사람들을 즐겁게 해 줄 수 있다고 생각하거든. 그게 잘못이라는 걸 알게 될 거야. 네가 어떤 생활을 하든 성공하기 위해서는 어떻게든 너의 혼을 쏟아 붓지 않으면 안 돼. 그러기 시작하면 낭만적인 생활은 단연코 끝장이야. 엄연한 현실이 되는 거지! 게다가 넌 항상 자신을 기쁘게 할 수는 없고 때로는 다른 사람들도 기쁘게 해 줘야 돼. 그건 네가 잘할 거라는 걸 나도 알아. 그러나 중요한 게 더 있지. 넌 이따금 다른 사람들을 언짢게 해야만 할 거야. 항상 그럴 준비가 되어야 하지. 절대로 그걸 피해선 안 돼. 그건 네게 힘들 거야. 너는 칭찬받는 걸 너무 좋아하고 사람들이 너를 좋게 생각해 주길 원하니까. 너는 낭만적 견해 때문에 마음에 내키지 않는 책무들을 멀리할 수 있다고 생각해. 그게 바로 너의 커다란 망상이지. 우리는 그걸 피할 수 없어. 살다 보면 다른 사람들을 조금도 기쁘게 해 주지 않고 자신마저 기쁘게 해선 안 될 때가 많거든."

이사벨은 슬프게 머리를 흔들며 고통스럽고 두려운 표정으로 한마디 했다. "헨리에타, 네게는 지금이 그런 경우인 게 틀림없어!"

헨리에타는 파리에 머물 때가 영국에 있을 때보다 직업적으로 훨씬 소득이 많았으나, 그녀가 꿈의 세계에 살지 않는다는 것은 확실했다. 이미 영국으로 돌아가 버린 밴틀링은 파리에 머무른 처음 사 주 동안 그녀를 상대해 주었지만, 그 역시 꿈속에 살지는 않았다. 이사벨이 헨리에타에게 들은 바에 의하면 두 사람은 매우 친하게 지냈는데, 그가 파리에 대해 상당히 많이 알기 때문에 그녀에게 굉장한 도움이 되었다는 것이다. 그는 모든 것을 자상하게 설명해 주었고, 모든 것을 안내해 주었으며, 언제나 그녀의 안내자 겸 통역자가 되어 주었던 것이다. 그들은 함께 아침 식사나 외식을 했고, 극장에도 가고, 저녁 식사를 즐기는 등 완전히 함께 산 셈이나 다름없었다. 그녀는 이사벨에게 그가 진짜 친구라고 여러 번 장담했으며, 이토록 호감을 주는 영국인이 있으리라고는 생각하지도 못했다는 것이다. 이사벨은 이유는 모르지만 헨리에타가 펜실 부인의 동생인 밴틀링의 마음을 울리게 된 것에는 어딘가 기쁨을 자아내는 것이 있다고 생각했다. 그 관계가 쌍방의 평판과 관련된다고 생각하자 더욱 즐거움이 솟구쳤다. 이사벨은 두 사람이 서로 얼마쯤 문답놀이를 하고 있다는 것과 두 사람이 보인 단순함에 서로 빠져 버렸다는 의혹을 떨칠 수 없었다. 그러나 이러한 단순함은 어느 쪽에서나 존중받을 가치가 있었다. 헨리에타 입장에서 보면, 활기차게 언론을 보급하고 여성 기자의 지위 향상에 힘쓰는 일에 밴틀링이 흥미 있다고 믿는 것이 온당한 생각이었다. 마찬가지로 밴틀링 자신이 한 번도 명확하게 인식하지 못했던 간행물인 《인터뷰어》의 존재 이유가 정교하게 분석해 보면(밴틀링 자신이 능히 감당할 수 있는 일이지만) 헨리에타가 적극적인 애정을 필요로 하는 이유에 부합한다고 생각할 수 있었다. 이처럼 암중모색하는 두 독신자는 마음 졸이며 상대방을 의식하면서 서로 부족한 부분을 보충했다. 다소 느리고 산만한 성격인 밴틀링은 민첩하고 예민하며 적극적인 여성을 좋아했다. 한편 헨리에타는 반짝거리는 도전적인 눈매와 모자를 넣는 판지 상자 같은 신선한 자태로 그를 매혹해, 인생이라는 평범한 음식이 너무 싱겁다고 느꼈던 한 남자의 마음에 향기를 내뿜는 불을 지폈던 것이다. 이와는 반대로 헨리에타는 한 신사와의 교제에 기뻐했다. 아무튼 그는 자신의 방식에 따라 사치스럽고 간접적이며 거의 '기발한' 방법으로 그녀 성향에 맞춰 처신했다. 한가하고 여유로운 그의 생활은 대체로 변호의 여지가 없었지만, 마음을 졸이는 상대에게는 진정 고마운 일이었다. 게다가 그는 사회적인 것이든 실제적인 것이든 거의 모든 질문에 철저하진 않더라도 느긋하고 여유롭게 대답했다. 그녀는 밴틀링의 대답이 매우 적절하다는 생각을 자주 하게 되었고, 미국 행 우편물 수송선 출발 시각에 맞춰야 하는데도 그 대답을 보란 듯이 사람들에게 공개했다. 그녀는 이사벨이 능숙하게 말을 받아 넘기려는 심산으로 경고한 대로 자신이 정말 저 복잡한 미궁을 향해 떠밀려 가고 있지 않을까 걱정했다. 이사벨에게 많은 위험이 도사리지만, 스택폴 자신도 온갖 악습에 묶여 있는 계급 사회의 견해를 빌리는 형편이라면 언제까지 안전할지 의심스러운 노릇이었다. 이사벨은 여전히 능숙하게 그녀에게 경고했다. 밴틀링 씨는 펜실 부인에게 친절한 동생이었지만 가끔 이사벨의 입에 오르내려 불경하고 우스꽝스러운 암시를 주는 대상이 되었다. 그러나 이사벨이 무슨 말을 하든 밴틀링을 향한 헨리에타의 다정한 마음은 변함이 없었고, 이사벨의 빈정거림을 언제나 제멋대로 해석했다. 그리하여 그녀가 줄곧 비난했던 개념인 '이 세상에서 가장 완벽한 남자'와 함께 보낸 시간들을 의기양양하게 열거했다. 그리고 잠시 후에는 지금까지 농담처럼 가볍게 한 이야기는 잊어 버리고 밴틀링과 함께 파리에서 즐긴 일들을 자신도 모르게 진지하게 이야기했다. 그녀는 이렇게 말했다. "아, 나는 베르사유 궁전에 관한 거라면 모르는 게 없어. 밴틀링 씨와 함께 갔으니까. 나는 자세히 보기로 했어. 거기 가기 전에 그에게 경고까지 했어. 그래서 호텔에 사흘간 묵으면서 그곳을 다 둘러보았지. 날씨가 너무나 좋아 인디언 서머 같았어. 우리는 공원에서 살다시피 했고. 아, 그렇지. 베르사유에 대해서는 이제 배울 게 하나도 없네." 헨리에타는 봄이 되면 이탈리아에서 밴틀링과 만나기로 이미 약속한 것 같았다.

21

터쳇 부인은 파리에 도착하기 전에 이미 출발 날짜를 정해 놓았고, 2월 중순경에는 남쪽으로 여행할 채비를 했다. 그녀는 곧장 가지 않고 여정을 변경하여 지중해 연안 이탈리아 해변 도시 산레모에 머무는 아들 랠프를 만나러 갔다. 그는 느릿느 릿 펄럭이는 하얀 파라솔 밑에서 한가로이 햇볕을 쬐며 겨울 을 보내고 있었다. 이사벨은 당연히 터쳇 부인과 동행했는데, 부인은 예전처럼 꾸밈없고 습관적인 논리로 몇 가지 제안을 내놓았다.

"이제 넌 완전히 스스로의 주인이 되어 나뭇가지 위 새처럼 자유인이 되었어. 예전에는 그렇지 않았다는 뜻이 아니라, 지 금은 다른 입장이라는 거지. 재산은 장애 요소란다. 가난하면 뭔가를 할 때 지독한 비난을 받지만, 부유하면 많은 걸 할 수 있어. 어디든지 갈 수 있고, 혼자서 여행도 할 수 있고, 자신의 거처도 소유할 수 있지. 물론 말동무와 함께 살면서 말이야. 몰락한 귀부인처럼 캐시미어 숄을 걸치고, 머리는 염색하고, 벨벳 천에 그림이나 그리는 그런 부류 말이다. 그런 사람이 되는 건 사양한다고 말할래? 좋을 대로 하렴. 다만 네게 엄청난 자유가 있다는 것만 알면 좋겠구나. 스택폴을 네 동반자로 택해도 좋을 거야. 그 사람 같으면 귀찮은 사람들을 잘 막아 줄 테니. 하지만, 강요하는 건 아니지만, 네가 나와 함께 지내면 상당히 좋을 거라고 생각한다. 네가 좋아할지는 제쳐 두고, 이 제안에는 몇 가지 이유가 있어. 네 마음에 들진 않을 테지만 그런 희생쯤은 각오해야 한다. 물론 네가 나를 처음 만났을 때는 신기한 점이 있었겠지. 하지만 이제 그런 건 다 사라져 버리고 지금은 네가 보는 그대로의 나일 뿐이겠지. 따분하고 고집 세고 속 좁은 늙은이 말이야."

"이모님이 따분한 분이라고는 전혀 생각하지 않아요."

"그렇지만 고집 세고 속 좁은 사람이라는 생각은 하겠지? 내가 그렇게 말했잖니!" 터쳇 부인은 보란 듯이 의기양양하게 말했다.

이사벨은 얼마 동안 이모 곁에 있기로 했다. 이상한 충동에도 불구하고 그녀는 일반적으로 품위 있게 여겨지기를 무척 바랐고, 친척이 없는 젊은 숙녀란 잎이 떨어진 꽃 같은 인상을 지울 수 없다는 게 그 이유였다. 터쳇 부인과의 대화는 이제 올버니에서 처음 만난 날 오후만큼 활달하지 않았다. 당시 터쳇 부인은 비에 젖은 방수 망토를 입고 앉아 교양 있는 숙녀가 유럽에 가면 어떤 기회가 펼쳐지는지 설명했다. 그러나 이렇게 된 것은 상당 부분 이사벨 자신에게 잘못이 있었다. 그녀는 이모의 경험을 간파하는 순간 상상력이 발동하여 상상력이 별로 없는 이모의 판단과 감정을 항상 미리 내다보았던 것이다. 이것과는 별개로 터쳇 부인에겐 컴퍼스의 두 다리처럼 정직하다는 커다란 장점이 있었으며, 완고하고 확고한 태도는 안도감을 주었다. 그래서 사람들은 어디로 가면 부인을 만날지 확실히 알 수 있었고, 우연한 만남이나 충격 따위에 결코 노출되지 않았다. 그녀는 평소 입장이 확고한 편이라 주변 일에 대해 꼬치꼬치 캐묻는 법이 없었다. 마침내 이사벨은 밖으로 드러내지는 않았지만 이모에게 연민의 정을 느꼈다. 그릇이 매우 작고 도량이 너무 좁아 인간적인 접촉을 받아들이지 못하는 터쳇 부인이 무척이나 쓸쓸해 보였기 때문이다. 그녀에게는 부드럽고 공감 가는 어떤 것이 뿌리를 내릴 여지가 없었으며, 바람에 날려 온 꽃도, 친근한 부드러운 이끼도 전혀 없었다. 다시 말해 사람의 마음을 받아들이는 폭이 너무 좁았던 것이다. 그럼에도 이사벨은 터쳇 부인이 나이가 들수록 어쩔 수 없이 편리한 방향으로 모든 것을 양보하는 일이 많아진다고 믿었다. 그녀가 특별한 경우에 늘어놓는 일종의 변명 같은, 보다 차원 낮은 배려 때문에 일관성이 없어지고 있음을 깨달았다. 그녀가 병에 시달리는 아들과 몇 주일을 함께 보내기 위해 피렌체까지 먼 거리를 둘러 가게 된 것도 그녀의 확고한 신념에 어긋나는 일이었다. 예전에 랠프가 그녀를 만나고 싶어 했을 때는 팔라초 크레센티니에 젊은 주인의 처소로 예비된 널찍한 방이 그를 기다리니 직접 와서 만나라는 것이 그녀의 확고한 신념이었기 때문이다.

"물어보고 싶은 게 있어." 이사벨은 산레모에 도착한 이튿날 랠프에게 말했다. "몇 번인가 편지로 물어볼까 생각했지만, 편지 쓰는 게 주저되었어. 하지만 이렇게 직접 보고 얘기하니 별로 힘든 것 같진 않아. 이모부님이 내게 그토록 많은 돈을 남기시려고 했던 것을 알고 있었어?"

랠프는 평소보다 양다리를 더 길게 뻗고 지중해의 물결을 약간 무겁게 응시했다. "이사벨, 내가 알았든 몰랐든 무슨 문제겠어? 아버지는 고집이 센 분이셨는데."

"그렇다면 알고 있었군."

"그럼, 말씀해 주셨지. 둘이서 그 일을 약간 의논하기도 했고."

"왜 그런 일을 하셨을까?" 이사벨이 무뚝뚝하게 물었다.

"칭찬하는 차원쯤 되겠지."

"무엇에 대한 칭찬?"

"네가 너무나 아름답게 살아 준 것에 대한 칭찬."

그녀가 이윽고 입을 열었다. "이모부님이 나를 너무 많이 사랑해 주셨네."

"우리 모두 다 그렇지."

"정말로 그렇다면 난 아주 불행한걸. 다행히 정말로 믿지는 않겠지만 나를 공정하게 봐 줘. 내가 바라는 건 그것뿐이야"

"좋아, 하지만 사랑스러운 사람을 공정하게 보는 것엔 결국 현란한 감정이 작용한다는 걸 기억해."

"난 사랑스러운 사람이 아니야. 내가 이런 엉뚱한 질문을 하고 있는 마당에 어떻게 그렇겠어? 오빠에겐 내가 무척 유약해 보였겠지!"

"난처해 보이는걸."

"맞아."

"무엇 때문이지?"

그녀는 잠시 아무 대답도 하지 않다가 갑자기 입을 열었다. "내가 갑자기 이렇게 부자가 되는 게 좋은 일이라고 생각해? 헨리에타는 그렇게 생각하지 않던데."

"제발 헨리에타 얘기는 하지 마!" 랠프가 거칠게 말했다. "내 의견은 네가 부자가 된 게 한없이 기쁘다는 거야."

"그래서 이모부님이 그런 일을 하셨나 봐? 오빠를 즐겁게 하려고?"

"나는 헨리에타와 생각이 달라." 랠프가 더욱 엄숙한 말투로 말했다. "너에게 재산이 있다는 건 대단히 좋은 일이지."

이사벨은 진지한 눈빛으로 그를 쳐다보았다. "내게 무엇이 좋은지 안다니 놀라워. 아니면 그런 일에 관심 있는 건가."

"알고 있는 이상 분명히 관심은 있지. 내가 한 가지 말해 줄까? 자신을 너무 괴롭히지 마."

"오빠를 괴롭히지 말라는 뜻 같은데?"

"넌 그럴 수 없어. 나는 괴로움 같은 건 잘 참고. 마음을 좀 더 편하게 먹어. 이것이 너에게 좋은 건지 아니면 저것이 좋은 건지 지나치게 생각하지 마. 양심을 너무 혹사하면 안 돼. 그러면 손끝으로 친 피아노처럼 엉망이 돼 버릴 거야. 보다 소중한 기회를 위해 양심을 보존해야 돼. 네 성격을 다듬으려고 너무 애쓰지도 말고. 그건 마치 팽팽하고 부드럽고 어린 장미꽃 봉오리를 잡아당겨 억지로 꽃을 피우게 하는 것과 같아. 너 좋은 대로 살다 보면 성격은 저절로 형성되는 거야. 대부분의 일들은 너의 편이 될 거고, 예외란 좀처럼 없을 거야. 상당한 돈이라 할지라도 예외가 될 순 없지." 랠프는 잠시 말을 멈추고 미소를 지었으며, 이사벨은 눈치 빠르게 듣고 있었다. "넌 생각을 너무 많이 해. 그리고 무엇보다 양심이 너무 곧아." 랠프는 말을 이었다. "자신이 잘못이라고 생각하는 많은 것들을 전혀 받아들이려고 하지 않지. 시간을 두고 마음을 가라앉혀, 날개를 펴고 높이 날아 봐. 그런다고 잘못하는 건 결코 아니니까."

이미 말한 대로 이사벨은 랠프의 이야기를 열심히 듣고 있었다. 말을 듣고 빠르게 이해하는 것은 그녀의 특기였다. "지금 하는 말을 오빠가 제대로 이해하는지 모르겠어. 그렇다면 큰 책임을 지게 되는 건데."

"그 말을 듣고 보니 조금 두려운 생각이 들지만, 내가 옳다고 봐." 랠프는 여전히 즐거운 태도로 말했다.

"그래도 오빠가 한 말은 모두 진실인걸. 이보다 더 진실한 말은 하지 못할 거야. 나는 나 자신에게 너무 빠져 삶이라는 것을 마치 의사 처방처럼 보고 있어. 우리는 병원에 누워 있는 환자처럼 온갖 일들이 우리에게 좋은지 아닌지 영원히 생각해야만 할까? 왜 나는 옳은 일을 하지 못할까 봐 걱정해야 하지? 내가 옳은 일을 하느냐, 그른 일을 하느냐 걱정하는 것이 세상 사람들에게 큰 문제라도 되는 듯 말이야!"

"너에게 충고하기에는 내가 부족할 따름이지." 랠프가 말했다. "네 말을 들으니 난 할 말이 없어지는데!"

이사벨은 상대방이 불을 붙인 일련의 상념들을 따라갔지만, 그의 말을 듣지 못한 것처럼 바라보고만 있었다. "난 나 자신보다 세상일에 더 관심을 가지려고 해. 그래도 결국은 나 자신의 문제로 돌아오겠지만. 그건 내가 두려워하기 때문이야." 그녀는 말을 멈추었다. 목소리가 약간 떨렸다. "맞아, 뭔지 모르지만 난 두려워. 막대한 재산이 나를 자유롭게 해 주겠지만 난 그게 걱정인걸. 재산이란 살아가는 데 유용하니 제대로 사용하지 않으면 안 돼. 만일 그렇게 하지 못한다면 부끄러운 일이지. 계속 그걸 생각하고 끊임없이 노력해야 돼. 힘이 없는 편이 오히려 더 큰 행복인지는 확신을 못 하겠어."

"약한 사람들에게는 물론 그 편이 훨씬 더 행복하겠지. 그들에겐 남들로부터 경멸받지 않으려는 노력이 중요할 테니까."

"내가 약하지 않다는 걸 오빠가 어떻게 알아?"

"아." 랠프는 이사벨이 알아차릴 정도로 얼굴을 붉히며 대답했다. "만약 네가 약하다면 난 정말 실망했을걸!"

이사벨은 지중해 연안의 아름다움에 더욱 친숙해졌다. 그곳은 이탈리아의 시작이자 찬미의 입구였기 때문이다. 아직 완전히 보고 느끼지는 않았지만 이탈리아는 그녀 앞에 약속의 땅으로 펼쳐져 있었으며, 아름다움에 대한 사랑이 무한한 지식으로 위안을 받을 곳이었다. 이사벨은 랠프와 함께 해변을 배회할 때면(그녀는 그가 매일 하는 산책의 동반자가 되었다.) 제노바가 있을 것 같은 바다 건너 먼 곳으로 동경의 눈길을 던졌다. 그녀는 이 거대한 모험의 언저리에서 잠시 쉬는 것이 즐거웠고, 준비 삼아 잠시 돌아다니는 것에도 짜릿한 쾌감이 있다고 생각했다. 더욱이 그녀는 지금 이 순간이 평화로운 막간극이나 자신의 마음이 동요되고 있다고 보기에는 아직 이른 상황에서 북소리와 피리 소리가 울리다 잠시 숨을 죽인 상태라는 느낌을 받았다. 그래도 그녀는 희망, 두려움, 환상, 야망, 선입견 등에 비추어 언제나 자신의 삶을 마음속에 그렸으며, 이런 마음의 움직임이 그녀에게 제법 극적으로 반영되었다. 이사벨이 자신의 호주머니에 대여섯 번 손을 넣어 본다면 손이 큰 이모부가 호주머니를 가득 채워 주었다는 생각에 익숙해질 거라고 마담 멀이 터칫 부인에게 예언한 적이 있었다. 예전에도 가끔씩 그랬듯이 마담 멀의 통찰력은 그대로 적중했다. 랠프는 이사벨의 마음이 도덕적으로 쉽게 발화된다고 칭찬했는데, 좋은 충고로 한 이 말을 그녀는 재빨리 간파했다. 그의 충고는 문제 해결에 큰 도움이 된 듯했고, 어쨌든 그녀는 산레모를 떠나기 전에 자신이 부자가 된 것에 익숙해졌다. 자신이 부자라는 의식은 다소 복잡하게 얽힌 관념 속에 적당한 자리를 잡았고, 때로는 이런 의식이 조금도 불쾌하지 않았다. 그것은 또한 무수한 좋은 의도를 영구히 가능하게 만들었다. 그녀는 여러 가지 전망을 그리다가 미로에 빠지기도 했지만, 부유하고 독립정신이 강한 데다 너그러운 여성이 주어진 기회와 책임을 인간적인 견지에서 크게 받아들여 고상한 일을 하려고 마음만 먹으면 얼마든지 할 수 있었다. 따라서 그녀의 재산은 그녀 마음속에서 보다 나은 자아의 일부가 되어 그녀를 중요한 인물로 만들었으며, 어떤 이상적인 아름다움까지 부여한다는 생각이 들었다. 이 재산 때문에 그녀가 다른 사람들에게 어떤 모습으로 비쳤는가 하는 것은 별개의 문제였으며, 이점에 대해서는 때가 되면 언급해야 할 것이다. 방금 이야기한 그녀의 전망은 다른 논란거리와 뒤섞여 있었다. 이사벨은 과거보다 미래에 대해 생각하기를 더 좋아했으나, 가끔 지중해 파도 소리에 귀를 기울일 때면 그녀의 시선이 과거를 향해 날아갈 때가 있었다. 그녀가 시선을 집중했던 두 인물의 모습은 점차 멀리 물러갔지만 아직도 그녀의 관심을 끌기에 충분했다. 그것은 바로 캐스파 굿우드와 워버튼 경의 모습이라는 것을 그녀는 쉽게 알 수 있었다. 이 두 남자의 모습이 이사벨의 삶 뒤편으로 너무나 빨리 물러난 것은 이상한 일이었지만, 눈앞에 보이지 않는 현실은 믿지 않는 게 그녀의 성향이었다. 필요한 경우 힘들여 믿음을 되찾는다 해도, 현실이 즐거울 때조차 그런 노력은 괴로울 때가 많았다. 과거는 죽은 것처럼 보였고, 과거가 되살아난다는 것은 오히려 최후의 심판 때 으스스한 빛을 보여 주는 것 같았다. 게다가 그녀는 자신이 다른 사람들의 마음속에 살아 있다는 것을 당연한 일로 여기고 싶지 않았다. 자신이 지울 수 없는 흔적을 남기고 있다고 믿을 만큼 어리석지는 않았다. 이사벨은 자신이 잊히고 있다는 것을 알고 괴로운 기분이 들었지만, 그녀가 스스로 발견한 모든 자유 가운데 가장 감미로운 것은 망각의 자유였다. 감상적인 말 같지만 그녀는 자신이 가진 마지막 동전을 캐스파 굿우드나 워버튼 경에게 보여 주지 않았지만 두 남자가 그녀에게 상당한 빚을 졌다는 생각을 떨칠 수 없었다. 물론 그녀는 굿우드에게서 다시 연락이 올 거라는 것을 잊지 않았다. 그러나 앞으로 일 년 반 뒤의 일이며, 그 사이에 많은 일들이 발생할 수도 있는 것이다. 사실 이사벨은 굿우드가 좀 더 편한 마음으로 청혼할 수 있는 여성을 찾아낼 거라는 생각은 하지 않았다. 실제로 그런 여성이 많을지언정 이런 장점이 그의 마음을 끌 거라는 생각은 조금도 하지 않았기 때문이다. 그러나 그녀는 자신이 수치스럽게 생각하는 마음의 변화를 겪게 될지도 모른다고 생각했다. 그런 나머지 사실상 캐스파와 관계없는 일들과는 이별을 고하고(지금은 그런 일들이 많이 존재하지만) 중국에는 숨 막히는 것들이라고 보았던 그라는 존재의 요소들에서 안식을 찾을 수 있을지도 모른다고 생각했다. 그런 숨 막히는 것들이 언젠가는 마치 멋들어진 화강암 방파제에 둘러싸인 맑고 고요한 항구처럼 가면을 쓴 축복이었다고 결론 날 수도 있는 것이다. 하지만 그런 날은 때가 되지 않으면 오지 않는 법이어서 팔짱을 끼고 막연히 기다릴 수는 없었다. 워버튼 경이 그녀 모습을 마음 깊이 간직했다는 것은 겸허한 마음이나 고귀한 자긍심을 가진 사람이라면 기대조차 해서는 안 된다고 생각했다. 이사벨은 자신과 워버튼 경 사이에 있었던 일들을 기억하지 않으려고 확고히 노력했으므로, 워버튼 경 쪽에서 그에 상응하는 노력을 응당 보여 주어야 할 형편이었다. 이 말은 겉으로 들리는 것과 달리 단지 빈정대는 듯한 이론은 아니었다. 솔직히 이사벨은 평범한 표현을 빌린다면 그가 마음의 상처를 극복하리라 믿었다. 그가 자신에게 마음 깊이 끌렸다는 사실을 믿었으며, 이사벨 역시 그것에서 아직도 기쁨을 누렸다. 그러나 그토록 총명하고 존경받는 그에게 상처에 비해 엉뚱하게 큰 상처 자국이 생긴다는 건 앞뒤가 맞지 않는 일이었다. 게다가 이사벨은 영국인은 마음을 편히 먹기를 좋아할 거라고 생각했다. 워버튼 경이 우연히 알게 된 자신감 넘치는 미국 숙녀를 골똘히 생각한다는 것은 결국 마음 편한 일은 아닐 것이다. 언젠가 그가 그에게 더 합당한 영국 숙녀와 결혼했다는 소식을 듣게 된다 해도 놀라지 않을 거라고 이사벨은 다짐했다. 그가 결혼한다면 이사벨 자신의 결심이 단단하다는 것을 믿었기 때문일 것이며, 그것은 그녀가 원하는 일이었다. 그렇게 되면 그녀의 자만심에도 흡족한 일이 되는 것이다.

22

터쳇 씨가 세상을 떠난 지 육 개월 정도 지난 5월 초 어느 날, 화가가 그림으로 표현한다면 구도가 잘 짜인 오래된 빌라의 많은 방 가운데 한 곳에 몇 사람이 모여 있었다. 이 빌라는 피렌체의 '로마 문' 바깥에 있는 올리브 나무로 뒤덮인 언덕 꼭대기에 자리 잡고 있었다. 길게 뻗은 다소 단조로운 건물로, 토스카나 사람들이 좋아하는 앞으로 돌출한 지붕이 붙어 있었다. 피렌체를 감싼 언덕 위에 위치한 이 집의 지붕은 멀리서 바라보면 그 옆에 서너 그루가 모여 하늘 위로 솟아오른, 꼿꼿하고 명암이 짙고 뚜렷한 편백나무와 직각으로 멋진 조화를 이루었다. 이 집 앞부분은 언덕 꼭대기의 일부분을 점한, 풀이 듬성듬성하고 텅 빈 시골 광장을 끼고 있었다. 건물 앞면에는 서로 균형이 맞지 않는 창이 몇 개 달려 있고, 건물 밑에는 길게 고정된 석조 의자가 그 장점이 과소평가된 듯한 인상을 주는 한두 명의 사람들에게 쉼터 구실을 했다. 이탈리아에서는 이런저런 이유로 말미암아 자신감이 있지만 전적으로 수동적 태도를 취하는 사람에게 이러한 장점이 늘 우아해 보였던 것이다. 고색창연하고 견고하며, 세월의 풍상을 겪었지만 위압적인 건물 앞면은 말로 표현할 수 없는 어떤 특성을 띠고 있었다. 그러나 이 앞면은 집의 가면일 뿐 얼굴은 아니었다. 두꺼운 눈꺼풀은 있으나 눈이 없으며, 실제로는 다른 방향을 보지만 집 뒤가 툭 트여 오후 햇빛이 찬란히 스며들 여유가 있었다. 이 빌라는 경사진 언덕과 이탈리아 특유의 안개가 흐릿하게 낀 아르노 강의 긴 계곡 위로 돌출해 있었다. 집 안에는 테라스 형태로 만든 좁은 정원이 있고, 야생 장미 넝쿨이 무성한 그곳에는 이끼가 끼고 포근한 또 다른 오래된 석조 의자가 있었다. 테라스 난간은 사람들이 기댈 수 있을 만큼 높았고, 그 밑의 땅은 멀리 보이는 올리브 밭과 포도밭으로 경사를 이루며 이어졌다. 그러나 우리가 관심을 가지는 것은 바깥 풍경이 아니다. 맑게 갠 늦은 봄날 아침 사람들이 햇빛도 잘 들지 않는 실내에 머물러 있는 데는 이런저런 이유가 있었다. 1층 창문은 광장에서 이미 본 것처럼 고상한 규모에 맞게 꽤나 적절했다. 그러나 세상과 대화를 한다기보다는 세상 사람들이 들여다보는 것을 거부하는 인상을 주었다. 튼튼한 격자를 끼운 창은 위치가 너무 높아 호기심에 내부를 들여다보려고 발돋움해도 도달하기 힘들기 때문에 포기할 정도였다. 세 개 정도가 나란히 붙은 이런 창문의 틈새로 빛이 비치는 방에(빌라에는 각기 다른 방들이 몇 개 있는데, 주로 피렌체에 장기간 머무는 여러 국적의 외국인들이 살

왔다.) 신사 한 사람이 앉아 어린 소녀와 수녀원에서 온 두 수녀를 면담하고 있었다. 독자의 상상과 달리 그러나 이 방에는 음산한 구석은 없었으며, 넓고 높은 출입문이 뒤편의 혼잡한 정원 쪽으로 개방되어 있었다. 게다가 높다란 쇠 격자창을 통해 이따금 이탈리아의 햇빛이 쏟아져 들어왔다. 또한 이 방에는 정말 사치스럽다고 할 정도로 편안한 의자가 있었고, 정교하게 손질되고 솔직하게 표현되어 세련미가 넘친다는 인상을 풍겼다. 방에는 여러 형태의 다마스크 천과 태피스트리가 색이 바랜 채 걸려 있었고, 세월 탓에 윤이 나는 참나무 조각장과 벽장도 눈에 띄었다. 그런가 하면 일부러 소박한 티를 낸 앙상한 회화 작품도 걸려 있었으며, 이탈리아에서 지금까지 출토되는 중세 놋쇠 그릇이나 도자기 같은 괴팍한 유물들도 놓여 있었다. 이 모든 것들에 뒤섞여 여유 있는 세대를 위해 많은 비용을 들인 현대적인 가구도 여럿 있었다. 그 밖에도 모든 의자에는 푹신한 느낌을 주는 쿠션이 채워져 있었으며, 19세기 런던제라는 것을 알 수 있는, 훌륭한 수완을 부려 만든 서재용 책상이 방을 넓게 차지하는 등 사람의 눈길을 끌었다. 책이 무척 많았고, 잡지와 신문 그리고 대부분이 수채화인 작고 기묘한 느낌의 정교한 그림도 몇 점 있었다. 그중 한 점이 거실 이젤 위에 놓여 있었고, 조금 전 소개한 어린 소녀가 말없이 서서 그림을 보고 있었다.

그 소녀와 함께 있는 사람들이 침묵(절대적 침묵)을 지킨 것은 아니지만 그들의 대화는 보기에도 거북스러울 정도였다. 의자에 앉지 못한 두 수녀는 너무 신중한 나머지 빈틈없는 표정이 역력했다. 그들은 평범하고 넉넉한 인상에 얼굴이 온화해 보이는 여인들로서, 뭔가 격식을 차리는 겸손함이 엿보였다. 빳빳하게 풀 먹인 옷깃이나 골격에 못을 박은 듯 몸을 감싼 서지 천이 그들의 굳은 표정에 한몫했다. 그들 가운데 한 사람은 상당히 나이 든 여자로, 안경을 끼고 안색이 좋고 뺨이 통통했으며 동료 수녀보다 더 돋보이는 태도여서, 분명 어린 소녀에 관련된 일을 맡고 있는 것 같았다. 그녀는 모자를 쓰고 있었고 그 모자는 아주 간소한 장식이 달린 수수한 옥양목 가운과 잘 어울렸지만, 가운은 오래 입은 탓에 옷단을 늘렸는데도 길이가 짧았다. 두 수녀를 접대하고 있는 것으로 생각되는 신사는 아마도 자기 일이 어렵다는 것을 의식하는 듯했다. 그는 매우 유순한 사람과 대화하는 일이 매우 억센 사람과 대화할 때와 마찬가지로 힘들다는 것도 알고 있었다. 동시에 그는 고요한 소녀에게 몰두했으며, 소녀가 등을 돌리자 그 가냘프고 작은 체구에 눈길을 쏟았다. 그는 마흔 살 남자로, 높다랗게 균형 잡힌 머리에는 촘촘하고 짧은 머리카락이 아직 많았지만 나이에 비해 흰머리가 많이 보였다. 얼굴은 야윈 편이지만 섬세한 면이 두드러지고 윤곽이 매우 뚜렷했다. 얼굴에서 유일한 결점은 약간 뾰족한 인상을 풍긴다는 것이었다. 그의 모습이 그런 인상을 풍기는 것은 턱수염 형태와 관련 있었다. 그의 턱수염은 16세기 초상화에서 볼 수 있는 방식으로 깎였고, 그 위에는 멋진 콧수염이 걸쳐져 있었는데, 양 끝이 낭만적으로 위로 치켜져 외국인이나 옛날 사람 같은 느낌을 주고 그가 스타일에 상당히 신경 쓰고 있음을 드러내 주었다. 그러나 호기심을 품은 그의 의식적인 눈은 애매하면서도 사람을 꿰뚫어보는 듯하고, 지적이면서도 견고하며, 관찰자이자 몽상가의 표정을 담고 있었다. 그리하여 그가 외모에 신경을 쓴다 해도 적당한 범위 안 일이며, 자신의 외모에 마음을 쓰면 그만큼의 대가가 있다는 것을 분명히 보여 주었다. 그를 본 사람들은 그가 태어난 지방이나 국가를 알 수 없어 어리둥절해할 것이며, 이런 질문에 대한 대답이 싱겁다고 할 정도로 외견상 특징이 전혀 없었다. 그에게는 영국인의 피가 흘렀지만, 프랑스인이나 이탈리아인의 피가 섞였다는 느낌도 들었다. 하지만 금화 같은 고귀한 이미지를 풍겨서, 널리 유통되는 일반 화폐의 각인 같은 흔적은 거의 찾아볼 수 없었다. 그는 특별한 행사를 위해 주조된 우아하고 정교한 메달 같았다. 날렵하고 마른 몸집으로 다소 힘없어 보였으며, 크지도 작지도 않았다. 천한 물건을 몸에 걸치지 않을 뿐, 별 신경을 쓰지 않고도 옷을 잘 입는 사람처럼 보였다.

"애야, 그 그림이 어떠냐?" 그가 소녀에게 물었다. 그는 이탈리아어를 완벽하게 구사했지만, 그렇다고 이탈리아인이 틀림없는 것은 아니었다.

소녀는 진지하게 머리를 한쪽으로 돌리고 다시 다른 쪽으로 돌렸다. "너무 예뻐요, 아빠. 아빠가 그리셨어요?"

"그럼, 내가 그렸지. 솜씨가 있는 것 같아?"

"그럼요, 아빠. 아주 잘 그리셨어요. 저도 그림 공부를 했어요." 소녀는 이렇게 말하며 뒤돌아서서 작고 예쁜 얼굴에 사랑스러운 미소를 가득 띠었다.

"솜씨가 어떤지 모르겠구나. 네가 그린 걸 한 장 가져오지 않고."

"많이 갖고 왔어요. 트렁크에 들어 있죠."

"그림을 무척 정성 들여 그린답니다." 두 수녀 중 나이 든 수녀가 프랑스어로 말했다.

"반갑군요. 당신이 가르치셨나요?"

"미안하게도 전 아니에요." 그 수녀가 얼굴을 약간 붉히면서 말했다. "그림은 제 담당이 아니랍니다. 저는 아무것도 가르치지 않아요. 그런 일은 그 방면에 더 재주가 많은 사람에게 맡기지요. 우리가 있는 곳에는 실력이 뛰어난 미술 교사가 있거든요. 이름이 뭐더라. 뭐라고 했죠?" 그녀가 동료 수녀에게 물었다.

동료 수녀는 양탄자를 내려다보고 있다가 "독일 이름이에요."라고 이탈리아어로 말했다. 마치 독일 이름을 번역할 필요가 있다고 생각하는 것 같았다.

"맞아요." 다른 수녀가 계속 말했다. "그이는 독일인으로, 오랫동안 가르치고 있어요."

어른들의 이야기에 귀를 기울이지 않던 소녀는 큰방 출입구 쪽으로 걸어가 정원을 내다보고 섰다. "그런데 수녀님은 프랑스 분이군요." 신사가 말했다.

"그렇습니다." 수녀가 부드럽게 대답했다. "학생들에게 프랑스어로 말하지요. 다른 나라 말은 알지 못해요. 그러나 우리 수녀원에는 다른 나라 수녀들도 있답니다. 영국, 독일, 아일랜드에서 온 수녀들이지요. 모두 자기 나라 말로 이야기해요."

신사는 미소를 지었다. "그럼 제 딸은 아일랜드 출신 교사의 지도를 받았나요?" 이렇게 말하고 나서 그는 방문객들이 이 말의 의미는 몰라도 농담이라는 것은 알아차렸을 거라고 보았다. 곧이어 그가 덧붙였다. "수녀님이 계신 곳은 완벽하군요."

"그럼요, 모든 면에서 완벽하죠. 모든 것을 다 갖추었고 모두 일류랍니다."

"체조 과목도 있어요." 이탈리아 말을 하는 수녀가 용기를 내 입을 열었다. "그러나 그렇게 위험한 과목은 아니랍니다."

"위험해서는 곤란하죠. 체조를 담당하십니까?" 이 질문에 두 수녀는 노골적으로 웃음을 터뜨렸다. 웃음이 가라앉자 집 주인은 딸을 쳐다보며 많이 컸다고 말했다.

"맞아요, 그러나 더 이상 크지는 않을 거예요. 현재 상태 그대로 유지될 겁니다." 프랑스인 수녀가 말했다.

"괜찮습니다. 저는 키 작은 여자가 좋아요. 아담한 느낌의 여자 말입니다." 신사가 말했다 "그러나 이 아이의 키가 작은데는 특별한 원인이 있다고 생각하지 않아요."

수녀는 그런 일은 인간의 힘으로는 알 수 없는 일이라는 듯 절도 있게 어깨를 움츠리며 말했다. "따님이 아주 건강하니 천만다행이에요."

"그렇죠, 건강하게 보입니다." 소녀의 아버지는 이 말을 하며 딸을 잠시 바라보고 있었다. "정원에 뭐가 보이니?" 그가 프랑스어로 물었다.

"꽃이 참 많네요." 소녀는 작고 감미로운 목소리로 대답했는데, 그 억양이 아버지와 똑같이 훌륭했다.

"그런데 예쁜 꽃은 별로 없단다. 하지만 그렇더라도 정원에 나가 몇 송이 꺾어 수녀님들에게 갖다 드리렴."

아버지를 쳐다보며 웃는 아이의 얼굴엔 기쁨이 가득했다. "정말 그렇게 해도 돼요?"

"괜찮고말고. 내가 부탁하잖아." 아이의 아버지가 말했다.

소녀는 나이 많은 수녀 쪽을 쳐다보며 물었다. "정말 괜찮을까요, 수녀님?"

"아빠 말씀대로 해야지, 아가씨." 수녀는 다시 얼굴을 붉히며 말했다.

소녀는 이 허락에 만족하고 문지방을 내려서서는 곧 모습을 감추었다. "아이를 응석받이로 교육하지 않으시는군요." 아이의 아버지가 쾌활하게 말했다.

"무슨 일이든 먼저 허락을 받도록 해요. 그게 우리 학교 철칙입니다. 허락은 잘 해 주지만 반드시 얻어야만 하죠."

"그런가요. 수녀님 규칙에 이의가 있을 수는 없겠죠. 아주 훌륭한 규칙이 틀림없어요. 제가 딸을 수녀원 학교에 보낸 건 그 애를 어떻게 교육하는지 확인하고 싶었기 때문입니다. 믿음이 있으니까요."

"믿음은 누구나 있어야 해요." 수녀는 온화한 표정을 지으며 대답한 뒤 안경 너머로 상대방에게 눈길을 보냈다.

"그런데 그 믿음에 대한 보답이 있을까요? 딸을 어떻게 교육하셨는지요?"

이 말을 듣고 수녀는 잠시 눈을 떨구었다. "훌륭한 기독교인이 되었지요, 아버님."

그도 똑같이 눈을 떨구었지만 두 사람은 각기 다른 동기에서 이런 행동을 한 것 같았다. "그렇군요. 그 밖에 다른 것은요?"

그는 수녀들을 가만히 보면서, 훌륭한 기독교인이 되었다는 게 가장 중요하다고 말하겠지 하고 생각했다. 하지만 그 수녀는 퍽 단순하긴 해도 그렇게 말주변이 없는 사람은 아니었다. "참 귀여운 아가씨로, 정말 꼬마 숙녀가 되었어요. 아버님에게 더할 나위 없이 흡족한 따님 말이에요."

"제게는 착한 딸로 생각되는데요." 소녀의 아버지가 말했다. "정말 예쁘네요."

"완벽해서 나무랄 데가 없답니다."

"어릴 때도 결점이라고는 없었지만, 수녀님도 결점을 찾지 못하셨다니 반가운 일이네요."

"수녀들이 그 아이를 무척 귀여워해 주었어요." 안경 낀 수녀가 위엄 있게 거들었다. "결점이라는 말이 나왔으니 말인데, 우리한테 없는 것을 어떻게 주겠어요? 수녀원은 바깥세상과 다른 곳이에요, 아버님. 이 아이는 우리한테 딸과 같아요. 아주 어릴 적부터 우리 곁에서 자랐으니까요."

"금년에 떠나는 학생들 중에서 따님과 헤어지는 게 가장 서운해요." 젊은 수녀가 공손한 태도로 중얼거리듯이 말했다.

"그렇습니다. 새로 들어오는 학생들에게 따님의 일을 모범 삼아 이야기해 줄 예정이죠." 이 말을 하는 수녀의 안경이 흐려졌다. 동료 수녀가 뭔가를 뒤적뒤적하더니 이윽고 튼튼하게 짜인 손수건을 내밀었다.

"제 딸을 수녀님들 곁에서 데려오는 일은 아직 확정된 게 아닙니다." 신사가 서둘러 말했다. 그의 목소리에는 수녀들을 울리지 않으려고 손을 쓰는 게 아니라, 자기가 하고 싶은 말을 하려는 기미가 엿보였다.

"만일 그러시다면 우리들로선 다행이에요. 이제 열다섯 살이니 그만두기에는 너무 일러요."

"그런가요." 신사는 지금까지보다 더욱 활기차게 외쳤다. "그럼 그 아이를 데려오는 건 제 뜻이 아니니 계속 맡아 주셨으면 합니다!"

"아, 아버님." 나이 많은 수녀가 웃으면서 자리에서 일어났다. "따님은 훌륭한 아가씨입니다만 신은 세상을 위해 그 아가씨를 만드셨어요. 이 세상에 큰 도움이 될 겁니다."

"훌륭한 사람들이 모두 수녀원에 숨어 버린다면 세상은 어떻게 되겠어요?" 옆에 있던 동료 수녀가 부드럽게 말하며 함께 자리에서 일어섰다.

이것은 이 수녀가 평소 생각했던 것이라기보다는 더 심오한 질문이었다. 안경 낀 수녀가 "다행히 이 세상 어디에도 훌륭한 분들이 있지요."라고 부담 없이 말하며 동료의 견해를 거들었다.

"수녀님들이 가시면 여기에는 훌륭한 분이 둘이나 줄어드는 겁니다." 집주인이 예의를 지켜 말했다.

이 터무니없는 반격에 소박한 두 방문객은 대꾸할 말을 모르고 그의 말을 겸손하게 부정하듯 서로 얼굴을 쳐다보았다. 그러나 소녀가 커다란 장미꽃 두 다발을 들고 들어오자 그들의 당황한 모습은 곧 사라졌다. 한 다발은 모두 흰 장미, 또 한 다발은 모두 붉은 장미였다.

"어느 쪽이 좋을까요, 캐서린 수녀님." 소녀가 말했다. "차이는 색깔뿐이에요, 저스틴 수녀님. 두 개 다 꽃잎 수는 똑같아요."

두 수녀는 얼굴을 마주 보며 웃고 말았다. 그리고 "어느 쪽을 택할 건가요?"라든지 "아니, 먼저 고르세요." 등 서로 사양했다.

"고마워요. 제가 붉은색을 갖지요." 안경을 낀 캐서린 수녀가 말했다. "얼굴이 붉은 색깔로 변하겠네요. 로마까지 가는 동안 장미 덕분에 기분이 좋겠어요."

"어머, 그때까지 싱싱하진 않을 거예요." 소녀가 외쳤다. "오래 간직할 수 있는 물건을 드리면 좋을 텐데!"

"좋은 추억거리를 주었어요, 아가씨. 오래 간직할 수 있을 거예요!"

"수녀님들도 예쁜 장식품을 몸에 지니실 수 있다면 제 푸른색 목걸이라도 드리고 싶은걸요." 소녀가 말했다.

"그럼 오늘 밤 로마로 돌아가십니까?" 소녀의 아버지가 물었다.

"네, 다시 기차를 타야 해요. 돌아가서 할 일이 많답니다."

"피곤하실 텐데?"

"우리는 쉽게 피로해지지 않아요."

"저는 피로할 때가 있어요, 수녀님." 젊은 수녀가 말했다.

"어쨌든 오늘은 괜찮아요. 이곳에서 푹 쉬었으니. 아가씨에게 주님의 가호가 있기를."

집주인은 소녀가 두 수녀와 작별의 입맞춤을 나누는 동안 문간으로 나가 손님들이 나갈 수 있도록 문을 열었다. 갑자기 그가 가볍게 탄성을 지르면서 앞쪽을 보고 섰다. 그 문은 큰방으로 통하는 천장이 둥근 작은 대기실과 통했다. 그 대기실은 교회당처럼 높고 바닥에 붉은 타일이 깔려 있었다. 바로 그곳으로 한 부인이 초라한 하인 정복을 입은 소년의 안내를 받아 들어오려는 참이었다. 소년은 아까 네 사람이 모여 있던 방으로 부인을 데려왔다. 문간에 있던 신사가 외마디 소리를 내며 잠자코 있는 동안 부인은 아무 말 없이 그의 앞으로 다가섰다. 그는 귀에 들리게끔 인사의 말을 하지도, 손을 내밀지도 않고 부인이 응접실로 들어가도록 길만 비켜 주었다. 문간에서 부인은 잠시 멈칫했다. "누가 있나요?" 그녀가 물었다.

"당신이 봐도 괜찮을 사람들이오."

방에 들어선 그녀는 두 수녀와 함께 있던 소녀와 마주쳤다. 소녀는 두 수녀의 팔을 하나씩 잡고 문간으로 다가오는 중이었다. 새로 온 방문객을 보자 그들은 모두 발걸음을 멈추었고, 부인도 걸음을 멈추고 그들을 쳐다보았다. 소녀가 "어머나, 멀 아줌마!"라고 약간 부드럽게 외쳤다.

방문객은 조금 놀라는 기색이었지만, 다음 순간 다정한 태도를 보였다. "그래, 멀 아줌마란다. 네가 집으로 돌아온 걸 환영하려고 왔지." 부인이 두 손을 내밀자 소녀는 쪼르르 달려와 이마를 내밀었다. 마담 멀은 귀여운 소녀의 이마에 입맞춤을 해 주고 나서 두 수녀에게 미소를 지었다. 수녀들은 부인의 미소에 답해 정중하게 고개를 숙였을 뿐, 바깥세상의 밝은 빛을 안고 들어온 것 같은 당당하고 화려한 부인을 힐끔힐끔 쳐다보는 짓은 하지 않았다.

"이분들은 내 딸을 데려다 주고 지금 수녀원으로 돌아가시는 길이오." 신사가 설명했다.

"어머, 로마로 가시는 길인가요? 난 최근에 거기서 왔답니다. 지금 그곳은 매우 아름다워요." 마담 멀이 말했다.

수녀들은 소매 속에 손을 넣은 채 서서 이 말을 듣고만 있었고, 신사는 마담 멀에게 언제 로마를 떠났느냐고 물었다. "절 보려고 수녀원으로 오신 적이 있어요." 부인이 대답하기 전에 소녀가 먼저 말했다.

"그래. 두어 번 갔었지, 팬지." 마담 멀이 말했다. "난 로마에서 너의 좋은 친구였잖니?"

"지난번 면회를 결코 잊을 수 없어요. 이제 수녀원에서 나와야 한다고 말씀해 주셨으니까요."

"내 딸에게 그렇게 말했소?" 소녀의 아버지가 물었다.

"잘 기억나지 않지만, 아이가 기뻐할 거라는 생각에서 말한 것뿐이에요. 피렌체에 온 지 일주일쯤 돼요. 나를 찾아오실 줄 알았는데."

"피렌체에 온 줄 알았다면 진작 찾아갔을 거요. 설령 그렇다 하더라도 영감으로는 안 되는 일이지. 자리에 앉아요."

두 사람은 반쯤 어조를 낮추고 조심스럽게 소리를 죽여 특별한 분위기로 대화를 나누었지만, 결정적으로 필요해서가 아니라 습관적으로 그렇게 하는 것 같았다. 마담 멀은 주위를 둘러보고 앉을 자리를 찾았다. "이분들을 문간까지 배웅하실 건가요? 물론 배웅을 방해할 생각은 없어요. 그럼 안녕히 가세요." 그녀는 마치 수녀들을 쫓아내기라도 하듯 프랑스어로 말했다.

"이 숙녀는 제 친한 친구 중 한 사람입니다. 수녀원에서 보시게 될 겁니다." 신사가 말했다. "우리는 이 숙녀분의 판단력을 무척 신뢰하기 때문에, 휴가가 끝난 뒤 딸을 다시 그곳에 보내는 문제를 결정하는 데 도움을 받을 수 있을 거예요."

"부인이 우리 희망대로 결정해 주셨으면 해요." 안경 낀 수녀가 말을 거들었다.

"그건 오스먼드 씨의 농담이죠. 내가 결정할 일이 아니에요." 마담 멀이 농담조로 말했다. "수녀원 학교는 아주 좋은 곳이라고 생각해요. 하지만 팬지가 본래 세상 사람들을 위해 태어났다는 걸 명심해야죠."

"아버님에게 그런 말씀을 드렸어요." 캐서린 수녀가 말했다. "팬지는 세상 사람들에게 더할 나위 없이 맞는걸요." 그녀는 머뭇거리듯 말하며 팬지를 힐끗 쳐다보았지만, 팬지는 조금 떨어진 곳에 서서 마담 멀이 입고 있는 우아한 옷에 관심을 쏟고 있었다.

"팬지, 들었지? 넌 정말 세상 사람들을 위해 태어난 거야." 팬지의 아버지가 말했다.

소녀는 순수한 눈매로 그를 빤히 쳐다보았다. "아빠를 위해 태어난 게 아니고요?"

소녀의 아버지는 가볍게 웃었다. "그래 봤자 같은 거지! 팬지, 나는 세상 속에 있단다."

"그럼 실례하겠어요." 캐서린 수녀가 말했다. "어쨌든 착하고 현명하고 행복하게 지내렴."

"꼭 돌아가서 뵐게요." 팬지가 대답했다. 그녀는 다시 수녀들과 포옹하려고 했으나 마담 멀이 제지했다.

"애야, 아빠가 손님들을 배웅하시는 동안 나와 같이 있자꾸나." 마담 멀이 말했다.

팬지는 눈을 크게 뜨고 실망하는 기색을 보였으나 끝까지 앙탈을 부리지는 않았다. 그녀에게는 확실히 복종의 정신이 심어져 있었고, 권위 있는 사람이면 누구에게든 복종해 자기 운명의 움직임을 수동적으로 지켜보자는 입장이었다. "캐서린 수녀님이 마차 타시는 곳까지 배웅하면 안 돼요?" 팬지는 매우 유순하게 물어보았다.

"나와 함께 이곳에 있는 편이 더 나을 거야." 마담 멀이 말했다. 그사이에 오스먼드가 두 수녀를 데리고 대기실로 나갔으며, 수녀들은 다시 고개를 숙여 방문객에게 작별 인사를 했다.

"좋아요, 여기 있을게요." 팬지는 이렇게 대답하며 마담 멀에게 다가서 작은 손을 내밀었다. 창밖을 가만히 보고 있었지만 눈에는 눈물이 가득했다.

"말을 잘 듣도록 배우고 왔으니 기쁘구나." 마담 멀이 말했다. "착한 아가씨는 그래야 되는 거야."

"그럼요, 전 말을 잘 들어요." 팬지는 부드러운 목소리로 진지하게 말했다. 그녀의 태도는 마치 자신의 피아노 솜씨에 대해 이야기하는 것처럼 자만심으로 가득했다. 그녀는 겨우 들릴까 말까 할 정도로 한숨을 내쉬었다.

마담 멀은 팬지의 손을 잡아 자기의 보기 좋은 손바닥 위에 올려놓고 바라보았다. 그녀의 눈매는 비판적이었으나 비난할 만한 것은 아무것도 찾아내지 못했다. 소녀의 자그마한 손이 섬세하고 아름다웠기 때문이다. 잠시 후 그녀는 입을 열었다. "수녀님들이 항상 장갑을 끼게 했겠구나. 어린 아가씨들은 대개 그런 걸 싫어하는데."

"예전엔 싫었지만 지금은 좋은걸요."

"그렇다면 좋아. 내가 장갑 한 다스를 선물로 줄게."

"정말 고마워요. 어떤 색깔인데요?" 팬지는 호기심을 보이며 다그쳐 물었다.

마담 멀은 잠시 생각에 잠겼다. "도움이 될 만한 색깔이지."

"그래도 무척 예쁜 색이겠죠?"

"예쁜 물건을 좋아하니?"

"네, 하지만 못 견디게 좋아하는 건 아니에요." 팬지는 수녀원 생활이 몸에 밴 듯 말했다.

"그렇다면 지나치게 예쁘지 않은 걸로 하자." 마담 멀은 웃으며 대꾸했다. 그녀는 아이의 다른 쪽 손을 바싹 잡아당긴 후 잠시 동안 쳐다보다가 물었다. "어머니 같은 캐서린 수녀님이 보고 싶을 테지?"

"그럼요, 생각하면 그래요."

"그렇다면 생각하지 않도록 하렴. 아마 언젠가." 마담 멀이 덧붙였다. "너에게 다른 어머니가 생길 거야."

"그럴 필요는 없다고 생각해요." 팬지가 말했다. 그리고 스스로 위안이라도 하듯 부드럽게 다시 한숨을 지었다. "수녀원에 가면 서른 분이 넘는 어머니가 계신걸요."

대기실에서 소녀 아버지의 발소리가 다시 들려오자 마담 멀은 아이의 손을 놓고 일어섰다. 오스먼드는 실내로 들어서며 문을 닫고는 마담 멀을 보지도 않은 채 의자 한두 개를 제자리에 밀쳐 두었다. 마담 멀은 그가 입을 열기를 잠시 기다리며 방 안에서 서성대는 그를 바라보았다. 그러다 마침내 그녀가 말을 꺼냈다. "당신이 로마에 오셨으면 했어요. 팬지를 데리러 직접 올지도 모른다고 생각했거든요."

"그렇게 추측하는 것도 무리는 아니지만 당신 예상과 다르게 행동한 게 이번이 처음은 아니잖소."

"그렇죠." 마담 멀이 말했다. "심술궂은 성격이네요."

오스먼드는 상대와 얼굴을 마주치면 난처할 것 같아 일부러 외면할 구실을 기계적으로 찾는 사람처럼 방 안에서 잠시 바쁘게 움직였다.(방에는 서성거릴 공간이 충분했다.) 그러다 아무리 찾아도 적당한 구실이 없자(책이라도 집어 들면 모를까) 두 손을 뒷짐 지고 팬지를 바라보았다. "왜 캐서린 수녀님에게 작별 인사를 하지 않았지?" 갑자기 그가 프랑스어로 딸에게 물었다.

팬지는 잠시 머뭇거리며 마담 멀을 쳐다보았다. "내가 함께 있으라고 했거든요." 마담 멀이 이렇게 말하며 다시 다른 곳에 앉았다.

"듣고 보니 그러는 편이 나았겠군." 오스먼드가 이렇게 대꾸하며 의자에 털썩 앉아 마담 멀을 바라보았다. 그는 몸을 약간 앞으로 숙이고 팔꿈치를 의자 팔걸이에 놓은 채 두 손을 맞잡았다.

"멀 아줌마가 제게 장갑을 선물하신다고 했어요."

"애야, 그런 걸 여기저기 소문낼 필요는 없단다." 마담 멀이 말했다.

"이 아이에게 너무 친절하게 대해 주는군." 오스먼드가 말했다. "필요한 건 다 가지고 있을 텐데."

"수녀님들이야 많았겠죠."

"그런 문제로 토론을 하려면 이 아이를 밖으로 내보내는 게 좋겠소."

"여기 있어도 괜찮아요." 마담 멀이 말했다. "이제 다른 이야기를 하도록 해요."

"불편하시면 저는 귀를 막고 있을게요." 팬지가 끝까지 사람을 믿게 하려는 듯 솔직한 표정으로 말했다.

"들어도 된다, 얘야. 들어도 무슨 소린지 알 수 없을걸." 소녀의 아버지가 말했다. 소녀는 정원이 보이는 열린 문 가까이에 다소곳이 앉아 순진하지만 뭔가 생각에 잠긴 눈망울을 그쪽으로 향했다. 오스먼드는 딸의 마음도 모른 채 마담 멀에게 말을 건넸다. "아주 좋아 보이는데."

"나야 늘 그렇죠." 마담 멀이 대꾸했다.

"당신은 늘 똑같아. 변하지도 않지. 참 놀랄 만한 사람이오."

"그럼요."

"그러나 가끔 생각을 바꾸더군. 영국에서 돌아왔을 때는 당분간 다시 로마를 떠나지 않겠다고 했는데."

"내가 한 말을 그대로 기억해 주니 기뻐요. 그럴 생각이었지만 최근 도착한 몇몇 친구를 만나기 위해 이곳에 왔답니다. 그때는 친구들이 언제 피렌체에 올지 몰랐죠."

"그 이유도 당신답구려. 친구들 일이라면 언제나 물불을 안 가리니."

마담 멀은 오스먼드를 똑바로 쳐다보며 웃고 말했다. "당신이 말하는 것과 달리 내겐 이렇다 할 특징이 없어요. 그런 말은 전적으로 거짓이에요. 하지만 그걸 죄로 보지는 않아요." 그녀가 덧붙였다. "당신이 스스로 한 말을 믿지 않는다면 그런 말을 할 필요가 없으니까요. 친구 때문에 몸을 망칠 일은 없을 테니 걱정 마세요. 난 당신 칭찬을 받을 자격이 없어요. 나 자신의 일만 소중히 여기거든요."

"맞아요. 하지만 당신 자신이라는 것엔 다른 많은 자아들, 모든 사람과 모든 것들이 포함되었잖소. 당신만큼 많은 사람들과 관계된 삶을 사는 사람도 없는데."

"사람의 삶이란 뭐죠?" 마담 멀이 물었다. "외모인가요, 행동이나 약속인가요, 아니면 사교인가요?"

"당신 삶은 당신 야심 바로 그거요." 오스먼드가 말했다.

마담 멀은 잠시 팬지 쪽으로 눈길을 돌렸다. 그리고 소리를 낮추어 말했다. "팬지가 이런 것을 이해할까요."

"아무래도 그 애가 여기 없는 편이 좋지 않겠소!" 이 말을 한 오스먼드는 쓸쓸히 웃었다. "애야, 정원에 나가 멀 아줌마에게 드릴 꽃 한두 송이만 꺾어 오려무나." 그는 계속 프랑스어로 이야기했다.

"안 그래도 그렇게 하려고 했어요." 팬지는 환성을 지르며 재빨리 일어나더니 조용히 밖으로 나갔다. 소녀의 아버지는 딸의 뒤를 따라 열린 출입문까지 가서 잠시 딸을 바라본 후 방 안으로 돌아왔다. 그러나 그는 선 채로 이곳저곳을 서성거리다시피 하며 다른 자세로는 즐길 수 없는 자유를 만끽하려는 듯했다.

"내 야심은 주로 당신을 위한 거죠." 마담 멀이 용감한 태도로 그를 쳐다보며 말했다.

"결국 내 말과 같군. 나는 당신 삶의 일부분이니까. 나뿐만 아니라 다른 많은 사람들도 그렇고. 당신은 이기적인 사람이 아니지. 만일 당신이 이기적이라면 나는 어떻게 될까? 어떻게 말해야 나를 잘 표현하는 걸까?"

"당신은 나태해요. 내가 보기엔 그것이 가장 큰 결점인걸요."

"사실 내가 가진 가장 좋은 결점 아니겠소."

"당신은 걱정하지 않는군요." 마담 멀이 무거운 어조로 말했다.

"그럼, 걱정 같은 건 별로 하지 않지. 나태한 게 어째서 결점이라는 거지? 어쨌든 내가 나태하다는 게 로마에 가지 않은 이유 중 하나겠지만, 그건 하나의 이유에 불과해."

"적어도 내게는 당신이 오지 않은 게 중요하진 않아요. 지금 당신을 만나 기쁘긴 하지만요. 당신이 지금 로마에 있지 않아서 다행이에요. 만약 당신이 한 달 전에 로마에 갔다면 아마 지금도 거기에 있겠죠. 당신이 여기 피렌체에서 해야 할 일이 있어요."

"내가 나태하다는 걸 잊지 마시오."

"잊지 않고 있지만 당신은 잊어야 해요. 자신이 나태하다는 걸 잊으면 선행도 하고 보상도 받을 수 있으니까요. 그다지 힘든 일도 아니고, 사실 흥미로운 일이 될지도 몰라요. 새 친구가 생긴 지 얼마나 돼요?"

"당신과 친구가 된 이래로 친구라고는 없어."

"그러면 다른 사람과 사귀어 볼 때가 됐네요. 내게 친구 하나가 있는데 당신이 사귀어 볼 만해요."

오스먼드는 방 안을 거닐면서 다시 열린 문 쪽으로 가서 딸아이가 강렬한 햇빛을 받으며 움직이는 모습을 바라보았다. "그것이 내게 무슨 도움이 되겠소?" 그가 온화하면서도 거친 목소리로 말했다.

마담 멀은 잠시 생각에 잠겼다. "당신을 즐겁게 해 줄 거예요." 섣부른 게 아니라 충분한 생각 끝에 나온 대답이었다.

"당신이 그렇게 말한다면 그대로 믿지." 이렇게 말하며 오스먼드는 그녀 곁으로 다가왔다. "몇 가지 점에서 나는 당신을 철저히 믿어. 예를 들면 나는 당신이 좋은 사람과 나쁜 사람을 구분해서 교제한다는 걸 잘 알지."

"교제 같은 건 모두 쓸데없는 짓이에요."

"그렇다면 실례로군. 내가 당신에게 말하는 지식은 일반적인 지혜가 아니야. 당신이 경험을 통해 직접 몸에 익힌 것이고, 다소 마음에 들지 않는 상당한 사람들을 서로 비교해 얻은 것이지."

"그래서 내가 익힌 지식이 당신에게 이익이 되었으면 해요."

"이익이라고? 그것이 내게 이익이 된다고 확신하는 거요?"

"내 희망이랍니다. 물론 당신 하기 나름이지요. 난 당신이 노력하도록 힘을 보탤 뿐이고요!"

"저런, 또 시작했군! 어쩐지 또다시 귀찮은 일이 닥치는 기분인데. 그 일에서 생길 법한 일이 과연 노력할 만한 가치가 있는 일일까?"

마담 멀은 호의에 상처를 입은 듯 얼굴을 약간 붉혔다. "너무 그러지 마요, 오스먼드. 노력할 만한 가치가 있는 일이 무엇인지 당신만큼 잘 아는 사람도 없잖아요. 옛날의 당신을 내가 모르나요?"

"그럴 만한 일이 있다는 건 인정해. 그러나 이렇게 살다 보니 어느 것 하나 실현될 만한 것이 없단 말이오."

"노력만 한다면 실현 가능한 일은 있는 법이에요." 마담 멀이 말했다.

"그 말도 그럴듯하군. 그런데 당신 친구가 누군데?"

"그 친구를 보러 피렌체에 온 거예요. 바로 터쳇 부인의 조카딸이랍니다. 터쳇 부인을 잊은 건 아니겠죠."

"그 부인의 조카딸이라고? 조카딸이라는 말은 '젊음'과 '무지'라는 단어를 생각나게 하는군. 당신이 무슨 말을 하려는지 알 것 같아."

"그렇겠죠. 무척 젊어요. 스물세 살인데 내 친구랍니다. 몇 개월 전에 영국에서 처음 만나 대단히 친해졌죠. 그녀가 무척 마음에 들었어요. 내게는 좀처럼 없는 일이지만 감탄했어요. 당신도 그럴 거예요."

"가능하다면 사양하겠소."

"그렇군요. 하지만 그런 마음이 생기지 않고는 못 배길걸요."

"아름답고 영리하고, 부유하고 훌륭하며, 무슨 일에나 이해심 있고 보기 드물게 순결한 처녀 말이오? 내가 여자를 사귄다면 조건은 이런 정도일 거요. 이런 조건에 맞지 않는 사람은 아예 입 밖에도 내지 말라는 부탁을 언젠가 한 걸로 아는데. 생기 없는 여자들이라면 얼마든지 알고 그런 여자들은 질색이지."

"아처 양은 생기발랄해요. 아침 햇빛처럼 상쾌한 기분을 주죠. 당신 조건에 딱 맞아요. 바로 그 점 때문에 소개하고 싶은 마음이 생긴 거랍니다. 당신 요구를 모두 충족해 줄 거예요."

"물론 얼마쯤은 그렇겠지."

"아니에요, 정말 말 그대로예요. 아름답고 교양 있는 데다 너그럽고, 미국인인데 집안도 좋아요. 게다가 아주 영리하고 사랑스러우며 재산이 많다는 게 장점이죠."

오스먼드는 이 말을 가만히 듣고 있었다. 마음속으로 여러 가지를 검토하는 듯했지만 눈은 상대방을 향하고 있었다. 마침내 그가 입을 열었다. "그 사람을 어떻게 하라는 거요?"

"알잖아요. 한번 사귀어 봐요."

"그녀는 그 이상의 대접을 받아야 하는 것 아니오?"

"그 사람이 어떤 대접을 받아야 하는지 내가 안다고 말하지는 않을게요." 마담 멀이 말했다. "내가 아는 건 어떤 식으로 상대하면 좋을까 하는 거예요."

"그 아가씨가 가엾다는 생각이 드는군!"

마담 멀이 자리에서 일어나며 말했다. "그런 기분으로 그녀에게 흥미를 갖기 시작했다면 기억해 둘게요."

두 사람은 서로 마주 보고 서 있었다. 그녀가 커다란 스카프에 눈길을 보내며 모양새를 고쳤다. "얼굴빛이 매우 좋아 보이는데." 오스먼드는 아까보다 한층 더 어울리지 않는 말을 여전히 반복했다. "뭔가 음모를 꾸미는군. 그럴 때만큼 당신이 원기 왕성하게 보일 때는 없단 말이야. 음모는 언제나 당신에게 잘 어울려."

두 사람 태도와 목소리에는 우연히 마주친다든가 다른 사람 앞에서 만난다든가 할 때 보이는 어쩐지 솔직하지 않은 경계의 기색이 있었다. 말하자면 그들은 비스듬한 자세로 서로에게 다가와 암시의 말을 나누는 사람들처럼 보였던 것이다. 그 결과 두 사람은 각기 감지할 수 있을 정도로 상대방의 자의식을 돋우는 것 같았다. 물론 마담 멀은 이런 어색함을 오스먼드보다 잘 넘기고 있었다. 그러나 이 경우에는 그녀라 할지라도 마음대로 행동하지 못하고, 그에게 보여 주려고 했던 완벽하게 침착한 태도를 취할 수 없었다. 그렇지만 여기서 말해 두고 싶은 것은 때로는 두 사람 사이 장벽이 무엇이든 그것이 무너져 그들이 각자 다른 사람과 함께 있을 때보다 서로 더욱 가까워졌다는 점이다. 이것이 바로 지금 일어나고 있는 일이었다. 서로를 잘 아는 그들은 그곳에 선 채로 각자 자신이 상대방에게 너무나 잘 알려져 있다는 불편함(그것이 무엇이든)에 대한 보상으로 자신 역시 상대방을 잘 안다는 만족감을 기꺼이 받아들이려고 했다. "당신이 그렇게 매정하게 굴지 않았으면 좋겠어요." 마담 멀이 조용하게 말했다. "그런 태도는 늘 당신에게 이득이 되지 않았지만 지금도 이득이 되지 않을 거예요."

"난 당신이 생각하는 만큼 매정한 사람은 아니오. 가끔은 감동받을 때도 있지. 예를 들면 방금 당신이 당신 야심은 나를 위한 거라고 했을 때도 그랬고. 어떻게 그리고 어째서 그것이 나를 위한 것이 돼야 하는지 이해할 수 없소. 하지만 그런 말을 들으니 가슴이 뭉클한걸."

"아마도 시간이 지나면 점점 더 이해하지 못할 거예요. 당신이 결코 이해할 수 없는 거니까요. 꼭 이해해야 될 특별한 이유도 없고요."

"어쨌든 당신은 정말 대단한 여자요." 오스먼드가 말했다. "누구보다도 많은 것을 가슴속에 품었으니. 그런데 터쳇 부인의 조카딸이 내게 왜 그렇게 중요하다는 건지 알 수 없군. 이럴 때, 하필 이럴 때……." 하지만 그는 잠시 입을 다물었다.

"나 자신이 대수롭지 않게 보일 때 말이죠?"

"그런 말을 할 생각은 아니었소. 당신 같은 여자를 안다니 감사할 따름이지."

"이사벨 아처는 나보다 더 훌륭해요."

이 말을 듣고 오스먼드가 웃으며 말했다. "그렇게 말하면서도 그녀를 대수롭지 않게 여기잖소!"

"내가 질투한다고 생각하세요? 대답해 봐요."

"나한테 묻는 거요? 아니, 그렇게 생각하지는 않지."

"그러면 이틀 후 나를 방문해 주세요. 나는 지금 터쳇 부인 집인 팔라초 크레센티니에 머물러요. 이사벨도 거기 있고요."

"왜 처음부터 그냥 와 달라고 하지 않았소? 그 사람에 대해 말하지 않고 말이오." 오스먼드가 말했다. "어쨌든 당신은 거기서 그 사람과 함께 있었을 텐데."

마담 멀은 그가 어떤 질문을 해도 대답하지 못할 게 없다는 표정으로 그를 쳐다보았다. "그 이유를 알고 싶으세요? 그녀에게 당신에 대한 얘기를 이미 했으니까요."

오스먼드는 얼굴을 찌푸리며 고개를 옆으로 돌렸다. "그 사실을 내가 모르는 편이 좋았을 텐데." 이 말을 한 뒤 곧 그는 작은 수채화가 놓인 이젤을 가리키며 물었다. "저 그림을 봤소? 내 최근 작품인데."

마담 멀은 다가가서 잠시 그림을 바라보았다. "베니스풍으로 그린 알프스 경치로군요. 작년에 스케치한 거죠?"

"맞아, 귀신같이 맞혔군!"

그녀는 그림을 좀 더 보다가 고개를 돌리고 말했다. "내가 당신 그림을 좋아하지 않는 걸 알잖아요."

"알지. 하지만 그 점이 언제나 놀랍거든. 사실 내 그림은 대부분의 사람들 그림보다 훨씬 좋은데 말이야."

"그럴지도 모르죠. 그러나 당신이 하는 유일한 일치고는, 글쎄요, 너무 밋밋한 것 같아요. 당신이 다른 일을 더 많이 해 주면 좋겠어요. 그게 내 야심이죠."

"맞아, 그 이야기는 여러 번 들었지. 불가능한 일이었지만."

"불가능한 일이었죠." 마담 멀이 대꾸했다. 그런 다음 완전히 다른 어조로 말했다. "당신이 그린 소품은 그 자체로도 아주 좋아요." 이 말을 한 뒤 그녀는 방 안을 둘러보았다. 낡은 벽장, 그림, 태피스트리, 빛바랜 비단 등이 보였다. "적어도 당신의 방 치장은 완벽하군요. 올 때마다 새로운 느낌을 받으니까요. 이런 방은 어디에도 없죠. 당신도 알다시피 어느 누구도 이런 치장을 할 수는 없잖아요. 당신 취향은 기막혀요."

"나는 그 점에 진저리가 났어." 길버트 오스먼드가 말했다.

"그래도 아처 양을 불러 이곳을 보여 줘야 해요. 내가 당신 방에 대해 이미 얘기를 했거든요."

"내가 가진 걸 보여 주는 것에 반대하진 않소. 아둔한 사람만 아니라면."

"당신은 기꺼이 그렇게 할 테죠. 자신의 미술관을 안내하는 당신은 유달리 돋보일 거예요."

이런 칭찬을 들었지만 오스먼드는 더 냉정하고 예리하게 상대방을 바라볼 뿐이었다. "그 여자가 부자라고 했던가?"

"재산이 7만 파운드나 돼요."

"현금으로 정확히 세어 보았소?"

"그녀의 재산에 대해서는 의심할 필요가 없어요. 두 눈으로 똑똑히 본 거나 다름없거든요."

"나무랄 데 없는 여자로군! 당신한테 하는 소리요. 그런데 만나러 간다면 그 여자 어머니도 만나게 될까?"

"어머니라고요? 어머니는 없답니다. 아버지도 없고요."

"그렇다면 이모를 만나겠지. 터쳇 부인이라고 했던가?"

"그 부인이 이 일에 끼어들지 않게 할 자신이 있어요."

"난 터쳇 부인이 싫지 않소." 오스먼드가 말했다. "오히려 좋소. 그 여자에게는 점점 사라져 가는 옛날 사람의 성격 같은 게 있거든. 확고한 고집 말이오. 그런데 키가 크고 건방진 그 부인의 아들 말인데, 그 친구도 거기에 있겠지?"

"그럼요, 하지만 당신에게 방해가 되지는 않을 거예요."

"무척 바보 같은 친구지."

"당신이 잘못 본 거예요. 아주 영리한 사람인걸요. 하지만 내가 거기에 가면 모습을 드러내지 않아요. 내가 보기 싫은 모양이죠."

"그것만큼 우둔한 짓이 어디 있겠어? 그 아가씨가 아름답다고 했소?" 오스먼드가 계속 물었다.

"그럼요, 하지만 반복해서 말하지는 않겠어요. 실망하면 안 되니까요. 한번 와서 시작해 봐요. 내가 바라는 건 그것뿐이에요."

"무엇을 시작한단 말이오?"

마담 멀은 잠시 입을 다물고 있다가 말했다. "물론 그녀와 결혼하는 거죠."

"종말의 시작 말이오? 그러면 직접 만나 보지. 그 여자에게 결혼 얘기를 했소?"

"나를 어떻게 보고 하는 말이에요? 그녀는 기계 부품처럼 조야한 사람이 아니에요. 나 역시 그렇고."

오스먼드가 생각에 잠기다가 입을 열었다. "정말이지 당신 야심이 뭔지 알 수가 없단 말이야."

"아처 양을 만나면 그게 뭔지 알 수 있어요. 그때까지 판단을 보류해 주세요." 마담 멀은 이렇게 말하며 정원을 향해 열린 출입문 가까이 걸어가 잠시 밖을 내다보고 서 있었다. 이윽고 그녀가 덧붙였다. "팬지는 정말 예뻐졌군요."

"나도 그런 생각이 드오."

"하지만 이제 수녀원 학교는 그만둬야 할 텐데."

"잘 모르겠소." 오스먼드가 말했다. "수녀들이 저렇게 키워 주었으니 참 고마운 일이지. 정말 우아해."

"수녀원 학교 때문이 아니에요. 그 아이 천성이 그런걸요."

"양쪽이 합쳐진 거겠지. 진주처럼 순수한 아이야."

"왜 꽃을 꺾어 돌아오지 않을까요?" 마담 멀이 말했다. "서둘지 않고."

"함께 가서 꽃을 받아 올까?"

"저 애는 내가 싫은 모양이에요." 마담 멀은 파라솔을 치켜들면서 이렇게 중얼거렸고, 그들은 함께 정원으로 나갔다.

23

터챗 부인은 피렌체에 도착해 그곳에 와 있는 마담 멀에게 자신의 거처인 팔라초 크레셴티니에 와서 한 달 정도 같이 지내자고 했다. 현명한 마담 멀은 이사벨에게 길버트 오스먼드의 이야기를 상기시키며 만나 주면 좋겠다는 말을 넌지시 흘렸다. 그러나 그녀는 앞서 말한 것처럼 오스먼드에게 관심을 갖도록 처음 이사벨에게 권유했을 때와 달리 이번에는 그다지 열을 올리지 않았다. 아마도 이사벨이 그녀의 요청에 조금도 싫은 기색을 보이지 않았기 때문일 것이다. 영국에서처럼 이탈리아에서도 마담 멀은 이탈리아인은 물론 이곳을 방문하는 다양한 사람들 사이에서 많은 친구를 사귀었다. 그녀는 이사벨이 '만나 볼 만한' 많은 사람들의 이름을 들먹이며(물론 그녀는 이사벨이 만나고 싶어 하는 사람은 누구든지 소개하겠다고 말했다.) 오스먼드의 이름을 맨 위에 두었다. 오스먼드는 그녀의 오랜 친구로 십여 년간 알고 지냈으며, 그는 아마 유럽에서 가장 현명하고 호기로운 남자 가운데 하나일 거라는 것이었다. 그는 보통 사람들과 비교되지 않을 뿐 아니라, 그런 비교와 전혀 상관이 없었다. 그는 전문적으로 사람을 매혹하는 인물이 아니었고 그런 것과는 거리가 멀었다. 또한 그가 다른 사람들에게 주는 인상은 그때그때 기분에 따라 무척 달랐다. 마음이 내키지 않을 경우에는 누구라도 그렇겠지만 우울한 기분에 빠져들었는데, 이럴 때 그는 마치 추방당해 의기소침해진 왕자처럼 시간을 보내며 자신을 지킬 뿐이었다. 그러나 그가 뭔가에 마음을 두고 관심을 가지거나 정당하게 반응을 보일 때(그것이 정확한 시점에서 발휘될 경우에는) 그의 명석함과 분별력은 매우 뛰어났다. 많은 사람들이 그러듯이 태도를 드러내지 않거나 본성을 노출하지 않는 특성은 그에게 없었다. 그에게는 남다른 고집이 있었고(이사벨은 이 점을 알고 지낼 가치가 있는 모든 남자들에게 해당되는 사항으로 보았다.) 자기가 발산하는 빛을 모든 사람들에게 골고루 비추려고 하지 않았다. 어쨌든 마담 멀은 그가 뛰어난 남자라는 것을 이사벨에게 보증할 수 있다고 생각했다. 그는 사람들에게 너무나 쉽게 싫증을 느꼈고, 머리가 둔한 사람들은 언제나 그를 화나게 했다. 하지만 이사벨처럼 두뇌 회전이 빠르고 교양 있는 여자라면 그의 삶에 너무나 결여되었던 자극을 제공해 줄 터였다. 어쨌든 그는 누구나 꼭 만나 볼 필요가 있는 사람이었다. 이탈리아에서 살아 볼 생각이 있다면 길버트 오스먼드를 친구로 삼아야 하며, 독일인 교수 몇 명을 제외하고는 그만큼 이탈리아를 잘 아는 사람이 없었던 것이다. 교수들의 지식이 그를 능가한다 할지라도 그에겐 철저히 예술적인 뛰어난 감식력과 취향이 있었다. 이사벨은 가든코트에서 처음 마담 멀을 만나 깊은 이야기를 주고받았을 때 그에 대하여 들은 이야기를 회상하며, 마담 멀과 그 사람을 맺어 주는 끈이 도대체 무엇일까 하는 의문을 품었다. 마담 멀이 가진 끈에 뭔가 사연이 있을 거라는 느낌이 들었는데, 이런 느낌을 받은 것은 부분적으로 본다면 이 대단한 여인이 만들어 낸 흥미 때문이었다. 그러나 마담 멀은 오스먼드와의 관계에 대해 옛날부터 끈끈한 우정을 맺어 왔다는 말 외에는 다른 언급을 하지 않았다. 이사벨은 그토록 오랫동안 그녀의 깊은 신뢰를 얻어 온 남자와 알게 된다는 건 행운이라고 말했다. "많은 남자들을 만나 보세요." 마담 멀이 대꾸했다. "될 수 있는 대로 많은 남자들을 만나야 돼요. 남자들에게 익숙해지려면 말이에요."

"익숙해지다뇨?" 이사벨은 상대방의 말을 되뇌며 매우 진지한 시선을 보냈다. 그런 시선은 가끔 그녀가 유머를 감지하는 능력이 없는 것이 아닌가 하는 생각이 들게 했다. 이사벨이 이어서 말했다. "전 남자들이 두렵지 않아요. 요리사가 고깃간 소년과 친하듯 아주 익숙한걸요."

"익숙하다는 건 익숙한 나머지 그들을 경멸한다는 뜻이에요. 대개 남자들에게는 그렇게 되죠. 당신이 경멸하지 않는 얼마 되지 않는 남자들을 골라 교제해 봐요."

상당히 신랄한 데가 있는 이 말은 마담 멀이 좀체 입에 올리지 않는 말이었다. 그러나 이사벨은 이 말을 듣고 조금도 놀라지 않았다. 왜냐하면 우리가 세상을 좀 더 알게 되면 경외심이 인간의 감정을 가장 활발히 움직이게 한다는 사실을 그녀가 전혀 생각하지 않았기 때문이다. 그럼에도 피렌체의 아름다운 광경을 보자 경외심이 솟구쳤고, 마담 멀이 이미 단언한 대로 그곳이 마음에 들었다. 그녀의 통찰력만으로는 그곳의 매력을 측정할 수 없었지만, 그녀에게는 이 불가사의를 풀어 줄 현명한 동료들이 있었다. 사실 그녀의 미적 혜안에는 부족한 점이 전혀 없었다. 랠프가 예술에 대한 자신의 어릴 적 열정을 새롭게 되새기는 즐거움을 누리며 자신의 설명을 열심히 들어 주는 사촌 여동생의 안내원 노릇을 해 주었기 때문이다. 마담 멀은 주로 집에 머물러 있었다. 그녀는 피렌체의 보물들을 여러 번 보았고, 항상 나름대로 할 일이 있었던 것이다. 마담 멀은 모든 것을 놀랄 만큼 생생하게 기억해 내며 이야기했다. 페루지노*가 그린 대작에 나오는 인물의 오른손 모서리나 그 옆에 있는 그림 속 성(聖) 엘리자베스의 양손 위치쯤은 훤히 기억했다. 그녀는 수많은 유명 미술품의 특성에 대해 나름의 견해가 있었으나 이따금 랠프의 의견과 극명하게 달랐고, 그럴 때면 기분 좋게 수완을 부려 자신의 해석을 옹호하기도 했다. 이사벨은 두 사람의 논쟁에 귀를 기울이며 자신의 심미적 안목에 도움이 된다는 느낌을 받았고, 그런 유익한 논쟁은 올버니 같은 곳에서는 누릴 수 없는 혜택 중 하나라고 생각했다. 맑게 갠 5월의 어느 날 아침 식사 전에(터쳇 부인의 집에서는 정오에 아침

* 르네상스 시대의 이탈리아 화가.

식사를 했다.) 그녀는 사촌 오빠와 함께 좁고 어두운 피렌체 길거리를 이리저리 거닐고, 유서 깊은 교회당의 어두운 실내나 사람이 살지 않는 수도원의 천장이 둥근 방에서 잠시 쉬었다. 또한 그녀는 화랑이나 궁전에 가서 지금까지 그녀가 명작으로 알던 그림이나 조각품을 실제로 감상했다. 그러면 대개 막연히 머릿속으로만 상상했던 것 대신 한정적이기는 하지만 산 지식을 획득하게 되는 경우가 있었다. 이탈리아를 처음 방문한 사람이면 누구나 젊음과 열정을 자유롭게 발휘한 탓에 얻게 되는 정신적 피로를 그녀 역시 모두 겪었다. 불멸의 천재 앞에서 그녀의 가슴은 두근거렸고, 빛바랜 프레스코화와 세월에 거무스름해진 대리석 앞에서 눈물이 솟구치는 감미로움을 맛보았다. 그러나 집으로 돌아올 때면 언제나 나올 때보다 더 즐거운 마음이 되었다. 터쳇 부인이 오래전부터 살고 있는 훌륭한 집의 널찍하고 위풍당당한 정원을 지나 천장이 높고 서늘한 방에 들어서면, 16세기에 조각된 서까래와 화려한 프레스코화가 요즘과 같은 광고의 시대에 흔히 볼 수 있는 물품들을 굽어보고 있는 모습이 눈에 들어왔다. 터쳇 부인의 유서 깊은 집은 좁은 거리에 있었는데, 그 거리 이름은 중세의 당파 싸움을 연상시켰다. 집 정면이 어두운 대신에 집세는 비싸지 않았으며, 낡은 궁전 건물처럼 고풍스러운 분위기를 자아내는 밝은 정원은 정기적으로 사용하는 방들을 자연의 향기로 정화해 주었다. 이사벨은 이런 곳에 산다는 것은 과거라는 바다의 조개에 온종일 귀를 대고 있는 것과 같다는 생각을 했다. 그리고 거기서 들려오는 막연하고 영원한 이야기는 그녀의 상상력을 끊임없이 자극했다.

길버트 오스먼드가 찾아오자 마담 멀은 방 한쪽 구석에 모습을 감추고 있다시피 한 이사벨에게 그를 소개했다. 이때 이사벨은 그들의 대화에 끼어들지 않았고, 두 사람이 계속 그녀쪽을 바라보며 말을 걸려고 해도 좀체 미소조차 보내지 않았다. 그들이 벌이는 연극에 값비싼 관람료를 지불했다는 듯 가만히 앉아 있기만 했다. 터쳇 부인은 그 자리에 없었고, 두 사람은 자신들의 이야기가 빛을 발하도록 한껏 능력을 뽐냈다. 그들은 피렌체와 로마 사람들 및 국제화된 세상에 관한 이야기를 했으며, 자선 공연에 참가한 유명 배우들 같은 인상을 풍겼다. 철저한 예행연습을 한 배우들의 연기 같았다. 마담 멀은 이사벨도 그 무대에 선 것처럼 이사벨을 독려했지만, 이사벨은 연극 장면을 손상하지 않고서도 자신이 아는 무대 지시를 무시할 수 있었다. 물론 그럼으로써 이사벨은 그녀가 믿을 만하다고 오스먼드에게 말했던 친구를 궁지에 몰아넣게 되었지만 말이다. 그러나 이런 일 한 번쯤은 문제가 안 되었다. 이사벨로서는 설령 더 중요한 일과 관계된다 해도 자신의 장점을 발휘해 본다든가 하는 일은 하지 않았을 것이다. 방문객인 오스먼드는 그녀를 위축시켜 긴장에 싸이게 했고, 상대방이 그에 대한 인상을 스스로 느끼는 것보다 그로부터 인상을 받는 것이 더 중요하다고 생각하게 만드는 면이 있었다. 게다가 이사벨은 상대가 기대할 것 같은 인상을 창출해 내는 재능은 거의 없었다. 대체로 눈부시게 보이는 것만큼 행복한 일은 있을 수 없었지만, 그녀는 자신을 지나치게 발산하는 일에는 아무래도 마음이 내키지 않았다. 제대로 말한다면 오스먼드라는 남자는 아무것도 기대하지 않는 것 같은 고상한 태도를 취했다. 자신의 기지를 처음으로 드러낼 때조차 모든 것을 감싸 주는 듯 느긋한 태도를 보였다. 이런 태도는 그의 섬세한 얼굴과 머리 모양만큼이나 기분 좋은 풍모에 더욱 잘 드러났다. 그는 잘생긴 남자라고 할 수는 없었으나, 우피치 미술관*의 길게 뻗은 전시관에 걸린 그림에 뒤지지 않을 만큼 우아한 모습이었다. 그의 목소리는 듣기 좋았지만, 선명한데도 이상하게 그다지 감미롭지 않았다. 사실 이사벨은 그래서 말참견을 하지 못했다. 그의 목소리는 마치 유리 진동 같아서 그녀가 손가락을 내밀면 음조에 변화가 일어나 연주회를 망쳐 버릴 것 같았다. 그래도 그가 작별 인사를 할 때는 한마디라도 해야 했다.

"마담 멀이 다음 주쯤 언덕 위에 위치한 내 집 정원에 와서 차를 마시기로 약속했습니다. 당신도 함께 와 주면 대단히 고맙겠소. 정원이 꽤 아름답고 전망도 좋다고들 해요. 내 딸도 무척 기뻐할 테고. 그 아이는 아직 너무 어려서 그런 기분을 갖는 것이 다소 무리이긴 해요. 그래서 말하는 거지만 진심으로 감사⋯⋯." 오스먼드는 다소 당황한 표정으로 말을 멈추더니 하던 말을 끝맺지 못했다. 잠시 후 그는 이어서 말했다. "정말 감사하겠소. 내 딸을 만나 준다면 말이오."

이사벨은 기꺼이 오스먼드 양을 만나겠으며, 마담 멀이 그 집에 안내해 준다면 그 이상 고마운 일이 없을 거라고 대답했

* 피렌체에 있는 미술관.

다. 방문객이 이 확답을 듣고 돌아간 뒤 이사벨은 바보처럼 굴었다고 마담 멀로부터 꾸중을 들을 것이 틀림없다고 생각했다. 그러나 놀랍게도 평소 함부로 말하는 법이 없는 마담 멀은 당연하다는 듯이 이렇게 말하는 것이었다. "당신은 참 매력적이에요. 바라던 대로 따라 주고 사람을 결코 실망시키지 않는군요."

비난을 받았다면 속이 상했을 것이므로 이사벨은 일단 호의적으로 받아들였다. 그러나 이상하게도 이사벨은 마담 멀이 한 말 때문에 두 사람 관계에서 처음으로 불편함을 느꼈다. "사실 그럴 생각은 아니었어요." 이사벨이 냉정하게 말했다. "그렇지만 제가 오스먼드 씨의 관심을 끌어야 할 의무는 없잖아요."

마담 멀은 눈에 띌 정도로 얼굴을 붉혔지만 쉽게 물러설 사람은 아니었다. "이사벨, 내가 그 불쌍한 남자를 화제에 올린 건 그 사람을 위해서가 아니고 당신을 위해서예요. 물론 당신이 그분 마음에 들었는지는 문제 될 게 없어요. 그런 일이야 어찌 되든 상관없으니까! 하지만 당신은 그분이 마음에 든 것 같네요."

"그래요." 이사벨이 솔직하게 말했다. "하지만 그것 역시 상관없는 일이에요."

"당신 일이라면 모든 것이 나와 상관있어요." 마담 멀이 지루할 만큼 고상한 태도로 말을 받았다. "동시에 또 한 사람의 오랜 친구의 일이라면 특히 그렇죠."

오스먼드를 어떻게 대해야 하는지 하는 문제는 차치하고라도, 이 일 때문에 이사벨이 오스먼드에 대하여 랠프에게 이것 저것 물어보고 싶은 마음이 생긴 것은 확실했다. 그녀는 랠프의 판단이 왜곡되었다고 생각했으나 그것을 참작해서 뭔가를 얻었다고 자부했다.

"그 사람을 아느냐고?" 랠프가 물었다. "그럼, 알고말고. 잘은 모르지만 제법 안다고 할 수 있지. 나는 그 사람과 친분을 맺고 싶지 않지만, 그 사람도 나를 만나는 게 자신의 행복에 꼭 필요하진 않다고 생각하는 게 분명해. 대체 그 사람은 누구이며 뭘 하는 사람이냐고? 뭔가 설명할 수 없는 미국인으로, 삼십 년 가까이 이탈리아에 살고 있어. 왜 그를 설명할 수 없다고 해야 될까? 그를 잘 모르기 때문에 내 무지를 감추려는 거지. 그의 조상도 가족도 출신도 알 수 없으니까. 어쩌면 몸을 숨긴 왕자인지도 모르지. 그렇게 생각하면 어딘가 그런 점이 보이는 것 같기도 하고. 지나치게 괴팍해서 줄곧 숨어 지내는 왕자 말이야. 그는 로마에 산 적이 있고 최근에 이곳에 집을 마련했다는 소문이 있어. 로마가 너무 세속적으로 변해 간다고 그 사람이 말하는 걸 들은 적이 있어. 세속적인 건 딱 질색인 모양이야. 그게 그 사람의 특성이겠지. 그 밖에는 아는 것이 별로 없어. 순전히 자기 수입으로 산다고 하던데, 그것도 속된 말로 그리 큰돈은 아닌 것 같아. 자기 입으로는 가난하지만 정직한 신사라고 하던데. 젊은 나이에 결혼했지만 아내와 사별했고 딸이 하나 있다고 했어. 여동생도 하나 있지. 그 여자는 이탈리아의 어느 변변찮은 귀족과 결혼했다던데, 오래전에 만났던 기억이 있어. 오빠보다는 훨씬 나은 사람으로 보였지만 실제로는 그렇지 않을지도 몰라. 그 여자에 대해 좋지 않은 소문이 떠돌거든. 만나 보라고 권하고 싶지는 않아. 그렇지만 이런 사람들에 관한 정보라면 마담 멀에게 물어보는 게 낫지 않아? 나보다 훨씬 잘 알 텐데."

"내가 오빠에게 묻는 건 그녀의 의견뿐 아니라 오빠 의견까지 알고 싶기 때문이야." 이사벨이 말했다.

"아니, 내 의견이 뭐 그리 대단하다고! 네가 오스먼드를 사랑한다면 그뿐이잖아?"

"큰 도움은 안 되지만 지금 나한테는 그 사람에 대한 것이 상당히 중요하거든. 그 사람에 관한 정보를 많이 얻으면 얻을수록 그만큼 위험이 적어지니까."

"그 말엔 찬성할 수 없어. 정보를 많이 얻으면 오히려 더 위험해지는 게 아닐까. 요즘 우리는 다른 사람들의 일을 너무 많이 알게 되거든. 듣는 게 너무 많고 귀도 마음도 입도 사람들로 꽉 차 있어. 그러니 누가 누구에 대해 뭐라고 말하든 상관하지마. 사람은 무엇이든 스스로 판단해야 되니까."

"나도 그러고 싶어." 이사벨이 말했다. "하지만 그렇게 하면 사람들이 우쭐댄다고 여길 텐데."

"사람들이 하는 말에 개의치 마. 이게 바로 내 주장이야. 그들이 네 친구나 적에 대해 말하는 것과 똑같이 너 자신에 대해 이러쿵저러쿵 떠들어도 신경 쓸 것 없어."

이사벨은 잠시 생각에 잠겼다. "오빠 말이 맞아. 그렇지만 신경을 쓰지 않으면 안 될 일이 있어. 예를 들면 내 친구가 공격을 받거나 나 자신이 칭찬을 받을 때 말이야."

"물론 넌 비판하는 사람들을 언제든 자유롭게 판단할 수 있어. 그런 사람들을 비판자들이라고 판단해." 랠프가 덧붙였다. "그러면 그들 모두를 비난하는 셈이거든!"

"오스먼드 씨는 내가 직접 확인할게." 이사벨이 말했다. "방문하겠다고 약속했으니까."

"방문한다고?"

"가서 정원에서 경치도 감상하고 그림도 보고 그분 딸도 만날 예정인데, 확실하게는 잘 모르겠어. 마담 멀이 데려가 주겠대. 많은 숙녀들이 그 집에 자주 찾아온다고 하던데."

"아, 마담 멀과 함께 간다면 언제 가도 좋아. 그건 장담할 수 있어." 랠프가 말했다. "그 여자는 좋은 사람들만 골라서 만나니까."

이사벨은 오스먼드에 대해 더 이상 말하지 않았다. 잠시 후 그녀는 랠프에게 마담 멀에 대한 그의 말투가 거슬린다고 말했다. "오빠는 그 사람에 대해 빈정거리는 것 같아. 왜 그러는지는 모르겠지만 그녀를 싫어하는 이유가 있으면 솔직히 말하든가, 아니면 더 이상 아무 말도 하지 않으면 좋겠어."

그러나 랠프는 이 질책을 듣고 그 어느 때보다 진지한 빛을 띠며 분개했다. "나는 마담 멀에 대한 얘기를 당사자에게 하듯 그대로 말한 거야. 좀 과장되게 경의를 표한 점은 있지만."

"과장된 경의, 바로 그거야. 그게 내 불만인걸."

"내가 그런 식으로 말한 건 마담 멀의 장점이 과장되었기 때문이야."

"누가 과장했어? 내가? 그렇다면 난 그녀에게 별 도움이 안 되겠는데."

"아니, 그렇지 않아. 그녀 자신이 과장한 거야."

"어머, 그건 너무 심한 말이야!" 이사벨이 정색하며 소리쳤다. "남들에게 요구하는 게 적은 사람이 있다면 그게 바로 마담 멀일 거야!"

"너도 그걸 지적하는구나." 랠프가 말을 가로막으며 말했다. "그녀는 겸손이 너무 지나쳐. 작은 요구에는 관심이 없지만 큰 요구에는 완벽하게 권리를 주장하지."

"그렇다면 그녀의 장점이 크다는 얘기네. 오빠 말에는 모순이 있어."

"그래, 그녀의 장점은 엄청나." 랠프가 말했다. "흠잡을 데가 없고 갈 길 없는 미덕의 사막이지. 내가 만난 사람들 중 여간해서는 기회를 주지 않는 유일한 여자야."

"무슨 기회?"

"글쎄, 그 여자를 얼간이라고 부를 기회 말이야! 아주 작은 결점밖에 없는 사람으로는 그녀가 유일하지."

이사벨은 초조한 듯 고개를 옆으로 돌리며 말했다. "무슨 말인지 알 수가 없네. 온통 역설뿐이라 나 같은 사람은 도저히 이해할 수가 없어."

"설명해 줄까? 그 여자가 과장한다고 말한 건 속된 의미가 아니야. 큰소리친다든가, 과장된 이야기를 한다든가, 자신을 지나치게 윤색해서 말한다는 뜻이 아니야. 내 말은 글자 그대로 그녀가 완전무결함을 목표로 한다는 거지. 그녀의 장점 자체가 압박을 받고 있다는 거야. 그 여자는 너무 선량하고, 너무 친절하고, 너무 영리하고, 너무 학식이 넘치고, 너무 교양이 있어. 모든 점에서 넘친다고 봐. 한마디로 너무 완벽해. 너에게 처음 말하지만 그녀는 내 신경에 거슬리는 사람이야. 아테네 사람들이 정의의 장군 아리스티데스*가 지극히 인간적이라고 생각하는 것처럼, 나도 그녀가 그와 상당히 비슷하다는 느낌이 들어.”

이사벨은 사촌 오빠를 유심히 보았으나 그의 말에 조소하는 측면이 깃들었다 해도 지금은 그것이 얼굴에 드러나지 않았다. “마담 멀이 추방되었으면 좋겠어?”

“그럴 리야 없지. 그 여자는 교제할 가치가 충분하니까. 마담 멀이라면 나는 대환영이야.” 랠프가 가볍게 말했다.

“너무 미워!” 이사벨이 외쳤다. 그런 다음 마담 멀의 명예에 흠잡을 부분이 있느냐고 물어보았다.

“그런 부분에 대해서는 아는 게 전혀 없어. 내가 말하는 게 바로 그 점이라는 걸 몰라? 난 그녀를 제외하고는 모든 사람의 성격에서 한두 가지 결점은 찾아낼 수 있지. 언제 삼십 분 정도만 시간을 낸다면 나는 네 성격에서도 결점 하나쯤은 틀림없이 찾아낼 수 있을 거야. 물론 나는 결점이 무척 많아서 표범처럼 얼룩투성이지. 그런데 마담 멀은 그런 것이 전혀, 아무것도 없단 말이야!”

“내 생각도 그래!” 이사벨이 머리를 치켜들면서 말했다. “그래서 그녀를 무척이나 좋아하게 되었어.”

---

* 기원전 5세기 아테네의 정치가이자 장군.

"그 여자는 네가 사귀기에 아주 적합한 사람이지. 넌 세상을 알고 싶다고 하니 그녀만큼 훌륭한 안내인은 구할 수 없을 거야."

"그녀가 지나치게 세속적이라는 말이지?"

"세속적이라고? 그런 뜻은 아니야. 그녀는 위대한 둥근 세상 자체야!" 랠프가 말했다.

그가 마담 멀이 무척 마음에 든다고 말한 것은 이사벨이 순간적으로 그렇게 믿고 싶은 생각이 들었던 것처럼 악의적으로 꾸민 말은 분명 아니었다. 랠프는 즐거움을 맛볼 수 있는 순간에는 언제나 즐기려고 했기에, 그 사교술의 여왕에게 완전히 매혹당하지 않았다면 자신을 용서하지 않았을 것이다. 그런 뿌리 깊은 호감 혹은 반감이 있기 때문에 그의 도움으로 그녀가 누리는 정당한 대접에도 불구하고 어머니 집에 마담 멀이 보이지 않아도 삶이 따분하게 느껴지지는 않았다. 랠프는 주의 깊게 관찰하는 법을 어느 정도 배운 사람이므로, 마담 멀의 행동만큼 주의 깊게 관찰할 '지속적인' 대상은 찾을 수 없었을 것이다. 그는 그녀를 조금씩 파악해 갔고, 그녀 못지않은 적절함으로 그녀가 무너지지 않도록 해 주었다. 그는 가끔 그녀를 측은하게 생각할 때도 있었는데, 그런 때는 묘하게도 그의 친절한 태도가 밖으로 드러나지 않을 때였다. 그는 그녀가 큰 야심을 가진 여성임을 잘 알았다. 겉으로 성취한 것은 그녀의 비밀스러운 잣대에 훨씬 미치지 못했다. 그녀는 열심히 노력했으나 아무런 보상도 받지 못한 것이다. 그녀는 여전히 마담 멀에 지나지 않았고, 어느 스위스 상인의 미망인이며, 수입이 약간 있는 편이었다. 그래도 그녀는 세상 사람들을 많이 알아서 자주 그들 집에 머물며 거침없는 여담을 잘하는 여인으로서 거의 모든 사람들로부터 '환영받'았다. 이런 현재 위치를 그가 지금까지 그녀의 희망을 불러일으켰다고 생각한 대여섯 번의 경우와 대조해 보면 조금 비극적이었다. 터쳇 부인은 아들이 자기 집에 찾아오는 상냥한 손님과 원만하게 교분을 쌓으리라 생각했다. 터쳇 부인은 인간 행위에 대해 지나치게 교묘한 이론을 펴는 이들 두 사람에게 나름의 공통점이 많다고 보았다. 그는 이사벨이 마담 멀과 친하게 지내는 것에 대해 여러모로 생각이 많았으나, 오래전부터 사촌 동생을 아무런 반대 없이 자기편으로 끌어들일 수는 없다고 예상했다. 그러나 사정이 더 좋지 않은 일에서도 그랬듯이 그는 잘 처리해 나갔다. 일이 저절로 어떻게 되겠지, 언제까지 계속되지는 않겠지 하고 생각했던 것이다. 이 두 뛰어난 여성은 이사벨이 생각했던 것처럼 상대방을 잘 몰랐다. 그리고 두 사람이 각기 어떤 중요한 발견을 했을 경우, 그들은 결별까지는 아니더라도 적어도 관계가 느슨해질 수 있었다. 한편 그는 이 연상의 부인 이야기가 연하의 이사벨에게 유익하다는 점을 기꺼이 인정하려고 했다. 이사벨은 많은 것을 배우지 않으면 안 될 것이고, 그렇다면 다른 사람들에게 배우는 것보다는 마담 멀에게 배우는 편이 좋을 거라고 생각했다. 그는 이사벨이 상처 받을 가능성은 없다고 보았다.

24

이사벨이 오스먼드가 사는 언덕 위 집을 방문해 어떤 상처를 받을 것인지 파악하기란 분명 쉬운 일은 아니었다. 토스카나 지방의 봄이 한창 무르익은 따뜻한 오후만큼 매혹적인 기회를 찾기도 쉽지 않았다. 일행은 마차를 타고 '로마 문' 아래로 나섰는데, 이 문은 소박하지만 거대한 구조물로서, 입구 상단에 선명하고 훌륭한 아치가 있어서 무척 인상적으로 보였다. 일행은 꽃이 만발한 과수원이 나뭇가지를 축 늘어뜨리며 향긋한 냄새를 뿜어 대는 높다란 담벼락 사이를 돌아, 꽤나 이색적인 도시의 작은 광장으로 접어들었다. 이 비틀린 모양의 광장 한편에 오스먼드가 점유한 빌라의 긴 갈색 담벼락은 적어도 그 근처에서는 가장 눈에 띄는 당당한 물체였다. 이사벨은 마담 멀과 함께 넓고 높은 정원을 지나갔다. 그곳에는 청명한 그늘이 드리워 있었고, 위에는 마주 세워진 가벼운 아치형

회랑이 나란히 자리 잡고 있었으며, 가느다란 기둥과 기둥을 장식하는 꽃들 위로는 햇볕이 내리쬐고 있었다. 그곳에는 뭔가 엄숙하고 강인한 분위기가 있었고, 한번 들어가면 나오기가 쉽지 않다는 인상을 풍겼다. 그러나 이사벨은 물론 밖으로 나간다는 생각은 하지 않았고 오직 앞으로 나아가는 것만 생각할 따름이었다. 오스먼드는 냉기가 도는 대기실에서 이사벨을 맞이했다. 5월이라고 하지만 날씨는 아직 쌀쌀했으며, 앞에서 이미 소개했던 방으로 그는 이사벨과 마담 멀을 안내했다. 마담 멀이 앞장을 섰는데, 그녀는 이사벨이 약간 머뭇거리며 오스먼드와 이야기하는 사이에 거침없이 안으로 들어가더니 응접실에 앉아 있던 두 사람에게 인사를 했다. 두 사람 가운데 하나는 어린 팬지였고, 마담 멀은 그 아이에게 입맞춤을 했다. 다른 한 사람은 오스먼드가 이사벨에게 자신의 여동생 제미니 백작부인이라고 소개한 인물이었다. "그리고 저 애는 내 딸이오." 오스먼드가 말했다. "수녀원에서 나온 지 얼마 되지 않아요."

팬지는 특별할 것 없는 하얀 원피스를 입고, 청결한 머리카락은 깔끔하게 그물망으로 감싼 모습이었다. 발에는 발목까지 끈을 맨 작은 샌들 식 신발을 신고 있었다. 팬지는 수녀원에서 배운 듯 인사를 하고는 가까이 다가와 이사벨에게 입맞춤을 받았다. 제미니 백작부인은 의자에 앉은 채 고개만 까딱할 뿐이었으나, 이사벨은 그녀가 옷을 잘 입는 부인이라는 걸 알 수 있었다. 백작부인은 몸집이 야위고 피부가 검었으며, 그렇게 예쁜 편은 아니었다. 흡사 열대 지방의 새를 연상케 하는 얼굴이었다. 코는 긴 부리 같고 작은 눈은 민첩하게 움직였으며, 입과 턱은 안으로 밀려 들어가 있었다. 그러나 강조나 경탄, 공포, 환희가 다양하고 밀도 있게 표정에 드러났기 때문에 인간미가 없지는 않았고, 용모에 관해서라면 스스로 파악하고 있다는 듯 자신의 특징을 충분히 살리고 있었다. 품이 넉넉하고 섬세하며 고상함이 넘쳐흐르는 의상은 번쩍거리는 깃털처럼 보였고, 자세는 잔가지 위에 앉아 있는 동물처럼 날렵했다. 그녀는 몹시 잘난 체하는 데가 있었다. 이사벨은 이처럼 잘난 체하는 사람이 있다는 것을 몰랐던 터라 제미니 백작부인을 즉각 그런 부류의 여자로 분류해 버렸다. 랠프가 이 부인과 사귀기를 권하지 않았던 것을 기억하는 데다, 얼핏 보아도 별로 깊이가 없는 사람으로 보였다. 그녀의 행동은 휴전 회담장 밖에 내걸린 깃발, 즉 장식이 요란하게 휘날리는 비단 백기를 연상시켰다.

"당신을 만나게 되어 얼마나 기쁜지 모르겠어요. 내가 여기 온 건 다름 아니라 당신이 온다는 걸 알고 있었기 때문이죠. 난 오빠를 자주 보러 오지 않아요. 오히려 오빠가 나를 찾아오는 편이죠. 오빠가 사는 이 언덕 집에 산다는 건 불가능해요. 오빠는 무엇 때문에 여기에 사는지 모르겠어요. 정말이지 오빠, 내가 타고 다니는 말이 언젠가 지쳐 쓰러질지도 몰라요. 내 말 상태가 엉망이 되면 좋은 말 한 필을 내게 줘야 해요. 오늘도 말이 헐떡이는 소리를 들었답니다. 정말이에요. 마차 속에 앉아 말이 헐떡이는 소리를 듣는 건 정말 언짢아요. 좋은 말이 아니라는 느낌도 들겠지요. 하지만 내 말들은 언제나 좋아요. 다른 건 궁핍해도 좋은 말은 언제나 유지한다니까요. 내 남편은 아는 게 너무 없지만 말에 대해선 알아요. 대개 이탈리아 사람들은 그러지 못하지만, 내 남편은 좁은 소견에도 영국 것이라면 뭐든지 열을 낸답니다. 내 말도 영국산인데 탈이 나면 아까운 노릇이잖아요. 그런데 이건 말해야겠어요." 제미니 부인은 이사벨 쪽으로 고개를 돌리고 계속해서 말했다. "오빠가 좀체 나를 초대하지 않는다는 사실을요. 내가 오는 게 싫은가 봐요. 오늘은 내 마음대로 온 거예요. 새로운 손님을 만나는 게 좋아서죠. 아가씨는 정말 새로운 손님이군요. 그렇지만 그곳에 앉지는 마세요. 그 의자는 보기와는 다르답니다. 여기엔 좋은 의자도 몇 개 있지만, 소름 끼치는 일들도 일어나죠."

제미니 백작부인은 약간 경련하듯 신경질을 부리며 날카롭고 재빠른 목소리로 이 말을 했다. 역경에 처한 선량한 영국인 아니면 미국인을 정겹게 연상시키는 어조였다.

"네가 오는 걸 내가 싫어한다고?" 그녀의 오빠가 말했다. "넌 정말 소중한 동생인데."

"소름 끼치는 건 어디에도 없는걸요." 이사벨이 주위를 둘러보면서 말했다. "모든 것이 아름답고 귀하게 보여요."

"좋은 것이 약간 있어요." 오스먼드가 맞장구쳤다. "하지만 그렇게 나쁜 건 아무것도 없죠. 실은 있었으면 하는 것이 없어서 탈이오."

그는 미소를 지으며 주위를 둘러보고 약간 겸연쩍은 듯 거기에 서 있었다. 사람들과 거리를 두면서도 섞여 있는 듯한 기묘한 태도였다. 그는 제대로 된 '귀한 물건' 외에는 크게 개의치 않는다는 듯이 보였기에 이사벨은 재빨리 완벽한 솔직성이 그의 가문의 전통은 아니라는 결론을 내렸다. 수녀원에서 나온 작은 여자아이마저 단정한 흰옷으로 단장하고 자그마하지만 고분고분한 얼굴에 두 손을 앞으로 포갠 채 서 있는 모습이 마치 처음으로 친교를 맺는다는 태도였다. 오스먼드의 딸조차 전적으로 순진하다고만은 할 수 없는 길든 태도가 있었던 것이다.

"당신이 좋아하는 우피치와 피티*에 전시된 그림들이 몇 점 있었으면 하는 거죠." 마담 멀이 말했다.

"하지만 불쌍한 오스먼드 오빠에겐 낡은 커튼이나 십자가만 있을 뿐인걸!" 제미니 백작부인이 외쳤다. 그녀는 오빠를 성(姓)으로만 부르는 버릇이 있었지만, 그런 호칭에 특별한 의미가 있는 것은 아니었다. 그녀는 이야기하면서 이사벨을 향해 미소를 보내고 머리에서 발끝까지 뜯어보았다.

그녀의 오빠는 동생 말은 듣지 않고 이사벨에게 어떤 이야기를 해 줄까만을 궁리하는 눈치였다. "차 한잔 하시겠소? 피곤한 것 같은데." 그는 겨우 이 말을 궁리해 냈다.

"아니에요, 피곤하지 않아요. 제가 피곤할 만한 일을 했나요?" 이사벨은 의사를 분명히 해야 될 필요성을 느끼며 차 정도는 사양해도 된다고 생각했다. 그 방에는 뭐라고 말하기는 어렵지만 대체적으로 뭔가를 적극적으로 하지 못하게 만드는 분위기가 있었다. 이곳에 사람들이 이렇게 모인 것은 겉으로

---

* 피렌체에 있는 미술관.

드러난 상황 이상을 암시했다. 그녀는 그것을 이해해 보고 싶었고, 격식을 차린 고상한 말은 하고 싶지 않았다. 불행히도 이사벨은 많은 여자들이 자기들의 관찰 행위를 숨기기 위해 형식적으로 고상한 말만 한다는 것을 몰랐다. 그녀의 자만심이 약간 흔들린 것은 사실이었다. 사람들의 흥미를 돋울 만한 이야기를 들려주고 자신을 남들과 분명히 구별할 줄 아는 남자가 함부로 호의를 베풀지 않는 숙녀를 자기 집에 초대한 것이다. 어쨌든 그의 집을 방문한 이상 그녀를 대접하는 것은 당연히 그의 수완에 달려 있었다. 그런데 그가 자신의 책임을 생각했던 것만큼 고분고분하게 이행하지 않는다는 느낌이 들자, 이사벨은 관찰의 눈을 게을리하거나 상대를 너그럽게 봐 줄 생각이 없어졌다. '공연히 이런 일에 끼어들다니!'라고 그가 속으로 불만을 터뜨리는 소리가 들리는 듯했다.

"집에 돌아가면 무척 피곤할 거예요. 오빠가 자신이 소장한 장식용 골동품들을 모두 선보인 뒤 일일이 설명을 늘어놓을 테니까요." 제미니 백작부인이 말했다.

"피곤할 염려는 없어요. 그리고 피곤하다 해도 뭔가 배우는 게 있잖아요."

"배울 건 거의 없어요. 내 동생은 무엇이든 배우는 거라면 질색을 한답니다." 오스먼드가 말했다.

"그 점은 인정해요. 더 이상 알고 싶은 게 아무것도 없으니까요. 이미 너무나 많이 알거든요. 머릿속에 넣은 지식이 많을수록 머리가 아파요."

"아직 교육도 다 받지 않은 팬지 앞에서 그런 말을 하다니."

마담 멀이 웃으며 한마디 했다.

"팬지는 해로운 건 결코 배우지 않아요." 오스먼드가 말했다. "팬지는 수녀원의 귀여운 꽃이라오."

"아, 수녀원 말이에요, 수녀원!" 백작부인이 소리치자 주름이 있는 깃이 펄럭거렸다. "수녀원에 대해 얘기 좀 해 봐! 그곳에 있으면 무엇이든 배울 수 있겠는걸. 나도 수녀원의 꽃인데. 나 스스로 좋은 여자라고 생각하지는 않아도 수녀들은 그렇게 보니까. 내 말뜻을 알겠어요?" 그녀가 이사벨에게 애원하듯 물었다.

이사벨은 알 것 같지 않고 논쟁을 따라가기가 무척 힘들다고 대답했다. 그러자 백작부인은 자신도 논쟁은 싫어하지만 오빠는 항상 논쟁을 하며, 그건 오빠의 취향이라고 했다. "나로서는." 그녀가 말했다. "좋든가 싫든가 하나뿐이에요. 사람이 모든 걸 다 좋아할 수는 없잖아요. 하지만 그런 걸 논리적으로 따지려고 하면 안 되죠. 그러면 결과가 어떻게 될지 알 수 없거든요. 논리는 좋지 않아도 느낌은 아주 좋을 수도 있죠. 그렇지 않아요? 그리고 논리는 아주 좋은데 느낌이 좋지 않은 일도 이따금 있거든요. 무슨 말인지 알겠죠? 난 논리에 대해서는 상관하지 않지만, 내가 좋아하는 걸 알아요."

"아, 그거야말로 대단한 일이네요." 이사벨이 웃으면서 말했다. 그러자 경박하게 말하는 이 부인과 알고 지내다가는 지적인 신뢰감을 깨뜨리지 않을까 하는 불안감이 들었다. 백작부인이 논쟁을 싫어한다면 그녀 역시 지금 논쟁을 벌일 기분이 들지 않아 팬지를 향해 기쁜 마음으로 손을 내밀었다. 그러한 몸짓은 두 사람의 견해가 다를지도 모른다는 걱정이 없는 데서 나왔다. 길버트 오스먼드는 여동생의 말투가 난처한 듯 화제를 다른 데로 돌렸다. 이윽고 그는 이사벨의 손가락을 조심스럽게 만지작거리고 있는 딸아이 맞은편에 앉았다. 그는 딸을 의자에서 끌어당겨 자신의 무릎 사이에 세워 놓고 자신의 몸에 기대게 한 뒤, 호리호리한 딸의 몸을 두 팔로 껴안았다. 아이는 여전히 사심이 없는 듯 이사벨의 눈을 조용히 바라보았다. 아이의 눈망울에서 어떤 의도를 찾아볼 수는 없으나 이사벨에게 끌리는 표정이었다. 오스먼드는 많은 것에 대해 이야기했다. 마담 멀은 그가 마음만 먹으면 사람들에게 호감을 줄 수 있는 인물이라고 말한 적이 있는데, 바로 이날 그는 그런 마음을 먹었을 뿐 아니라, 그렇게 하겠다는 결의를 다진 것 같았다. 마담 멀과 제미니 부인은 약간 떨어져 앉아 편안한 태도로 서로 너무나 친숙한 사람처럼 이야기를 나누고 있었다. 가끔 이사벨의 귀에는 던져진 막대기를 쫓아다니는 푸들처럼 마담 멀의 명쾌한 설명에 귀를 기울이는 백작부인의 말소리가 들렸다. 마담 멀 자신이 어느 정도 이야기를 끌어갈 수 있는 듯이 보였다. 오스먼드는 피렌체와 이 나라 이탈리아에 사는 즐거움은 물론, 그 즐거움이 점차 줄어드는 것에 대해 이야기했다. 물론 이런 나라에 살게 되면 만족도 있지만, 그와 함께 불만스러운 점도 있었다. 불만스러운 점이 상당히 많은데, 다름 아니라 처음 온 사람들은 이 나라를 너무 장밋빛으로 보기 쉽다는 것이었다. 그러나 인간적으로나 사회적으로 실패한 인물(흔히 말하듯 자신의 감성을 깨닫지 못한 사람들)에게는 이 나라가 위안이 된다고 했다. 아무런 이득이 되지 않는 가보(家寶)나 거추장스러운 건물을 보유한 것처럼, 남들의 놀림감이 되지 않고 가난하게 살아가는 것과도 같았다. 그러므로 엄청나게 아름다운 이 나라에서 산다는 건 혜택이었고, 이탈리아에서만 누릴 수 있는 분명한 느낌도 있었다. 이탈리아에서는 인생에 도움이 되는 다른 것들을 결코 얻을 수 없을뿐더러, 그보다 더욱 나쁜 것도 얻게 된다. 그러나 이따금 모든 것을 보상해 주는 성질의 것도 얻게 되는 것이다. 그래도 이탈리아라는 나라가 상당히 많은 사람들을 망쳐 버려, 만일 자신이 이토록 오래 여기 살지 않았더라면 더 나은 사람이 되었을 거라는 어리석은 생각까지도 이따금 하게 되었다. 이 나라는 사람을 게으르게 만들어 딜레탕트*가 되게 하며, 이류로 만들기도 한다. 이탈리아에서는 사람의 성품을 단련하지 못한다는, 달리 표현하면 파리나 런던에서 유행하는 성공적인 사교와 그밖의 다른 '측면'을 함양하지 못한다는 것이다. "우리들은 좀 촌스러운 데가 있어요." 오스먼드가 말했다. "그리고 나는 자신이 자물쇠가 없어 소용없게 된 열쇠처럼 녹슬고 있다는 걸 너무나 잘 알고요. 당신과 이야기하다 보면 그 녹이 조금씩 벗겨지겠죠. 당신 지성은 정교한 자물쇠 같아서 감히 열 엄두가 나지 않아요! 그러나 당신은 세 차례도 만나지 못할 동안 가 버릴 테고, 아마 그 후에는 만날 수가 없을 것 같네요. 사람들

---

* 전문가적 의식 없이 단지 애호가의 입장에서 예술을 하는 사람. 이탈리아어 'dilettare(즐기다)'가 어원이다.

이 밀려드는 나라에서 산다는 건 그런 거죠. 사람들이 마음에 들지 않아도 거북하지만, 마음에 들면 훨씬 안 좋아요. 그들을 좋아하게 될 때쯤이면 훌쩍 떠나니 말이오! 나는 여러 번 당한 적이 있기 때문에 이제는 사람들에게 끌리거나 애정을 느끼는 건 그만두기로 했어요. 당신은 이곳에 오래 머물 작정이라고요? 그렇게 하면 정말 안정을 찾을 수 있을 거요. 그렇고말고. 당신 이모님이 보증인인 셈인데, 믿을 수 있는 분이죠. 피렌체에 오래 사셔서 말 그대로 요즘 이웃 사람과는 달라요. 그분은 메디치 가* 사람들과 같은 시대 분이라서 사보나롤라**가 화형 당하는 모습을 틀림없이 목격했을 거예요. 혹시 그분도 화염 속에 장작 한 아름을 던졌는지도 모르죠. 그분 얼굴은 르네상스 초기 그림에서 볼 수 있는 사람들의 모습을 많이 닮았거든요. 얼굴이 작고 무뚝뚝하고 선명하며, 표정이 풍부하지만 언제나 거의 똑같다는 게 흠이죠. 사실인즉 기를란다요***의 프레스코화에 등장하는 초상화와 같다고나 할까요. 당신 이모님에 대해 이런 식으로 말해도 괜찮겠죠? 이런 말을 하는 내가 형편없는 남자라고 생각할지도 모르지만, 그분에게나 당신에게 결례를 범하는 건 아니오. 난 터쳇 부인을 특별히 흠모하니 말이오."

오스먼드가 이처럼 다소 은밀한 태도로 이사벨과 이야기하는 동안 이사벨은 가끔 마담 멀 쪽으로 시선을 보냈다. 이제 태

---

* 르네상스 시대 피렌체의 이름난 집안.
** 르네상스 시대 피렌체의 신부로, 이단으로 선고받아 처형되었다.
*** 르네상스 시대의 이탈리아 화가.

연하게 미소를 보내며 이사벨과 눈을 마주치곤 하는 부인의 미소에서는 이사벨이 눈치챌 만한 무례한 암시 같은 것은 찾아볼 수 없었다. 마침내 마담 멀이 제미니 백작부인에게 정원으로 나가자고 하자, 백작부인은 일어나서 부드럽게 옷 스치는 소리를 낸 뒤 문간 쪽으로 가며 "가엾은 아처 양!" 하고 외쳤다. 그녀는 동정의 빛을 띠며 그들 쪽을 살펴보았다. "저 아가씨는 이제 완전히 우리 집안으로 들어오고 말았네."

"아처 양에겐 네가 속한 집안에 동정심 외에는 없을 텐데." 오스먼드가 웃으며 말했다. 그 웃음 속에는 조롱의 기미가 풍겼고, 뭔가 꾹 참고 한 말 같았다.

"무슨 영문인지 알 수가 없네요! 오빠가 내 험담만 하지 않는다면 이 아가씨는 나를 나쁜 여자로 생각하지 않을 텐데. 아처 양, 나는 오빠 말처럼 그렇게 나쁜 여자가 아니에요." 백작부인이 계속 말했다. "단지 약간 눈치가 없고 좀 따분한 사람이랍니다. 오빠가 그렇게 말했겠죠? 아, 그렇다면 우리 오빠의 기분이나 풀어 주세요. 단골로 늘 하는 이야기를 했겠죠? 조심해요. 오빠가 집요하게 다루는 몇 가지 화제가 있어요. 그 화제들을 꺼낼 경우 아가씨는 보닛을 벗는 편이 나을 거예요."

"오스먼드 씨가 단골로 이야기하는 화제가 뭔지 저는 몰라요." 의자에서 일어서며 이사벨이 말했다.

백작부인은 잠시 심각한 얼굴로 생각에 잠겼다가 손가락을 모아 이마에 댔다. "가르쳐 줄게요. 하나는 마키아벨리에 관한 거고, 다른 하나는 비토리아 콜로나*에 관한 것, 그리고 마지막으로는 메타스타시오**에 관한 거예요."

"저런, 나와 이야기할 때 오스먼드 씨는 그런 고루한 얘기는 하지 않던데." 마담 멀은 이 말을 하면서 제미니 백작부인의 팔을 끌어 억지로 정원으로 데려가려 했다.

"그건 당신이란 사람이 바로 마키아벨리이고 비토리아 콜로나이기 때문이죠!" 백작부인이 걸어가면서 대꾸했다.

"가엾게도 다음번에는 메타스타시오가 되겠네요!" 오스먼드가 체념하듯 한숨을 내쉬었다.

이사벨은 오스먼드와 자신도 함께 정원으로 나갔으면 해서 일어섰지만, 오스먼드는 방을 떠나고 싶지 않은 듯 손을 웃옷 호주머니에 찔러 넣은 채 그대로 서 있었다. 지금껏 오스먼드와 팔짱을 끼고 있던 팬지가 아버지에게 매달려 얼굴을 올려다보다가 다시 이사벨의 얼굴을 쳐다보았다. 이사벨은 입 밖에 내어 말하지는 않았지만 만족스러운 기분으로 정원에 나갈 건지 아닌지 기다리고 있었다. 그녀는 오스먼드의 이야기는 물론 그와 함께 있는 것이 좋았고, 새로 사람을 사귈 때 느끼는 개인적인 긴장감을 느끼고 있었다. 커다란 방의 열린 창문 너머로 마담 멀과 백작부인이 상쾌한 정원 풀밭을 가로질러 천천히 걷는 모습이 눈에 들어왔다. 이사벨은 다시 실내로 눈을 돌려 주위에 흩어져 있는 여러 물건을 둘러보았다. 집주인이 그의 보물을 보여 주겠다고 말했으니만큼, 그림이나 장식장

***

*르네상스 시대 이탈리아의 귀족 여성이자 시인.
**18세기 이탈리아의 극시인. 이탈리아 오페라 탄생에 공헌했다.

등이 진짜 보물 같았다. 잠시 후 이사벨이 좀 더 면밀히 보기 위해 그림 가까이 다가갔을 때 오스먼드가 불쑥 말을 물었다. "아처 양, 내 동생을 어떻게 생각하오?"

이사벨은 놀라서 그를 바로 쳐다보았다. "제발 그런 질문은 하지 마세요. 아직 만난 지 얼마 되지도 않았는데."

"맞아요. 만난 지 얼마 되지 않았지만 내 동생에게 이렇다 할 장점이 없다는 걸 이미 간파한 것 같군요. 우리 집안 분위기를 어떻게 생각하오?" 그는 차가운 미소를 지으며 계속 말했다. "순수하고 편견 없는 당신 눈에 어떻게 비쳤는지 알고 싶소. 무슨 대답을 하려는지는 알겠어요. 아직 제대로 보지 못했다고 말할 테죠. 물론 잠깐 본 것에 불과하지만 앞으로 기회가 닿는 대로 관찰하도록 해요. 우리 상황이 별로 나아지지 않았다고 생각되는 일이 가끔 있죠. 여기서 외국 풍물이나 사람들 사이에 끼어 살면 아무런 책임도 애착도 없고, 우리를 결속해 주는 것도 없어요. 더욱이 외국인과 결혼하고 부자연스러운 취향을 몸에 익히며 우리 본래 사명을 속이는 따위의 일도 생겨요. 한마디 덧붙인다면, 내가 이런 말을 하는 건 누이동생 때문이라기보다는 나 자신 때문이오. 그 애는 매우 정직해요. 겉으로 보기보다 더 그렇소. 다소 불행해졌지만 상황을 심각하게 바라보지 않는 성격인지라 자신의 불행을 슬프다고 여기지 않고 오히려 희극적으로 처신해요. 그 애 남편은 역겨운 남자지만 그 애가 애써 참고 있는지도 모르겠어요. 물론 남편이 역겹다는 건 딱한 노릇이지요. 마담 멀이 좋은 충고를 해 주고 있긴 하지만, 어린아이에게 사전을 주고 언어를 가르치는 것

과 같은 형국이랍니다. 어린아이는 낱말을 찾아낼 수는 있어
도 그걸 짜 맞추지는 못하니까요. 내 누이동생에겐 문법이 필
요한데 유감스럽게도 그렇게 하질 못해요. 이런 세세한 것까
지 말해서 미안하군요. 당신이 완전히 이 집안으로 들어왔다
고 한 누이동생 말이 그대로 적중했어요. 저 그림을 밑으로 좀
내려야겠군요. 당신이 그림을 보려면 더 밝아야 하니까."

오스먼드는 그림을 내려 창문 쪽으로 가져간 뒤 그것에 관
한 진기한 사실들을 말해 주었다. 이사벨은 다른 그림도 감상
했고, 오스먼드는 여름 오후에 방문한 젊은 여성에게 흡족할
만한 이야기를 이것저것 들려주었다. 그의 그림 및 조각품과
태피스트리들은 흥미로웠다. 그러나 잠시 후 이사벨은 비록
이것들이 그에게 어떤 특성들을 강하게 드리우긴 해도, 그것
과 별도로 이것을 소장한 사람이 더 흥미롭다고 생각했다. 그
는 이사벨이 지금껏 만난 누구와도 닮지 않았다. 그녀가 아는
사람들은 대체로 대여섯 부류로 나눌 수 있었다. 물론 한두 명
예외는 있었는데, 예를 들면 리디아 이모를 어느 부류에 넣으
면 좋을지 알 수 없었다. 그 밖에 비교적 개성적인(예의상 말해
개성적이지만) 인물의 예를 들면 굿우드라든가 사촌 랠프, 헨리
에타 스택폴, 워버튼 경 그리고 마담 멀 같은 사람들이었다. 그
러나 잘 살펴보면 이런 인물들은 본질적으로 그녀가 이미 마
음속으로 생각하는 유형에 들어맞았다. 그러나 오스먼드는 어
떤 유형에도 넣을 수 없었다. 특별한 부류의 인물이기 때문이
었다. 이 모든 진실을 인식한 것은 아니지만, 이런 인식이 이때
이사벨의 머릿속에서 정돈되고 있었다. 잠시 동안 그녀는 이

남자와 '새로운 관계'를 맺게 되면 자신이 상당히 특출해질 거라고 중얼거렸다. 마담 멀에게도 아주 드문 자질이 있지만, 남자의 경우라면 이런 자질은 얼마나 색다른 힘을 얻겠는가! 이사벨에게 오스먼드가 특출하게 느껴진 것은 그가 보여 준 골동품 밑바닥이나 16세기 그림 귀퉁이에 있는 꽤나 진기한 표식처럼, 그의 말과 행동 때문이라기보다는 오히려 그가 억제하는 태도 때문이었다. 그는 일반적인 관례에서 깜짝 놀랄 만큼 벗어나지는 않았다. 괴짜가 아니면서도 독창적인 인물이었다. 지금까지 이토록 섬세한 인물을 만나 본 적이 없었다. 그의 특색은 우선 신체적인 면의 눈에 띄지 않는 부분에도 나타났다. 짙고 섬세한 머리카락, 과장되게 그린 탓에 나중에 다시 손을 본 듯한 얼굴, 거칠지 않고 잘 가꾼 얼굴빛, 골고루 자란 턱수염, 그리고 경쾌하고 늘씬한 체구는 손가락 하나만 움직여도 살아 움직이는 효과를 가져왔다. 이런 개인적 특징은 감수성이 예민한 이사벨에게 흥미를 유발해 강렬한 인상을 심어 주었다. 그는 틀림없이 까다롭고 비판적이거나 성미가 급할 것 같았다. 아마도 감수성이 지나치게 그를 압도하기 때문 같았다. 그래서 그는 세속적인 고통을 참을 수 없어서 정리되고 다듬어진 고요한 세계에서 홀로 생활하며 예술과 미와 역사에 대해 생각하게 된 듯했다. 그는 모든 일에서 자신의 취향을 염두에 두었다. 마치 불치의 병을 앓는 환자가 마지막으로 자신의 변호사에게만 상담하는 것처럼, 그도 자신의 취향만을 생각했던 것이다. 그리하여 그는 어느 누구와도 완전히 다른 사람이 되었다. 랠프에게도 이와 비슷한 특징이 있어서 삶을 미술품 감식과 같다고 생각하는 듯했다. 그런데 랠프의 경우 이것이 변칙이며 일종의 유머러스하고 쓸모없는 일이었지만, 오스먼드의 경우에는 이것이 기본 원리가 되어 모든 것과 조화를 이루었다. 확실히 이사벨은 오스먼드를 완전히 이해한 것이 아니었고, 그가 하는 말의 의미가 언제나 명료한 것도 아니었다. 예를 들면 그가 자신이 시골풍이라고 말했을 때 그 말이 무슨 뜻인지 알 수 없었다. 오히려 그것이 그에게 가장 결핍된 점으로 여겨졌기 때문이다. 그 말은 그녀를 당황시키려는 악의 없는 역설이었을까, 아니면 드높은 교양의 극치를 표현한 것이었을까? 이사벨은 언젠가는 알게 되리라 믿었고, 그걸 알게 되면 무척 흥미로울 것 같았다. 그런 조화를 이루는 것이 시골풍이라면 대도시의 세련미란 대체 어떤 것일까? 이사벨은 그가 수줍은 인물이라고 느끼면서도 이런 의문을 품었다. 왜냐하면 그는 수줍고 신경이 예민하고 인식력이 세심해서, 고도로 세련된 교양과 완전히 일치하는 것으로 보였기 때문이다. 사실 그것은 그에게 비속하지 않은 표준과 기준이 있다는 증거나 다름없었다. 그는 사람 눈에 가장 먼저 띄는 것이 비속함이라고 생각하는 게 틀림없었다. 그는 쉽게 납득하는 사람이 아니었고, 피상적인 이야기를 유창하게 떠들어 대는 사람은 더욱 아니었다. 그는 타인에 대해서와 똑같이 자신에 대해서도 비판적이었고, 다른 사람들을 호의적으로 생각하려고 상당히 많은 노력을 하면서도 자신이 제시한 것에 대해 다소 아이러니한 견해를 보일 때도 있었다. 그런데 이것은 그가 지나치게 오만한 사람은 아니라는 증거였다. 만약 그가 수줍은 인물이 아니었다면 이사벨의 마음을 천천히, 미묘하게, 성공적으로 변화시켜 기쁨과 신비감에 젖게 만들 수 없었을 것이다. 그가 제미니 백작부인을 어떻게 생각하느냐고 그녀에게 불쑥 물은 것은 틀림없이 그녀에게 관심이 많다는 증거였지만, 그것이 그의 누이동생을 파악하는 데 도움이 된다고는 거의 볼 수 없었다. 그가 그런 관심을 가진 것은 호기심이 많다는 것을 보여 주지만, 누이동생에 대한 감정보다 자신의 호기심을 더 중요하게 여긴다는 것은 약간 이상했다. 이것이 그가 한 행동 가운데 가장 괴상했다.

그가 이사벨을 맞이한 방 너머로 다른 방 두 개가 있었는데, 두 방 모두 신기한 물건들이 가득했다. 이사벨은 이 방에 십오 분 정도 머물러 있었는데, 실내 모든 것이 무척 진기한 귀중품들이었다. 오스먼드는 더없이 친절한 안내인이 되어 딸의 손을 잡은 채 이사벨에게 소중한 물건들을 하나하나 보여 주었다. 그의 친절에 놀랄 지경이 된 이사벨은 그가 어째서 자기를 위해 이토록 귀찮은 일을 하는지 의아한 생각이 들었다. 또한 자신이 소개받은 아름다움과 지식이 차곡차곡 축적되어 마침내 숨을 쉴 수조차 없었다. 지금은 이것으로 충분했기 때문에 그녀는 그의 계속되는 설명에 주의를 기울일 수 없었다. 그녀는 주의 깊게 시선을 집중하여 그의 말을 경청했으나, 그의 말을 염두에 두지는 않았다. 그는 아마 그녀가 실제 이상으로 모든 면에서 민첩하고 총명할 뿐만 아니라 늘 준비 태세라고 생각했던 모양이다. 마담 멀이 유쾌하게 과장했는지도 모르지만 그렇다면 난처한 노릇이었다. 결국에는 그가 확실히 알게 될 테고, 그러면 그녀가 정말 총명하다 할지라도 그가 자신의 실수를 용납하지 않을 것이었기 때문이다. 이사벨은 피곤해졌다. 마담 멀이 자기에 대해 오스먼드에게 이야기했다고 짐작되는 대로 총명하게 보이려고 애를 썼기 때문이었고, 또한 이것에 대해서는 비교적 관심을 많이 쏟지 않았지만 마담 멀이 무지까지는 아닐지언정 자신의 지각이 둔하다고 폭로하지 않을까 하는 염려(그녀로서는 매우 드문 일이었지만) 때문이었다. 안목이 뛰어난 오스먼드가 생각할 때 이사벨이 좋아해서는 안 될 어떤 것에 호감을 표하거나 정말로 마음이 움직여 걸음을 멈추어야 될 작품을 그대로 지나쳐 버린다면 무척 난처한 일이었다. 그녀는 이런 어색한 상황에 처하고 싶지 않았다. 여자들이 그런 상황에 처해(이것은 그녀에게 경고가 되었다.) 처음엔 아무렇지도 않은 듯하다가 결국에는 꼴사납게 허둥대는 모습을 본 적이 있었기 때문이다. 그래서 그녀는 어떤 말을 해야 될지, 무엇을 주목하고 무엇을 외면할지에 무척이나 신경을 썼다. 전에는 뭔가에 이만큼 마음을 쓴 적이 없었다.

그들이 맨 처음 들렀던 방으로 다시 돌아오니 차 마실 준비가 되어 있었다. 그러나 다른 두 부인은 아직 테라스에 있었고, 이 집의 가장 큰 특징인 넓은 정원에서 보이는 경치를 이사벨이 아직 몰랐기 때문에 오스먼드는 더 이상 주저하지 않고 그녀를 정원으로 안내했다. 마담 멀과 백작부인은 의자를 밖에 내다 놓고 있었으며, 오후 날씨가 화창했으므로 백작부인은 바깥에서 차를 마시자고 제안했다. 그러자 팬지가 바깥으로 나가 하녀에게 차를 준비하라고 전했다. 해는 기울고 황금색 빛은 더욱 짙은 색조를 띠었으며, 그들 아래로 펼쳐진 산과 들판 위로 거대한 자줏빛 그늘이 아직도 햇빛이 비치는 것처럼 풍요롭게 빛나고 있었다. 그 광경은 무척 매력적이었다. 대기가 엄숙하리만큼 고요했고, 확 트인 경치는 정원처럼 세련되었으며, 고상한 윤곽과 풍부한 계곡 그리고 사람이 산 흔적이 있는 듯한 섬세하게 침식된 구릉지가 장엄한 조화를 이루며 고전적인 우아함을 드러내고 있었다. "아주 흡족한 것 같은데, 이만하면 또다시 와 주겠지요." 오스먼드는 이사벨을 테라스 모퉁이로 안내하면서 말했다.

"꼭 다시 오겠어요." 이사벨이 대답했다. "이탈리아에 사는 게 좋지 않다고 말씀하셨지만, 인간 본래의 사명이 뭐예요? 만일 피렌체에 정착하게 된다면 저 본래의 사명을 저버리는 일이 되지 않을까 하는 생각이 드네요."

"여자의 본래 사명은 자신이 가장 인정받는 곳에 사는 거죠."

"문제는 그곳이 어디인지 찾아내는 일이에요."

"아무렴요. 여자들은 가끔 그런 장소를 찾느라 많은 시간을 허비하니까. 사람들이 그곳을 명확하게 알려 줘야 되는데."

"그런 일이라면 제 경우엔 정말로 확실하게 도움을 받아야겠죠." 이사벨이 웃으며 말했다.

"어쨌든 당신이 정착할 거라니 무척 기쁘군요. 마담 멀의 말로는 당신이 돌아다니기를 다소 좋아하는 성미라고 하던데. 세계 일주 계획이 있다고 들었어요."

"계획이라니 오히려 부끄럽네요. 전 매일 새로운 계획을 세워요."

"부끄럽다니, 그건 가장 큰 즐거움일 텐데요."

"경박하게 보일 거라는 생각이 들어요." 이사벨이 말했다. "뭔가를 매우 신중하게 선택하고 그런 다음에는 그걸 고수해야 되는 법인데 말이에요."

"그런 잣대라면 난 경박하지 않았어요."

"계획을 세우신 일이 전혀 없어요?"

"아니, 몇 년 전에 한 가지 계획을 세웠어요. 그리고 오늘은 그 계획에 따라 행동한 거고."

"아주 즐거운 계획이었나 보네요." 이사벨이 다시 말했다.

"아주 단순한 계획이었죠. 가능한 한 조용히 지내겠다는."

"조용히라뇨?"

"근심하지 않는다는, 서두르거나 발버둥치지 않는다는 거죠. 그건 자신을 버리는 일이오. 작은 것에 만족한다는 거고." 그는 간간이 뜸을 들여 천천히 말하면서 이지적인 시선으로 그녀를 응시했다. 마치 뭔가 고백하고 싶은 마음이라도 생긴 듯한 태도였다.

"그게 단순한 거라고 보세요?" 그녀는 부드럽게 비꼬았다.

"그럼요, 소극적이니까요."

"당신 삶은 소극적이었나요?"

"적극적이라고 말한다면 그래도 좋아요. 다만 나의 무관심을 그대로 인정한 것뿐이죠. 그런데 무관심을 타고난 것은 아니오. 그렇지는 않아요. 면밀히 탐색하고 계획적으로 포기한 거요."

이사벨은 그의 말을 이해하기 힘들어서 혹시 그가 농담이라도 하는 게 아닌가 하는 의문이 들었다. 속을 잘 드러내지 않는다는 인상을 심어 준 남자가 갑자기 왜 이렇게 숨김없이 털어놓을 생각을 했을까? 이사벨이 이러쿵저러쿵할 문제는 아니었지만 그의 숨김없는 이야기는 흥미진진했다. 잠시 후 그녀가 입을 열었다. "왜 스스로 포기해야만 하는지 알 수 없네요."

"난 아무것도 할 수 없기 때문이오. 난 전망도 없고, 가난하며, 천재는 더더욱 아니었어요. 재능마저 없었기 때문에 일찌감치 내 분수를 알았지요. 그저 세상에 사는 사람들 중 제일 까다로운 젊은이가 된 거요. 이 세상에 내가 선망하는 사람은 두세 명뿐이었소. 예를 들면 러시아 황제와 터키의 술탄 정도랄까요! 굉장히 존경받는다는 이유로 로마 교황을 부럽게 생각한 적도 있었어요. 물론 그 정도로 존경받는 건 내겐 당치도 않아요. 하지만 교황 아래의 것은 조금도 마음에 들지 않아 결국 명예 같은 건 찾지 않기로 작정했지요. 아무리 초라한 신사라도 자신을 항상 소중히 여길 수 있거든요. 비록 초라하긴 해도 난 운 좋게도 신사랍니다. 이탈리아에서 나는 아무것도 할 수가 없었어요. 이탈리아의 애국지사가 되는 것마저 할 수 없었죠. 애국지사가 되려면 이 나라를 떠나야 하는데 이곳이 너무 마음에 들어 그럴 수도 없었소. 대체로 본다면 난 현 상태에 만족하기 때문에 그것이 변하길 바라지 않는다는 건 말할 필요도 없고요. 그래서 아까도 말했듯이 그저 조용히 살겠다는 계획에 따라 이곳에서 오랜 세월을 보내고 말았소. 조금도 불행하지 않았던 것은 아니에요. 그렇다고 아무것도 바라지 않았던 것도 아니고. 하지만 내가 바랐던 건 분명하고 한정되어 있었소. 내 인생에서 생긴 일은 다른 사람 눈에 전혀 띄지 않았어요. 바로 오래된 은제 십자가를 싼값에 손에 넣은 일이나(물론 나는 비싼 물건을 사는 법이 없지만요.) 코레조*가 그린 스케치를 발견한 일이지요. 패널 위에 그린 그림인데 어떤 멍청이가 그 위에 덧칠을 해 버렸소만."

이런 이야기는 이사벨이 완전히 믿었더라도 오스먼드의 삶에 대한 다소 따분한 설명이었겠지만, 이사벨은 자기가 충분히 갖춘 인간적 요소를 상상력으로 보완해 가며 이 이야기를 들었다. 사실 그의 삶은 그가 인정한 것보다 타인과의 교제가 많았을 것이다. 물론 그가 그런 이야기를 꺼내리라 기대하지는 않았다. 그녀는 그가 그 이상의 이야기를 펼치게 하지 않았고, 그가 모든 것을 이야기해 주지 않았다고 암시하는 것이 자신이 지금 바라는 것보다 더 친숙하고 덜 심각한 행동이 될 거라는 사실도 알고 있었다. 그러지 않는다면 정말 점잖지 못한 행동이 될 수도 있었다. 그는 분명 충분한 이야기를 해 주었던 것이다. 그러나 그가 독립적인 생활을 훌륭하게 해 왔다는 것에 적당한 공감을 표하고 싶은 것이 그녀의 현재 마음이었다. "아주 유쾌한 삶이에요. 코레조 외의 모든 것을 포기하신 건."

"그럼요, 나름대로는 아주 즐겁게 살아왔어요. 내가 불평한다는 생각은 하지 마세요. 행복하지 않다는 건 그 사람 책임이

---

* 이탈리아 르네상스의 전성기를 대표하는 화가. 본명은 안토니오 알레그리이다.

니까."

놀라운 이야기였다. 이사벨은 어조를 낮추어 더 작은 소리로 물었다. "당신은 줄곧 이곳에서 사셨나요?"

"아니오, 항상 여기서 살지는 않았소. 오랫동안 나폴리에 살았고, 로마에서도 오래 살았지요. 이곳에 산 지도 꽤 오래돼요. 하지만 뭔가 다른 일을 위해 다른 곳으로 옮겨 가지 않으면 안 될 거요. 이제 나 자신만을 생각할 수는 없어요. 딸이 점점 자라고, 그 아이는 나처럼 코레조나 십자가를 그다지 좋아하지 않을 것 같기 때문이오. 팬지가 가장 좋아하는 걸 해 주지 않으면 안 되겠지요."

"맞아요, 그렇게 해 주세요." 이사벨이 말했다. "얼마나 귀여운 아가씨인가요."

"그럼요." 오스먼드는 힘 있게 외쳤다. "영특한 아이요! 그 애 덕분에 정말 행복하다오!"

25

오스먼드와 이사벨이 이처럼 오랫동안 친밀하게 대화를 하는 동안 마담 멀과 제미니 백작부인은 잠깐 동안의 침묵을 깨고 서로 이야기를 나누기 시작했다. 두 여인은 입 밖으로 표현하지는 않았지만 뭔가를 기다리는 모습으로 앉아 있었는데, 특히 제미니 백작부인의 표정에 그것이 잘 드러났다. 그녀는 마담 멀보다 더 신경질적이었기에 초조함을 감추는 기술이 마담 멀만큼 능숙하지 못했다. 이 두 사람이 무엇을 기다리는지는 분명하지 않았고, 그들 자신의 머릿속에도 분명하게 떠오르지 않았을 것이다. 사실 마담 멀은 오스먼드가 이사벨과 밀담을 끝내기를 기다렸고, 백작부인은 마담 멀이 기다렸기 때문에 자기도 기다렸을 뿐이다. 게다가 백작부인은 이렇게 기다리면서도 심술궂은 말을 할 적기라고 생각했다. 그녀는 지금까지 이 순간을 기다렸는지도 몰랐다. 오스먼드가 이사벨을 데리고 정원 끝까지 나가자 그녀는 두 사람의 뒷모습을 잠시 바라보았다.

그녀가 곧 마담 멀에게 말했다. "저걸 어째. 당신에게 축하 인사를 하지 않아도 되겠네요!"

"아무렴요, 어째서 당신이 그래야 하는지 정말 알 수 없네요."

"당신이 생각해 낸 꽤 괜찮은 계략이 있잖아요?" 백작부인은 이렇게 말하며 호젓이 걷고 있는 두 사람을 향해 고개를 끄덕였다.

마담 멀도 그쪽으로 눈길을 돌린 후, 다시 상대를 침착하게 바라보았다. "무슨 말인지 정말 이해할 수 없네요." 그녀가 미소를 지으며 말했다.

"마음만 내키면 당신만큼 잘 아는 사람도 없을 텐데. 지금은 마음이 내키지 않겠지만."

"다른 사람은 잘 하지 않는 말만 하네요." 마담 멀은 심각한 표정으로 말했으나 별로 불쾌해하는 것 같지는 않았다.

"상황이 마음에 들지 않는다는 건가요? 내 오빠가 가끔 그런 말을 하지 않던가요?"

"그분이 하는 말엔 요점이 있어요."

"그래요, 때때로 날카로운 데가 있으니까. 내가 오빠만큼 영리하지 않다는 뜻이라면, 우리 오누이가 다르다고 한 당신 말을 듣고서 내가 난처해할 거라고 생각하진 마요. 하지만 내 말을 이해하는 편이 훨씬 나을걸요."

"어째서요?" 마담 멀이 물었다 "그게 무슨 도움이 되죠?"

"내가 당신 계략을 인정하지 않을 경우, 당신은 내가 그 계략에 간섭할 위험 때문에라도 그걸 알아야 돼요."

마담 멀은 이 말 속에 뭔가 담겨 있다는 것을 기꺼이 인정하는 표정이었으나 곧 침착한 목소리로 말했다. "나를 실제 이상으로 계략적인 여자라고 생각하네요."

"당신 계략을 나쁘게 생각하진 않아요. 잘못된 계략을 꾸미고 있다는 게 문제지. 지금 경우가 그래요."

"그걸 아셨다면 부인도 상당히 계산을 많이 한 게 틀림없군요."

"아니죠. 그럴 시간도 없었고. 난 저 아가씨를 만난 게 오늘이 처음인걸요." 백작부인이 말했다. "게다가 갑자기 확신이 들었어요. 난 저 아가씨가 무척 마음에 들어요."

"나도 그래요."

"당신은 그 기분을 묘하게 드러내는군요."

"사실은 그녀를 부인과 친해지게 하기 위해서죠."

"정말이지 그녀에게 그것만큼 좋은 일은 없을 거예요!" 백작부인이 노래하듯 말했다.

마담 멀은 잠시 아무 말도 하지 않았다. 백작부인의 태도는 밉살스럽고 몹시 예의를 벗어났으나, 이런 태도는 어제 오늘의 문제는 아니었다. 마담 멀은 모렐로 산* 자줏빛 산허리로 시선을 돌리며 명상에 잠겼다. 마침내 그녀가 입을 열었다. "보세요. 너무 흥분하지 마세요. 지금 언급한 문제는 부인보다 훨

---

* 피렌체에 위치한 산.

씬 의지가 강한 세 사람과 관련 있답니다."

"세 사람이라니? 당신과 오스먼드야 물론 의지가 강하겠지. 하지만 아처 양도 그런가요?"

"우리들과 똑같아요."

"음, 그렇다면." 백작부인이 환한 표정으로 말했다. "당신에게 반항하는 게 이롭다고 그녀에게 말해 주면 틀림없이 그렇게 하겠죠!"

"반항한다고요? 어떻게 그런 상스러운 말을 하세요? 그 아가씨는 강제적이거나 기만적인 일은 거들떠보지도 않아요."

"그야 잘 모르는 일이죠. 당신들, 당신과 오스먼드 오빠는 무슨 일이든 할 수 있는 사람들이니까. 오빠만으로는 안 되고 당신만으로도 안 돼요. 그러나 두 사람이 힘을 합치면 위험해. 마치 화학적 결합처럼 말이야."

"그렇다면 우리들을 그냥 내버려 두는 편이 좋겠네요." 마담 멀이 웃으며 말했다.

"당신들을 건드릴 생각은 없어요. 그러나 저 아가씨한테는 얘길 해 줘야겠는데."

"어머." 마담 멀이 낮은 목소리로 말했다. "무슨 엉뚱한 일을 생각하시는지 정말 짐작이 안 가요."

"난 저 아가씨에게 관심이 있어요. 이게 내 생각이에요. 난 저 아가씨가 좋아."

마담 멀은 잠시 망설이다가 말했다. "그녀는 부인을 좋아하지 않을 텐데요."

백작부인은 작고 빛나는 눈을 동그랗게 뜨고 얼굴을 찡그렸다. "당신은 정말 위험해요. 혼자서도 말이야!"

"이사벨이 부인을 좋아하게 만들려면 오빠에 대해 나쁜 이야기는 하지 않는 게 좋을 거예요."

"설마 그녀가 오빠한테 푹 빠졌다고 생각하진 않겠죠. 겨우 두 번 만났다면서."

마담 멀은 잠시 이사벨과 오스먼드를 바라보았다. 그는 난간에 기대서 팔짱을 낀 채 이사벨 쪽을 바라보고 있었다. 이사벨은 줄곧 경치를 바라보고 있었지만 확실히 경치 자체에 넋을 잃은 것은 아니었다. 마담 멀이 관찰해 보니 그녀는 눈을 내리깐 채 뭔가 당혹스러운 표정으로 상대 말에 귀를 기울이며 양산 끝으로 바닥을 쿡쿡 찍고 있었다. 마담 멀이 의자에서 일어나 갑자기 말했다. "아니, 그럴 거라는 생각이 들어요!"

팬지의 부름을 받고 나타난 소년은 얼룩이 묻은 제복을 입었고, 모습은 초라하고 기묘했다. 마치 롱기*와 고야** 같은 화가의 필치로 다듬어져 예전 양식의 산만한 스케치에서 빠져나온 것 같았다. 소년은 작은 탁자를 가지고 나와 잔디 위에 놓은 뒤, 다시 집 안으로 들어가 차 쟁반을 들고 나왔다. 그런 다음 다시 보이지 않다가 의자 두 개를 들고 나왔다. 팬지는 소년이 하는 일을 깊은 관심을 가지고 지켜보면서 작은 손을 포개어 짧은 원피스 앞에 모은 채 서 있었다. 그러나 소년이 하는 일을 도우려고 하지는 않았고, 차 탁자가 제자리에 놓이자 살며시

---

* 18세기 베네치아의 풍속화가.
** 19세기 초 에스파냐의 궁정화가.

고모 쪽으로 다가갔다.

"제가 차를 따르면 아빠가 화를 내실까요?"

백작부인은 흥을 들추어내려는 시선으로 조카딸을 쳐다보더니 조카딸의 질문에는 아무 대꾸도 하지 않고 이렇게 말했다. "얘야, 네가 입고 있는 이 옷이 제일 좋은 거니?"

"아니에요, 이건 그냥 보통 때 입는 옷이에요."

"보통 때라고, 내가 널 만나러 왔는데도? 멀 아줌마나 저쪽에 있는 예쁜 숙녀는 제쳐 두고라도."

팬지는 잠시 생각에 잠기다가 고모가 말한 두 사람을 한 사람씩 진지하게 쳐다보더니 갑자기 환한 미소를 지었다. "예쁜 옷이 있어요. 하지만 그것 역시 검소한 옷이에요. 고모가 입으신 아름다운 옷과 감히 비교가 되겠어요?"

"네가 가진 옷 중에 가장 예쁜 옷이 있잖니. 넌 언제나 제일 예쁜 옷을 입어야 해. 이런 옷은 제발 다음에 입으렴. 집안사람들이 너에게 옷을 제대로 입히지 않는 것 같구나."

아이는 고풍스러운 치맛자락을 아끼듯이 만지작거렸다. "이 옷은 차를 따르기에 편리하잖아요. 아빠가 차를 따르게 하지 않으실 거라고 생각하세요?"

"난 모르겠구나." 백작부인이 말했다. "나는 네 아빠 생각을 전혀 알 수가 없어. 멀 아줌마가 더 잘 아니 물어보렴."

마담 멀은 여전히 우아하게 웃고 있었다. "부담스러운 질문이니 좀 생각해 봐야겠는걸. 차를 따르는 깜찍한 딸을 보면 아빠도 기뻐하실 것 같은데. 그런 일은 주인집 딸이 자라면서 해야 될 당연한 의무야."

"저도 그렇게 생각해요, 멀 아줌마!" 팬지가 외쳤다. "얼마나 잘하는지 보여 드릴게요. 한 사람에게 한 숟갈씩." 아이는 이런 말을 하며 차 탁자에서 바쁘게 움직였다.

"고모 것은 두 숟갈 넣어 다오." 백작부인이 마담 멀과 함께 잠시 아이를 바라보며 말했다. 이윽고 백작부인이 말을 꺼냈다. "이것 봐, 팬지야. 저 여자 손님을 어떻게 생각하니?"

"어머, 저분은 제 손님이 아닌걸요. 아빠 손님이잖아요." 팬지가 대꾸했다.

"아처 양은 너도 만나러 온 거야." 마담 멀이 말했다.

"그 말씀을 들으니 정말 기뻐요. 저분은 저를 아주 정중하게 대해 주셨어요."

"그럼 저분이 좋으니?" 백작부인이 물었다.

"멋진 분이에요. 정말 멋져요." 팬지는 아이답게 말을 또박또박 끊어 가며 회화체로 말했다. "저를 무척 기쁘게 해 주셨거든요."

"아빠에게도 좋은 분이라는 생각이 들고?"

"그만 됐어요, 부인!" 마담 멀이 만류하듯 중얼거렸다. 그녀는 소녀에게 말했다. "가서 차 드시라고 저분들께 말씀드리렴."

"저분들이 이걸 좋아하실지 어떨지 곧 알게 될 거예요!" 팬지가 말했다. 그리고 그들을 부르러 갔는데, 그들은 아직도 테라스 모퉁이에서 서성거리고 있었다.

"아처 양이 저 아이의 엄마가 된다면 저 아이가 좋아할지 어떨지 알아보는 것도 무척 흥미로울 텐데." 백작부인이 말했다.

"만일 부인의 오빠가 재혼을 한다면 팬지 때문은 아닐 거예요." 마담 멀이 대꾸했다. "저 아이도 곧 열여섯 살이 되는걸요. 그렇게 되면 저 아이도 의붓어머니보다는 남편감을 찾아야겠죠."

"당신이 저 애 남편감도 찾아 주겠다고요?"

"물론 난 저 아이가 행복한 결혼을 하는 것에 관심이 많아요. 부인도 마찬가지겠지만."

"난 그렇지 않아요!" 백작부인이 소리쳤다. "모든 여자들 가운데 왜 하필이면 내가 저 아이의 남편감에 점수를 매겨야 하지?"

"부인은 행복한 결혼을 하지 못했잖아요. 그 점을 얘기하는 거예요. 내가 남편이라고 한 건 좋은 남편을 두고 하는 말이고요."

"좋은 남편 같은 건 없어요. 오스먼드 오빠도 좋은 남편은 못 될 테고."

마담 멀은 잠시 눈을 감았다. "화가 나신 것 같네요. 이유를 모르겠군요." 그녀가 곧이어 말했다. "두 사람이 결혼할 때가 온다면 부인이 정말로 오빠나 조카딸의 결혼을 반대하리라고는 생각하지 않아요. 언젠가 우리 두 사람이 팬지의 남편감을 흔쾌히 함께 찾아 나설 거라고 확신해요. 부인은 교제 범위가 넓으니 큰 도움이 되겠죠."

"맞아요, 화가 났어요." 백작부인이 대답했다. "때때로 당신이 나를 그렇게 만들어요. 당신 냉정함이 정말 놀랍네요. 참 이상한 사람이야."

"우리는 언제나 힘을 합치는 편이 더 좋아요." 마담 멀이 계속 말했다.

"위협인가요?" 백작부인이 자리에서 일어나며 물었다.

마담 멀은 즐거운 듯 조용히 고개를 저으며 말했다. "아니에요, 사실 부인에겐 내가 가진 냉정함이 부족해요!"

이사벨과 오스먼드가 그들 쪽으로 서서히 다가왔다. 이사벨은 팬지의 손을 잡고 있었다. "오빠가 저 사람을 행복하게 해줄 거라고 믿는 모양이죠?" 백작부인이 다그쳐 물었다.

"아처 양과 결혼한다면 그분이 신사답게 행동하리라고 봐요."

백작부인은 이리저리 몸을 비틀었다. "'여느 신사답게'라는 뜻인가요? 그렇다면 오빠한테는 정말 고마운 노릇이죠! 물론 오빠는 신사예요. 누이동생인 내가 그걸 모를 리가 있겠어요? 그러나 오빠가 우연히 만난 아가씨와 결혼할까? 물론 오스먼드 오빠는 신사이긴 하지만 그토록 자만심이 강한 신사는 본 적이 없어요! 무슨 근거로 그렇게 잘난 체하는지 도무지 알 수가 없다니까. 난 누이동생이라 알 것 같기도 하지만 도대체 오빠는 어떤 사람일까요? 지금껏 무슨 일을 했죠? 근본에 뭔가 특별히 뛰어난 점이 있었다면, 좋은 자질을 갖추었다면 내가 어렴풋이 눈치라도 챘을 텐데. 훌륭한 명예나 영화를 누리는 가문이었다면 틀림없이 내가 그걸 최대한 이용했을 테고. 그런 건 내 성미에 맞는 일이니까요. 하지만 그런 것은 정말 아무것도 없거든요. 물론 부모란 누구에게나 소중한 존재지요. 당신 부모도 틀림없이 그럴 거고. 요즘은 누구나 소중하니 말이에요. 하물며 나 같은 사람도 그러니까. 남들이 그렇게 말하니 웃을 건 없어요. 어쨌든 오스먼드 오빠는 언제나 자신이 신의 자손이라고 믿는 것 같아."

"하고 싶은 말은 다 해도 좋아요." 마담 멀이 말했다. 그녀는 백작부인이 불쑥 털어놓은 이 이야기를 유심히 듣고 있었다고 보아도 좋을 것이다. 마담 멀은 백작부인을 보지 않고 옷의 리본 매듭을 손으로 계속 고쳐 매고 있었다. "오스먼드 가는 체통 있는 가문이에요. 당신들에게는 순수한 조상들의 피가 고스란히 흐르고요. 비록 증거는 없다 해도 부인의 오빠는 총명한 분답게 그 사실을 확신하지요. 부인은 그 점에서 겸손하지만 참 뛰어난 분이에요. 조카딸을 어떻게 생각하세요? 어여쁜 공주가 아닐까요. 그렇지만." 마담 멀이 덧붙였다. "오스먼드와 아처 양의 결혼은 쉬운 일은 아닐 거예요. 그래도 시도해 볼수는 있겠죠."

"아처 양이 거절해 주면 좋겠는데. 그렇게 되면 오빠의 콧대도 조금은 꺾일 테고."

"그분만큼 영리한 사람도 드물다는 사실을 잊어서는 안 돼요."

"당신이 그런 말을 한 걸 들은 적이 있어요. 하지만 대체 오빠가 지금까지 무슨 일을 했는지 도무지 알 수가 없네요."

"무슨 일을 했느냐고요? 그분은 하지 말아야 될 일은 아무 것도 하지 않았어요. 때가 오기를 기다릴 줄도 알고요."

"아처 양의 재산을 기대하던가요? 도대체 얼마나 되는데?"

"그런 뜻이 아니에요." 마담 멀이 말했다. "아처 양 재산은

7만 파운드나 돼요."

"그렇다면 그녀가 저렇게 우아한 아가씨인 게 유감인걸요."
백작부인이 큰 소리로 말했다. "희생당하는 아가씨로는 어떤
아가씨든 좋을 테지만 구태여 뛰어날 필요는 없을 텐데."

"저 아가씨가 뛰어나지 않았다면 부인 오빠는 저 아가씨를
거들떠보지도 않았을 거예요. 그분은 최고의 여자와 결혼해야
돼요."

"그런가." 둘이서 오스먼드 일행을 맞이하기 위해 앞으로
걸어가면서 백작부인이 말했다. "하기야 어지간해서는 만족
을 모르는 사람이죠. 아처 양의 행복이 걱정되네요!"

26

길버트 오스먼드는 다시 이사벨을 만나러 팔라초 크레센티니에 왔다. 이 집에 오면 다른 친구들도 만날 수 있었는데, 그는 언제나 터쳇 부인과 마담 멀을 차별하지 않고 정중하게 대했다. 그러나 터쳇 부인은 지난 이 주 동안 그가 다섯 번이나 방문했다는 것을 눈치챘고, 쉽게 기억하고 있던 다른 사실과 그 일을 비교했다. 지금까지 오스먼드는 매년 두 차례씩 터쳇 부인에게 인사를 하러 왔다. 거의 주기적으로 방문하긴 했지만, 마담 멀이 이 집에 머무르는 동안 이곳을 방문한 기억은 전혀 나지 않았다. 그렇다면 그가 찾아온 건 마담 멀 때문이 아니었다. 두 사람이 오랜 친구 사이이긴 하지만 그는 그녀에게 잘 보이려고 노력한 적이 없었다. 또한 오스먼드는 랠프를 좋아하지 않았고(랠프가 그렇게 말해 주었다.) 그가 갑자기 랠프에게 호감을 품게 되었다고는 생각되지 않았다. 랠프는 침착했다.

그는 품성이 좋았지만 마치 잘못 만들어진 외투로 몸을 감싸고 있는 것과 같았다. 그러나 그가 자신의 의무를 저버리는 일은 없었다. 랠프는 오스먼드를 좋은 대화 상대로 여겼으며, 그를 언제나 환대해야 할 손님으로 인정하려고 했다. 그러나 이 방문객이 이렇게 여러 번 찾아온 것이 지금까지 탐탁지 않았던 그들 사이를 보상하겠다는 동기에서 나온 행동이라고 보기는 어려웠다. 그는 사태를 똑똑히 읽고 있었던 것이다. 오스먼드에게 매력의 대상은 이사벨이었고, 정말 매력이 충분했다. 오스먼드는 비평가이며 정교한 것을 추구하는 인물이었기 때문에 보기 드물게 경이로운 인물에게 궁금증을 품는 건 당연했다. 그래서 터쳇 부인이 오스먼드가 무엇을 생각하는지 분명하다고 했을 때 자기도 전적으로 같은 생각이라고 말했다. 터쳇 부인은 몇 명 안 되는 교제 상대 목록에 옛날부터 그의 이름을 적어 두었다. 그가 어떤 술책을 쓰고 어떤 경로(소극적이면서도 꽤나 현명한)를 거쳐 어디서든 곧잘 자기를 즐겨 내세우는지를 어렴풋이 알고 있었지만 말이다. 그는 결코 귀찮게 자주 찾아오는 손님이 아니었기 때문에 그를 싫어할 기회도 없었다. 그리고 그녀가 그에게 의존하지 않듯이, 그도 그녀에게 의존하지 않으려는 태도가 마음에 들었다. 기이하게도 그런 태도가 그가 그녀와 관계를 유지하는 바탕이 된 것 같다고 그녀는 항상 생각했다. 그러나 그가 조카딸과 결혼할 마음이 있다고 생각하면 그녀는 속이 상했다. 그런 결혼은 이사벨에게는 거의 병적이라고 할 만한 외고집을 그대로 드러내는 일이었다. 터쳇 부인은 자신의 조카딸이 영국 귀족의 청혼을 거절했던 것을 기억했다. 워버튼 경의 청혼을 거절한 젊은 아가씨가 중년 홀아비에다 수상쩍은 딸이 있고 수입도 모호하며 이름도 없는 미국인 미술 애호가에게 만족한다는 것은 성공에 대한 터쳇 부인의 개념에 도저히 맞지 않았다. 확실히 부인에겐 결혼을 정서적이 아닌 정략적 견해에서 저울질하는 습성이 있었고, 그런 견해에는 언제나 상당한 장점이 있었다. "저 아이가 그 사람 말에 솔깃하지는 않을 거라고 생각해."라고 그녀는 아들에게 말했다. 이 말을 듣고 랠프는 이사벨이 상대 이야기를 듣는 것과 응답하는 것은 완전히 별개의 문제라고 대답했다. 그의 아버지가 말했듯이 그녀가 몇몇 사람들 이야기에 귀를 기울였고, 상대로 하여금 그녀 이야기에도 귀 기울이게 했다는 사실을 그는 잘 알고 있었다. 그리고 그녀를 만나고 여러 달이 지나는 동안 그녀 앞에 나타난 새로운 구혼자를 보게 되니 참으로 흥미롭다고 생각했다. 그녀는 인생을 바라보기를 원했으며, 운명이 그녀 바람대로 풀려 신사들이 차례로 그녀에게 무릎을 꿇는다는 것은 그만큼 큰 경험이었다. 랠프는 그녀가 네 번째, 다섯 번째, 아니면 열 번째 구혼자까지 만날 것으로 예상했다. 세 번째 남자에서 끝날 것으로는 믿지 않았던 것이다. 그녀는 출입문을 조금 열어 두고 담판을 지을 테지만, 분명 세 번째 구혼자를 집 안으로 맞이하지는 않을 것이다. 그가 이런 식으로 자신의 생각을 어머니에게 피력하자 그녀는 아들이 춤곡에 맞추어 춤을 추는 게 아닌가 하는 눈초리로 그를 쳐다보았다. 이처럼 그는 기발한 비유를 써서 말하는 버릇이 있었기 때문에 터쳇 부인은 아들이 알파벳을 수화로 전달하는 게 아닌가 하고 착각할 정도였다.

"네 말이 무슨 뜻인지 모르겠구나." 터쳇 부인이 말했다. "지나치게 비유를 많이 해서 말이야. 난 알레고리는 질색이다. 내가 가장 중요하게 생각하는 말은 '예'와 '아니오'야. 만일 이사벨이 오스먼드와 결혼하고 싶다면 네가 무슨 비유를 하든 결혼할 거야. 저 애가 무슨 짓을 하든 스스로 비유를 찾게 해주는 편이 좋겠다. 미국에서 찾아왔다는 청년에 대해선 나는 잘 알지 못하지만, 저 애가 심사숙고하는 것 같지는 않아. 그 청년도 기다리다 지친 것 같고. 이사벨 식으로 본다면 오스먼드와 결혼하지 못하게 막을 수야 없지. 그건 그것으로 좋아. 자기 좋은 대로 하는 것을 나만큼 찬성할 사람이 어디 있겠니. 하지만 그 애는 좀 기이한 것을 좋아하기 때문에 오스먼드가 품고 있는 그럴듯한 견해나 미켈란젤로의 친필 원고 때문에 능히 그 사람과 결혼할 수도 있어. 그 아이는 사심 없이 행동하려고 하지. 마치 그렇게 되지 않을 위험이 있는 사람은 자기뿐이라고 생각하는 것처럼! 오스먼드는 과연 그 아이의 재산에 사심이 없을까? 그 애는 네 아버지가 돌아가시기 전부터 그런 생각을 했어. 이후로 그게 그 애의 새로운 매력이 되었고. 그렇다면 사심이 없다고 확신할 수 있는 사람과 결혼하지 않으면 안되겠지. 그리고 그 점에 대해서라면 그 사람도 재산이 있는 것만큼 확실한 증거는 없을 거야."

"어머니, 전 걱정하지 않아요." 랠프가 말했다. "이사벨이 우리 모두를 놀리는 거예요. 그 애는 물론 자기가 좋아하는 일을 하겠지만, 밀폐된 곳에서 인간성을 연구하면서 자신의 자유를 계속 간직하고 싶어 해요. 탐색 여행을 이제 막 시작했으니 길버트 오스먼드가 신호를 보냈다고 해서 여정을 바꾸는 일은 없을 거예요. 한 시간 정도 속도를 늦출는지는 모르지만 순식간에 다시 질주할 거예요. 또 비유를 해서 죄송해요."

터쳇 부인은 아들이 사용한 비유법을 용서한 듯했지만 안심할 수 없었기 때문에 마담 멀에게 자신의 걱정을 털어놓고 말았다. "당신은 무엇이든 아는 처지니까." 그녀가 말을 꺼냈다. "이 사실을 알아야 해요. 그 진기한 남자가 정말로 내 조카딸에게 구애하고 있는지 아닌지를."

"길버트 오스먼드 말씀이세요?" 마담 멀이 맑은 눈동자를 크게 뜨며 지혜롭게 말했다. "맙소사." 그녀가 소리쳤다. "기막힌 생각이네요!"

"전혀 알지 못했어요?"

"말씀을 듣고 보니 제가 멍청하다는 기분이 들지만 정말 몰랐어요." 마담 멀은 한마디 덧붙였다. "하지만 이사벨은 그런 생각이 들었는지도 모르겠네요."

"아, 그렇다면 그 애에게 물어봐야겠군."

마담 멀은 생각에 잠기다가 말했다. "물어보시지 않는 편이 좋겠어요. 차라리 오스먼드 씨에게 물어보시는 편이……."

"그럴 수는 없지." 터쳇 부인이 말했다. "나에게 그 특유의 표정을 지으면서 이사벨의 처지를 보건대 그게 무슨 상관이냐고 따지기라도 하면 큰일이잖아요."

"그러시다면 제가 물어보죠." 마담 멀이 용감하게 말했다.

"하지만 당신과는 상관없는 일 아닌가요?"

"그렇기 때문에 물을 수 있죠. 저는 다른 누구보다 이 일에 관련이 없기 때문에 그 사람이 난처하게 생각하지 않을 거라고 생각해요. 아무튼 그 사람이 저를 대하는 태도를 통해 뭔가 알 수 있겠죠."

"그렇다면 알아보고 결과를 곧 알려 줘요." 터쳇 부인이 말했다. "하지만 그 사람에게 물어보지는 못해도 적어도 이사벨의 의향을 알아볼 수는 있을 텐데."

마담 멀은 이 말을 경고의 표시로 알아들었다. "이사벨에게 너무 성급하게 따지지 마세요. 상상력을 자극하는 일을 해서는 안 돼요."

"난 평생 사람의 상상력을 자극해 본 적이 없어요. 그렇긴 해도, 글쎄, 그 아이가 내 마음에 들지 않는 어떤 일을 하려는 게 틀림없다고 봐요."

"물론 그 일은 부인 마음에 안 드시겠죠." 마담 멀이 묻지도 않은 말을 했다.

"마음에 들고 안 들고가 어디 있어요? 오스먼드 씨는 아무것도 가진 게 없는데."

마담 멀은 다시 입을 다물고 말았다. 미소를 지으며 생각에 잠긴 탓에 그녀의 입은 어느 때보다 더 우아하게 왼쪽으로 치켜 올라갔다. "이야기는 분명히 하세요. 길버트 오스먼드는 분명 눈에 띄는 인물은 아니지만, 형편만 나아진다면 무척 감명을 줄 사람이에요. 제가 아는 한 여러 번 그런 적이 있었거든요."

"아마도 꽤나 냉정했을 그 사람의 사랑 얘기 따위는 듣고 싶지 않아요. 내게는 아무런 의미도 없으니까!" 터챗 부인이 큰 소리로 말했다. "당신이 말한 것이 바로 그 사람이 이곳을 방문해 주지 말았으면 하는 이유예요. 내가 알기로 그 사람이 가진 거라곤 초기 르네상스 거장들의 작품 열댓 점 정도와 예쁜 딸 뿐이죠."

"초기 거장들의 작품은 이제 꽤 큰돈이 돼요." 마담 멀이 말했다. "게다가 딸은 아직 어리고 순진해서 아무런 해도 끼치지 않는답니다."

"아직 아무것도 모르는 깜찍한 아이란 말인가요? 그래도 재산이 없으니 이곳 사람들이 하는 것 같은 결혼은 하지 못하겠군요. 이사벨이 생활비나 지참금으로 그 아이를 양육해야겠는데."

"아마도 이사벨은 그 소녀에게 잘해 줄 거예요. 그 소녀가 마음에 든 것 같아요."

"그래서 오스먼드 씨가 이 집에 자주 찾아오는군! 앞으로 일주일만 지나면 내 조카딸은 인생에서 자신의 사명이 의붓어머니가 되어 자신을 희생하는 것이라는 걸 증명할 테고, 또한 그걸 증명하기 위해서는 맨 먼저 자신이 희생해야 된다는 확신에 도달할 테지."

"우아한 의붓어머니가 될 거예요." 마담 멀이 웃으며 말했다. "그러나 부인 말씀처럼 너무 성급하게 자신의 사명을 결정하지는 않는 게 좋을 것 같네요. 사명을 바꾼다는 건 사람의 코 모양을 바꾸는 것만큼이나 힘든 일이거든요. 이 둘은 각기 사람의 성격과 얼굴 한가운데 위치하기 때문에 고치려면 오래전에 시작해야 되죠. 아무튼 사정을 알아본 다음 곧 연락드리겠어요."

이런 이야기는 모두 이사벨이 모르는 사이에 이루어진 터라 이사벨은 자기와 오스먼드의 관계가 논의되고 있다는 사실을 전혀 몰랐다. 마담 멀은 이사벨이 경계할 만한 이야기는 아무것도 해 주지 않았다. 오스먼드도 물론, 이사벨의 이모를 방문하러 피렌체에 온 많은 내국인이나 외국 신사들에게 넌지시 언급조차 하지 않았다. 오스먼드를 흥미로운 사람이라고 생각한 이사벨은 다시 그를 생각했다. 사실 이사벨은 그에 대해 생각하는 것이 좋았다. 그녀는 언덕 위에 있는 오스먼드의 집을 방문한 뒤 새로운 이미지를 떠올리게 되었으며, 이 이미지는 이후 그를 잘 알게 된 뒤에도 쉽게 사라지지 않았다. 이 이미지는 그녀가 다르게 상상한 신성한 것들, 즉 역사 속에 존재하는 역사와 특별한 조화를 이루었다. 차분하고 총명하며 감수성이 풍부한 뛰어난 남자가 아름다운 아르노 강의 골짜기가 내려다보이는 이끼 낀 테라스에서 딸의 손을 잡고 산책하는 모습이었다. 방울처럼 밝고 명랑한 소녀에게는 정말 천진한 면이 엿보였다. 그 광경은 화려하지는 않지만, 이사벨은 그 광경에 스며든 검소한 색조나 여름 황혼의 분위기가 마음에 들었다. 이 광경은 그녀 가슴에 진하게 와 닿는 인간적인 어떤 것을 말하고 있었다. 뭐랄까, 대상, 주체, 접촉 사이의 선택과 함께 풍부한 연관성의 문제를 말하는 한편, 사랑스러운 나라에서 고독하고 학구적으로 사는 것, 그리고 지금까지도 가끔씩 가슴을 조이는 과거의 슬픔 말이다. 그것은 아마도 과장되었을 테지만 고상함을 그대로 간직한 자부심 그리고 너무나 자연스럽고 잘 어우러진 미와 완벽함에 대한 배려로 말미암아 인생 역정이 잘 배치된 경치 아래에 격식을 차린 이탈리아 정원의 층계와 테라스와 분수가 보이는 구역으로 펼쳐지는 듯했다. 이런 점에서 본다면 그것은 기묘하게 초조한 듯하면서도 무기력할 수도 있는 부성애(父性愛)라는 자연적 상쾌함 때문에 메마른 장소에 새로운 기운을 태동시키는 것이었다. 팔라초 크레셴티니에서 오스먼드의 태도는 변함이 없었다. 처음에 그는 내성적이었으며 의심할 나위 없이 자의식을 가졌고, 이런 불리한 처지를 극복하려는 노력(동정심을 가진 사람의 눈에만 띄었지만)으로 충만했다. 그 결과 시간이 지나자 대체로 마음이 무척 편하고 생기발랄하며 매우 적극적이 되어, 다소 공격적이면서도 암시적인 말을 구사하게 되었다. 오스먼드는 말을 하면서 좌중의 주목을 받으려고 애쓰는 기색이었고, 효과를 거두지 못한 적은 없었다. 이사벨은 강한 신념을 드러내는 말들, 예컨대 그녀가 상대방의 질문을 염두에 두고 말한 어떤 것에 그가 품위 있는 태도로 분명하게 감사의 말을 하는 것을 보고 이런 사람이라면 진지한 남자라고 쉽게 믿고 말았다. 특히 그녀가 마음에 들었던 것은 그가 가볍게 이야기할 때 다른 사람들이 하듯이 어떤 '효과'를 위해 하지 않는다는 점이었다. 그는 때로는 이상하게 보이지만 자신의 생각에 매우 숙달되어, 그런 생각과 함께 살아왔다는 투로 이야기했다. 그의 이야기는 값비싼 재료로 만든 반들거리는 손잡이와 머리 부분 같아서, 새로운 지팡이에 끼우면 적합할 것 같았다. 마땅한 것이 없어 평범한 나뭇가지를 꺾어 만든 탓에 지나치게 부드럽게 흔들거리는 지팡이가 아니었다. 어느 날 그가 딸을 데리고 오자 이사벨은 다시 팬지를 보게 되어 너무나 기뻤다. 소녀가 좌중한 사람 한 사람으로부터 입맞춤을 받기 위해 이마를 내밀자, 이사벨은 프랑스 연극에 나오는 '순진한 소녀'를 선명하게 머리에 떠올렸다. 이사벨은 이런 소녀를 전에는 한 번도 본 적이 없었다. 팬지는 미국 소녀와 매우 달랐으며, 영국 소녀의 모습과도 다르게 보였다. 팬지는 그녀만의 작은 공간을 위해 다듬어져 있었으며, 완벽한데도 상상력은 무척 순진하고 어린아이 같았다. 이사벨과 나란히 소파에 앉은 그녀는 얇은 인조견으로 지은 작은 망토를 걸치고 있었으며, 손에는 마담 멀이 선물한 편리한 장갑(단추가 하나 붙은 작은 회색 장갑) 한 짝을 끼고 있었다. 그녀는 백지 한 장처럼 순진한, 마치 외국 소설에 나오는 이상적인 '어린 아가씨' 같았다. 이사벨은 이처럼 아름답고 부드러운 종이에 마음을 풍요롭게 할 내용을 기록했으면 하고 생각했다.

제미니 백작부인도 이사벨을 찾아왔지만, 이 부인의 경우는 무척 달랐다. 그녀는 결코 백지가 아니었고 각양각색의 필체로 꽉 차 있었던 것이다. 그녀의 방문을 달갑게 여기지 않는 터쳇 부인은 백작부인에게서는 누가 봐도 명백한 흠들을 찾아볼 수 있다고 말했다. 사실 백작부인에 대해선 이 집 주인과 로마에서 온 손님 사이에 토론이 약간 있었고, 이때 마담 멀은(그녀는 항상 다른 사람 의견에 동조하여 짜증나게 만드는 바보는 아니었다.) 터쳇 부인이 마음먹은 대로 행동하듯 반대 의견을 말할 자유를 충분히 교묘하게 이용했다. 터쳇 부인은 꽤나 유들유들한 그 인물이, 스스로가 팔라초 크레셴티니에서 전혀 존경받지 못한다는 것을 전부터 알고 있었을 텐데 이런 시기에 그 집 출입문에 나타난 것에 노골적인 불만을 토로했다. 이사벨은 이 집 사람들이 수군대는 백작부인의 평판을 잘 알았다. 그들의 말에 따르면, 오스먼드의 누이동생은 품행이 단정치 못하고 잘못된 행동을 전혀 추스르지 못했다. 그것은 어쨌든 세상 사람들이 요구하는 사항이었으므로, 그녀의 명성이 조각나 떠돌아다니는 파편이 되고 사람들과의 교제도 어렵게 된 것이다. 그녀는 자신보다 더 관리에 세심한 어머니의 요구에 따라 외국 작위를 얻으려는 목적으로 이탈리아 귀족과 결혼했다. 공정하게 평가하자면 지금의 그녀는 작위 같은 것은 떨쳐 버렸을 테지만, 아마도 그녀 남편은 그녀가 신분상 모욕을 받는다는 사실을 억누를 구실을 제공했을 것이다. 하지만 백작부인은 위로받으려는 욕구가 지나친 나머지 그런 구실들로 인해 이제는 파란만장한 삶의 미로에 빠지게 되었다. 터쳇 부인은 그녀를 받아들이지 않으려고 했지만 백작부인은 예전부터 찾아오고 싶어 했다. 피렌체는 엄숙한 곳은 아니었지만, 터쳇 부인이 말하듯 사람들과의 교제 범위에 어느 정도 선을 그어 놓아야만 했다.

마담 멀은 기지를 발휘하여 이 불운한 부인을 열렬하게 변호했다. 터쳇 부인이 어째서 이 가련한 여인을 희생물로 삼으려 하는지 알 수 없었다. 사실 백작부인은 해를 끼친 것도 아니었으며, 좋은 일을 하지만 방법이 틀릴 뿐이었다. 어떤 일을 할 때는 선을 분명히 그어야 하며, 이왕 선을 그으려면 똑바로 긋지 않으면 안 된다. 제미니 백작부인을 차단하는 것은 매우 삐뚤빼뚤한 분필 표시와 같았다. 백작부인을 제외하려면 터챗 부인은 차라리 자기 집 대문을 닫아 버리는 편이 좋으며, 그녀가 피렌체에 사는 이상 아마 이것이 최상의 방법일 터였다. 모든 사람을 공평하게 맞이해야 하며 멋대로 차별해서는 안 되는 법이니까. 백작부인은 확실히 무분별하고 다른 부인들처럼 영리하지도 않았다. 타고난 심성은 착했지만 전혀 영리하지 못했다. 그러나 언제부터 그런 점이 최고의 사교계에서 사람을 제외하는 근거가 되었단 말인가? 그녀는 무척 오랫동안 세상 사람들의 입에 오르지 않았다. 그런 그녀가 터챗 부인이 교제하는 사람들에 포함되고 싶어 하는 건 지금까지의 잘못된 행실을 버리겠다는 보다 나은 증거 아니겠는가. 이사벨은 이 흥미진진한 토론에 한몫 끼일 수도, 꾹 참고 경청할 수도 없었지만, 가련한 백작부인을 상냥하게 대해 주었다는 데 만족감을 느꼈다. 그 부인에게 어떤 결함이 있다 해도 적어도 오스먼드의 누이동생이라는 장점은 있었다. 그녀는 오스먼드가 마음에 들었기 때문에 그의 누이동생도 좋아지도록 노력해야겠다고 생각했다. 여러 가지 복잡한 일들이 닥치고 있지만, 이사벨은 이런 소박하게 이어지는 감정을 아직도 고스란히 느꼈다. 오스먼드의 집에서 백작부인을 처음 만났을 때 무척 행운이라고 느끼지는 않았지만, 그런 일을 보상해 줄 기회가 생긴 것에 감사했다. 오스먼드는 백작부인이 훌륭한 사람이라고 말하지 않았던가? 오스먼드의 말에는 어딘가 엉성한 데가 있었지만 마담 멀이 이 말을 약간 다듬어 주었다. 그녀는 백작부인의 결혼 내력과 그 후 사정을 오스먼드보다 더 상세히 이사벨에게 얘기해 주었다. 부인의 남편은 토스카나 지방의 오랜 집안의 자손이었으나 재산이 얼마 되지 않았기 때문에 에이미 오스먼드를 기꺼이 받아들일 수 있었다. 의문스럽긴 하지만 그녀 자신의 인생에 아직 방해가 된 적은 없는 미모였는데도 그녀의 친정어머니는 적지 않은 지참금을 제의했다. 그 지참금은 그녀 오빠가 이미 받은 세습 재산과 거의 비슷한 액수였다. 그러나 그 후 제미니 백작도 재산을 물려받았고, 그녀는 낭비벽이 심하긴 했지만 이탈리아 사람들이 그러듯이 꽤나 풍족한 생활을 누릴 수 있었다. 백작은 남편감으로는 낙제생이나 다름없어서, 아내가 적당한 핑계를 대며 무슨 일을 하면 꼼짝하지 못했다. 그녀에겐 자식도 없었다. 세 아이를 낳았지만 태어나자마자 일 년이 채 못 되어 차례로 죽고 말았다. 그녀의 친정어머니는 고상한 학식을 갖추었다는 자부심에 들떠 있었고, 산문시를 발표하거나 영국 주간지에 이탈리아를 소재로 한 글을 기고하곤 했으나, 딸이 결혼한 지 삼 년 후 세상을 떠나고 말았다. 한편 그녀의 아버지는 원래 무척 부유하고 성격이 사나웠다는 이야기가 있으나 그것은 미국의 여명기 때 일로 지금은 확실치 않고, 아내보다 훨씬 전에 죽고 말았다. 마담 멀의 생각대로 이런 사실은 길버트 오스먼드의 성격에서 찾아볼 수 있었다. 그는 여자 손에서 자란 것 같았다. 그를 변호하자면, 미국의 코린*으로 불리기를 좋아했던 오스먼드 부인보다 더 감정이 풍부한 부인이 양육한 것이 아닌가 하는 생각이 들 정도였다. 부인은 남편이 죽자 자식들을 데리고 이탈리아에 왔으며, 터쳇 부인은 그 후 몇 년 동안 그녀에게 생긴 일들을 기억했다. 터쳇 부인은 오스먼드 부인이 형편없는 속물이라고 생각했지만, 터쳇 부인이 하기엔 민망한 말이었다. 왜냐하면 그녀도 오스먼드 부인처럼 정략 결혼을 찬성했기 때문이다. 백작부인은 대화 상대로는 그만이었으며, 겉으로 보이는 것처럼 그렇게 멍청이는 아니었다. 백작부인을 상대하는 최상의 방법은 그녀 이야기를 한마디도 믿을 수 없다는 단순한 사실을 눈여겨보는 것이었다. 마담 멀은 그녀 오빠의 입장을 생각해 그녀로 인해 속상한 일을 언제나 잘 참았고, 오스먼드는 그녀가 자신의 동생 에이미에게 보여 준 친절에 늘 감사했다. 사실을 밝힌다면 그도 동생이 가문의 명예를 손상했다는 것을 어느 정도 느꼈기 때문이다. 당연한 일이었지만 그는 동생의 생활 방식, 요란스러운 행동, 이기심, 악취미, 특히 진실의 왜곡 등을 도저히 용납할 수 없었다. 그녀는 자주 그의 신경을 건드렸으며, 그가 좋아할 만한 여자는 아니었다. 도대체 그가 좋아할 만한 여자는 어떤 여자일까? 백작부인과 정반대 여자, 습관적으로 진실에 충실한 여자였다. 이사벨은 손님으로 온 백작부인이 삼십여 분 동안 진실이라는 신성함을 몇 번이나 더럽히는지 도저히 헤아릴 수 없었다. 사실 이사벨은 백작부인이 다소 우둔하긴 하지만 정직하다는 인상을 받은 적이 있었다. 그

---

* 프랑스의 문인 스탈 부인이 1807년에 발표한 낭만주의 소설 『코린』의 주인공.

녀는 거의 전적으로 자신의 관심사만 이야기했다. 자신이 얼마나 아처 양과 사귀고 싶어 하는지, 진실한 친구에 대해 얼마나 감사하는지, 피렌체 사람들이 얼마나 혐오스러운지, 이곳에 얼마나 지쳤는지, 그리고 얼마나 다른 곳(예를 들면 파리, 런던, 워싱턴)에 살고 싶은지 따위의 얘기만 늘어놓았다. 뿐만 아니라 이탈리아에서는 오래된 레이스 자락 말고는 제대로 입을 옷을 구하기가 얼마나 어려운지, 세상 도처에서 생활비가 얼마나 오르는지, 그리고 그녀가 얼마나 고통스럽고 자유가 박탈된 생활을 해 왔는지 등을 얘기했다. 마담 멀은 백작부인에 대한 이사벨의 생각을 흥미롭게 들었고 이사벨 쪽은 걱정할 필요가 없을 것 같다고 결론 내렸다. 대체적으로 그녀는 백작부인에 대해 걱정하지 않았고, 그렇게 보이도록 하지 않음으로써 최선의 행동을 할 능력이 있었기 때문이다.

한편 이사벨을 찾아온 또 다른 방문객이 있었는데, 이 방문객을 남모르게 대하는 것은 여간 어려운 노릇이 아니었다. 헨리에타 스택폴은 터쳇 부인이 산레모로 출발한 뒤 파리를 떠났는데, 그녀 말에 따르면 고생하며 느릿느릿 이탈리아 북부 도시들을 지나 5월 중순경 피렌체의 아르노 강변에 도착했다는 것이다. 마담 멀은 그녀를 한 번 훑어보았고, 머리부터 발끝까지 뜯어본 후 절망감에 휩싸여 그녀를 그대로 두기로 마음먹었다. 사실상 마담 멀은 상대방 일을 기쁨으로 삼으려고 작정했다. 그녀를 장미 향기처럼 들이마실 수는 없겠지만 쐐기풀을 만지듯 조심해서 다루어야겠다고 생각했다. 마담 멀은 헨리에타가 별 볼일 없는 존재라는 듯 상냥하게 웃어넘겼고, 이사벨은 이런 분방함을 예견하면서 마담 멀이 헨리에타의 총명함을 제대로 봤다고 생각했다. 헨리에타가 온다는 소식은 밴틀링의 입을 통해 알게 되었는데, 그는 헨리에타가 베네치아에 체류하는 동안 니스에서 내려와 피렌체에서 헨리에타를 만나려고 했지만 아직 도착하지 않은 것을 알고 팔라초 크레센티니를 방문하여 실망감을 표시했던 것이다. 이틀이 지난 후 드디어 헨리에타가 도착하자 그는 무척 기뻐했다. 베르사유 궁전을 함께 구경한 이래로 그녀를 한 번도 만나지 못했기 때문이다. 사람들은 대체로 그의 상황을 두고 재미있다고 여겼지만 그가 그런 사실을 터놓고 말하는 사람은 랠프뿐이었다. 밴틀링이 그의 방에 틀어박혀 시가를 피우며 느긋한 기분에 잠겨 있을 때면 랠프는 온갖 일들을 판단하는 헨리에타와 그녀의 영국인 후원자가 우습기 짝이 없었다. 밴틀링은 랠프의 익살을 아주 호의적으로 받아들였고, 자신의 연애가 적극적이고 지적인 모험이라고 솔직히 고백했다. 그는 헨리에타가 무척 마음에 들었고, 특히 어깨 위 머리 부분이 근사하다고 보았으며, 사람들이 뭐라고 하든, 자신이 무슨 짓을 하든, 그리고 다른 사람들이 무엇을 하든(그런데 이들은 벌써 무슨 짓을 저지르지 않았던가!) 조금도 관심을 두지 않는 여자와 교제하는 것이 무척 마음 편하다고 생각했다. 헨리에타는 매사에 사람들 눈에 어떻게 비칠 것인가 하는 것은 조금도 신경을 쓰지 않았다. 그녀가 신경 쓰지 않는다면 그가 구태여 관심을 기울일 필요가 있겠는가? 그러나 그는 호기심이 자극된 나머지 혹시 그녀가 걱정할 일이라도 있을까 하는 생각에 알고 싶어 견딜 수가 없었다. 밴틀링은 그녀가 가는 데까지 쫓아갈 각오였고, 먼저 그만둬야 한다는 생각은 없었다.

헨리에타도 그만둘 기색은 조금도 보이지 않았다. 영국을 떠나자 그녀의 앞길은 밝았고, 이제는 풍부한 볼거리들을 한껏 즐겼다. 사실 그녀가 이곳 사람들의 내면적 삶을 보고 싶다는 희망을 포기할 수밖에 없었던 이유는 유럽 대륙에서 사교계 문제들을 파헤치는 일에 영국에서보다 한층 더 어려움이 따랐기 때문이다. 그러나 대륙에는 겉으로 드러난 삶이 존재하여 어느 곳이든 직접 만지고 볼 수 있었을 뿐만 아니라, 그토록 알기 힘든 영국인들의 관습보다 문학 용도로 더 쉽게 변환할 수 있었다. 영국이 아닌 외국 땅에서 문 밖을 나서면, 헨리에타가 절묘하게 말했듯이 태피스트리의 모습을 제대로 보는 것 같았으나, 영국에서는 문 밖에서 오히려 잘못된 모습을 보는 것 같아 무엇이 실제 모습인지 알 도리가 없었다. 이런 것을 인정하는 것은 기자로서 가슴 아픈 일이었지만, 헨리에타는 한층 더 불가사의한 것들에 절망한 나머지 지금은 겉으로 드러난 삶에 비상한 관심을 쏟게 되었다. 그녀는 베네치아에서 두 달 동안 이것을 연구하여 《인터뷰어》에 보냈다. 그것은 곤돌라, 광장, '한숨의 다리',* 비둘기, 그리고 타소**의 시를 읊조리는 젊은 뱃사공 등에 관해 세심히 설명한 기사였다. 《인터뷰어》는 실망했을지 모르지만 헨리에타는 적어도 유럽

---

* 1603년에 건설된 베네치아의 다리.
** 16세기 이탈리아의 서사시인.

을 똑바로 보았던 셈이다. 그녀의 현재 목표는 심각한 말라리아가 돌기 전에 로마로 내려가는 일이었다. 그녀는 어떤 특정한 날에 그 병이 시작될 거라고 믿었다. 이런 계획 때문에 이번에는 며칠만 피렌체에 머물 생각이었고, 밴틀링도 그녀와 함께 로마에 가기로 했다. 그녀가 이사벨에게 주지한 바에 따르면, 밴틀링은 이전에 로마에 간 적이 있었고, 군인이었으며, 고전적인 교육을 받았으므로(그는 라틴어와 화이트멜빌*만 공부하는 영국의 이튼 스쿨에서 공부했다고 헨리에타가 말했다.) 로마 황제들의 도시에 갔을 때 그 사람만큼 도움이 될 만한 동반자도 없을 거라고 했다. 바로 이때 랠프는 이사벨에게 자기가 안내할 테니 함께 로마 구경을 갈 의향이 있느냐고 물어봐야겠다는 생각이 떠올랐다. 그녀는 내년 겨울에 로마에서 얼마간 지낼 근사한 생각을 품고 있었다. 하지만 로마를 미리 봐두는 것도 나쁘지는 않았다. 아름다운 5월은 열흘 정도밖에 남지 않았지만, 진정으로 로마를 사랑하는 사람에게 5월만큼 소중한 달은 없었다. 그녀가 로마를 사랑하게 될 것은 처음부터 뻔했다. 이사벨이 믿을 수 있는 여자 친구와 같이 로마에 간다 해도, 그 친구는 따로 남자 친구에게 관심을 기울여야 되기 때문에 귀찮은 일이 될 것 같지는 않았다. 마담 멀은 터칫 부인과 함께 남으려고 했으며, 피렌체에서 여름을 보내기 위해 로마를 떠났기 때문에 되돌아가려고 하지 않았다. 이 부인은 조용히 피렌체에 남는 것이 즐거운 일이라고 말했다. 그

---

* 19세기 스코틀랜드의 소설가.

녀는 로마에 있는 자기 집 문을 닫아 버리고, 요리사도 팔레스트리나*의 집으로 보냈던 것이다. 하지만 그녀는 이사벨에게 랠프의 요청을 받아들이도록 권유하고, 좋은 안내를 받아 로마를 구경해 두는 것도 값진 일이 될 거라고 장담했다. 사실 이사벨에게 그 권유는 필요 없었고, 네 사람은 로마행을 준비했다. 터쳇 부인도 이번에는 자신을 시중들어 줄 사람이 없다고 불평하지 않았다. 앞에서 보았듯이 그녀는 이제 조카딸이 자립해야 한다고 믿었다. 이사벨이 해야 될 준비 가운데 하나는 출발 전에 길버트 오스먼드를 만나 자신의 의도를 밝히는 것이었다.

"나도 함께 로마에 가고 싶소." 오스먼드가 말했다. "근사한 곳에서 당신을 보고 싶어요."

그녀는 약간 망설였다. "그럼 그렇게 하세요."

"하지만 일행이 많겠죠."

"그야 물론이죠." 이사벨이 인정했다. "저 혼자는 아니에요."

그는 잠시 동안 아무 말도 하지 않았다. 그러다가 마침내 입을 열었다. "로마가 마음에 들 겁니다. 옛 모습은 없어졌지만 그래도 마음이 들뜰 거요."

"옛 모습이 없어졌다고 해서, 로마가 만국(萬國)의 니오베가 되었다고 해서 싫어해야 할 이유는 없잖아요?"

"아니, 반드시 그렇지는 않아요. 너무 자주 변하는 곳이라

---

* 로마 근처 도시.

서." 그가 웃으며 말했다. "만일 나도 같이 가게 되면 내 딸은 어떻게 해야 될까요?"

"집에 있게 하면 안 돼요?"

"잘 모르겠지만 딸을 돌보아 줄 선량한 노파 한 분은 있소. 가정 교사를 붙여 줄 형편은 안 되고."

"그러면 데리고 오세요." 이사벨이 재빨리 말했다.

오스먼드는 심각한 표정을 지었다. "딸은 겨울 내내 로마 수녀원 학교에 있었어요. 게다가 아직 나이가 어려서 여행하는 재미를 몰라요."

"따님을 세상으로 내보내기 싫으신 거죠?" 이사벨이 따지듯 물었다.

"맞소, 어린 딸자식을 함부로 세상에 내놓는 건 좋지 않다고 봐요."

"저는 다른 방식으로 자랐답니다."

"당신 말이오? 아, 당신은 괜찮죠. 예외적인 사람이니까."

"이유를 모르겠네요."라고 이사벨은 대꾸했으나 그의 말에는 그럴듯한 데가 있는 것 같았다.

오스먼드는 그녀의 의문을 풀어 주지도 않고 계속 말했다. "딸아이가 로마에서 당신 일행과 합류해 당신을 닮게 될 거라는 생각이 들면 내일 당장 데리고 떠나겠소."

"저를 닮으면 큰일이에요." 이사벨이 말했다. "지금처럼 그대로 놓아두세요."

"딸아이를 누이동생에게 보낼까 하는데." 이렇게 말하는 오스먼드의 모습은 마치 그녀의 조언을 구하는 것 같았으며, 집

안 사정을 이사벨과 의논하고 싶다는 표정이었다.

"좋아요." 그녀가 동의했다. "그러는 편이 저를 많이 닮지 않게 되겠네요!"

이사벨이 피렌체를 떠난 뒤에 길버트 오스먼드는 제미니 백작부인 집에서 마담 멀을 만났다. 거기에는 다른 사람들도 있었다. 대개 백작부인의 응접실에는 손님이 넘쳤으나 그들의 대화는 일반적인 것들이었다. 잠시 후 오스먼드는 자리에서 일어나 마담 멀이 앉은 의자와 비스듬히 놓인 긴 의자 쪽으로 걸어가 앉았다. "그녀가 나와 함께 로마에 가고 싶어 하던데." 그가 낮은 목소리로 말했다.

"함께 간다고요?"

"그녀가 거기 있는 동안 내가 가서 머무르는 거지. 그녀가 먼저 말을 꺼내더군."

"당신이 먼저 말을 꺼내니 그녀가 승낙했겠죠."

"물론 말을 꺼내도록 내가 유도했지. 하지만 그녀가 계속 종용하더군."

"그거 반가운 일이네요. 그러나 너무 성급하게 승리를 외치지 마세요. 물론 로마에 가시겠죠."

"물론이지." 오스먼드가 말했다. "당신 덕분에 일이 제대로 되어 가는 것 같소!"

"싫다는 표정은 짓지 마세요. 내 은덕을 너무 모르네요. 당신 지금까지 이렇게 몰두한 적이 없었잖아요."

"당신은 일을 참 멋지게 처리하거든." 오스먼드가 말했다. "그 점은 내가 감사할 일이지."

"하지만 그렇게 많이 감사하는 표정은 아니네요." 마담 멀이 말을 되받았다. 그녀는 늘 그러듯이 웃으며 의자에 등을 기대고 방을 둘러본 다음 말했다. "당신은 상대방에게 아주 좋은 인상을 주었고, 당신도 좋은 인상을 받았다는 걸 확인했어요. 터쳇 부인 집에 일곱 번이나 찾아온 건 날 보기 위해서가 아니었겠죠."

"그녀가 그다지 싫지는 않더군." 오스먼드가 조용히 상대방의 말을 인정했다.

마담 멀은 잠시 그에게 눈길을 주는 동안 입을 굳게 다물고 뭔가를 다짐했다. "그 훌륭한 처녀에 대해 할 말이 그게 전부예요?"

"전부냐고? 그것만으로도 충분하지 않소? 다른 많은 사람에 대하여 내가 그 이상 얘기하는 걸 들어 본 적이 있소?"

이 말에 마담 멀은 아무 대답도 하지 않았지만, 여전히 사교적인 기품을 띤 채 방 안에 시선을 던졌다. 마침내 그녀가 중얼거리듯 말했다. "당신이라는 사람은 도무지 알 수가 없네요. 그녀를 심연 속으로 내던진 게 아닌지 겁이 나요."

오스먼드는 이 말을 가볍게 받아넘겼다. "당신은 이제 손을 뗄 수 없게 되었어. 너무 깊숙이 관여하고 있으니 말이오."

"좋아요, 하지만 앞으로의 일은 당신이 알아서 해요."

"물론이지." 오스먼드가 말했다.

마담 멀이 침묵을 지키자 그는 다시 자리를 옮겼다. 그러나 그녀가 돌아가기 위해 일어서자 그도 따라 일어섰다. 터쳇 부인의 사륜마차가 정원에서 그녀를 기다리고 있었다. 그는 그녀를 마차에 태운 뒤 그녀의 손을 붙잡고 그곳에 서 있었다.
"눈치 없는 짓을 했군요." 그녀가 다소 피곤한 듯이 한마디 했
다. "내가 자리에서 일어나도 당신은 그대로 머물러야 했어
요."

그는 모자를 벗고 손으로 이마를 문지르며 말했다. "항상 잊
어버린단 말이야. 습관이 되지 않아서."

"당신은 정말 알 수 없는 사람이에요." 그녀가 되뇌며 집 창
문 쪽을 쳐다보았다. 피렌체의 새로운 구역에 지은 현대식 건
물이었다.

그는 그다지 관심을 두지 않고 자신의 느낌을 말했다. "그
아가씨는 정말 매력적이더군. 그렇게 우아한 사람은 본 적이
없어."

"그렇게 말해 주니 기뻐요. 그녀가 당신 마음에 들수록 내게
도 좋은 일이랍니다."

"그녀가 정말 마음에 들어. 당신이 말한 그대로였지. 게다가
매우 헌신적인 사람이 될 수도 있고. 그런데 한 가지 결점이 있
던데."

"뭔데요?"

"생각이 지나치게 많아."

"총명한 아가씨라고 했잖아요."

"다행히 그 생각들이라는 게 좀 딱하지."

"어째서 다행이지요?"

"그 생각들이 헛수고일 테니까!"

마담 멀은 몸을 뒤로 기댄 채 앞을 똑바로 보며 마부에게 출

발하라고 말했다. 그러나 그가 다시 그녀를 붙잡았다. "만일 내가 로마에 간다면 팬지는 어떻게 할까?"

"내가 돌볼게요." 마담 멀이 말했다.

27

로마가 발산한 깊은 호소력에 대한 이사벨의 반응을 전부다 설명할 생각은 없다. 시내 중앙에 위치한 '대(大)광장'의 보도를 밟았을 때 그녀가 받은 감동을 분석한다든가, 성 베드로교회의 문지방을 밟고 들어섰을 때 뛴 그녀의 심장 박동 소리를 잰다든가 할 생각은 더더욱 없다. 그녀가 받은 인상은 청순하고 진지한 인물이 당연히 받을 수 있는 인상이었다고 말해두는 것만으로 충분할 것이다. 그녀는 언제나 역사를 좋아했고, 이곳에서는 거리 포석이나 햇빛의 미세한 성분 속에도 역사가 감돌았다. 그녀의 상상력은 위인들의 위대한 행적에 관한 이야기만 들어도 활활 타올랐으며, 발길을 돌리는 곳마다장대한 사건이 일어났던 장소들이었다. 그녀는 흥분을 감추지못했으나 모두 내면적인 감동이었다. 일행들이 볼 때 이사벨은 어느 때보다도 말수가 적은 듯했고, 랠프는 그녀의 머리 너머로 멍하니 어색하게 건너다보는 체했지만 사실은 그녀를 열심히 관찰했다. 그러나 이사벨 자신은 굉장히 행복하다고 생각하고 있었으며, 지금까지 살아오면서 이렇게 행복감을 느낀 적이 없다고 믿고 싶었다. 인간의 무시무시한 과거에 대한 의식이 그녀를 무겁게 압박했지만, 지금 이 순간 생각하니 갑자기 과거가 날개를 달고 푸른 하늘로 날아오르는 느낌이었다. 이사벨의 의식은 한데 뒤섞여 각각 어느 방향으로 그녀를 끌고 갈지 알 수 없었으며, 그녀는 명상의 황홀경에 빠져들려는 것을 억제하며 이곳저곳을 돌아다녔다. 그녀는 가끔씩 눈에 보이는 이상으로 많은 것을 구경했지만 사실은 자신이 소지한 머레이 책자*에 소개된 곳조차 빠뜨린 적이 많았다. 로마는 랠프가 말한 것처럼 마음속에 대화를 걸어 오는 곳이었다. 시끄러운 관광객 무리는 모두 떠나 버렸고, 장엄한 장소들의 대부분은 다시 장엄한 분위기에 빠져들었다. 하늘은 더없이 파랗게 빛났고, 이끼 낀 분수대에 떨어지는 물은 냉기가 사라졌고, 물소리는 더욱 요란스러워졌다. 따스하고 환한 길모퉁이를 걸어가노라면 무수한 꽃다발에 걸려 넘어질 지경이었다. 일행은 어느 날 오후(로마에 온 지 사흘째 되는 날이었다.) 최근 얼마 전부터 크게 확장되고 있는 대광장의 유적 발굴 작업을 구경하러 갔다. 일행은 현대식 길에서 처음 발굴이 시작된 '신성한 길'까지 정중한 걸음걸이로 내려갔지만, 모두 같은 걸음걸이는 아니었다. 헨리에타 스택폴은 고대 로마에 지금의 뉴욕과

---

* 로마를 소개한 관광 안내서.

꽤나 닮은 포장도로가 있다는 사실에 감명받았다. 그녀는 이 고대 거리에서 볼 수 있는 깊게 파인 전차 바퀴 자국과 미국 생활을 생동감 있게 말해 주는 쩽그랑거리는 금속 문화 사이의 유사성을 발견하기도 했다. 해는 기울기 시작했고, 주위는 온통 황금빛으로 물들었다. 허물어진 기둥과 흐릿한 대좌가 폐허가 된 광장에 긴 그림자를 드리웠다. 밴틀링과 함께 일행과 떨어져 걷던 헨리에타는 그가 율리우스 카이사르의 동상을 쳐다보며 "건방진 녀석."이라고 말하자 무척 재미있어했다. 한편 랠프는 호기심이 많은 이사벨에게 이것저것 열심히 설명해 주었다. 근처를 거닐던 허술한 차림의 고고학자 한 사람이 두 사람의 안내를 맡아 관광 철이 지났지만 조금도 손해가 없다는 듯 유창하게 설명해 주었다. 발굴 작업은 대광장의 꽤나 먼 구석까지 펼쳐졌으며, 안내를 맡은 고고학자는 그곳에 가면 흥미로운 구경거리를 발견할 수 있다고 말했다. 이사벨은 너무 걸어 다녀 피로를 느꼈기 때문에 그녀보다 랠프가 더 큰 호기심을 느꼈다. 그래서 그녀는 자신은 조용히 기다릴 테니 가서 궁금증을 풀고 오라고 랠프에게 말했다. 시간과 장소가 너무나 마음에 들었기에 잠시 혼자 있는 것도 즐거웠다. 그러자 랠프는 안내인을 따라갔고, 이사벨은 카피톨리노 언덕 기단 가까이 넘어져 있는 기둥에 걸터앉았다. 그녀는 잠시 혼자 있고 싶었으나 오래 그럴 수가 없었다. 그녀는 여기저기 누워 있는, 로마의 과거를 말해 주는 울퉁불퉁한 유적에 강한 호기심을 느꼈으며, 그 유적들은 오랜 세월 동안 썩어 문드러졌지만 아직도 삶의 흔적이 곳곳에 강하게 남아 있었다. 그녀는 이런 생각을 하며 잠시 앉아 있다가 세심한 관찰을 필요로 하는 흔적을 더듬는 단계를 거쳐, 보다 매력이 강렬한 구역과 유적 쪽으로 관심을 옮겼다. 사실 로마의 과거와 이사벨의 미래 사이는 먼 거리였다. 그러나 그녀는 단숨에 상상력을 가동해 그 거리를 뛰어넘은 뒤, 이제는 좀 더 가깝고 풍요로운 대지 위를 천천히 선회하며 기웃거렸다. 발밑 땅을 내려다보니 금은 갔으나 가지런히 깔려 있는 석판이 눈에 들어왔다. 그녀는 이런 것들을 보며 사색에 잠겨 있었기 때문에 시야 속으로 검은 그림자 하나가 불쑥 들어오기 전까지는 다가오는 발걸음 소리를 듣지 못했다. 눈을 들자 한 신사가 우뚝 서 있었는데, 처음에는 발굴 작업 현장이 별로 볼 게 없어서 랠프가 돌아온 줄만 알았다. 그런데 신사도 그녀와 마찬가지로 무척 놀란 표정이었다. 그가 그곳에 선 채로 모자를 벗자 그녀의 얼굴에 아련하면서도 놀라워하는 표정이 떠올랐다.

"워버튼 경 아니세요!" 이사벨이 일어서면서 소리쳤다.

"당신일 줄은 전혀 몰랐습니다. 저쪽 모퉁이를 돌아오는데 당신이 보이더군요."

이사벨은 주위를 둘러보며 설명했다. "지금은 저 혼자 있지만 조금 전까지는 일행과 함께 있었어요. 사촌 오빠는 저쪽 발굴 작업 현장을 구경하러 갔고요."

"아, 그렇군요." 워버튼 경은 이렇게 말한 뒤 그녀가 방금 가리킨 방향으로 막연히 눈길을 돌렸다가 그녀 앞에 버티고 섰다. 몸의 균형을 잡고 선 그는 자신의 매우 친절한 태도를 드러내고 싶어 하는 눈치였다. "방해가 되진 않겠죠." 그는 계속 말하며 그녀가 앉아 있던 넘어진 기둥을 바라보았다. "무척 피곤하신 것 같네요."

"네, 조금 피곤해요." 그녀는 잠시 망설이다가 다시 자리에 앉았다. "저야말로 방해 되지 않았을까요?" 그녀가 덧붙였다.

"괜찮아요. 나 혼자인 데다 할 일이 아무것도 없답니다. 당신이 로마에 있을 줄은 정말 몰랐어요. 나는 동양을 여행한 후 지나는 길에 로마에 들른 겁니다."

"먼 길을 여행하셨군요." 이사벨이 말했다. 랠프로부터 워버튼 경이 영국에 없다는 얘기를 들은 적이 있었다.

"그렇습니다. 당신을 마지막으로 본 직후 육 개월 동안 여행을 다녔으니까. 터키와 소(小)아시아에 갔다가 아테네를 거쳐 어제 돌아왔지요." 그는 어색한 표정을 보이지 않으려고 했지만 편안한 모습은 아니었다. 그는 한참 더 그녀를 보다가 본래 모습으로 돌아왔다. "내가 가는 편이 나을까요, 아니면 여기 좀 더 있어도 될까요?"

이 말에 그녀는 무척 상냥하게 대답했다. "가시라는 말은 하고 싶지 않아요, 워버튼 씨. 뵙게 되어 기뻐요."

"그렇게 말해 주시니 고맙네요. 앉아도 될까요?"

이사벨이 앉아 있던 세로로 홈이 파인 기둥에는 사람 몇 명이 더 앉아 쉴 공간이 있었다. 체격이 건장한 영국인일지라도 앉을 여유는 있었다. 귀족 계급의 훌륭한 표본이라 할 수 있는 이 인물은 이사벨 가까이 앉아 오 분 정도 생각나는 대로 여러 가지 질문을 했다. 같은 질문을 두 번씩이나 하기도 했지만, 어쩐지 그녀 대답을 주의 깊게 듣지 않는 눈치였다. 그는 자신에 관한 이야기도 많이 했는데, 이사벨은 침착한 여성답게 그 이야기를 한마디도 놓치지 않고 들었다. 그는 이사벨을 만난 게 너무 뜻밖이라는 말을 두세 번 되풀이했다. 이 만남을 준비했더라면 좋았을 거라는 생각이 들 정도로 감동한 것이 틀림없었다. 그는 잘 지낸다고 했다가 엄숙한 기분에 잠기기도 하고, 즐겁게 지낸다고 했다가 난감하게 되었다며 횡설수설하기 시작했다. 그는 보기 좋게 햇볕에 그을었고, 많이 자란 턱수염은 아시아의 햇볕을 받아 윤기가 났다. 그는 천이 서로 다른 바지와 상의를 헐렁하게 입었고, 외국을 여행하는 영국인들이 편하게 입는 이런 옷차림은 그의 국적을 확인해 주었다. 유쾌한 느낌을 주는 안정된 눈과 햇볕에 그을었지만 윤기 나는 구릿빛 피부, 남자다운 체격, 절제된 태도와 함께 신사답고 탐험가다운 분위기가 그가 영국인임을 잘 나타내 주어서 어느 나라에 가더라도 영국인에게 호감을 가진 사람들로부터 푸대접을 받지는 않을 것 같았다. 이사벨은 이러한 특질에 이끌려 자신이 늘 워버튼 경에게 호감을 갖고 있는 것을 기쁘게 생각했다. 그는 분명히 충격을 받았음에도 자신의 장점, 다시 말해 훌륭한 가문의 본질을 나타내는 특질을 그대로 간직하고 있었다. 세속적인 변천에도 흔들리지 않고 전체적으로 붕괴해야만 제거되는 깊숙한 설치물이나 장식물과 비슷했다. 두 사람은 자연스레 순서대로 그동안의 일들을 얘기했다. 이사벨 이모부의 별세, 랠프의 건강 상태, 그녀가 지난겨울을 어떻게 보냈으며, 로마에는 언제 왔고 피렌체에는 언제 돌아가는지 하는 것, 여름을 보낼 계획, 현재 머물고 있는 호텔 등을 거론한 다음, 워버튼 경의 모험적인 여행, 이동 경로, 마음속에 품은 생각과 인상, 그리고 지금 머무르는 숙소 등을 화제로 삼았다. 마침내 대화가 끊어졌지만, 그들 사이의 침묵은 지금까지 주고받은 말보다 더 많은 것을 말하고 있어서 다음 말은 할 필요도 없었다.

"당신에게 여러 번 편지를 썼지요." 그가 말했다.

"제게요? 저는 받은 적이 없는데요."

"보내지 않았으니까요. 모두 태워 버렸죠."

"어머." 이사벨은 웃으며 말했다. "제가 아니고 당신이 태워 버려서 다행이에요!"

"내 편지 같은 건 읽고 싶지 않을 거라고 생각했습니다." 그가 솔직하게 털어놓자 그녀는 마음이 움직였다. "공연히 편지로 당신을 괴롭힐 권리는 없다고 생각했어요."

"제가 당신 근황을 여쭈어 보았으면 좋았을 텐데요. 아시는 대로 제가 원했던 건, 그건……." 하지만 그녀는 말을 멈추었다. 자신의 생각을 말해 봤자 상투적인 말이었기 때문이다.

"무슨 말을 하려는지 알겠어요. 당신이 바라는 건 우리가 좋은 친구로 남는 거겠죠." 워버튼 경이 이런 말을 하자 확실히 따분한 느낌이었지만, 그는 그런 느낌이 들게 하고 싶었다.

그녀는 뭐라고 대꾸해야 좋을지 몰라 "제발 그런 말씀은 하지 마세요."라고만 했다. 그러나 이 말도 조금 전에 하려던 말보다 효과적이라고 생각되지는 않았다.

"그렇게 말하시니 조금 위로는 되네요!" 워버튼 경이 강한 어조로 말했다.

"제가 당신을 위로하다니 말도 안 돼요." 이사벨이 말했다.

그녀는 여전히 그곳에 조용히 앉은 채 육 개월 전 자신이 그에게 만족스럽지 못한 대답을 했던 것에 대해 일종의 승리감을 느끼며 몸을 뒤로 젖혔다. 물론 그는 유쾌하고, 유력자이고, 여성에게 정중했다. 그 사람만큼 훌륭한 남자도 없었다. 하지만 그녀의 대답은 아직도 그대로였다.

"나를 위로하려고 애쓰지 않아도 돼요. 당신은 그런 일을 할 수 없을 테니." 그녀는 상대방의 말이 묘하게 으쓱해진 자신의 마음속에 메아리치는 것을 깨달았다.

"제가 원했던 건 당신을 다시 만나는 거였어요. 당신에게 상처를 주었다는 부담을 갖지 않았기 때문이죠. 그러니 만일 당신이 그렇게 느끼신다면 저는 즐겁기는커녕 괴로워진답니다." 이 말을 한 후 그녀는 의식적으로 약간 당당한 태도로 자리에서 일어나 일행을 찾기 위해 두리번거렸다.

워버튼 경이 말했다. "당신을 괴롭게 하고 싶지는 않습니다. 물론 당신이 나에게 달갑지 않은 일을 했다고 말할 수는 없지만요. 다만 한두 가지 꼭 알아 주셨으면 하는 건……. 이건 나 자신을 위해서 하는 말입니다. 두 번 다시 이 이야기는 꺼내지 않겠어요. 작년에 당신에게 말씀드린 건 매우 강렬한 마음의 표현이었고, 그 밖의 다른 건 생각할 수 없었습니다. 잊으려고 노력은 했지요. 열심히, 그리고 계획적으로 말입니다. 다른 사람에게 관심을 쏟으려고 애쓰기도 했지요. 이런 말씀을 드리는 건 나도 할 일을 다 했다는 걸 알려 드리고 싶어서입니다. 그런데 잘되지 않았어요. 외국 여행을 한 것도 그 때문이지요. 가능한 한 멀리 갔습니다. 사람들은 여행이 마음을 산란하게 한다고들 하지만 내 마음은 그렇지 않았어요. 마지막으로 당신을 만난 이후로 줄곧 당신을 생각했으니까요. 지금도 그때와 똑같이 당신을 사랑하며, 그 당시 내가 말씀드린 건 모두 사실 그대로예요. 지금 이 순간 거듭 말씀드리고 싶은 건 당신 매력이 도저히 참을 수 없을 만큼 컸다는 것입니다. 정말이지 더는 말을 못 하겠군요. 당신에게 강요하고 싶지는 않으니 잠깐만 들어 주십시오. 조금 전 당신이 누군지도 모르고 뜻밖에 마주쳤을 때, 사실은 당신이 지금 어디에 있을지 궁금해하던 참이었어요." 워버튼 경은 자제심을 되찾고 있었으며, 사실 이말을 하는 사이에 마음이 완전히 평정되었다. 그는 마치 작은 위원회에서 자신이 두 번 다시 쓰지 않을 모자 속에 숨겨 놓은 쪽지를 훔쳐보면서 매우 침착하고 분명하게 중요한 진술을 하는 것 같았고, 위원회는 요점이 증명되었다고 확신하는 것 같았다.

"저도 이따금 당신 생각을 했어요, 워버튼 씨." 이사벨이 말했다. "당신도 제가 그럴 거라고 틀림없이 믿었겠죠." 그녀는 다정함은 유지해도 말의 뜻은 축소하려는 투로 말했다. "그런다고 서로 나쁠 건 아무것도 없는걸요."

두 사람이 함께 걸어가며 이야기하는 동안 이사벨은 그의 여동생들의 안부를 묻고는 자기가 안부를 물었다는 사실을 전해 달라고 부탁했다. 그는 잠시 동안 무거운 주제로 돌아가지 않고 가볍고 무난한 질문만 했다. 하지만 이사벨에게 언제 로마를 떠나느냐고 묻고 나서 그녀가 이곳에 머물 기간을 말하자 아직 시간이 충분히 있어 다행이라고 했다.

"여행 중 잠깐 이곳에 들르셨다면서 왜 그런 말씀을 하세요?" 그녀가 약간 불안한 투로 물었다.

"지나가는 길이기는 하지만 로마를 런던의 큰 환승역 정도로 여기는 건 아니에요. 잠깐 들렀지만 한두 주는 머물 것 같습니다."

"제가 여기 있는 동안만 머물 거라고 솔직히 말해 주세요!"

약간 상기된 그의 웃음이 그녀 마음을 건드렸다. "그게 마음에 안 드시는 모양이군요. 나를 여러 번 만나는 게 걱정이 되나 봐요."

"제 마음에 들고 말고 하는 게 문제가 아니에요. 이 멋진 곳을 저 때문에 바로 떠나시면 안 되죠. 하지만 고백하는데 당신이 겁나요."

"다시 청혼 이야기를 꺼낼까 봐 그런가요? 그런 일은 없도록 명심하겠습니다."

그들은 점차 발걸음을 늦추고 잠시 얼굴을 마주 보며 서 있었다. "워버튼 씨, 안타까운 생각이 드네요!" 이사벨은 그들 두 사람의 기분이 좋아지도록 연민을 느끼며 말했다.

"나도 그런 생각이 듭니다! 앞으로 명심하겠어요."

"당신이 불행한지 모르겠지만 저까지 그렇게 만드셔서는 안 돼요. 그런 일은 곤란해요."

"당신을 불행하게 만들 수 있다면 한번 그렇게 해 보고 싶군요." 이렇게 말한 그는 그녀가 앞장서서 걷기 시작하자 따라 걸어왔다. "알았어요. 당신에게 불쾌감을 줄 만한 말은 한마디도 하지 않겠습니다."

"좋아요. 만일 그런 말을 하면 우리들의 우정도 끝나는 거예요."

"아마 언젠가는, 시간이 좀 지나면 허락하실 테지요."

"저를 불행하게 만드는 걸 허락하라는 뜻이에요?"

그는 망설였다. "다시 말씀드리고 싶은 건……." 하지만 그는 자신을 억제했다. "그래요, 내 감정을 드러내지 않겠어요. 언제나 그렇게 하겠습니다."

랠프는 발굴 작업 현장에서 헨리에타와 그녀를 따라다니는 밴틀링을 만나 셋이서 주변에 쌓여 있는 흙과 돌무더기를 뚫고 나왔다. 그러자 이사벨과 워버튼 경이 눈에 들어왔다. 랠프는 깜짝 놀란 듯 워버튼 경에게 기쁨의 환호성을 질렀고, 헨리에타도 큰 소리로 "어머, 바로 그분이야!" 하고 외쳤다. 랠프와 워버튼 경은 오랫동안 만나지 못했기 때문에 영국인들이 하듯이 엄숙한 표정으로 인사를 했고, 헨리에타는 검게 그은 여행자에게 지적인 눈길을 던졌다. 그러나 곧 자기가 끼어들면 위기가 닥칠 거라는 생각을 굳혔다. "설마 절 기억하시려고요." 그녀가 말했다.

"기억하고말고요." 워버튼 경이 대답했다. "방문 요청을 드렸는데 오시지 않았죠."

"요청을 받았다고 함부로 갈 수야 없잖아요." 헨리에타가 차갑게 대꾸했다.

"알았습니다. 이제 그런 요청은 하지 않겠어요." 워버튼 경이 웃으며 말했다.

"요청해 주시면 갈게요. 안심하세요!"

이 말을 듣고 워버튼 경은 무척 기분 좋아하고 안심하는 눈치였다. 밴틀링은 자기가 있다는 것을 내세우지 않으려고 잠자코 서 있었으나 고개를 끄덕여 워버튼 경에게 아는 체는 했다. 그러자 워버튼 경은 "아, 당신도 여기 있었군요, 밴틀링 씨." 하고 다정하게 악수를 청했다.

"어머." 헨리에타가 소리쳤다. "당신이 이 사람을 아실 줄은 몰랐어요!"

"내가 아는 사람을 당신이 모두 알 리는 없지." 밴틀링이 익살맞게 대답했다.

"영국인은 귀족을 사귀면 반드시 그 얘길 한다면서요."

"아, 밴틀링 씨는 나 같은 사람을 부끄럽게 여긴답니다." 워버튼 경이 다시 웃으며 말했다. 이사벨은 그가 웃는 것을 보고 마음을 놓았고, 이윽고 모두 숙소로 향하자 가볍게 안도의 한숨을 내쉬었다.

이튿날은 일요일이었고, 오전에 이사벨은 긴 편지 두 통을 썼다. 한 통은 언니 릴리언에게, 다른 한 통은 마담 멀에게 보내는 편지였다. 그녀는 편지 두 통 중 어디에도 지난번에 청혼을 거절당한 영국 신사가 그녀에게 위협적으로 접근하여 다시 사랑을 호소했다는 사실을 언급하지 않았다. 일요일 오후가 되면 선량한 로마인들은 모두(최고의 로마인은 북방의 야만인들일 때가 많겠지만) 성 베드로 교회의 저녁 미사에 나가는 습관이 있어서 이사벨 일행도 함께 마차를 타고 '대(大)교회'에 가기로 했다. 점심 식사 후 마차가 오기 한 시간 전에 워버튼 경은 파리 호텔에 나타나 두 여자를 방문했다. 랠프와 밴틀링은 함께 외출하고 없었다. 워버튼 경은 전날 저녁 이사벨에게 한 약속을 실제로 증명해 보이려는 눈치였다. 그는 진지하고 솔직했으며, 은근히 졸라 대지도, 우회적으로 호소하지도 않았다. 그는 좋은 친구가 될 수 있다는 것을 그녀에게 알리고 싶었던 것이다. 그는 여행에 관해, 페르시아와 터키에 관해 이야기했는데, 헨리에타가 그런 나라에 가도 '보람이 있을지'를 묻자, 그는 여성 모험가에게 그런 나라는 정말 멋진 곳이라고 장담했다. 이사벨은 그를 공정하게 대하려고 했지만 그가 무슨 목적으로 다시 찾아왔으며, 진지한 태도로 예의를 차리면서 무엇을 얻을 속셈인가 하는 궁금증에 빠졌다. 만일 그가 자신이 선량한 남자라는 것을 드러내며 그녀의 마음을 움직일 생각이라면 그런 수고는 하지 않는 편이 좋았다. 그녀는 그의 훌륭한 자질을 모두 알기에, 그가 아무리 애를 써도 그러한 상황을 바꿀 수 없었다. 게다가 옳은 일이라면 복잡하게 얽혀도 상관없지만, 그가 로마에 있는 건 잘못된 일이고 상황이 매우 복잡하게 얽힐 것 같은 느낌이 들었다. 그럼에도 그가 돌아가는 길에 성 베드로 교회 경내에 들러 일행들을 찾아보겠다고 말하자, 그녀는 좋을 대로 하라고 말하지 않을 수 없었다.

교회 안에서 그녀가 모자이크 바닥을 거닐 때 맨 처음 마주친 사람이 바로 그였다. 그녀는 성 베드로 교회에 '실망하여' 소문보다 규모가 작다고 평가할 만큼 눈이 높은 관광객이 아니었다. 그러나 입구에 펄럭이는 거대한 가죽 장막 밑을 처음으로 지나갈 때, 커다란 아치형 천장 밑에 처음으로 서서, 향이 피어오르고 대리석과 금박이 빛에 반사되며, 모자이크와 청동의 반사 때문에 흐릿해진 공기 속에 빛줄기가 가랑비처럼 내리는 광경을 보았을 때, 그녀는 대단하다는 기분이 들어 정신이 아찔했다. 그런 기분은 끝없이 계속 이어졌으며, 그녀는 어린아이나 농부처럼 눈을 크게 뜨고 두리번거리며 눈앞 장관에 말없는 찬사를 보냈다. 워버튼 경은 그녀와 나란히 걸으면서 콘스탄티노플에 있는 성 소피아 사원 이야기를 했다. 그러자 이사벨은 혹시 그가 비난의 여지가 거의 없는 행동으로 자신의 주의를 끌려는 게 아닌가 해서 불안을 느꼈다. 미사는 아직 시작되지 않았으나 성 베드로 교회에는 지켜야 할 규칙이 많았고, 더욱이 정신 수양과 함께 육체 단련도 고려해서 만든 듯, 세속적이라고 해도 좋을 만큼 공간이 무척 넓었다. 그래서 신자와 관광객이 뒤섞인 각양각색 사람들이 아무런 혼란이나 말썽 없이 자신들의 의도에 따라 교회를 구경할 수 있었다. 그 웅대한 교회 안에서 설령 개인이 허튼 짓을 한다 해도 그다지 큰 파문이 일어나지는 않았을 테지만, 이사벨과 그 일행은 아무런 실수도 저지르지 않았다. 헨리에타는 미켈란젤로의 그림이 그려진 둥근 천장이 미국 국회 의사당 천장과 비교하면 격이 떨어진다고 솔직히 말했지만 그런 불만은 주로 밴틀링의 귓가에 대고 말했고, 《인터뷰어》의 칼럼에 이것을 더욱 강조해서 써야겠다며 더 이상 언급하지 않았다. 이사벨이 워버튼 경과 함께 교회 안을 일주하고 입구 왼쪽 성가대 가까이로 다가갔을 때는 교황 성가대의 찬송가 소리가 출입구 밖에 모여 있던 무수히 많은 사람들의 머리 위로 울려 퍼졌다. 두 사람이 로마 사람들과 호기심 많은 관광객들이 서로 뒤엉킨 무리 근처까지 와서 잠시 발을 멈추자, 성가대가 행진하며 지나갔다. 랠프는 헨리에타와 밴틀링과 함께 경내에 있는 것 같았고, 이사벨은 앞에 모인 수많은 군중 너머로 시선을 돌렸다. 오후의 햇빛이 장엄한 찬송가와 뒤섞인 것 같은 은빛 향운을 머금고 양각을 새긴 높은 창문의 우묵한 부분을 통해 비스듬히 쏟아져 들어오고 있었다. 잠시 후 노래가 끝나자 워버튼 경은 그녀와 함께 자리를 옮기고 싶어 했다. 그를 따라나선 이사벨은 눈앞에서 길버트 오스먼드와 마주쳤다. 그는 줄곧 그녀 뒤쪽에 서 있었던 것 같았다. 눈이 마주치자 그는 그녀에게 다가와 정식으로 인사했다. 이 장소에 어울리도록 충분히 예의를 갖추는 것 같았다.

"로마에 올 결심을 하셨네요?" 그녀는 손을 내밀며 말했다.

"그렇소. 어젯밤에 도착해 오늘 오후에 당신이 묵고 있는 호텔을 찾아갔죠. 여기로 갔다는 말을 듣고 달려와서 찾는 중이었어요."

"다른 일행들은 경내에 있어요." 이사벨이 작심한 듯이 말했다.

"다른 사람들을 만나러 온 게 아니오." 오스먼드가 재빨리 되받았다.

그녀는 주위를 둘러보았다. 워버튼 경이 두 사람을 지켜보고 있었다. 지금 두 사람이 하는 이야기를 그가 엿들었는지도 몰랐다. 갑자기 그녀는 지금 오스먼드가 한 말이 워버튼 경이 청혼하기 위해 가든코트에 온 날 했던 말과 똑같다는 사실을 떠올렸다. 그녀는 오스먼드의 말을 듣고 뺨을 붉혔지만, 이런 사실을 떠올리고 난 후였기 때문에 표정이 쉽게 안정을 찾지 못했다. 이사벨은 두 신사를 서로 소개하며 잠시 동요에서 벗어났다. 다행히 그 순간 밴틀링이 영국인다운 용맹성을 발휘하며 군중을 헤치고 빠져나왔고, 곧 헨리에타와 랠프도 뒤따라 나왔다. 다행이라고 말했지만 어쩌면 피상적 견해인지도 모른다. 랠프는 피렌체에서 온 오스먼드를 보자 기뻐할 일은 못 된다고 생각하는 눈치였다. 그러나 그는 머뭇거리지 않고 예의를 차려 곧 다른 일행들이 몰려올 거라고 이사벨에게 다정하게 말했다. 헨리에타는 이미 피렌체에서 오스먼드를 만난 적이 있었다. 하지만 그녀는 이미 이사벨에게 자신은 다른 숭배자들, 예컨대 랠프 터쳇, 워버튼 경, 파리에 있는 로지어 등과 마찬가지로 피렌체의 신사에게도 아무래도 호감이 가지 않는다고 말했다. "근사한 아가씨가 정말 이상한 남자들을 끌어당기네. 하지만 왜 그 남자들이 너한테 끌리는지 모르겠어." 헨리에타가 유쾌한 듯 말했다. "내가 흠모할 수 있는 사람은 굿우드 씨뿐이야. 그런데 넌 그분을 잘 모르잖아."

잠시 후 오스먼드가 이사벨에게 물었다. "성 베드로 교회를 어떻게 생각해요?"

"무척 크고 훌륭하던데요." 그녀가 흡족한 듯 대답했다.

"너무 커서 인간이 하나의 요소에 불과하다는 느낌이 들게 하죠."

"인간이 만든 가장 위대한 교회에서 그런 느낌이 드는 건 당연하지 않아요?" 이사벨은 자신의 표현에 다소 만족하면서 말했다.

"우리가 이름 없는 존재일 때 어디서나 그런 기분이 드는 건 당연해요. 하지만 다른 곳에서도 그런데 교회 안에서까지 그렇게 느끼고 싶진 않아요."

"당신은 정말 교황이 돼야 했어요!" 그가 피렌체에서 했던 말을 상기하며 이사벨이 말했다.

"그럴 수만 있다면 얼마나 좋겠소!" 길버트 오스먼드가 대꾸했다.

한편 워버튼 경은 랠프와 함께 어슬렁거리며 걸어갔다. "아처 양과 얘기하고 있는 저 사람은 누구인가요?" 워버튼 경이 물었다.

"이름은 길버트 오스먼드이고, 피렌체에 살아요." 랠프가 대답했다.

"그 밖에는?"

"그뿐이에요. 그러고 보니 미국인인데, 사람들은 그 사실을 잊고 있죠. 미국인 같은 데가 조금도 없기 때문이지만."

"오랫동안 알고 지낸 사이인가요?"

"삼사 주 정도 됐을 거예요."

"저 사람을 좋아해요?"

"답을 찾는 중입니다."

"그렇다면 그녀는?"

"그녀도 답을 찾느냐는 말인가요?"

"그녀가 그 사람을 좋아하게 될까요?"

"그녀가 그 사람 청혼을 받아들일까, 그게 궁금한 거예요?"

"물론이에요. 바로 그걸 묻는 겁니다."

"받아들이지 않을 수도 있겠죠. 누군가 방해만 하지 않는다면."

워버튼 경은 잠시 눈앞을 응시했지만 곧 알아들었다는 듯이 말했다. "그러면 우리 모두 입을 다물고 있어야 합니까?"

"무덤처럼 조용히 있는 게 낫겠죠. 그것도 어떻게 될지 모르는 가능성을 믿고서!" 랠프가 덧붙였다.

"어떤 가능성 말인가요?"

"그 사람의 청혼을 받아들이지 않을 가능성 말입니다."

워버튼 경은 이 말을 가만히 듣고 있다가 다시 입을 열었다. "영리한 사람인가요?"

"영리하기 짝이 없죠."

워버튼 경은 생각에 잠기다가 다시 물었다. "그 밖에는?"

"더 무슨 얘기를 듣고 싶은가요?" 랠프가 투덜거리듯이 말했다.

"그녀가 앞으로 관계를 더 진전시킬 거라고 봐요?"

랠프는 일행과 합류해야 했기 때문에 시선을 돌리기 위해 그의 팔을 잡았다. "우리가 그녀에게 줄 수 있는 건 아무것도 없어요."

"글쎄요, 그녀가 당신에게마저 관심을 쏟지 않는다면!" 랠프와 함께 걸어가면서 워버튼 경이 조심스레 말했다.

28

이튿날 저녁 워버튼 경은 호텔로 다시 친구들을 만나러 갔고, 그들이 오페라를 보러 갔다는 것을 알았다. 그는 마차를 타고 오페라 극장으로 가서 손쉬운 이탈리아 관습에 따라 박스 좌석에서 그들을 찾아보려고 했다. 그리고 나서 입장권을 확보한 뒤(그곳은 그저 그런 이류 극장이었다.) 조명이 어둡고 넓은 실내를 둘러보았다. 마침 공연 막간이었기 때문에 그는 이곳저곳 둘러보며 친구들을 찾을 수 있었다. 좌석 두세 열을 찬찬히 둘러본 후, 그는 가장 넓은 박스 좌석 가운데에서 한눈에 이사벨을 발견했다. 이사벨은 무대 쪽으로 얼굴을 향하고 앉아있었지만 관람석 커튼 때문에 얼굴이 조금 가려져 있었고, 옆에는 길버트 오스먼드가 의자에 등을 기대고 앉아 있었다. 박스에는 두 사람뿐인 것 같았다. 워버튼 경은 일행이 막간을 이용해 비교적 시원한 로비에 나가 있을 거라고 생각했다. 그는 흥미로운 한 쌍에게 잠시 눈길을 건네며 자신이 다가가 그 정다운 시간을 방해해야 할지 자문했다. 이윽고 그는 이사벨이 자신을 본 게 틀림없다고 판단하고 마음을 결정했다. 이사벨을 멀리한다는 인상을 줄 필요는 없었다. 위층으로 올라가던 그는 충계를 천천히 내려오던 랠프와 마주쳤다. 랠프는 얼굴에 권태로운 기미를 띤 채 모자를 쓰고 두 손은 평소처럼 호주머니에 넣고 있었다.

"조금 전 당신이 아래층에 있는 것이 보여서 내려가던 중이에요. 외로워서 친구가 필요할 지경입니다." 랠프가 말했다.

"좋은 상대를 내버려 두고 왔잖아요."

"내 사촌 여동생 말입니까? 그녀에겐 손님이 있으니 난 필요가 없어요. 스택폴과 밴틀링은 아이스크림을 먹으러 카페에 갔고요. 스택폴이 아이스크림을 무척 좋아하니 말입니다. 그들도 나한테 볼일이 없을 거라고 봐요. 오페라는 정말 형편없어요. 세탁부 같은 여배우들이 나와 공작처럼 노래를 하는 바람에 정말 짜증이 납니다."

"그렇다면 숙소로 돌아가는 편이 좋겠어요." 워버튼 경이 솔직하게 말했다.

"이런 음산한 곳에 젊은 아가씨를 내버려 두고요? 안 됩니다. 그녀를 지켜봐야 해요."

"친구들이 꽤 있는 것 같던데요."

"맞아요, 그래서 더 지켜봐야 됩니다." 랠프는 여전히 우울한 투로 말했다.

"그녀가 당신을 환영하지 않는다면 아마 나도 마찬가지 신세가 되겠죠." 워버튼 경이 대꾸했다.

"아니에요, 당신은 다르죠. 내가 둘러보고 올 테니 당신은 박스 좌석에 가 있어요."

워버튼 경은 박스 좌석으로 들어갔다. 이사벨이 좋은 옛 친구를 대하듯 그를 환영하자, 워버튼 경은 이 숙녀가 수상한 영토 합병이라도 꿈꾸고 있는 게 아닌가 하고 자문했다. 그는 전날 소개받았던 오스먼드와 인사를 나누었다. 오스먼드는 그가 들어오자 덤덤하게 앉아서 이제부터 화제가 될 이야기에 대해서는 아무것도 모른다는 듯 입을 다물었다. 워버튼 경은 이사벨이 오페라에 도취되어 광채가 나고 기분이 약간 고조되었다는 생각이 들었다. 하지만 그녀는 언제나 눈이 예리하고 동작이 민첩하며 극도로 활기찬 아가씨였으니 이 점에서 그의 추측은 잘못된 것인지도 몰랐다. 게다가 그녀는 그에게 말을 건넬 때 평온한 상태라는 느낌이 들 정도로 정교하면서도 신중하게 친절한 태도를 취했다. 그래서 워버튼 경은 당혹감에 빠지고 말았다. 그녀는 한 여성이 할 수 있는 만큼 그의 용기를 상실시켰다. 그런데 그 기교와 교묘한 말솜씨는 물론, 나아가 뭔가 보상(아니면 준비라고 해야 할까.)을 하려는 어조에는 무슨 의도가 담긴 것일까? 그녀의 목소리는 달콤한 술책이었다. 하지만 왜 하필이면 그에게 이런 술책을 행하는 걸까? 다른 사람들이 돌아오고 오페라 막이 다시 올랐으나 소재가 진부하고 연출도 빈약했다. 박스 좌석은 넓었고, 워버튼 경이 끼어 앉기에 충분한 공간이 뒤쪽 어두운 곳에 있었다. 그가 삼십 분 정도 그렇게 앉아 있는 동안, 오스먼드는 앞에 앉아 몸을 앞으로 숙이며 이사벨 바로 뒤에서 자신의 무릎에 팔꿈치를 괴고 있었다. 워버튼 경의 귀에는 아무것도 들어오지 않았고, 어둠침침한 구석에서 그가 보고 있는 것은 극장의 흐릿한 조명에 드러난 이사벨의 뚜렷한 윤곽뿐이었다. 다음 막간에는 아무도 움직이지 않았다. 이번에는 오스먼드가 이사벨에게 말을 걸었고, 워버튼 경은 한쪽 구석에 가만히 있었다. 그러나 그것도 잠시, 워버튼 경은 자리에서 일어나 숙녀들에게 작별 인사를 했다. 이사벨이 붙잡지 않자, 그는 다시 당혹감을 떨칠 수 없었다. 어째서 그녀는 꽤나 올바른 다른 가치에는 전혀 관심이 없으면서 그의 무척 그릇된 가치를 그렇게도 염두에 두는 걸까? 그는 자신이 당황한 것에 스스로 화가 났고, 화가 났다는 사실 때문에 다시 화가 났다. 베르디의 가곡은 그의 마음에 별로 와 닿지 않았다. 그는 극장을 나서 집으로 발길을 돌렸으나 어디로 가는지도 모른 채 구불구불하고 비극적인 로마의 길을 걸었다. 거리에는 그보다 더 무거운 슬픔을 안은 사람들이 별빛 아래 움직이고 있었다.

"저 신사의 성격은 어때요?" 워버튼 경이 나가자 오스먼드가 이사벨에게 물었다.

"나무랄 데 없는 분이에요. 그걸 모르세요?"

"저분은 영국의 절반쯤을 소유했답니다. 그게 바로 저분 성품이죠." 헨리에타가 대답했다. "그러고도 그 나라가 자유의 나라라니!"

"아, 대지주로군요? 행복하겠는걸!" 길버트 오스먼드가 말했다.

"그게 행복이라고요? 불쌍한 인간들을 수하에 거느렸는데도요?" 헨리에타가 소리쳤다. "저분에겐 소작인이 수천 명이나 있어요. 물론 뭔가 소유한다는 건 즐거운 일이겠지만, 내가 볼 땐 무생물로도 충분해요. 살아 있는 사람과 정신과 양심 따위를 소유하긴 싫어요."

"당신도 한두 명쯤은 소유한 것 같은데요." 밴틀링이 익살스럽게 말을 건넸다. "당신이 내게 하는 것처럼 워버튼 경도 자기 소작인에게 마음대로 하는 걸까."

"워버튼 경은 대단히 급진파인 데다 무척 진보적이에요." 이사벨이 말했다.

"저 사람 집은 돌담마저도 매우 진보적이에요. 거대한 철책 울타리가 50킬로미터쯤 둘러쳐진 정원도 있고요." 헨리에타는 오스먼드에게 새로운 정보를 주려는 듯 말했다. "그 사람이 우리 보스턴의 급진파 몇 사람과 얘기라도 나누면 좋을 텐데."

"그 사람들은 철책 울타리를 인정하지 않나요?" 밴틀링이 물었다.

"상대하기 곤란한 보수파들을 감금할 때만 인정하죠. 난 당신과 얘기할 때마다 깔끔하게 깨어진 유리를 갖다 붙인 어떤 것에 대고 얘기하는 느낌이에요."

"그분을 잘 아나요? 개혁되지 않은 자칭 개혁가를?" 오스먼드는 계속 이사벨에게 질문의 화살을 돌렸다.

"그분에게 필요한 만큼은 알아요."

"어느 정도나 필요했는데요?"

"글쎄요, 그분에게 호감을 품고 있어요."

"호감을 품었다고요? 참으로 열정적이오!" 오스먼드가 말했다.

"아니에요." 그녀는 생각에 잠겼다. "그건 그분을 싫어하게 될 경우를 위해 남겨 둬야죠."

"그 사람에 대한 호감을 핑계로 나를 안달 나게 하고 싶소?" 오스먼드가 웃음을 머금었다.

그녀는 잠시 말이 없다가 가벼운 질문에 어울리지 않게 진지한 태도로 반응했다. "아니에요, 오스먼드 씨. 제가 감히 어떻게 그럴 수 있겠어요." 그녀는 더욱 느긋한 태도로 덧붙였다. "어쨌든 워버튼 경은 무척 멋진 분이에요."

"능력이 뛰어난가요?" 오스먼드가 물었다.

"정말 뛰어나죠. 게다가 외모만큼이나 훌륭한 분이랍니다."

"잘생긴 만큼이나 훌륭한 사람이다, 이런 말인가요? 무척 근사하긴 하더군요. 정말 억세게 운도 좋고! 위대한 영국의 고관인 데다 영리하고 잘생겼으며 당신 총애까지 받으니! 내가 부러워할 만한 인물이오."

이사벨은 흥미를 가지고 그의 말을 숙고했다. "당신은 항상 누군가를 부러워하는 것 같아요. 어제는 교황을 부러워하더니 오늘은 가련한 워버튼 경이 부러움의 대상이네요."

"내가 부러워해 봤자 위험할 건 하나도 없소. 생쥐 한 마리도 해치지 못하니 말이오. 난 사람들을 파괴하려는 게 아니라, 단지 그들처럼 되고 싶을 뿐이오. 그렇게 되면 결국 나 자신만 파괴하는 꼴이겠지만."

"교황이 되고 싶으세요?" 이사벨이 물었다.

"그것도 괜찮지. 하지만 그럴 생각이었다면 좀 더 일찍 시작했어야 돼요. 그런데 어째서." 오스먼드는 처음 화제로 돌아갔다. "그 친구가 가련하다는 거요?"

"여자들은 이따금 정말로 마음이 너그러울 때면 남자들에게 상처를 줘 놓고 동정심을 보이지요. 그건 친절을 베푸는 그들 나름의 멋진 방식이거든요." 랠프가 처음으로 대화에 끼어들어 말했다. 사실 그는 악의 없는 사람이었으므로 재치 있는 냉소가 그대로 드러나 보였다.

"어머, 내가 워버튼 경에게 상처를 줬어?" 이사벨이 눈썹을 곤두세우며 물었다. 마치 그런 일은 생각할 수도 없다는 말투였다.

"만일 그렇다면 그분에겐 잘된 일이지." 헨리에타가 말하는 사이 막이 올라 발레가 시작되었다.

이사벨은 자기 때문에 쓴잔을 마신 워버튼 경을 그 후 하루 동안이나 만나지 못했다. 그러나 오페라 극장에서 만난 다음 날 그녀는 카피톨리노 언덕의 화랑에서 그와 우연히 마주쳤다. 그는 그곳의 유명한 수집품인 「죽어 가는 검투사 조각상」 앞에 서 있었다. 그녀는 친구들과 함께였지만 이번에도 오스먼드가 동행하고 있었다. 일행은 계단을 올라가 최고의 전시품이 있는 첫 번째 방으로 들어갔다. 워버튼 경은 여전히 빈틈없이 그녀에게 말을 건넸지만, 잠시 후 화랑을 떠난다고 말했다. "이제 로마를 떠나려고 해요. 작별 인사를 드려야겠군요." 그가 이렇게 말하자 이사벨은 공연히 서운해졌다. 그가 구혼의 손길을 뻗쳐 오지 않을까 하는 걱정이 없어졌기 때문인지도 몰랐다. 그녀는 뭔가 다른 것을 생각하다가 그에게 유감스럽다는 말을 하려던 것을 자제하고 좋은 여행이 되길 빌겠다고만 말했다. 이 말에 그는 다소 내키지 않은 표정으로 그녀를 바라보았다. "나를 무척 '변덕스럽다'고 여기시는 것 같군요. 일전에는 로마에 머물고 싶다고 말했는데."

"아니에요, 마음을 바꿀 수도 있잖아요."

"그게 내 방식이지요."

"그럼 안녕히 가세요."

"나를 내쫓으려고 무척 서두르시는군요." 워버튼 경이 꽤 시무룩한 표정으로 말했다.

"그럴 리가 있겠어요. 전 작별은 싫어요."

"내가 무엇을 하든 당신은 아무런 신경을 쓰지 않는군요." 그가 계속 딱하게 말했다.

이사벨은 잠시 그를 바라보다가 말했다. "어머, 약속을 지키지 않으셨네요!"

그러자 그는 열다섯 살 소년처럼 얼굴을 붉혔다. "만일 그랬다면 그건 약속을 지킬 수 없기 때문입니다. 로마를 떠나는 이유가 바로 그것 때문이죠."

"그럼 안녕히 가세요."

"안녕히." 하지만 그는 여전히 머뭇거렸다. "언제 다시 만날 수 있을까요?"

이사벨은 잠시 망설이다 행복한 영감이 떠오른 듯 입을 열었다. "당신이 결혼한 다음이면 좋겠네요."

"그런 일은 결코 생기지 않을 겁니다. 당신이 결혼한 다음이 될 테죠."

"그것도 좋겠네요." 그녀는 미소를 지었다.

"그럼요, 그게 낫겠지요. 안녕히 계십시오."

그들은 악수를 했고, 그는 빛나는 대리석 골동품 사이에 있는 장엄한 방에 그녀를 남겨 두고 발길을 돌렸다. 그녀는 그 작품들 가운데 앉아 무표정하지만 아름다운 얼굴들을 멍하니 주시하며 그것들이 영원히 지키고 있는 침묵에 귀를 기울였다. 적어도 로마에서는 한 무리 그리스 조각상을 오랫동안 바라보노라면 그들의 숭고한 침묵이 주는 효과를 느끼지 않을 수 없게 된다. 마치 의식을 위해 닫힌 높다란 문처럼, 거대한 평화의 흰색 덮개가 영혼에 천천히 내려앉는 것과 같았다. 여기서 로마라고 말하는 이유는 로마의 대기가 절묘한 매개체가 되어 그러한 인상을 가져다주기 때문이다. 황금빛 태양이 이러한 인상과 혼합되어, 비록 명목상으로는 채워진 공허에 불과하지만 아직도 선명하게 남은 과거의 깊은 정적이 이 인상에 엄숙한 마력을 던져 주는 듯했다. 카피톨리노 언덕 화랑의 창문 위에는 커튼이 약간 내려져 있었기 때문에, 선명하고 따스한 그늘이 조각상에 드리워 보다 온화한 모습을 만들었다. 이사벨은 그곳에 오랫동안 앉아 정지된 조각상들의 우아한 모습에 넋을 잃고, 그들의 경험 가운데 어떤 것에 우리의 멍한 눈이 뜨였고, 또한 우리 귀에 그들의 생소한 말이 어떻게 들릴까를 생각했다. 어두운 적색 벽은 그들에게 안식을 주었고, 잘 닦인 대리석 바닥은 그들의 아름다운 모습을 비추어 주었다. 그녀는 이 모든 광경을 전에도 본 적이 있었지만, 다시 보니 기쁨이 배가되었다. 게다가 당분간 혼자 있게 되었다는 것이 더욱 기뻤다. 그러나 마침내 그녀의 관심은 좀 더 깊은 생명의 조류에 잠겨들었다. 이따금 관광객이 실내에 들어와 발걸음을 멈추고 「죽어 가는 검투사 조각상」을 잠시 응시하다가 반대쪽 출입구를 통해 매끈한 보도를 삐걱대며 걸어 갔다. 삼십 분쯤 지나자 다른 일행보다 먼저 오스먼드가 나타났다. 그는 뒷짐을 지고 여느 때처럼 묻는 듯하면서도 호소력이 배지 않은 미소를 띠며 그녀가 있는 곳으로 천천히 다가왔다. "혼자 있다니 놀랐소. 일행과 함께 있을 거라 생각했는데."

"함께 있었어요. 가장 좋은 사람과." 이 말을 한 뒤 그녀는 주위에 있는 안티누스* 조각상과 파우누스** 조각상을 향해 눈길을 돌렸다.

"저것들이 영국 귀족보다 더 나은 친구라는 건가요?"

"어머, 영국 귀족과는 조금 전에 헤어졌답니다." 그녀는 일어서면서 의도적으로 약간 차가운 투로 대답했다.

오스먼드는 그녀가 보인 차가운 태도를 눈치챘지만, 그것이 오히려 그가 질문하는 데 도움이 되었다. "어젯밤에 들은 게 사실이라는 생각이 들어요. 당신은 그 귀족에게 좀 냉정한 것 같소."

이사벨은 잠시 「죽어 가는 검투사 조각상」을 바라보았다.

---

* 로마 황제 하드리아누스가 총애한 미소년.
** 로마 신화에 등장하는 목축의 신.

"그렇진 않아요. 나름대로 친절하게 대했어요."

"내가 말한 것이 바로 그거요!" 길버트 오스먼드가 대꾸했다. 무척이나 행복하게 들뜬 나머지 그의 말은 농담처럼 들렸다. 원작, 진기한 것, 뛰어난 것, 정교한 것을 좋아하는 그의 성격은 이미 알려져 있었다. 그런 그가 자신이 속한 부류와 계급에서 매우 훌륭한 모범이라고 스스로 간주하는 워버튼 경을 만났으니만큼, 그런 고상한 인물을 거부했으며 자신의 수집품으로서 두각을 나타낼 수 있는 젊은 숙녀를 자기 것으로 삼는다는 생각에 새로운 매력을 품게 되었다. 오스먼드가 귀족이라는 것을 높이 평가했던 것은 자신이 쉽게 넘을 수 없다고 생각한 특성 때문이 아니라, 그 굳건한 현실성 때문이었다. 그는 자신을 영국 귀족으로 만들어 주지 않은 운명의 신을 결코 용서할 수 없었으며, 영국 신사를 거절한 이사벨의 행위가 뜻밖이라고 생각했던 것이다. 그러나 그가 결혼할 의향이 있는 여자가 이런 식으로 행동하는 것은 다행이었다.

29

우리가 알고 있듯이 랠프 터쳇은 자신의 훌륭한 친구와 이야기를 나누면서 길버트 오스먼드의 장점에 대한 인식을 상당 부분 수정했다. 하지만 그는 로마를 방문하는 동안 그 신사의 행동에 비추어 자신의 도량이 크지 않다고 느꼈을지도 모른다. 오스먼드는 매일 상당한 시간을 이사벨과 그녀 일행에게 할애했던 탓에 마침내 그들에게 정말 붙임성 좋은 사람이라는 인상을 남겼다. 오스먼드가 재치와 쾌활함을 구사한다는 것은 누구나 알 수 있었다. 그리고 그것은 아마도 정확하게는 오스먼드의 표면적인 사교성에 대해 랠프가 가졌던 예전의 견해를 스스로 자책하게 만든 이유가 되었을 것이다. 사람을 차별했던 이사벨의 친척 랠프는 심지어 이제 오스먼드가 유쾌한 동료라고 인정하지 않을 수 없었다. 그는 태연하도록 유쾌했고, 사실을 정확히 알며, 때와 장소에 따라 적절한 말을 구사하는 등, 담배를 피울 때 친절하게 옆에서 성냥을 그어 주는 것처럼 편리했다. 그는 잘 놀라지 않는 사람들이 즐거워하듯 무척 즐거워했기 때문에 대체로 박수갈채를 받았다. 그렇다고 해서 그가 남의 눈에 의기양양해 보였다고 할 수는 없었다. 그는 즐거움이 고조될 때도 큰 북에 손가락 마디를 함부로 대는 일조차 없었다. 그는 높고 귀에 거슬리는 어조, 즉 함부로 내뱉는 헛소리 따위를 끔찍이 싫어했다. 그는 이사벨이 때로는 과민 반응을 한다고 생각했다. 그녀에게 그런 결점이 있는 건 유감이었다. 왜냐하면 그 결점만 없다면 그녀는 말 그대로 결점 하나 없는 여자일 테고, 자신이 그녀를 필요로 할 때 손바닥에 건네진 상아처럼 포근한 느낌을 줄 것이기 때문이었다. 성격상 소란스러운 구석이 없다 할지라도 그는 생각이 깊었고, 저물어 가는 5월 로마 보르게세 공원의 소나무 아래나 목초지의 작고 신선한 꽃들과 이끼 낀 대리석 사이를 느릿느릿 거닐며 느끼는 만족감을 알고 있었다. 그는 모든 것에 즐거움을 느꼈다. 이토록 한꺼번에 많은 것에 즐거움을 누린 적이 없었다. 옛날의 인상, 옛날의 즐거움이 되살아난 그는 어느 날 저녁 숙소로 돌아온 후 짤막한 소네트 한 편을 써서 '로마 재방문'이라는 표제를 붙였다. 그는 하루 이틀 지난 후 이것을 다듬어 멋진 시를 만들어 이사벨에게 보이며, 이탈리아 사람은 즐거운 체험을 했을 때는 시신(詩神)에게 시를 바쳐 기념한다는 설명을 덧붙였다.

대체로 오스먼드는 좀처럼 즐기는 법이 없었고, 그 자신도 인정하듯이 뭔가 잘못되었거나 추한 일 등에 대해 너무나 자주 통렬하게 느끼고 있었다. 행복을 잉태시키는 비옥한 이슬이 그의 정신에 내리는 일은 좀체 없었다. 그러나 지금 그의 마음은 행복했다. 아마도 지금까지 이처럼 행복감을 맛본 적이 없었을 것이다. 그가 이렇게 느끼게 된 데는 충분한 근거가 있었다. 바로 성공했다는 느낌인데, 인간이 마음에 품을 수 있는 가장 유쾌한 감정이라고 해도 좋았다. 사실 오스먼드는 이런 기분을 제대로 맛본 적이 없었던 것이다. 그는 스스로 그것을 완벽히 알고 있었고, 종종 그 사실을 자신에게 환기하듯 짜증스러운 싫증을 느꼈다. "그렇지 않아. 기분이 상한 건 아니지. 정말 그렇지 않아." 그는 마음속으로 이 말을 되뇌곤 했다. "만일 죽기 전에 성공을 거두게 되면 그럴 만한 일을 충분히 한 거겠지." 그런 은혜를 '얻어 낸다'는 건 무엇보다 남몰래 그것을 갈구하는 일이었고, 그는 그렇게만 하면 된다고 집착하는 경향이 있었다. 그의 생애에 성공이 전혀 없었던 건 아니었다. 실제로 이런저런 관망자들에게 그가 막연한 월계관에서 안식을 구하고 있다는 사실을 암시할 수도 있었다. 그러나 그가 맛본 승리 가운데 어떤 것은 이제 너무 진부했고, 다른 것들은 너무 쉽게 얻은 승리였다. 이번의 승리는 생각보다 그렇게 어려운 건 아니었지만 그것을 쉽게(단시일 내에) 얻을 수 있게 된 것은 그가 전적으로 이례적인 노력, 즉 그로서는 상상할 수 없을 만큼 대단한 노력을 했기 때문이다. 무엇인가를 통해 자신의 '재능'을 나타내려는(아무튼 과시하기 위해) 욕구는 그의 청년 시절의 꿈이었으나, 세월이 흐를수록 특별한 재능을 뚜렷이 보여 주는 일에 따라붙는 조건들이 점점 더 지겹고 혐오스럽게

504

느껴졌다. 그것은 마치 사람의 인내력을 '시험하기' 위해 맥주를 몇 잔이고 들이켜는 것과 같았다. 미술관 벽에 걸린 익명의 그림을 깨인 의식으로 방심하지 않고 살펴보면 알아차리기 힘든 고도의 스타일을 통해 거장의 손으로 그려졌다는 것을 갑작스럽게 깨닫게 되는 것처럼 특이한 즐거움을 누릴 수 있을지도 몰랐다. 그의 '스타일'은 여자가 별 도움 없이 스스로 찾아냈다. 그리고 지금 그것은 그가 즐기는 한편, 그가 힘들일 필요 없이 그녀 자신이 세상에 알려야 될 일이었다. 그녀는 그를 위해 그것을 해야 하므로, 그가 지금까지 기다린 것이 헛수고가 아닌 셈이었다.

돌아갈 날짜를 확정하기 바로 전, 이사벨은 터쳇 부인으로부터 다음과 같은 전보를 받았다. "6월 4일 피렌체를 떠나 벨라지오*로 감. 다른 구경거리가 없으면 동행을 원함. 로마에서 시간을 허비할 거라면 기다릴 수 없음." 로마에서 빈둥거리는 것은 굉장히 즐거웠으나 이사벨은 다른 구경거리도 보고 싶었다. 그녀는 이모에게 곧 돌아간다고 알렸다. 그녀가 이 계획을 오스먼드에게 이야기하자, 그는 이탈리아에서 여름은 물론 겨울에도 많이 머무는 형편이니 자기는 성 베드로 교회가 드리워 주는 서늘한 그늘 속에 좀 더 있겠노라고 대답했다. 그는 앞으로 열흘 동안은 피렌체에 돌아가지 않을 것 같았고, 그사이에 그녀 혼자 벨라지오로 떠날 수도 있었다. 따라서 그가 다시 이사벨을 만나려면 꽤 시간이 걸릴지도 모를 일이었다. 그

---

* 이탈리아 북부의 휴양 도시.

는 이사벨 일행이 머물고 있는 크고 훌륭하게 장식된 호텔 거실에서 이런저런 이야기를 나누었다. 때는 늦은 저녁 무렵이었고, 다음 날 아침 랠프가 이사벨을 데리고 피렌체로 가게 되어 있었다. 오스먼드는 그녀 혼자 있는 모습을 보았다. 헨리에타 스택폴은 4층에 투숙하고 있는 쾌활한 미국인 가족과 친해져, 그들을 만나러 한없이 긴 계단을 걸어 올라갔다. 그녀는 여행 중에도 스스럼없이 친구를 사귀었고, 기차에서 우연히 만나 친구가 된 사람과의 우정도 매우 소중하게 여겼다. 랠프는 다음 날 아침의 여행 준비를 하고 있었고, 이사벨은 노란색 실내 장식품들이 어지럽게 널린 방 안에 홀로 앉아 있었다. 의자와 소파는 오렌지색이었고, 벽과 창은 자줏빛으로 환하게 꾸며져 있었다. 거울과 그림의 틀은 극도로 현란했으며, 높은 아치 모양으로 펼쳐진 천장에는 예술의 여신의 나상(裸像)과 천사들이 채색되어 있었다. 오스먼드는 이 장소가 천박하다는 느낌이 들어 메스꺼웠다. 조잡한 색깔과 속임수 같은 치장이 천박해 마치 거드름을 피우며 지껄이는 말과 같았다. 이사벨은 로마에 도착했을 때 랠프가 준 앙페르*의 책을 손에 들고 있었지만, 손을 어디에 둘지 몰라 무릎에 책을 얹고 있었을 뿐 책을 읽고 싶은 마음은 없었다. 그녀 옆의 탁자에서 분홍색 종이 덮개를 씌운 등이 타오르며 방 안을 이상할 만큼 창백한 장밋빛으로 물들이고 있었다.

"돌아오겠다고 하지만 장담할 수 없는 일 아니오?" 길버트

---

* 19세기 프랑스의 역사가이자 문헌학자.

오스먼드가 이사벨에게 말했다. "마치 당신이 세계 일주 여행이라도 떠나려는 듯한 생각이 드는군요. 사실 당신은 특별히 이곳에 돌아올 의무도 없고, 하고 싶은 일은 무엇이든 할 수 있으며, 마음대로 세계를 유람할 수 있잖아요."

"글쎄요, 이탈리아도 그 일부이니 도중에 들러 볼 수도 있지 않겠어요?"

"세계 일주 도중에 말이오? 그런 일은 하지 마요. 우리를 다른 일의 막간에 넣지 말고 우리의 이야기를 써넣는 데 한 장(章)을 할애해요. 여행 도중에 당신을 만나고 싶진 않아요. 여행이 끝난 뒤로 미루고 싶소. 당신이 지쳐서 싫증이 났다 싶을 때 만납시다." 오스먼드는 이렇게 말하고 다시 덧붙였다. "그럴 때 당신을 보고 싶으니까."

이사벨은 눈을 내리깐 채 앙페르의 책을 손가락으로 만지작거렸다. "당신은 의도하지 않은 듯, 놀리지 않는 척하며 놀리는 데 능숙하시네요. 제 여행은 전혀 존중해 주지도 않고. 어리석은 일이라고 생각하시는 모양이죠?"

"그런 걸 어떻게 알아요?"

이사벨은 같은 어조로 계속 말하면서 종이칼로 책 끝을 쿡쿡 찍었다. "당신은 제가 무지해서 잘못된 일을 한다고 생각하시는 거죠. 세계가 자기 것인 양 휘젓고 다니는 것에 대해, 그것도 그저 그렇게 할 수 있다는 이유 때문에 그러는 것에 대해 말이에요. 여자가 그렇게 하는 게 좋다고 보지 않는 거죠. 너무 대담하고 볼품없는 일이라고 생각하잖아요."

"아름다운 일이라고 생각해요." 오스먼드가 말했다. "당신은 내 뜻을 알겠죠. 당신에게 충분히 얘기했으니까. 삶을 예술 작품처럼 만들어야 한다고 했던 내 말을 기억하겠지요? 내가 이 말을 했을 때 당신은 처음엔 다소 놀란 듯했지만 바로 당신 스스로도 그렇게 하기 위해 애쓰는 것 같다고 말했죠."

그녀는 책에서 눈을 떼며 말했다. "당신이 세상에서 가장 경멸하는 게 어리석고 나쁜 예술이죠."

"그럴지도 몰라요. 그러나 당신의 예술은 내게 무척 선명하고 훌륭한 것으로 여겨져요."

"다음 겨울에 일본에 가겠다고 하면 당신은 저를 비웃겠죠." 이사벨이 말했다.

이 말을 듣고 오스먼드는 미소로 답했다. 날카롭긴 하지만 비웃음은 아니었다. 그들이 나눈 대화의 어조는 농담이 아니었기 때문이다. 이사벨은 사실상 엄숙한 표정이었고, 그는 이런 모습을 전에도 본 적이 있었다. "당신에게는 사람을 놀라게 하는 상상력이 있군요."

"제가 말하려는 게 바로 그 점이에요. 당신은 그런 상상력을 우둔하다고 여기겠죠."

"일본에 간다면 새끼손가락 정도는 걸겠소. 내가 가장 가 보고 싶은 나라 가운데 하나니까. 내가 옛날 칠기를 얼마나 애호하는데. 내 말을 믿지 못하겠어요?"

"전 옛날 칠기를 좋아하지 않으니 구실이 없는 셈이네요."

"당신에겐 더 나은 구실이 있어요. 돈이 넉넉하잖소. 그리고 내가 당신을 비웃는다는 생각은 큰 오해요. 왜 그런 생각을 하는지 이해가 안 돼요."

"당신에겐 돈이 없는데 제게는 여행 경비가 넉넉하다는 게 우스운 거라면 그건 별로 신기하지 않아요. 당신은 모든 걸 알고, 전 아무것도 아는 게 없거든요."

"그래서 여행을 통해 견문을 넓히겠다는 거요?" 오스먼드가 미소를 지었다. "게다가." 그는 반드시 해야 될 말이 있다는 듯 덧붙였다. "나라고 무엇이든 다 아는 건 아니오."

오스먼드는 무거운 어조로 이 말을 했으나 이사벨은 그것이 이상하다고 생각하지 않았다. 자신의 생애에서 가장 즐거웠던 사건, 지극한 행복이 끝나 간다고 생각했다. 그녀는 로마에서 보낸 이 며칠간을 이처럼 즐겁게 여겼지만, 실은 자신을 사치스러운 외투에 파묻힌 채 질질 끌리는 옷자락을 떠받칠 여러 수행원과 사관을 필요로 했던 과거의 어떤 공주에 비유했는지도 몰랐다. 로마에서 보낸 시간이 대부분 즐거웠던 것은 바로 오스먼드 때문이었다는 점은 그녀가 구태여 생각하려고 하지 않은 부분이었지만, 그 점은 충분히 알고 있었다. 그녀는 두 사람이 다시 만날 수 없다는 위험이 있을지라도 그것이 결국 좋을 수도 있다고 스스로 생각했다. 즐거운 일은 되풀이되는 법이 없으며, 그녀의 모험은 이미 시작된 것이나 다름없었다. 그녀는 바다로 머리를 돌려 어떤 낭만적인 섬을 향해 떠나려는 채비를 하고, 자줏빛 포도를 마음껏 즐긴 후 미풍이 불면 출항하려는 참이었다. 다시 이탈리아에 돌아와 보면 그녀를 그렇게도 즐겁게 만들었던 이 불가사의한 남자가 변해 있을지도 모른다. 그런 위험을 감수하느니 차라리 돌아오지 않는 편이 좋으리라. 그러나 만일 그녀가 돌아오지 않게 된다면 그와 나눈 시간이 끝나는 것이 더욱 서운할 뿐이었다. 그녀는 눈물이 나올 것 같은 고통에 잠겼고, 그런 감정 때문에 잠시 가만히 있었다. 그러자 길버트 오스먼드 역시 침묵을 지키다가 마침내 그녀를 바라보며 조용하면서도 다정한 목소리로 말했다. "어디든 가서 무엇이든 하고 얻을 수 있는 건 모두 얻어요. 행복과 승리를 빌어요."

"승리라니, 무슨 뜻이죠?"

"글쎄요, 당신이 좋아하는 일을 하는 거겠죠."

"그렇다면 승리한다는 건 제게는 실패하는 거로군요! 좋아하는 일이 모두 허망하게 되는 건 이따금 너무 피곤하답니다."

오스먼드가 조용하면서도 민첩하게 말을 받았다. "사실 그래요. 방금 내가 암시한 것처럼 당신은 언젠가는 지쳐 버릴 거요." 그는 잠시 말을 멈췄다가 계속 말했다. "당신에게 말하고 싶은 게 있는데, 그때까지 기다리려야 될지 어떨지 모르겠소."

"그게 뭔지 모르기 때문에 뭐라고 말씀드릴 수가 없네요. 하지만 저는 싫증이 나면 지독한 여자로 변해요." 이사벨이 일관성 없는 투로 덧붙였다.

"그 말은 믿을 수 없군요. 때로는 화가 날 때도 있겠지. 비록 본 적은 없지만 그건 믿을 수 있소. 그러나 당신이 '언짢을' 일은 절대로 없을 거요."

"화가 날 때조차요?"

"화를 내지 않고 참겠죠. 그건 아름다운 건데." 오스먼드의 말은 고상하고 진지했다. "정말이지 보기에도 훌륭한 순간이오."

"이제라도 그렇게 되면 좋겠네요!" 그녀는 초조한 듯이 소리쳤다.

"난 염려하지 않아요. 팔짱을 끼고 당신을 찬미할 테니까. 진심으로 말하는 거요." 그는 몸을 앞으로 숙여 양 무릎에 손을 얹고 잠시 바닥을 응시했다. "내가 하고 싶은 말은." 그는 눈을 들고 말을 이었다. "당신을 사랑한다는 걸 알게 되었다는 거요."

이사벨은 자리에서 벌떡 일어났다. "그런 말씀은 제가 지쳐 버릴 때까지 하지 마세요!"

"다른 사람들로부터 이런 말을 듣는 데 싫증이 날 때까지 말이오?" 오스먼드는 자리에 앉은 채 그녀를 올려다보았다. "아니오. 당신이 지금 귀담아들어도 좋고 절대 그러지 않아도 좋으니 마음대로 해요. 그러나 지금 말해야 돼요." 그녀는 고개를 돌렸다가 몸을 다시 추스르며 그에게 눈길을 떨구었다. 두 사람은 한동안 이런 상태로 있다가 서로를 오래 바라보았다. 자기들이 삶의 중대한 시기에 직면했다는 것을 크게 의식한 표정이었다. 잠시 후 그가 일어나 그녀에게 다가왔는데, 자신이 스스럼없이 굴고 있는 게 아닌지 염려하면서 상대를 깊이 배려하는 것 같았다. "당신을 진심으로 사랑하오."

오스먼드는 감정이 거의 배제된 신중한 어조로 사랑 고백을 되풀이했다. 별 기대는 하지 않지만 자신의 마음을 드러내야 안심할 수 있다고 생각하는 남자의 말이었다. 이사벨의 눈에 눈물이 고였다. 이번에는 가느다란 빗장이 미끄러져 나감에 따라 뒤인지 앞인지 방향은 몰라도 날카로운 고통이 밀려

왔기 때문이다. 그가 그곳에 서서 고백한 아름답고 부드러운 말은 금빛 찬란한 초가을의 대기 같았다. 그러나 실제에서 이사벨은 이 말을 듣고는 그를 마주하며 가만히 뒷걸음을 쳤다. 과거 이와 비슷한 사건에 마주쳤을 때도 그녀의 행동은 마찬가지였다. "제발 그런 말씀은 하지 마세요!" 그녀의 말에는 이번에도 선택하고 결정해야 된다는 두려움이 역력히 배어 있었다. 정확히 말해 모든 두려움(마음속에 깊이 도사리고 있는 어떤 느낌, 즉 자신이 고무되어 신뢰할 수 있는 열정을 가져야 된다는 부담)을 온 힘을 다해 떨쳐야 한다는 것이 두려움을 더욱 크게 만들었다. 마치 은행에 큰 돈을 예치한 후 그것을 쓰기 시작해야만 할 때의 공포 같은 것이었다. 그녀가 거기에 손을 대기 시작하면 그 두려움은 한꺼번에 쏟아져 내릴 터였다.

"내 고백이 당신에게 큰 문제가 되진 않을 거요." 오스먼드가 말했다. "내가 당신에게 줄 건 아무것도 없으니까. 내가 가진 것은 내게는 충분하지만 당신에게는 그렇지 않을 거요. 내게는 재산도 명성도 어떤 외적 혜택도 없어요. 그래서 아무것도 주지 못해요. 이런 말을 하는 건 당신을 화나게 하려는 게 아니라, 언젠가는 기쁘게 만들지도 모른다고 여기기 때문이오. 이런 말을 하고 나니 기분이 무척 좋군요." 오스먼드는 계속 말하면서 이사벨 앞에 버티고 서서 그녀 쪽으로 몸을 신중하게 굽혀 손에 쥐고 있던 모자를 천천히 돌리고 있었다. 그의 동작은 극히 점잖았으며, 어색한 떨림은 있었지만 괴상한 구석은 전혀 없었다. 그가 확고하면서도 세련된, 약간 일그러진 얼굴을 이사벨에게 돌렸다. "괴로울 건 전혀 없어요. 너무나 단순 명료하기 때문이죠. 당신은 내게 언제까지나 이 세상에서 가장 소중한 여인이오."

이사벨은 자신을 오스먼드가 말한 그런 여자로 보았다. 골똘히 바라보고는 자기가 그런 역할을 우아하게 해낼 거라고 생각했다. 그러나 그녀가 한 말은 그런 자기만족과는 거리가 멀었다. "당신이 저를 화나게 하는 건 아니에요. 하지만 그것 때문에 괴로워하고 고통받는다는 걸 명심하세요." 자신이 '괴로워한다'고 한 것을 생각하니 우스꽝스럽게 여겨졌다. 하지만 바보 같게도 그녀에게 떠오른 말이 바로 그것이었다.

"절대 잊지 않겠소. 물론 놀랐을 테죠. 하지만 단지 그것뿐이라면 그대로 끝나 버릴 일인데. 그리고 아마 내가 부끄럽게 여기지 않아도 될 일이 그대로 남게 되겠지요."

"그게 뭘까요? 어쨌든 저는 그렇게 당황하지는 않았어요." 이사벨은 창백한 미소를 지으며 말했다. "너무 곤란해서 생각조차 할 수 없을 정도는 아니에요. 그리고 우리가 헤어지게 되어서, 제가 내일 로마를 떠나게 되어서 다행이라고 생각해요."

"그 점은 나로서는 찬성할 수 없어요."

"전 당신을 전혀 모르는걸요." 이사벨은 느닷없이 이 말을 하고는 얼굴을 붉히고 말았다. 이 말은 자신이 거의 일 년 전 워버튼 경에게 했던 바로 그 말이었기 때문이다.

"떠나지 않는다면 나라는 남자를 더 잘 알 수 있을 텐데."

"언젠가는 알게 되겠죠."

"그렇게 되길 빌겠어요. 난 무척 알기 쉬운 사람이라오."

"아니, 그건 틀렸어요." 그녀는 강조하듯 말했다. "그런 면에서는 당신의 진실이 엿보이지 않아요. 당신은 알기 어려운 사람이에요. 당신만큼 알기 어려운 사람도 없어요."

"글쎄요." 그는 웃으며 말했다. "나는 나 자신을 잘 알기 때문에 그렇게 말한 건데. 자만하는 건지 모르지만 난 자신을 잘 알아요."

"정말 그럴 거예요. 당신은 참으로 현명한 분이에요."

"당신도 그래요, 아처 양!" 오스먼드가 외쳤다.

"지금 당장 그렇게 느끼진 않아요. 그래도 당신이 그만 떠나는 편이 나을 거라고 생각할 만큼 분별력은 있답니다. 잘 가세요."

"몸조심해요!" 길버트 오스먼드는 복종하지 않으려고 했던 그녀의 손을 잡으며 말했다. 그러고 나서 한마디 덧붙였다. "다시 만날 기회가 생기면 내 마음이 지금과 변하지 않았다는 걸 알게 될 겁니다. 당신을 만나지 않아도 내 마음은 결코 변하지 않을 테니까."

"정말 감사해요. 안녕히 가세요!"

이사벨을 찾아온 오스먼드에게는 뭔가 고요하면서도 확고한 면이 있어서 제 발로 걸어 나가기는 하겠지만 쫓겨날 것 같지는 않았다. 그가 말했다. "한 가지가 더 있어요. 난 지금껏 당신에게 무엇 하나 요구하지 않았소. 장차 어떻게 할까 하는 생각까지도. 그 점을 알아 줘요. 그러나 한 가지 부탁할 것은 있소. 난 며칠간 집으로 돌아가지 않을 겁니다. 로마는 즐겁게 머무를 만한 곳이고 나와 같은 마음 상태인 사람에겐 좋은 곳이니까. 아, 당신도 이곳을 떠나게 되어 서운하다는 건 알아요.

그러나 당신은 이모님이 바라는 일을 하는 게 좋겠소."

"이모님은 그걸 바라시지도 않아요!" 이사벨이 갑자기 묘한 말을 했다.

오스먼드는 이 말에 부응하는 대답을 하려는 눈치가 분명했지만, 갑자기 마음이 변한 듯 이렇게 말할 뿐이었다. "좋소, 당신은 이모님과 동행하는 게 타당하겠죠. 어쨌든 매우 타당한 일이니까 그렇게 해요. 난 찬성이오. 내가 이렇게 선심을 쓰는 것도 용서해요. 당신은 나를 잘 모르겠다고 했는데, 나를 알게 되면 내가 얼마나 예의를 중요하게 여기는지 이해하게 될 거요."

"당신은 인습에 사로잡힌 분은 아닌가요?" 이사벨이 엄숙하게 물었다.

"당신이 그 질문을 하니 좋군요! 맞소. 아니, 난 인습에 사로잡힌 사람이 아니라 인습 그 자체요. 그 의미를 모르겠어요?" 이 말을 한 뒤 그는 잠시 말을 끊고 미소를 지었다. "설명해 주고 싶군요." 그는 갑자기 밝고 자연스러운 태도로 재빨리 간청하듯 말했다. "부디 다시 돌아와요. 함께 상의할 일들이 많아요."

이사벨은 시선을 떨구고 가만히 서 있었다. "부탁할 것이 있다고 하셨는데 그게 뭔가요?"

"피렌체를 떠나기 전에 내 딸을 좀 만나 주시오. 집에 혼자 있어요. 누이동생에게는 보내지 않기로 했죠. 나와는 생각이 전혀 다르니까. 내 딸을 만나 정말 애정을 품고 아버지를 대해 달라고 말해 줘요." 오스먼드는 온화한 태도로 말했다.

"기꺼이 가겠어요." 이사벨이 대답했다. "지금 하신 말도 반드시 전하겠어요. 이제 작별 인사를 다시 해야겠군요."

오스먼드는 이 말을 듣고 서둘러 정중히 인사를 하고는 그곳을 떠났다. 그가 나간 뒤 그녀는 주위를 둘러보면서 그 자리에 잠시 서 있다가 천천히 자리에 앉아 명상에 잠겼다. 일행이 돌아올 때까지 그녀는 두 손을 포갠 채 낡은 양탄자를 바라보면서 가만히 앉아 있었다. 그녀의 심적 동요는 진정되지 않고 아직도 매우 깊은 곳에서 계속되고 있었다. 방금 일어난 일은 지난 일주일 동안 그녀가 상상하고 기대하던 일이었다. 그러나 막상 그 일이 일어나자 그녀는 멈칫했고, 고상했던 마음이 다소 무너져 내렸다. 이 젊은 여인의 정신의 움직임에는 묘한 데가 있었고, 그것이 자연스럽다고 보기는 어려웠기에 있는 그대로 전달할 수밖에 없다. 그녀의 상상력이 주춤거렸다고 말했지만, 실은 그것이 건너지 못할 크고 막연한 공간이 나타났던 것이다. 그것은 마치 겨울 황혼 속에 보이는 황무지처럼 모호하며 약간의 위험마저 도사린, 어두컴컴하고 불확실한 흔적이었다. 하지만 그녀는 그것을 건너야만 했다.

30

다음 날 아침 이사벨은 사촌 오빠와 동행하여 피렌체로 돌아왔다. 평소에 랠프 터쳇은 기차 여행 중에는 동요되었지만 이제는 길버트 오스먼드가 분명히 좋아하게 된 로마에서 이사벨을 서둘러 떼어 내 기차를 타고 돌아오니 내내 기분이 몹시 좋았다. 몇 시간의 기차 여행은 또 다른 큰 여행 계획의 첫걸음이 되었다. 헨리에타는 줄곧 뒷좌석에서 밴틀링의 도움을 받아 가며 나폴리로 여행할 계획을 세우고 있었다. 이사벨은 터쳇 부인이 출발 예정일로 잡은 6월 4일까지 피렌체에 사흘 정도 머물 수 있었다. 그녀는 마지막 날 팬지를 만나러 가겠다는 오스먼드와의 약속을 지키기로 했다. 그러나 그녀는 마담 멀의 생각에 따라 자신의 계획도 바꾸지 않으면 안 될 거라고 생각했다. 마담 멀도 아직 터쳇 부인 저택에 머물고 있으나 곧 피렌체를 떠나려는 참이었다. 예전에 이탈리아 어느 귀족이 살

앗던 토스카나 지방 산속 고성(古城)으로 떠난다고 했다. 마담 멀이 귀족과 알고 지낸다는 것(그녀 말에 의하면 '영원토록' 알게 되었다고 했다.)은 그녀가 이사벨에게 보여 준 총안*이 있는 거대한 건물이 찍힌 분명한 사진으로 미루어 볼 때 소중한 특권처럼 생각되었다. 이사벨은 이 행운의 여인에게 오스먼드로부터 함께 그의 딸을 방문해 달라는 부탁을 받았다고 말했다. 하지만 그가 자기에게 사랑 고백을 했다는 말은 하지 않았다.

"어머, 그래요!" 마담 멀이 프랑스어로 외쳤다. "나도 떠나기 전에 잠시 그 애를 만나러 가면 좋을 거라고 생각했는데."

"그러면 함께 가면 되겠네요." 이사벨이 '합리적'으로 말했다. 여기서 '합리적'이라고 한 건 열의를 담고 그 제안을 한 것은 아니었기 때문이다. 사실 이사벨은 혼자서 팬지를 찾아가기로 마음먹었지만, 마담 멀과 함께 가는 편이 더 낫다고 보았다. 그럼에도 마담 멀에 대한 깊은 배려심 때문에 이러한 야릇한 기분을 떨쳐 버리려고 했다.

마담 멀은 잠시 생각에 잠겼다. "그렇긴 하지만 왜 우리 두 사람이 함께 가야 할까요? 지금 우린 각자 이것저것 할 일이 상당히 많은데."

"그럼 좋아요. 저 혼자 가는 것도 괜찮아요."

"당신 혼자 가는 게 어떨지 모르겠네요. 멋진 독신 남자의 집에 말이에요. 그 사람은 결혼했었죠. 하지만 너무나 오래전 일이에요!"

---

*총이나 활을 쏠 수 있도록 건물에 뚫은 구멍.

이사벨은 그녀를 물끄러미 바라보았다. "오스먼드 씨가 안 계시지만 괜찮겠죠?"

"사람들은 그분이 집에 없다는 걸 몰라요."

"사람들이라뇨? 누구를 말하는 거죠?"

"모두 다요. 하지만 상관없을 거예요."

"부인이 가는데 전들 왜 못 가겠어요?"

"난 시대에 뒤처진 여자지만 당신은 아름답고 젊은 여자니까요."

"그렇다 하더라도 부인은 약속을 하진 않았잖아요."

"약속을 무척 소중히 여기는군요!" 마담 멀이 약간 조롱하듯 말했다.

"그럼요, 그게 이상한가요?"

"당신이 옳아요." 마담 멀이 분명하게 대답했다. "당신은 그 애에게 다정하게 대해 주려고 하는군요."

"정말 다정하게 대해 주고 싶어요."

"그럼 만나러 가세요. 누구도 그보다 더 현명하지는 못할 거예요. 그리고 당신이 찾아갈 수 없을 경우에는 내가 갈 거라고 전해 줘요. 아니면." 잠시 후 마담 멀이 덧붙였다. "말하지 마세요. 그 애는 관심이 없을 테니."

이사벨은 지붕 없는 마차를 타고 주위의 시선을 끌면서 언덕 꼭대기에 있는 오스먼드의 집으로 가는 구불구불한 길을 올라가면서 누구도 더 현명하지 못할 거라는 마담 멀의 말을 곰곰이 생각해 보았다. 대체로 여행에서 위험한 수로(水路)보다는 넓은 바다를 택하는 마담 멀은 가끔씩 애매모호한 말을 하고 거짓처럼 들리는 어조를 풍겼다. 이사벨 아처가 누군지도 모르는 사람들의 저속한 비판을 받는 것이 무슨 상관일까? 그리고 마담 멀은 몰래 해야만 되는 일이라면 자신이 뭔가 할 수도 있다고 생각하는 것일까? 물론 그런 일은 없었고, 뭔가 다른 의미가 담겨 있는 것이 틀림없었다. 출발을 앞두고 바쁜 탓에 그녀가 설명할 시간이 없었던 탓인지도 모른다. 이사벨은 언젠가 다시 이 점을 생각해 보기로 했다. 그녀가 분명히 해 두고 싶은 일이 있었던 것이다. 이사벨이 오스먼드의 응접실에 들어서자, 팬지가 다른 방에서 경쾌하게 피아노를 치는 소리가 들렸다. 소녀가 피아노 연습을 하고 있었기 때문에 이사벨은 자신의 책무를 충실히 이행하고 있다는 생각이 들어 기뻤다. 급히 응접실로 들어선 팬지는 원피스 주름을 펴면서 눈을 크게 뜨고는 아버지를 대신해 예절 바르고 착실하게 주인 노릇을 했다. 이사벨은 삼십 분 정도 그곳에 앉아 있었다. 그동안 팬지는 무언극에서 보이지 않는 줄에 의해 솟아오르는, 날개 달린 작은 요정처럼 움직였다. 잡담이 아닌 진짜 대화를 하면서, 이사벨이 그녀에 대해 다정하게 물은 것처럼 그녀도 정중하게 이사벨에게 흥미를 보였다. 이사벨은 궁금한 점이 많았다. 사람의 손으로 가꾼 백합 같은 향기가 나는 이 소녀와 직접 마주친 적이 한 번도 없었다는 점이 의아스러웠다. 도대체 이 소녀는 어떤 식으로 교육을 받았을까. 이사벨은 감탄을 금하지 못했다. 어떤 교육을 받고 컸기에 아이가 저렇게 됐을까? 어쩌면 아직도 저렇게 소박하며 자연스러운 순진성을 유지하고 있을까? 여태껏 성격과 자질의 문제를 좋아했던 이사벨은 개인의 깊은 신비라고 말할 수 있는 것은 떠보는 성미였다. 그래서 이 어린 소녀가 정말 무엇이든 아는지 아닌지 여태까지 의구심에 쌓여 있던 것이 기뻤다. 그녀의 극단적인 솔직함은 그저 철저한 자의식의 결과가 아닐까? 자기 아버지를 찾아오는 사람들을 기쁘게 하기 위한 가식적인 행동일까, 아니면 때 묻지 않은 성품을 그대로 표현한 것일까? 이사벨은 오스먼드의 멋스럽고 인기척 없고 어둠침침한 방에 한 시간 동안 머물렀다. 창문은 더위를 막기 위해 차양이 반쯤 내려져 있고, 여기저기 작은 틈새 사이로 강한 여름 햇빛이 새어 들어와 풍요로운 그늘의 바랜 색채와 변색된 도금에 한 줄기 빛을 비추었다. 이런 분위기 속에서 이 집 딸과 마주하는 사이에 이사벨은 이러한 문제의 해답을 제대로 얻은 것 같았다. 정말이지 팬지는 백지이며 순백의 표면으로서 온전히 보존되었던 것이다. 그녀에게는 친구를 구분하여 사귄다든가, 실수를 피한다든가, 오래된 장난감이나 새로 구입한 외투를 소중히 여긴다든가 하는 귀엽고 정교한 두세 가지 본능을 제외하고는 기교나 교활함, 성미, 재능 등 어느 것도 없었다. 그러나 이렇게 온화하다는 것에는 한편으로는 측은한 면이 있어서 자칫하면 운명에 쉽게 희생당할 수도 있었다. 그녀에게는 의지나 반항하는 힘은 물론 자신의 중요성에 대한 자각도 없어서 그저 쉽게 신비화되거나 좌절할 뿐이었다. 그녀가 가진 거라고는 매달려야 할 때와 장소를 아는 힘뿐이었다. 이사벨이 다른 방에 가 보고 싶다고 했고, 팬지는 이사벨과 함께 다른 방을 돌아보며 실내에 있는 여러 미술품에 대하여 의견을 말했다. 그녀는 자신의 장래와 직업, 아버지의 의도에 대해 말했으나 자기중심적인 태도가 아니었고, 이사벨처럼 이해심 많은 손님이 당연히 기대하고 있는 정보를 예의 바르게 제공한다고 여겼다.

"묻고 싶은 게 있어요." 팬지가 말했다. "아빠는 로마에서 캐서린 선생님을 만나러 가셨을까요? 시간이 나면 가시겠다고 했는데, 아마 시간이 없었을 테죠. 아빠는 엄청난 시간이 필요하시거든요. 제 교육에 대해 얘기하고 싶다고 말씀하셨어요. 제 교육이 아직 끝나지 않았기 때문이죠. 제 교육에 대해 수녀원 학교에서 어떤 조치를 취할지 알 수 없네요. 그렇지만 끝나기엔 아직 어림도 없는 것 같아요. 어느 날 아빠가 제 공부를 직접 봐 주시겠다고 말씀하신 적이 있어요. 수녀원 학교에서는 지난 한두 해 사이에 나이 든 여자아이들을 가르치는 선생님들이 무척 드물었거든요. 아빠는 부자가 아니기 때문에 저를 위해 많은 수업료를 부담해야 하는 건 정말 유감이에요. 전 그럴 자격이 없거든요. 저는 학습 속도가 참 느린 편이고, 기억력도 썩 뛰어난 편이 아니에요. 제 귀로 똑똑히 들은 것은, 특히 즐거운 이야기일 때는 외우지요. 그러나 책에서 배운 건 곧 잊어버리니 큰일이에요. 가장 친한 친구가 있었는데, 열네 살 때 수도원에서 데리고 가 버렸어요. 그건…… 영어로 뭐라고 하죠? '지참금'을 마련하기 위해서였대요. 영어에는 이런 말이 없나요? 제가 잘못 말한 건지도 몰라요. 가족들이 그 애를 결혼시킬 때 돈을 절약하기 위해 그랬대요. 아빠도 돈을 저축하려는 게 절 결혼시키기 위해서인지 잘 모르겠어요. 결혼하려면 엄청난 돈이 들 텐데요!" 팬지는 한숨을 쉬며 다시 말을 이었다. "아빠는 그것 때문에 절약하실 거라고 봐요. 하지만 어쨌든 전 아직 어리니까 그런 생각조차 하지 않아요. 남자 따윈 관심도 없어요. 남자라고 해도 아빠는 제외해야죠. 아빠가 아니라면 결혼하고 싶지만, 아빠의 딸로 있는 편이 모르는 남자의 아내가 되는 것보다 나아요. 아빠가 정말 보고 싶어요. 그러나 걱정하시지 않아도 돼요. 항상 떨어져 살았으니까요. 아빠는 휴일이 되어야 볼 수 있을 정도예요. 캐서린 선생님이 더욱 보고 싶어요. 하지만 이런 것은 아빠한테 말씀드리지 마세요. 이제 아빠를 만나지 않으실 건가요? 이렇게 오셨는데 아빠가 계시지 않아서 죄송해요. 아빠도 그러실 거예요. 여기에 오신 분들 중에서 당신이 제일 마음에 들어요. 그다지 많은 사람들이 찾아오진 않으니까 이런 말씀을 드려도 공연한 말은 아니랍니다. 아직 어린아이에 불과한 저를 보러 오늘 그렇게 먼 곳에서 와 주셨으니 영광이죠. 맞아요, 저는 지금 어린아이가 할 수 있는 일밖에 하는 게 없어요. 언제쯤 어린아이의 일을 끝내셨나요? 몇 살이신지 알고 싶지만 이런 질문은 예의에 어긋날지도 모르겠어요. 수녀원 학교에 있을 때 절대로 상대방의 나이를 묻지 말아야 한다고 배웠어요. 저는 해서는 안 될 일을 하고 싶지는 않거든요. 바르게 교육받지 못했다는 인상을 주니까요. 저도 갑자기 놀라고 싶진 않아요. 아빠는 세세한 지시를 내리고 가셨어요. 전 아주 일찍 잠자리에 든답니다. 그리고 해가 저쪽으로 기울면 정원으로 나가요. 아빠는 햇볕에 얼굴이 그으면 안 된다고 엄한 명을 남기셨죠. 저는 항상 경치를 좋아하는데, 정말이지 산은 너무 좋아요. 로마의 수녀원에서 보이는 거라곤 지붕과 종탑뿐이었어요. 전 하루에 세 시간 정도 피아노 연습을 하는데도 아직 잘 치지는 못해요. 피아노 칠 줄 아세요? 제게 뭔가 연주해 주세요. 아빠는 좋은 음악을 들어야 된다고 생각하시던데. 멀 아줌마는 제게 몇 번 연주해 주셨죠. 그래서 전 그분을 정말 좋아한답니다. 솜씨가 뛰어나니까요. 전 아직 어림없는 실력이죠. 게다가 목소리까지 나빠요. 석필로 장식 무늬를 조각할 때 나는 껄끄러운 소리 같은걸요."

이사벨은 팬지의 정중한 소원을 받아들여 장갑을 벗고 피아노 앞에 앉았다. 팬지는 그 옆에 서서 그녀의 하얀 손이 건반 위를 잽싸게 움직이는 것을 가만히 지켜보았다. 연주를 끝내자 이사벨은 소녀에게 작별의 입맞춤을 하고 껴안은 뒤 한참이나 바라보았다. "착한 사람이 되어서 아버지를 즐겁게 해 드려."

"바로 그것 때문에 살아가는걸요." 팬지가 대답했다. "아빠에겐 즐거움이 별로 없어요. 좀 슬픈 것 같아요."

이사벨은 이 말을 흥미롭게 들었지만 그런 느낌을 숨겨야만 한다는 게 거의 고통스럽게 느껴졌다. 그렇게 압박을 느낀 것은 그녀의 자존심이자 체면 때문이었다. 아직도 그녀의 머릿속에는 팬지에게 그녀 아버지에 대한 이야기를 하고 싶은 강한 충동을 순간적으로 억제하는 다른 일들이 있었다. 물론 아이가 하는 말을 듣거나 아이에게 말하게 하는 것은 그녀에게 즐거움을 가져다주는 일이었다. 그러나 이런 것을 의식하자마자 그녀는 자신이 어린 소녀를 이용하는 게 아닌가 하는 생각이 들어 두려움을 느꼈다. 그녀가 자신을 책망하려 했던 건 바로 이 점 때문이었다. 그녀가 두려움을 느낀 또 다른 이유는 오스먼드가 아직도 미묘하게 느끼고 있을지도 모르는 대기 속에 자신이 매혹된 숨결을 조금이라도 불어넣고 있다는 것이었다. 이사벨은 이곳을 찾아오긴 했지만 한 시간밖에 머물지 않았다. 그녀는 피아노 의자에서 벌떡 일어났지만 그대로 서서 나이 어린 소녀를 여전히 붙잡은 채 그 가냘픈 몸을 끌어당겨 거의 부러운 듯이 빤히 내려다보고 있었다. 자신에게 고백하지 않으면 안 될 것 같았다. 오스먼드와 아주 가까운 이 순진하고 몸집 작은 소녀에게 길버트 오스먼드에 관한 이야기를 해 줄수 있다면 너무나 기쁜 일이리라. 그러나 이사벨은 더 이상 아무 말도 하지 않고 다시 한 번 팬지에게 입맞춤을 해 줄 뿐이었다. 둘은 함께 현관을 지나 걸어가 정원을 향해 열린 출입문까지 왔다. 그곳에 멈추어 선 소녀는 밖으로 나가고 싶은지 다소 생각에 잠긴 표정이었다. 소녀가 말했다. "더 이상은 나갈 수 없어요. 이 출입문에서 한 발짝도 나가지 않겠다고 아빠에게 약속했거든요."

"아빠 말씀을 따르는 게 좋을 거야. 결코 무리한 걸 강요하지는 않으실 테니까."

"언제나 아빠 말씀을 잘 들을 거예요. 언제 다시 와 주시겠어요?"

"아마 오랫동안 오지 못할 것 같아."

"가능하면 빠른 시간 내에 오시면 좋겠어요." 팬지가 말했다. "전 어린아이일 뿐이지만 언제나 당신을 기다릴 거예요."

이렇게 말한 뒤 소녀는 높고 어두운 출입구에서 이사벨이 깨끗하고 으스레한 정원을 가로질러 커다란 대문을 지나 환한 빛 속으로 사라질 때까지 지켜보며 서 있었다. 대문이 열리자 소녀는 바깥 밝은 빛 때문에 갑자기 현기증을 느꼈다.

(2권에서 계속)

세계문학전집 **297**

여인의 초상 1

1판 1쇄 펴냄 2012년 10월 26일
1판 14쇄 펴냄 2023년 12월 11일

지은이 헨리 제임스
옮긴이 최경도
발행인 박근섭, 박상준
펴낸곳 (주)민음사

출판등록 1966. 5. 19. (제 16-490호)
서울특별시 강남구 도산대로1길 62(신사동) 강남출판문화센터 5층 (우편번호 06027)
대표전화 02-515-2000 팩시밀리 02-515-2007
www.minumsa.com

© 최경도, 2012. Printed in Seoul, Korea

ISBN 978-89-374-6297-9 04800
ISBN 978-89-374-6000-5 (세트)

세계문학전집 목록

세계문학전집은 계속 간행됩니다.